HEYNE BÜCHER

Das Buch

Drei Frauen, die alle drei den Namen Zena trugen, aber Zehntausende von Jahren voneinander getrennt lebten, werden in diesem monumentalen historischen Roman beispielhaft für wichtige Entwicklungsschritte in der Geschichte der Menschheit.

Die erste Zena lebte vor einer Million Jahren, zu einer Zeit, als sich die Menschen noch nicht weit von den Menschenaffen entfernt hatten. Nachdem sie bei einem Unglück ihre Mutter verlor, kämpft sie allein in einer rauhen Welt, in der Hunger, wilde Tiere und die Kräfte der Natur sie bedrohen. Sie lernt, wie wichtig es für das Überleben ist, einer Horde anzugehören.

Die Art der zweiten Zena, eine halbe Million Jahre später, befindet sich gerade im Übergang zum *homo sapiens,* einer schwierigen Epoche für die Frauen, weil viele von ihnen bei der Geburt ihrer großköpfigen Kinder sterben. Zena erlebt den ersten Kaiserschnitt der Menschheitsgeschichte mit und entdeckt, daß an der Entstehung von Kindern auch die Männer beteiligt sein müssen – ein Geheimnis, das die Priesterinnen ihrer Zeit für sich bewahren.

Auch zur Lebenszeit der dritten Zena beten die Menschen noch die Urmutter an, aber die Macht der Priesterinnen schwindet. Die Männer haben das Wissen um die Fortpflanzung entdeckt und geben sich nun als die Herren der Schöpfung. Das bisher so harmonische Zusammenleben im Stamm wird auf ewig zerstört – das Patriarchat ist dabei, die Herrschaft der Mütter abzulösen.

Ein Roman in der Tradition von Jean M. Auel, der die Vorzeit der Menschheit anschaulich nacherleben läßt.

Die Autorin

Joan Lambert hat in Harvard Erziehungswissenschaften studiert und war als Dozentin tätig. Sie lebt in Baltimore und hat vier Kinder und sechs Enkelkinder.

JOAN LAMBERT

TÖCHTER DER GÖTTIN

Roman

Aus dem Amerikanischen
von Annette Meyer-Prien

WILHELM HEYNE VERLAG
MÜNCHEN

HEYNE ALLGEMEINE REIHE
Nr. 01/10529

Titel der Originalausgabe
A CIRCLE OF STONES
erschien 1997 bei Pocket Books, New York

Umwelthinweis:
Das Buch wurde auf
chlor- und säurefreiem Papier gedruckt.

Wilhelm Heyne Verlag GmbH & Co. KG, München
Printed in Germany 1998
Umschlagillustration: Attila Boros/Agentur Kohlstedt
Umschlaggestaltung: Atelier Ingrid Schütz, München
Satz: Pinkuin Satz- und Datentechnik, Berlin
Druck und Bindung: Elsnerdruck, Berlin

ISBN 3-453-13113-4

PROLOG

Zena nahm die Hand ihrer Tochter, um ihr den steilen Pfad hinaufzuhelfen. Dieser Weg war ihr so vertraut, daß sie die Anstrengung kaum bemerkte. Viele hundert Male war sie schon zu dem heiligen Ort gegangen, dem Felsvorsprung, wo sie mit der Göttin sprach, der Mutter alles Lebenden. Der jungen Zena aber war dieser Weg neu und fremd.

Sie erreichten die freie Stelle hoch oben in den Klippen. Zena führte ihre Tochter auf den Vorsprung hinaus und blieb dann mit erhobenen Armen stehen, um die Göttin zu grüßen. Die junge Zena beobachtete sie schweigend und ohne sich zu rühren.

»Große Göttin, ich bringe dir meine Tochter, der es bestimmt ist, dir zu dienen, weil auch sie den Namen Zena trägt. Stehe ihr bei, wenn sie deine Wege erlernt; wandele du in ihr auf ihrem Weg durch das Leben. Schenke ihr dein Wissen, deine Weisheit; leite sie im Herzen und im Geiste, wenn sie in den kommenden Jahren unser Volk anführen wird. Heilige Mutter, wir kommen heute, dich um deine Stärke zu bitten.«

Zena wartete, bis sie die Göttin tief und unverwechselbar in sich spürte, bevor sie sich umwandte, um zu ihrer Tochter zu sprechen. Die junge Zena hörte aufmerksam zu, denn sie wußte, daß sie das, was sie an diesem Tag am heiligen Ort lernte, niemals vergessen durfte.

»Viele Jahre hindurch, länger als irgend jemand zurückdenken kann«, sagte Zena, »haben wir miteinander und mit dem Leben um uns herum in Harmonie gelebt. Das lag daran, daß wir den Wegen der Großen Mutter gefolgt sind, den Wegen des Friedens und der gegenseitigen Fürsorge. In jedem Stamm gab es eine weise Frau, die ihre Tochter oder die Tochter ihrer Schwester die Wege der Großen Mutter lehrte. Später gab auch diese ihr Wissen weiter. Und so war es seit jeher bis zum heutigen Tage.

Manche dieser weisen Frauen trugen den Namen Zena, genau wie wir. Wir sind es, denen die Große Mutter die schwersten Prüfungen auferlegt. Die erste Zena lebte vor langer Zeit, das Gedächtnis unseres Volkes reicht nicht so weit zurück. Und dennoch war ihre Liebe zu ihren Gefährten und ihr Leid über deren Hunger oder Schmerz nicht anders, als wir es fühlen. Die nächste Zena konnte mit ihrem Geist mehr sehen als irgend jemand sonst, sie veränderte unsere Welt in vielerlei Weise. Durch sie erfuhren alle von der Großen Mutter, so daß sie in Frieden leben konnten.

Die nach ihr kam, bin ich selbst, und von meiner Geschichte weißt du schon einiges. Jetzt aber mußt du alles erfahren; du sollst in mein Herz und meinen Geist reisen und auch in die Herzen und Seelen der anderen, die den Namen Zena getragen haben, denn wir sind verschieden und doch eins. Hier, wo wir wartend auf den Klippen stehen, wird dir die Göttin durch ihre Visionen zeigen, wie wir gelebt haben. Du wirst unsere Freude fühlen und unser Leid, du wirst unsere Gedanken kennen, unsere Angst und unser Staunen, du wirst sehen und hören, was wir gesehen und gehört haben, bis du eins mit uns geworden bist. Nur so kannst du das Schicksal, das dir von der Göttin auferlegt wurde, erfüllen: in der kommenden Zeit der Prüfung die Wege der Mutter lebendig zu erhalten.

Nun komm mit mir, Kind; komm mit mir, um die Göttin zu begrüßen, denn sie ruft uns zu sich. Nimm ihre Weisheit in deinen Geist auf, ihre Stärke in deinen Körper, ihre Liebe in dein Herz. Fühle sie tief in dir, während sie dich dorthin zurückträgt, wo alles begann, zu der, die als erste den Namen Zena trug. Sie wird deine Lehrmeisterin sein, so wie wir alle. Lasse unsere Lebenswege, unser Wissen und unsere Visionen in dich einfließen, alles, was wir erfahren haben, bis wir ein Teil von dir geworden sind und ein Teil all der Zenas, die noch kommen werden, damit die Wege der Mutter niemals in Vergessenheit geraten.«

TEIL I

IM OSTAFRIKANISCHEN GRABEN VOR EINEINHALB BIS EINER MILLION JAHREN

1. Kapitel

Der Schrei zerriß die Stille über der verödeten Savanne. Zena zuckte zusammen und schmiegte sich noch enger an den Stamm der alten Akazie, um sich möglichst wenig von deren grauer Rinde abzuheben. Doch ihre Hände verrieten sie; unablässig rieben sie besänftigend über ihren leeren, aufgetriebenen Bauch. Vergeblich. Sie hatte seit vielen Tagen nichts mehr gegessen.

Der schrille Warnruf war von ihrer Mutter Tope gekommen, die über ihr im Baum saß. Sie schrie noch einmal, und diesmal riß der gellende Laut Zena aus ihrer Lethargie. Sie griff nach einem tiefhängenden Ast und kletterte den knorrigen Baum empor. Erst als sie sicher an Topes Seite angelangt war, blickte sie nach unten. Die Hyäne starrte hungrig zu ihr herauf. Ihre massigen Kiefer standen erwartungsvoll weit offen, und der Speichel tropfte von ihren grinsenden Lefzen. Zena erschauerte und kroch näher an ihre Mutter heran.

Die Hyäne sprang mit ausgestreckten Vorderläufen am Baum hoch und versuchte sie zu erreichen. Tope wehrte sie unter Geschrei mit ihrem Stock ab. Als die Hyäne das nächste Mal sprang, schlug sie ihr kräftig auf die Nase. Das Tier zog sich winselnd zurück und trottete langsam davon. Tope sah ihm wachsam nach, bis es nicht mehr zu sehen war.

Zena machte es genauso wie ihre Mutter, bis ihr vor Anstrengung die Augen zufielen. Aus Angst einzuschlafen, riß sie sie wieder auf und starrte blicklos auf den im Staub schwimmenden Horizont. Wo sie auch hinsah, flimmerte die Luft vor Hitze; aber das war auch die einzige Bewegung, die sie sehen konnte, nirgends ein Zeichen von Leben auf dem ganzen weiten Stück der mit Rissen durchzogenen, aufgebrochenen Erde, das vor ihr lag. Einst waren diese Ebenen meilenweit von wogenden Gräsern bedeckt gewesen, Herden von Tieren hatten hier gelebt, aber davon wußte Zena nichts. Sie hatte nie etwas anderes gesehen als den einen oder anderen einsamen Baum, der flehend seine kahlen Äste gen Himmel streckte, und Haufen von in der Sonne gebleichten Knochen, stumme Zeugen der gnadenlosen Dürre.

Neben ihr knackte ein Zweig, und sie fuhr erschrocken hoch. Aber es war nur ihre Mutter, die langsam am Baum hinunterkletterte. Ein Säugling mit riesigen Augen im eingefallenen Gesicht klammerte sich an der knochigen Brust fest.

Tope rief Zena zu, sie solle ihr folgen, und machte sich auf den Weg zu einem alten Flußbett, das sie in der Ferne entdeckt hatte. Nur eine kiesgesäumte Senke war von dem Strom geblieben, der sich hier einmal gurgelnd seinen Weg durch das Grasland gebahnt hatte. Nun sah alles knochentrocken aus, aber manchmal gab es an solchen Stellen doch noch Wasser unter der Erdkruste. Tope wußte, ohne Wasser würden sie nicht mehr lange durchhalten.

Zena war zu erschöpft, um sich zu bewegen, und antwortete nicht. Tope sah sich um und rief wieder nach ihr. Alle paar Meter hielt sie inne und wiederholte ihre Rufe. Als Zena sich noch immer nicht rührte, stieß sie schließlich einen drängenden Warnschrei aus. Diesen scharfen Laut kannte Zena seit ihrer Geburt vor sechs Jahren. Sie gehorchte automatisch. Leise wimmernd ließ sie sich an dem Baum hinunter und torkelte hinter ihrer Mutter her.

Als Tope ein tiefes Loch in das Flußbett grub, bildete sich langsam eine winzige Wasserlache. Auch Zena, die es ihr nachtat, förderte schließlich einige Schlucke lauwarmen, erdigen Wassers zutage, gerade genug, um ihren Durst ein wenig zu lindern.

Den ganzen übrigen Tag strebte Tope nach Westen. Sie folgte einem Instinkt, den sie nicht in Frage stellte. Sie ließ ihre tiefliegenden Augen, die von stark vorspringenden Wülsten vor der gleißenden Sonne geschützt waren, beim Gehen ständig über die kahle Landschaft wandern, und ihre hochempfindlichen Nasenflügel vibrierten, während sie die Luft nach Gerüchen absuchte. Zena versuchte ihre Mutter nachzuahmen, aber es gab nichts zu sehen außer dem Dunst und nichts zu riechen als Trockenheit. Sie beleckte ihre

Unterarme in der Hoffnung auf ein paar kostbare Tropfen Schweiß. Doch statt dessen bedeckte Staub ihre Zunge.

Tope sprang unvermittelt einer kleinen Eidechse nach, die ihren Weg gekreuzt hatte. Geschickt fing sie sie und stopfte sie sich in den Mund. Der Säugling war durch die abrupte Bewegung ins Rutschen geraten und begann zu wimmern. Tope zog ihn wieder fest an ihre schlaff herunterhängende Brust, damit er beim Gehen daran saugen konnte. Aber die wenige noch verbliebene Milch konnte ihn nicht mehr trösten, und das dünne Jammern wollte nicht aufhören.

Ein Geräusch ließ Tope herumfahren. Die Schritte des großen Männchens, das hinter ihnen aufgetaucht war, waren wegen des staubtrockenen Bodens und des schreienden Säuglings nicht zu hören gewesen. Tope musterte es argwöhnisch. Sie traute fremden Männchen nicht. Einmal hatte sie gesehen, wie eines sich ein Kind gegriffen und mit dem Kopf auf den Boden geschlagen hatte. Dieses Bild hatte sich ihr unauslöschlich eingeprägt.

Zena versteckte sich hinter dem Rücken ihrer Mutter und beäugte furchtsam den Fremdling. Sie sah nur selten andere ihrer Art. Ihre Horde hatte sich schon vor langer Zeit zerstreut, weil es in diesem von der Dürre verwüsteten Land nirgends genug Nahrung und Wasser gab, um eine ganze Gruppe zu ernähren. Der Fremde machte ihr angst. Er war fast doppelt so groß wie ihre Mutter, mit massigen Schultern und dunklem Haar, das Kinn und Brust vollständig bedeckte.

Das Männchen streckte die Hand aus, als wolle es nach dem Säugling greifen, und sprang dann unerwartet auf Zena zu. Sie kreischte auf und rannte ein paar Schritte zurück, aber Tope wich nicht von der Stelle. Das Baby fest an die Brust gepreßt, drehte sie sich um und präsentierte ihm ihr Hinterteil. Das Männchen beschnüffelte sie und holte dann noch einmal mit seinem muskelbepackten Arm nach dem Säugling aus. Tope schrie ihn an und drückte das Kind noch fester an sich. Wieder hielt sie ihm ihr Hinterteil entgegen. Diesmal bestieg das Männchen sie und begann heftig zu stoßen. Es grunzte vor Behagen und sie ebenfalls. Als es fertig war, ging es mit wiegenden Schritten in derselben Richtung davon, aus der es gekommen war.

Tope wartete, bis sie ganz sicher war, daß es ihnen nicht wieder folgen würde, dann eilte sie weiter. Die leuchtenden Streifen am westlichen Horizont sagten ihr, daß die Dunkelheit bald hereinbrechen würde, und sie suchte nach einem sicheren Ort für die Nacht. Aber auf dem fahlen, ausgedörrten Land vor ihnen war nirgends ein Baum oder ein Geröllhaufen auszumachen. Sie sah nur ein paar verkümmerte Büsche, an deren Zweigen nicht einmal mehr die vertrockneten Beeren hingen, die sonst als letzte Überbleibsel von dem einst so üppigen jährlichen Festmahl gekündet hatten. Aber die Zweige trugen Dornen und würden während der dunklen Stunden zumindest ein bißchen Sicherheit vor den Raubtieren bieten.

Zena folgte ihrer Mutter in den spärlichen Schutz der Büsche und starrte angstvoll in die zunehmende Dunkelheit. Schon bald war die Luft so schwarz, daß sie nicht einmal die Umrisse ihrer Hand erkennen konnte. Statt dessen spitzte sie nun die Ohren, um rechtzeitig weglaufen zu können, falls sich unsichtbare krallenbewehrte Pfoten näherten. Aber es kamen weder Löwe noch Tiger, und schließlich wurde es wieder hell.

Sobald sie etwas sehen konnte, kroch Tope aus den Büschen hervor und marschierte los. Zena stolperte hinter ihr her. Ihre Beine fühlten sich schwer und unbeholfen an, und ihre Kehle war so trocken, daß sie kaum atmen konnte. Sie keuchte und sank in die Knie. Tope griff nach ihrem Arm, um sie wieder hochzuziehen, aber Zena war zu schwer für sie, und so ging sie allein weiter. Den Säugling fest im Arm, kämpfte sie sich eine niedrige Böschung hinauf.

Oben angelangt, drehte Tope sich hastig um und rief etwas. Zena konnte die Aufregung in ihrer Stimme hören. Matt hob sie den Kopf. Ihre Mutter versuchte sie wild gestikulierend voranzutreiben. Mit allerletzter Kraft taumelte Zena die Anhöhe hinauf. Ihre Augen weiteten sich hoffnungsvoll. Sie blickte auf den Grund eines ehemaligen Sees, und in der Mitte war noch eine kleine Wasserlache.

Mutter und Tochter zögerten trotz ihres quälenden Durstes. Einst hatten die Seen der Savanne blau in der Sonne geleuchtet und alles Leben ringsum erhalten, aber weder Tope noch Zena konnten sich an solch gnädige Zeiten erinnern. Für sie bedeutete das ausgetrocknete Bett eines Sees nur Tod. Sie kannten nur langgestreckte, tief eingesunkene Mulden, auf deren brüchigem Grund die Knochen der Tiere verstreut lagen, die dort beim verzweifelten Versuch, ihren Durst zu stillen, verendet waren. Der Drang nach Wasser konnte gefährlich sein. Raubtiere lauerten in der Nähe, allzeit bereit, sich auf jedes Wesen zu stürzen, das das Wasser der Sicherheit vorzog. Aber auch sie waren gefährdet. Von der Aussicht auf leichte Beute angelockt, blieben nicht selten Jäger und Gejagte hilflos in dem trügerischen Sumpfboden in der Mitte des Sees stecken.

Tope ging vorsichtig auf das Wasser zu. Zena folgte ihr begierig. Aber als der zähe Schlamm über ihre Füße schwappte und an ihren Beinen zerrte, griff sie wimmernd vor Angst nach dem Arm ihrer Mutter. Tope ging wieder einige Schritte zurück und zog Zena mit sich. Ihre Augen schossen zwischen dem klaren Wasser in der Mitte und der feuchten Schwärze zu ihren Füßen hin und her, dann reichte sie Zena den Säugling und begann mit ihren kräftigen Fingern im Matsch zu graben. Braunes Wasser gluckerte an die Oberfläche, und Mutter und Tochter knieten sich hin, um zu trinken.

Als ihr Durst gestillt war, grub Tope abwechselnd mit Stock und Händen noch tiefer, erst an einer Stelle, dann an einer anderen. In ihrem Gedächtnis war ein unklares Bild von ihrer eigenen Mutter aufgestiegen, die ein tiefes Loch in den Morast grub. Mit vor Anstrengung angespannter Miene steckte sie den Arm in eines der Löcher und holte eine Handvoll harter Dinger hervor. Dann schlug sie mit einem Stein darauf ein, bis das zarte Fleisch im Inneren zum Vorschein kam, und stopfte es sich gierig in den Mund.

Zena beschnüffelte die seltsamen Dinger vorsichtig, als ihre Mutter ihr ein paar davon gab. Sie rochen fremd, aber gut. Ihr Magen begann erwartungsvoll zu knurren. Sie reichte den Säugling zurück und sog auch schon begierig an den

Muscheln, bis ihr Hunger sich ein wenig gelegt hatte. Dann suchte sie sich einen eigenen Stock und grub nach mehr. Als beide ihre Bäuche zum erstenmal seit Monaten gefüllt und ihren Durst gestillt hatten, machten sie sich wieder auf den Weg.

In den folgenden Wochen hatten sie weniger Glück. Jeden Tag kämpften sie ums nackte Überleben, darum, genug Nahrung zu finden, damit die Beine nicht unter ihnen wegsackten, und genug Flüssigkeit, damit sie nicht vor Austrocknung ins Delirium fielen. Die Nächte waren noch qualvoller. Oft verbrachten sie die langen, dunklen Stunden in einer flachen Mulde in dem ausgedörrten Boden, wo es nicht einmal einen Busch zu ihrem Schutz gab. Mutter und Tochter schliefen unruhig; sie fuhren bei jedem Laut zusammen und rückten näher aneinander, während die Dunkelheit ringsum immer undurchdringlicher wurde.

Während sie weiter nach Westen strebten, bekam das Gelände nach und nach ein anderes Gesicht. Felsbrocken lagen auf dem trockenen Boden verstreut, und die ebenen Flächen wurden von einzelnen niedrigen Hügeln aufgelockert. Tope suchte jetzt verzweifelt nach einem Platz, der ihnen wenigstens eine gewisse Aussicht auf Überleben bieten konnte, vielleicht einen sicheren Unterschlupf für die Nacht. Sie kämpfte sich jeden der Hügel hinauf, um die Landschaft mit den Augen abzusuchen. Eines Nachmittags, schon gegen Abend, wurde ihre Ausdauer schließlich belohnt. Vor ihr lag ein Haufen ineinandergestürzter Felsblöcke, groß genug, ihnen Schutz zu bieten. Dahinter dehnte sich ein langer, steiniger Abhang zu einem alten Flußbett hinunter, wo es Nahrung für sie geben würde. Noch etwas weiter in der Ferne sah sie die schwachen Umrisse von Bergen. Das trieb sie an, denn sie wußte instinktiv: Wo Berge waren, konnte es auch Wasser geben. Und wo Wasser war, war Leben.

In heller Aufregung über diese Entdeckung fing Tope an zu laufen. Als sie aber in die Nähe der Felsblöcke gelangte, änderte sich ihr Verhalten. Zena immer hinter sich, ging sie vorsichtig darauf zu und hielt Ausschau, ob sich irgend etwas bewegte. In solchen Gesteinsansammlungen richteten sich oft Raubtiere häuslich ein. Als sie sich versichert hatte, daß keine direkte Gefahr bestand, rückte sie näher und beschnüffelte sorgfältig jeden Fels. Ohne daß es ihr wirklich zu Bewußtsein kam, sagte ihr ihr Geruchssinn, welches Tier welchen spezifischen Geruch hinterließ, ob es Gefahr bedeutete und ob der Geruch alt war oder noch frisch.

Die Luft in der Nähe einer breiten Spalte zwischen den beiden größten Felsblöcken war von einem strengen, muffigen Geruch durchdrungen, und sie sprang zurück. Der Geruch war nicht mehr frisch, aber er beunruhigte sie trotzdem, denn er bedeutete, daß hier einmal ein Tiger gelebt hatte. Nervös geworden rief sie Zena zu sich und begann eine schmalere Öffnung auf der anderen Seite der Felsen zu untersuchen. Hier waberten ihr keine fremden Gerüche entgegen, und so quetschte sie sich hindurch und machte ihrer Tochter Zeichen, ihr zu folgen. Zena beschnüffelte die Felsen ganz wie ihre Mutter, um sich den Geruch des Raubtiers für später einzuprägen. Dann folgte sie ihrer Mutter durch den schmalen Spalt.

Der Raum dahinter war höhlenartig und dunkel, die Felswände strömten eine angenehme Kühle aus. Zena kroch in eine Ecke und beobachtete, wie ihre Mutter einige Knochen betastete, die auf dem Boden der Höhle herumlagen. Sie waren alt und brüchig und gaben keinen Geruch mehr ab. Hier lebte kein anderes Wesen, und kein Tier, das größer war als sie selber, konnte in ihren Schlupfwinkel gelangen. Hier konnten sie schlafen, endlich ohne Angst schlafen.

II

Zena erwachte durch ein trommelndes Geräusch über ihrem Kopf. Die Luft trug ihr einen seltsamen, leicht beißenden Geruch zu, und an den Felswänden hatte sich über Nacht Feuchtigkeit gesammelt. Das überraschte sie. Sie hatte nie zuvor Nässe auf einem Felsen gesehen. Aber sie war dankbar dafür. Im Flußbett war zwar Wasser zu finden, dafür mußten sie jedoch tief graben. Sie leckte gierig an den feuchten Stellen und ließ ihre Zunge über die rauhe Oberfläche gleiten.

Plötzlich wurde ihr bewußt, daß sie allein war. Aber um sie herum roch es beruhigend nach ihrer Mutter und ihrem kleinen Bruder, und so begann sie nach Nahrung zu suchen und die Einschnitte an den Stellen, wo der Felsen auf den Erdboden traf, mit aufmerksamen Fingern abzutasten. Sie lebten nun schon seit einem Jahr hier, und sie wußte inzwischen genau, wo sich dicke Würmer verbargen und in welche Schlupflöcher sich die Käfer flüchteten. Diesmal fand sie ein Versteck mit leckeren Samenkörnern. Schnell steckte sie sie in den Mund und kaute zufrieden schmatzend.

Eine schmale Schlange, die von ihren suchenden Händen aufgescheucht worden war, kam auf sie zugeglitten, und sie schrie auf und machte einen Satz nach hinten. Die Schlange zischte sie an und verschwand dann unter den Felsen.

Jetzt doch ängstlich geworden wegen der Schlange, steckte sie den Kopf aus der Höhle, um nach ihrer Mutter Ausschau zu halten, zog ihn aber blitzschnell wieder zurück. Der fremde Geruch draußen war stärker geworden. Und noch verwirrender waren die nassen, kalten Tropfen, die unvermutet auf ihrem Gesicht gelandet waren. Sie wimmerte verstört, diese seltsamen Ereignisse machten ihr angst. Aber das Bedürfnis, zu ihrer Mutter zu gelangen, war stärker als ihre Furcht, und so zwängte sie sich bald wieder nach draußen.

Sie war sofort naß. Wassertropfen fielen ihr auf Gesicht, Rücken und Arme. Sie schüttelte sie ab, aber es kamen neue. Verwirrt sah sie zum Himmel hinauf. Die Tropfen schienen von dort zu kommen. Sie hatte nie zuvor Tropfen aus dem Himmel fallen sehen, und sie erschreckten sie. Und die Sonne war nicht mehr da. Das war noch viel beängstigender. Sie hatte es in ihrem ganzen Leben noch nicht erlebt, daß die Sonne ausgeblieben war und nicht ihre gnadenlose Glut in jeden Winkel der Landschaft geschickt hatte. Jetzt war sie vollständig verschwunden, und der Tag war grau und trübe statt blendend hell.

Winselnd stieß Zena einen lauteren Angstschrei aus. Die Antwort kam vom trockenen Flußbett unter ihr, das sich breit und tief und mit hohen Uferböschungen wie eine unregelmäßige Narbe durch das Land zog. Mitten darin stand ihre Mutter. Auf dem einen Arm trug sie das Baby, den anderen streckte sie wie einladend zu ihrer Schlafstelle auf dem Berg hinauf. Sie ließ noch einen weiteren leisen Ruf hören und beugte sich dann wieder hinunter, um nach Maden und Schnecken zu suchen.

Zena zögerte. Die Sonne war noch immer nicht zurückgekehrt, und dieser seltsame, beißende Geruch war stärker als je zuvor. Plötzlich ertönte ein lautes, grummelndes Geräusch vom Himmel. Sie sah angstvoll nach oben, konnte aber nichts erkennen, weil sie sofort harte Wassertropfen in die Augen bekam und davon wie geblendet war. Inzwischen schien die ganze Welt von ihnen erfüllt zu sein. Spritzend klatschten sie auf die Felsen ringsumher, sammelten sich zu Pfützen auf dem ausgedörrten Boden und ergossen sich von dort, dunkle Spuren hinterlassend, zum Flußbett hinunter.

Wie erstarrt sah Zena dem allen zu; dann stieß sie einen schrillen Schrei aus und flüchtete sich wieder in den Unterschlupf. Im selben Moment zerriß ein blendend heller Lichtstrahl die Wolken, der mit einem fürchterlichen Schnitt die Luft in Stücke zu teilen schien. Das Krachen gleich darauf trieb Zena in die hinterste Ecke der Höhle. Die Feuchtigkeit aber folgte ihr und ließ sie erzittern, als sie ihr den Rücken hinunterrann. Sturzbachartig floß sie an den Felswänden herab. Zena verschränkte schutzsuchend die Arme vor der Brust, kauerte sich hin und lauschte furchtsam nach draußen.

Ein scharrendes Geräusch ließ sie hochfahren, aber als der vertraute Geruch zu ihr drang, beruhigte sie sich wieder. Ihre Mutter steckte ihren triefendnassen Kopf zur Höhle herein. In der freien Hand hielt sie ein schlaffes Nagetier mit hellem Fell und kurzem, breitem Schwanz. Vom Regenwasser aus seinem Bau vertrieben, war es eine leichte Beute gewesen.

Tope beantwortete das Begrüßungsquieken ihrer Tochter mit einem beruhigenden Grunzen. Dann durchtrennte sie geschickt die Haut des Tieres mit einem scharfen Stein, zerrte mit ihren kräftigen, stumpfen Zähnen an dem freigelegten

Fleisch und kaute ausgiebig, wobei sie immer wieder angewidert kleine Fellstückchen ausspuckte. Zena streckte die Hand aus, und nach einer Weile gab ihre Mutter ihr einen Teil des Kadavers ab.

Der scharfe Geruch drehte Zena den Magen um, und sie hatte Mühe, zu kauen. Ihre Zähne waren besser zum Zermahlen von Knollen, Körnern und Nüssen geeignet als für Fleisch. Aber diese Fleischmahlzeit füllte ihren hohlen Bauch, der schon so lange leer gewesen war, daß sie längst vergessen hatte, wie sich ein voller Bauch anfühlte. Befriedigt und beruhigt durch die Gegenwart ihrer Mutter, trank sie aus einer Pfütze beim Eingang zu ihrer Höhle und rollte sich dann wieder zum Schlafen zusammen.

Den ganzen Tag über und viele Tage danach regnete es unablässig weiter. Lichtzungen, denen ein ohrenbetäubendes Krachen folgte, zerrissen den Himmel. Zena kauerte sich in ihrer Ecke zusammen und nagte gelegentlich an Knochen und anderen Tierresten, die ihre Mutter übriggelassen hatte. Sie fürchtete sich vor den ungewohnten Bildern und Geräuschen und hatte sich noch nicht wieder nach draußen gewagt. Aber nun konnte sie ihren bohrenden Hunger nicht länger ignorieren, außerdem hatte der Regen ein wenig nachgelassen. Sie steckte ihren Kopf hinaus, um Witterung aufzunehmen, und trat dann ins gedämpfte Tageslicht.

Die Welt, die sich ihr bot, war anders als alles, was sie je gesehen hatte. Überall war Wasser, in den Pfützen auf dem Boden, in den Felsspalten, in den Rinnsalen, die den Abhang zum Flußbett hinunterflossen. Dünne Tropfen fielen auf ihre Stirn und liefen ihr in die Augen, aber sie wischte sie nicht einmal ab, so erstaunt war sie über den seltsamen Anblick. Die glänzenden Felsen, die schimmernden Wasserlachen und besonders dieses Gekräusel, jedesmal wenn ein Tropfen auf die Wasseroberfläche traf: all das faszinierte sie. Sie bückte sich über eine Pfütze in ihrer Nähe, um dieses Kräuseln näher zu beobachten. Plötzlich schnellte ihre Hand nach vorn. Auf der Oberfläche schwamm ein großes Insekt und mühte sich vergeblich wieder wegzufliegen. Noch während sie es zwischen den Zähnen zermalmte, sah sie noch mehr davon. Sie griff sich so viele, wie sie nur in ihrer Hand unterbringen konnte, und stopfte sie sich in den Mund.

Etwas weiter unten am Abhang rief ihre Mutter nach ihr, und Zena wollte schon zu ihr hinlaufen, als ihr Blick auf eine große Regenpfütze fiel. Dicht unter der Oberfläche wimmelten kleine, schwarze Wesen mit langen Schwänzen. Zena streckte die Hand aus, um eines davon zu fangen, aber es glitt ihr durch die Finger. Sie versuchte es wieder, und diesmal erwischte sie die Kaulquappe. All die Jahre der Dürre hindurch hatten sie in zu Trauben zusammengeklebten Eiern geschlummert, und als die Feuchtigkeit sie benetzte, waren sie wieder zum Leben erwacht.

Auch das Grün begann die Landschaft zu verändern. Die beiden Regenwochen hatten einen zarten smaragdenen Schimmer auf den abgestorbenen Grasflächen hinterlassen, und schon zeigten sich Büschel von fedrigen Blättern zwischen den Felsen. Auf der Ebene hinter sich sah Zena rote, weiße und blaue Punkte, die auf kurzen Stielen hin und her schaukelten. Sie lief hin, um sich das anzugucken, und probierte ein paar davon. Die purpurnen waren bitter, und sie spuckte sie gleich wieder aus. Aber die weißen waren süß, und als sie mit einem Stock, der sich in der Nähe fand, das Erdreich darunter aufwühlte, fand sie zarte, wohlschmekkende Zwiebeln.

Mit einemmal brach die Sonne durch die Wolken. Überall funkelten jetzt kleine Lichter, auf jedem Blatt, jedem Felsen und auf dem Gekräusel im Wasser. Zena ließ sich auf die Knie fallen, um sie zu untersuchen, aber sie verschwanden, sobald sie sie berührte. Sie blinzelte und schaute noch einmal hin. Da waren sie wieder, aber dann breitete sich ein riesiger Schatten über den Boden, und sie verschwanden erneut. Erstaunt sah sie nach oben. Die Wolken waren plötzlich dunkler geworden. Zu dicken Haufen aufgetürmt, lasteten sie bedrohlich über ihr und nahmen ihr das Licht.

Sie stand rasch auf und ließ ein ängstliches Wimmern hören. Die Luft war inzwischen beinahe nachtschwarz, und sie hörte einen seltsamen Laut, ein unterdrücktes Grummeln. Ein solches Geräusch hatte sie noch nie gehört. Es schien nicht vom Himmel, sondern aus den Bergen zu kommen. Sie starrte zu den Gipfeln hinüber, aber die Wolken versperrten ihr die Sicht. Es hatte wieder zu regnen begonnen, so daß sie in der Finsternis noch schlechter sehen konnte. Erst fielen nur ein paar dicke Tropfen, dann begann sich das Wasser in Strömen über sie zu ergießen und ihr ins erhobene Gesicht zu klatschen. Sie rannte auf den Höhleneingang zu, schlüpfte aber nicht hinein. Noch mehr als nach der Sicherheit des Unterschlupfs sehnte sie sich nach ihrer Mutter. Diese Dunkelheit, wo doch die Sonne hoch am Himmel stehen sollte, und das unheilschwangere neuartige Grollen versetzten sie in Panik.

Sie spähte durch den Regen und entdeckte Tope, die immer noch im Flußbett stand. Wasser sprudelte um ihre Knöchel, und Zena konnte sehen, wie sie ein paar Schritte auf den Berghang zu machte. Dann hielt sie inne und schaute zweifelnd flußaufwärts, dorthin, wo der Fluß den vor dem südlichen Horizont drohend sich auftürmenden Bergen entsprang.

Zena horchte auf das Geräusch, das die Aufmerksamkeit ihrer Mutter erregt hatte, und ihr Schrecken nahm zu. Es war wieder anders, ein rauschendes, stampfendes Tosen. Das neue Geräusch wurde lauter und lauter und immer beängstigender, bis es zu einem ohrenbetäubenden Getöse angewachsen war. Außerdem war Wind aufgekommen, der wütend an allem zerrte. Verzweifelt nach ihrer Mutter rufend, klammerte sie sich an die Felsen. Aber ihre Schreie gingen unter in dem heulenden Aufruhr ringsumher.

Dann sah sie weit hinten flußaufwärts eine riesige Wasserwand um eine Biegung des Flußbettes kommen und auf ihre Mutter zurollen. Tope klemmte sich das Baby unter den Arm und begann die steile Uferböschung hinaufzuklettern. Aber die Wasserwand hatte sie schon fast erreicht; sie war höher als ihr Kopf und füllte das Flußbett bis zum Rand. Tope hob eine Hand vor ihr Gesicht, als wollte sie die über sie hereinbrechende Gefahr abwehren. Dann hatte das Wasser sie auch schon erreicht; sie wurde rückwärts umgeworfen und verschwand in dem tosenden Wirbel.

In ihrer Hilflosigkeit heulte Zena verzweifelt auf. Sie quetschte sich zwischen zwei Felsblöcke, damit der Wind sie nicht davontragen konnte, und starrte völlig außer sich vor Angst auf die Stelle, an der ihre Mutter verschwunden war. Aber wegen des Regens, der ihr gnadenlos in die Augen peitschte, konnte sie nichts erkennen.

Kläglich winselnd ließ sie sich in die sichere Höhle gleiten und kauerte sich in die dunkelste Ecke. Tief in ihrem Innern wußte sie, daß ihre Mutter nicht mehr zurückkehren würde. Sie war allein in dieser rauhen, unbekannten Welt, in der die Sonne nicht aufging und Nässe und ohrenbetäubender Lärm aus den Bergen und dem Himmel kamen.

2. Kapitel

Bei Einbruch der Nacht wurde die Dunkelheit undurchdringlich. Zu Gebirgen aufgetürmte Wolken jagten über den Himmel und verdeckten die Mondsichel. Nur einmal gaben sie sie kurz frei, aber es war eine so flüchtige und geisterhafte Erscheinung, daß es wie ein Trugbild wirkte.

Zena war durch den Schock und vor Kummer wie betäubt. Die Stunden vergingen, sie rührte sich nicht. Unter ihr fraß sich die wütende Strömung in die Ufer des Flusses und riß immer mehr Büsche und Tiere, ja sogar Bäume mit sich. Unerbittlich stieg das Wasser den Berghang hinauf, alles Leben auslöschend, das seit Einsetzen der Regenfälle hier zu sprießen begonnen hatte. Es leckte an den Felsbrocken am Eingang zu Zenas Höhle, und kalte Spritzer benetzten ihre Füße. Sie erschauerte und zog sie noch näher an sich heran.

Gegen Morgen ließ die Sintflut nach. Aus dem peitschenden Regen wurde ein sanftes Trommeln, und der Wind heulte nicht mehr durch die Spalten im Felsen. Jetzt konnte Zena wieder andere Geräusche außer dem wütenden Sturm hören. Von rhythmischem Rauschen begleitet, stieg das Kiesel mit sich tragende Wasser am Berg hoch und zog sich wieder zurück, und dann waren da noch leise scharrende Laute wie von Pfoten, als schliche ein Tier über ihrem Unterschlupf herum.

Sie erstarrte. Der beißende Geruch, der am ersten Tag ihre Mutter so geängstigt hatte, war wieder da. Dann hörte sie genau über sich ein tiefes, grimmiges Knurren. Sie wußte, was dieses bedrohliche Geräusch bedeutete, denn obwohl sie ihre früheren Hordengefährten vergessen hatte, würde sie sich immer an die durchdringenden Schreie erinnern, die eine von ihnen ausgestoßen hatte, als ein Tiger über sie hergefallen war und sie mit sich fortzerrte. Vor Zenas innerem Auge erschien das Bild dieser großen Katze mit ihren riesigen, gebogenen Zähnen, und sie ließ sich gegen die schützenden Felsen sinken.

Oben strich der Tiger umher; sie konnte hören, wie er rastlos von einer Seite zur anderen über die Felsen wanderte. Dann hörte diese gleichmäßige Bewegung auf und wurde von einem Tapsen abgelöst, das näherkam. Zena, die kaum zu atmen wagte, zog sich geräuschlos in den entferntesten Winkel ihrer Höhle zurück. Sie hatte sich gerade erst in Bewegung gesetzt, da fuhr auch schon eine kräftige Pfote durch den Eingang und wühlte mit den Krallen die Erde genau an der Stelle auf, wo sie eben noch gesessen hatte. Die Pfote wurde wieder zurückgezogen, und der Tiger begann zielstrebig zu graben, erst an der einen Seite des Eingangs, dann an der anderen. Die sintflutartigen Regenfälle, die ihn zu seinem hochgelegenen Lager zurückgetrieben hatten, hatten das Jagen schwierig gemacht. Der Tiger war hungrig. Aber Zenas Mutter hatte eine gute Wahl getroffen, das gewaltige Raubtier konnte trotz Auferbietung aller Kräfte nicht zu ihr vordringen.

Das Graben hörte auf, und Zena hörte den Tiger über ihrem Kopf auf seine Höhle zutrotten. Lange Zeit saß sie reglos da und wagte nicht einmal, ihre verkrampften Beine auszustrecken, aus Angst, er könnte sie hören und noch einmal versuchen, zu ihr hereinzukommen. Schließlich nahm sie all ihren Mut zusammen und kroch vorsichtig zum Eingang. Jetzt müßte sie versuchen zu fliehen, bevor die riesige Katze wieder auf Beutezug ging.

Steif vor Angst steckte sie den Kopf nach draußen und sah sich um, jeden Muskel angespannt, um sich beim geringsten Zeichen von Gefahr wieder zurückzuziehen. Aber sie sah nichts außer den Schäden, die der Sturm hinterlassen hatte. Rings um sie her war alles verwüstet. Die grünen Flecken zwischen den Felsen, die knospenden Grashalme und Blumen waren fortgerissen, alles Leben aus den Wasserlachen verschwunden. Der Berghang war mit Stöcken und Ästen, ja sogar mit Bäumen übersät, die in den westlich gelegenen Bergen entwurzelt worden waren. Und immer noch stieg das Wasser, obwohl es zu regnen aufgehört hatte.

Laut schwappte es an die Felsbrocken und kroch mit jeder Welle höher.

Der beißende Geruch des Tigers war durchdringend, Zena sah seinen Kot auf einem nahen Felsen liegen. Sie winselte vor Angst. Ohne ihre Mutter wußte sie nicht, was zu tun war. Sie konnte nicht so nahe bei dieser riesigen Katze leben, aber sie fürchtete sich auch wegzulaufen. Womöglich würde der Tiger sie hören und angreifen. Vielleicht kam er schon von der Jagd zurück, oder er lauerte ganz in der Nähe, gut versteckt in seinem Unterschlupf oder hinter einem Felsen …

Vor lauter Angst zog sie sich eilig wieder in ihre Ecke zurück. Den ganzen Tag über und auch die folgende Nacht hindurch hockte sie zitternd vor Kälte in ihrer Höhle, während das Wasser um ihre Beine immer höher kroch. Der Hunger nagte an ihren Eingeweiden, aber der Gedanke, daß sie nun ganz allein war, war noch schwerer zu ertragen. Sie sehnte sich verzweifelt nach dem warmen Körper ihrer Mutter, ihrem beruhigenden Geruch und dem frischen, milchigen Duft des Babys. Aber sie waren fort, und sie würden nie zurückkehren.

Sie konnte keinen Schlaf finden. Hunger, Kälte und ihre Träume ließen sie nie lange zur Ruhe kommen. Das Bild ihrer Mutter, wie sie mit hocherhobenen Armen die Sintflut abzuwehren versuchte, und Schreckensbilder von der furchteinflößenden Raubkatze über ihr wechselten in ihrem Traum ab und ließen sie immer wieder hochschrecken. Aber da nichts mehr von dem Tiger zu hören war, fiel Zena schließlich in einen tiefen, traumlosen Schlaf.

Als sie erwachte, schien ihr das von oben durch einen Spalt im Felsen strömende Sonnenlicht direkt in die Augen. Die Rückkehr der Sonne war beruhigend, und weil sie großen Hunger hatte, wagte sie sich vor und streckte wieder vorsichtig den Kopf aus ihrem Unterschlupf. Der Tiger war nirgends zu sehen, und sein Geruch schien schwächer geworden zu sein, also ließ sie sich hinausgleiten. Das Wasser hatte sich zurückgezogen und riesige Pfützen zurückgelassen, in denen noch die Trümmer des vergangenen Sturmes schwammen. Der angeschwollene Fluß unter ihr strömte schlammig dahin, aber er tobte nicht mehr so heftig wie am Tag zuvor, und auf seinen Wellenkämmen glitzerte die Sonne.

Sie machte sich daran, die Wassertümpel am Berghang unter der Höhle abzusuchen. In dem schlammtrüben Wasser waren keine Kaulquappen zu sehen, aber es gab entwurzelte Pflanzen mit weiß schimmernden Knollen und viele Insekten, außerdem tote Nagetiere. Die Insekten und Knollen aß sie auf der Stelle, aber um den Tiger nicht auf sich aufmerksam zu machen, rührte sie die Nagetiere vorerst nicht an, sondern suchte sich statt dessen einen scharfkantigen Stein und machte sich dann auf den Weg in ihr abgeschlossenes Reich, um dort zu essen.

Als sie sich umwandte, bemerkte sie nur so eben aus den Augenwinkeln eine kaum wahrnehmbare Bewegung auf den Felsen. Ihre Muskeln waren sofort starr vor Angst. Der Schrei blieb ihr im Hals stecken, als sie den Tiger vor seinem Lager auftauchen sah. Er dehnte und reckte sich und streckte seine muskulösen Flanken und den schweren Kopf hoch in die Luft, während sein Bauch eine nach unten gerichtete Kurve beschrieb. Dann spazierte er langsam zu ihrer Höhle hinüber. Er beschnüffelte ausgiebig die gesamte Umgebung, drehte sich ein paarmal um sich selbst und legte sich schließlich mit dem Gesicht zu ihr davor nieder. Seine schweren Tatzen hingen über dem Eingang zu ihrem Unterschlupf und verdeckten ihn vollständig.

Der Tiger legte die Schnauze auf seine Tatzen und gähnte. Zena starrte wie gebannt auf die langen, gebogenen Zähne und den tiefen Schlund. Die grelle Sonne ließ ihr die Tränen in die Augen steigen, aber sie wagte nicht wegzusehen oder auch nur zu blinzeln, denn das riesige Raubtier hatte sie noch immer nicht entdeckt. Dann flitzte eine Eidechse, die sich auf den Felsen gesonnt hatte, aus dem Schatten des großen Tieres hervor; der Tiger hob träge den Kopf, um dem flüchtenden Reptil nachzuschauen. Zena sah, wie der Blick seiner gelben Augen über das Gebiet bis zum Fluß hinunter schweifte und schließlich ganz langsam auf ihrem Gesicht stehenblieb. Eine ganze Weile lang starrte er sie unverwandt an. Sein Schwanz zuckte hin und her. Dann schnellte er hoch und sprang auf sie zu.

Zena schrie. Es gab kein Entrinnen. Hinter ihr lag der Fluß mit seiner wilden, sprudelnden Strömung. Und vorn, zwischen ihr und ihrem Zufluchtsort, war der Tiger. Ihr Körper war wie gelähmt vor Entsetzen. Nur ihre Augen bewegten sich und schossen panische Blicke zwischen der Höhle und dem Fluß hin und her. Aber da brüllte die große Katze, und dieses entsetzliche Geräusch löste sie aus ihrer Erstarrung. Sie stürzte den Berg hinunter. Vor lauter Angst konnte sie sich kaum auf den Beinen halten. Sie stieß gegen Felsen und Äste und stolperte durch tiefe Pfützen. Aber sie rannte immer weiter und rang nach Luft, während ihr das Herz bis zum Halse schlug.

Der gurgelnde Strom kam näher. Voll Entsetzen vor seinem wütenden Getöse hielt Zena inne. Wild brüllend stürzte der Tiger vorwärts. Drei große Sätze, und er hatte sie eingeholt. Da ließ sich Zena schreiend in den Fluß fallen.

Die rasende Strömung zog ihr sofort die Beine weg. Sie versuchte verzweifelt, wieder Grund zu bekommen, konnte dann aber nur noch nach Atem ringen, als der Fluß sie unter Wasser zog und auf seinem reißenden Weg zwischen den hohen Ufern gnadenlos herumwirbelte. Ihr Kopf kam gerade lange genug an die Oberfläche, daß sie einmal tief nach Luft schnappen konnte, dann wurde sie wieder hilflos nach unten gezogen. Äste zerrten an ihr und drückten sie unter Wasser, bis ihre Lungen vor Schmerz zu platzen drohten. Sie wand sich los und wurde weitergezogen, herumgezerrt und gestoßen.

Sie schlug mit der Schulter gegen einen dicken Ast, ergriff ihn, zog sich daran an die Oberfläche und konnte kaum Luft holen, da wurde ihr der Ast auch schon wieder entrissen. Wieder ging sie unter; Wasser drang ihr in Augen, Nase und Ohren. Zappelnd und tretend versuchte sie, sich im Wasser aufzurichten, aber gegen den tosenden Fluß kam sie nicht an. Ihr Körper erschlaffte, und sie nahm kaum noch wahr, wie das sprudelnde Wasser sie an die Oberfläche spülte, wieder unter sich begrub und gegen Felsbrocken und untergegangene Stämme prallen ließ. Ein großes Stück unterhalb der Stelle, an der sie ins Wasser gesprungen war, schwemmte es sie schließlich gegen einen Findling am anderen Ufer. Der Aufprall ließ sie beinahe die Besinnung verlieren, nur mit letzter Kraft klammerte sie sich an den Felsen, bis die Strömung sie mit einem letzten Aufwallen bäuchlings auf den Sand spuckte. Sie schlug mit dem Kopf auf dem Felsen auf und blieb liegen.

Fast eine Stunde war vergangen, als sie zu sich kam. Ihr Körper war zwischen zwei Felsen eingeklemmt. Das Wasser zerrte gierig an ihren Füßen, aber ihr Gesicht lag sicher im Sand. Sie würgte heftig und spürte einen pochenden Schmerz im Kopf. Als er nach einer Weile ein wenig nachgelassen hatte, zog sie sich entschlossen ans Ufer, fort von dem gierig zerrenden Wasser. Dort blieb sie viele Stunden, während die Sonne ihre wohltuende Wärme über ihren zerschundenen Körper verströmte.

Als sie sich wieder regte, hatte die Dämmerung eingesetzt. Sie kämpfte sich auf die Knie und versuchte auf die Füße zu kommen. Ihr war undeutlich bewußt, daß sie einen Unterschlupf finden mußte. Aber sie wurde von Schwindel und Übelkeit gepackt und fiel wieder zurück. Da versuchte sie nicht weiter aufzustehen und kroch statt dessen mühsam auf allen vieren vom Wasser fort. Vom Würgen waren ihr die Tränen in die Augen getreten, und sie konnte nichts sehen. So bemerkte sie erst, als ihr die Dornen das Gesicht zerkratzten, daß sie ein niedriges Gebüsch erreicht hatte. Ungeachtet der Schmerzen kroch sie hinein. Als sie endlich das Gefühl hatte, daß die Büsche sie ganz umgaben und mit ihren Stacheln schützten, brach sie auf dem harten Boden zusammen.

II

Zena stöhnte. Jeder Teil ihres Körpers schmerzte, und ihr war erbärmlich kalt, sie fror sich schier zu Tode. Die nasse Kälte schien ihr im Schlaf bis in die Knochen gekrochen zu sein. Sie konnte gar nicht wieder aufhören zu schlottern – und die ruckartigen Bewegungen waren wie eine Folter für ihren wunden Körper.

Sie wollte aufstehen, aber die Dornen bohrten sich in ihr Fleisch, und sie konnte diesen zusätzlichen Schmerz nicht auch noch ertragen. Also blieb sie ruhig liegen und raunte sich selbst etwas vor. Diese Laute wirkten fast so beruhigend, als kämen sie von jemand anderem.

Endlich ging hinter der Bergkette im Osten die Sonne auf. Ihre in der frischen Morgenluft noch kaum spürbare Wärme berührte die Schulter Zenas, die sich zu einem festen Knäuel zusammengerollt hatte, und gab ihr die Kraft, ein paar Meter voranzukriechen. Sie schnaufte heftig, und ihr wurde übel vor Anstrengung, deshalb ruhte sie sich aus, bis die Sonne hoch am Himmel stand und ihren ganzen Körper mit ihrer Hitze durchdrungen hatte. Dann gab sie sich einen letzten Ruck und befand sich wieder in der offenen Savanne.

Das erste, was sie sah, waren Beine. Viele lange, schlanke Beine, die über die Ebene verstreut standen. Mit den Augen folgte sie den Beinen hinauf zu den gerundeten Bäuchen und von dort zu den graziösen Hälsen und den sich hin und her bewegenden Hörnern von Antilopen. Zena starrte sie an. In den sieben Jahren ihres Lebens hatte sie nur einmal zuvor Antilopen gesehen, und davon wußte sie nichts mehr. Vor der großen Dürre waren sie jedes Jahr gekommen, um auf den saftigen Weiden zu grasen, die sich fast über Nacht ausbreiteten, wenn die Regenzeit hereinbrach. Seit dem Jahr, in dem Zena geboren wurde, waren sie ausgeblieben. Jetzt aber waren sie zurückgekehrt, alten Instinkten gehorchend, die ihnen sagten, daß in diesem Teil der Savanne wieder Grün zu finden war.

Sie fürchtete sich nicht vor ihnen. Intuitiv wußte sie, daß ihr diese langbeinigen Geschöpfe nichts Böses wollten. Außerdem sagte ihr ihr Instinkt, daß sie sie aufmerksam beobachten mußte. Wenn sie plötzlich aufgescheucht lossprangen, konnte ein Raubtier in der Nähe sein. Aber sie grasten friedlich, und so richtete sie sich unter Schmerzen auf und wagte sich auf die Ebene hinaus.

Vor ihr erstreckte sich eine schmal zulaufende, mit Gräsern bewachsene Fläche, die zur einen Seite vom Fluß, zur anderen von den Bergen begrenzt wurde, die sich purpurfarben in der Ferne erhoben. Geradeaus, am anderen Ende der Ebene, lagen ein paar mit Findlingen gesprenkelte Hügel. Dorthin machte sie sich auf den Weg, denn sie wußte von ihrer Mutter, daß Felsbrocken möglicherweise Sicherheit bieten konnten.

Sie kam nur langsam voran. Im Gehen hielt sie nach Knollengewächsen und anderem Eßbaren Ausschau und hielt oft inne, um sich auszuruhen. An einer Stelle stieß sie auf einige Termitenhügel. Wie ihre Mutter es ihr beigebracht hatte, steckte sie vorsichtig ein Stöckchen in eines der Nester. Als sie es wieder herauszog, war es von wimmelnden Insekten übersät. Sie verzog das Gesicht, als sie auf ihren Fingern entlangkrabbelten und ihre Lippen kitzelten, aber sie leckte sie ab und aß sie mit Behagen.

Wasser glänzte in der Ferne, als sie sich den Hügeln am Rande der Ebene näherte. Vorsichtig ging sie weiter. Sie erinnerte sich an den trügerischen Morast, den sie mit ihrer Mutter betreten hatte, und an den wütenden Fluß. Aber dieses Wasser hier lag still und friedlich in einer kesselförmigen Vertiefung, und das Gras wuchs direkt bis an seine Ufer heran. Etwa in der Mitte befand sich ein großer, flacher Felsen. Als sie näher herantrat, sprang ein kleines, dunkelgrünes Geschöpf, welches sie nie zuvor gesehen hatte, von einem Stein hoch und kopfüber ins Wasser. Kreisförmige Wellen breiteten sich von der Stelle aus, wo es verschwunden war. Zena starrte darauf und wartete, daß das Tier wieder auftauchen würde, aber es regte sich nichts mehr. Erst als sie schließlich überzeugt war, daß ihr hier keine Gefahr drohte, kniete sie sich hin, um zu trinken.

Als ihr Schatten länger wurde, dachte sie nur noch an ein sicheres Obdach. Zunächst ging sie zu den Felsen hinüber, die sie vom anderen Ende der Ebene aus gesehen hatte, aber sie lagen weit verstreut, und keiner bot eine passende Aushöhlung. Sie suchte jeden Berghang ab, an dem es Felsen gab, fand aber immer noch nichts. Entmutigt und erschöpft ließ sie sich auf dem höchsten Punkt eines Hügelkamms nieder, der sich am östlichen Ufer des Sees hinzog.

Der Schatten eines mächtigen Flügelpaares verdunkelte den Boden vor ihr, und sie drückte sich in ein nahes Gebüsch, um nicht entdeckt zu werden. Sie war nicht schnell genug. Noch zweimal glitt der Schatten langsam über ihren Körper hin. Sie konnte die Flügel rauschen hören, als der Geier herabstieß, kehrtmachte und noch einmal herabstieß.

Zena wimmerte vor Angst. Vor Geiern hatte sie sich schon immer gefürchtet. An nahezu jedem Tag ihrer Kindheit hatte sie gesehen, wie sie an Kadavern zerrten, von denen das Blut in die Erde sickerte, und sie hatte gefühlt, wie sich ihr beim Geruch von Tod und Verwesung der Magen umdrehte. Diese häßlichen, nackten Köpfe mit den furchteinflößenden Schnäbeln, die auf das Fleisch einhackten und daran herumzupften, diese spitzen Klauen, die jede Kreatur packten, die zu schwach war wegzulaufen, hatten sich ihrem Gedächtnis unauslöschlich eingeprägt. Und wo sie nun allein war, waren die Bilder furchterregender denn je.

Noch ein Geier stieß herab, um sie zu mustern, dann ein weiterer. Panik trieb Zena tief in die mit Ranken überwachsenen Büsche hinein. Es war nicht genug Platz zum Stehen oder auch nur zum Kriechen; also schlängelte sie sich so gut sie konnte auf dem Bauch einen fast nicht erkennbaren Pfad entlang, der enger und enger wurde, bis sie sich kaum mehr hindurchzwängen konnte. Die Enge machte ihr angst, und sie versuchte wieder zurückzurutschen, aber die Kletterpflanzen über ihr waren so dicht verwachsen, daß sie sich nicht umdrehen konnte. Also robbte sie weiter vorwärts.

Nach und nach stieg der Boden unter ihr an, und der von Kletterpflanzen überwucherte Boden wechselte über zu einer mit kleinen Steinen bedeckten Fläche. Die Steine gruben sich in ihr zerschundenes Fleisch, aber wenigstens begannen die Büsche lichter zu werden, so daß sie sehen konnte, was vor ihr lag. Genau vor ihr war ein schmaler Flecken nackter Erde zu sehen, und dahinter erhob sich eine niedrige Felswand. Beinahe ganz oben ragte eine Felsplatte hervor. Darunter sah sie eine tiefe Felsspalte, die gerade breit genug für sie war.

Zögernd streckte sie einen Arm ins Dunkle, um zu sehen, wie tief es war, und zwängte dann ihren schmalen Oberkörper in das Loch. In dicken Wolken stieg pudriger Staub auf, und sie mußte heftig niesen. Sofort fürchtete sie, die Geier könnten sie hören und angreifen. Gleichzeitig aber zögerte sie, weiter vorzudringen. Aus der Tiefe der Höhle kam ihr ein säuerlicher Geruch entgegen, den sie zuvor nicht wahrgenommen hatte. Vielleicht lebten hier Nagetiere mit scharfen Zähnen, oder es gab ein Nest voller Schlangen, vielleicht sogar eine kleine Hyäne. Es war so dunkel, daß sie nichts erkennen konnte.

Plötzlich fürchtete sie sich mehr vor einer unbekannten Gefahr als vor dem Geier über ihr und trat den Rückzug an. Da ließ sie ein plötzlicher Flügelschlag zusammenfahren, und auf ihren ungeschützten Beinen landete ein ganzer Schwall kleiner Steinchen. Zena blinzelte nach oben und sah, wie der plumpe Körper des furchteinflößenden Vogels sich auf dem Felsvorsprung direkt über ihr niederließ. Er beugte sich zu ihr herunter und starrte sie an. Seine Augen waren schwarz und blicklos.

Ein Schrei stieg in ihrer Kehle auf, aber die Muskeln verkrampften sich, so daß nur ein Gurgeln herauskam. Schnell preßte sie ihren ganzen Körper in den höhlenartigen Raum und zog die Beine hoch an die Brust, damit der Geier nicht heran konnte. Dicker Staub legte sich ihr auf die Bronchien, so daß sie würgen und um Luft ringen mußte, und der säuerliche Geruch wurde so stark, daß sie kaum atmen konnte. Voller Verzweiflung und einem Zusammenbruch nahe stemmte sie die Schultern gegen die abschließende Felswand und preßte die Knie in den harten Boden in dem Versuch, sich mehr Platz zu verschaffen. Immer wieder krümmte sie ihren Rücken und stieß sich vom Boden ab. Zu ihrer Überraschung gab die Wand plötzlich nach. Mit erstaunt aufgerissenem Mund streckte sie schützend die Arme vor. Die Erde unter ihrem Körper hatte nachgegeben, und darunter war nichts. Sie landete mit einem dumpfen Schlag auf dem Boden einer anderen Höhle. Der aufgewirbelte Staub war so dicht, daß sie einen Moment lang nichts sehen konnte. Aber diesmal legte er sich schnell wieder, und sie erkannte sofort, daß es hier mehr Licht und mehr Raum gab. Die schreckliche Schwärze war einem trüben, grauen Lichtschimmer gewichen, der von zwei schmalen Lichtbündeln hinter ihr herrührte. In ihrem Lichtstrahl tänzelten und schimmerten schwebende Staubflocken. Gedankenverloren starrte sie sie an, dann rissen die Angst und ihr schmerzender Körper sie aus ihrer Verzükkung.

Absolut reglos, wachsam und kampfbereit lag sie da, aber es drang kein Laut zu ihr, weder aus der Welt draußen noch aus der Höhle, in die sie gefallen war. Hier war es still und fast geruchlos. Langsam legte sich Zenas Panik. Nichts deutete darauf hin, daß irgendein anderes Tier hier hauste, und sie war sicher, daß der Geier ihr durch den dunklen Raum nicht folgen würde. Wenigstens fürs erste war sie nicht mehr in Gefahr.

Plötzlich unerträglich müde, begann sie sich leise, beruhigende Laute zuzuraunen, wie sie es schon einmal getan hatte. Lange Zeit lag sie einfach nur da und lauschte auf ihre eigenen, sanften Töne. Ganz allmählich ließ das Gefühl von tiefer Einsamkeit, das ihr Inneres stets beherrschte, ein wenig nach, und sie schlief zum erstenmal seit dem Tod ihrer Mutter entspannt und ohne jede Angst.

III

Von außen drang schwaches Licht in die Höhle. Zena schlug die Augen auf und runzelte verwirrt die Stirn, weil sie sich nicht gleich zurechtfand. Dann fiel ihr der Sturz wieder ein, und sie setzte sich rasch auf. Sie war etwa einen halben Meter unterhalb der dunklen Höhle, deren Boden nachgegeben hatte, auf einem festen, erdigen Untergrund gelandet, der in jeder Richtung mehr als doppelt so lang wie sie war. Sie versuchte aufzustehen, um diesen neuen Raum zu erforschen, stieß sich aber gleich den Kopf. Daraufhin suchte sie auf allen vieren kriechend mit ihren empfindsamen Fingern jeden

Winkel des Unterschlupfs ab. An mehreren Stellen stieß sie auf Tierkot, aber er war sehr alt und zerbröckelte, als sie ihn berührte. Sie schnüffelte einmal kurz daran und beachtete ihn dann nicht weiter.

Die beiden Öffnungen, durch die das Licht hereinkam, lagen hinter ihr, gegenüber der Stelle, auf die sie gefallen war. Die eine war nur ein schmaler Spalt, aber die andere war ein langer, schmaler Durchgang, gerade groß genug, um ihren schmalen Körper hindurchzulassen. Sich mit den Ellenbogen nach oben ziehend, wand Zena sich hinein. Der Durchgang führte zu einer Öffnung im Felshang über ihr. Sie kroch hinaus und machte sich mit der Umgebung vertraut, damit sie diesen Eingang wiederfinden würde. Ebenso wie das Loch, durch das sie gefallen war, lag er gut verborgen hinter mehreren schwarzen Felsplatten und war von oben so gut wie nicht zu erkennen. Beide Eingänge waren zu schmal für Raubtiere. Wenn sie aber von einer Schlange oder einem kleineren Tier angegriffen würde, blieb ihr immer ein zweiter Fluchtweg. Weil der Boden unter ihr nachgegeben hatte, hatte sie eine ideale Zuflucht gefunden, wie es nur wenige in der ganzen afrikanischen Savanne gab.

Sie hatte den Geier nicht vergessen und lauschte eine längere Zeit, bevor sie sich dem Felsvorsprung näherte. Als sie nichts Beunruhigendes hören konnte, kletterte sie auf das felsige Sims und betrachtete die Landschaft zu ihren Füßen.

Der See lag unbewegt und fahlgrau im frühen Morgenlicht. Rings um ihn her schwankten Blumen und üppige Gräser in der leichten Brise. Bäume mit dichten, weit ausladenden Kronen schmückten die Flußufer im Norden, und die Hügelkette, auf der Zena stand, war dicht mit Büschen und Kletterpflanzen voller Beeren bewachsen. Für ihre an die Dürre gewöhnten Augen sah das Land unendlich einladend aus und sehr vielversprechend, was Nahrung und Wasser anging. Sie sah sich um, als wollte sie ihre Mutter rufen und zur Eile antreiben, damit sie diesen Überfluß dort unten bewundern konnte. Auch nach vielen Tagen ließ sich die Gewohnheit, engen Kontakt mit jemand anderem zu pflegen, nicht so leicht ablegen.

Zena wurde von der Traurigkeit, die ihr die Freude an dieser Aussicht verdorben hatte, abgelenkt, als sie aus den Augenwinkeln einen strahlenden Glanz wahrnahm. Das Band des Flusses hatte zu glitzern begonnen, sein Grau verwandelte sich in funkelndes Silber. Dann ging die Sonne hinter ihr über den Hügeln auf und berührte die schwarze Bergmasse im Süden. Zena starrte wie gebannt auf dieses Schauspiel. Die nächstgelegenen Hügel schimmerten rosa und rotorange; die anderen bildeten eine sich zum Horizont hin verjüngende Kette aus sonnenbeschienenen Erhebungen, von denen jede in noch kräftigeren Farben strahlte als die davor.

Etwas anderes drängte sich in ihr Blickfeld, und sie runzelte die Stirn. Von einem Berg mit kesselförmigem Gipfel erhob sich gemächlich eine dünne Rauchwolke. Der Rauch schien nicht hierher zu gehören. Irgend etwas stimmte hier nicht.

Zwischen zwei niedrigen Hügeln nördlich des Sees tauchte eine Herde Antilopen auf und tänzelte zum Wasser hinunter. Ihr Fell glänzte golden in der Sonne. Sie waren unruhig; mit ihren schmalen Hufen traten sie Grasbüschel los, und sie reckten ständig die Köpfe und witterten. Deshalb blieb Zena, wo sie war, und beobachtete sie erst einmal.

Da wurde die Ursache für ihre Unruhe auch schon sichtbar. Hinter einem Felsgrat, der sie bisher verborgen hatte, kam eine lärmende Schweineherde hervorgetrottet, die sich grunzend im Parademarsch auf den Weg zum See machte. Es spritzte nur so, als sie sich hineinstürzten und das Wasser schlürften, das von ihren trampelnden Hufen ganz schlammig wurde. Als ihr Durst gestillt war, suhlten sie sich ausgiebig im Morast, sprangen dann auf und schüttelten sich mit gespreizten Beinen.

Zena rührte sich nicht, bis die Schweine ihr ungestümes Gastspiel beendet und sich wieder auf den Rückzug in die Hügel begeben hatten. Dann setzte sie ihren Erkundungsgang fort. Ein Stück weiter auf dem Felsabsatz fand sie in einem Nest aus dicken Zweigen vier gefleckte Eier. Sie erinnerte sich nur undeutlich an Eier, aber sie wußte sofort, daß man sie essen konnte. Nur wie man sie aß, war sie sich nicht so sicher. Sie biß in eines hinein, aber dabei zerbrach die Schale, und weil sie den Inhalt nicht verlieren wollte, stopfte sie sich das ganze Ei in den Mund. Das Flüssige war köstlich, aber als sie es zu schlucken versuchte, bekam sie kleine Schalenstückchen in die Kehle. Prustend spuckte sie die ganze Bescherung auf den Felsen. Dann fischte sie die größeren Schalenstücke geschickt heraus und leckte den Rest wieder auf. Dabei erwischte sie auch Sand und Steinchen vom Felsen, aber der Geschmack war noch immer wunderbar befriedigend.

Sie schielte auf die verbliebenen Eier, unschlüssig, ob sie sie nehmen sollte. Ein lärmendes Vogelpaar brachte sie davon ab. Wütend kreischend schlug es ihr die Flügel ins Gesicht und stieß auf sie nieder. Zena zog den Kopf zwischen die Schultern, hob schützend die Arme hoch und floh den Hang hinunter, bis die rauhen Protestschreie hinter ihr verhallten. Die Vögel waren nicht groß genug, um ihr angst zu machen, aber sie wollte sie lieber nicht zu einem wütenden Angriff herausfordern. Allerdings wollte sie auch auf die Eier nicht verzichten. Vielleicht würde sie sie später holen.

Jetzt war sie durstig. Weil sie sich nicht noch einmal bäuchlings durch die stacheligen Büsche schlängeln wollte, suchte sie nach einem leichteren Weg zum See. Schon bald stieß sie auf einen schmalen Pfad gleich an der anderen Seite ihrer Aussichtsplattform. Sie folgte ihm hinunter und war fast sofort im dornigen Gestrüpp verschwunden. Die Sträucher beengten sie von allen Seiten, aber es gab Platz genug zum Stehen, also ging sie weiter. Die Spur roch streng nach einem Tier, das sie nicht identifizieren konnte. Nervös behielt sie das Gelände vor sich im Auge. Wenn von dort ein anderes Lebewesen auf sie zukam, gab es kein Entkommen.

Dann machte der Pfad eine Kurve. Und sie sah sich direkt einem Paar Hörnern gegenüber. Sie waren lang und gewunden und standen steil nach oben. Das Tier vor ihr fuhr erschrocken zusammen. Es knackte heftig im Gebüsch, als es auf dem engen Raum umdrehte und den Weg zurücklief, den es gekommen war. Hinter ihm war noch ein Tier und danach ein weiteres. Sie machten allesamt kehrt und stürzten davon. Ihre Hufe schlugen dumpf auf den festgetrampelten

Boden. Noch immer zitternd wegen dieser plötzlichen Begegnung, hockte sich Zena still an den Rand des Pfades, falls hier noch mehr Tiere vorbeikämen. Aber nichts passierte, und nach einer Weile setzte sie ihren Weg fort.

Das Gebüsch war ganz unvermittelt zu Ende. Direkt unter ihr lag der See, unbewegt und funkelnd. Viele Antilopen und eine kleine Herde der Tiere, denen sie auf dem Pfad begegnet war, grasten auf der anderen Seite. Sie hoben die Köpfe und starrten zu ihr herüber, dann fraßen sie weiter. Von ihrer Ruhe ermutigt, rannte sie begierig zum Wasser und kniete sich hin, um zu trinken. Spritzende Geräusche zur Mitte des Tümpels hin ließen sie erschrocken aufblicken. Winzige längliche, in der Sonne ganz silbrig glänzende Geschöpfe schnellten aus dem Wasser und fielen wieder zurück. Neugierig geworden streckte sie die Hand nach ihnen aus, aber sie schossen davon. Dann sah sie einen schmalen, grauen Schatten langsam an ihren Händen vorüberschwimmen. Dieses Tier war länger als die anderen, und sein Körper glitt graziös durchs Wasser. Sie versuchte es festzuhalten, aber es schlüpfte ihr mühelos durch die Finger. Enttäuscht bückte sie sich tiefer hinunter und keuchte erschreckt auf, als ihr plötzlich Wasser in Nase und Augen schwappte. Hustend und spuckend fiel sie nach hinten. Die Antilopen auf der anderen Seite schnaubten und sprangen davon, fort von diesem fremdartigen Lärm.

Zena ging ans Ufer zurück, damit das Wasser nicht wieder nach ihr ausholen konnte. Lange saß sie da und starrte es an. Ab und zu kräuselte sich die Oberfläche ein wenig, aber sonst rührte es sich nicht. Also wagte sie sich wieder heran und streckte erst den einen, dann den anderen Fuß in den weichen Morast unter dem Wasser. Sofort verschwanden ihre Zehen, aber als sie sie herauszog, waren sie noch da. Sie watete weiter. Inzwischen stand die Sonne hoch am Himmel. Die Luft war brennend heiß, und die Kühle auf ihrer zerkratzten Haut war wunderbar lindernd.

Drei winzige gelbe Vögel schwammen laut piepend an ihr vorbei. Zena lachte, als sie mit hoch in die Luft gestreckten Schwänzen ins Wasser tauchten und mit baumelnden grünen Stengeln in ihren rosa Schnäbeln wieder hochkamen. Sie pflügte mit der Hand durch das Wasser, um herauszufinden, was sie da aßen, aber die glitschigen Pflanzen, die sie nach oben holte, schmeckten für sie nur bitter. Da grub sie tiefer in dem lockeren Schlamm nahe am Ufer des Tümpels, wobei sie ihr Gesicht immer in sicherer Entfernung vom Wasser hielt. Ihre suchenden Finger brachten einen Haufen Schnecken, ein paar zappelnde Kaulquappen und einige lange, hängende Pflanzen mit köstlichen weißen Zwiebeln an die Oberfläche.

Die silbernen Fischchen, die sie um den Felsbrocken hatte springen sehen, waren überall; sie schossen davon und verschwanden im Schlick, sobald sie sich bewegte, also blieb sie reglos stehen. Sofort begannen die Fische ganz leicht an ihren Fußgelenken zu knabbern. Sie fuhr zusammen, und das Knabbern hörte auf, ging aber sofort weiter, sobald sie sich ruhig verhielt. In einer einzigen Bewegung fuhr ihre Hand ins Wasser, schnappte sich einen der kleinen Fische und steckte ihn in den Mund. Mit anerkennendem Schmatzen kaute sie die Delikatesse. Sie wiederholte diese Taktik noch drei-, viermal, dann machte sie sich befriedigt auf den Weg zurück zu ihrer Höhle.

Die Eier lagen noch in ihrem Nest; sie ging vorbei und ließ sie unberührt. Sie hatte bereits gut gegessen, mehr war nicht nötig.

Zufrieden seufzend rollte sie sich auf dem Felsabsatz zusammen, um sich auszuruhen. Selbst als der Geier in der Nähe kreiste, rührte sie sich nicht vom Fleck. Jetzt, wo sie sich innerhalb von Sekunden in ein sicheres Versteck zurückziehen konnte, machte er ihr keine Angst mehr. Erst später, als die Dunkelheit hereingebrochen war und von einem nahen Hügel das klagende Heulen eines Tieres herübertönte, verflüchtigte sich ihre neu gewonnene Heiterkeit. Obwohl der Schock durch den Tod ihrer Mutter und das Entsetzen nach dem Angriff des Tigers nachließen, hatte sie immer noch die heftige Sehnsucht, ein Wesen, das ihr glich, zu fühlen, zu hören und zu riechen. Aber da war niemand.

3. Kapitel

Zena wurde von einem Todesschrei geweckt. Schauer liefen ihr über den Rücken bei diesem Ton. Das Knurren des Tigers hatte schon die ganze Zeit verschwommene Erinnerungen in ihr wachgerufen, der Schrei aber brachte ihr gewaltsam den Augenblick ins Gedächtnis zurück, als ein Mitglied ihrer Horde von einer dieser großen Katzen getötet worden war. Schaudernd lauschte sie auf weitere Schreie, aber es blieb vollkommen still. Sie lag lange reglos da, spitzte die Ohren und spähte angespannt um sich. Dann ließ sie ein neues Geräusch in Kampfstellung hochschnellen. Das kaum hörbare Kratzen kam vom Felsen draußen. Automatisch griff sie nach einem Stein und ballte die Faust darum.

Jetzt war außer dem anderen Geräusch auch noch ein dünnes Wimmern zu hören. Zena runzelte verwirrt die Stirn. Auch das kam ihr bekannt vor, als ob sie sich selber hörte, als ihre Mutter in dem brausenden Wasser verschwunden war. Fast ein Jahr war seitdem vergangen, aber sie erinnerte sich immer noch daran.

Sie zögerte, wußte nicht, wie sie reagieren sollte. Dann steigerte sich das Wimmern zu einem ängstlichen Schreien, und sie handelte, ohne nachzudenken. Sie zwängte sich hinaus und rannte auf das Geräusch zu. Wieder durchfuhr sie ein Schauer. Der Geruch, der ihr entgegenströmte, hatte sich ihr eingeprägt, seit sie ein Säugling war, und als ihr Bruder geboren wurde, hatte es genauso gerochen. Von einem Impuls geleitet, der tiefere Quellen als jede Erinnerung hatte, berührte sie sanft ihre Brust.

Es lag noch ein anderer Geruch in der Luft, und diesmal erkannte sie ihn sofort: das war Blut, frisches Blut.

Jetzt doch vorsichtig geworden, kroch sie auf den Geruch zu, aber er wurde schon bald von einem Geruch von Feuchtigkeit und zertretenen Blättern überdeckt, die sie beim

Gehen aufwirbelte. Sie blickte angestrengt umher, aber die Sonne versteckte sich noch immer hinter dem Horizont, und um sie her lag alles im Schatten und war schwer zu erkennen. Sie wäre beinahe an der reglosen Gestalt vorbeigelaufen, hätte das kleine Wesen nicht aufgejammert. Die Töne wiesen ihr die Richtung, und dann sah sie es: Auf dem harten Erdboden lag mit ausgebreiteten Armen ein kleiner Körper, eine Miniaturausgabe ihrer selbst.

Sie starrte ihn an, wartete, daß er sich bewegte oder erneut einen Laut von sich gab. Die Augen waren geschlossen, und der Mund stand offen, so daß man zwischen den Lippen, die genau so waren wie ihre, die zahnlosen Kiefer sehen konnte. Auch daß er haarlos war bis auf eine dunkle Matte auf dem Kopf, war ebenso wie bei ihr. Aber in der Leiste hatte er einen kleinen Auswuchs. Das war anders. Etwas regte sich in Zenas Erinnerung; so hatte ihr kleiner Bruder auch ausgesehen. Sie kroch näher heran, sprang aber erschrocken zurück, als der kleine Körper heftig zuckte. Dann lag er wieder reglos da.

Während sie ihn weiter anstarrte, überkam Zena ein ungewohntes Gefühl, das noch stärker wurde, als sich das kleine Männchen langsam und mit schmerzlich verzogenem Mund zu ihr umdrehte. Jetzt konnte sie sehen, warum es nach Blut roch. Auf seinem Rücken klaffte eine lange, tiefe Wunde, als sei sie von einer Klaue aufgerissen worden. Instinktiv kniete sie sich hin und begann mit langsamen, ausholenden Bewegungen ihrer Zunge die Wunde zu lecken. Das Junge wimmerte und streckte ihr die Arme entgegen. Erschrocken fuhr sie zurück, aber seine Hände fuhren nur ganz sacht über ihr Gesicht und griffen dann nach ihrem filzigen Haar, das es umgab. Sie versuchte sich ihm zu entziehen, aber er hatte sich fest verkrallt, und sie kam nicht wieder los. Damit das Zerren aufhörte, nahm sie das Kleine auf und wiegte es sanft. Es stieß einen tiefen Seufzer aus, und seine Finger lösten sich.

Da stand Zena nun mit dem Kind im Arm. Sein Gewicht und die Körperwärme an ihrer Brust fühlten sich fremd an und doch auch wieder normal. Nachdenklich ließ sie die

Hand über die kleine Gestalt gleiten, die ihr, abgesehen von dem kleinen Höcker zwischen den Beinen, so ähnlich war. Unvermutet stiegen ihr Tränen in die Augen. Es war tief befriedigend, dieses verwundete Geschöpf an sich zu drücken und zu trösten. Mit ihm fühlte sie sich vollständig nach all diesen einsamen Monaten, so als wäre endlich eine schmerzliche Leere in ihrem Innern gefüllt worden. Sanft preßte sie die Lippen auf seine runde Wange.

Sie wollte das Kleine nicht wieder allein lassen, nicht für einen einzigen Augenblick. Deshalb trug sie es vorsichtig in die Höhle zurück. Dort leckte sie ihm die Wunde, bis sie nicht mehr blutete. Von Blut und Schmutz gesäubert, sah sie gar nicht so tief aus. Als Zena mit dem Lecken aufhörte, kuschelte das Junge seinen Kopf an ihre Schulter und schlief ein.

Nach ein paar Stunden wurde sie vom Hunger geweckt. Behutsam glitt sie von dem schlafenden Kind fort und versuchte aufzustehen, ohne es zu wecken. Sofort öffnete es blinzelnd die Augen und starrte sie mit erstauntem Ausdruck an. Die runden, dunklen Augen wirkten riesig in seinem winzigen Gesicht. Dann gähnte es ausgiebig und begann zu wimmern. Die winselnden Töne gingen schnell in Geschrei über. Zena war sich nicht ganz sicher, was sie nun tun sollte, also hob sie das Kind auf den Arm. Das Geheul hörte urplötzlich auf, als das kleine Männchen sein Gesicht ihrer Brust zudrehte und nach ihrer Zitze zu suchen begann. Kurze Zeit lang saugte es gierig, als aber nichts kam, stieß es einen lauten, wütenden Schrei aus.

Erstaunt setzte Zena ihn auf den Boden. Seine Schreie wurden daraufhin nur noch durchdringender. Immer noch heulend versuchte er, wieder zu ihr zu laufen, aber seine Beine wollten ihn nicht halten, und er setzte sich abrupt auf sein Hinterteil. Er streckte ihr die Arme entgegen, und auf seinem Gesicht zeigte sich ein verzweifelter Ausdruck. Da kniete Zena schnell nieder und nahm ihn, beruhigende Laute murmelnd, in die Arme. Als seine Schluchzer schließlich verebbten, bugsierte sie ihn durch die staubige Enge auf den Felsabsatz hinaus, um nach Essen Ausschau zu halten. Das Kind nieste und sah sie ganz verwundert an.

Ein wenig den Berg hinauf wuchsen Büsche mit beinahe reifen roten Beeren. Zena pflückte ein paar und stopfte sie dem Kind in den Mund, aber es spuckte sie nur wieder aus und fing von neuem zu wimmern an. Sie selbst kaute langsam auf einer Handvoll Beeren herum, die sie für sich gepflückt hatte. Sofort hielt das kleine Männchen ihr mit gespitzten Lippen das Gesicht entgegen und starrte ihr eindringlich in die Augen. Zena starrte zurück. Dann preßte sie, einer Erinnerung an ihre Mutter mit ihrem kleinen Bruder folgend, ihre Lippen auf seine und ließ einen Teil der durchgekauten Beeren in seinen Mund gleiten. Es schluckte und hielt sein Gesicht hoch für die nächste Portion. Sie wiederholten diese Prozedur viele Male, bis der kleine Körper an ihrer Brust erschlaffte und die dunklen, runden Augen sich wieder schlossen.

Unter der ungewohnten Last wurden Zenas Arme schwer. Sie trug das Kind zur Höhle zurück, für deren Sicherheit sie nun doppelt dankbar war, und legte es auf einem Haufen mit getrocknetem Gras nieder, den sie als Schlafstätte benutzte. Dann eilte sie zum See hinunter. Der Kleine hatte fast alle Beeren gegessen, und sie war noch hungrig.

Außer ein paar kleinen Vögeln, die auf langen Beinen herumstaksten und wild piepten, sowie sie näherkam, war die Gegend ringsumher wie ausgestorben. Zena kümmerte sich nicht darum. Sie zog ein Büschel Schlingpflanzen heraus, um sich über ihre Knollen herzumachen. Als sie erst einige wenige davon gegessen hatte, ertönte ein lautes Geheul aus der Richtung der Höhle. Die Knollen noch in der Hand, sprang sie hoch und lief denselben Weg zurück, den sie gekommen war.

Als sie die Höhle betrat, hörte das kleine Männchen sofort zu heulen auf. Mit erwartungsvollem Gesichtsausdruck krabbelte es auf sie zu und griff nach den Knollen in ihrer Hand Es zog an den langen Stielen, aß aber nicht. Doch sobald sie selbst anfing zu kauen, hielt es ihr seine gespitzten Lippen entgegen. Sie stopfte ihm etwas in den Mund; es schluckte und hielt gleich wieder das Gesicht hoch. Mehr! Sie versuchte auch, ihn mit ein paar Wurzeln zu füttern, aber das Kauen dauerte zu lange, und es wurde ungeduldig, also ging sie wieder zu den Knollen über.

Nach einer Weile war sie der Prozedur müde und wandte sich ab. Das Junge steckte sich eine Knolle in den Mund und saugte daran. Eine andere nahm es in die Hand und befingerte sie ausgiebig. Dann begann es in der Höhle herumzukrabbeln. Ein langer Stiel hing zwischen seinen Lippen hervor, ein anderer aus seiner Hand. Es versuchte mehrmals, sich hinzustellen, landete aber jedesmal auf seinem Hinterteil. Schließlich spuckte es die Knolle aus, krabbelte auf Zenas Schoß und schlief wieder ein.

Gedankenverloren sah Zena ihn an. Diese kleine Kreatur war ihr von irgendwoher zugefallen, sie wußte nicht woher, und sie konnte sich auch nicht vorstellen, wie es dazu gekommen war. Und dennoch schien es schon jetzt ein Teil von ihr zu sein. Da war nichts Fremdes an ihm, nur Vertrautheit. Sie träumte vor sich hin von ihrer Mutter und ihrem kleinen Bruder. Dann fiel ihr der Schrei ein, den sie in der letzten Nacht gehört hatte, und sie setzte sich unvermittelt auf. Die sie da hatte schreien hören, mußte auch eine Mutter gewesen sein, eine andere.

Stirnrunzelnd untersuchte sie die Wunde auf dem Rücken des Jungen. Ungebeten trat ihr das Bild der großen Katze vor Augen, und sie sah wieder die reißenden Krallen, die den Boden ihres Unterschlupfs aufkratzten, als sie sich nach dem Tod ihrer Mutter dort verkrochen hatte. Dieser Riß stammte von einer Kralle. Die Krallen und die furchterregenden Zähne hatten die Mutter getötet. Und das bedeutete, daß die große Katze noch immer irgendwo da draußen war und sich an ihrer Beute gütlich tat.

Zena legte ihre Arme beschützend um das kleine Männchen. Es erwachte durch die plötzliche Berührung und ließ ein dünnes Quäken hören. Dann merkte es, daß es sicher in ihren Armen lag, seufzte zufrieden und schloß die Augen. Sie lächelte belustigt. Dieses Geräusch machte der Junge immer, wenn er unglücklich war oder hungrig. Sanft kitzelte sie ihn; er quäkte wieder und starrte sie ärgerlich an. Sie kitzelte noch einmal, er quäkte prompt. Da ließ sie ihn in Ruhe einschlafen. Aber von da an fiel ihr immer, wenn sie an diese kleine Kreatur dachte, die ihr so unerwartet zugefallen war, immer auch dieses Quäken ein. Deshalb nannte sie ihn in Gedanken Quäks.

II

Es dauerte mehrere Wochen, bis Quäks' Wunde ausgeheilt war, und während dieser Zeit lief Zena immer, wenn er schlief, zum See, um Nahrung für sie beide zu sammeln und dann mit ihrer Beute wieder zurückzukehren. Eines Tages aber wollte er unbedingt mit. Er hängte sich an ihre Beine, als sie auf den Durchgang zuging, der aus der Höhle führte, und gab leise, jammernde Töne von sich. Sie stieß ihn sanft mit dem Fuß zurück, aber er kroch hinter ihr her, bis sie sich umdrehte und die Arme ausbreitete. Da krabbelte er fröhlich glucksend hinein. Seine schwarzen Augen funkelten aufgeregt. Zena rieb ihre Nase an seiner; er warf mit vor Begeisterung weit offenstehendem Mund den Kopf zurück und drückte dann wieder sein Gesicht an ihres, um das Spiel zu wiederholen. Sie gehorchte gern, und auch ihre Augen strahlten glücklich. Die Freude stieg ihr die Kehle hoch. Sie drückte Quäks ganz fest an sich. Seinen zappelnden Körper an dem ihren zu fühlen war wunderbar beruhigend.

Er wand sich aus ihren Armen und wollte weiterspielen, also setzte sie ihn, diesmal widerstrebend, auf den Boden. Zu ihrer Überraschung landete er auf den Füßen. Einen Augenblick lang schwankte er vor und zurück, als ob er umfallen wollte, dann machte er ein paar unsichere Schritte vorwärts. Sie lächelte und klatschte in die Hände. Über das ganze Gesicht strahlend, machte Quäks es ihr nach. Wieder tapste er nach vorn und legte dabei vor Anstrengung die ganze Stirn in Falten. Als er sie erreicht hatte, schlang er seine Arme um ihren Hals und wollte gar nicht wieder loslassen. Zena bestand nun nicht länger darauf, ihn zurückzulassen, und trug ihn aus der Höhle. Gemeinsam wagten sie sich ins grelle Sonnenlicht hinaus.

Die Antilopen ästen in aller Ruhe vor sich hin. Das bedeutete, daß keine Raubtiere in der Nähe lauerten, also preßte Zena Quäks fest an ihre Hüfte und machte sich mit ihm auf den Weg durch das dichte Gebüsch. Als sie unten angekommen waren, setzte sie ihn im Gras ab und ging weiter, um zu trinken. Im Eiltempo krabbelte er hinter ihr her und war schon am Ufer angelangt, als sie sich umsah. Er starrte auf das Wasser vor sich. Dann lehnte er sich vor und schlug mit der Hand hinein. Das Geräusch erschreckte ihn, und er kroch schnell ein Stück zurück. Zena nahm den Mund voll Wasser, hielt ihr Gesicht nah an seines und spritzte ihm einen dicken Strahl hinein, als er erwartungsvoll den Mund aufmachte. Quäks riß überrascht die Augen auf. Das war kalt. Er vergaß zu trinken und verschluckte sich. Das Wasser lief ihm über Kinn und Brust und trat sogar aus seinen Augen. Aber er erholte sich schnell und hielt wieder auffordernd sein Gesicht hoch.

Den ganzen Tag blieben sie zusammen dort. Quäks machte Zena alles nach; er grub mit erdverkrusteten Händen den Boden um, als sie nach Knollen suchte, und zog immer wieder an ein paar tief dunkelroten Beeren, die reif an den Büschen am Wasser hingen. Sein Gesicht und seine Hände waren schon bald über und über rot von ihrem Saft. Zena führte ihn zum Ufer des Sees, um ihn zu waschen. Mit einem lauten Plopp sprang ein dicker grüner Frosch ins Wasser. Quäks starrte hinterher und machte sich dann aus ihren Armen frei, um ihn zu jagen. Er stolperte ins Wasser und landete auf dem Hinterteil. Schutzsuchend sah er zu Zena hoch, aber all das Neue um ihn herum lenkte ihn schnell wieder ab. Er furchte mit den Händen durch das kühle Wasser und betrachtete seine pflanzenverklebten Finger, als er sie wieder herauszog. Dann zupfte er die schleimigen Dinger ganz vorsichtig, eine nach der anderen, wieder ab.

Zena ließ ihn eine Weile spielen, dann nahm sie ihn hoch und machte sich auf den Weg zurück zur Höhle. Die Sonne hatte den westlichen Horizont schon beinahe erreicht und die Hitze des Tages mit sich genommen. Das war die Zeit, zu der die Raubtiere auf Beutezug gingen. Sie schaute zum Felsvorsprung hinauf, dessen Konturen in der untergehenden Sonne viel weicher wirkten. Die Gegend um ihren Unterschlupf herum sah unendlich einladend aus. Felsen, Gräser und Büsche verschmolzen zu einem zarten Bild aus Rosa- und Goldtönen, und das ganze Gebiet nach Westen hin lag in dämmrigem Licht.

Quäks schlief schon an ihrer Schulter. Ganz vorsichtig ließ sie ihn auf das Grasbett nieder. Sofort wachte er auf und kletterte winselnd wieder in ihre Arme. Zena legte sich neben ihn, damit sie beieinander bleiben konnten. Wie jede Nacht, seit er gekommen war, schliefen sie eng umschlungen. Ihr Atem streifte leicht und regelmäßig die Wange des anderen.

Als sie am nächsten Morgen die Höhle verließen, deutete Quäks beharrlich auf die roten Beeren, mit denen sie ihn am ersten Tag gefüttert hatte. Zena gab ihm ein paar davon aus ihrem Mund, dann versuchte er, sie selber zu essen. Sie waren jetzt ganz reif und nicht mehr so schwer zu kauen. Langsam stiegen die beiden immer den Büschen nach bis zur Felskuppe hinauf. Diesen Weg war Zena zuvor noch nie gegangen. Sie war immer zum Wasser hinuntergeklettert, wo es reichlich Nahrung gab.

Vorsichtig spähte sie zur anderen Seite hinunter. Vor ihr lag ein tiefes, enges Tal, das dicht mit Bäumen bewachsen war. Die Hügelkette zog sich südlich den Bergen entgegen, beschloß zur einen Seite hin das Tal und fiel dann jäh in einen tiefen Abgrund, der es auf der anderen Seite begrenzte. Jenseits dieses Abgrunds stieg das Land in Stufen zu einer grünen Hochebene an, auf deren saftigen Wiesen viele in der Entfernung winzig kleine Tiere grasten.

Aus den Augenwinkeln bemerkte sie eine Bewegung direkt unter ihnen, und sie schnappte nach Luft. Hinter einem Grasbüschel war ganz kurz ein langer Schwanz mit weißer Spitze aufgetaucht. Die Antilopenherde, die nahebei gegrast hatte, wurde von einer Sekunde zur anderen unruhig. Die Köpfe drehten sich nervös in alle Richtungen, und die Hufe tänzelten. Zena wurde ganz starr. Es war ein Geräusch, auf das sie immer wartete, auch wenn sie sich dessen nur selten bewußt war.

Gebannt beobachtete sie, wie die Gräser sich teilten und ein Leopard sichtbar wurde. Jeder Muskel seines geschmeidigen Körpers bebte vor Anspannung, und seine mächtigen Kiefer waren voller Konzentration zusammengebissen. Die Antilopen nicht aus den Augen lassend, schob er sich vorwärts, den Bauch nur knapp über dem Boden. Einige Antilopen flohen schon, aber eine war langsamer als die anderen. Auf diese hatte es der Leopard abgesehen. Jetzt konnte ihn nichts mehr aufhalten. Sein ganzer Körper war vom Jagdfieber gepackt, jeder Muskel, jede Sehne gehorchten, als er sich mit langen, ausholenden Sprüngen auf sein Opfer stürzte, und schließlich schnell wie der Blitz zum Todessprung ansetzte. In letzter Verzweiflung versuchte die Antilope auszubrechen, aber der Leopard schoß so schnell hinter ihr her, daß von seinem Körper nicht viel mehr als ein braungelber Schatten zu sehen war. Dann verschwanden die beiden hinter einem Hügel.

Zena ließ mit einem lauten Zischen die angehaltene Luft aus ihren Lungen entweichen. Sie konnte sich nicht losreißen und wartete. Kurz darauf tauchte der Leopard wieder auf, die leblose Antilope hinter sich herziehend. Er zerrte das Opfer einen Baum hinauf und ließ sich zur Mahlzeit nieder.

Zena starrte auf die Wunde auf Quäks' Rücken hinunter. Von hierher war der Schrei gekommen, von der Hügelkuppe … Der Leopard, kein Tiger, mußte diesen Hieb geführt haben. Und er hatte auch die Mutter genommen.

Schaudernd führte sie Quäks den anderen Weg entlang zum vertrauten See hinunter. Sie war glücklich, daß der Leopard hier nicht auch jagte. Und dennoch machte sie das Erlebnis nervös, und sie träumte danach viele Nächte lang schwer, genauso wie nach dem Tod ihrer Mutter. Immer und immer wieder stürzten sich Leoparden und Tiger auf Quäks, und sie konnte ihm nicht helfen, weil ihre Beine ihr nicht gehorchen wollten. Statt dessen gehorchten sie den Träumen und zuckten unentwegt, obwohl sie doch gleichzeitig von Lähmung befallen zu sein schienen.

Danach sah sie den Leoparden gelegentlich, aber er kam nie in die Nähe des Sees. Allmählich ließ ihre Unruhe nach, obwohl sie immer noch einen großen Bogen um die Felskuppe machte. Sie fand einen anderen Platz mit roten Beeren, und wenn Quäks welche wollte, führte sie ihn dorthin. Er konnte bald alleine kauen, weil kräftige Zähne aus seinen Kiefern gewachsen waren. Auch seine Schritte wurden sicherer, und mit der Zeit lernte er so schnell zu laufen, daß Zena kaum mit ihm Schritt halten konnte. Besonders gerne jagte er sie oder lief vor ihr weg und blieb nur stehen, wenn sie ihn auf eine ganz bestimmte Weise rief. Mit den verschiedensten Arten von Rufen und Schreien bedeutete sie ihm, welche Nahrung sie gefunden und was für Tiere sie gesehen hatte, und daß er weglaufen oder sich verstecken sollte, wenn Gefahr drohte. An einige konnte sie sich noch von ihrer Mutter her erinnern, andere erfanden sie neu, wenn es nötig war. Wenn sie einmal einen bestimmten Laut benutzt hatte, behielten Quäks und sie ihn im Gedächtnis und benutzten ihn danach immer in derselben Weise. Schon bald beherrschte er die Rufe ebenso gut wie sie. Und er machte auch sonst alles nach, was sie tat. Er lehnte sich schnüffelnd vor und äugte um sich, bevor sie sich zum See hinunter wagten. Und er horchte auf gefährliche Geräusche. Mit den Händen konnte er viel besser nach Knollen und Wurzeln graben und Kaulquappen, Frösche und kleine Fische fangen.

Überall gab es Nahrung im Überfluß. Die Büsche waren voller Beeren, und auf den Bäumen am Fluß wuchsen üppige Stauden von Früchten und Nüssen. In den Feldern reiften Körner, es herrschte Überfluß an Melonen und Knollen, und die Vögel legten ganze Nester voller Eier. Quäks machte sich einen Spaß daraus, die empörten Eltern mit lauten Schreien von ihren Brutstätten hochzuscheuchen, während Zena sich ein oder zwei Eier nahm. Die anderen ließ sie liegen, damit die Vögel, die ihr zuschauten, etwas auszubrüten hatten.

Manchmal versuchte Quäks auch, junge Tiere zu fangen, aber Zena hielt ihn jedesmal zurück. Sie brauchten kein Fleisch für ihre Ernährung, und es schien falsch, ein Tier zu töten, das sie nicht essen wollten. Statt dessen schauten sie begeistert zu, wie die winzige Antilope oder das Zebrafüllen, die er entdeckt hatte, auf wackeligen Beinen hinter ihrer Mutter herstaksten. Einmal sahen sie, wie eine Babygiraffe aus dem Hinterteil der Mutter fiel, sich mühsam aufkämpfte und ihr dann auf steifen Beinen zum Tümpel folgte. Die Beine schwerfällig gespreizt, senkte die Mutter den Kopf zum Wasser hinunter und trank, während das Kalb unter ihrem Bauch saugte. Oft trompeteten Elefanten durch das Tal, ihre Jungen drängten sich eng an den Beinen der Alten zusammen. Während sie so dahinstampften, rupften sie mit den Rüsseln unablässig an Bäumen und Büschen, um ihren maßlosen Hunger zu stillen. Zena und Quäks kamen diesen massigen Geschöpfen lieber nicht zu nahe, aber sie sahen fasziniert zu, wie die Elefanten sich in dem See suhlten und sich mit ihren langen Rüsseln bespritzten. Wenn sie dagewesen waren, blieb das Wasser noch tagelang braun und trübe.

Das einzige, was in ihrem Leben fehlte, waren Lebewesen, die ihnen glichen. Nun, wo Quäks bei ihr lebte, war Zena nicht mehr einsam, aber manchmal fühlte sie sich seltsam leer. Seit ihrer Geburt waren inzwischen dreizehn Jahre vergangen, und sie war einen Meter zwanzig groß, genau so groß, wie ihre Mutter gewesen war. Vorne im Schritt hatte sie ein haariges schwarzes Dreieck bekommen, und auf ihrer flachen Vorderseite hatten sich ganz allmählich Brüste gebildet. Manchmal berührte sie sie und spürte etwas Unbestimmbares in sich, als müßte sie etwas haben oder etwas tun, das sie sich aber nicht vorstellen konnte. Oft überkam sie diese Sehnsucht, wenn sie sich in die Nähe der Felskuppe wagte. Da waren manchmal Gerüche, die sie aufnahm, wenn der Wind richtig stand, und diese Gerüche aus dem Tal dort unten weckten Erinnerungen in ihr an ihre Horde, ihre Mutter und ihren kleinen Bruder. Von diesem Ort her hatte sie den Schrei einer anderen von ihrer Art gehört ...

Aber sie wagte sich nicht zur anderen Seite hinunter. Das war Leopardengebiet.

III

Eines Morgens schlenderte Zena zum See hinunter. Sie fühlte sich ruhelos und unbehaglich. Riesige Wolken jagten über den Himmel hin, die Regenzeit würde bald kommen. Quäks schoß vor ihr davon, um zu trinken, und bestieg dann den gegenüberliegenden Berghang, um nach Früchten zu suchen, seinem Lieblingsessen. Sie waren selten geworden. Monate hindurch hatten große und kleine Geschöpfe sich an der üppigen Ernte gütlich getan, aber bald würde es nichts mehr geben, bis der Kreis von neuem begann, wenn die Regen vorüber waren.

Zena begleitete ihn nicht, sondern blieb am See, kaute lustlos an ein paar Knollen und beobachtete dabei ein Häuflein Entenküken, die ihrer Mutter ins Wasser folgten. Jedes Jahr kamen sie aus ihren Nestern rund um den See und erfreuten sie mit ihren Eskapaden. Diesmal aber ging ihr Lachen in einen entsetzten Schrei über, als eines der Küken plötzlich im trübe aufgewühlten Wasser verschwand. Nur Augenblicke später sah sie den Kopf einer Schildkröte an der Oberfläche auftauchen. Mit weit aufgerissenem Maul schnappte sie nach einem weiteren Küken, das sich aber gerade noch ins Schilf retten konnte, während seine Mutter die Schildkröte wütend anzischte.

Quäks rief aus den Bäumen herüber, als Zeichen, daß er Früchte gefunden hatte. Zena antwortete ihm und stand auf. Da erreichte sie ein weiterer Ruf, ein tiefer, durchdringender Laut. Sie erstarrte; diesen Ruf kannte sie nicht, und er war von den Felsen hinter ihrem Unterschlupf gekommen, nicht aus den Bäumen. Sie starrte zur Kuppe hinauf, sah aber nichts, und so stieg sie den Berg zu Quäks hoch.

Da war der fremde Ruf wieder. Sie schnellte herum, und diesmal sah sie eine Bewegung. Ein junges Männchen, viel größer als Quäks, trat aus dem Gestrüpp. In heller Aufregung stieß Zena einen schrillen Schrei aus. Quäks kam angerannt, blieb aber unwillkürlich stehen, als er das fremde Männchen entdeckte. Der Eindringling stolzierte langsam auf Zena zu, während seiner Kehle sanfte, gutturale Laute entströmten.

Zena stand ganz ruhig da. Warum, wußte sie zwar nicht, aber sie dachte nicht einen Moment lang an Flucht. Statt dessen hielt sie still, als das junge Männchen herankam und sie beschnüffelte. Er versuchte sie zu besteigen, und sie schnappte ärgerlich nach ihm. Erstaunt zog er sich zurück. Sie schlenderte gemächlich zum See zurück und kümmerte sich nicht um ihn. Er folgte ihr eifrig, obwohl er jedesmal zusammenfuhr, wenn sie sich nach ihm umdrehte. Quäks beachtete er gar nicht. Der wartete einige Augenblicke und wanderte dann zu den Obstbäumen zurück.

Zena führte das Männchen zum See und ließ sich auf dem grasigen Ufer nieder. Er hockte sich neben sie und starrte ihr ins Gesicht. Als sie seinen Blick nicht erwiderte, zog er einige saftige Pflanzen heraus und überreichte sie ihr. Sie nahm sie, sah ihm aber immer noch nicht in die Augen. Geduldig saß er da und beobachtete jede ihrer Bewegungen. Als sie aufstand, folgte er ihr; wenn sie aß oder trank, machte er es ihr nach. Den ganzen Tag über folgte er ihr und sah ihr zu, aber am Spätnachmittag stieg er wieder zur Felskuppe hinauf und verschwand. Überraschenderweise fühlte Zena dabei so etwas wie Bedauern, und in der Nacht konnte sie nicht richtig schlafen, weil sie wieder diese Leere in sich spürte, die sie in den letzten Monaten so oft geplagt hatte. Es nagte an ihr, ähnlich wie wenn sie nichts gegessen hatte – aber sie war nicht hungrig.

Am nächsten Morgen war das Männchen wieder da. Diesmal war Zena schon weniger zurückhaltend, und nachdem er vier Tage hintereinander gekommen war, begrüßte sie ihn voller Freude. Sie genoß seine Aufmerksamkeiten, und seine Gegenwart schien zumindest einen Teil der Leere in ihrem Innern zu füllen. Jedesmal, wenn er kam, brachte er ihr etwas Besonderes zu essen mit, das er ihr von einem ganzen Schwall gutturaler Laute begleitet hinhielt. Dieses Grunzen hörte sich an wie ›dak, dak‹, und deshalb begann Zena ihn Dak zu nennen, wenn sie an ihn dachte.

Quäks war weniger begeistert über die Besuche des jungen Männchens. Wenn Dak auftauchte, rannte er zu den

Obstbäumen hinüber oder marschierte den Berghang hinauf, um sich dort mit unglücklicher Miene niederzulassen. Er wollte, daß Zena sich um ihn kümmerte und nicht um dieses fremde Männchen. Zena spürte seinen Kummer, aber zum erstenmal, seit sie zusammen waren, beachtete sie ihn nicht. Sie mußte mit Dak zusammensein, Quäks würde also warten müssen.

Als sie Dak am fünften Tag von der Felskuppe her rufen hörte, rannte sie zu ihm und streichelte seinen Arm. Dann führte sie ihn gemächlich zum See hinunter. Dort saßen sie so dicht beieinander, daß sie sich beinahe berührten. Als Dak ihr ein paar Knollen zum Essen hinhielt, sah sie ihm tief in die Augen. Der Ausdruck, den sie dort entdeckte, ließ in ihrem Bauch eine seltsame Hitze aufsteigen. Diesmal wich Dak ihrem Blick aus, fast so, als schämte er sich. Aber Zena ließ nicht nach, und nach einer Weile erwiderte er ihren Blick. Leise maunzend rückte sie näher und preßte ihren Körper an ihn. Dann drehte sie sich um und hielt ihm ihre Geschlechtsteile hin. Während er sie beschnüffelte und sie schließlich bestieg, nahm die Hitze in ihrem Innern immer mehr zu. Vor Genuß stöhnend, fühlte sie, wie er in sie eindrang und heftig zustieß. Die Hitze stieg und stieg, bis die Erregung ihren Höhepunkt erreichte. Ihr Körper wurde von heftigen Stößen geschüttelt, und sie gab einen langen Seufzer tiefster Befriedigung von sich.

In den nun folgenden Wochen paarte sie sich viele Male mit Dak. Durch den Akt der Paarung wurde ein tiefes Bedürfnis in ihr gestillt, und sie wollte es immer wieder tun. Dak war ein williger Partner. Jeden Morgen wieder kam er gierig heran, nicht selten mit einem auserlesenen Stück Obst für sie. Sie paarten sich und saßen dann stundenlang nebeneinander.

Quäks, der sich schließlich an Daks Gegenwart gewöhnt hatte, gesellte sich nun oft zu ihnen, um seinen Teil an Zuwendung einzufordern. Als er sie das erste Mal bei der Paarung beobachtet hatte, hatte er Dak wütend angebrüllt und versucht, ihn wegzuziehen. Aber Zena hatte nach ihm geschnappt, und Dak sich nicht von der Stelle gerührt. Geschlagen hatte Quäks sich am Ufer niedergelassen und ihnen verständnislos zugesehen.

Danach hatte er den Widerstand aufgegeben und begrüßte Dak sogar freundlich, wenn er morgens am Berg erschien. Dak seinerseits zeigte sich tolerant dem jüngeren Männchen gegenüber. Er spielte mit ihm, warf Steine ins Wasser, um dem lauten Plopp nachzulauschen, oder lief in weit ausladenden Kreisen hinter ihm her. Manchmal saß er auch nur still neben Quäks und fuhr mit den Fingern sanft an der gewundenen Narbe auf dem Rücken des Jungen entlang. Seine Augen blickten hellwach.

Eines Morgens kam Dak nicht mehr. Zena war traurig, gleichzeitig aber fühlte sie sich seltsam zufrieden. Die Leere in ihrem Innern war gefüllt worden, und sie fühlte sich nicht länger ruhelos oder unvollständig. Als einige Monate später ihr Bauch anzuschwellen begann, war sie nicht überrascht. Sie hatte keine Ahnung, was diese Ausdehnung zu bedeuten haben mochte, aber sie war nicht beunruhigt. Quäks allerdings war sehr erstaunt, als er eines Abends die Hand auf ihren Bauch legte und etwas von innen dagegen trat. Er zog die Hand zurück und starrte sie verwirrt an. Zena legte sie wieder auf ihren Bauch und ließ sich von ihm streicheln, bis er sich an die Stöße drinnen gewöhnt hatte.

Viele Monate später wurde Zena von heftigen Krämpfen aus dem Schlaf gerissen. Einer inneren Stimme folgend, baute sie ein zweites Nest in einer entfernten Ecke der Höhle und kroch hinüber, als die Krämpfe anhielten. Dort hockte sie sich leise wimmernd hin. Quäks kam mit verstörtem Gesichtsausdruck zu ihr herüber und schmiegte sich an sie. Zwischen ihnen hatte sich ein festes Band geknüpft, und er litt mit ihr, wann immer ihr etwas wehtat. Sanft strich sie ihm über sein Gesicht.

Die Krämpfe wurden stärker, und sie schrie vor Schmerzen. Quäks versuchte wimmernd, sie auf die Füße zu ziehen. Zena winkte ihn fort. Sie konnte jetzt keine Kraft daran verschwenden, ihn zu beruhigen. All ihre Energie war auf ihren Bauch konzentriert, auf die Empfindungen in ihrem Innern. In ihrem Rücken baute sich ein ungeheurer Schmerz auf, und zwischen den Beinen spürte sie einen starken Druck. Die Krämpfe wurden immer noch mit jedem Mal intensiver. Sie durchfuhren ihren Körper in so schneller Abfolge, daß ihr dazwischen keine Zeit mehr blieb, sich zu erholen. Sie bemerkte kaum, daß Quäks ihren Bauch streichelte und neben ihr leise maunzte.

Mitten in den Krämpfen spürte sie ein furchterregendes, drängendes Gefühl. Um es loszuwerden, preßte sie mit aller Muskelkraft nach unten, aber das Gefühl blieb. Es zog und zerrte an ihr, bis sich ihr ganzer Körper aufbäumte und sich nach hinten bog, während das Bedürfnis zu pressen und die mächtigen Krämpfe ihren Körper durchfuhren.

Plötzlich schoß eine Flüssigkeit im Schwall aus ihr hervor, und sie fühlte etwas Hartes zwischen den Beinen. Zena nahm all ihre Kraft zusammen und lehnte sich vor, um zu sehen, was es war. Überall war Blut; sein Geruch erfüllte die Höhle. Seltsamerweise machte ihr das keine angst. Auch als sie sah, daß etwas aus ihr hervorkam, war sie nicht beunruhigt. Statt dessen packte sie heftige Erregung. Das alles war, wie es sein sollte. Sie streckte die Arme vor, um nach dem kleinen Körper zu greifen. Einen Moment lang saß er noch fest, dann kam er frei. Sie zog ihn zu ihrem Mund hoch und leckte ihn gründlich ab. Das Geschöpf schrie, und Quäks machte einen Satz rückwärts. Zena achtete nicht auf ihn. Sie war ganz auf das Kleine konzentriert. Sie leckte es immer und immer wieder und hielt es sich an die Brust. Das Kleine suchte nach ihrer Zitze und saugte gierig. Da kam Quäks wieder heran und sah mit runden Augen zu.

Als das erste Licht in die Höhle fiel, konnte Zena den Säugling besser erkennen. Er hatte ein rosa verschrumpeltes Gesicht und den ganzen kleinen Kopf voller Haare. Der haarlose Körper war noch von einer schmierigen Schicht bedeckt, die ihrer Zunge widerstanden hatte. Wie sie selbst hatte es keinen Auswuchs zwischen den Beinen. Einen Augenblick lang öffnete es die Augen und sah sie unverwandt an. Zena starrte überwältigt zurück. Sie raunte dem Kind leise etwas vor und hielt es sich wieder an die Brust. Es streckte die winzigen Hände aus, suchte aber nicht wieder nach ihrer Zitze. Statt dessen schlief es ein und wimmerte nur ab und zu auf, wenn sein zarter Körper von einem Zittern erfaßt wurde.

Zena war plötzlich sehr erschöpft. Den Säugling noch immer vorsichtig an der Brust haltend, streckte sie sich auf der Grasunterlage aus, aber noch bevor sie einschlafen konnte, begann ihr Bauch wieder, sich zusammenzuziehen. Sie rieb ihn ganz fest, damit die Schmerzen aufhörten. Bald kam die Nachgeburt zum Vorschein, und einem tiefen inneren Instinkt folgend, aß sie etwas davon auf. Dann durchtrennte sie mit ihren scharfen Zähnen die Schnur, die den Säugling mit ihr verbunden hatte. Zufrieden legte sie sich wieder hin und schlief bis in den späten Vormittag.

Als sie erwachte, war Quäks nicht da. Beunruhigt rief sie nach ihm. Es kam keine Antwort, aber bald darauf hörte sie, wie er sich in die Höhle herabließ. Er trug Knollen und Zwiebeln in den Händen und zwei gefleckte Eier. Sein Gesicht war von Eigelb und Schalenstückchen verklebt. Zena hatte gelernt, wie man Eier ordentlich ißt, indem man mit dem Fingernagel oben und unten ein Loch hineinbohrt, und dann den Inhalt heraussaugt, aber Quäks kam mit dieser Technik noch nicht zurecht.

Zena fühlte sich plötzlich wie ausgehungert, und sie verschlang die Eier. Sie waren ihr Lieblingsessen und stillten ihren Hunger besser als irgend etwas sonst. Quäks sah ihr mit runden, ernsten Augen zu. Zena hielt das Baby hoch, damit er es sehen konnte. Er streckte die Hand aus und berührte es vorsichtig, dann brachte er das Gesicht ganz nah heran, um es zu beschnüffeln. Es war ein neuer und verwirrender Geruch, in dem sich Blut und Milch und Exkremente mischten. Er nieste.

Zena legte das Kind an die Brust und säugte es gemächlich, während sie selber ein paar Wurzeln und Knollen aß. Dann stand sie auf und machte Quäks Zeichen, ihr zu folgen. Sie nahm einen ganzen Armvoll verschmutztes Gras und schubste es oben durch den Eingang zur Höhle. Der starke Geburtsgeruch würde bald Aufmerksamkeit erregen. Quäks half ihr, und gemeinsam trugen sie ihr ganzes Nestwerk aus dem Unterschlupf heraus und verteilten es draußen, um den Geruch zu zerstreuen.

Zugleich müde und glücklich stand Zena einen Augenblick da und betrachtete die Landschaft zu ihren Füßen. Obwohl sie nun schon viele Jahre hier lebte, war sie immer noch erstaunt über die Schönheit und den Reichtum dieses Ortes, auf den sie so unerwartet gestoßen war. Dann wurden ihre Augen von der Rauchwolke angezogen, die wie immer aus dem Berg mit dem kesselförmigen Gipfel aufstieg. Heute war sie dick und sehr dunkel.

Zena zog furchtsam die Augenbrauen zusammen. Seit vielen Wochen spie der Berg nun schon Rauch und Ruß, und manchmal war aus ihm ein seltsames, dumpfes Grollen zu hören. Wenn der Wind richtig stand, trug die Luft Schmutzpartikel mit sich, die sich in einem dünnen Film überall absetzten – auf den Felsen, dem Gras, auf ihrer Haut, ja sogar auf den Beeren, die sie aß. Während sie so hinübersah, zeigte sich am Ansatz der Rauchwolke für einen kurzen Moment ein rotglühender Schein.

Zena wandte sich ab. Der speiende Berg mit seinen merkwürdigen Gerüchen und Geräuschen beunruhigte sie. Aber im Augenblick war sie zu müde, um sich darum zu kümmern. Der Berg würde warten müssen. Und das tat er auch. Fast einen ganzen Monat lang.

Dann brach er aus und schleuderte von einem Moment zum anderen Flammen und glühendes Gestein in den Himmel.

4. Kapitel

Die Antilopen fanden keine Ruhe beim Grasen; ihre Köpfe schnellten unaufhörlich hoch, und sie tänzelten aufgeregt herum, als würden sie von einer unsichtbaren Macht angetrieben. Zena schaute ihnen mit Unbehagen zu. Sie wußte nicht, warum sie so unruhig waren, aber sie fühlte es auch. Um sie herum braute sich eine Gefahr zusammen, die größer war als ein Leopard oder ein Tiger. Es war wie dieses kribbelnde Gefühl, bevor die Regen kamen, wenn es am Himmel so furchterregend rumpelte und blitzende Lichtzacken die Wolken durchstießen, nur schlimmer und bedrohlicher.

Sie wandte sich um, um zum Berg hinüberzusehen. Aus ihm strömte schon seit Wochen ein scharfer, beißender Geruch, der sich ihr auf die Nasenwände legte und ihr das Wasser in die Augen trieb. Heute waren die unheilvollen Dämpfe sogar noch dichter als sonst. Auch das Licht war seltsam. Über das übliche Blau des Himmels hatte sich ein fahler, graugrüner Dunstschleier gelegt. Die Sonne war nicht zu sehen, schon den ganzen Tag über nicht. Es war, als wollte sie sich nicht zeigen, weil sie des ungewohnten Ankämpfens gegen den undurchdringlichen Dunst müde geworden war.

Der kesselförmige Gipfel des Berges spuckte schwarze Rauchwolken in die Luft. Zena beobachtete, wie sie sich in zerrissenem Grau verteilten, um sich dann zu neuen, von einem schwefligen Rand umgebenen Wolken aufzutürmen. Sie schienen die ganze Welt zu bedecken mit ihrem unheilverheißenden Leichentuch. Zenas Unbehagen nahm zu. Der Berg war der Grund für die Unruhe der Tiere; plötzlich war sie sich dessen sicher.

Sie wurde von entsetzlicher Angst gepackt. Zum erstenmal seit Jahren wünschte sie sich ihre Mutter zu Hilfe. Sie wußte nicht, was sie tun sollte. Sollte sie Quäks und die Kleine fortbringen oder besser in der sicheren Höhle bleiben, bis die Gefahr vom Berg vorüber war? Ihre Mutter hätte es gewußt.

Sie rief nach Quäks und machte sich auf den Weg zur Höhle. Es war beinahe Nacht, und woanders konnten sie nicht hin. Sie legte ihr Bündel langstieliger Pflanzen und Knollen auf den Höhlenboden und setzte sich zurecht, um den Säugling zu füttern. Sie hatte versucht, Quäks zu verstehen zu geben, daß auch er soviel Nahrung in die Höhle schaffen sollte, wie er nur konnte. Eine andere Waffe gegen die unbekannte Bedrohung fiel ihr nicht ein.

Er kam fast sofort, und er hatte verstanden, denn seine kleinen Hände waren voller Pflanzen und Früchte. Er kuschelte sich dicht an sie, wie er es immer tat, aber diesmal hatte er einen beunruhigten Ausdruck im Gesicht. Er schien ihre Besorgnis zu spüren und streichelte immer wieder ihren Arm. Selbst die Kleine schien etwas bemerkt zu haben, denn sie hatte schon den ganzen Tag über immer wieder gewimmert.

Es wurde dunkel, aber Zena konnte nicht schlafen. Vom Berg her tönte dumpfes Grummeln, das manchmal zu einem unterdrückten Tosen anschwoll. Zweimal bebte der Höhlenboden, auf dem sie zusammengerollt lagen. Nach der zweiten Erschütterung nahm Zena, einem Drang folgend, der stärker war als ihre Angst, das Baby auf und kroch nach draußen. Die Luft war warm und unbewegt; die Nacht um sie her war still bis auf den Vulkan, als ob selbst die Insekten zu verschreckt waren, um ihre üblichen Geräusche von sich zu geben. Im hellen Mondschein über der Ebene konnte Zena die Umrisse grasender Tiere erkennen. Sie schienen noch ruheloser als zuvor.

Eine der vielen dicken, schwarzen Wolken am Himmel schob sich vor das Gesicht des Mondes, und die Tiere verschwanden. Nun konnte Zena nur noch den in der Ferne furchterregend schimmernden Berg sehen. Die Röte um seine Spitze hatte zugenommen. Ebenso der Qualm; es war nicht mehr nur dünner Rauch. Jetzt türmte er sich zu gewaltigen Massen auf, die sich drohend über den Himmel ergossen. Und nach dem Rauch kamen Flammen. Aber diesmal erschöpften sie sich nicht in einem roten Schimmer, wie es vorher immer gewesen war, sondern züngelten in die Nacht hinaus und verwandelten das gesamte Gebiet um den Berg herum in ein flammendes Inferno.

Angst durchfuhr Zenas ganzen Körper. Etwas Schreckliches würde passieren. Sie spürte es am Kribbeln auf ihrer Haut und dem nagenden Schmerz in ihrem Bauch. Sie mußte Quäks holen, und zwar sofort!

Sie drehte sich zur Höhle um, aber bevor sie noch einen Schritt machen konnte, explodierte der Berg. Eine gewaltige Säule aus Rauch und Flammen schoß steil nach oben in die aufgewühlten Wolken hinauf, und ein ohrenbetäubendes Getöse zerriß die Luft, als Tausende und Abertausende Tonnen geschmolzenen Gesteins endlich aus der Kuppel von gehärteter Magma heraustraten, die sie so lange gefangengehalten hatte. Mit einer Geschwindigkeit von mehreren hundert Kilometern pro Stunde strömte das glühende Gestein über den Rand der zerstörten Kuppel und floß, alles unter seiner sengenden Umarmung begrabend, was sich ihm in den Weg stellte, an den Seiten des Berges zur Ebene hinunter.

Da ließ eine weitere Explosion die Luft erzittern. Feuerbälle aus glühendem Gestein schossen in den nächtlichen Himmel und fielen mit brennendem Schweif in einem langen Bogen der Erde entgegen. Wo immer sie auftrafen, ging sofort alles in Flammen auf. Sie rasten über die Wiesen, Büsche und Bäume und die darin verborgenen Tiere hinweg und ließen innerhalb von Sekunden nichts als Asche zurück.

Zena stand regungslos da und starrte entsetzt hinüber. Sie war zu erschrocken, um zu reagieren. Das gesamte Tal unter ihr war von Flammen erfüllt. Sie entzündeten das Flachland und färbten die Luft rot. Tiere stoben in alle Richtungen davon und trampelten sich auf der Flucht vor dem Inferno gegenseitig nieder. Eine Schweineherde kam auf sie zugestürzt und drehte erst im letzten Moment ab, um den Berghang hinaufzurasen. Nicht alle Tiere entkamen dem Feuer, und die Schreie derjenigen, die von den Flammen eingeschlossen waren und verbrannten, mischte sich auf Übelkeit erregende

Weise mit dem Knistern der Flammen und dem Grollen des Berges.

Eine noch stärkere Erschütterung brachte die Erde zum Beben. Zena schrie nach Quäks, aber er stand schon neben ihr, mit angstverzerrtem Gesicht. Dann ganz plötzlich war er nicht mehr da. Unter ihnen tat sich knirschend die Erde auf und klaffte in einem gewaltigen Riß auseinander. Zena fiel unsanft auf den Felsvorsprung, der Sturz benahm ihr den Atem. Sie rang nach Luft und wollte Quäks rufen, aber es kam kein Ton heraus. Wahnsinnig vor Angst klemmte sie sich das schreiende Baby unter den einen Arm und tastete mit dem anderen nach Quäks' warmem Körper. Aber da war nichts.

Dann hörte sie voller Erleichterung Quäks' rufende Stimme von irgendwo da unten. Sie klang schrill vor Entsetzen. Sie kroch darauf zu, wurde aber von einem weiteren Beben zu Boden geworfen. Das Kind fest an ihre Brust gepreßt, kroch sie auf die Stelle zu, wo sie ihn gehört hatte. Der Mond war hinter schweren Wolken verschwunden, und sie konnte fast nichts sehen. Dann kam er glücklicherweise einen Moment lang zum Vorschein, und sie erkannte, daß Quäks ein Stück den Abhang hinunter hockte. Sie rannte zu ihm und zog ihn wieder den Berg hinauf, der Höhle entgegen. Vielleicht würden sie drinnen sicher sein.

Sie krochen auf den Eingang zu, aber da war nichts. Zena starrte vor sich, sie war so fassungslos, daß sie einen Augenblick lang ihre Angst vergaß. Der Felsabsatz war eingefallen. Sie schob Quäks vor sich her zu dem zweiten Eingang, aber auch der war verschwunden. Das ganze Felsmassiv war zusammengestürzt. Es gab keine Zuflucht, keinen Ort, wo sie hinkonnten.

Das Getöse des Berges schwoll zu einem anhaltenden Kreischen an. Zena drückte den Kopf des Säuglings an die Brust und hielt ihm mit der freien Hand schützend das Ohr zu. Als aber der wilde Ausbruch des Vulkans in die Atmosphäre unwillkürlich einen Sturm heraufbeschwor, erhob sich ein sogar noch größerer Aufruhr. Der Donner ließ den Himmel bersten, und im selben Moment folgte ein grell zuckender Blitz. Er schlug in die Spitze des Felsmassivs ein und verwandelte das Gelände über ihren Köpfen in ein wütendes Flammenmeer.

Zena war so benommen, daß sie sich nicht rühren oder gar bei all dem Lärm und Entsetzen um sie herum einen klaren Gedanken fassen konnte. Ein brennender Felsbrocken sirrte durch die Luft und schlug direkt vor ihr auf. Das schreckte sie aus ihrer Erstarrung. Sie packte Quäks bei der Hand und rannte die Hügel entlang, fort von dem Feuer und dem speienden Berg.

Die ganze Nacht hindurch stürzten sie durch die Dunkelheit und fielen unzählige Male hin, bis sie am ganzen Körper zerschlagen und zerkratzt waren. Nur wenn es blitzte, konnten sie in ihrer Umgebung etwas erkennen. Dann zeichnete sich jeder Fels, jeder Baum und Strauch scharf gegen den scharlachroten Himmel ab. Aber sobald der glühende Speer herniedergesaust war, senkte sich der schwarze Staub wieder wie ein Schleier herab und machte die aschgraue Luft undurchdringlich. Zena hätte nur zu gern angehalten und ein wenig ausgeruht. Aber sie lief immer weiter, denn sie fühlte dort hinter sich eine Bedrohung, die noch größer war als das Feuer. Zweimal hatte sie sich umgedreht und gesehen, wie der rote Schein des geschmolzenen Gesteins über das Flachland und die Berge hinwegraste, als würde der Berg selbst sie verfolgen.

Das Gewitter wütete von Sekunde zu Sekunde stärker. Der Donner schien gar nicht mehr aufzuhören, und die Blitze krachten in ganzen Bündeln vom Himmel herab. Plötzlich peitschte ihnen der Wind entgegen und trieb ihnen heiße Asche in Gesicht und Augen. Der Wind brachte Regen mit sich. Das schwarze, rußgetränkte Wasser stürzte in wahren Strömen auf sie nieder und hinterließ eine Schmutzschicht auf ihrer Haut. Zena stolperte weiter. Den schreienden Säugling hielt sie unter dem einen Arm und schützte seine Augen mit dem anderen.

Mit ohrenbetäubendem Krachen fiel hinter ihr ein Baum um; sie eilte fort von dem Lärm und suchte verzweifelt nach einem Unterschlupf. Sie konnte kaum sehen, dazu krachten überall um sie herum Äste herunter. Es war gefährlich weiterzugehen.

Sie streckte die Hand nach Quäks aus, um ihn mit unter einen Felsvorsprung zu ziehen, aber Quäks war nicht da. Ihre Finger berührten nichts als Luft.

Sie rief nach ihm, bekam aber keine Antwort. Sie rief noch einmal. Er konnte nicht weit sein; eben war er noch an ihrer Seite gewesen. In plötzlicher Panik schrie sie gegen den Donner und den brüllenden Wind und die knisternden Flammen an, aber es kam immer noch keine Antwort.

Völlig außer sich versuchte sie den Weg zurückzulaufen, aber in der heulenden Dunkelheit konnte sie nicht erkennen, woher sie gekommen waren. Sie ließ sich auf die Knie fallen und kroch auf allen vieren; sie suchte den Boden mit den Fingern ab und hielt dabei den Säugling fest an sich gepreßt. Vielleicht war Quäks gefallen, oder er saß irgendwo fest.

Sie konnte ihn nicht finden. Wieder und wieder kroch sie herum und erkundete dabei jedesmal eine andere Stelle. Sie schrie mit aller Kraft, bis ihre Stimme heiser war und nicht einmal mehr ein Krächzen herauskommen wollte. Schließlich sank sie erschöpft zu Boden. Tränen strömten ihr über das Gesicht. Quäks war fort; sie konnte ihn nicht finden. Er war fort, genau wie ihre Mutter.

Der Säugling in ihren Armen schrie, aber sie hörte nicht darauf. Sie wollte Quäks; mehr noch als das Baby wollte sie Quäks. Er stand ihrem Herzen am nächsten, denn er war als erster zu ihr gekommen, als sie ganz allein gewesen war.

Eine Welle der Hoffnungslosigkeit brach über Zena zusammen. Sie fühlte sich, als ob etwas in ihr gestorben wäre – zu Tode verletzt auf eine Weise, die sie nicht verstehen konnte. Sie schloß die Augen und weinte laut. Vergessen waren der Sturm und der Berg und die Gefahr, gehört zu werden. Sie weinte und weinte, bis sie die Kräfte verließen. Da brach sie lautlos auf der aschebedeckten Erde zusammen.

II

Zena erwachte in einer Welt ohne jeden Laut. Die Wälder waren unnatürlich still, als hätte die Wut des Vulkans jedes Lebewesen zum Schweigen gebracht, das je dort gelebt hatte. Kein Lüftchen regte sich, kein Tier war in Bewegung, kein Vogel rief nach seiner Gefährtin.

Ein Wassertropfen, der in einer Wasserlache ganz in der Nähe landete, machte ein kaum hörbares Plopp. Der sonst glockenhelle Klang wurde von der feuchten Asche gedämpft. Zena drehte sich nach dem Geräusch um. Es schien von weither zu kommen, also achtete sie nicht weiter darauf und ließ sich wieder zurückfallen, um weiterzuschlafen. Aber sie konnte keine bequeme Position finden. Ihr ganzer Körper schmerzte, und ihre Kehle war so rauh, daß sie kaum schlucken konnte.

Still stand sie auf, das noch immer schlafende Baby drückte sie an ihre Brust. Einen Moment lang konnte sie sich nicht erinnern, wo sie war. Dann fiel es ihr wieder ein, und der Schmerz war doppelt schwer zu ertragen. Quäks war fort … fort … Eine entsetzliche, alles überdeckende Trauer drückte ihr das Herz ab, als sie daran dachte, wie er ganz allein und verängstigt nach ihr rief.

Unvermittelt richtete sie sich auf und begann wie wild zwischen den kahlen Bäumen zu suchen. Vielleicht war er noch ganz in der Nähe. Die Nacht war so dunkel gewesen, so schrecklich. Vielleicht würde sie ihn jetzt finden, wo das Licht sich durch die rauchige Luft hindurchzustehlen begann. Sie versuchte sich zu erinnern, auf welchem Weg sie gekommen war, aber es sah alles gleich fremd aus, und der prasselnde Regen hatte alle Spuren verwischt. Es gab keine Fußabdrücke, auch keine Gerüche, und so suchte sie laut rufend kreuz und quer das ganze Gebiet ab. Aber es kam keine Antwort.

Wie betäubt von Kummer und Erschöpfung kroch sie neben einen verkohlten Baumstumpf, um sich auszuruhen. Ganz ohne ihr Zutun schlossen sich ihre Augen und öffneten sich erstaunt wieder, als das Baby erwachte und gierig an ihrer Brust saugte. Ihre kleine Tochter hatte sie bei der Suche fast vergessen.

Das Saugen des Kindes erinnerte sie daran, daß sie hungrig war. Aber die gnadenlose Natur bot nicht viel Hoffnung auf etwas zu essen. Nirgends konnte sie ein Zeichen von Leben oder etwas Grün erkennen. Hitze und Wind hatten die Blätter von den Bäumen gefegt; das Feuer hatte die Erde aller Pflanzen und Büsche beraubt. Überall roch es durchdringend nach verbranntem Holz und feuchtem Ruß.

Zena erschauerte. Wie sollte sie an einem solchen Ort überleben? Die Sonne spendete keine Wärme. Es wuchsen keine Beeren; es gab keinen See mit Pflanzenzwiebeln, keine Felder, in denen man nach Wurzeln graben konnte. Es gab hier nichts von alledem. Vielleicht gab es nirgends mehr irgend etwas. Als sie geflohen war, hatte sie gesehen, wie es weiter unten brannte.

Plötzlich setzte sie sich auf. Vielleicht war wenigstens der See noch da. Sie konnte dorthin zurückgehen. Vielleicht war Quäks dorthin zurückgekehrt, als er sie nicht finden konnte.

Die Vorstellung, daß Quäks am Tümpel auf sie wartete, gab ihr ein Ziel und neue Kraft. Entschlossen erklomm sie einen großen Felsen in der Nähe des Gipfels, von dem aus man das Gelände überschauen konnte. Zweimal rutschte sie auf dem vom Ruß glitschigen Stein aus und fiel wieder herunter. Aber sie gab nicht auf. Sie mußte unbedingt sehen, ob der Ort, an dem sie so lange Zeit sicher gewesen war, ihr vielleicht noch einmal eine Zuflucht bieten würde, und ob es möglich war, daß Quäks dort auf sie wartete.

Der Anblick, der sich ihr bot, war niederschmetternd. In alle Richtungen breitete sich die Lava aus, schwarze, leblose Lava, soweit sie sehen konnte. Nichts regte sich auf dieser ganzen riesigen Fläche außer dem Rauch, der von dem erkaltenden Gestein aufstieg. Die Lava hatte sich in das langgestreckte Tal unterhalb ihrer Zufluchtstätte ergossen und jede Erinnerung an den Überfluß, der einmal dort geherrscht hatte, unter sich begraben. Sie hatte sich die Berge hinaufgefressen und durch die Durchgänge zwischen ihnen, sogar über die tiefe Schlucht hatte sie sich ausgebreitet, die zwischen

Zena und der Hochebene lag und die sie gesehen hatte, als sie mit Quäks auf den Hügelkamm geklettert war.

Zena brach verzweifelt zusammen. Sie konnte nicht zurück, und es würde kein Quäks am See auf sie warten. Es gab keinen See mehr. Dort, wo er einst im Sonnenlicht geglitzert hatte, war nur noch eine kleine Pfütze voller Asche. Da waren keine Wiesen, keine Büsche, kein einziges Anzeichen von Leben. Selbst von den Bäumen am Fluß war nichts mehr zu sehen, der glühende Strom hatte sie eingeäschert.

Sie konnte nicht länger hinsehen. Ihr Körper wurde von Schluchzern geschüttelt, kalte Angst griff ihr ans Herz. Noch immer züngelten Flammen aus dem Vulkan, und sie hörte ihn grollen. Die Bedrohung konnte zurückkehren, die feurigen Bögen, die sich über den Himmel zogen, die Brände, die schwarzen Schwaden, die schlimmer waren als alles Feuer, die Erdstöße, die Felsen zerbröseln und die Hügelkette zusammenstürzen ließen. All das konnte wiederkommen.

Sie mußte fort, mußte Quäks suchen und sich dann davonmachen, so schnell sie konnte. Aber wohin sollte sie gehen? Wieder erhob sie die Augen zu der Hochebene. Nur dort konnte sie noch immer das Grün von Gras und Bäumen und die Bewegungen von Tieren ausmachen.

Sie setzte sich den Säugling fest auf die Hüfte, rutschte den Felsblock hinunter und begann auf das Plateau zuzuwandern. Während sie sich über den verkohlten Boden schleppte, erwachte neue Hoffnung in ihr. Ganz hier in der Nähe hatte sie Quäks verloren. Jetzt, im hellen Tageslicht, würde sie ihn bestimmt finden. Sie suchte mit den Augen das Gelände ab und rief ununterbrochen nach ihm, wobei sie die ganze Zeit nach ungewöhnlichen Geräuschen horchte. Aber die Wälder waren befremdlich still, fast ohne jedes Leben. Einmal glitt eine Schlange an ihr vorbei und hinterließ eine graue Spur. Später lief sie beinahe in zwei Antilopen hinein, die dem Feuer unten entgangen waren. Sie sprangen vor ihr davon und verschwanden lautlos zwischen den dichten Bäumen.

Als sie sich der Schlucht näherte, zog sie verstört die Augenbrauen zusammen. Dieser tosende Lärm war gestern

Nacht nicht dort gewesen. Vorsichtig kroch sie näher heran und stand dann ganz still, als sie begriff, was es war. Wasser, herabstürzendes Wasser. Der Sturm hatte die Schlucht in einen strudelnden, reißenden Fluß verwandelt. Der Anblick erfüllte sie mit Entsetzen. Sie erinnerte sich nur noch dunkel an den schäumenden Fluß, aber Geist und Körper reagierten instinktiv. Sie sprang von der gefährlichen Strömung fort und schleppte sich widerstrebend den Abhang hinauf, um nach einem anderen Weg zu der Hochebene zu suchen. Sie suchte stundenlang, fand sich aber immer an der Schlucht wieder. Es führte kein Weg daran vorbei. Um zu der Hochebene zu gelangen, würde sie das wütende Wasser durchqueren müssen, aber das war unmöglich.

Hoffnungslosigkeit überkam sie. Hemmungslos schluchzend brach sie auf dem harten Boden zusammen. Sie saß fest, in der Falle an diesem fürchterlichen Ort ohne Sonne und Nahrung oder irgendein Lebenszeichen, wo riesige Bäume sie mit ihren dunklen Schatten bedrohten und kein Laut zu hören war, wo es nichts gab außer dem Schweigen und der schattigen Dunkelheit und dem scheußlichen Gestank nach schwelender Erde und feuchter Asche. Und Quäks hatte sie auch nicht gefunden. Sie würde ihn nie mehr finden. Er war fort, im Feuer verbrannt oder vom tosenden Wasser mitgerissen.

Die Schreie des Babys ließen sie hochschrecken. Zena sah blicklos auf das kleine Gesicht hinunter und strich mit den Fingerspitzen über die weiche Wange. Dann klärte sich ganz allmählich ihr Blick, während vor ihrem inneren Auge Bilder von saftigem grünen Gras, von weidenden Tieren und früchtebeladenen Büschen und Bäumen erschienen. Dies alles existierte auf der Hochebene; sie hatte es gesehen. Und wenigstens das Kind sollte am Leben bleiben.

Mühsam erhob sie sich und zwang sich, zu der überfluteten Schlucht zurückzugehen. Irgendwie mußte sie doch zu dem Plateau gelangen. Es war ihre einzige Hoffnung. Sie ging und ging und suchte nach einer Stelle, wo sie hinüberkonnte, aber sie sah nichts als die schäumende Strömung, die alles mit sich fortreißen würde, was hineingeriet.

Zena schleppte sich weiter, am Ende ihrer Kräfte. Sie stolperte über einen Ast und fiel der Länge nach in die Überreste eines verbrannten Dickichts. Als sie sich wieder hochstemmte, traf ihre Hand auf etwas Rundes, das unter ihrem Gewicht knackte. Zu ihrer Überraschung war es ein großes Ei, neben dem noch vier weitere Eier lagen. Die Aussicht auf Nahrung ließ die Hungerkrämpfe noch stärker werden, die sie den ganzen Morgen hindurch geplagt hatten. Gierig bohrte sie den Fingernagel durch die Schale eines Eis und saugte daran. Nichts kam. Zu ausgehungert, um noch länger zu warten, zerrte sie an der Schale. Sie platzte ab und ließ ein weiteres, weicheres Ei zum Vorschein kommen. Zena schnüffelte daran und stopfte es sich dann in den Mund. Sie wunderte sich, daß es so fest war, aber der Geschmack war gut. Sie aß die anderen auch noch und fühlte sich fast augenblicklich gestärkt.

Ständig nach irgendeinem Zeichen von Quäks, aber auch nach einer Stelle Ausschau haltend, an der sie hinüber konnte, setzte sie ihren Weg fort. Einmal, als sie einen großen Felsen musterte, der noch aus dem tosenden Wasser herausragte, zog ihr ein Geruch in die Nase, den sie irgendwoher kannte. Es war nicht Quäks, aber es roch so ähnlich.

Der Geruch war verflogen, bevor sie ihn einordnen konnte, und als ihr ein riesiger Baum auffiel, der quer über die Schlucht gestürzt war, dachte sie nicht mehr länger darüber nach. Der mächtige Baumstamm ragte auf beiden Seiten der Schlucht ein ganzes Stück in den Wald hinein, und auf der ganzen Länge stachen Äste in die Luft, die allein schon so dick waren wie die Bäume, die sie vom Fluß her kannte. Sie bildeten ein undurchdringliches Dickicht. Der Stamm und seine Zweige waren glitschig vom Regen und dem hochspritzenden Wasser, das zwischen den Felsbrocken hindurch in die Tiefe schoß.

Zena starrte den Baum an, der ihr eine Möglichkeit bot, die sie zutiefst erschreckte. Versuchsweise legte sie die Hand auf den Stamm. Sie glitt ab. Dann griff sie nach einem der Äste darüber. Auch er war glitschig, aber die vielen kleinen Zweige reichten aus, um sich daran festzuhalten. Langsam kletterte sie hinauf und setzte sich rittlings auf den riesigen Stamm. Das Kind fest an sich haltend, rutschte sie auf der nassen Oberfläche erst mit dem einen Schenkel, dann mit dem anderen ein kleines Stück nach vorne.

Ein dicker, knorriger Ast versperrte ihr den Weg. Vorsichtig schlängelte sie sich um ihn herum und setzte sich auf der anderen Seite wieder rittlings hin. Sie stieß erleichtert die Luft aus. Dieses Hindernis hatte sie überwunden. Aber noch war die Erde unter ihr. Wenn sie so weitermachte, würde dort bald der reißende Fluß sein. Sie schaute in die Schlucht hinunter, wie tief sie wohl war, und schloß entsetzt die Augen. Etwa drei Meter unterhalb des Baumstammes schoß das Wasser zwischen zwei Felsen hervor und dann durch eine schmale Spalte, um in einer schäumenden Kaskade einen steilen Felsabhang hinunterzustürzen. Wenn sie fiel, war sie verloren.

Sie fing an, zurückzurutschen. Nein, das konnte sie nicht, das traute sie sich nicht. Es war unmöglich …

Dann setzte ihr Denken aus. Ohne ihr Zutun preßten sich ihre Schenkel gegen den Stamm und begannen sie vorwärts zu schieben. Sie fügte sich, ohne recht zu wissen, was sie tat, und schob sich langsam und unendlich vorsichtig zum nächsten Ast weiter, der ihr den Weg versperrte. Sie achtete nicht auf die Zweige, die ihr ins Gesicht schlugen, und die rauhe Borke, die ihr die Beine zerschrammte.

Unter ihr rauschte der Wasserfall jetzt noch lauter, aber sie sah nicht hin. Sie konnte es nicht. Sie blickte immer nur zum nächsten Ast, an dem sie sich festhalten würde, wenn sie sich und den Säugling um das nächste Hindernis herumbugsierte. An einer Stelle, wo zwei große Äste in spitzem Winkel aus dem Stamm ragten, mußte sie sich durch den schmalen Spalt dazwischen quetschen. Langsam zog sie sich hoch, das Baby hielt sie unter dem einen Arm, mit der anderen Hand hielt sie sich an einem kräftigen Ast fest. Sie setzte den Fuß durch den Zwischenraum, glitt aus und landete unsanft auf dem Stamm. Das Kind schrie und zappelte wild. Der jähe Sturz hatte ihm angst gemacht. Zena hielt es mit verzweifelter Kraft fest. Mit den Knien erwischte sie den rutschigen Stamm und brachte es irgendwie fertig, die Beine wieder fest darum zu schlingen.

Sie zitterte am ganzen Leib, und hielt einen Augenblick inne, um sich zu erholen. Vor ihr lag eine lange Strecke ohne jeden Ast oder auch nur ein Zweiglein, an dem sie sich festhalten konnte. Von dem brodelnden Wasser trennte sie nur noch der glänzende, nasse Baumstamm. Weiter voraus ragte der Hauptstamm des Baumes steil in die Luft, während er sich mit seinen kleineren Ästen auf die Erde stützte; ein Nebenstamm sah ebener aus, hatte aber nicht so sicheren Halt am anderen Ufer. Zena starrte hinüber und wußte nicht, wofür sie sich entscheiden sollte. Als sie aber die Stelle erreichte, wo sich der Stamm teilte, blieb ihr gar keine Wahl. Es war unmöglich, an dem dickeren Stamm hochzuklettern, er war viel zu steil. Also wagte sie sich auf den kleineren hinaus. Die Augen krampfhaft aufs gegenüberliegende Ufer gerichtet, schob sie sich Zentimeter für Zentimeter vor. Bald würde sie es geschafft haben. Nur noch ein, zwei Meter, und sie wäre drüben.

Vorsichtig begann sie sich hochzuziehen, um sich um einen Ast herumzuschwingen, der mitten aus dem Stamm steil nach oben ragte. Aber sie kam gar nicht erst richtig zum Stehen, weil der Baum genau in diesem Moment ins Rutschen geriet. Die Äste, die den Hauptstamm gehalten hatten, gaben nach, und er krachte zu Boden. Der kleinere schwankte fürchterlich und rutschte auf das Wasser zu.

Zena schrie auf und klammerte sich krampfhaft mit den Beinen an den stürzenden Stamm. Am Ufer vor ihr ragten ein paar Büsche über den Abgrund. Verzweifelt griff sie danach, aber in dem Moment rutschte der Baum noch ein Stück tiefer. Sie wurde zurückgerissen und mußte wieder loslassen. Durch den plötzlichen Ruck verlor sie das Gleichgewicht und hätte beinahe das Baby fallen gelassen. Sie würde es nicht mehr lange halten können, und dann würde es hinunterfallen, in den tiefen, schäumenden Abgrund.

Wieder rittlings auf dem glitschigen Stamm sitzend, hob sie die Arme hoch über den Kopf und warf den Säugling zu den Büschen hinüber. Dann hielt sie sich mit aller Kraft am nächsten Ast fest, denn der Baum schwankte heftig über dem Abgrund hin und her.

Der Stamm landete krachend auf dem Ufer und verfing sich auf halber Höhe der Böschung. Gegen ihren Willen mußte Zena in das aufschäumende Wasser hinuntersehen. Es war nun so nah, daß es ihr ständig ins Gesicht spritzte. Mit dämonischer Kraft versuchte es, sie wegzuspülen; es zerrte unbarmherzig an ihren Füßen und drückte so hart gegen ihre Fußgelenke, als wehrte es sich dagegen, nachzugeben und seitwärts an ihnen vorbeizufließen.

Zena schloß die Augen; ihr war schwindlig vor Angst. Als sie sie wieder öffnete, stöhnte sie verzweifelt auf. Es gab kein Entrinnen. An dieser Stelle war das Ufer vom brausenden Wasser unterspült worden und hing weit über. Auf dem glitschigen Lehm konnte sie unmöglich hochklettern. Die Büsche waren hoch über ihr, außer Reichweite. Von dem Säugling war kein Laut zu hören.

5. Kapitel

Dak strich lautlos durchs Unterholz. Er hatte die anderen unter einem Felsblock zusammengekauert tief unten in der Schlucht zurückgelassen. Es wäre gefährlich, heute nacht noch weiter vor dem flammenden Berg zu fliehen. Stundenlang waren sie gewandert, seit der Berg explodiert war, aber jetzt war der Sturm so mächtig geworden, daß Dak sich nicht weiterwagte. Ringsumher stürzten Bäume um, und die vom Widerschein des Feuers gerötete Luft war so voller Rauch und Staub, daß sie nichts sehen konnten. Zudem wurde Myta durch ihre beiden Jungen behindert, und Rune, ihre Mutter, war mit den Jahren langsamer geworden. Daks jüngerer Bruder Klep war zwar kräftig, aber seine kurzen Beine waren noch nicht daran gewöhnt, die ganze Nacht hindurch zu laufen.

Er selbst wäre in der Schlucht auch sicherer gewesen. Er war nur wegen dieser Schreie fortgegangen, wegen dieser schrecklichen, gepeinigten Schreie, die ihm das Herz zerrissen hatten, als hätte er selbst geschrien. Er wußte nicht, was für ein Geschöpf diese angstgequälten Laute von sich gegeben hatte, und warum, aber sie ließen ihn nicht wieder los. Selbst als sie verstummt waren, hatten sie ihn vorangetrieben, hatten ihn unerbittlich von der Felsenkluft fortgezogen und ihm keine andere Wahl gelassen, als sich durch den wütenden Sturm zu schlagen, um die Ursache zu finden.

Dicht neben ihm fiel ein glühendes Scheit herunter und setzte einen Busch in Brand. Dak griff nach dem Stock und schlug damit auf die Flammen ein, bis sie erloschen. Er wollte nicht, daß das Feuer sich ausbreitete und ihm die Rückkehr zu den anderen versperrte. Die Spitze seines Stocks brannte noch ein wenig. Neugierig betrachtete er das glühende Holz. Es verbreitete Licht um sich herum, und so behielt er es, als er weiterging.

Dann stieg der Boden an. Er war am anderen Ende des Hügelkamms angelangt, dort wo er in einen steilen Abhang überging, um sich in einer Kurve nach Süden hin fortzusetzen. Diese Gegend kannte Dak nicht. Er und die anderen lebten im östlichen Tal, auf der anderen Seite des Bergkamms, und sie kletterten nur selten den steilen Hang hinauf, denn hier hatte der Leopard sein Jagdgebiet. Eines Tages, als sie sich auf der Suche nach Früchten hier heraufgewagt und bis in den Abend geblieben waren, hatte er seine Schwester Apar gefressen. Auch ihr Junges war verschwunden, doch sie hatten nur Apars Leichnam gefunden, der auf einem Baum hing.

Er erinnerte sich, daß er vor langer Zeit einmal über den Hügelkamm geklettert war, weil ihn der Geruch von anderen dorthin zog. Allerdings hatte er sorgsam darauf geachtet, daß er dem Leoparden nicht begegnete. Er lächelte, als vor seinem inneren Auge das Bild des Sees und der Gefährtin erschien, die er dort gefunden hatte.

Die Erinnerung verflog schnell, als Daks aufmerksame Ohren ein leises Geräusch wahrnahmen. Diesmal war es kein Schrei, sondern ein Wimmern, wie es die Jungen machten, wenn sie verletzt waren oder gefüttert werden wollten. Die rauchschwangere Luft nach Gerüchen absuchend, schob er sich vorsichtig voran. Er witterte etwas, aber es war gleich wieder vorbei, als ein Windstoß verkohlte Blätter und Asche vom Waldboden hochfegte und ihm ins Gesicht peitschte. Doch der kurze Augenblick hatte genügt. Er wußte, daß ihm dieser Geruch vertraut war.

Das Wimmern war jetzt lauter. Dak runzelte verblüfft die Stirn. Wie kam ein Junges hierher? Er hatte doch die anderen in der Schlucht zurückgelassen. Es hatte niemand gefehlt, aber es war auch nicht der Geruch von irgend jemandem aus der Schar. Er war so ähnlich, aber nicht der gleiche. Obwohl Dak ihn nicht genau identifizieren konnte, hatte er ihn doch schon früher einmal wahrgenommen. Mit blicklosen Augen starrte er ins Leere, während er sich zu erinnern versuchte.

Jetzt hörte er den Laut direkt zu seinen Füßen. Er kam unter einem dicken, umgestürzten Baum hervor. Dak hielt seinen glimmenden Stock dicht über den Boden und starrte in das Astgewirr. Seine angestrengt suchenden Augen blieben an einer kleinen Gestalt tief hinten im Geäst hängen. Die Gestalt bewegte sich. Dak kniete nieder, um bei dem strömenden Regen und der rußgeschwärzten Luft besser sehen zu können. Er hielt den Stock noch näher heran. Die Gestalt zuckte zusammen. Aber die Glut des Stockes erleuchtete die Umgebung, und nun konnte man den schwarzen Umriß erkennen. Es war tatsächlich ein Junges, und es lag mit dem Gesicht nach unten auf der feuchten Erde. Auf dem Rücken hatte es eine lange, gewundene Narbe.

Bei dem Anblick stellten sich Dak die Nackenhaare auf. Diese Narbe hatte eine Bedeutung für ihn, das wußte er sofort, aber es wollte ihm nicht einfallen, welche. Er griff in das Geäst hinein und berührte die kleine Gestalt. Sie schlug mit der Hand aus, und das Wimmern begann von neuem. Dak zögerte. Es war irgendwie seltsam, ein Junges zu retten, das nicht zu seinen eigenen Leuten gehört, aber das hartnäckige Gefühl, daß ihm dieses Junge doch vertraut war, appellierte an seinen Beschützerinstinkt.

Abschätzend betrachtete er den umgestürzten Baum. Der größte Teil seines Gewichts lastete auf kleineren Ästen, und einer davon hatte das Junge am Boden eingeklemmt. Jeden Moment konnten die anderen brechen und die kleine Gestalt unter sich erschlagen. Er versuchte den Ast anzuheben, aber er wurde durch das Gewicht des Baumes festgehalten und rührte sich keinen Zentimeter. Vor Anstrengung die Zähne zusammenbeißend, kroch er unter einen dicken Zweig und drückte mit aller Kraft nach oben. Da glitt ohne jede Vorwarnung der ganze Baum zu Boden. Dak schnappte sich den kleinen Körper und sprang zur Seite. Mit enormem Krachen schlug der Baum auf der feuchten Erde auf.

Dak starrte auf die kleine Gestalt in seinen Armen hinunter. Ihr Gesicht war blutüberströmt, aber sie hatte die Augen geöffnet und blickte ihn an. Dann gab sie einen neuen Laut von sich, ein Zeichen, das Dak nicht kannte, und hob die Hand an sein Gesicht. Danach seufzte sie tief und schloß ganz langsam die Augen.

Wieder zögerte Dak. In ihm klangen immer noch die heulenden Laute nach, und er wußte, daß er ihre Quelle noch nicht gefunden hatte. Dieses Wesen hier hatte keine solchen Laute von sich gegeben. Vielleicht war noch eins unter dem Baum festgeklemmt oder lag verletzt irgendwo vor ihm. Er ließ die Blicke über die gesamte Umgebung schweifen, aber in der tiefen Schwärze um ihn her konnte er fast nichts erkennen.

Plötzlich frischte der Wind auf. Er blies ihm dichte Asche ins Gesicht und pfiff ihm rauh um die Ohren. Da hörte er ein neues Geräusch, das ihn in Richtung Schlucht herumfahren ließ. So hörte es sich an, wenn Wasser gegen Felsen schlug. Er stürzte voran und lugte in die tiefe Kluft. Das Wasser war schon so weit angestiegen, daß es seine Fußgelenke bedecken würde, wenn er dort stünde. Vor seinem inneren Auge erschien das Bild der anderen, wie sie unter dem Felsen hockten und auf ihn warteten. Mit angstverzerrtem Gesicht rannte er den Weg zurück, den er gekommen war.

Die kleine Gestalt jammerte erbärmlich, als sie durch seinen schnellen Lauf durchgeschüttelt wurde. Dak sah auf dieses Geräusch hinunter, verlangsamte aber nicht seinen Schritt. Das Wasser stieg schnell, er mußte sich beeilen – als er aber an der Stelle ankam, wo er die anderen zurückgelassen hatte, war dort niemand mehr. Sein Herz klopfte laut vor Angst, und er sah sich panisch um. Ganz in der Nähe ging ein Blitz nieder, dessen heller Schein für einen kurzen Augenblick eine Reihe von Fußabdrücken beleuchtete, die sich am nördlichen Rand der Schlucht hinzogen.

Erleichterung durchströmte ihn. Die anderen waren schon hinüber. Dak wagte sich mit achtsamen Schritten in den Sturzbach vor. Das Wasser wirbelte um seine Knie und reichte ihm dann einen Moment lang bis an die Brust. Das Junge immer noch über dem Strudel haltend, stolperte er auf die andere Seite. Die Strömung würde bald so stark sein, daß niemand mehr hinübergelangen konnte. Die anderen waren weise genug gewesen, bereits weiterzuziehen.

Er kämpfte sich zum anderen Ufer durch und untersuchte die Fußspuren von nahem. Der Regen hatte schon viele Abdrücke verwischt, aber er konnte erkennen, daß die anderen noch immer in nördlicher Richtung zogen. Den ganzen gestrigen Tag über, als die gespenstischen Wolken aus dem Berg gequollen waren, hatte seine Mutter Rune in diese Richtung gezeigt. Sie kannte Orte, die die anderen nie zuvor gesehen hatten, weil sie lange gelebt hatte. Als der Berg explodiert war, hatte sie aufgeregte Rufe ausgestoßen, war ein kurzes Stück nach Norden gelaufen und wieder zurückgekommen, damit die anderen ihr folgten. Und so waren sie losgezogen, so schnell es sich mit den Jungen machen ließ. Dak selber hatte schon oft eine Hochebene im Norden gesehen, wenn er auf seinem Weg zum See über den Hügel geklettert war. Es war ein grüner Ort gewesen und voller Tiere. Es war auch weit entfernt von dem schreienden Berg. Dort würden sie sicher sein.

Die Fußspuren führten zu einer Lichtung im Wald. Das Feuer war schon darüber hinweggegangen, hier würde es also keine Flammen mehr geben. Sein Geruch, der ihm vorausging, wurde mit allgemeinem Geschrei empfangen, und dann kamen ihm die anderen auch schon aufgeregt entgegen.

Daks Gesicht entspannte sich. Sie waren alle da. Sie scharten sich um ihn – und gingen dann mißtrauisch auf Abstand, als sie das Bündel in seinen Armen bemerkten. Dak machte ihnen Zeichen, daß von ihm nichts zu befürchten war, und sie kamen wieder näher. Vorsichtig streckte er das Junge vor, damit sie es inspizieren konnten. Rune kam heran und beschnüffelte es mit hochgezogenen Augenbrauen. Sie sah Dak verwirrt an und schnüffelte erneut. Dann nahm sie Quäks vorsichtig aus Daks Armen und begann ihm das Blut aus dem Gesicht zu lecken. Dabei schaute sie ganz zärtlich und gab ein sanftes und beruhigendes Gurren von sich.

Dak sah ihr erstaunt zu. So verhielt sie sich normalerweise nur mit ihren eigenen Jungen, oder denen ihrer Töchter. Aber wie konnte das sein? Zwei ihrer Töchter waren an einer Krankheit gestorben, die viele aus der Horde getötet hatte; eine andere war fortgegangen, auf der Suche nach einem Gefährten. Von Runes Jungen waren nur er und Klep noch in der Horde geblieben. Davor hatte es noch Apar gegeben; mit Apars Jungem hatte Rune sich so verhalten …

Dak versuchte nicht länger, das Rätsel zu lösen. Er schloß aus Runes Verhalten, daß sie das Junge, das er gefunden hatte, akzeptierte, auf etwas anderes kam es nicht an.

Auch Rune war verwirrt, aber sie zweifelte nicht an ihren Sinnen. Sie hatte sofort gewußt, daß dies Apars Junges war, daß es irgendwie überlebt hatte. Sein Geruch war unverwechselbar, sie kannte ihn genau. Bevor er verschwunden war, hatte sie ihn viele Male gehütet, ihn geleckt und gefüttert, hatte ihn in den Armen herumgetragen. Sein Geruch sagte ihr, daß er zu ihnen gehörte.

Sie trug einen Haufen aus Blättern zusammen, die dem Feuer entgangen waren, und bettete Quäks sanft darauf. Bei der Bewegung jammerte er wieder auf. Sie betrachtete ihn eindringlich. Einer seiner Arme stand in einem unnatürlichen Winkel ab, und er war aufgerissen und geschwollen. Die Wunde zog sich über die ganze Schulter bis in den Nakken. Rune drehte das Junge so zurecht, daß es nicht mit dem Arm gegen den Boden stieß. Aus einer Wunde am Kopf sikkerte Blut. Sie leckte es ab, bis nichts mehr nachkam.

Quäks bewegte sich und rief etwas. Mytas Kleine, die neugierig waren auf diesen Neuankömmling, wollten sich danebenknien, um ihn besser zu sehen, aber Rune scheuchte sie davon. Die ganze Nacht hindurch kauerte sie bei ihm und ließ niemanden heran. Ab und an nahm sie Wasser aus einer nahe gelegenen Pfütze auf und preßte ihre Lippen auf seinen Mund. Das meiste davon lief ihm den Nacken hinunter, aber ein bißchen landete auch in seiner Kehle. Beim Schlucken verzog er schmerzhaft das Gesicht. Der schwere Ast hatte über Stunden auf seinen Hals gedrückt, und alles war geschwollen. Runes aufmerksame Augen waren voller Angst.

Wieder stieß Quäks diesen seltsamen Schrei aus. Rune beugte sich besorgt über ihn, aber er verzog unwillig die Stirn und sah fort. Er wollte ein anderes Gesicht sehen. Er wollte Zena. Ihr Gesicht erschien vor seinem inneren Auge, und er lächelte ein kleines, flüchtiges Lächeln.

Einmal hatte er sie rufen gehört, aber er hatte nicht sagen können, ob er es wirklich gehört hatte oder ob es nur ein Teil der traumartigen Visionen gewesen war, die ihm immer wieder durch den Kopf geschwirrt waren, seit der Baum ihn unter sich begraben hatte. Erschöpft schloß er wieder die Augen und wartete. Er hatte all die langen Stunden hindurch gewartet, als er unter dem Baum eingeklemmt gewesen war, und er würde weiter warten. Sie würde zu ihm kommen; da war er sich ganz sicher. Sie war immer zurückgekommen.

II

Viele Stunden später drang mildes Licht durch die rußige Luft. Der Himmel war nicht mehr rot, und es hatte aufgehört zu regnen. Dak erhob sich von seinem Ruheplatz und streckte sich. Klep nahm ihn bei der Hand und zog ihn zu dem Jungen am Boden hinüber. Ohne auf Runes Schelten zu achten, fuhr er neugierig mit dem Finger an der Wunde auf Quäks' Rücken entlang. Diese Geste erinnerte Dak an etwas. Er sah sich selbst wieder am See, wie er auf dieselbe Weise an der Narbe entlangfuhr …

Das hier war das kleine Männchen vom See. Aber wo war das junge Weibchen, mit dem er sich damals gepaart hatte? Er runzelte die Stirn. Dieses Rätsel ließ sich nicht so einfach beiseite schieben. Er hatte dieses Weibchen gern gehabt, und jetzt war sie verschwunden. Vielleicht war auch sie verletzt und lag noch immer irgendwo. Wenn er noch einmal auf die Suche ging, würde er sie vielleicht finden.

Rune kam zu ihm und deutete nach Norden. Sie wollte aufbrechen. Dak sah zu dem rauchenden Berg hinauf. Jeden Moment konnten wieder Feuer und diese sich fortbewegende schwarze Masse aus ihm hervorbrechen und sie alle hier einschließen. Er seufzte. Er hatte keine Zeit mehr, um nach dem jungen Weibchen zu suchen. Er war das einzige erwachsene Männchen in seiner Horde, das noch übrig war, und er mußte Rune helfen, die anderen fortzuschaffen.

Traurig wandte er sich von dem Berg ab und lenkte seine Schritte nach Norden. Rune nahm Quäks auf den Arm und folgte ihm, aber er war zu schwer für sie, und so bat sie Dak, ihn zu übernehmen. Klep hielt sich an der Seite seines Bruders und versuchte mit ihm Schritt zu halten. Mytas beide Jungen sprangen vorneweg und jagten sich durch die Wälder, als hätte es nie einen Vulkan gegeben und auch keinen Sturm, der ihnen angst gemacht und sie gezwungen hatte, zu fliehen und ihre Heimat zu verlassen. Myta folgte ihren Jungen mit ängstlichen Rufen.

Die beiden waren zusammen geboren worden, fast ein Jahr, nachdem Myta dünn und verängstigt in dem Tal aufgetaucht war. Rune hatte sie zunächst weggejagt, aber Myta war einfach immer wiedergekommen. Jeden Tag hatte sie sich dort herumgedrückt, wo sie schliefen und ihre Nahrung sammelten, und hatte sich jedesmal unterwürfig geduckt, wenn einer von ihnen in ihre Nähe kam, bis sie sich nach einer Weile an ihre Gegenwart gewöhnt hatten. Dann hatte Myta ihre Bereitschaft sich zu paaren signalisiert. Dak und ein weiteres Männchen, das seither fortgegangen war, hatten sich viele Male mit ihr gepaart. Danach hatte seine Mutter sie als eine der Ihren akzeptiert.

Diese Zustimmung war unerläßlich, denn Rune war das unangefochtene Haupt der Horde. Dak sah sie bewundernd an, wie sie neben ihm herging, die Augen fest auf den Ort im Norden gerichtet, zu dem sie die anderen führen wollte. Ihr reicher Erfahrungsschatz war für sie alle gar nicht hoch genug zu bewerten. Sie hatte ihnen beigebracht, was man alles essen konnte, wie man einen Unterschlupf ausfindig machte, wie man die Jungen beschützte und ernährte; sie hatte sie an neue Orte geführt, wenn die Nahrung knapp wurde. Während der Dürre, die so viele in der Horde getötet hatte, als Dak noch ein kleines Kind gewesen war, hatte sie sie in das Tal hinter den Hügeln gebracht, wo sich Nahrung und Wasser finden ließen, wenn man nur das Gebiet gut kannte, so wie Rune. Und nun brachte sie sie wieder in Sicherheit.

Dak sah verwundert zu Boden, als der dicke Belag aus feuchten, aschebedeckten Blättern auf dem Waldboden plötzlich von einer schmierigen Masse abgelöst wurde, die über seine Zehen quoll. Im Aufsehen bemerkte er, daß sie die Wälder hinter sich gelassen hatten. Zum erstenmal, seit sie vor dem Vulkan flohen, konnte er wieder bis weit in die Ferne sehen. Er schnappte erstaunt nach Luft. Alles Land, das sich vor ihnen erstreckte, lag unter einer harten, schwarzen Kruste begraben. Darauf saß eine dicke Ascheschicht, die noch naß war vom Regen. Die aschebedeckte Lava erstreckte sich so weit er sehen konnte nach Osten und Westen und reichte seitlich bis an den Rand der zerklüfteten Böschung des Tals an der Nordseite. Oben über der steilen Böschung lag das Plateau, und dort wenigstens konnte er etwas Grün ausmachen.

Klep stieß aufgeregte Rufe aus. Er hatte Knochen gefunden, die aus der Lava hervorstaken. Dak ging hin, um sie sich anzusehen. Die Knochen hatten noch immer die Form einer Antilope. Sie lag da, als schliefe sie, aber ihr Fleisch war zum großen Teil nicht mehr da. Er zog ein Stückchen verkohltes Fleisch von den Rippen. Es schmeckte verbrannt und bitter, aber an einer anderen Stelle entdeckte er Fleisch, das nicht ganz so verkohlt war, und er rief die anderen herbei, um es zu versuchen.

Rune riß sich ein Stück ab, kaute es gründlich und beugte sich dann über Quäks, um ihm etwas davon in den Mund zu geben. Das Kind verschluckte sich und schrie vor Schmerzen auf. Sie sah zu Dak auf, und ihre Augen trübten sich sorgenvoll. Die Lippen des kleinen Männchens waren furchtbar heiß.

Mytas Kleine turnten fröhlich auf den Hörnern des Tieres herum, während die anderen sich über sein Fleisch hermachten. Es war seit einem Tag die erste Nahrung. Als ihr Hunger gestillt war, zogen sie, tiefe Fußspuren hinterlassend, über den breiten Streifen feuchter Asche weiter. Die sengende Sonne trocknete die Abdrücke am Boden fest, so daß sie als unauslöschliches Zeugnis ihrer Wanderschaft zurückblieben.

Klep schrie plötzlich auf und hüpfte aufgeregt herum. Dak rannte zu ihm hin und fing auch zu hüpfen an. Die Asche unter ihren Füßen war brennend heiß. Er zog Klep von der Stelle fort, doch während die Sonne unermüdlich am Himmel emporstieg, wurde die Asche überall immer heißer.

Gegen Mittag mußten sie so schnell sie nur konnten von einer Stelle zur nächsten springen; an Ausruhen war nicht zu denken. Der Durst begann sie zu quälen. Dak dachte an die feuchten Blätter im Wald hinter ihnen und fuhr sehnsüchtig mit der Zunge über seine aufgesprungenen Lippen.

Direkt vor ihnen erhob sich ein großer Felsbrocken aus der Lava. Auf ihm ließen sie sich niederfallen und zogen dankbar die Füße von dem sengenden Boden hoch. Aber der Durst trieb sie bald weiter. Besonders Myta brauchte Wasser, denn sie säugte zwei Junge, und diese entzogen ihrem Körper die Flüssigkeit. Klep hinter sich herziehend, führte Rune sie in einem Bogen nach rechts. Ihr aus langjähriger Erfahrung entsprungener Instinkt sagte ihr, daß sie in dieser Richtung am ehesten Wasser finden konnten. Auf der rechten Seite des Plateaus fiel das Land sanft ab, und an solchen Orten gab es manchmal Sümpfe.

Unvermittelt begann Rune zu laufen. Den verdutzten Klep zog sie immer noch hinter sich her. Ohne langsamer zu werden, rief sie so laut, wie sie konnte. Dak blieb stehen, um ihr zuzuhören, lief dann aber schnell weiter, weil ihm augenblicklich ein brennender Schmerz durch die Fußsohlen schoß. In seinen Augen blitzte es begierig, denn Rune hatte den Ruf für Wasser ausgestoßen.

Dann sah er es: einen Schimmer von schlammigem Wasser gleich hinter einer kleinen Erhebung. Die Augen starr auf sein Ziel gerichtet, schleppte er sich darauf zu. Er war so darauf konzentriert, daß ihm gar nicht auffiel, daß Asche und Lava plötzlich verschwunden waren. Im einen Moment brannten noch seine Füße, im nächsten spürten sie die willkommene Frische von Gras. Verwirrt sah er zu Boden. Ein paar lange, schwarze Zungen streckten sich nach dem Morast aus, aber dazwischen erhob sich wie ein Wunder grünes Gras. Und dahinter lag das eigentliche Wunder: Wasser.

Rune und Klep knieten schon dort und tranken und tranken. Myta stolperte hinter ihren beiden Jungen her, die jubelnd auf das schlammige Ufer des Tümpels zuliefen. Sie machten nicht halt, um zu trinken, sondern wateten eifrig ins Wasser. Myta stieß den Ruf für Gefahr aus, und sie kamen so schnell wieder heraus, wie sie hineingelaufen waren. Sie hatte eben über der Oberfläche ein verdächtiges Paar Augen entdeckt. Sie wußte nicht, was diese Augen bedeuteten, denn sie hatte ein solches Wesen noch nie gesehen, aber sie war sicher, daß es ihnen schaden konnte.

Dak schaute ins Wasser, als er sich zum Trinken hinkniete. Aus diesem Blickwinkel konnte er den großen Körper des Tieres gleich unter der Oberfläche sehen. Es hatte einen dikken Schwanz und überall Schuppen, und vor allem eine lange Schnauze mit schrecklichen scharfen Zähnen. Mit einer Handbewegung machte er Rune darauf aufmerksam. Sie sprang zurück und gab ihnen gestikulierend zu verstehen, daß das Tier näherkommen und sich mit seinen grausamen Kiefern einen von ihnen schnappen könnte.

Die beiden Jungen zogen sich ängstlich vom Wasser zurück, wobei ihre Füße tief im nassen Moos rund um den Tümpel einsanken. Aber ihre Angst verflog schnell, als ihre Aufmerksamkeit von anderen unbekannten Dingen in Anspruch genommen wurde. Kleine bunte Frösche, die durch ihren raschen Rückzug aufgestört worden waren, hüpften hoch in die Luft. Die Zwillinge sprangen hinter ihnen her. Einer nahm eine Handvoll Moos und warf damit nach seinem Bruder, und schon bald flog das glitschige Zeug aus allen Richtungen durch die Luft.

Die anderen zogen sich vom Revier des Krokodils zurück, um ihre wunden Füße an einem der anderen kleinen Tümpel zu kühlen, die das Sumpfland durchzogen. Dann streckten sie sich an einer grasbewachsenen Stelle oberhalb des Sumpfgeländes aus. Sie waren dankbar, ausruhen zu können. Dak sah sich befriedigt um. Hier gab es Nahrung in Fülle. Die Sümpfe waren übersät mit eßbaren Pflanzen, und sicher gab es viele verschiedene Arten von Insekten und Reptilien und auch Säugetiere und Vögel.

Vorsichtig legte er Quäks auf den Boden. Das kleine Männchen war erschreckend schlaff, und es hatte seit langem keinen Laut mehr von sich gegeben, nicht einmal als Dak vor Gier stolpernd zum Wasser gerannt war. Aber als Dak ihn absetzte, öffnete er einen Moment lang die Augen und ließ einen schwachen Laut hören; den gleichen Ruf, den Dak schon einmal gehört hatte.

Rune kam, um sich um ihn zu kümmern. Dak meinte, Tränen in ihren Augen zu sehen, und das ängstigte ihn noch mehr. Aber sie ging unbeirrt zum Wasser und schlürfte einen Mundvoll auf. Der Kleine mußte unbedingt etwas trinken. Die furchtbare Hitze der Lava hatte ihn ausgetrocknet, und er fieberte. Quäks sträubte sich nicht, als sie ihre Lippen auf seinen Mund preßte, aber er schien nicht schlucken zu können. Selbst als Rune das Wasser nur ganz langsam abgab, tropfte ihm das meiste davon am Kinn hinunter.

Ein feuchter Moosklumpen traf Rune im Rücken, die noch immer über Quäks gebeugt dasaß. Sie schalt mit den Zwillingen, aber dann wurde ihr Gesicht nachdenklich. Das Moos hatte sich kühl und erfrischend angefühlt. Rune winkte einem der beiden Jungen, ihr einen Klumpen zu geben, und legte ihn Quäks sacht auf die Stirn. Als sie Zeichen machte, daß sie noch mehr davon wollte, stoben die beiden eifrig davon und kamen mit ganzen Haufen zurück. Sie legte das Moos um Quäks' Brust und Hals. Die Kühle schien etwas zu bewirken, denn sein Gesicht entspannte sich. Befriedigt machte Rune es sich neben ihm bequem und wartete.

Dak stand auf und kletterte den Abhang über dem Sumpfgebiet hinauf. Von hier aus konnte er bis zu dem Tal hinübersehen, wo sie gelebt hatten. Was für ein unglaublicher Gegensatz zwischen dem Ort, an dem er jetzt stand, und dem, woher sie gekommen waren. Hier war alles saftig grün und vom Vulkan unberührt. Dort unten schien alles schwarz und leblos. Nur die Bäume des Waldes, den sie hinter sich gelassen hatten, ragten kahl aus der Asche auf und durchbrachen die eintönige Dunkelheit. Dann entdeckte er einige Antilopen und eine Herde Schweine, die die Abendkühle nutzten, um die Lava zu überqueren. Es waren nicht viele, aber wenigstens ein paar Tiere hatten überlebt. In weiter Ferne, etwa dort, wo sie die ersten Schritte auf die Lava gesetzt hatten, meinte er noch ein Wesen zu sehen, das auf zwei Beinen ging wie er selber. Er blinzelte und versuchte die Größe und Gestalt besser zu bestimmen, aber da er auf diese Entfernung nichts genauer erkennen konnte, gab er den Versuch auf.

Der schimmernde Horizont zog seine Aufmerksamkeit auf sich. Eben war die Sonne untergegangen, und der gesamte Himmel erglühte in flammendem Rot, das auch die mächtigen Wolken, die sich noch immer hinter dem rauchenden Berg auftürmten, und die Lava purpurrot färbte. Als das Licht zu schwinden begann, schien es beinahe so, als würde sich die unendliche Fläche vor Daks Augen bewegen. Er sah eine Weile zu und wandte sich dann ab. Bald würde es ganz dunkel sein. Er mußte die anderen beschützen. Vor dem Vulkan waren sie in Sicherheit, aber hier konnten noch andere Gefahren auf sie lauern. Er kletterte wieder zum Sumpfland hinunter. Rune hatte alle ein wenig den Hang hinaufgeführt, fort vom Wasser und den Krokodilen. Dak sammelte ein paar große Steine, für den Fall, daß ein Raubtier ihnen zu nahe kam. Klep machte es ihm nach, und auch Rune hatte einen Wurfstein.

Als Dak zu ihr ging, lag sie neben Quäks auf einem dichten Grashaufen. Das kleine Männchen rührte und regte sich nicht. Einmal schrie es auf, und seine Lider flatterten, dann war es wieder still. Dak suchte Ermutigung bei seiner Mutter, aber ihre fest zusammengepreßten Lippen verstärkten nur seine Unruhe.

Rune nahm die Hand des Jungen und fühlte dann seine Stirn. Sie hatte das Moos kühl und feucht gehalten, aber Quäks Haut glühte immer noch unter ihrer Handfläche. Sie sah Dak in die angstgeweiteten Augen und schüttelte hoffnungslos den Kopf.

Seufzend legte er sich neben sie zum Schlafen. Doch selbst im Schlaf horchten seine Ohren wachsam auf jedes ungewohnte Geräusch. Er hörte ein Schnüffeln, als ein Nachttier nach Nahrung suchte, und die Insekten veranstalteten ein seltsames Konzert. Einmal kreischte ein Vogel, und ein Tier schrie in Todesangst, als es von einem Raubtier gerissen wurde. Keines dieser Geräusche weckte Dak aus dem Schlaf, obwohl er sie wahrnahm. Als aber ein gespenstisches Heulen die Dunkelheit durchdrang, setzte er sich sofort auf. Das

Geräusch verklang und setzte dann in größerer Entfernung wieder ein.

Dak entspannte sich und legte sich wieder hin. Es war ein anderes Heulen gewesen. Aber danach träumte er. Im Schlaf sah er das Bild eines jungen Weibchens, des Weibchens, mit dem er sich am See gepaart hatte. Es saß mit den Händen vor dem Gesicht in der dampfenden Lava und stieß ein angsterfülltes Heulen aus. Wieder und wieder jagte der Traum durch seinen Kopf, und als er im Morgengrauen erwachte, konnte er nicht sagen, ob er das Heulen wirklich gehört hatte oder nicht.

6. Kapitel

Zena schlang die Arme um den dicken Ast vor ihr und hielt sich verzweifelt daran fest, als der Baum noch ein Stück tiefer die Uferböschung hinunterrutschte. Der Stamm hinterließ tiefe Furchen im feuchten Lehm des Abhangs; ganze Klumpen davon wurden herausgerissen, und sie sah wie gebannt zu, wie sie ins Wasser glitten und sich sofort in der sprudelnden Strömung auflösten.

Mit einem jähen Ruck kam der Baumstamm direkt über dem schäumenden Fluß noch einmal zum Stillstand. Das Wasser spülte Zena um die Knie und spritzte ihr unaufhörlich in Gesicht und Augen, aber sie wagte nicht, es wegzuwischen, aus Angst, sie könnte den Halt verlieren und hinunterfallen. Sie wagte sich überhaupt nicht mehr zu bewegen, weder vor noch zurück. Sie saß fest, dem tobenden Wasser preisgegeben.

Hilflos ließ sie sich gegen den tropfnassen Ast sinken, als ein gedämpftes Geräusch an ihr Ohr drang, das über dem Tosen des Wassers kaum zu hören war. Das Kind; sie war sich fast sicher.

Ihre Entschlossenheit kehrte zurück. Sie setzte sich auf. Sie mußte zu dem Kind. Irgendwie.

Sie wagte es, mit einer Hand loszulassen und sich die Augen zu wischen, um besser zu sehen. Zu ihrer einen Seite kam ein Wasserfall zwischen den Felsen hervorgestürzt, auf der anderen hingen mit Kletterpflanzen überwachsene Äste und Gestrüpp herunter, die zu dem größeren Stamm gehörten. Wenn sie dort heranreichte, würde sie sich vielleicht hochziehen können.

Im selben Moment, als sie ein Stück vorzurücken begann, kippte ein schweres Stück Bruchholz über den Wasserfall und stürzte direkt auf ihre Knie zu. In heller Aufregung sprang sie auf und griff nach einer Liane, die nah an ihrem Kopf herabbaumelte, um im Gleichgewicht zu bleiben. Ihre

Füße glitten auf dem nassen Baumstamm aus und rutschten ins Wasser. Jetzt reichte es ihr bis zur Brust hinauf. Nur ihre Finger bewahrten sie jetzt noch davor, davongetragen zu werden. Sie hielt sich mit aller Kraft an der Liane fest, während die Strömung nach ihr griff und sie in den reißenden Fluß zu zerren versuchte.

Vor Anstrengung zitternd, hielt sie nach einem Fleckchen Ausschau, wo sie stehen und nur für ein paar Sekunden ihre Arme ausruhen konnte. Dort unten in dem unruhigen Wasser schaukelte das Bruchholz, das auf sie heruntergefallen war. Zaghaft setzte sie einen Fuß darauf. Einen Moment lang trug das Holz ihr Gewicht; dann schoß es unter ihr hervor und schleuderte sie dabei direkt ins Buschwerk hinauf. Trotz dieses Stoßes fühlte sie sich sofort sicherer, denn jetzt ging ihr das Wasser nur noch bis zum Knie, und sie reichte mit den Armen an die dickeren Äste weiter oben. Langsam hievte sie sich hinauf, bis die Strömung nicht mehr an ihrem Körper zerrte.

Jetzt war sie ganz sicher, daß sie die Kleine hörte. Sie brüllte auf; lange, durchdringende, klagende Schreie. Dieses Geräusch brachte neues Leben in Zena. Verbissen kämpfte sie sich durch das Astgewirr in die Höhe, bis sie direkt unter dem Hauptstamm angelangt war, dann umfaßte sie ihn mit beiden Armen und zog sich hinauf. Diesmal versuchte sie nicht einmal zu sitzen, sondern schlängelte sich flach auf dem Bauch liegend zur anderen Seite hinüber.

Plötzlich wurde ihr bewußt, daß kein Wasser mehr zu ihr heraufspritzte. Sie hob den Kopf und zwang sich, in den reißenden Fluß hinunterzusehen. Vor Erleichterung wäre sie beinahe gefallen. Da war kein Wasser. Nur Erde. Feste, aschebedeckte Erde. Sie sprang hinunter, wischte die Tränen weg, die ihr in die Augen stiegen, als sie endlich wieder Boden unter den Füßen spürte, und eilte auf die Stelle zu, von wo die Schreie des Kindes gekommen waren. Jetzt war nichts mehr zu hören.

Da. Ein Geräusch. Ihr Herz machte einen hoffnungsvollen Sprung. Es war ein Niesen. So nieste das Baby immer, wenn sie es durch den staubigen Gang in die Höhle trug. Zena rannte auf das Geräusch zu. Sie sah das Junge sofort. Es lag in den Büschen am Abgrund und strampelte mit seinen kleinen Händen und Füßen, als wollte es sich daraus befreien. Auf der Stirn hatte es eine dicke Beule, und der Bauch hatte ein paar Kratzer abgekriegt. Sonst schien es aber unverletzt. Wimmernd sah die Kleine zu ihrer Mutter auf. Zena nahm sie in die Arme und drückte sie ganz fest an sich. Die Tränen liefen ihr nur so übers Gesicht, und diesmal versuchte sie nicht sie wegzuwischen.

Das Baby seufzte zufrieden und begann zu saugen. Plötzlich wurde Zena schwindlig von der Aufregung der letzten Stunden, und sie mußte sich erst einmal hinsetzen. Aber sie zwang sich gleich wieder zum Aufstehen. Es würde bald dunkel werden, und sie mußte einen Unterschlupf finden. Während sie vorwärtsstolperte, schlotterten ihr die Knie vor Erschöpfung, und ihr fielen immer wieder die Augen zu. Nur die Laute und Bewegungen des Kindes hielten sie noch aufrecht. Jedesmal wenn ihr Kopf nach vorne sank und ihre Arme nachzugeben begannen, schrie das Baby ängstlich auf und zappelte.

Dann fiel ihr auf, daß die Bäume spärlicher geworden waren. Auch die Asche unter ihren Füßen fühlte sich anders an. Bei jedem Schritt sank sie darin ein, und an manchen Stellen war es ganz heiß. Stirnrunzelnd lugte sie hinter dem letzten der Bäume hervor.

In welche Richtung sie auch sah, vor ihren Augen erstreckte sich eine endlose Fläche aschebedeckter Lava, und darauf war nichts, kein Tier, kein Busch, kein Gras – absolut nichts. Keine Bewegung erregte ihre Aufmerksamkeit, kein Geräusch drang an ihr Ohr.

Da wurde sie von Hoffnungslosigkeit übermannt, und gleichzeitig fühlte sie sich entsetzlich hilflos. Sie hatte keine Ahnung, was sie tun sollte. Um zu der Hochebene zu gelangen, mußte sie quer über diese Fläche gehen, aber es war einfach unmöglich, sich durch diese schwarze Ödnis zu quälen. Es war zu weit, zu gefährlich. Aber hier konnte sie auch nicht bleiben, an diesem furchtbaren Ort ohne Licht, ohne Grün und ohne eine Zufluchtsstätte.

Vorsichtig machte sie ein paar Schritte in der tiefen Asche, um zu sehen, ob sie darauf laufen konnte. Sie war heiß und verbrannte ihr die Füße. Also kehrte Zena um und ging östlich an den Bäumen entlang, um eine kühlere Stelle zu suchen. Doch nun überfielen sie plötzlich Hunger und Erschöpfung, und sie wußte, daß sie nicht mehr weitergehen konnte. Sie mußte einen Unterschlupf finden. Der Gedanke hallte in ihrem Kopf wider, und sie hielt sich verbissen daran fest, während sie langsam in den Wald hineinging, um nach irgend etwas Ausschau zu halten, das ihr während der Nachtstunden Sicherheit bieten konnte. Schließlich entdeckte sie eine Ansammlung von aufgetürmten Felsbrocken mitten in einer verbrannten Fläche. Sie kletterte hinauf und suchte nach einem Spalt, durch den sie hineinkriechen oder wenigstens eine vor Einblicken geschützte Vertiefung, in die sie sich kauern konnte.

Sie hatte Glück. Beinahe ganz oben konnte sie sich zwischen zwei Felsblöcken hindurchzwängen. Drinnen war es sehr eng; sie konnte ihre Ellenbogen nicht bewegen, und hinlegen konnte sie sich auch nicht, aber wenigstens konnte auch kein größeres Tier zu ihr hereinkommen. Sie stöhnte erschöpft auf und ließ sich gegen die harte Felswand sinken. Die Augen fielen ihr zu, und sie schlief ein. Vergessen waren Hunger und Angst und selbst ihr quälender Kummer um Quäks. Sie konnte sich endlich ausruhen, und das war alles, was zählte.

II

Über Zenas Kopf strich leise ein Tier herum. Seine Pfoten waren auf dem grauen Fels kaum zu hören. Heftig zitternd machte Zena sich noch kleiner. Dieses Geräusch rief eine so gräßliche Erinnerung in ihr wach, daß sie beinahe zu atmen vergaß. Doch kurz darauf war es verschwunden, und Zena richtete sich auf, um die Kleine zu füttern, bevor deren Hungerschreie die Aufmerksamkeit auf sie zogen – Zena legte das kleine Mädchen an die Brust, aber in den letzten Tagen war ihre Milch immer weniger geworden, und das Baby wurde nicht richtig satt. Seufzend und mit steifen Gliedern zog Zena sich aus dem engen Spalt. Wenn sie nicht bald Nahrung und Wasser fand, würde weder sie noch das Kind überleben.

Sie trank ausgiebig aus einer seichten Pfütze, die der Regen hinterlassen hatte. Das Wasser war rußig und schmeckte nach Feuer, aber es löschte ihren Durst. Nahrung zu finden war weniger einfach, aber irgendwann stieß sie doch auf ein paar Pflanzen, die, wie sie wußte, lange gelbe Wurzeln unter der Erde hatten. Zu ihrer Überraschung waren sie weicher als die, die sie am See gefunden hatte, und ließen sich ganz leicht kauen. Mit einem Stein grub sie eine Handvoll davon aus und machte sich damit wieder auf den Weg der Lava entgegen.

Das Essen und die Rast hatten sie erfrischt, und sie hatte das Bild der grünen Hochebene wieder klar vor ihrem inneren Auge. Ohne weiteres Zögern machte sie sich auf den mühsamen Weg über die dunkle Asche. Diese gab noch keine Hitze ab, weil die Sonne eben erst am Horizont aufgegangen war. Über eine Stunde lang stapfte Zena so voran. Die vereinzelten Tiere, die auf ihrem Weg zu dem Grün in der Höhe an ihr vorbeitrotteten, nahm sie kaum wahr. Dann brachte sie ein unerwarteter Anblick plötzlich zum Stehen. Dort vor ihr in der Asche waren Abdrücke, Abdrücke, die sie schon viele Male gesehen hatte. Ihre eigenen Füße hinterließen solche Vertiefungen im Schlick, und die von Quäks auch. Aber wie waren diese hierhergekommen?

Zena sah auf ihre Füße hinunter. Vorsichtig setzte sie einen Fuß neben einen großen Abdruck, zog ihn dann wieder zurück und starrte auf das Ergebnis hinunter. Ihr Abdruck sah genauso aus, obwohl er kleiner war und nicht so tief, denn die Asche war jetzt härter als am Tag zuvor. Überall in ihrer Nähe waren Abdrücke, eine Sorte beinahe von derselben Größe wie ihre, ein anderes Paar kleiner. Zena kniete nieder, um sie sich anzusehen. Sie mußte an Quäks denken.

Sie starrte in die Ferne. Diese unerwarteten Abdrücke erregten sie, gleichzeitig war sie jedoch auf der Hut. Sie fühlte, daß diese Abdrücke von Wesen, die ihr glichen, hinterlassen worden waren, aber sie war, abgesehen von Quäks, so lange allein gewesen, daß sie sich nicht vorstellen konnte, was das bedeuten mochte. Sie ging weiter, hielt dabei aber unruhig nach irgendwelchen weiteren Zeichen Ausschau, die die Abdrücke gemacht hatten.

Als die Sonne am Himmel höher stieg, begann die Asche sich zu erwärmen. Zena setzte ihre Füße in die größten Fußabdrücke. Dort war der Boden kühler, und sie schritt in ihnen voran, bis sie neben einem großen Felsblock plötzlich aufhörten. Sie ruhte sich einen Augenblick aus und machte sich dann wieder auf den Weg, damit sie die Lavaüberquerung hinter sich bringen konnte, bevor sie zu heiß wurde. Jetzt war es nicht mehr weit bis zu dem Grün. Vornan konnte sie bereits Büsche sehen, und sie meinte auch, Wasser zu wittern. Der schwache Geruch, der von den Fußabdrücken aufstieg, wurde auch immer deutlicher. Sie hatte ihn oft wahrgenommen, wenn sie auf dem Hügelkamm stand und ins Tal hinuntersah, aber er war nie so stark gewesen, nie so nah. Ängstlich ließ sie ihre Blicke über die Landschaft schweifen und eilte weiter.

Ein anderer Geruch ließ sie wie angewurzelt stehenbleiben. Ihr Herz begann heftig zu klopfen – aber er war zu schwach, um sicher zu sein, und Quäks konnte doch gar nicht hier sein …

In gespannter Hoffnung schritt sie weiter voran und merkte nicht einmal, daß die heiße Asche unter ihren Füßen kühlem Gras gewichen war. Eine leichte Brise wehte ihr entgegen und trug den Geruch von Wasser und Schlamm und auch diesen anderen, flüchtigen Geruch zu ihr herüber.

Zena begann zu zittern, und ein Seufzer stieg in ihrer Kehle auf. Es *war* der Geruch; jetzt roch sie es ganz deutlich. Es war Quäks' Geruch, sie kannte ihn besser als jeden anderen.

Ohne auf die Gefahr zu achten, rief sie nach ihm, laut und voller Angst. Es kam keine Antwort. Langsam, Augen und Ohren weit offen, ging sie weiter. Sie war so konzentriert, daß sie beinahe in einen Tümpel mit trübem Wasser gestolpert wäre. Automatisch kniete sie sich hin, um zu trinken, aber sie hatte noch kaum einen Schluck getrunken, da hob sie verwirrt den Kopf. Der Geruch war an dieser Stelle sehr stark. Es war Quäks, aber nicht ganz wie sonst, so als ob er sich irgendwie verändert hätte.

Bestürzt rief sie noch einmal, so wie sie ihn immer gerufen hatte, wenn er zu ihr kommen sollte. Diesmal kam eine Antwort. Das Geräusch war nur schwach, entsetzlich schwach, aber sie erkannte es dennoch. Sie stürzte darauf zu, vergaß alle Gefahr, vergaß überhaupt alles, außer daß sie unbedingt zu ihm gelangen mußte.

Als sie herankam, erhob sich ein altes Weibchen vom Erdboden. Sie knurrte Zena an und stellte sich schützend vor den kleinen Körper zu ihren Füßen. Zena achtete nicht darauf. Das da am Boden war Quäks; sie war ganz sicher, daß es Quäks war, noch bevor er den Ruf ausstieß, den sie so gut kannte. Ohne sich um das Knurren zu kümmern, lief sie zu ihm. Als Zena neben ihm niederkniete und glücklich Laute ausstoßend seinen Kopf auf ihren freien Arm bettete, trat das andere Weibchen zur Seite.

Quäks sah Zena an. In seinen Augen stand ein Ausdruck unendlicher Erleichterung. Er tastete nach ihrer Hand und hielt sie an seine Wange. Sie war gekommen, er hatte es gewußt. Seine Augen schlossen sich wieder, aber jetzt war in seinem Gesicht keine Furcht mehr zu lesen.

Die Tränen liefen Zena nur so über die Wangen, Tränen der Freude, aber auch der Angst. Sein Gesicht war heiß, so furchtbar heiß. Sie schob das Moos auf seiner Stirn zur Seite, und eine schlimme, rotklaffende Wunde kam zum Vorschein. Sie war stark geschwollen. Und er roch nicht wie sonst.

Wieder und wieder strich sie ihm über die Wangen und stieß dabei leise Glücks- und Verzweiflungsschreie aus, weil er sich nicht rührte, weil er keinen Laut von sich gab.

Sie sah auf, als sie einen Laut hörte, einen ihr unbekannten Ruf. Sie hatte beinahe die anderen, deren Spuren sie gefolgt war, vergessen. Jetzt erst nahm sie das Weibchen wirklich wahr, das über Quäks gestanden hatte. Sie war zwar gebeugt und dünn, aber zäh. An ihr war kein Zeichen von Unterwürfigkeit. Sie hatte zu knurren aufgehört und beobachtete Zena nun sehr genau. Die Augen der beiden Frauen trafen sich. In beiden stand die gleiche Sorge.

Wieder stieß Rune diesen fremden Ruf aus. Hinter ihr erschien ein Männchen. Es starrte Zena an und kam dann näher, um sie zu beschnüffeln. Sie zuckte zusammen und schob sich schützend vor Quäks und das Baby. Es zog sich aber schnell wieder zurück und ließ sich in ihrer Nähe nieder. Dabei sah es ihr immer weiter nachdenklich ins Gesicht. Sie starrte mit großen Augen zurück. Sein Geruch war vertraut. Sie runzelte die Stirn. Dann fiel es ihr wieder ein. Das war das Männchen, das zu ihrem See gekommen war. Zaghaft streckte sie die Hand aus, um sie auf seine Schulter zu legen. Dak lächelte und legte seine Hand auf ihre.

Zena seufzte tief auf. Dann beugte sie sich wieder über Quäks. Er glühte, und sein Arm war verletzt. Er war purpurrot und unnatürlich abgeknickt. Sie runzelte die Stirn und murmelte zärtlich auf ihn ein. Seine Lider flatterten, aber er antwortete nicht. Es machte ihr schreckliche Angst, daß er sich nicht rühren, nicht die Arme begierig nach ihr ausstrekken konnte, wie es sonst immer seine Art gewesen war. Hatte sie ihn gefunden, nur um ihn wieder zu verlieren?

Dann bekam ihr praktisches Wesen wieder die Oberhand, und auch ihre Entschlossenheit. Er war verwundet, so wie damals, als sie ihn zum erstenmal gefunden hatte. Sie würde ihn ebenso behandeln wie damals, und er würde sich erholen. Zena rannte zum Wasser und füllte sich die Backen, dann lief sie zurück und legte ihre Lippen auf seinen Mund. Sie wußte instinktiv, daß er Wasser mehr brauchte als alles andere, weil die Hitze in seinem Körper alle Flüssigkeit aufzehrte.

Unter großer Anstrengung schluckte Quäks ein paar Tropfen hinunter. Das Schlucken tat ihm sehr weh, aber weil es Zena war, die gurrend dort über ihm stand, und nicht jemand anderes, versuchte er es. Seine verletzte Kehle war auch nicht mehr ganz so eng, weil die Anspannung des

Wartens endlich nachgelassen hatte. Solange er auf Zena gewartet hatte, all die langen Nächte und heißen Tage hindurch, waren seine Muskeln ständig angespannt gewesen, weil er doch immer nach ihr hören mußte. Nun da sie wieder bei ihm war, hatte sich sein Körper entspannt, und er konnte versuchen, die Flüssigkeit hinunterzuschlucken, die er so dringend brauchte.

Zena holte noch mehr Wasser; wieder gelangten ein paar Tropfen durch seine Kehle. Sie kaute eine ihrer Knollen zu Brei und wollte ihm etwas davon mit dem Mund füttern. Aber er zog nur die Stirn kraus und drehte den Kopf weg. Rune tauchte neben ihr auf, den Arm voll mit frischen Moosstückchen. Unter Zenas Augen legte sie eines davon auf Quäks' Stirn und gab Zena den Rest. Als Zena fühlte, wie kühl sie waren, machte sie es Rune nach und bedeckte den kleinen fiebernden Körper damit. Dankbar sah sie zu Rune auf.

Während Zena sich mit Quäks beschäftigte, kam ein weiteres Weibchen heran, an dem sich zwei Junge festklammerten. Sie streckte zögernd die Hand aus, um Zena zu berühren, hielt aber dann mitten in der Bewegung inne und warf einen ängstlichen Blick zu Rune hinüber, als wolle sie sie erst um Erlaubnis fragen.

Rune runzelte die Stirn, während sie abwechselnd Zena und Quäks ansah. Quäks hatte einen vertrauten Geruch, aber Zena nicht. Andererseits hatte Dak sie begrüßt, als hätte er sie bereits gekannt. Sie schüttelte verwirrt den Kopf und trottete davon, um sich ein wenig abseits niederzulassen.

Myta nutzte Runes Verwirrung und beendete ihre Geste. Sie berührte Zena ganz leicht und sah neugierig auf das Kind. Dann sprang sie davon, um sich zu Rune zu setzen. Nach einer ganzen Weile standen beide auf, um nach Nahrung zu suchen. Miteinander schnatternd und im Gras übereinander purzelnd folgten ihnen die Jungen hinterher.

Dak verschwand hinter einem Hügel auf der anderen Seite des Sees. Ein paar Minuten später kam er wieder zurück und setzte sich dicht neben Zena. Er hatte einige reife Früchte in den Händen. Feierlich bot er sie ihr dar.

Zena sah ihm forschend ins Gesicht, dann streckte sie die Hand aus und nahm die Früchte entgegen. Sie waren tiefrot und saftig. Zena beugte sich über Quäks. Ob er wohl auch etwas davon nehmen würde? Seine Augen hatten sich wieder geöffnet, und er sah unentwegt zu ihr auf. Sie gurrte und zeigte ihm das Obst. Aber er sah immer nur sie an und reagierte nicht. Sie legte sich neben ihn, um zu ruhen. Vielleicht würde er später etwas essen. Trotz ihrer Besorgnis fühlte sie sich glücklich. Sie war wieder bei Quäks.

Die Augen wollten ihr zufallen, und sie zwinkerte heftig, um sich wachzuhalten. Sie wollte Quäks nie wieder verlassen. Auch nicht im Schlaf. Aber die Erschöpfung und das Gefühl der Sicherheit, das sie in Gesellschaft der anderen überkam, waren zuviel für sie. Gegen ihren Willen schlossen sich Zenas Augen wieder, und sie schlief ein.

III

Als sie erwachte, hatten die anderen sich um sie geschart. Dak lag auf dem Rücken. Ein junges Männchen, das Zena zuvor noch nicht gesehen hatte, saß an ihn gelehnt da. Rune hockte mit aufmerksamem Blick neben Quäks. Die zwei Kleinen saugten, jedes an einer von Mytas Brüsten.

Plötzlich bekam Zena Angst und drehte sich schnell wieder zu Quäks. Als könnte er ihre Furcht fühlen, öffnete er die Augen und streckte seinen gesunden Arm nach ihr aus. Liebevoll drückte Zena seine Hand an ihr Gesicht. Sie fühlte sich heiß an. Sanft legte sie die kleine Hand neben seinen Körper und sprang auf, um Wasser und frisches Moos für ihn zu holen. Das Baby nahm sie mit.

Dak folgte ihr und hielt wachsam Ausschau, während sie trank. Jetzt, wo Zena wieder bei ihm war, war er entschlossen, sie und auch das Neugeborene zu beschützen. Überall im Sumpf lauerten Krokodile und warteten nur darauf, alles zu schnappen, was ihnen zu nahe kam. Er entdeckte ein Augenpaar und ein verräterisches Gekräusel im Wasser und schleuderte mit aller Kraft einen Stein danach. Ein schuppiger Schwanz schnellte aus dem Schlamm, und das Krokodil schwamm davon. Zena sah dankbar zu ihm auf, und er lächelte befriedigt.

Zena ging zurück zu Quäks. Er nahm etwas Wasser. Dann starrte er ihr ins Gesicht und öffnete den Mund, genau wie er es als ganz kleines Kind getan hatte, wenn er etwas essen wollte. Überglücklich über dieses Zeichen der Besserung sah Zena sich nach den Knollen um, die sie neben ihm liegengelassen hatte, um ein paar davon für ihn durchzukauen. Sie waren verschwunden, aber an Mytas Mund klebte ein kleiner Überrest davon. Also ging sie zu Dak und machte Bewegungen wie beim Früchtepflücken. Es war Quäks' Lieblingsessen. Bestimmt würde er davon essen, wenn sie nur noch welche auftreiben konnte. Dak sah ihr aufmerksam zu, grunzte verstehend und führte sie zu den Bäumen. Gemeinsam sammelten sie einen ganzen Haufen saftiger Früchte und trugen sie zu ihrem Lagerplatz zurück.

Zena kaute die Früchte gründlich, bis sie beinahe flüssig waren. Quäks beobachtete sie und öffnete gehorsam seinen Mund, als sie ihre Lippen auf seinen Mund preßte. Aber er schien nicht mehr als ein oder zwei Happen schlucken zu können. Zena seufzte enttäuscht. Es war beinahe schon dunkel um sie her, und in der fahlen Beleuchtung sah sein Gesicht schrecklich blaß aus.

Später in der Nacht begann er zu schlottern und seltsame Geräusche von sich zu geben, als wüßte er nicht, wo er war, oder daß Zena neben ihm lag. Immer und immer wieder rief er nach ihr und schien ihre Beruhigungsversuche gar nicht wahrzunehmen. Sie lief nach Wasser, aber diesmal versuchte er nicht einmal zu schlucken. Das meiste lief ihm wieder aus dem Mund. Seine Haut glühte nicht mehr, und er fühlte sich kalt und klamm an. Zena legte sich ganz nah zu ihm, um ihn zu wärmen, und murmelte ihm vertraute Laute zu, damit er spüren konnte, daß sie bei ihm war.

Plötzlich schrie er voller Angst auf. Zena nahm seine Hand und streichelte sie. Diese Geste schien trotz seines getrübten Bewußtseins zu ihm durchzudringen. Er öffnete die

Augen und sah sie an. Es war beinahe Vollmond, und sie konnte sein Gesicht klar erkennen. Jetzt war sie sicher: Er wußte, daß sie da war. Sie erkannte es, weil er plötzlich glücklich aussah, wie damals, als er noch klein war und sie miteinander gespielt hatten. Zena rieb sanft ihre Nase an seiner. Sie spürte einen leichten Gegendruck, als wolle er sagen, daß er es nicht vergessen hatte. Dann sah er ihr wieder unverwandt in die Augen. Seine Züge wirkten gelöst und friedlich, er seufzte zufrieden, und sein kleiner Körper entspannte sich.

Zena hielt seine Hand an ihre Wange, während sie neben ihm schlief. Die ganze Nacht hindurch rührte er sich nicht mehr und gab keinen Laut von sich. Als sie am Morgen erwachte, war seine Hand kalt. Ängstlich beugte sie sich über ihn und rief ihn. Er antwortete nicht. Sie rief lauter. Immer noch keine Antwort. Das Tageslicht hatte sich bereits über die unteren Wiesen gelegt und berührte sanft sein Gesicht. Die Haut war bleich und blutleer.

Entsetzen erfaßte ihr Herz. Zitternd legte sie ihr Baby ins kühle Gras und drückte Quäks an die Brust. Sein Körper fühlte sich steif an, und die Hitze war fort. Es war überhaupt alle Wärme daraus gewichen.

Dunkelheit senkte sich auf Zena herab, obwohl um sie her das frühe Morgenlicht schimmerte. Sie sah es nicht, sie wollte überhaupt nichts sehen außer Quäks' Gesicht, so eifrig und warm, wie es früher gewesen war. Sie wußte nichts von Tod oder was er bedeutete, aber sie wußte instinktiv, daß Quäks unwiederbringlich fort war. Sie würde ihn nicht mehr haben. Zena preßte ihn an sich und begann laut zu heulen.

Dak sprang auf, als ihre gequälten Schreie die frühmorgendliche Ruhe zerrissen. Bei dem schrecklichen Geräusch sträubten sich ihm die Haare auf dem Kopf, wie in der Nacht, als der Berg explodiert war, und wie es jetzt sogar in seinen Träumen vorkam. Aber er wagte nicht, sich Zena zu nähern, um sie zu trösten. Ihre Körperhaltung hielt ihn auf Abstand. Hilfesuchend sah er Rune an. Auch sie schien die unsichtbare Schranke zu spüren, denn sie hielt sich ebenfalls von Zena fern. Seinen Blick erwidernd, schüttelte sie nur resigniert den

Kopf. Ihre Augen waren voller Trauer. Sie war eine alte Frau und hatte viele in ihrer Horde an Krankheiten und Verletzungen sterben sehen. Sie kannte das Zittern und die Bewußtseinstrübung und auch die Reglosigkeit, die dann folgte.

Nachdem Dak mit den anderen gegessen hatte, ging er zu Zena und versuchte, ihr Quäks aus den Armen zu nehmen, damit sie zu der Hochebene weiterziehen konnten. Rune wollte nicht länger hier bleiben, weil die Krokodile eine ständige Bedrohung für die Jungen bedeuteten, aber Zena weigerte sich, Quäks freizugeben. Sie schnappte mit den Zähnen nach Dak und wollte ihn nicht an den Jungen heranlassen. Ihr kleines Mädchen lag immer noch neben ihr im feuchten Gras und wimmerte.

Rune machte Dak ein Zeichen, daß er mit den anderen gehen sollte. Zenas Verhalten überraschte sie nicht, denn sie wußte, daß der Tod eines Jungen schwer hinzunehmen war. Langsam und mit ausgestreckter Hand bewegte sie sich auf Zena zu. Als Zena sich nicht rührte, nahm sie den Säugling auf. Dann berührte sie Zena ganz leicht an der Schulter und ging davon. Automatisch stand Zena auf und folgte ihr. Quäks trug sie sorgsam in ihren Armen.

Den ganzen Tag hindurch behielt sie Quäks bei sich. Er war schwer und steif, und sie stolperte oft. Aber sie schien es nicht zu bemerken. Sie klagte nicht mehr, und es kamen auch keine Tränen mehr. Sie bewegte sich, als habe auch sie ein Teil ihres Lebens verlassen, als Quäks gegangen war. Sie setzte einfach einen Fuß vor den anderen und schaute kaum auf. Einmal versuchte Dak, ihr Quäks abzunehmen, damit sie sich ausruhen konnte. Sie wich ihm aus und schleppte sich weiter.

Als der Morgen vollends heraufgekommen war, brüllte das Baby vor Hunger. Zena schien es nicht zu hören. Schließlich drückte Rune ihr das Kind an die Brust und zwang sie, das kleine Weibchen einige Augenblicke lang trinken zu lassen, während die anderen sich ausruhten. Da sah Zena das kleine Mädchen an und legte Quäks auf den Boden. Als sie sich aber wieder auf den Weg machten, reichte sie Rune das Baby und nahm Quäks wieder auf.

Sie waren jetzt weit oben, fast auf der höchsten Stelle des Plateaus. Um sie her wogte das Gras, und in der Ferne ästen die verschiedensten Tiere. Dichtbewachsene Bäume schmückten die Wiesen, und jenseits der grasbedeckten Weiden funkelte ein riesiger See im Sonnenlicht. Es war ein schöner Anblick, aber Zena hatte keine Augen dafür. Sie sah nichts, noch nicht. All ihre Aufmerksamkeit war nach innen gewandt, auf diese Leere, die der Verlust in ihr hinterließ. Das Band zwischen ihr und Quäks war noch stärker gewesen als zwischen einer Mutter und einem Kind, das sie selbst geboren hatte, denn es war niemand dagewesen außer ihnen beiden. Sie hatten einander innig geliebt. Zena war untröstlich.

Rune führte sie zu dem See. An seinem östlichen Ufer gab es übereinandergetürmte Steine und Felsbrocken, unter denen sie Schutz suchen konnten. Vor langer Zeit hatte sie einmal hier gelebt, und obwohl sie sich nur sehr undeutlich daran erinnern konnte, lenkten ihre Füße sie unbeirrbar in die richtige Richtung. Zena folgte widerspruchslos, und als sich die Gruppe zur Nacht zwischen den Felsbrocken niederließ, legte sie Quäks sanft neben sich, umfing seine reglose Gestalt schützend mit einem Arm und schlief ein.

Sie erwachte im Morgengrauen, lange vor den anderen. Mit einem Ausdruck unendlicher Trauer sah sie auf Quäks hinab. Leise nahm sie ihn auf und stahl sich davon. Ganz um das felsige Gebiet herum auf die andere Seite des Sees ging sie mit ihm. Sie suchte nach etwas, obwohl sie nicht wußte, was sie suchte. Als sie dann aber in der Ferne einen kleinen Tümpel schimmern sah, ging Zena ohne zu zögern darauf zu. Mit Quäks in ihren Armen saß sie lange am Ufer. Schließlich stand sie auf und legte ihn in eine kleine Vertiefung zwischen zwei Felsen am Wasser. Dann drehte sie sich um und ging ohne ihn zu den anderen zurück.

7. Kapitel

Zena saß am See und beobachtete aufmerksam die Webervögel beim Bau ihrer kunstvoll geflochtenen Nester. Sie selbst benutzte ein altes Nest, das sie einmal gefunden hatte, um Beeren und Nüsse zu sammeln, aber inzwischen war es voller Löcher, und sie wollte ein neues machen. Sie pflückte ein paar Schilfhalme vom Seeufer und versuchte sie auf die gleiche Weise ineinanderzuwinden wie die Webervögel. Aber sie fielen lose wieder herunter. Zena versuchte es von neuem. Diesmal blieben die Halme, wo sie waren, aber Kipp schnappte sie ihr aus den Händen und warf sie begeistert quiekend hoch in die Luft.

Zena umarmte sie. Sie amüsierte sich immer wieder von neuem über die kleinen Streiche ihrer Tochter. Kipp war jetzt fast so groß wie Quäks, als er gestorben war. Viele Jahre waren seitdem vergangen, aber Zena dachte immer noch oft an ihn. Die Erinnerung an ihn machte sie nach wie vor traurig, aber Kipp mit ihrer unbändigen Freude an allem, was sie umgab, konnte sie jedesmal wieder aufheitern. Sie war ein neugieriges Kind und kannte keine Angst. Zena mußte immer gut auf sie aufpassen. Sie rannte gern herum und jagte beständig hinter den Zwillingen her. Selbst als sie sich noch kaum auf ihren kleinen, unsicheren Beinen halten konnte, war sie schon hinter den beiden hergewackelt, obwohl sie in ihrem Eifer immer wieder auf die Nase fiel. Sie war so oft umgekippt, daß Zena schließlich nur noch als Kipp an sie dachte. Kipp schrie plötzlich, und Zena sprang auf die Füße. Das Kind war auf einen Sandhaufen geklettert. Neugierig wie immer hatte sie mit ihren kleinen Fingern darin gegraben, ohne zu ahnen, daß sich im Inneren ein Ameisennest verbarg. Die Tierchen krabbelten in Massen über ihre Hände und an ihren Beinen hoch, und Kipp sprang auf und nieder und schlug wie wild nach ihnen. Da nahm Zena sie schnell hoch und tauchte sie in den See. Kipp riß bei dieser unerwarteten Wendung erstaunt die Augen auf und hörte von einer Sekunde zur anderen auf zu schreien. Die Ameisenbisse waren schon vergessen, und sie gluckste begeistert, als ihre immer noch fuchtelnden Hände mit lautem Klatschen auf die Wasseroberfläche trafen.

Dak tauchte mit besorgtem Gesicht hinter Zena auf. Sie machte den Laut für ›Ameisenbisse‹ und zeigte auf Kipp. Er zuckte die Schultern und zog wieder ab. Genau wie alle anderen hatte er sich inzwischen an Kipps Eskapaden gewöhnt.

Die Zwillinge erschienen am Ufer, und Kipp rief sie herbei, damit sie auch mitspielten. Mit begeisterten Schreien stürzten sich alle drei in die Fluten. Der Lärm, den die spielenden Jungen dabei erzeugten, war zuviel für eine Gruppe Flamingos, die nahebei auf Fischfang waren. Sie erhoben sich in die Luft und verschwanden mit schweren Flügelschlägen und lang herunterbaumelnden Beinen. Zena beobachtete, wie sie sich in einiger Entfernung wieder wie eine rosafarbene Wolke am Ufer niederließen. Hinter ihnen spritzte und sprudelte das Wasser, als sich ein Flußpferd daraus erhob. Es riß sein Maul auf, daß man seine stumpfen gelben Zähne sah. Dann streckte ein anderes Flußpferd den Kopf aus dem Wasser, und noch eins. Die Flamingos kreischten verärgert über die neuerliche Störung und flogen endgültig davon.

Zena stand schnell auf und stieß den Laut für ›Gefahr‹ aus. Die Flußpferde waren ziemlich weit entfernt, aber sie machten sie trotzdem unruhig. Ihre mächtigen Körper bewegten sich mitunter mit beängstigender Schnelligkeit, und nicht selten griffen sie alles an, was ihnen in den Weg kam.

Kipp und die Zwillinge platschten auf ihr Signal hin schnell ans Ufer. Inzwischen verstand jeder in der Gruppe die Lautworte, die sie und Quäks erfunden hatten. Besonders die Kinder hatten ihren Spaß daran, sie zu lernen, und dachten sich außerdem neue aus für jeden Gegenstand und jede Situation, die ihnen begegnete.

Kipp schrie den Laut, den sie für ›laufen‹ erfunden hatte, und begann, durch das hohe Gras davonzuspringen. Die Zwillinge tobten hinter ihr her, während sie sich das Wort immer wieder zuriefen. Da blieb Kipp unvermittelt stehen, und sie konnten nicht mehr rechtzeitig haltmachen und hätten sie beinahe umgeworfen. Zena lief beunruhigt zu ihnen hinüber. Kipp starrte gebannt auf ein kleines Geschöpf, das vor ihr aus dem Gestrüpp aufgetaucht war. Es war ungefähr so groß wie sie und hatte ein dichtes Fell und eine lange Schnauze. Hinter ihm kam jetzt ein größeres Tier in Sicht.

Kipp streckte die Hand vor, und das kleine Geschöpf schnüffelte daran. Das größere Tier wandte sich wieder dem Gestrüpp und seiner unterbrochenen Insektensuche zu. Zena entspannte sich. Sie hatte auch früher schon Paviane gesehen, aber sie kamen nur selten so nahe heran. Jedenfalls waren sie nicht gefährlich, solange sie sich nicht bedroht fühlten. Sie ging in einem Bogen um das Gestrüpp herum, rief die Jungen zu sich und machte sich auf den Weg zu ihrem Lagerplatz weiter oben.

Die Kinder, doch ein wenig erschrocken nach der unerwarteten Begegnung, liefen schnell hinter ihr her. Das Affenjunge heftete sich ihnen an die Fersen, drehte aber sofort wieder um, als seine Mutter einen schrillen Schrei ausstieß. Kipp sah ihm enttäuscht hinterher und lief dann zu den anderen.

Sie hatten sich an ihrem Lagerplatz versammelt, einer offenen Fläche gleich unterhalb der Felsen, in denen sie zur Nacht Schutz suchten. Da waren Rune und Dak und Klep, und auch Myta mit ihrem Neugeborenen. Auch ein neues Männchen war jetzt bei ihnen. Lop war vor nicht ganz einem Jahr am See aufgetaucht, und genau wie Myta damals hatte er sich viele Wochen lang immer am Rande der Gruppe aufgehalten. Er war ein zurückhaltendes Männchen, versuchte nie, einen der anderen herauszufordern, und nach einer Weile hatten sie sich an seine Gegenwart gewöhnt. Als Mytas fruchtbare Zeit gekommen war, hatte sie sich viele Male mit ihm und auch mit Dak gepaart. Erst danach hatte er sich zu ihnen auf die Lichtung gewagt. Klep hatte ebenfalls versucht, sich mit Myta zu paaren, aber sie hatte ihn verscheucht. Er war damals noch ein wenig zu jung gewesen.

Nun säugte Myta ein Junges. Das kleine Weibchen war erst in der vergangenen Nacht geboren worden. Kipp und die Zwillinge bestaunten es neugierig. Es quäkte sie an, und sie sprangen erschrocken zurück. Die anderen scharten sich um Myta und wollten das Neugeborene berühren. Sie hielt es hoch, damit sie es genau sehen konnten, aber nur Rune durfte es selbst halten und seinen kleinen Körper ablecken. Sie ließ Zena sein Gesicht streicheln und mit den winzigen Fingern spielen, aber Dak und Klep mußten sich damit zufrieden geben, seine eingerollten Zehen zu kitzeln. Lop versuchte gar nicht erst heranzukommen. Er saß still am Rand der Gruppe, als sei er sich noch immer nicht sicher, ob er auch willkommen war.

Zena kletterte auf einen der großen Felsbrocken oberhalb ihres Lagerplatzes. Es war ihr Lieblingsausguck. Von hier aus konnte sie den See und die ganze Landschaft ringsumher überblicken. Überall sproß das Leben. Die Hochebene, zu der sie am Ende doch noch gefunden hatte, war ebenso fruchtbar wie der kleine See, den sie zurückgelassen hatte. In den Tälern und Wiesen rings um den hiesigen See gab es genug Nahrung für sie alle, und dann führte Rune sie an Plätze, die ihr noch in Erinnerung waren – erst zu dem Sumpfland, wo es immer etwas zu essen gab, dann zu einem Flußtal weit im Westen. Dort wuchsen riesige Bäume, die erst sehr spät im Jahr Früchte trugen, und der Fluß führte genug Wasser, um die Knollen, die in Ufernähe wuchsen, feucht zu halten, und auch Beeren und Melonen gab es hier länger. Sobald sich aber die Rückkehr der Regenzeit ankündigte und der Himmel sich mit dunklen Wolken verhüllte, kehrte die Gruppe zu ihrem Platz am See zurück.

Dak war Zena nachgegangen und setzte sich neben sie. Auch er liebte den Blick über den Fluß und das vielstimmige Konzert, das in der Zeit des Überflusses aus der afrikanischen Savanne aufstieg. Vogelrufe und das Sirren der Insekten waren überall um sie her. Das Gebrüll eines Löwen erhob sich über die sanfteren Geräusche. Die Löwen jagten auf der anderen Seite des Sees, wo viele Tiere grasten. Vorerst waren sie wohlgenährt, weil sie in der Nacht zuvor ein Zebra gerissen hatten. Die Kinder hatten den Kadaver gefunden. Sie waren aber nicht näher herangegangen, denn sie wußten, daß Löwen auch mit vollen Bäuchen noch gefährlich werden konnten, wenn sich jemand an ihrer Beute zu schaffen machte.

Klep war wagemutiger gewesen. Er hatte sich in der Nähe versteckt gehalten und war dann schnell hingeprescht, um sich einen Knochen zu schnappen. Breit lächelnd und stolz seine Trophäe schwenkend, war er zum Ruheplatz zurückgekehrt. Die kleineren Kinder hatten sie ehrfürchtig bestaunt, aber als Klep sie einen Augenblick an seinem Fang knabbern ließ, mochten sie den Geschmack gar nicht.

Klep war in den letzten Monaten sehr gewachsen. Er war jetzt größer als Dak und sehr stark, ging aber immer sanft mit den Kleinen um. Im Augenblick lag er zu Zenas Füßen im Schatten eines Felsbrockens, und als Zena so auf ihn hinunterschaute, regten sich in ihr fast schon vergessene Gefühle. Sie runzelte die Stirn und sah zu Dak hinüber. Da verstärkten sich diese Gefühle noch, und sie rückte näher heran, damit sie sich an ihm reiben konnte. Dak war damit beschäftigt, einen langbeinigen Storch zu beobachten, der auf der Jagd nach Fisch im Flachen herumstolzierte, und beachtete sie nicht. Zena strich über seinen Arm und streichelte sein Gesicht. Da wurde er endlich aufmerksam und sah ihr in die Augen. Zena erwiderte den Blick. Sie fühlte es heiß werden zwischen ihren Beinen.

Ohne die Augen abzuwenden, begann Dak erst ganz sanft und dann mit immer größerer Inbrunst über ihren Körper zu streichen. Zena erwiderte sein Streicheln, bis die Hitze in ihrem Innern kaum noch zu ertragen war. Sie kletterte auf seinen Schoß, damit er in sie eindringen konnte. Er stieß immer wieder, und sie stöhnte vor Wonne. Ihr Körper wurde von krampfartigen Zuckungen geschüttelt, sie wurde ganz starr und fiel dann gegen Dak. Auch er erschauerte und entspannte sich dann. Zena seufzte tief. Jetzt war ihre innere Leere wenigstens zu einem Teil ausgefüllt.

Klep hatte zwar die Augen abgewandt, während Zena und Dak sich paarten, aber er war trotzdem darüber im Bilde, was die beiden da taten. Er wartete, bis sie sich, jeder für sich, ausruhten und ging dann seinerseits zu Zena und begann sie zu streicheln. Aber sie hatte für den Augenblick genug und ging davon. Doch wenig später rief sie ihn zu sich zu einem Grasflecken hinter den Felsen. Dort paarte sie sich mit ihm, wobei sie viel Geduld für seine mangelnde Erfahrung aufbrachte. Er hatte sich vorher noch nie gepaart, und sie mußte ihm helfen, in die richtige Position zu kommen.

Während der nächsten Wochen paarte sie sich immer wieder, mal mit Dak, mal mit Klep, und manchmal auch mit Lop. Ihr Instinkt sagte ihr, daß es überaus wichtig war, daß sich alle Männchen mit ihr paarten, weil es dann keinen Grund für sie gab, untereinander um das Vorrecht der Paarung zu kämpfen. Außerdem würde jedes Männchen, mit dem sie sich gepaart hatte, ihr Junges mit beschützen, wenn es erst geboren war.

Die drei Männchen suchten ständig ihre Gesellschaft, folgten ihr überall hin und drängten ihr die schönsten Lekkerbissen auf. Manchmal bot sie ihnen ihr Hinterteil, manchmal lag sie mit dem Rücken im weichen Gras oder sie setzte sich ihnen auf den Schoß, wie sie es mit Dak gemacht hatte. Der Akt war immer tief befriedigend. Sie fühlte sich ganz und spürte Empfindungen in sich aufsteigen, die sie stöhnen und aufschreien ließen. Meistens kam Kipp dann angerannt, weil sie fürchtete, ihrer Mutter wäre etwas zugestoßen. Aber Zena schrie aus Freude, nicht vor Schmerz.

Nach und nach nahm Zenas Bedürfnis, sich zu paaren, wieder ab, und sie dachte gar nicht mehr daran. Und wieder begann ihr Bauch anzuschwellen. Diesmal tätschelte Kipp darauf herum und war ganz erstaunt, als etwas in ihrer Mutter kräftig gegen ihre Hand trat. Aber es war Rune, die Zena durch die Geburt half.

Die Wehen setzten am frühen Nachmittag ein. Zena ging zu einer abgeschlossenen Stelle zwischen den Felsen, wo sie ein Grasnest gebaut hatte. Die anderen spürten ihr Bedürfnis, allein zu sein, und hielten sich fern. Nur Rune blieb bei ihr, und Zena war froh darüber. Den Nachmittag hindurch, die ganze Nacht und bis in den folgenden Morgen hinein wurde ihr Körper von Krämpfen geschüttelt, der Schmerz steigerte sich mit jeder neuen Wehe, aber von dem Jungen war noch immer nichts zu sehen. Gegen Mittag war sie erschöpft und ängstlich. Das hier war anders als Kipps Geburt, damals war alles so leicht und schnell gegangen.

Während Rune ihr zusah, gruben sich tiefe Falten in ihr runzliges Gesicht. Sie hatte schon viele Geburten mitgemacht, und sie wußte, daß etwas nicht in Ordnung war. Als die nächste Wehe einsetzte, ging sie auf alle viere, um zwischen Zenas Beine zu sehen. Sie konnte ein winziges Hinterteil erkennen. Rune zog. Zena schrie auf und versuchte sie wegzustoßen. Aber Rune ließ nicht locker. Als Zenas Muskeln sich erneut zusammenkrampften, zog sie noch fester. Das Blut schoß aus einem unregelmäßigen Riß in Zenas Haut, aber das Kind wollte noch immer nicht kommen. Rune schüttelte bedenklich den Kopf und hockte sich wieder auf die Fersen, um weiter zu warten.

Als der Abend kam, wurde Zena ganz still, und ihr Stöhnen verebbte. Rune spürte, daß sie nicht mehr lange durchhalten würde. In ihrer Verzweiflung versuchte sie es noch einmal. Sie rieb sich die Hände mit Erde ein, damit sie nicht abrutschten, führte die Finger zu beiden Seiten des kleinen Hinterteils hinein und zog mit aller Kraft. Sie zog einmal, zweimal, und das Kind kam, bereits plärrend, so plötzlich heraus, daß sie rückwärts umfiel. Befriedigt lächelnd reichte Rune Zena das kleine Geschöpf hin.

Zena nahm es in die Arme und vergaß vorübergehend ihre Schmerzen und ihre tiefe Erschöpfung. Das Kind war rot und faltig und hatte einen Auswuchs zwischen den Beinen. Einen Moment lang leckte sie es kräftig ab, dann ließ sie sich ins Gras zurückfallen. Das Lecken hatte ihre letzten Kraftereserven aufgezehrt, und sie meinte, nie wieder aufstehen zu können. Ihr Körper fühlte sich an, als wäre er in der Mitte auseinandergerissen worden, und noch immer wurde ihr Leib von heftigen Krämpfen geschüttelt. Als schließlich die Nachgeburt kam, fühlte sie sich nicht einmal mehr dazu imstande, den Kopf zu heben.

Rune hatte anscheinend verstanden. Sie bedeutete Zena, ruhig liegenzubleiben und durchtrennte die Nabelschnur mit einem scharfen Stein. Darauf verschwand sie. Wenige

Augenblicke später war sie wieder da, in der Hand ein paar zarte Pflanzenzwiebeln und einen Haufen tropfnasses Moos, das sie in den See getaucht hatte. Zena saugte gierig das Wasser heraus, aber zum Essen war sie zu erschöpft.

Es wurde dunkel, und sie schlief ein. Rune blieb bei ihr, um Wache zu halten. Einmal rief sie nach Dak, als sich ein großer Falke in der Nähe niederließ. Er jagte den Vogel davon und ging wieder.

Der winzige Junge begann zu wimmern, und Rune legte ihn Zena sanft an die Brust. Er saugte kräftig, und als er fertig war, schlief Zena wieder ein. Die ganze Nacht hindurch verhielt sich das Kind ruhig, doch als die Sonne aufging, fing es energisch zu plärren an. Zena war klar, daß sie auf keinen Fall noch länger hier liegenbleiben durfte. Die Geburtsstelle war gefährlich, weil die Gerüche und Laute Raubtiere anlokken konnten.

Unter Schmerzen kämpfte sie sich auf die Knie, dann auf die Füße. Kipp hörte sie ächzen und spähte hinter einem Felsen hervor. Sie machte ein erstauntes Gesicht. Sie konnte sich nicht erklären, warum ihre Mutter so lange fortgeblieben war und warum sie ein zappelndes Bündel in den Armen trug, das genau solche Laute von sich gab wie Mytas Junges, als es geboren war.

Zena hielt ihr das Neugeborene zur Besichtigung entgegen. Kipp runzelte die Stirn und versuchte zu begreifen. Sie streckte die Arme aus, um das Kind zu halten, doch ihre Mutter gab es ihr nicht, und Kipp wandte sich enttäuscht ab. Als Zena sie aber rief und ihr Zeichen machte, sie solle beim Aufnehmen des verschmutzten Grases helfen, erhellte sich ihr Gesicht. Mit Feuereifer lud sie sich einen großen Haufen auf und folgte Zena und Rune zu einer Stelle weiter abseits vom Ruheplatz. Dort warfen sie das Gras in ein dichtes Gebüsch. Nachdem sie einmal hin und her gegangen war, ließ Zena die anderen den Rest erledigen. Sie fühlte sich schrecklich schwach, und sobald sie sich zu bewegen versuchte, zitterten ihr die Beine.

Auf Kipps schmale Schulter gestützt, wankte sie zum Lagerplatz zurück. Die anderen scharten sich um sie, um das

Neugeborene zu berühren. Rune scheuchte sie energisch zurück. Zena war froh, daß sie von ihr abgeschirmt wurde, und legte sich zur Ruhe. Später dann versuchte sie wieder aufzustehen, um zum See zu gehen und sich die Beine zu waschen. Aber kaum war sie auf den Füßen, als es dunkel um sie wurde und sie wieder zu Boden sank.

Von da an rührte sie sich viele Tage lang nicht mehr, lag nur da wie tot. Von irgendwoher tief in ihrem Innern sickerte unablässig Blut hervor und bildete eine Lache auf dem staubigen Boden. Nachts schüttelte es sie vor Kälte; tagsüber quälte die heiße Sonne ihren fiebernden Körper. Die anderen sahen mit besorgten Gesichtern zu. Zena hatte sich einen besonderen Platz in ihren Herzen erobert, sie wollten sie nicht verlieren. Mit dicht belaubten Zweigen versuchten sie, sie vor der brennenden Sonne zu schützen, und nachts schliefen sie ganz nah bei ihr, um ihr von ihrer Wärme abzugeben. Kipp suchte die Gegend nach Leckerbissen ab, um ihre Mutter zum Essen zu bewegen, aber Zena war zu schwach, um etwas zu sich zu nehmen. Mit jedem Mal, wo sie wieder nichts annehmen wollte, wurden Kipps Augen trauriger, ihr Gesicht verzweifelter. Aber wenigstens trank Zena, und Rune versorgte sie ständig mit frischem, nassem Moos. Sie gab Zena auch eine Flüssigkeit aus den Blättern von heilsamen Pflanzen zu trinken, die sie mit ihren abgenutzten Zähnen sorgfältig zermahlte und mit frischem, klarem Wasser vermischte.

Mit bleischwerem Herzen wachte Dak über sie alle. Er hatte schon immer Zenas Schmerzen wie seine eigenen gespürt. Vor langer Zeit waren ihm Zenas Schreie ins Innerste gedrungen; nun schien ihre beängstigende Schwäche auch ihn zu erfüllen. Sie zog an seinen Gliedern und ließ ihm kaum die Kraft, die Nahrung zusammenzutragen, die sie doch brauchten.

Die Tage schleppten sich dahin, und seine Angst wuchs. Die Blutung war schließlich versiegt, aber Zena hatte sich noch kaum gerührt, und sie hatte nicht das geringste gegessen. Dann kam Kipp eines Morgens mit einem großen Ei angerannt, das erste, das sie seit Monaten gesehen hatten. Sie bohrte mit dem Fingernagel erst am einen, dann am anderen Ende ein Loch, wie Zena es ihr beigebracht hatte, und ließ den Inhalt in den Mund ihrer Mutter tropfen. Zena öffnete die Augen, dann saugte sie gierig. Kipp lächelte, das erste Lächeln seit der Geburt ihres Bruders. Dann stob sie davon, um noch ein Ei zu suchen.

In dieser Nacht rann der Schweiß nur so von Zenas Körper, obwohl die Luft kalt war. Immer wenn Dak sie berührte, fühlte sich ihre Haut feucht an, und am Morgen war ihre Stirn ganz kühl. Ängstlich rief er seine Mutter herbei.

Rune legte die Hand auf Zenas Stirn, dann auf ihren Bauch und nickte ernst. Sie ließ die Schultern hängen, und aus ihren Augen liefen Tränen. Mit angstverzerrtem Gesicht starrte Dak seine Mutter an. Er konnte nicht verstehen, was das bedeuten sollte. Ging es Zena nun besser oder schlechter? Wenn Rune weinte, mußte es Zena schlechter gehen, aber als er dann selbst hinsah, wußte er die Antwort. Er schlug die Hände vors Gesicht und schluchzte, denn Zena hatte zu ihm aufgesehen und gelächelt.

II

Die Regenzeit war in diesem Jahr lang und beschwerlich. Gewaltige schwarze Wolken zogen über den Himmel, aber sie verschwanden nicht wie sonst nach ein paar Stunden, sondern lasteten Tag für Tag über dem verdüsterten Land und ließen wahre Sturzfluten niedergehen, die gar nicht mehr aufzuhören schienen. Die dicken, schweren Tropfen prasselten auf den Spiegel des Sees und drückten das abgestorbene Gras platt auf den immer dunkler werdenden Boden. Von den Felsen, zwischen denen sich Zena und die anderen kläglich zusammenkauerten, strömten Rinnsale, die sich auf ihrem Weg über die aufgebrochene Erde zum See ein immer breiteres Bett gruben.

Der Regen trommelte auf Zenas Schultern. Sie schauderte vor Kälte und zog den Säugling enger an sich, um ihn möglichst trocken zu halten. Aber vor dieser Nässe gab es kein Entrinnen, weil hier keine Höhle war, in der sie hätte Schutz suchen können, nur die vereinzelten Felsen, die bei dem strömenden Regen zu gar nichts nütze waren.

Sie stand auf. Dieses dauernde Unbehagen und der Hunger machten sie rastlos. Seit sie sich langsam von der Geburt erholte, hatte sie einen ständigen Heißhunger verspürt, aber vom Ende der Dürreperiode an bis zum Ende der Regenzeit war es schwer, überhaupt Nahrung zu finden. Schon bald würde auf den Berghängen wieder Überfluß herrschen, aber bis die Pflanzen ausschlugen und neue Beeren gereift waren, hatten sie Mühe, überhaupt genug zu finden.

Kipp folgte ihrer Mutter. Seit der Geburt ihres Bruders hatte sie Zena nicht mehr aus den Augen lassen wollen. Zena streckte die Hand aus, und Kipp griff eifrig danach. Gemeinsam gingen sie zu einem Wäldchen am Berghang. Auf manchen Zweigen ließen sich noch Nüsse finden – vorausgesetzt, man konnte sie erreichen.

Zena blieb unter den großen Bäumen stehen. Hier war sie vor dem Regen geschützt. Sie sah in die dichtbelaubten Kronen hinauf. Dort gab es Nüsse, aber sie hingen zu hoch. Widerstrebend trat sie unter dem schützenden Baldachin hervor und spürte wieder den Regen auf Schultern und Rücken prasseln. Sie bückte sich tiefer hinunter und wäre fast über ein Gewirr von Ästen am Boden gestolpert. In der Nacht zuvor hatte der Blitz einen Baum am Rande des Wäldchens gefällt, dessen Zweige nun im weiten Umkreis verstreut lagen.

Kipp ließ Zenas Hand los und rannte davon, um den umgestürzten Baum genauer zu untersuchen. Dann kam sie quiekend vor Begeisterung mit einem Vogelnest zurück. Es lagen noch immer vier Eier darin. Die Schalen waren angeknackst, aber der Inhalt unberührt. Kipp und Zena teilten sich die Eier, dann begannen sie die Äste nach Nüssen abzusuchen. Da es eine Menge davon gab, rief Zena die anderen herbei, damit sie an dem Festmahl teilnehmen konnten.

Schon kamen sie angerannt, aufgeregt schnatternd über diesen unerwarteten Schatz, und stopften sich und ihre Körbe mit Nüssen voll. Irgendwann war es Zena endlich gelungen, einen ähnlichen Behälter herzustellen wie die Nester der Webervögel, die sie so bewunderte. Sie waren ihr so prächtig gelungen, daß sie allen anderen auch einen gemacht hatte.

Die Zwillinge allerdings kümmerten sich nicht weiter um den gestürzten Baum. Sie suchten nur einen Vorwand zum Bäumeklettern. Ängstlich sah Myta zu, wie sie sich in einen Baum hinaufzogen und mit den Zweigen wackelten, um die Nüsse hoch über ihren Köpfen abzuschütteln. Aber die Nüsse blieben hartnäckig hängen und wollten einfach nicht herunterfallen. Klep griff sich einen langen, dünnen Stock, kletterte ihnen hinterher und schlug damit kräftig auf die oberen Äste ein. Dort oben saßen nicht nur Nüsse, sondern auch fett angeschwollene Kokons. Dak suchte sich auch einen Stock und bearbeitete damit einen anderen Baum. Auch die Zwillinge holten sich jetzt Stöcke, und schon bald prasselten Nüsse und Kokons gleichermaßen zu Boden.

Als sie sich sattgegessen hatten, kehrten Zena und Kipp zu den Felsen zurück. Zena hatte einen Zweig voller Nüsse für Rune dabei. Die Gelenke der alten Frau waren steif durch die Feuchtigkeit und schmerzten, und sie konnte nicht mehr weit laufen. Jeder von ihnen half ihr ein wenig, indem er Nahrung mit zurückbrachte, damit sie alles, was sie fanden, mit ihnen teilen konnte.

Zena hielt ihr den dichtbelaubten Zweig über den Kopf, um sie vor dem strömenden Regen zu schützen. Kipp sah mit großen Augen zu, dann sprang sie zu dem umgestürzten Baum zurück und kehrte stolz mit einem Zweig wieder, den sie sich ebenso über den Kopf hielt, wie sie es bei der Mutter gesehen hatte. Die Zwillinge, die das ganze beobachteten, wollten auch nicht nachstehen und rannten los, um sich ihrerseits Zweige zu holen. Bis über beide Ohren grinsend über ihre Großtat, hielten sie sich ein paar grüne Zweiglein über den Kopf, während sie jeder einen dicken Ast hinter sich her zogen.

Jetzt mischte sich auch Dak ins Spiel. Er ging zu dem umgestürzten Baum und kam mit einem ungewöhnlich dichtbewachsenen Ast zurück. Den steckte er in den Spalt zwischen zwei Felsbrocken, so daß er einen Teil von Runes Sitzplatz beschirmte. Lop legte noch ein paar kleinere Zweige obenauf, um sie noch besser vor dem Regen zu schützen, aber erst Zena erkannte auf einmal, was sich ihnen da für Möglichkeiten auftaten. Sie winkte Dak und Klep, ihr zu helfen, und legte die dicken Äste der Zwillinge quer über die Felsen, die ihren Schlafplatz einrahmten. Daks dichtes Blattlaub kam obendrauf. Die anderen suchten noch mehr Äste und kleine Zweige, die sie darüberlegen konnten, und bald hatten sie ein richtiges Dach.

Begeistert quietschend krochen Kipp und die Zwillinge darunter. Die anderen folgten ihnen. Wenn sie zusammenrückten, gab es genug Platz für alle, und das taten sie gern, denn es fror sie in der kalten Luft. Zena lächelte zufrieden. Jetzt konnte sie endlich den Säugling warm und trocken halten, und Rune war nicht mehr dem Regen ausgesetzt.

Sie lehnte sich zurück und begann einen neuen Korb zu flechten. Die anderen holten Grabestöcke und Steine hervor, um sie zu schärfen. Bis der Regen aufhörte, gab es nicht viel anderes zu tun. Mehrere Wochen hindurch saßen sie aneinandergekauert da und schnitzten, schabten und flochten. Zena fragte sich, ob sie wohl je wieder die Wärme der Sonne spüren würden. Doch eines Morgens brach sie endlich durch die Wolken, und Zena kroch hinaus, um sich in ihrem willkommenen Schein durchwärmen zu lassen. Rune folgte ihr, aber sie begnügte sich nicht mit einem ruhigen Plätzchen auf der Lichtung; sie wollte zum See hinunter, wo sie den Störchen und Flamingos und all den anderen Tieren beim Trinken zusehen konnte.

Zena runzelte besorgt die Stirn, als Rune nur unter Schmerzen auf die Beine kam und sich anschickte, den vom Regen noch immer rutschigen Schlammpfad hinunterzugehen. Sie gab ihr Kipp zur Begleitung mit.

Kipps sonst so fröhliches Gesicht wurde ernst, während sie ihre Schritte denen der alten Frau anpaßte. Als sie jedoch den See erreicht hatten, kehrte ihr Übermut zurück, und sie rannte los, um nach Fröschen und Schildkröten Ausschau zu halten. Sie liebte es, sich an sie heranzuschleichen und dann zuzusehen, wie sie mit einem lauten ›Plopp‹ ins Wasser hüpften.

Rune ließ sich nahe am Ufer nieder, wo sie leicht an Pflanzenzwiebeln und Moos herankam. Zena sah ihr eine Zeitlang von weitem zu, dann schloß sie die Augen und ließ sich genüßlich von der Sonne bescheinen, und so sah sie die kleinen Wellen nicht und auch nicht den runden Rücken, als dicht neben Rune ein Flußpferd aus dem Wasser auftauchte. Auch Rune sah es nicht, aber als ein zweites Flußpferd, ein riesiges, schwerfälliges Männchen, ganz in ihrer Nähe aus dem Schilf hervorbrach, um das andere im Wasser herauszufordern, zuckte sie zusammen und beobachtete sie. Jetzt in der Brunstzeit waren die Tiere unruhig und äußerst angriffslustig.

Die Flußpferde stießen mit den mächtigen Köpfen aneinander und zeigten sich ihre scharfen, reißenden Eckzähne. Ihre durchs Wasser furchenden Körper ließen hohe Wellen auf Runes Füße zurollen. Ganz in ihren Kampf verstrickt, schoben sich die massigen Tiere immer näher auf sie zu, bis sie sie fast unter sich begruben. Rune schrie und versuchte verzweifelt, fortzukriechen, aber es war zu spät. Als Zena sich aufsetzte, um zu sehen, was der Lärm zu bedeuten hatte, war Runes gebrechliche Gestalt schon unter den schwerfälligen Monstern verschwunden.

Zena rief in panischer Angst nach Kipp und rannte hinunter zum See. Als sie dort ankam, hatten sich die Flußpferde ins Wasser zurückgezogen, aber sie kämpften immer noch, zerrten gegenseitig an ihrer dicken Haut und brüllten laut. Rune lag zu einem Häuflein zerdrückt in der Nähe der Stelle, an der sie eben noch so friedlich gesessen hatte.

Zena und Kipp sahen auf das alte Weibchen hinunter. Kipp begann zu schluchzen. Auch Zena kamen die Tränen, aber sie weinte nicht. Es war, als wäre ihre Trauer zu groß für Tränen. Rune hatte für sie gesorgt und sie beschützt, sie hatte sie an ihrer großen Lebenserfahrung teilhaben lassen. Nun war sie fort.

Dak tauchte hinter Zena auf. Mit schmerzverzerrtem Gesicht kniete er neben seiner Mutter nieder und nahm sie in die Arme. Lange Zeit hielt er sie so, den Kopf in tiefem Leid gesenkt. Dann trug er sie zu einem sicheren Platz zwischen umgestürzten Felsbrocken am Seeufer. Sanft senkte er ihren zerbrochenen Körper in eine geschützte Vertiefung. Die ganze Nacht hindurch saß er dort Wache; die anderen, die herbeikamen, um zu sehen, was passiert war, bemerkte er kaum. Traurig deutete Zena auf die Flußpferde und formte den Laut für ›gefährliche Tiere‹. Sie verstanden. Nacheinander trat jeder zu Rune, berührte sie sanft und ging dann fort.

Runes Tod riß ein tiefes Loch in das Leben der Gemeinschaft. Obwohl alt und gebrechlich, war Rune ihre Anführerin gewesen. Sie hatte mit den Jahren genügend Weisheit und Urteilskraft angehäuft, um ihnen über fast alle Katastrophen hinwegzuhelfen. Sie hatte sie angeführt, wenn sie weiterziehen mußten, hatte darüber gewacht, daß sie sich immer richtig verhielten, und ihnen geholfen, wenn sie krank, ängstlich oder unsicher waren. Sie gingen häufig zu der Stelle, wo sie lag, um sich zu ihr zu setzen, ihr ihre Ehrerbietung zu erweisen und sich an einige der Dinge zu erinnern, die sie ihnen beigebracht hatte.

Nach einigen Tagen fing es wieder zu regnen an. Die herabstürzenden Wassermassen ließen den See anschwellen, und schon bald schwappte es an die Felsen, in denen Runes Leiche lag. Schließlich umfing sie der See, und als Dak das nächste Mal nach ihr sah, war sie verschwunden.

Daß sie nun so ganz fort war, machte die anderen unruhig. In der Gruppe brachen Streitigkeiten aus, als wüßten sie ohne Runes gleichermaßen strenge und geduldige Führung nicht mehr, wie sie sich verhalten sollten. Klep versetzte einem der Zwillinge, der sich ein Stück Obst nehmen wollte, einen Schlag; sein Bruder eilte zu Hilfe, und Dak versuchte sie alle im Zaum zu halten. Kipp sprang voller Aufregung über diesen ungewohnten Zwischenfall auf und ab. Aber Zena war verärgert und rief sie scharf zur Ordnung, genau wie Rune es früher getan hatte. Es herrschte augenblicklich Stille. Danach sahen sie sie als Anführerin an. Sie war Rune am ähnlichsten, und sie vertrauten darauf, daß sie sie ebenso gut führen würde.

Als die Trockenzeit zurückkam, leitete Zena sie zunächst zu den Sümpfen. So hatte Rune es getan. Aber den ungewöhnlich starken und langen Regenfällen folgte auch eine Hitze und Trockenheit, die intensiver war als je zuvor. Selbst die Moore trockneten langsam aus. Nahrung war kaum noch zu finden, und die einst so satt gefüllten Tümpel hatten sich in zähen, schmatzenden Schlamm verwandelt. Einer der Zwillinge begann auf das klarere Wasser in der Mitte zuzuwaten, aber Zena erinnerte sich, wie es vor langer Zeit ihrer Mutter ergangen war, und zog ihn schnell zurück.

Am nächsten Tag führte sie sie weiter, über eine große, flache Ebene. Überall auf dem endlosen Land waren Termitenhügel verstreut, die ihnen auf ihrer Reise Nahrung boten, und sie entdeckten auch noch drei verlassene Straußeneier. Wasser war schon schwerer zu finden. Sie hatten nasses Moos aus dem Sumpfland mitgenommen, aber die schreckliche Hitze hatte ihm schon bald alle Feuchtigkeit entzogen.

In der Nacht lagerten sie in einem ausgetrockneten Flußbett. Zena grub mit ihrem Stock ein Loch, bis sich eine kleine Wasserpfütze bildete. Die anderen machten es ihr nach, so daß schließlich jeder ein paar der lebensnotwendigen Tropfen abbekam. Am Morgen dann fand Dak eine gute Stelle, an der sich eine größere Pfütze sammelte. Bevor sie weiterzogen, beugte Zena sich hinunter, trank soviel sie konnte und machte den anderen Zeichen, es ihr nachzutun. Jetzt wünschte sie, sie hätten das Moos behalten, um es wieder tränken zu können, aber sie hatten es schon vor langer Zeit fortgeworfen.

Da blieben ihre Augen an den drei Straußeneiern hängen. Obwohl nichts mehr darin war, hatten sich Kipp und die Zwillinge nicht von diesen neuen Gegenständen trennen wollen. Zena nahm eines davon auf und betrachtete es nachdenklich. Bis auf ein Loch an der Spitze, durch das sie den Inhalt herausgesaugt hatten, war die Schale noch intakt. Sie hielt das Ei in die Pfütze und sah befriedigt zu, wie es langsam voll Wasser lief. Dak und Lop füllten die anderen Eier, und dann machten sie sich wieder auf den Weg zum lebensspendenden Fluß.

Der Fluß blieb tatsächlich eine ganze Zeit hindurch ihr Lebensspender, doch dann begann die Dürre, wie in Zenas

Kindheit, das Land in Besitz zu nehmen. In diesem und dem darauffolgenden Jahr blieb die Regenzeit aus, und auch in den drei Jahren danach änderte sich daran nichts. Am Himmel lasteten schwere, graue Wolken, aber aus ihnen drang keine Feuchtigkeit, nur ohrenbetäubende Donnerschläge und Blitze. Mit grellem Leuchten stürzten die zackigen Strahlen vom Himmel herunter und entfachten überall Brände, die sich wütend über die verdorrten Ebenen hermachten.

Der Fluß wurde träge, dann versiegte er. Sein einst so üppig fließendes Wasser sammelte sich in dampfenden, braunen Lachen, die mit jedem Tag sichtlich kleiner wurden und weißkrustige Ränder im Schlamm hinterließen. Das Gras verwelkte und brannte lichterloh, wenn das Feuer darüber hinwegfegte, aber anders als sonst, sprossen danach keine neuen grünen Spitzen mehr aus der geschwärzten Erde. Die Büsche trugen keine Beeren, und auf den Bäumen wuchs kein Obst; das Surren und Zirpen der Insekten verstummte. Bald darauf verschwanden die Vögel und Tiere, die sich von ihnen ernährten, und danach wurden auch die größeren Tiere immer weniger. Nur die Raubtiere machten noch eine Weile fette Beute, dann wurde schließlich auch ihre Lage verzweifelt.

Zena beobachtete, was geschah, und dachte an früher. Während sie zusah, wie das Land verdorrte und die Pflanzen und Tiere verschwanden, stieg die Angst und Verlassenheit ihrer frühen Jahre wieder in ihr auf. Das Wasser machte ihr die meisten Sorgen. Jeden Tag betrachtete sie die schrumpfenden Pfützen und fragte sich, wie sie überleben sollten, wenn der Regen noch ein weiteres Jahr ausblieb.

Eines frühen Morgens kam Klep zu Zena und berührte sie an der Schulter. Die Zwillinge standen hinter ihm. Seine Augen waren unendlich traurig, und sie begriff nicht gleich. Er zeigte in die Ferne und sagte das Wort für ›gehen‹. Dann umarmte er jeden von den anderen, wobei er immer wieder das Wort wiederholte. Die Zwillinge machten es genauso. Bei ihrer Mutter, Myta, hielten sie sich am längsten auf. Dann machten die drei Männchen kehrt und gingen, stromabwärts am Fluß entlang.

Kipp sprang hinter ihnen her, als wollte sie ihnen folgen. Sie scheuchten sie fort, und so kam sie wieder zurück und stellte sich neben ihre Mutter. Sie schluchzte herzzerreißend. Seit ihrer Geburt vor zehn Jahren war sie ständig mit den Zwillingen zusammengewesen, und nun gingen sie fort, und sie sah sie vielleicht nie wieder. Nichts war mehr in ihrem Gesicht zu lesen von dem Glück, das sie empfunden hatte, als die beiden jungen Männchen sie zum Abschied in ihre Arme genommen hatten.

Zena legte tröstend den Arm um ihre Schultern. Dak kam heran, dann auch Myta. Lop hielt sich wie immer ein wenig abseits. Gemeinsam sahen sie den drei Männchen hinterher, bis sie verschwunden waren.

Zena starrte auf die Stelle, wo sie sie zuletzt gesehen hatte, und die Augen brannten ihr vor Tränen. Aber sie wollte nicht weinen. Sie mußte stark sein für die anderen. Klep und die Zwillinge hatten recht; auf sich gestellt, würden sie mehr zu essen haben, und die Gruppe stand sich ohne sie auch besser. Die Zwillinge waren jetzt fast so groß wie Klep. Sie brauchten alle eine Menge zu essen. Und trotzdem wollte sie nicht, daß sie gingen.

Sie wußte, daß dies nur der Anfang war. Erst würde der eine gehen, dann ein anderer, und schließlich würden sie sich alle trennen müssen. Bald würde ihnen keine andere Wahl mehr bleiben.

Sie wandte sich ab und sah, daß Dak sie beobachtete. Da ging sie zu ihm und hielt ganz fest seine Hand. Der Gedanke, Dak zu verlassen, war mehr, als sie ertragen konnte. Er war ihr engster Gefährte, er war immer für sie da, um zu trösten und zu helfen. Eine ganze Weile hielten sie einander fest, dann löste Zena sich widerstrebend aus seinen Armen. Die Sonne stand schon hoch am Himmel, und sie mußten sich auf die beschwerliche Suche nach Nahrung machen.

In den nächsten Tagen blieben Zena und die anderen dicht beieinander. Sie waren plötzlich viel ängstlicher als zuvor. Ohne Klep und die Zwillinge fühlten sie sich seltsam, so als wäre ihnen ein wichtiger Teil ihrer selbst abhanden gekommen. Besonders Klep hatte ihnen immer ein Gefühl der Sicherheit gegeben, weil er der kräftigste und furchtloseste von allen gewesen war. Aber der Kummer war noch schlimmer als die Angst. Kipp hörte gar nicht mehr auf zu weinen, und Mytas Gesicht war in Trauer erstarrt. Auch in Daks Augen sah Zena Tränen. Klep war sein Bruder, für den er gesorgt und dem er so vieles beigebracht hatte. Und nun war er fort.

Verzweifelt las sie in ihren Gesichtern. Die Bindungen in der Gruppe waren anders als alles, was sie vorher gekannt hatte. Sie liebten sich und litten, wenn sie voneinander getrennt waren. Aber es wollte ihr einfach keine andere Lösung einfallen.

Jetzt wurde sie nachts wieder von Träumen gequält, wie damals, als sie jung und allein gewesen war. Sie sah wieder den Geier, der sie vor so langer Zeit in Todesangst versetzt hatte. Er stieß vom Himmel herab, um seinen entsetzlichen Schnabel in ihr Fleisch zu schlagen, und kurz bevor er sie erreicht hatte, verwandelte er sich in den Tiger, den riesigen, wilden Tiger. Sie rannte, er war hinter ihr, setzte zum Sprung an; sie hörte sich schreien –

Mit einem Ruck fuhr Zena hoch. Da schrie etwas. Sie war noch immer halb im Traum und konnte nicht unterscheiden, ob die Schreie aus ihrer eigenen Kehle gekommen waren oder einer anderen.

Dak hob den Kopf und starrte sie mit angstgeweiteten Augen an. Er griff sich einen dicken Stein und sprang auf die Füße. Zena kam hoch und stellte sich neben ihn. Da, wieder diese Schreie, lange, durchdringende Schreie, die in der stillen Nacht widerhallten.

Und plötzlich waren da noch andere, seltsam wilde Geräusche. Zena hatte in ihrem ganzen Leben keine so furchterregenden Laute gehört. Ihr kleiner Sohn und Mytas Tochter wachten auf und stimmten mit ihren angstvollen Schreien in den Lärm mit ein. Kipp kroch zitternd vor Angst ganz nah an sie heran. Zena ergriff ihren Stein und stellte sich schützend vor die Kinder. Sie hatte nicht die leiseste Ahnung, was für Tiere wohl einen solchen Aufruhr veranstalten mochten, aber was auch immer dort auf sie zukam, es kam näher.

8. Kapitel

Jetzt waren die Geräusche fast bei ihnen. Zena und Dak warfen sich entgeisterte Blicke zu. Was sie da hörten, waren keine Schreie, sondern Rufe. Und außerdem so etwas wie Lachen. Welches Geschöpf würde denn gleichzeitig rufen und lachen?

Plötzlich setzte Dak mit einem Sprung über den Wall aus dornigen Zweigen, den sie zum Schutz um ihren Unterschlupf herum errichtet hatten, und rannte auf die Lichtung. In panischer Angst jagte Zena hinter ihm her, um ihn zurückzuhalten. Aber er starrte nur angestrengt in die Dunkelheit, brüllte wie ein Wahnsinniger und achtete gar nicht auf ihr verzweifeltes Zerren.

»Heim!« rief er immer wieder. Aus dem Wald hinter der Lichtung kam ein Antwortschrei. Dak rannte darauf zu und verschwand zwischen den Bäumen.

Zena stand ganz still. Vor Freude zog sich ihr das Herz zusammen. Waren das etwa ...?

Kipp kam aus dem Unterschlupf gerannt und nahm ihre Mutter beim Arm. In ihrem Gesicht spiegelte sich der rasche Wechsel ihrer Gefühle. Zunächst Verwirrung, dann Erstaunen, dann ein plötzliches Aufwallen von Hoffnung. Danach schließlich kam ein Ausbruch puren Glücks. Ihr Mund verzog sich zu dem breitesten Lächeln, das Zena je gesehen hatte.

»Zwei!« rief sie aufgeregt, denn so pflegte sie die Zwillinge zu nennen. Gleichzeitig lachend und weinend, lief sie hinter Dak her.

Dann sah Zena sie kommen. Vier schattenhafte Gestalten waren aus dem Wald herausgetreten, kaum zu erkennen vor den dunklen Bäumen. Sie lachten und erzählten und weinten und sprangen auf und nieder und umarmten sich.

Die Tränen liefen Zena nur so übers Gesicht. Sie hatte nicht geweint, als Klep und die Zwillinge fortgingen, weil sie stark sein wollte, jetzt aber versuchte sie gar nicht erst, sich gegen ihre aufwallenden Gefühle zu wehren. Sie waren zurück. Klep und die Zwillinge waren zurückgekommen, und ihre Horde war wieder vollständig.

Klep kam zu ihr herübergetappt und umarmte sie herzlich. Lop winkte er fröhlich zu, ergriff seinen Arm und schüttelte ihn immer und immer wieder. Die Zwillinge sprangen wild um Kipp herum und zogen sie, lausbübisch wie immer, an den Haaren, damit sie auch ja merkte, wie froh sie waren, sie zu sehen. Sie wurden erst wieder ernst, als sie ihre Mutter sahen. Unter Tränen und mit zuckendem Gesicht zog sie sie in ihre Arme. Sie streichelten sie sanft, bis sie sich wieder erholt hatte, und versuchten dabei gleichzeitig, ihre kleine Schwester zu beruhigen, die immer noch ganz durcheinander war und vor sich hin weinte.

Mit in der Dunkelheit weithin tönender Stimme rief Klep die Zwillinge zu sich, und die drei rannten zwischen die Bäume zurück. Kipp machte entsetzte Augen. Gingen sie etwa wieder fort?

Kurz darauf tauchten sie wieder auf. Sie trugen etwas Schweres. Zena konnte nur staunen, als sie ihre Last am Rande der Lichtung abluden. Es war der Rumpf eines Schweins, und fast das ganze Fleisch war noch dran. Schweine waren schnell und gefährlich, sie hatten scharfe Stoßzähne. Bisher war es ihnen noch nie gelungen, eines davon zu fangen, jedenfalls kein so großes wie dieses hier.

Mit wenigen Worten und viel dramatischem Gestikulieren beschrieben Klep und die Zwillinge ihr Abenteuer. Sie hatten das Schwein halbtot im Morast festsitzend entdeckt, aber sie trauten sich nicht, es herauszuziehen, aus Angst, sie könnten selber steckenbleiben. Also stachen sie es mit Stöcken, und seine wilden Bewegungen brachten das Tier ein wenig näher an den Rand des Schlammlochs. Irgendwann war es dann nahe genug heran, daß sie Zweige auf dem Schlamm ausbreiten, sich daraufstellen und das Schwein herauszerren konnten. Dann hatten sie einander angesehen und an die anderen gedacht, die sie zurückgelassen hatten. Sie wußten, sie waren hungrig. Das Schwein würde genug Nahrung für mehrere

Tage liefern. Also waren sie wieder nach Hause gekommen, ihre Beute im Schlepptau. Sie hatten den ganzen Weg über Rufe ausgestoßen und gelacht und mit lauter Stimme neu erfundene Kombinationen von Laut-Worten gebrüllt, um alles in die Flucht zu schlagen, was sie sonst vielleicht angegriffen oder versucht hätte, ihnen das Schwein zu entreißen.

Sowie es hell genug war, zerteilten sie das Tier mit ihren schärfsten Steinen und aßen sich fröhlich an dem zarten Fleisch satt. Es schmeckte herrlich, aber der Blutgeruch war durchdringend. Es dauerte nicht lange, und die Geier kreisten über ihren Köpfen, und Zena konnte in der Nähe die Hyänen schreien hören. Bei Tage würden sie ihnen fernbleiben, aber sobald die Dunkelheit hereinbrach, würden sie angreifen, wenn ihnen nicht ein Löwe oder Tiger zuvorkam. Sie würden sich in acht nehmen müssen.

Gegen Ende des Tages zuckten Blitze über den Himmel. Und wieder schichteten sich Wolken auf, aber es war noch zu früh, um zu hoffen. In der Ferne brannte ein Gestrüpp. Zena rief ihren Sohn Tuut, der so hieß, weil er gern solche trompetenden Geräusche von sich gab, und Mytas Tochter zu sich, die ihm nicht von der Seite wich, und ging darauf zu. Manchmal verscheuchte das Feuer die Vögel, und ihre Eier blieben zurück. Eier wären gut für die Kinder. Tuut war jetzt so groß wie Quäks, als er gestorben war, aber viel dünner. Er hatte immer Hunger. In den fünf Jahren seines Lebens hatte er nichts anderes kennengelernt als die Dürre.

Sie nahm einen Stock vom Rand des Gestrüpps auf und stocherte damit in einigen Büschen herum, die das Feuer noch nicht erreicht hatte, aber es flogen keine Vögel auf. Es gab nur noch wenige; und noch viel weniger bauten noch Nester. Die Kinder und sie suchten das ganze Gebiet ab, aber sie fanden keine Eier. Enttäuscht machten sie sich wieder auf den Weg zurück zur Lichtung. Eine Hyäne schlich tief gebückt vorüber. Zena rief den Kindern einen scharfen Befehl zu und schwenkte ihren Stock, um das Tier zu verscheuchen. Es machte kehrt und lief davon. Zena blieb erstaunt stehen. Noch nie hatte sie eine Hyäne so leicht in die Flucht geschlagen.

Da bemerkte sie die Glut am Ende ihres Stockes. Ihr wurde klar, daß er noch brannte, und als sie ihn geschwenkt hatte, war das Feuer aufgeflammt. Vielleicht hatte das die Hyäne so geängstigt. Sie lief voran, um Dak zu holen, und führte ihn zu dem schwelenden Gestrüpp zurück; die Kinder ließ sie bei Myta. Ihm mit Gesten bedeutend, daß er es ihr nachmachen sollte, suchte sie sich noch einen Stock mit brennender Spitze. Gemeinsam gingen sie auf das grasige Gelände zu, wo sich die Hyänen meist verborgen hielten, und schwenkten ihre Stöcke. Sofort drang leises Angstgewimmer zu ihnen herüber und gleich darauf das Geräusch von vielen eiligen Füßen. Zena und Dak starrten einander an. Ihnen war instinktiv klar, daß sie da etwas sehr Wichtiges entdeckt hatten, etwas, das ihr Leben verändern würde. Sie riefen den anderen zu, sie sollten noch mehr brennende Stöcke holen, so viele, wie sie nur finden konnten, und als es Nacht wurde, legten sie die Stöcke rund um das Schwein herum und häuften noch trockenes Gras und Gestrüpp darauf, um das Feuer größer zu machen. Dann zogen sie sich in ihren Unterschlupf zurück und warteten ab, was passieren würde.

Als erster kam ein junger Löwe. Er schlich am Rande der Lichtung herum und beäugte vorsichtig das Feuer. Zweimal machte er einen Satz, als wollte er sich das Schwein schnappen. Aber jedesmal zog er sich wieder zurück, und schließlich verschwand er ganz. Als nächstes kamen die Hyänen. Sie krochen verstohlen an das Schwein heran und drehten dann angstwinselnd wieder ab. Nicht einmal die Geier wagten sich in die Nähe.

Die anderen sahen Zena und Dak ungläubig an. Die brennenden Stöcke wirkten! Vorsichtig krochen sie aus ihrem Unterschlupf hervor und näherten sich dem Feuer. Die Hitze der Glut versengte ihnen die Haut, und die knisternden Flammen spuckten ihnen Funken ins Gesicht. Sie zogen sich wieder zurück und beobachteten es aus der Entfernung, bis das Feuer etwas heruntergebrannt war, dann kamen sie langsam näher. Die leckenden Flammen faszinierten sie und hielten sie mit ihrer seltsamen Schönheit in Bann. Lange Zeit saßen sie wie hypnotisiert da, starrten in die glutroten Feuerzungen und sogen ihre Wärme und ihre Macht in sich auf.

Langsam brannte das Feuer herunter, bis auf die glühende Asche. Sie lösten sich aus dem Bann, schüttelten sich und schwärmten aus, um mehr trockenes Gras und tote Zweige zu holen. Sie wußten, daß sie die Nahrung der Flammen waren, sie würden das Feuer am Leben erhalten. Die ganze Nacht hindurch bewachten sie abwechselnd das Feuer und legten nach, damit es nicht verschwand. Als Zena am Morgen aufwachte, erfüllte sein sengender Geruch noch immer die Luft, und sie seufzte erleichtert. Das Feuer war bereits zu einem wichtigen Teil ihres Lebens geworden. Sie wollte es nicht wieder verlieren.

Das Schwein ernährte sie mehrere Tage lang. Dann fing es an, in der heißen Sonne zu verwesen, und der Gestank wurde unerträglich. Es war sowieso nicht mehr viel übrig, also überließen sie es den Geiern. Danach gab es keine Nahrung mehr, und Zena wußte, daß sie fortziehen mußten. Klep und die Zwillinge hatten Antilopen und Zebras gesehen, die noch immer auf den weiten Prärien im Norden grasten, also führte sie die Gruppe in diese Richtung. Sie nahmen glimmende Stöcke mit, um nachts Feuer anzuzünden, und unterhielten sie sorgsam, damit sie nicht ausgingen.

Geier verdunkelten den Himmel, als sie sich dem Grasland näherten, und die Luft war erfüllt von ihrem krächzenden Geschrei. Zena starrte zu ihnen hinauf und fröstelte trotz der Hitze. Geier machten ihr keine angst mehr, aber sie hatte noch nie so viele auf einmal gesehen. Das beständige Schwirren schwerer Flügel, der anhaltende Lärm jagten ihr eine Gänsehaut über den Rücken und gaben ihr das Gefühl, daß irgend etwas nicht in Ordnung war. Und dann war da noch dieser Geruch – der Geruch des Todes.

Sie blickte hinunter, um zu sehen, was die Geier angelockt hatte. Zunächst sah sie die Kadaver gar nicht, weil sie von den zahllosen plumpen Vögeln verdeckt wurden. Dann erkannte sie die Umrisse von Mäulern, gebogenen Hörnern und ausgestreckten Hufen, und sie erschauerte. Überall tote Körper; sie lagen auf dem ausgedörrten Boden verstreut und erfüllten die Luft mit ihrem Gestank, als hätte dieses vierte Jahr ohne Regen ganz plötzlich die schwächsten Tiere an den Rand ihrer Kräfte getrieben, so daß sie alle auf einmal gestorben waren.

In der Ferne sah sie, wie sich einige Löwen ein Zebra streitig machten. Links zerrte ein Tiger eine Antilope zwischen die Bäume. Hyänen jaulten und schnappten danach. Wilde Hunde mit großen, aufgestellten Ohren und unförmig vollgefressenen Bäuchen schlichen zwischen den Leichenbergen herum. Und über dem ganzen schwebten die Geier und stießen immer wieder herab, um an dem stinkenden Fleisch zu zerren.

Zena stieg die Übelkeit in der Kehle hoch, aber sie würgte sie entschlossen nieder. Sie brauchten unbedingt etwas zu essen, und zumindest einige der Kadaver würden noch frisch sein. Wenn sie ihre brennenden Stöcke schwenkten, konnten sie vielleicht die anderen Tiere verjagen und ein paar Fleischbrocken für sich ergattern.

Myta und Lop blieben in einem baumbeschatteten, trokkenen Flußbett zurück, um auf Kipp und die beiden kleineren Kinder aufzupassen. Die anderen gingen hinter Zena her, als sie sich ihren Weg durch das hohe Gras bahnte, bis sie zu einem Kadaver kam, der noch frisch zu sein schien. Sein Kopf war unter Geiern begraben, und ein Haufen Hyänen zerrte an seinen Flanken. Laut schreiend fuchtelte Zena mit ihrem brennenden Stock. Die Männchen fielen mit ihren tiefen Stimmen ein und schwangen furchtlos ihre Stöcke. Unter Angstgebell sprangen die Hyänen fort und ließen sich in einiger Entfernung nieder, um sie zu beobachten. Die Geier waren weniger leicht zu erschrecken, aber schließlich erhoben auch sie sich in die Luft, um ärgerlich krächzend über ihnen ihre Kreise zu ziehen.

Die Gruppe arbeitete schnell. Sie säbelten mit ihren scharfen Steinen große Stücke aus dem Kadaver und zerrten und drehten an Knochen herum, um ein ganzes Bein abzutrennen. Dann machten sie kehrt und rannten davon. Die Hyänen krochen, plötzlich wieder mutig geworden, schon wieder knurrend zurück, und die Geier hatten sich auch wieder niedergelassen. Ihre kahlen Hälse leuchteten im Sonnenlicht, als sie wütend mit den Schnäbeln nach den Eindringlingen stießen.

Auch am nächsten Tag, und noch viele weitere Tage danach, plünderte die Horde die Kadaver. Es war ein gefährliches Geschäft, aber das machte ihnen nichts aus. Zum erstenmal seit Jahren waren ihre Bäuche gefüllt, und sie waren guter Dinge. Jeden Morgen taten sie sich am saftigen Fleisch eines Zebras oder einer Antilope gütlich, und in der Nacht schliefen sie zufrieden in dem Wissen, daß das Feuer sie warmhalten und schützen würde. Es verscheuchte die Kälte aus dem Körper und hielt die undurchdringliche Dunkelheit fern. Jenseits des Feuers brüllten die Löwen und fauchten die Hyänen, aber sie wagten sich nicht näher heran.

Am schönsten waren die Abende, wenn sie neues Gestrüpp auf die glühende Asche häuften, die sie so sorgsam gehütet hatten, und warteten, bis sich ein gleichmäßiges Feuer entzündet hatte und sie mit seinem Zauber umfing. In diesen Stunden fühlten sie sich einander so tief verbunden, als hätte sie das Feuer irgendwie zusammengeschweißt. Manchmal tauschten sie ein paar Worte, versuchten sich die Abenteuer des Tages zu erzählen oder den anderen von einer neuen Nahrungsquelle zu berichten oder von einem ungewöhnlichen Tier oder Vogel, die sie gesehen hatten. Manchmal versuchten sie auch Worte für die Gedanken in ihren Köpfen zu finden. Aber genauso oft schwiegen sie einfach und starrten in die knisternden Flammen, als verstünden sie die Gedanken der anderen auch ohne Worte. In solchen Augenblikken wurde Zena ganz besonders bewußt, daß sie zusammenbleiben mußten. Es war falsch, getrennt zu sein.

Mit der Zeit blieben von den Kadavern nur noch Haufen blankgenagter Knochen, und der Hunger begann sie wieder zu plagen. Zena schickte die anderen zu zweit oder zu dritt los, um Nahrung zu suchen, damit sie ein möglichst großes Gebiet durchforsten konnten. Wenn der Tag zu Ende ging, kehrten sie zur Lichtung zurück, um alles, was sie gefunden hatten, mit den anderen zu teilen und in der Sicherheit des Feuers zu schlafen. Es war gefährlich, in so kleinen Gruppen herumzustreifen, aber sie fand keine andere Möglichkeit zum Überleben, wenn die Horde nicht ganz auseinanderfallen sollte. Und sie weigerte sich, diese Möglichkeit in Betracht zu ziehen.

Löwen und Tiger waren zu einem furchtbaren Problem geworden. In den ersten Dürrejahren, als es von geschwächten, sterbenden Beutetieren nur so wimmelte, hatten sie gewaltig an Zahl zugenommen. Jetzt war selbst das Aas verschwunden, und die großen Raubtiere waren am Verhungern. Und der Hunger machte sie unerschrocken. Wenn einer aus der Horde bei Einbruch der Dunkelheit noch nicht zurück war, hatten die anderen große Angst. Einmal kehrte Dak erst am nächsten Morgen zum Unterschlupf zurück, und Zena ängstigte sich fast zu Tode.

Aber am Ende traf es Lop und nicht Dak. Eines Abends zog er mit Myta los, um nach Wasser zu graben. Myta hatte erst vor kurzem ein Kind geboren, und sie legte es, während sie grub, neben sich ab. Sie bemerkte den Tiger nicht, der lautlos aus dem Gebüsch hervorglitt und auf den Säugling zukroch, aber Lop sah ihn. Seinen Stock schwenkend und fürchterlich brüllend, rannte er zu dem kleinen Jungen hin, um sich vor ihn zu stellen. Lop, der normalerweise so schüchtern war, wurde angriffslustig, wenn einer seiner Gefährten bedroht wurde, besonders die Jungen.

Der Tiger brüllte, lief aber nicht davon. Lop rückte näher und schlug ihn immer wieder mit dem Stock. Die Schläge machten den Tiger erst richtig wütend, er ließ von dem Säugling ab und wandte sich nun gegen Lop. Er erhob seine mächtige Pranke und tötete Lop mit einem einzigen Hieb an den Kopf. Zena und die anderen rannten herbei, aber es war schon für jede Hilfe zu spät. Als sie ankamen, war nichts mehr zu hören außer Mytas Schreien, die zusehen mußte, wie der Tiger seine grausamen Zähne in Lops Körper schlug und ihn mit sich fortzerrte.

Obwohl er immer so zurückhaltend gewesen war, hinterließ sein Tod ein klaffendes Loch in ihrem Leben. Er war stets bereit gewesen zu helfen, ein Kind zurückzuholen, das sich zu weit fortgewagt hatte, für sie alle Stöcke anzuspitzen –

seine waren nämlich die besten – und den anderen die Nahrung zu geben, die er gefunden hatte. Plötzlich fühlten auch sie sich verwundbar. Der Tiger hatte angegriffen, obwohl ganz in der Nähe ein Feuer brannte. In dieser Nacht rückten sie in ihrem Unterschlupf ganz nah aneinander, zu ängstlich, um zu schlafen, denn es konnte ja noch ein anderer Tiger kommen.

Zena wurde bewußt, daß sie weiterziehen sollten. Sie mußten das Grasland hinter sich lassen, wo die großen Raubtiere jagten, bevor noch andere von ihnen getötet wurden. Aber sie wußte nicht, wohin sie gehen sollten. Es gab kein Gebiet, das nicht von der Dürre verwüstet war, und hier konnten sie wenigstens noch im Flußbett nach Wasser graben.

Schließlich aber war es eine ganz andere, unerwartete Gefahr, die sie davon überzeugte, daß sie fort mußten. Sie war mit ihrer neuen kleinen Tochter, die dieses Mal ohne Probleme zur Welt gekommen war, auf der Lichtung geblieben, während die anderen auf den nahegelegenen Weiden nach Nahrung suchten. Nur Kipp war bei ihr.

Hinter ihr knackte ein Zweig. Sie schnellte herum. Wahrscheinlich ein Raubtier. Aber es erschien kein Löwe oder Tiger. Statt dessen trat ein großes, fremdes Männchen aus dem Gebüsch und schaute sie an, als suche es Streit.

Der Säugling in ihren Armen war aufgewacht und wimmerte. Das Männchen wandte sich ihm zu. Dann griff es mit einer blitzschnellen Bewegung nach dem Bein des Kindes. Es schrie vor Schmerzen auf. Zena drehte sich um und brachte es irgendwie fertig, das Kind aus seinem Griff zu befreien. Sie drückte es Kipp in die Arme und formte das Wort für ›laufen‹.

Kipp zögerte. Sie wollte ihre Mutter nicht mit diesem gewalttätigen Fremden allein lassen.

»Laufen!« Diesmal schrie Zena das Wort. Als Kipp sich immer noch nicht rührte, fügte sie noch einen anderen Laut hinzu.

»Andere«, sagte sie bestimmt. Kipp drehte sich um und rannte.

Zena wandte sich wieder dem Männchen zu. Es war riesig, noch größer als Klep, aber ganz ausgemergelt vor Hunger. Sie wußte instinktiv, daß sie ihm nicht trauen konnte. In seinen Augen sah sie nicht einen Anflug von Sanftmut, nur Bedrohung.

Das Männchen wandte sich von ihr ab und begann hinter Kipp und dem Säugling herzulaufen. Zena stürzte ihm nach und hielt ihn am Arm fest, um ihn aufzuhalten, aber er war zu stark für sie und zog sie einfach mit. Zena zog sich nach vorn und sprang mit einem Satz vor ihn hin. Das Männchen stolperte und fiel auf sie. Erstaunt starrte er sie an. Zena machte sich seine Verwirrung und seine Position zunutze und drehte ihm ihre Geschlechtsteile entgegen. Als er sich aber herunterbeugte, um sie zu beschnüffeln, nahm sie einen großen Stein auf und ließ ihn mit aller ihr zur Verfügung stehenden Kraft auf ihn niedersausen.

Das Männchen jaulte auf und rollte sich weg. Zena landete noch einen weiteren Schlag auf seiner Schulter. Er verzog das Gesicht und hob drohend die geballte Faust. Aber bevor er sie noch schlagen konnte, wurde er von wütenden Rufen abgelenkt. Dak und Klep, und gleich dahinter die Zwillinge und Kipp, kamen schreiend durch das trockene Gras herbeigestürmt. Das große Männchen sprang auf die Füße und schlug sich in die Büsche. Aber am nächsten Tag kam es wieder, und auch am Tag danach. Von nun an kam es jeden Tag, und immer zu einer anderen Zeit. Zena merkte, daß es sie beobachtete und nur darauf wartete, daß es sich in einem unbewachten Moment eins der Kinder schnappen konnte.

Zena erschauerte. Das große Männchen machte ihr sogar noch mehr angst als Löwen oder Tiger. Er war wie sie, nur völlig gefühllos. Ausgehungert wie er war, war ihm selbst das Fleisch von Kindern seiner eigenen Art recht. Zena achtete darauf, daß sie zusammenblieben und jederzeit bereit waren, den nächsten Angriff abzuwehren.

Eines Tages blieb das große Männchen aus. Zena wußte, daß sie sich aus dem Staub machen mußten, solange noch Zeit war. Sie versammelte die anderen um sich und flüsterte das Wort für ›gehen‹. Sie nickten zustimmend und verließen hinter ihr die Lichtung. Entschlossen wandte sie sich in Richtung Fluß. Wenn sie tief genug gruben, würden sie wahrscheinlich auch dort Wasser finden. Außerdem konnten sie nirgendwo anders hin.

Je weiter sie sich von dem Grasland entfernten, desto seltener wurden die Raubtiere, und von dem Männchen war nichts mehr zu sehen. Die Angst ließ ein wenig nach, aber nicht ihr Hunger und ihr Durst. Einmal fanden die Zwillinge einen Termitenhaufen, in dem noch immer Insekten waren, und Dak trieb ein paar zähe Wurzeln auf, die sich vor lauter Trockenheit kaum kauen ließen. Danach hatten sie drei Tage lang gar nichts und nippten nur ab und zu an dem wenigen Wasser, das sie in einem leeren Straußenei bei sich trugen. Zena sah zu, wie Kipp und die kleineren Kinder sich die hungergeschwollenen Bäuche rieben, als wollten sie die Leere fortmassieren. Es tat ihr in der Seele weh, daß sie so leiden mußten. Sie gab ihnen den letzten Schluck Wasser, um sie zu trösten, und fragte sich gleichzeitig, ob sie wohl je wieder welches finden würden.

Mit unförmig aufgeblähten Bäuchen und rauhen, ausgedörrten Kehlen stolperten sie voran. Noch ein Tag schleppte sich quälend dahin; die Nacht verging mit Träumen von Nahrung und Wasser, die sie nirgends fanden. Nur der Gedanke an den Fluß hielt sie noch aufrecht, nur deshalb schafften sie es überhaupt, einen Fuß vor den anderen zu setzen. Bisher hatte ihnen der Fluß noch jedesmal Zuflucht geboten, und sie klammerten sich an den Gedanken, daß es auch diesmal wieder so sein würde. Doch als sie ihr Ziel schließlich erreichten, war es mit der Hoffnung, die sie bis hierher aufrechterhalten hatte, schlagartig vorbei. Hier war keine Nahrung zu finden, und erst recht kein Wasser. Sie mochten noch so angestrengt graben, es kam kein einziger Tropfen zum Vorschein.

II

Die kleine Gruppe ließ sich verzweifelt zu Boden sinken. Sie waren zu erschöpft und zu mutlos, um auch nur den Kopf zu heben. Aber dann richteten sich, wie auf ein verabredetes Zeichen, aller Augen auf Zena, und dabei sahen sie schon nicht mehr ganz so verängstigt aus. Zena blickte trübsinnig vor sich hin und bemerkte es zunächst gar nicht, doch dann drang das intensive Starren der anderen in ihr Bewußtsein, und sie spürte ein Prickeln auf der Haut.

Sie sah auf und blickte direkt in ihre erwartungsvollen Gesichter, sah ihren Hunger und Durst und die tief in ihren Herzen verankerte Angst. Da überkam sie mit einemmal unsägliche Wut. Sie starrte zum Himmel hinauf mit seinen schwarzgeränderten Wolken, die ihre Regenlast einfach nicht fallenlassen wollten, und reckte ihnen ihre geballten Fäuste entgegen. Jetzt war es Zeit für den Regen. Seit Wochen schon zogen sich die Wolken zusammen. Sie waren dick und rund von Wasser, und jetzt sollten sie es endlich auf die Erde schicken, hierher, wo es gebraucht wurde. Sie würden sonst sterben. Wenn jetzt kein Regen fiel, würden sie alle sterben. Das hier waren ihre Gefährten, die, die sie liebte. Es war nicht richtig, daß sie sterben sollten.

Immer und immer wieder schlug Zena mit den Fäusten auf die trockene Erde und reckte sie dann drohend dem Himmel entgegen. Sie schrie das Wort für Regen, schleuderte es den widerspenstigen Wolken entgegen, bis sie heiser war. Aber es kam keine Antwort.

Die Wut verflog so plötzlich, wie sie gekommen war. Statt dessen fühlte sie eine entsetzliche Hilflosigkeit, so wie damals vor langer Zeit, als ihre Mutter getötet worden war und der riesige Tiger über ihr umherstrich. Ohne die Anleitung ihrer Mutter hatte sie nicht gewußt, was sie tun sollte. Und jetzt war es wieder dasselbe.

Sie senkte die Augen, damit die anderen ihre Unsicherheit und Furcht nicht sahen, gab Kipp den Säugling und setzte sich ein wenig abseits in ein schmales, enges Tal in der Nähe der Lichtung. Es war ein friedvoller Ort. Als die Zeiten noch besser waren, hatte sie sich oft hier ausgeruht und sich an den Geräuschen und Gerüchen gefreut. Jetzt war kein Vogel mehr zu hören, und aus dem spröden Gras stieg kein würziger Duft mehr auf.

In ihrem Kopf jagte eine Frage die andere. Sollte sie dem Fluß wieder den Rücken kehren, die anderen mit sich nehmen und darauf hoffen, daß sie irgendwo einen Ort finden würden, wo es noch Wasser und Nahrung gab? Oder sollte sie sie einzeln fortschicken? Der Gedanke an Trennung war zu schrecklich, um ernstlich darüber nachzudenken. Sie glaubte nicht, daß sie die Laute formen und die nötigen Gesten zustandebringen konnte, die sie alle auseinandertreiben würden.

Zena schüttelte energisch den Kopf, und bei dieser Geste der Selbstbehauptung fühlte sie sich schon nicht mehr ganz so hilflos. Langsam gewann sie ihre Entschlossenheit zurück. Die Horde gehörte zusammen, und sie würde dafür sorgen, daß sie zusammenblieben. Vor langer Zeit hatte ihre Mutter ihr den Schrecken einer Dürre durchstehen geholfen, und sie hatte überlebt. Nun war es an ihr, einen Weg zu finden, daß die, die sie liebte, überleben konnten.

Zena grübelte vor sich hin. Langsam legte sich ihre Unrast, und es stieg eine innere Ruhe in ihr auf, die sie nie zuvor gespürt hatte. Bilder zogen vor ihrem inneren Auge vorbei, von ihrer Mutter, der Großmutter, die sie kaum gekannt hatte, von Rune. Immer wieder schwebten ihr ihre Gesichter vor Augen. Es kam Zena so vor, als wären sie hier bei ihr, um sie mit ihrer Gegenwart zu trösten. Seltsamerweise aber kamen sie nicht einzeln. Sie waren eins, so als wären sie zu einer einzigen Mutter verschmolzen, einer Mutter, die viel größer, weiser und stärker war, als jede einzelne von ihnen es je hätte sein können. Aber das war auch eine unzureichende Beschreibung der großen Mutter, die sie geworden waren. Nein, diese Mutter schien alle Weibchen in sich zu bergen, die sich jemals bemüht hatten, denen zu helfen, die von ihnen abhängig waren, so wie Zena es gerade tat. Sie verstanden sie; sie konnten sie leiten, wie ihre Mutter und Rune sie einst geleitet hatten.

Lange Zeit saß Zena reglos da und fühlte nur die Gegenwart dieser Mütter, die eine waren. Sie fand keinen Schlaf, aber dafür Traumgesichte. Sie schloß die Augen, um den Traum besser zu sehen. Sie sah Steine vor sich, einen Kreis aus Steinen. Sie runzelte erstaunt die Stirn. Aber dann vergaß sie, sich weiter darüber Gedanken zu machen, und sah einfach nur zu, wie sich der Traum vor ihrem inneren Auge entfaltete. Sie sah sich selber, wie sie einen Stein aufnahm und ihn mit Bedacht auf dem Boden ablegte. Er war rund und verwittert, als hätten ihm die Stürme Tausender von Jahren die scharfen Kanten genommen und ihn glattgeschliffen. Dann legte sie einen zweiten Stein neben den ersten, dann noch einen, bis ein Kreis entstanden war, ein großer Kreis, in dem außer ihr noch viele andere Platz haben würden. Jetzt stand sie in dem Kreis …

Der Traum verblaßte. Zena sah sich um. Ganz in ihrer Nähe, am Waldrand, gab es solche Steine. Sie waren groß und rund, aber leicht genug, daß sie sie tragen konnte. Sie nahm einen davon auf und legte ihn entschlossen auf den Erdboden in der Mitte der Schlucht. Er fühlte sich kühl an, und ihre Finger schmiegten sich an seine glatte Oberfläche. Als wäre sie noch immer in ihrem Traum, holte sie einen weiteren Stein und danach wieder einen und legte sie in einem weiten Kreis aus.

Dak kam, um nach ihr zu sehen, weil er sich wegen ihrer langen Abwesenheit Sorgen machte. Als er aber Zenas Gesichtsausdruck sah, schwieg er. Sie war da und doch nicht da, als würde ihn jemand anderes aus ihren Augen ansehen. Stirnrunzelnd beobachtete er, wie sie einen Stein aufnahm und sorgsam niederlegte, um gleich darauf den nächsten zu holen. Mit der Zeit kam ihm diese Handlungsweise gar nicht mehr so seltsam vor, und so half er mit.

Nach ihm kamen die anderen. Wie Dak sahen sie Zena zunächst verwundert zu, doch dann zog die Atmosphäre in der Schlucht sie ebenso in ihren Bann. Sie lasen die großen Steine auf, und zwar nur die glatten, runden, als wären auch sie ein Teil des Traums. Bald war der Kreis fertig.

Nun sah Zena noch mehr aus, als wäre sie in Trance.

Langsam, so als würde sie geleitet, schritt sie auf die Mitte des Stein-Kreises zu und streckte ihre Arme dem Himmel entgegen. Sie sagte das Wort für Mutter, das Wort, das alle Jungen benutzten, um diejenige zu bezeichnen, die für sie sorgte und sie beschützte, das Wort, das sie sagten, wenn sie Angst hatten oder verletzt waren und Hilfe brauchten. Sie benutzten dieses Wort auch, um das Gefühl von Ruhe und Geborgenheit zu bezeichnen, diese Gewißheit, daß man Nahrung, eine Zuflucht und Wärme finden würde, die die Gegenwart ihrer Mütter ausstrahlte. Es war ein mächtiges Wort, das Glück und Angst gleichermaßen in sich schloß.

Zena sprach das Wort immer wieder laut aus. Ihre Stimme wurde mit jeder Wiederholung lauter und senkte sich dann, bis sie beinahe flüsterte. Sie hob ihr Gesicht dem Himmel entgegen, neigte es gleich darauf der Erde zu und stampfte dabei nach einem ganz bestimmten Rhythmus mit den Füßen. Jetzt rief sie ein anderes Wort, das Wort für Regen. Wieder und wieder rief sie dieses Wort, und stampfte dabei laut mit den Füßen auf den trockenen Boden.

Fasziniert begannen auch die anderen, das Wort zu rufen und mit den Füßen zu stampfen. Einer nach dem anderen trat zu ihr in den Kreis und richtete das Gesicht erst auf die Wolken, dann zu Boden und rief dazu und schrie und stampfte mit den Füßen. Über ihnen entlud sich ein Donnerschlag, und sie stampften noch kräftiger und riefen noch lauter, um gegen den ohrenbetäubenden Krach anzukommen. Gleich darauf folgte der Blitz. Jetzt roch es um sie her durchdringend nach Ozon, und das stachelte sie noch mehr an.

Dak sprang aus dem Kreis, um sich einen Stock zu holen. Abwechselnd schwang er ihn bedrohlich in die Luft und ließ ihn laut über den Boden scharren. Klep folgte seinem Beispiel, ebenso die Zwillinge. Wild herumspringend riefen sie das Wort für Regen und schlugen dazu mit ihren Stöcken auf die Erde, um gleich darauf damit gen Himmel zu zeigen.

Die Weibchen blieben im Kreis, dort gehörten sie hin. Aber sie stampften jetzt nach einem bestimmten Muster, bewegten sich mal schnell, mal langsam im wiederkehrenden Rhythmus, und im Takt dazu kamen beide Worte aus ihren Kehlen: erst das für Regen, dann das für Mutter. Auch die Männchen außerhalb des Kreises stampften jetzt im selben Rhythmus mit den Füßen und sprachen ihnen die Worte mit lauter Stimme nach. Die Schlucht und der Wald, ja sogar die Erde selbst hallte wider von dem endlosen Stampfen und den machtvollen Worten.

Ein heraufziehendes Gewitter lastete schwer auf der Atmosphäre. Sie konnten es riechen und in ihren Gliedern spüren, und sie zogen an ihm, wollten es kraft ihres Willens herunterzwingen, damit es sie mit seinen heißersehnten Regengüssen durchnäßte. Immer und immer wieder erhoben sie die Köpfe zum Himmel, den regenschwangeren Wolken entgegen, und beugten sich dann wieder der Erde zu, als wollten sie ihnen den Weg weisen.

Sie wurden schneller und schneller. Das Stampfen steigerte sich zu einem rasenden Tempo; ihre Stimmen brachen unter der Anstrengung, immer wieder und immer schneller die beiden Worte zu rufen. Sie wußten, daß der Regen im Anzug war. Er konnte nicht widerstehen.

Als die ersten Tropfen fielen, blieben sie wie angewurzelt stehen und senkten in stiller Dankbarkeit ihre Köpfe. Die Tränen stürzten ihnen die Wangen hinab, Tränen, so unaufhaltsam wie der kommende Regen. Noch ein paar einzelne Tropfen legten sich zart auf ihre staubigen Nacken, und noch ein paar, aber dann öffnete der Himmel alle Schleusen. Ihre Köpfe schnellten wieder nach oben, um die gesegnete Nässe zu begrüßen. Der Regen strömte ihnen über die durstige Haut und in ihre ausgedörrten Kehlen. Sie spürten, wie er sich lindernd auf ihre aufgeplatzten Lippen legte und ihre schmutzverkrusteten Körper reinigte, und sie erhoben ihre Arme in einer Geste reiner Ekstase.

Sie waren erfüllt von einem Glücksgefühl, das die Rückkehr des Regens in ihnen wachgerufen hatte. Aber dieses Gefühl hatte noch einen tieferen Grund. Es war, als existierte mitten unter ihnen noch etwas anderes, das größer war als irgendein Geschöpf, das sie je gesehen hatten. Die Herrlichkeit dieses Wesens ließ ihre Herzen überfluten, wie der Regen den Fluß über die Ufer treten ließ.

Plötzlich sank Zena zu Boden, und sie kamen wieder zu sich. Dak rannte erschrocken zu ihr. Sie lag eine ganze Weile reglos da. Dann schüttelte sie heftig mit dem Kopf, als wollte sie sich von etwas befreien und setzte sich auf. Sie starrte Dak an, dann die anderen. Lächelnd hielt sie die Hände in den Regen. Die anderen erwiderten erleichtert ihren Blick. Es war nichts Fremdes mehr in ihren Augen, Zena war wieder die alte. Lange saßen sie ohne ein Wort neben ihr, freuten sich an dem Regen, der auf ihre ausgetrockneten Körper trommelte, und nahmen die vielen wundersamen Gerüche in sich auf, die die Feuchtigkeit mit sich brachte. Als es dunkel wurde, standen sie langsam auf und gingen in ihren Unterschlupf.

Am nächsten Morgen rauschte das Wasser zwischen den Ufern des Flusses dahin. Insekten und Krabben, ja sogar kleine Fische kamen aus dem Schlick zum Vorschein, wo sie bis zum Eintreten der Regenzeit geschlummert hatten.

Kaulquappen wimmelten in den Pfützen, und wie von Zauberhand erschienen kleine, grüne Schößlinge auf dem Boden der Lichtung. Zena aß und trank, dann wanderte sie gemächlich zu der Bergschlucht und setzte sich in den Steinkreis. Sie spürte noch immer den Frieden, der sich am Tag zuvor über sie gesenkt hatte, und sie war auch von einer wundersamen Dankbarkeit erfüllt. Für den Regen und für die Mütter, die alle nur eine einzige waren und ihr geholfen hatten. Sie wollte ihnen danken, und zwar nicht nur heute, sondern in Zukunft jeden Tag ihres Lebens.

Das Sonnenlicht brach sich in den Wassertropfen, die noch immer an jedem Grashalm, jedem Zweig und jedem Stein saßen, und erfüllte die ganze Bergschlucht mit seinem Glitzern. Zena sah zu, wie die Tropfen allmählich verdunsteten und schließlich ganz verschwanden. Morgen würde es wieder Tropfen geben, da war sie sich sicher. Sie war auch sicher, daß später an diesem Tag noch Regen fallen würde, und von jetzt an überhaupt an jedem Tag, bis die Regenzeit vorüber sein würde. Und der Regen würde auch jedes Jahr wiederkehren. Dieses Wissen war so sehr ein Teil von ihr wie ihre Beine und Arme oder ihr Bauch. Sie wußte, daß der Regen kommen würde, weil sie unweigerlich jedes Jahr zum Steinkreis zurückkehren würde, um die beiden Wörter zu sprechen und sich auf diese besondere Art zu bewegen, die sich ihr im Traum eröffnet hatte. Nie würde sie diesen Zauber vergessen, der von den Müttern gekommen war, die alle eins waren.

III

Zena hielt ihr Versprechen. Jedesmal, wenn sie an den Fluß zurückkehrte, ging sie zuerst zu dem Steinkreis, um den Müttern, die alle nur eine waren, für ihre Hilfe im Lauf des Jahres zu danken. Und wenn die Regenzeit herankam und die Wolken sich am sich verdunkelnden Himmel zusammenballten, scharte sie die anderen um sich, um das Ritual zu wiederholen, das den Regen brachte. Und in all den Jahren, die sie noch zu leben hatte, blieb er nie wieder aus. Immer wenn sie die Arme ausbreitete und die heiligen Worte anstimmte, gaben die Wolken nach und ließen ihre kostbare Last zu Boden fallen. Niemand konnte wissen, ob wirklich die Zeremonie daran schuld war, aber Zena ließ es nicht erst darauf ankommen.

In diesen Jahren wurde ihre Horde größer. Eines Tages war Klep plötzlich verschwunden, und sie hatten schon Angst, daß er verletzt sein könnte oder gar tot. Aber er kam bald wieder zurück, an der Hand ein rundliches junges Weibchen. Kurz nachdem Myta gestorben war, tauchte ein anderes Weibchen auf, und auch ein neues Männchen gesellte sich zu ihnen, das ebenso sanft und umgänglich war wie Lop. Ein Männchen, das versuchte, sie anzugreifen wie das hungrige Männchen von damals, wurde fortgetrieben. Zena duldete ein solches Männchen nicht in ihrer Horde. Es gab auch viele Geburten. Kipp paarte sich mit den Zwillingen und bekam selbst Zwillingsjungen, und auch die beiden neuen Weibchen kamen bald nieder. Auch Mytas Tochter und Zenas Sohn Tuut waren jetzt beinahe alt genug zur Paarung.

Zena sah dem allen glücklich zu. Sie hatte die Einsamkeit ihrer jungen Jahre nie vergessen, und ihre immer größer werdende Horde war ihr ein immerwährender Quell von Glück und Zufriedenheit. Sie hörte dem zunehmenden Geschnatter zu, schlichtete Auseinandersetzungen, half ihnen Entscheidungen zu treffen, wies sie hier und da zurecht und liebte sie alle.

Die Jahre verflogen, und Zena wurde alt und gebrechlich. Jetzt verbrachte sie die meiste Zeit damit, friedlich auf ihrem Felsen über dem See oder im Steinkreis zu sitzen und sich ihren Erinnerungen hinzugeben. Manchmal erschien ihr Quäks Gesicht im Geiste, und sie sah seine freudig geweiteten Augen vor sich oder wie diese unter Lachfalten verschwunden waren, wenn sie miteinander spielten. Oft dachte sie auch an Dak. Er war während ihrer letzten Wanderung an den Fluß gestorben, und sie vermißte ihn schmerzlich. Immer hatte er in ihren Gedanken lesen können und ihren Schmerz und ihre Freude gefühlt, als wären sie seine eigenen. Sie dachte auch an Rune mit ihren wissenden, abschätzenden Augen, ihrer scharfen Stimme und ihrer trostreichen Art. Und sie dachte an all die Mütter, die zu ihr gekommen waren, als sie sie so verzweifelt gebraucht hatte.

Eines Tages, während sie so verträumt und still im Steinkreis saß, sank sie ein wenig tiefer auf den warmen Boden. Als Kipp am Abend nach ihr sehen wollte, atmete sie nicht mehr. Kipp lächelte sanft auf sie herunter. Sie weinte nicht, ihr Herz war zu voll für Tränen. Sie saß eine Weile neben ihrer Mutter, dann ging sie die anderen holen. Als erster kam Tuut, der seinen eigenen Sohn an der Hand hielt, hinter ihm Zenas jüngste Tochter mit einem Neugeborenen im Arm. Danach kamen die anderen, um Zena noch einmal zu berühren und ihr Gesicht zu sehen, damit sie es in ihren Herzen bewahren konnten.

Ihr Tod machte sie traurig, denn sie war nun bald zwanzig Jahre eine Mutter für sie gewesen, und sie hatten sie innig geliebt. Aber auf andere Weise waren sie auch froh, denn es schien ihnen, als gehörte Zena an diesen besonderen Ort. Nun konnte sie für immer hier bleiben in dem sicheren Steinkreis, den sie selbst erschaffen hatte. Und immer, wenn sie hierher zurückkamen, würde sie auf sie warten, bereit, ihnen Beistand und Führung zu geben. Sie bedeckten sie mit Blättern und Zweigen und gingen langsam davon.

Die Regenzeit hatte wieder eingesetzt. Es war Zeit, an den See zurückzukehren.

Kipp nahm den Platz ihrer Mutter ein. Sie war mutig wie sie und findig, und sie wurde respektiert. Sie scharte die anderen um sich und führte sie die altbekannten Wege vom Fluß zu den Sümpfen und von dort zum See und wieder zum Fluß zurück, wenn die Trockenzeit einsetzte. Jedesmal, wenn sie zurückkehrten, gingen sie als erstes zu dem steinernen Kreis, um an Zena zurückzudenken, die den Regen vom Himmel heruntergerufen und sie am Leben erhalten hatte, als sie schon meinten, sterben zu müssen. Und genau wie sie es erwartet hatten, war Zena immer da, um sie zu begrüßen. Manchmal hörten sie ihre Stimme im Wind; manchmal meinten sie, sie durch den Mond oder die Sterne sprechen zu hören, oder aus den Geschöpfen des Waldes.

Doch bald lauschten sie nicht mehr allein auf Zena. Ihre Stimme wurde die der Mütter, die alle eins waren, und ihre Gegenwart verschmolz mit dem, was sie um sich spürten, wenn sie das Ritual ausführten, das den Regen bringen sollte. Sie nannten diese Gegenwart ›Mutter‹, wie Zena es getan hatte. Diese Mutter verkörperte zugleich alle die Mütter, die jemals Leben geschenkt und die ihnen Anvertrauten genährt hatten. Sie war die mächtige Kraft, die Sturm und Regen brachte, neues Leben entstehen ließ und die Alten oder Verwundeten wieder zu sich nahm. Die Mutter lebte in der Erde, im Himmel, in den Flüssen und Seen, in jedem Wesen, das ging, kroch und flog. Aber in dem steinernen Kreis war ihr wirkliches Zuhause, dort, wo Zenas Mitgefühl mit denen, die sie liebte, sie hervorgebracht hatte.

TEIL II

VOM OSTAFRIKANISCHEN GRABEN ZU DEN UFERN DES ROTEN MEERES ZWISCHEN 500 000 UND 200 000 JAHREN VOR UNSERER ZEITRECHNUNG

9. Kapitel

Die Kräuter hatten Minas Schmerzen gelindert. Cere sah es ihrer Schwester am Gesicht an. Stundenlang hatte sie abwechselnd die Kiefer zusammengepreßt und dann wieder weit aufgesperrt, als wolle sie schreien, müsse aber statt dessen den Schmerz hinunterschlucken, weil sie zu schwach dazu war. Dabei hatte ihr die ganze Zeit der Schweiß auf der Stirn gestanden. Immer wieder hatte Cere ihn ihr mit einem weichen Büschel aus duftenden Blättern abgewischt. Jetzt kam kein Schweiß mehr, und Minas Kiefer hatten sich entspannt.

Cere sah zu ihrer Mutter auf. Kalars Gesicht war wie immer heiter und gelassen, wie es ihrer Stellung entsprach. Sie war die weise Frau des Stammes, die allen Rat spendete und ihnen bei wichtigen Entscheidungen zur Seite stand. Kalar war der Großen Mutter am nächsten, und ohne die Mutter konnte der Stamm nicht überleben. Sie alle waren ihre Kinder, denn sie war die Spenderin des Lebens, die die Kinder in den Bäuchen ihrer Mütter wachsen ließ.

Durch Kalar sprach die Mutter zu ihnen, also nahm der Stamm jetzt bei ihr Zuflucht, wo so viele junge Frauen starben. Vor Ceres innerem Auge stiegen die Bilder der Verstorbenen auf, und nun gesellte sich Minas Gesicht zu ihnen. Sie erschauerte und scheuchte das Bild fort. Es war ein böses Vorzeichen. Die Große Mutter wollte Mina doch bestimmt nicht so früh schon wieder zu sich nehmen. Vor drei Tagen erst war Cere selber niedergekommen, und sie war nicht gestorben. Das war ein gutes Zeichen. Allerdings hatte ihr Kind nicht einmal eine Stunde gelebt. Es war zu früh geboren und zu schwach zum Atmen, also hatte die Große Mutter es wieder zu sich genommen, bis es kräftiger war. Voller Kummer dachte Cere an sein winziges, runzeliges Gesicht und die grausam gedehnten Lippen, als es nach Luft schnappte. Von ihrer Milch hatte es nie getrunken, obwohl ihre Brüste bereit waren. Sie wogten viel schwerer als sonst nach vorn, als sie sich über Mina beugte, und der Andrang der Milch war bis in die Brustwarzen zu spüren, nur gab es kein Baby zu füttern.

Mina schien jetzt zu schlafen. Ihre Lippen waren weich und entspannt, und die tiefen Furchen auf ihrer Stirn waren verschwunden. Mina gehörte zu denen mit den langen Köpfen. Einige im Stamm hatten eine niedrige, fliehende Stirn, aber Minas Kopf war ungewöhnlich groß mit einer hohen und breiten Stirnpartie.

Plötzlich öffnete Mina die Augen und starrte nach vorn, als ob sie dort etwas ganz Erstaunliches sähe.

Cere sah verwirrt auf. Außer den Bäumen, die die kleine Schlucht umstanden, gab es am Geburtsplatz nichts zu sehen. Sie hatten diese Stelle wegen des heiligen Steinkreises, der in der Mitte lag, zur Geburtsstätte gemacht. Niemand wußte, wie die glatten, runden Felssteine hierhergekommen waren, aber dafür wußten sie, daß sie heilig waren und deshalb ein guter Ort, um neues Leben zu spenden. Cere hatte selber ihre Kraft gespürt, und Mina auch. Als sie als Kinder den Kreis zum ersten Mal betreten hatten, war ihnen ein seltsamer Schauer über den Rücken gelaufen. Da waren sie schnell zu Kalar gerannt, um sie zu fragen, woran das liegen mochte.

»Dort wohnt der Geist der Großen Mutter«, hatte sie geantwortet, und danach hatten die Kinder sich den Steinen nur noch voller Ehrfurcht genähert.

Mina schloß wieder die Augen. Cere sprach liebevoll auf sie ein und streichelte ihre Wange, aber Mina schien sie nicht zu hören.

Cere erhob das Gesicht zum Himmel und wünschte, der Mond würde hervortreten und Mina mit seinem sanften Licht umfangen. Als Cere ihr Kind geboren hatte, war er voll und schimmernd gewesen, aber in dieser Nacht hatte er sich beständig hinter dicken, dunkelgeränderten Wolken versteckt. Es war leichter, bei Vollmond zu gebären, sagte Kalar, weil er dann große Kraft besaß und helfen konnte, das neue Leben herauszuziehen.

Sie sah wieder auf Mina hinab. Minas Lider flatterten kurz, und von ihren Lippen kam ein leiser Seufzer. Cere sah, daß Mina um ihren Mund einen dunklen Rand hatte, wo sie sich vor Schmerzen die Lippen blutig gebissen hatte. Sanft wischte Cere mit den duftenden Blättern die Flecken fort.

Es war gut, daß der Schmerz vorüber war. Aber die Geburt dauerte einfach zu lange. Mina war gleich nach Sonnenaufgang zur Geburtsstätte gekommen, und nun war beinahe schon wieder die Nacht vorüber. Zuerst hatte sie gekniet, um den Druck abzuschwächen, oder sie war ein wenig umhergelaufen, aber inzwischen lag sie schon seit vielen Stunden auf dem Rücken. Vielleicht sammelte sie jetzt ihre Kräfte, um stark genug pressen zu können, wenn es soweit war.

Cere sah die anderen Frauen an, um ihren Gesichtern eine Antwort abzulesen. Aber sie sah nichts als Geduld und Resignation. Die ganze Nacht hindurch hatten sie sich um Mina gekümmert, hatten die Feuer unterhalten, die die kleine Schlucht erhellten, hatten Wasser und Blätter für Kompressen herbeigeholt und Binsen, um das Lager weicher zu machen, und auf den Augenblick gewartet, in dem mit einem letzten Pressen alles vorüber sein würde. Aber dieser Augenblick war nicht gekommen. Statt dessen hatte Kalar, als Mina sich vor Stunden unter Schmerzen zu krümmen begann, nach ihren lindernden Kräutern verlangt, was sie nicht oft tat. Aber inzwischen hatte sie Mina den Heiltrunk schon mehrere Male in den Mund geflößt und so lange über ihre Kehle gestrichen, bis sie schluckte.

Cere runzelte besorgt die Stirn. Der Morgen dämmerte herauf, und es war immer noch nichts passiert. Sie selbst hatte nur wenige Stunden auf die Geburt ihres Kindes warten müssen, und die Kräuter hatte sie auch nicht gebraucht. Aber es waren nun schon viele Geburten wie die von Mina verlaufen. Wenn es schnell ging, starb das Kind, weil es noch zu klein war, um zu leben. Wenn es lange dauerte, starb die Mutter. Von Kalar hatte der Stamm eine Antwort erwartet. Sie hatte versucht, ihnen Mut zu machen, aber es gab so wenige Worte, um auszudrücken, was sie dachte. Sie hatten Worte für Tiere und Gegenstände, für ihre Beschäftigungen, für Menschen und die Beziehungen zwischen ihnen, ja sogar für die Liebe in ihren Herzen. Aber das Wissen von anderen Dingen erschien vor ihrem geistigen Auge in einer Art Vision, und es war schwer, diese Gesichte einem anderen zu erklären. Aber Kalar hatte es trotzdem versucht.

»Die Große Mutter verwandelt uns«, hatte sie ihnen gesagt. »Dabei kommt der Schmerz. Aber es kommt auch Gutes. Wir müssen warten.«

Die Antwort hatte Cere damals wenig bedeutet, und sie half ihr auch jetzt nicht weiter. Sie wollte nur, daß es Mina wieder gutging. Mina war immer dagewesen, um sie zu trösten, wenn sie gefallen war, sie hatte ihr gezeigt, wie man mit dem Stock grub und wie man Nüsse und Knollen aufschlug. Sie hatten jeden Weg gemeinsam gemacht, waren wie die leichtfüßigen Gazellen durch die Wiesen gesprungen oder fröhlich im See herumgehüpft, wenn es heiß war. Gemeinsam hatten sie auf die Gesichter vor sich im Wasser hinabgestarrt, sich gewundert, wie ähnlich sie ihnen waren, und die Verzerrungen bestaunt, wenn sich das Wasser bewegte. Cere sehnte sich noch immer danach, Mina über diese Dinge auszufragen. Mina würde die Antworten wissen. So jung sie war, trug sie die Weisheit bereits in sich. Bei Kalar war es genauso gewesen. Cere wußte das aus den Erzählungen der anderen Frauen.

In der Erinnerung lächelte sie auf ihre Schwester hinunter und berührte tröstend ihre Wange, wie sie es in dieser Nacht schon so viele Male getan hatte. Doch unwillkürlich zog sie die Hand wieder zurück, als sie Minas kalte Haut spürte. Sie war so kalt wie die Felsen, wenn die Sonne viele Tage lang nicht geschienen hatte. In Ceres Kehle stieg ein Schrei auf, aber sie brachte ihn nicht heraus. Die Angst schnürte ihr die Luft ab, und vor Schreck setzte ihr Herz aus. In Minas Gesicht war keine Farbe mehr, nur noch ein Grau. Das Gesicht ihres eigenen winzigen Kindes hatte am Ende genauso ausgesehen. War auch Mina fortgegangen?

Jetzt bemerkte sie die plötzliche Betriebsamkeit um sie her. Kalar hatte einer der Frauen einen scharfen Befehl zugerufen, und die war schon auf dem Weg zur Lichtung. Ihre Schritte hallten dumpf auf dem ausgetretenen Pfad wider; Cere hörte ein scharrendes Geräusch und einen weiteren scharfen Befehl. Ihren Schneidstein – danach hatte Kalar gerufen. Wozu sollte sie gerade jetzt ihren Schneidstein haben wollen?

Kalar kniete neben Mina nieder und massierte sanft ihren gewölbten Bauch. Sie hatte zur besseren Konzentration die Augen geschlossen und sah Cere nicht. Auch als Cere sie voller Angst rief, gab sie keine Antwort. Sie schien überhaupt nichts wahrzunehmen außer den Botschaften, die sie von ihren Fingern empfing, die vorsichtig den geschwollenen Leib befühlten, in dem noch immer das ungeborene Kind ruhte.

Die Frau kam zurück und händigte Kalar den Schneidstein aus. Es war ihr bester Stein, der, den Lett aus einem besonderen Feuerstein herausgeschlagen und viele Male geschliffen hatte, damit man damit mühelos die zähen Häute der Kadaver durchtrennen konnte, die sie manchmal fanden. Noch immer neben Mina kniend, hielt Kalar ihn sich an die Lippen und streckte ihn dann segnend in die Luft. Sie berührte Minas Gesicht und sprach leise auf sie ein. Cere konnte das tiefe Gefühl in ihrer Stimme hören.

»Liebe bestimmt mein Herz und meine Hände, während ich dieses tue, Mina. Gehe nun zur großen Mutter, denn sie nimmt dich zurück an ihr Herz.«

Kalar legte den Stein andächtig auf Minas Brust und erhob sich zu voller Größe. Sie breitete die Arme aus und hob mit kräftiger Stimme zu reden an, so daß sie weithin zu hören war.

»Große Mutter, Lebensspenderin, nimm meine älteste Tochter Mina an dein Herz. Ich, Kalar, will das Kleine behüten, wie dein Bild es mir befohlen hat. Große Mutter, gib mir die Kraft zu tun, was du verlangst.«

Dann stand sie lange reglos da, das Gesicht zum Himmel erhoben. Langsam glitt der leuchtend rote Sonnenball über den Horizont und färbte ihre Lider rosa. Das war das Signal, auf das sie gewartet hatte.

Sie kniete sich wieder hin und legte die Handflächen auf die straff gespannte Haut über dem Bauch ihrer Tochter. Tastend und drückend versuchte sie mit ihren langen Fingern zu erfühlen, was darunter lag, damit sie wußte, wie sie die Aufgabe erfüllen konnte, die die Große Mutter ihr auferlegt hatte. Es war ein schwieriges Unterfangen. Sie preßte die Lippen zusammen und legte die Stirn in Falten, aber ihre Hände blieben ganz ruhig. Mit einem tiefen, beruhigenden Atemzug griff sie nach ihrem Schneidstein. Dann machte sie langsam und mit großer Behutsamkeit einen langen, flachen Schnitt in Minas Fleisch. Blut quoll heraus, und eine der Frauen fing es mit frischen Blättern auf. Dann schnitt Kalar noch einmal, diesmal tiefer. Danach fuhr sie mit den Händen in die Wunde und tastete nach dem Leben darunter. Ihre Finger fühlten, spürten und suchten voller Hoffnung an verschiedenen Stellen.

Cere drehte sich der Magen um, bis ihr die Galle hochkam. Aber sie kämpfte dagegen an. Sie mußte stark bleiben, um ihrer Mutter und um Minas willen.

Kalars Hände zuckten zurück, als wäre sie getreten worden. Sie zog sie heraus und setzte einen zweiten vorsichtigen Schnitt im Winkel zu dem ersten. Mit zusammengekniffenen Augen versuchte sie, in der dunklen Wunde etwas zu erkennen. Dann fuhr sie plötzlich wieder mit beiden Händen in Minas Bauch und zog. Um sie herum schoß Blut empor. Es war Minas Blut, das Blut ihrer eigenen Tochter. Dunkel reichte es ihr bis über die Ellbogen und färbte ihre Knie und ihre Brust rot, während sie sich weiter vorbeugte, um noch fester zu ziehen. Dann kam das Kind so plötzlich, daß sie beinahe rückwärts gefallen wäre. Es wand sich in ihren Händen, so blutverschmiert, daß man es fast nicht erkennen konnte. Aus seiner winzigen Brust stieg ein dünnes Plärren auf, aber der Schrei schien ihm in der Kehle steckenzubleiben. Schnell preßte Kalar ihre Lippen auf den Mund des Neugeborenen und saugte kräftig. Als keine weiteren Laute kamen, hielt sie das Kind mit dem Kopf nach unten und klopfte ihm sacht auf den Rücken. Dann saugte sie wieder, diesmal noch fester. Da kam ein zweiter Schrei, und dann noch einer.

Kalar rief nach frischen Blättern, um den Säugling zu säubern. Ihr Gesicht war von Erschöpfung gezeichnet, aber es war auch so etwas wie Erregung darin zu lesen. Sie hatte getan, was ihr in einer Vision eröffnet worden war, in einem Gesicht, das die Lebensspenderin ihr geschickt hatte. Nie zuvor war ein Kind lebend aus dem Bauch seiner toten Mutter gezogen worden. Jetzt war es geschehen, und so konnte man es wieder tun. Den Winzlingen, die zu früh geboren wurden, konnte sie nicht helfen, aber einige von denen, die zu groß waren, um geboren zu werden, konnte sie auf diese Weise retten. Selbst wenn die Große Mutter die Frauen zu sich nahm, die diese Kinder gebären wollten, durfte sie, Kalar, das kostbare Leben in ihnen bewahren. Sie mußten nicht alle verlieren, bis diese Zeit des Wandels vorüber war. Und vielleicht würde am Ende Gutes aus ihren Qualen erwachsen, wie die Vision es ihr prophezeit hatte.

Inzwischen lag die Geburtsstätte im vollen Sonnenlicht, und Kalar konnte den Säugling nun richtig erkennen. Es war ein Mädchenkind und hatte dieselbe lange, hohe Stirn wie seine Mutter. Sein Kopf war sehr groß. Sie hatte noch nie ein Neugeborenes mit einem derart großen Kopf gesehen. Vielleicht, dachte sie, lag das daran, daß das Kind so lange im Mutterleib geblieben war. Was mochte das wohl bedeuten?

Kalar runzelte die Stirn. Sie würde die Große Mutter fragen, sie um ihre Weisheit anrufen. Jetzt aber mußten erst einmal die praktischen Dinge erledigt werden, die zum Leben gehörten. Sie machte Pote, der erfahrensten unter den Frauen, ein Zeichen, daß sie ihr helfen sollte, die Nabelschnur zu durchtrennen und abzubinden. Während sie damit beschäftigt war, ganz nah an seinem runden Bauch einen Knoten zu machen, blieb das Kind ganz still, aber diesmal machte Kalar sich darüber keine Sorgen. Es atmete regelmäßig, und seine Haut war rosig und gesund, ganz anders als bei dem armen kleinen Mannkind, das Cere geboren hatte, mit seiner durchscheinenden Haut und dem zerbrechlichen Körper. Kalar drehte sich um und ging auf ihre andere Tochter zu. Am Ende war doch alles gut so.

Cere stiegen unwillkürlich die Tränen in die Augen, als Kalar ihr den Säugling in den Arm legte. Ihre Mutter vertraute ihr dieses besondere Kind an. Sie sah zu Kalar auf, um ihr zu sagen, daß sie sich der großen Ehre bewußt war, aber sie war zu ergriffen, um ein Wort herauszubringen. Kalar verstand sie auch so und neigte den Kopf, um Cere zu zeigen, daß sie verstanden hatte. Jetzt begann das Kind wieder herzhaft zu schreien. Cere drückte es tröstend an sich. Ihr eigenes hatte nie so geschrien. Es hatte überhaupt keinen Laut von sich gegeben, außer diesem kläglichen Nach-Luft-Schnappen. Dieses Kind hier war größer, und es strampelte kräftig. Sanft berührte sie seine Wange und bewunderte die ebenmäßigen Gesichtszüge. Sofort drehte es den Kopf nach ihrer Hand und schürzte die winzigen Lippen. Belustigt legte Cere das Gesichtchen an ihre Brustwarze. Das Kind streckte sich und begann zu saugen. Seine Finger wanderten auf ihrer Brust herum. Ein prickelndes Gefühl durchfuhr Cere, als das Saugen an ihrer Brust stärker wurde. Nie zuvor hatte sie etwas Ähnliches empfunden. Es war wie ein Feuer, nur viel sanfter, und es glühte gleich unter ihrem Bauch. Ganz verzaubert von der winzigen Gestalt und den Gefühlen, die sie in ihr hervorrief, sah sie auf das Baby hinab, ohne darauf zu achten, daß die anderen Frauen sich um sie scharten, um auch einen Blick auf das Kleine zu tun. Jede von ihnen berührte es sanft und murmelte einen Segensspruch.

Dann gingen sie eine nach der anderen zu Minas Leichnam hinüber. Worte der Liebe anstimmend, legte jede der Frauen duftende Blätter auf sie, bis die schreckliche Wunde bedeckt war, und küßte sie auf die Stirn. Cere erhob sich, als sie selbst an der Reihe war. Sie hielt den Säugling über Mina, damit ihr Geist sehen konnte, daß das Kind lebte.

»Sieh dein Kleines, Mina.« Sie deutete auf sich, dann auf ihr Herz und auf das Kind. »Ich werde jetzt für es sorgen; es ist in meinem Herzen, kostbarer noch als mein eigenes.«

Als sie Mina auf die Stirn küßte, wurde sie von ihren Gefühlen übermannt, und sie begann zu schluchzen. Kalar hob sie behutsam auf und winkte zwei der anderen Frauen zu sich. Sie nahmen Cere tröstend bei den Händen und führten sie vom Geburtsplatz fort zum Unterschlupf auf der Lichtung. Dort bereiteten sie ihr ein frisches Binsenlager und betteten sie darauf. Sie brachten ihr frisches Wasser aus der

Quelle, die in den Fluß strömte, und Früchte und Nüsse zum Essen. Cere nahm alles begierig an. Sie hatte die ganze lange Nacht hindurch weder Nahrung noch Wasser zu sich genommen. Doch noch während sie die Hand nach mehr ausstreckte, überwältigte sie der Schlaf, und sie rührte sich nicht mehr, bis das Kind in ihren Armen sich zu regen begann.

Als sie erwachte, stand Kalar neben ihr. Sie nahm den Säugling auf und wiegte ihn geschickt in den Armen. Und wieder war ihr Gesicht so heiter, als hätte die vergangene Nacht nie stattgefunden. Das Kind drehte sein Köpfchen ihrer Brust zu und machte saugende Geräusche mit seinen kleinen rosa Lippen. Als nichts kam, brüllte es empört los. Kalar sah lange auf sein Gesichtchen herab, das rasch rot angelaufen war, dann übergab sie es Cere. Das Babygeschrei hatte deren Milch einschießen lassen, und sie tropfte bereits von ihren Brüsten. Als das Baby eine der nassen Brustwarzen erwischt hatte, hörte es augenblicklich auf zu schreien. Cere und Kalar lachten über die plötzliche Stille.

Die Fragen, die in Kalar aufstiegen, als sie so auf das Baby heruntersah, ließen ihr Lachen versiegen, und sie wandte sich ab. Sie trug diese Fragen schon lange mit sich herum. Würde sie es denn nie verstehen? Dies war ein gut entwickeltes Kind, das schon kräftig saugte, als es erst ein paar Stunden in der Außenwelt war. Es war groß genug, um zu leben, aber zu groß, um geboren zu werden. Nach so langer Zeit im Mutterleib war besonders der Kopf zu groß, um den engen Durchgang zwischen den Beinen der Mutter zu passieren. Ceres Säugling und viele andere, die zum normalen Zeitpunkt gekommen waren, waren nicht weit genug entwickelt gewesen, um zu leben. Aber sie konnten geboren werden, die anderen konnten es nicht. Was war die Antwort? Sie runzelte einen Moment lang die Stirn, doch dann kehrte ihre übliche Heiterkeit auch schon wieder zurück. Wenn die Zeit gekommen war, würde die Mutter ihr eine Antwort schicken.

II

So wurde Zena geboren. Immer und immer wieder wurde ihre Geschichte erzählt, wenn die Horde an langen Abenden ums Feuer versammelt saß. Was war es doch für eine wunderbare Sache, daß Kalar ein lebendes Kind aus dem Bauch seiner toten Mutter gezogen hatte. Es war ebenso bemerkenswert wie Zena selber. Schon als ganz kleines Kind war sie entschlossen, alles, was sie sah, hörte und fühlte, zu verstehen. Von grenzenloser Neugier erfüllt, erforschte sie die Welt um sie her – Tiere und Vögel, Pflanzen und Blumen, ja selbst winzige Insekten oder Samen. Manchmal mußte sie sich dafür von den anderen auslachen lassen, weil sie so ernst dreinschaute und immer so viele Fragen stellte. Aber Cere lachte nie darüber. Auch wenn sie manchmal nicht verstand, was Zena eigentlich wollte, und ihr auch keine Antwort geben konnte, hörte sie ihr doch immer aufmerksam zu. Und sie behielt das Kind immer sorgsam im Auge.

Auch Kalar beobachtete das heranwachsende Kind sehr genau. Vielleicht fände sie eine Antwort auf ihre Fragen. Dieses Kind verfügte offensichtlich über Fähigkeiten, die andere nicht besaßen. Zena erfand mit großer Leichtigkeit Worte, nicht nur für Gegenstände, sondern auch für ihre Gedanken; ihre Hände brachten Dinge hervor, und ihr Kopf Gedanken, die keinem anderen je eingefallen wären. War dieser ungewöhnlich große Kopf, der es Mina unmöglich gemacht hatte, sie zu gebären, vielleicht auch dafür verantwortlich, daß sie so klug war? Sollte das tatsächlich der Grund sein, konnte Kalar sich keine mögliche Lösung denken. Es war gut, klug zu sein, aber schlecht, nicht geboren werden zu können, und selbst von der Großen Mutter konnte sie sich nicht vorstellen, daß sie eine Lösung für das schreckliche Dilemma hatte.

Seufzend ging sie davon, um noch einer Frau bei ihrer Niederkunft beizustehen. Und wieder starb die Frau; wieder setzte Kalar ihren scharfen Stein an und zog das Kind heraus. Sie stellte fest, daß auch dieser Säugling einen ungewöhnlich großen Kopf hatte, zwar nicht so groß wie Zenas, aber immer noch größer und mit einer viel höheren Stirn als die Neugeborenen früher.

In den folgenden Jahren mußte Kalar diese Prozedur noch viele Male wiederholen, mal für die Frauen ihres eigenen Stammes oder eines Stammes, der ganz in der Nähe lebte, mal für Frauen aus entfernteren Stämmen, die verzweifelt nach ihr schickten, wenn die Babys nicht herauskommen wollten. Einige Kinder blieben am Leben, aber viele wurden auch tot geboren, wenn ihr Schnitt zu spät kam. Immer aber starben die Mütter. Kalar konnte ihnen nur ihre Kräuter geben, um ihre Schmerzen zu lindern. Sie wartete weiter, und dabei fragte sie sich, ob ihr Stamm den Verlust der Frauen wohl überleben würde. Sechs von ihnen waren bereits gestorben; nun waren nur noch fünf Frauen übrig.

Bestimmt würde die Große Mutter ihr bald eine neue Botschaft senden, dachte sie, damit sie ihrem Stamm helfen konnte. Aber es erreichte sie nur das Bild einer weiblichen Gestalt mit einem gewaltigen Hinterteil und ausladenden, hängenden Brüsten. Sie sah an ihrem eigenen untersetzten, breithüftigen Körper hinunter. Dann dachte sie an Mina mit ihrer knabenhaften Figur. Die meisten Frauen, die gestorben waren, hatten wie Mina ausgesehen. Ihre Hüften waren nicht breiter gewesen als die der Männer. Sie selbst aber, Kalar, hatte Mina geboren, trotz des großen, hochstirnigen Kopfes. Und auch die anderen Jungen. Und sie hatte überlebt. Vielleicht zeigte die Mutter ihr am Ende doch eine Lösung.

Kalar kniete nieder und kratzte mit ihrem Grabestock auf dem Erdboden herum. Nach vieler Mühe entstand eine Zeichnung der Frau, die sie im Geiste gesehen hatte. Die Figur hatte so gut wie keinen Kopf, ihre Gesichtszüge waren bedeutungslos, aber sie hatte breite, ausladende Hüften und riesige Brüste, die üppig bis auf ihren schwangeren Bauch hinunterhingen.

So eine Frau hatte keine Schwierigkeiten zu gebären, dachte Kalar befriedigt, und den Säugling richtig nähren konnte sie auch.

Sie machte sich auf die Suche nach Lett. Dann drückte sie ihm ein Stück Holz in die Hand, zeigte ihm ihr Bild und gab ihm mit Handzeichen und wenigen Worten zu verstehen, daß er danach eine Figur aus dem Holz schnitzen sollte.

Lett starrte sie erstaunt an. Er machte Steine jeder Größe zum Schneiden oder Kratzen; er spitzte für sie alle die Grabestöcke an, weil er sich am besten darauf verstand, aber er hatte noch nie eine Holzschnitzerei gemacht.

Zweifelnd schüttelte er den Kopf, aber dann machte er sich doch daran, es zu versuchen. Den ganzen Tag über saß er neben Kalars Zeichnung und starrte gebannt darauf, während er an dem Holzstück herumsäbelte und es dem Bild am Boden anzunähern versuchte. Da brach das Holz, und er warf es angewidert fort. Aber Kalar merkte, daß er jetzt nicht mehr aufgeben wollte. Er war der geschickteste unter ihnen, wenn es um Schneidsteine ging, und keiner sollte sehen, daß er hierbei versagte. Er ging los, holte neues, härteres Holz, und machte sich wieder an die Arbeit.

Zwei Tage später kam er mit seinem Werk zu Kalar, und es gefiel ihr. Die Figur war ein wenig plump, aber sie glich dem Bild, das die Mutter ihr gesandt hatte. Sie hatte wunderbar breite und ausladende Hüften, einen weit vorstehenden Bauch und volle, hängende Brüste. Kalar schenkte Lett ein dankbares Lächeln und zeigte die Figur den anderen aus dem Stamm. Einige sprangen ängstlich davor zurück. Kalar sagte das Wort ›Mutter‹, um sie zu beruhigen. Sie berührten die Figur nicht, besahen sie sich aber voller Neugier, wenn sie am Geburtsplatz daran vorbeigingen. Dort nämlich hatte Kalar sie aufgestellt, weil sie überzeugt war, daß die Mutter durch die Figur all denen helfen wollte, die in Zukunft hierher kommen würden.

Und die Figur schien tatsächlich zu helfen, denn in den folgenden Jahren hatten die Frauen ganz allmählich nicht mehr so große Schwierigkeiten beim Gebären. Das erste Anzeichen dafür kam eines frühen Morgens, als Nyta nach der üblichen Zeit von zehn vollendeten Mondzyklen ein lebendes Mädchenkind zur Welt brachte. Zweimal zuvor waren Nytas nach zehn Monden geborene Kinder gestorben. Sie waren zu schwach zum Atmen gewesen, genau wie das von

Cere. Diesmal aber hatte das Kind trotz seiner offensichtlichen Zartheit überlebt. Es war viel kleiner als Zena, die erst nach mehr als dreizehn Monden versucht hatte, herauszukommen. Und anders als Zena konnte Nytas Baby sich überhaupt nicht allein aufrecht halten, sondern lag nur platt auf dem Rücken und strampelte hilflos. Aber es brüllte aus voller Kehle und schien insgesamt durchaus gesund.

Als Kalar mit ihren empfindsamen Fingern den Kopf des Neugeborenen abtastete, entdeckte sie eine weiche Stelle, an der die Knochen ein Stück auseinanderstanden. Bestürzt legte sie die Stirn in Falten. Sie hatte noch nie ein Kind mit einem weichen Schädel gesehen! Wahrscheinlich würde es sterben. Wie sollte es auch leben mit einem Loch im Kopf?

Enttäuscht gab Kalar das Baby seiner Mutter zurück. Sie zeigte ihr die weiche Stelle und bedeutete ihr, daß sie sehr vorsichtig sein und das Kind nur nicht fallen lassen sollte. Aber sie glaubte nicht, daß ihre Warnung viel helfen würde. Selbst wenn der Körper des Kindes kräftiger wurde, würde es doch nie normal spielen können. Ein einziger Schlag auf den Kopf würde es töten – vorausgesetzt, es lebte überhaupt so lange.

In den folgenden Jahren wurden drei weitere Kinder wie das von Nyta geboren. Auch sie kamen nach nur zehn oder elf Monden und hatten ebenfalls diese seltsame weiche Stelle auf dem Kopf. Zwei davon kamen lebend zur Welt, und dennoch schüttelte Kalar verzweifelt den Kopf. Es schien ausgeschlossen, daß sie lange überleben konnten. Zu ihrer großen Überraschung allerdings gediehen sie anscheinend prächtig, genau wie Nytas Kind. Und noch überraschender war, daß das Loch in ihren Köpfen sich mit der Zeit schloß. Alle drei Kinder entwickelten sich nur langsam und waren sogar mit einem Jahr noch nicht ganz sicher auf den Beinen. Zena war schon nach nur sieben Monden gelaufen. Dennoch schien es Kalar so, als besäßen sie ähnliche Fähigkeiten wie Zena. Sie fingen sehr früh an zu sprechen und beobachteten alles um sie her mit großen, fragenden Augen. Und wie bei Zena waren ihre Köpfe im Vergleich zum Körper überproportional groß.

Wenn sie länger im Mutterleib geblieben wären, hätten sie niemals geboren werden können, erkannte Kalar. Vielleicht war das die Lösung, die die Große Mutter gefunden hatte, daß sie nämlich die Kinder herauskommen ließ, sowie sie kräftig genug waren, um zu überleben, aber bevor die dikken, hochgewölbten Köpfe, die soviel Intelligenz versprachen, zu groß geworden waren, um den engen Durchgang zur Außenwelt zu passieren. Wenn es so war, würde vielleicht doch Gutes aus ihrer aller Leid erwachsen, genau wie die Göttin es versprochen hatte.

Kalar beobachtete ebenfalls mit Befriedigung, daß mit den Jahren viele der Frauen ein wenig mehr wie die Figur auszusehen begannen, die Lett geschnitzt hatte. Das Zeichen der Mutter, das zunächst so unverständlich gewesen war, war doch ein gutes gewesen. Fast jede Frau, die eine Geburt überlebte, hatte breite Hüften, und die der dann heranwachsenden Töchter waren jeweils noch runder. Kalar hatte nun schon beinahe drei Generationen überlebt, und sie war sicher, daß sie den Unterschied erkennen konnte. Sie konnte nicht mit absoluter Gewißheit sagen, daß das Bild der Mutter und Letts Figur diese Verwandlungen befördert hatten, aber sie wollte es gar nicht erst darauf ankommen lassen. Also befahl sie Lett, noch viele von diesen Figuren zu machen und gab sie von da an jeder Frau, in deren Bauch die Mutter ein Kind heranwachsen ließ, damit sie sie an ihrem Schlafplatz bewahrte.

Schon bald hatten sich die Frauen an die Figuren gewöhnt und empfanden sie als beruhigend. Sie fühlten sich der Großen Mutter näher, wenn sie eine davon in Händen hielten. In den Jahren, als so viele bei der Geburt hatten sterben müssen, waren die Mitglieder des Stammes, sowohl Männer als auch Frauen, der Großen Mutter nähergekommen. Oft versammelten sie sich an dem heiligen Steinkreis, um die Mutter um das Leben derer zu bitten, die dort gebaren. Die erste Figur, die Lett gemacht hatte, stand noch immer in der Mitte des Kreises, und sie stellten sich vor sie oder hielten sie in den Händen, während sie ihre Bitte vorbrachten. Und über die Jahre erhörte sie sie immer wieder. Die Frauen hatten bei der Geburt noch immer zu kämpfen, aber es starben nicht mehr so entsetzlich viele, und auch die Kinder überlebten öfter, selbst wenn sie sehr früh geboren wurden.

Es gab auch andere Veränderungen. Einige davon konnte Kalar sehen, andere vollzogen sich unmerklich, oder sie gehörten zu einem Prozeß, der erst abgeschlossen sein würde, wenn sie selbst seit langem zur Großen Mutter zurückgekehrt war. Obwohl die erweiterte Öffnung zwischen den frisch gerundeten Hüften der Frauen ihren Augen verborgen blieb, nahm sie sicher an, daß es sie gab. Aber sie wäre überrascht gewesen, wenn sie gewußt hätte, daß sich in den großen Schädeln, die ihre Aufmerksamkeit auf sich gezogen hatten, immer mehr Gehirnmasse bildete und sich in immer neuen Windungen krümmte, damit sie wachsen konnte, ohne mehr Platz einzunehmen. Aber sie bemerkte, daß die Schädel dünner und weniger hart wurden. Zenas Kopf war riesig und dick gewesen und unnachgiebig wie ein Stein. Jetzt hatten fast alle lebenden Kinder dünnere Schädel mit den besorgniserregenden Löchern, die sich erst später schlossen. Kalar hatte endlich, nachdem sie bei so vielen Geburten geholfen hatte, festgestellt, daß der Schädel dank dieser Öffnung zusammengepreßt werden konnte, während das Kind sich seinen Weg nach draußen erkämpfte.

Die Große Mutter hatte wahrlich wunderbare Lösungen, dachte sie bei sich. Kalar dankte ihr unentwegt, besonders wenn sie einer Geburt beiwohnte und sah, daß die Wehen den richtigen Verlauf nahmen. Sie hatte es beinahe nicht mehr ertragen können, zuzusehen, wie die Frauen sich umsonst all die langen Nächte hindurch abmühten, aber gleichzeitig war ihr auch bewußt, daß die so willkommenen Veränderungen unerwartete Probleme mit sich brachten. Früher waren die Kinder von Anfang an in der Lage gewesen, sich an ihren Müttern festzuhalten, und jetzt konnten sie noch nicht einmal die Köpfe oder den Rücken gerade halten. Kalar war sicher, daß sie eines Tages sehr klug sein würden, aber bis dahin waren sie vollkommen hilflos. Ihre Mütter mußten beide Arme einsetzen, wenn sie sie sicher im Griff haben wollten, und das war sehr hinderlich bei der Nahrungssuche. Wenn eine Mutter Beeren sammeln, Knollen ausgraben oder auch nur trinken wollte, mußte sie das Kind jedesmal absetzen. Dann schrie es, und sie war gezwungen, es wieder hochzunehmen, damit es keine Raubtiere anlockte.

Die Schwierigkeiten nahmen auch nicht ab, als die Kinder größer wurden. Sie wurden kräftiger, aber auch immer schwerer, und dabei mußten sie beinahe zwei Jahre lang herumgetragen werden. Nyta und die anderen Frauen mit Kleinkindern kamen jeden Abend völlig erschöpft und ohne Nahrung für die Gruppe zurück, weil sie außer ihren Kindern kaum etwas tragen konnten.

Kalar dachte bei sich, daß das Leben für die Frauen härter geworden war. Doch bevor sie noch zu Ende gedacht hatte, schalt sie sich selber für die Klage. Schließlich war es kein so schwerwiegendes Problem. Ihre Frauen starben nicht mehr, das war viel wichtiger. Die Mutter würde auch für dieses neueste Hindernis eine Lösung schicken, genau wie für das letzte und all die anderen in den vergangenen Jahren. Und wie sie es immer getan hatten, würde der Stamm zurechtkommen, bis die Mutter sprach. Die keine Säuglinge hatten – die Männer und die älteren Kinder –, konnten den Großteil der Nahrung herbeischaffen. Schon jetzt halfen die Männer mehr mit, und das war gewiß etwas Gutes.

Trotzdem aber lauschte sie, für den Fall, daß die Mutter ihr wieder eine Botschaft sandte. Jeden Tag beim Aufwachen und nachts, bevor sie einschlief, lag sie still im Unterschlupf und machte ihren Geist dafür bereit. Dabei hielt sie oft eine der Figuren in Händen, während sie wartete. Es waren kostbare Momente für sie, egal ob eine Botschaft kam oder nicht. Sie liebte es sowieso, dort zu liegen und den langsamen, regelmäßigen Atemzügen der Schlafenden zuzuhören, und dabei den Mond zu beobachten oder zuzusehen, wie die Strahlen der Morgensonne durch die Zweige drangen, genau wie die Bilder der Mutter in ihre Gedanken eindrangen.

An diesem Abend kamen keine Bilder. Aber sie war es zufrieden, denn mit ihrem Stamm war alles gut. Neben ihr lag Cere, die schützend einen Arm um Zena gelegt hatte. Kalar freute sich, für Minas Geist und für Cere, die Zena liebte wie ihr eigenes Kind.

Der Name paßte zu dem Kind, dachte sie jetzt und war froh, daß sie ihn gewählt hatte. Zena bedeutete außergewöhnliche Frau, eine Führerin, und Kalar war sicher, daß sich dies eines Tages bewahrheiten würde. Es war ein altes Wort, und niemand konnte sich an seinen Ursprung erinnern, aber ihre Großmutter hatte ihr erzählt, sie glaube, er rühre von einer sehr sehr frühen Vorfahrin her, die auch schon der Großen Mutter gedient hatte.

Einer der Säuglinge schrie, ein lautes und plötzliches Geräusch in der stillen Nacht. Seine Mutter legte es an die Brust, und schon herrschte wieder Ruhe. Plötzlich stimmten die Frösche und Zikaden wie auf ein abgesprochenes Signal hin ihren nächtlichen Chor an. Ihr surrendes Gezirpe, das abwechselnd anschwoll und wieder leise wurde, lullte Kalar schließlich ein. Während die Dunkelheit sich immer tiefer herabsenkte, wurde das regelmäßige Geräusch von anderen Lauten unterbrochen: irgendwo auf dem Hügel brüllte ein Löwe, und die Hyänen hoben zu bellen an. Die Gnuherde auf der anderen Seite des Flusses scharrte unruhig mit den Hufen.

Kalar gähnte. Hier im Unterschlupf war sie sicher. Er war von dichten Hecken aus Dornenzweigen von den Bäumen, die in der Nähe wuchsen, umgeben und so gut wie unzugänglich. Die Wände gingen ihnen bis zur Schulter, und die nie ganz erlöschende Feuerstelle am Eingang diente als Wache. Kein Tier würde versuchen, hier einzudringen, denn die Dornen waren spitz, und es roch streng nach Menschen.

Es war ein guter Unterschlupf, und sie wollte ihn nicht verlassen, aber die Zeit war schon beinahe wieder gekommen. Wie immer kurz vor der Regenzeit würde sie den Stamm nach Süden zum See führen. Auf den großen Bäumen dort reiften bereits die Nüsse und Früchte, bald würden Fische und Frösche durchs Wasser flitzen und Vögel im Schilf ihre Eier legen. Wenn aber die Trockenzeit wieder hereinbrach, würden sie an den Fluß zurückkehren, zu dem dichten Unterschlupf und dem steinernen Kreis, der ihr soviel bedeutete.

Kalar schloß die Augen, und in eben diesem Moment kam ihr ein Bild. Sie sah ein Tier. Es war klein und ähnlich wie eine Ratte, nur hatte es einen Sack auf dem Bauch, in dem sein Junges Zuflucht gefunden hatte. Warum sollte die Mutter ihr diese Kreatur senden, ein Wesen, das sie erst ein einziges Mal gesehen hatte?

Sie schüttelte den Kopf, weil ihr nicht einfiel, was das Bild bedeuten sollte. Morgen würde sie Zena das Tier beschreiben. Das Kind wußte schon jetzt mehr als irgend jemand sonst. Vielleicht würde sie eine Antwort geben können.

10. Kapitel

Zena stieg der beißende Geruch von Feuer in die Nase. Ruckartig setzte sie sich auf. In dem fahlen Licht war von den anderen nicht viel mehr zu sehen als auf dem Boden des Unterschlupfs zusammengesunkene Häufchen, die man nicht voneinander unterscheiden konnte.

Sie starrte zu dem Berg hinüber, an dem in der vergangenen Nacht der Blitz eingeschlagen hatte. Zu dieser Jahreszeit waren Brände nichts Ungewöhnliches. Die Regenzeit nahte, und jeden Nachmittag zogen Wolken auf und bedeckten in dicken, grauen Schichten den Himmel. Aber viele Wochen lang fiel noch kein Regen aus ihnen herab. Sie brachten nichts weiter zustande als ein unheilvolles Grummeln und Hitzeentladungen, die in heftigen Blitzen auf die versengte Erde und das knochentrockene Gras herunterzuckten. Normalerweise gingen die so entstandenen Feuer noch in derselben Nacht aus, sobald sich der Wind legte. Diesmal aber brannte es immer noch lichterloh.

Zena streckte die Hand aus und stupste Cere an, um sie zu wecken. Cere reagierte wie immer schon auf das erste Anzeichen einer Bewegung von ihrer kleinen Zena, und setzte sich sofort auf. Ihre Augen trafen sich für einen kurzen Moment, dann wendete Cere sich ab, um einen Blick über die Gruppe zu werfen. Die Sonne hatte sich soeben vom Horizont gelöst, und so konnte sie feststellen, was Zena nicht hatte sehen können. Kalar fehlte, und Lett ebenso. Sie zeigte auf ihre leeren Plätze und formte mit den Lippen lautlos ihre Namen. In eben diesem Moment wurde die lähmend heiße Luft von Schreien zerrissen. Zena sprang auf die Füße und rannte dem Geräusch entgegen. Bran, Kalars Sohn, und Agar, ein anderes ausgewachsenes Männchen, folgten ihr.

Lett und Kalar tauchten hinter einer Bergkuppe im Norden der Lichtung auf. Hinter ihnen brannte das Feuer und umgab sie mit einem glutroten Schein. Mühsam zogen sie etwas Schweres hinter sich her. Als Zena bei ihnen angekommen war, sah sie, daß es sich um eine Antilope handelte. Wie hatten sie nur eine solche Beute machen können? Ihr Stamm fand selten mehr als Knochen oder ein paar Reste, die die Raubtiere übriggelassen hatten, aber das hier war ein ganzes Tier. Schnell griff sie nach einem Bein und zog mit; sie wollte die Antilope auf der Lichtung in Sicherheit bringen, bevor ein Löwe oder ein Tiger sie für sich beanspruchen konnte.

Plötzlich wirbelte ihnen dichter Rauch um den Kopf und bedeckte sie mit einer dünnen Rußschicht. Kalar drehte sich um, um die Bewegungen der Flammen zu beobachten. Zena sah ihr ängstlich dabei zu. Trotz ihrer erst acht Jahre war sie schon alt genug, um das Dilemma der weisen Frau zu begreifen. Kalar würde den Stamm bald nach Süden zum See führen. Wenn aber der Wind sich drehte oder das Feuer sich noch weiter ausbreitete, konnte es ihnen den Weg abschneiden.

Feuer war eine seltsame Sache, dachte Zena. In vieler Hinsicht war es ihnen so willkommen, und dann wieder fürchteten sie sich vor ihm. Ein glühender Stock, der nach dem Blitzschlag im Wald gefunden wurde, entzündete ihre Feuerstellen und hielt in der Nacht die wilden Tiere fern. Immer wenn ihnen das Feuer verlöschte, hofften sie auf einen Blitz, damit sie einen neuen Glutstock finden konnten. Feuer brachte auch reiche Frucht. Überall wo es gewütet hatte, spitzten zarte neue Schößlinge aus dem wiederbelebten Boden, und im folgenden Jahr hingen die Beeren dicht an dicht an den Büschen. Aber wenn es außer Kontrolle geriet, konnte Feuer bedrohlich werden. Sie hatte schon Tiere in Panik davor flüchten sehen, und einer aus ihrer Horde war getötet worden, weil er bei einem plötzlichen Wechsel der Windrichtung nicht schnell genug fliehen konnte. Er war nicht verbrannt, aber als das Feuer sein Versteck zwischen den Felsen umzingelt hatte, war er trotzdem gestorben. Vielleicht war der Antilope das gleiche passiert.

Zena schüttelte es. Und wenn das Feuer hierherkam und sie alle in der Falle saßen? Zu dieser Zeit des Jahres war der Wind unberechenbar. Wenn sie kein Risiko eingehen wollten, müßten sie möglichst bald fortziehen.

Kalars Worte bestätigten, was sie eben gedacht hatte. »Wir müssen uns fertig machen«, sagte sie zu den anderen. »Es ist Zeit, fortzugehen. Heute nacht werden wir ein Festmahl bereiten und der Großen Mutter danken, und wenn dann das Licht heraufzieht, gehen wir.«

Es waren keine weiteren Anweisungen nötig. Jedes Mitglied des Stammes wußte, was er oder sie zu tun hatte, und sie machten sich ohne zu zögern an ihre Aufgaben. Sie mußten ihre aus Schilfrohr und Weiden geflochtenen Körbe mit Nahrung füllen – mit Melonen und Knollen und so vielen Nüssen und festen Früchten, wie sie nur finden konnten. Die Kürbisflaschen – oder Straußeneier, sofern noch welche da waren – mußten mit Wasser gefüllt werden. Und in diesem Jahr mußten sie auch an die Antilope denken. Sie mußte geschlachtet und in kleine Stücke zerteilt werden, damit sie wenigstens etwas von dem Fleisch mitnehmen konnten, das vom Abend übrigbleiben würde.

Zena war froh, daß sie nicht vor dem Morgen losziehen würden. Sie liebte es, wenn sie sich um die Feuerstelle versammelten, um sich an einem ungewohnten Festschmaus wie der Antilope gütlich zu tun. Als erstes dankten sie natürlich der Großen Mutter für ihr großes Geschenk. Und während sie dann das saftige Fleisch genossen, wurde immer wieder die Geschichte erzählt, wie das Tier erjagt worden war. Nicht selten mußte dann Zena am Ende die Geschichte erzählen, weil sie mehr Worte kannte als die anderen. Wenn diejenigen, die das Tier tatsächlich aufgespürt hatten, ihr erst einmal mit vielem Gestikulieren und Herumlaufen und wenigen Wörtern erklärt hatten, wie sich alles zugetragen hatte, schmückte sie das Ganze aus und brachte den anderen während des Erzählens gleich ein paar neue Wörter bei. Die Jungen und auch Kalar nahmen sie schnell auf. Die anderen taten sich schwerer.

Lett war bereits dabei, ein paar neue Steine zurechtzuhauen, damit sie die Antilope zerteilen konnten. Dabei flogen die Funken, und kleine Splitter spritzten in jede Richtung. Sime, Nytas vierjährige Tochter, hob einen der scharfen Splitter auf und schrie, als er ihr in die Hand schnitt. Nyta kam sofort angelaufen, aber Lett beachtete sie gar nicht; er sah erst wieder von seiner Arbeit auf, als er drei scharfe Schneidsteine zurechtgemacht hatte. Davon gab er einen Cere und einen Bran, damit sie ihm helfen konnten, das Fleisch aufzuschneiden. Mit einem Schnitt schlitzte er den Bauch der Antilope vom Schwanz bis zum Hals auf, zog ihr das Fell vom Körper und warf es zur Seite. Er würde es später zum Fluß tragen und sauberschaben.

Aufgeregt schnatternd standen die Kinder um ihn herum. Sobald Cere und Bran das Fleisch zu zerschneiden begannen, schossen ihre kleinen Hände vor, um ein Stückchen davon zu erwischen. Auch Zena griff sich etwas davon, dann nahm sie die abgezogene Tierhaut auf und trug sie zum Fluß, um Lett zu helfen. Einen Augenblick lang hielt sie sie an ihre Wange. Sie fühlte sich weich und geschmeidig an, allerdings roch sie nach Rauch.

Plötzlich erschien das Bild vor ihrem Geiste, das Kalar ihr wenige Tage zuvor geschildert hatte und das von der Großen Mutter gekommen war. Sie sah das kleine Tier mit seinem weichen braunen Fell, dessen Kleines aus der Bauchtasche hervorlugte, als säße es dort vor ihr. Die Stirn in tiefe Falten gelegt, hielt Zena sich das Fell vor den Körper, und während sie noch so dastand, kam Nyta zum Fluß, um einige Stücke Antilopenfleisch zu waschen, die in die heiße Asche gefallen waren. Sie legte das Kind, das sie kürzlich geboren hatte, neben sich ab, aber es begann sofort zu schreien, als sie ihm so plötzlich die Wärme ihres Körpers entzog. Nyta verzog das Gesicht und nahm es wieder auf, um es ein wenig saugen zu lassen. Aber sobald sie es wieder hinlegte, ging das Geplärre von neuem los.

Zena sah zuerst Nyta an, dann das Kind und dann das Fell. Ihre Augen wanderten hin und her, während sie nachdachte. Sie holte sich das Bild des kleinen Tieres noch einmal in die Erinnerung und machte dabei ein ganz verträumtes Gesicht. Dann war ihre Geistesabwesenheit mit einemmal wie verflogen, und sie ging entschlossen ans Werk. Sie breitete das Fell auf dem Boden aus, dann lief sie zu Lett und bat ihn um einen Schabestein.

Er zeigte auf seinen Platz im Schlafbereich, wo er einen Vorrat aufbewahrte. Zena nahm sich einen davon und machte sich eifrig an die Arbeit. Sima kam hinzu, um ihr zu helfen. Ihre dünnen Arme bewegten sich mit erstaunlicher Kraft hin und her, und bald war alles Fleisch verschwunden. Zena tauchte die Haut in den Fluß und rieb sie kräftig im rauhen Sand, dann legte sie sie zum Trocknen in der brütenden Sonne aus.

Das Fell war bald wieder trocken. Sima sah neugierig zu, als Zena aus dem einen Ende einen langen Streifen herausschnitt, der in der Mitte ein wenig breiter war. Sie verband die Enden mit einem festen Knoten und legte sich die Schlaufe dann schräg über Schulter und Bauch. Es war zu lang; die Schlinge reichte ihr bis zu den Knien hinunter. Geduldig löste sie den Knoten wieder und machte das Ganze kürzer. Dann forderte sie Nyta auf, sich hinzustellen, und legte ihr das Fell über Schulter und Brust. Nyta war verwirrt, ließ die Prozedur aber gutmütig über sich ergehen. Sie protestierte erst, als Zena ihr das Kind abnahm und in der Fellschlinge unterbrachte. Doch dann begriff sie plötzlich, und ihre Augen leuchteten vor Erstaunen. In der Schlinge lag das Kleine quer an ihrer Brust, so dicht, daß es mühelos an ihre Brustwarzen herankam. Und sie selbst hatte beide Hände frei! Sie konnte Beeren pflücken, nach Knollen graben, sich nach hoch in den Bäumen hängenden Früchten strecken, die Nahrung waschen – alles, ohne das Baby abzulegen. Sie konnte kaum glauben, was Zena da zuwege gebracht hatte, und tanzte unter Jubelrufen im Kreis herum.

Von ihren Schreien angelockt, kamen die anderen herbeigerannt. Sie rissen erstaunt die Augen auf und scharten sich um Nyta, um das praktische Ding genauer zu untersuchen. Zena hörte kaum hin, als sie ihr Loblied anstimmten. Die Schlinge war noch nicht sicher genug und der Knoten unbeholfen. Sie hatte es zu eilig gemacht. Der nächste Streifen war in der Mitte breiter und schmaler an den Enden, damit er sich besser knoten ließ. Cere und Tempa, eine junge Frau, die sich vor einigen Jahren dem Stamm angeschlossen hatte, waren ganz versessen darauf, es auszuprobieren, aber Zena konnte nur noch eine Schlinge aus dem Fell herausbekommen, also mußten sie sich abwechseln.

Ein kleines brauchbares Stück Fell blieb übrig. Zena schnitt es mit aller Sorgfalt genauso zu wie die anderen, nur kleiner, und schlang es Sima um die Schulter. Das Kind stellte sich ganz aufrecht hin und präsentierte stolz seine kleine Schlinge. Und sie lief zu Kalar, um sie ihr zu zeigen. Als Kalar sah, was sie da hatte, richteten sich ihre Augen sofort auf Zena. Sinnend schüttelte sie den Kopf. Das also hatte die Mutter ihr sagen wollen. Aber es war erst Zenas außergewöhnliche Intelligenz nötig gewesen, damit etwas daraus wurde. Die Wege der Großen Mutter und Zenas Gaben waren wahrlich eine wundersame Kombination, dachte sie bei sich

Als Kalar klar wurde, wie sehr Zenas Erfindung ihrer aller Leben verändern würde, wurde ihr Gesicht wieder ernst. Jetzt war es kein so großes Problem mehr, wenn Kinder früh geboren wurden. Die Mütter konnten ihre Babys auf dem Herzen tragen und ihnen sogar die Brust geben, während sie gleichzeitig Nahrung sammelten oder tranken. Und sie würden auch wieder Nahrung mit sich tragen können.

Bei dem Gedanken an den Nahrungstransport blitzte es in ihren Augen auf. Sie lächelte breit. Zena hatte einen Weg gefunden, Kinder zu tragen; vielleicht würde sie auch einen Weg finden, wie man Fleisch transportierte. Heute abend würden sie sich an der Antilope gütlich tun, aber es würde immer noch viel übrigbleiben. Sie konnten keinen Tag länger bleiben, um mehr davon zu essen, sonst riskierten sie, vom Feuer eingeschlossen zu werden. Aber war es nicht eine Sünde, die reichen Gaben der Großen Mutter zu verschwenden?

»Antilope tragen?« fragte sie, deutete auf das frische Fleisch und danach auf die Schlinge, die Zena gemacht hatte. In ihren Augen glitzerte es lustig, weil sie nicht wirklich von Zena erwartete, daß sie sich ernsthaft mit dieser Frage beschäftigte. Fleisch verdarb sowieso viel zu schnell und zog nur wilde Tiere an.

Zena jedoch nahm die Sache durchaus ernst. Mit zur Seite geneigtem Kopf und zusammengepreßten Lippen dachte sie über die Frage nach. Bran und Agar lachten schon über ihren ernsthaften Gesichtsausdruck. Verärgert stampfte Zena mit dem Fuß auf. Die beiden Männer lachten immer, wenn sie sich an etwas Neuem versuchte.

Cere stand ihr bei und blaffte Bran und Agar an. »Holt Früchte«, befahl sie ihnen knapp, denn sie wußte, daß sie am besten von allen bis zu den höchsten Zweigen klettern konnten, wo es auch jetzt noch etwas zu pflücken gab. Immer noch grinsend trollten sich die beiden. Da trat Cere zu Zena und klopfte ihr auf die Schulter.

Zena lächelte dankbar, aber sie war immer noch mit Kalars Frage beschäftigt. Sie hatte einmal beobachtet, daß Tierfleisch, wenn es in die Asche fiel und lange darin blieb, kleiner wurde und alle Feuchtigkeit verlor. Einmal hatte sie ein solches Stück dabeigehabt, als sie weiterzogen, und während des Gehens langsam darauf gekaut. Es war zäh gewesen, aber es hatte geschmeckt und ihren Hunger besänftigt. Und es war auch nach vielen Tagen nicht verfault gewesen.

Lett hatte fast alles Antilopenfleisch von den Knochen gelöst und schnitt es jetzt in Stücke. Später würden sie diese auf Stöcke spießen und über dem Feuer rösten. Zena bat um ein Stück und schnitt es in lange, dünne Streifen, die sie mit einem langen Stock in die heiße Asche schob. Dann ging sie zu einer Stelle mit besonders kräftigen und biegsamen Binsen. Sie schnitt einige lange Stränge und fabrizierte daraus einen locker geflochtenen Korb. Sie flocht einen Strang über den anderen, wie sie es immer taten, aber sie machte diesen Korb sehr groß und ließ zwei lange Stränge stehen, die man über der Schulter zusammenbinden konnte.

Bevor sie am nächsten Morgen aufbrachen, zog sie die getrockneten Fleischstreifen wieder aus der Asche und wusch sie sorgfältig im Fluß. Mit ernstem Gesicht gab sie jedem der anderen einen davon, damit sie ihn in ihren Körben verstauten. Den Rest legte sie in den neuen Korb und hängte ihn über die Schulter.

Kalar schüttelte voller Erstaunen den Kopf. Sie war nicht sicher, ob sie solche zähen Fleischlappen überhaupt kauen konnten, aber das Kind hatte doch tatsächlich versucht, eine Antwort auf ihre Frage zu finden!

Bran und Agar aber beäugten Zena nur mißtrauisch. Sie verstanden überhaupt nichts. Warum sollten sie so ein verschrumpeltes Stück Fleisch mit sich herumtragen? Sie stießen sie in die Seite, um sie zum Reden zu bringen.

Statt einer Antwort steckte Zena ihnen die Zunge heraus und stolzierte davon.

Nyta und Tempa kicherten über die dummen Gesichter der Männer. Bald lachte die ganze Horde, allerdings nicht über die Männer, sondern über Sima und Lupe, Potes kleinen Sohn. Pote war kurz nach seiner Geburt an einer Krankheit gestorben, die auch zwei andere im Stamm befallen hatte, aber Nyta und Tempa hatten Lupe gesäugt, und er war am Leben geblieben. Die beiden Kinder wedelten wild mit den langen, getrockneten Fleischstücken in der Luft herum, warfen sie hoch und fingen sie wieder auf, bevor sie auf dem Boden landeten. Dann steckte Lupe sich ein Stück in den Mundwinkel, drehte es zwischen den Zähnen hin und her und stolzierte so herum. Tempas Sohn Dorn, der im selben Jahr wie Lupe geboren war, machte ihn nach. Da gewann auch Zena ihre gute Laune zurück und lachte herzlich.

Doch plötzlich war es vorbei mit der Fröhlichkeit. Kalar, die ihnen voran die übliche Route nahm, blieb stehen und hielt die Hand hoch. Das Feuer war zwar in der Nacht heruntergebrannt, aber nicht ganz erloschen. Jetzt fraß es sich, genau wie Kalar befürchtet hatte, langsam in die weite Ebene hinein, die sie wie immer überqueren mußten, wenn sie zu dem Sumpfgelände hinüber wollten, wo nach dem langen, heißen Marsch fast immer Wasser zu finden war. Vielleicht konnten sie es schaffen, bevor das Feuer sie erreicht hatte – aber falls der Wind auffrischte, konnten sie auch in der Falle sitzen.

Kalar faßte den Entschluß, das Risiko nicht einzugehen. Sie würde sie statt dessen am Fluß entlang nach Süden führen. Den ersten Teil der Strecke kannte sie gut, weil einen Tagesmarsch entfernt eine Horde wie die ihre lebte, und die beiden Stämme standen im häufigen Kontakt, zur Paarung oder wenn Kalar ihren Frauen bei der Geburt beistand. Dahinter aber wurde es gefährlicher, weil sie den Weg nicht kannten. Im dichten Gestrüpp konnten Raubtiere lauern, und die dornigen Büsche und hohen Bäume, die in dichten Gruppen am Fluß wuchsen, lockten sowohl Elefanten als auch Nashörner heran. Den Elefanten konnte man gewöhnlich aus dem Wege gehen, weil sie soviel Lärm machten, aber die Nashörner lauerten oft ungesehen im Gebüsch und stürzten sich dann auf alles, was ihnen zu nahe kam.

Aber ein anderes Problem machte Kalar viel mehr zu schaffen als die Nashörner. Am Fluß gab es vereinzelte Grüppchen von kleinköpfigen Wesen, die sie die Großen nannten. Ihre Großmutter hatte ihr gesagt, daß sie selbst vor vielen Generationen genauso gewesen waren, nur hatten sie selbst sich weiterentwickelt, die Großen aber nicht. Sie gingen auf zwei Beinen wie sie, waren ansonsten aber ganz anders. Zum Beispiel sprachen sie nicht, sondern grunzten nur. Die Weibchen waren nicht größer als sie, aber die Männchen waren stark und kräftig und riesengroß und hatten mächtige Kinnbacken. Kalar hatte immer einen Bogen um sie gemacht. Sie wollte sie nicht herausfordern, indem sie in ihr Territorium eindrang. Soweit sie wußte, hatten die Großen nie jemandem etwas zuleide getan, aber sie hatte auch noch nie versucht, durch eines der Gebiete zu gehen, wo sie lebten. Jetzt blieb ihr keine andere Wahl.

II

Zena war begeistert über diese Änderung ihrer Pläne. Sie liebte es, neue Gegenden zu erforschen, und vor den Großen hatte sie keine Angst. Das Gelände um ihren Unterschlupf herum, ja selbst die vielen verschiedenen Orte, an denen ihr Stamm nach Nahrung suchte, hatten ihre grenzenlose Neugierde nie befriedigt, und so machte sie häufiger kleine Ausflüge in unbekanntes Gebiet. Nur Cere begleitete sie auf diesen abenteuerlichen Erkundungstouren. Dann folgte sie ihr geduldig und griff nur ein, wenn Zena sich verletzen konnte. Sie wußte nur zu gut, daß es unmöglich war, das Kind davon abzuhalten, hinter jeden Busch und in jedes Erdloch oder Vogelnest zu spähen und jeden Berg und jedes Tal zu erforschen. Dabei behielt sie Zena immer im Auge. Sie war ihr wichtiger als alle anderen, wichtiger sogar als das Kind, das sie vor kurzem geboren hatte. Die Große Mutter selbst hatte Zena in ihre Obhut gegeben.

Eines Tages war Zena auf eine Gruppe von Großen gestoßen, die ein paar Stunden nördlich von ihnen am Fluß lebten. Danach hatte sie sie oft besucht. Unter ihren eigenen Leuten hatte sie wenig Spielkameraden, weil in den letzten Jahren so viele Säuglinge gestorben waren, aber bei den Großen gab es viele Kinder in ihrem Alter. Sie mochte die fremden Jungen. Sie antworteten zwar nie, wenn sie mit ihnen redete, aber das hielt sie nicht davon ab, ihnen alles zu zeigen, was ihre Aufmerksamkeit erregte: einen Schmetterling, ein Gazellenjunges, das auf wackeligen Beinen hinter seiner Mutter herhüpfte, den Umriß eines Tieres in den Wolken. Sie schauten ihrem ausgestreckten Finger oder den wilden Gesten nach und hörten aufmerksam auf die Worte, die sie für ihre Entdeckungen erfand, aber selber reagierten sie nie auf diese Weise.

Cere schauderte es, wenn sie daran dachte. Die Großen hatten nie aggressiv auf sie gewirkt, aber sie fand sie trotzdem furchterregend. Sie war froh, daß es Zena jetzt, wo sie älter war, nicht mehr so heftig zu den anderen Jungen zog. Inzwischen verbrachte sie ihre Zeit öfter damit, den Erwachsenen zu helfen und mit Dingen herumzuexperimentieren, die sie irgendwo fand. Einige davon waren nicht besonders nützlich, wie dieses Streifenfleisch beispielsweise, aber andere wieder sehr. Einmal mehr erstaunt, wie frei sie ihre Hände bewegen konnte, legte Cere sich ihre Schlinge um.

Der Stamm machte sich wieder auf den Weg. Diesmal in südlicher Richtung. Glücklich über die Gelegenheit, von der weisen Frau zu lernen, ging Zena neben Kalar her. Immer wenn sie eine Pflanze sah, die sie nicht identifizieren konnte, oder ein ungewöhnliches Verhalten bei einem Tier bemerkte, fragte sie danach. Kalar hatte die Tiere schon viele Jahre beobachtet und wußte für gewöhnlich die Antwort. Das Verhalten der Tiere warnte sie vor Raubtieren und sagte ihr oft, daß ein Sturm im Anzug war oder wo sich Wasser und Nahrung finden ließen. Aber besonders gut kannte Kalar sich mit Pflanzen aus. Sie kannte sämtliche Blumen, Sträucher und Kräuter in den Gebieten, durch die sie zogen. Ihre Mutter hatte ihr beigebracht, wozu man sie gebrauchen konnte, und in vielen Jahren geduldiger Beobachtung hatte sie diesem Wissen ihre eigenen Erkenntnisse und die der weisen Frau des Nachbarstammes hinzugefügt. Kalar war ebenso erpicht darauf, ihr Wissen weiterzugeben, wie Zena etwas lernen wollte, und deshalb hielt sie am Weg ständig nach Beispielen Ausschau, um sie zu benennen und ihr zu erklären, was man damit machen konnte.

»Sieh dir die Form an«, sagte sie und hielt einen Zweig mit vielen Blättchen in die Höhe, den sie von einem Busch abgerissen hatte. »Er nimmt viele Wege, wie die Finger an deiner Hand. In dir nimmt er auch viele Wege gegen die Krankheit.«

Zena nickte. Einmal hatte sie gesehen, wie Affen diese Pflanze aßen, als wüßten auch sie, daß diese zart duftenden Zweiglein helfen würden.

»Dies hier ist weich«, sagte Kalar und bückte sich, um eine Pflanze mit fleischig verdickten Blättern zu pflücken. »Wenn man sie auf die Haut legt, zieht sie den Schmerz heraus.« Sie zerdrückte sie und legte sie auf ein paar frische Kratzer auf Zenas Arm. Fast sofort hörten die kleinen Risse auf zu pukkern.

Eine andere Pflanze hielt sie hoch in die Luft, damit alle sie sehen konnten. »Die hier tötet«, sagte sie eindringlich zu den Kindern. »Die dürft ihr nicht essen.« Kalar hatte dies von ihrer Mutter gelernt, der ein Junges gestorben war, nachdem es von dieser Pflanze gegessen hatte.

Mit angstgeweiteten Augen starrten sie die Pflanze an. Zena nahm das Gewächs mit der purpurroten Blüte und den schmalen Blättern in die Hand und prägte sich die Merkmale ein, wie sie es auch schon bei anderen getan hatte.

Ein lautes Trompeten ließ sie zusammenzucken. Kalar führte sie schnell von dem Getöse fort. Sie gingen nämlich auf einem Pfad, der von Elefanten ausgetreten worden war. Wo eine Elefantenherde vorbeikam, wurden Bäume niedergetrampelt und Büsche entwurzelt, bis eine freie Schneise im Busch entstand. Auf so einem Pfad ließ es sich viel besser gehen, aber wenn die Elefanten ihn benutzten, schlug sich der Stamm seitwärts in die Büsche. Die mächtigen Geschöpfe würden ihnen zwar nichts tun, solange sie sich nicht bedroht fühlten, aber manchmal waren die Männchen aggressiv, besonders in der Brunftzeit.

Von nun an gingen sie also neben dem Elefantenpfad her und blieben unablässig auf der Hut. Doch jetzt waren keine Trompetenstöße mehr zu hören, nur noch ein unterdrücktes Grummeln, das von einer einsamen Elefantenkuh mitten auf dem Pfad zu kommen schien. Sie stand über einem winzigen Elefantenkalb, das sie mit ihren Beinen schützte. Zena sah, wie sie das Kalb immer wieder mit dem Rüssel anstieß. Doch das Kleine bewegte sich nicht. Fragend sah sie Kalar an.

»Es ist gestorben«, sagte Kalar, Mitleid in den Augen. »Seine Mutter trauert, genau wie wir, wenn ein Junges stirbt.«

Während Kalar sie fortdrängte, sah Zena sich noch einmal um. Die Elefantenmutter hob den Kopf und starrte sie an. Aber Zena glaubte nicht, daß das Tier sie wirklich gesehen hatte, denn seine Augen waren von Kummer getrübt. Aus Mitgefühl stiegen auch ihr die Tränen in die Augen, und danach schwieg sie eine lange Zeit.

Vor ihr schoß ein braunes Chamäleon quer über den Pfad und lenkte sie von ihren Gedanken an den Elefanten ab. Es huschte in einen Baum mit grünen Blättern, schmiegte den Körper an einen Zweig und blieb dann unbeweglich sitzen. Direkt vor Zenas Augen wurde es selber langsam grün. Sie rief die anderen Kinder herbei, um es ihnen zu zeigen. Sie sahen mit offenen Mündern zu, wie es sich immer weiter verfärbte.

»Auf diese Weise versteckt es sich«, erzählte sie ihnen. Sie blickten an sich selbst hinab, als würden ihre Körper auch jeden Moment die Farbe wechseln. Zena lachte. »Nur Tiere wie diese hier verändern sich«, erklärte sie. Dann hatte sie eine Idee und lief zurück, um ein paar rote Beeren zu holen, an denen sie gerade vorbeigekommen waren. Sie stellte Sima vor sich hin, zerquetschte die Beeren und malte einen langen, roten Strich auf ihren kleinen Bauch. Die beiden Jungen stießen sie in die Seite. Sie wollten auch so eine Linie. Zena tat ihnen den Gefallen und malte bei jedem noch einen großen Kreis dazu. Glücklich liefen sie davon und streckten ihre geschmückten Bäuche vor, so gut sie konnten.

Bald darauf kamen sie zu einer großen Vertiefung im Boden, wo sich die Elefanten während der Regenzeit gewälzt hatten. Sie beschlossen, die Nacht dort zu verbringen. Hier würde es Wasser geben, wenn sie tief genug gruben, denn die Elefanten hatten mit ihren schweren Körpern die Erde so festgewalzt, daß sie selbst nach mehreren Monaten ohne Regen immer noch Feuchtigkeit enthalten würde.

Agar hatte einen glimmenden Stock mit auf die Reise genommen und es irgendwie fertiggebracht, die Glut zu erhalten. Manchmal ging sie unterwegs aus, und dann mußten sie ohne den Schutz des Feuers zurechtkommen – aber zumindest in dieser Nacht würden sie sicher sein. Sie suchten Brennholz und Laub zusammen und ließen sich am Feuer nieder. Sie waren froh, rasten zu können.

Ein Ruf aus dem Busch brachte Bran und Agar gleich wieder auf die Beine, nachdem sie noch schnell die großen Wurfsteine ergriffen hatten, die sie immer in ihrer Nähe behielten. Auch die anderen nahmen ihre Steine zur Hand und rückten zum Schutz der Jungen dichter zusammen. Aber als Kalar den Ruf noch einmal hörte, entspannte sie sich. Das waren Leute vom Stamm am Fluß, den sie schon oft besucht hatten. Sie würden ihnen willkommen sein.

Die Büsche teilten sich, und eine alte Frau trat heraus. Sie hatte ein verschrumpeltes Gesicht und so abgenutzte Zähne, daß sie kaum mehr aus dem Kiefer herausragten. Aber als sie nun auf Kalar zutrat und sanft ihre Schulter berührte, bewegte sie sich voller Würde.

»Seid gegrüßt«, sagte sie und ließ sich langsam auf den Boden nieder. Sie war die weise Frau ihres Stammes, und Kalar freute sich, sie zu sehen, weil sie es gewesen war, die ihr Wissen über die Pflanzen so bereichert hatte. Sie kannte sie alle, besonders diejenigen, die Wunden reinigten und Schmerzen lindern halfen.

Jetzt traten drei andere Gestalten aus den Büschen. In den Händen hielten sie große Fische. Nicht weit von ihrem Versammlungsplatz war der Fluß streckenweise ausgetrocknet. Die Fische saßen fest und ließen sich leicht fangen.

»Ihr essen«, sagte einer der Männer zu Kalar und gab ihr den Fisch. »Wir haben viele.« Zum Dank neigte Kalar feierlich den Kopf.

Bran suchte ein paar Stöcke, die nicht so leicht brannten, und spießte damit die Fische auf, so daß man sie übers Feuer halten konnte. Schon bald war die Luft von ihrem betörenden Duft erfüllt. Als sie gar waren, bedeutete er Zena, daß sie ein paar große Blätter sammeln sollte, damit er den Fisch darauflegen und weiterreichen konnte. Kalar nahm den ersten Bissen, weil sie wußte, daß der Fisch als Dank für ihre Geburtshilfe gemeint war. Dann gab sie ihn an die alte Frau weiter.

»Du auch essen«, sagte sie, weil sie wußte, daß er ihr beim Kauen keine Schwierigkeiten bereiten würde.

Danach machten sich alle mit gierigen Fingern über den Fisch her. Als nur noch die Gräten übrig waren, ließen sich alle zu einem gemütlichen Plausch am Lagerfeuer nieder. Dann erhob sich Nyta und rief einen der jungen Männer aus dem anderen Stamm. Tempa machte dem anderen ein Zeichen, dann verschwanden sie hinter den Büschen, um sich zu paaren. Die junge Frau, die zu der Gruppe gehörte, nahm Bran mit, und Agar ging hinterher, um zu warten, bis er selber an der Reihe war. Wenn sich die Pärchen ausgeruht hatten, würden sie die Partner tauschen, damit jeder, der wollte, sich auch mit den anderen paaren konnte.

Kalar sah ihnen lächelnd hinterher. Es war gut, wenn sich eine Möglichkeit zur Paarung mit Männern und Frauen aus einem anderen Stamm bot. Die Paarung war ein Geschenk der Mutter, und sie wollte, daß sie es oft nutzten. Außerdem hatten sie viel Freude daran, besonders die Frauen. Oft hielten die prickelnden Gefühle und das warme Nachglühen noch viele Stunden an. Die Männer ermüdeten schneller, und sie konnte sich nicht vorstellen, daß sie ebensoviel davon hatten. Aber das Begatten beruhigte sie, und das war wichtig. Dies war die Art und Weise, wie die Mutter die Kämpfe eindämmte, die manchmal zwischen den Männchen entbrannten, selbst zwischen solchen wie Bran und Lett, die normalerweise so friedlich waren. Das Begatten entzog ihnen eine Flüssigkeit, und wenn diese zu lange in ihren Körpern blieb, machte es sie aggressiv. Kalar hatte das schon häufig beobachtet. Sie war der Mutter dankbar, daß sie ihnen eine Lösungsmöglichkeit gegeben hatte.

Einst hatte sie sich selber voller Begierde die Männer aus dem anderen Stamm ausgesucht, aber jetzt schien nur noch Lett ihre Lust erwecken zu können. Ein Schauer wohliger Erinnerung durchlief ihren Körper, und sie rieb Letts Bein und legte ihre Lippen an seine, während sie sich überlegte, ob sie das schöne, warme Feuer sein lassen und sich mit ihm hinter die Büsche zurückziehen sollte. Lett sah ihr in die Augen. Er wußte genau, was sie beschäftigte. Ohne ein Wort kamen sie überein, daß sie zu faul und zufrieden waren, um sich zu rühren. Sie lehnten sich an einen vom Feuer erwärmten Felsen, berührten sich und rieben in sanftem Rhythmus die Gesichter aneinander. Es würde noch andere Gelegenheiten geben. Sie konnten warten.

Die Kinder liefen den sich paarenden Pärchen hinterher, um neugierig durch die Büsche zu linsen. Sima und die beiden kleinen Jungen sahen sehr interessiert zu, aber Zena hatte das schon oft gesehen und fing bald an, sich zu langweilen. Ihrer Meinung nach war das eine ziemlich dumme Beschäftigung. Sie konnte nicht verstehen, warum die Erwachsenen soviel Zeit damit verbrachten. Selbst Kalar tat es, meistens mit Lett. Sie hatte ihnen oft zugesehen. Zena hatte Kalar und Cere nach dem Grund gefragt, aber keine von beiden hatte ihr eine befriedigende Antwort geben können.

»Die es tun, haben große Freude daran«, hatten sie ihr gesagt, aber sie glaubte ihnen nicht. Dem Stöhnen und den Grimassen nach zu urteilen, hielt Zena das Paaren eher für eine sehr unbequeme Angelegenheit. Sie selber würde bestimmt nie so etwas tun.

Schlendernd entfernte sie sich vom Feuer. Bald würde es dunkel sein, und sie wollte auf Erkundungstour gehen, solange es noch etwas zu sehen gab. Cere gab Kalar ihren Säugling und ging ihr nach. Zena wollte unabhängig sein, und sie war inzwischen auch alt genug, um Gefahren aus dem Weg zu gehen, aber Cere war noch immer besorgt, wenn sie so allein loszog. Sie hielt ein wenig Abstand, damit Zena sie nicht bemerkte.

Die Sonne neigte sich dem westlichen Horizont zu, und Zena stand da und betrachtete die Farben. Ihre Schönheit erstaunte sie immer wieder neu. Sie hatte Kalar gefragt, woher die Farben kämen, aber die Antwort hatte sie auch nicht befriedigt.

»Die Mutter macht die Farben«, hatte Kalar gesagt. Zena dagegen glaubte, daß die Sonne sie selber machte, wenn sie hinter den Horizont gedrückt wurde, genau wie Beeren. Wenn man sie zusammendrückte, kam auch Farbe heraus. Aber ganz sicher war sie sich auch nicht. Schließlich ging die Sonne jeden Morgen voll und rund wieder auf, während die Beeren, wenn sie einmal zerquetscht waren, auch so blieben.

In der Ferne grasten viele verschiedene Antilopen. Einige waren größer als die Zebras, die zwischen ihnen grasten. Andere wieder waren kleine, graziöse Kreaturen mit spitzen Hörnern. Sie alle sprangen plötzlich senkrecht in die Luft, als wollten sie sich einen besseren Überblick in dem hohen Gras verschaffen. Dann huschten sie davon.

Wahrscheinlich wurden sie von einem Löwen gejagt, dachte Zena und war froh, daß sie weit davon entfernt war.

Sie erstarrte. Im Gras ganz in ihrer Nähe raschelte es.

Aber es kam nichts herausgesprungen, und Zena entspannte sich gerade genug, um den Kopf zu wenden, damit sie hinsehen konnte. Wieder raschelte es, so leise, daß sie es nicht gehört hätte, hätte sie nicht so angestrengt gelauscht. Sie hob die Faust mit dem Stein, den sie immer bei sich trug, und beugte sich hinunter, um besser sehen zu können.

Das kleine Geschöpf war so schwer von seiner Umgebung zu unterscheiden, daß sie zunächst überhaupt nichts erkannte. Dann zog sie überrascht die Luft ein, nahm sich aber schnell zusammen, um das Gazellenbaby nicht zu erschrecken, das zusammengekauert zu ihren Füßen lag. Hätte sie das Rascheln nicht gehört, wäre sie genau daraufgetreten.

Warum war es nicht weggelaufen? Und wo war seine Mutter? Gazellen hatten zwar keine besondere Angst vor Geschöpfen wie ihnen, die keine Jagd auf sie machten, aber normalerweise liefen sie davon, sobald ihnen irgendein Tier zu nahe kam, ganz gleich welches. Irgend etwas mit dieser hier mußte nicht in Ordnung sein, daß sie stillhielt, obwohl Zena direkt neben ihr kniete. Aber sie war auch nicht tot. Der kleine Körper atmete, und das hörte auf, wenn der Tod kam. War sie vielleicht verletzt?

Das Kalb hatte die Augen geschlossen und den Kopf neben die Vorderhufe gelegt. Als Zena sich vorbeugte, öffnete das Gazellenbaby langsam seine wimperngesäumten Lider und drehte den Kopf, um sie anzusehen. Verzaubert starrte Zena zurück. In diesen klaren braunen Augen schien alles enthalten, was sie je in der Savanne gesehen hatte – Schönheit und Angst, die endlose Weite des Himmels und der Steppen, die unglaubliche und verwirrende Vielfalt allen Lebens. Zena fehlten die Worte, um das alles auszudrücken, dennoch sah sie es in den Augen der kleinen Kreatur.

Ihr Arm sank herab, und sie legte den Stein behutsam auf den Boden. Langsam und unendlich vorsichtig streckte sie die Hand nach dem Kalb aus. Es bewegte sich ein wenig, machte aber keinen Versuch aufzustehen. Ihre Hand kam näher. Der rehbraune Leib zuckte zusammen, als Zenas Finger ihn berührten, aber es lief immer noch nicht fort. Zena strich sanft, dann etwas kräftiger über sein Fell, so als wäre ihre Hand die Zunge der Mutter. Immer und immer wieder strich sie mit langen, kraftvollen Bewegungen vom Nacken zum Schwanz hinunter.

Ein anderes Geräusch ließ sie aufgeschreckt hochsehen. Aber es war nur Cere, die herangekommen war, um zu sehen, was Zena gefunden hatte. Die Augen des Kälbchens leuchteten ängstlich auf, als Cere näherkam, und es mühte sich, auf die Beine zu kommen. Aber die Beine wollten es nicht tragen, und es fiel kläglich blökend wieder hin.

»Ruhig«, flüsterte Zena, »ich glaube, es ist verletzt.«

Langsam, fast unmerklich ließ sie ihre Hand über die Kruppe des Tieres gleiten, bis sie das eine Bein berührte. Wieder durchzuckte ein Schauer den kleinen Körper, aber es blieb liegen. Zena legte ihre Hand wieder auf den Rücken und streichelte es weiter mit langsamen Bewegungen. Das Kalb entspannte sich und atmete jetzt ruhiger. Zena versuchte es noch einmal. Sie strich erst über das eine Bein, dann über das andere. Es regte sich nicht. Als sie aber das dritte Bein zu berühren versuchte, erstarrte das Kalb und stupste mit dem Kopf ihre Hand weg. Zena zog sie sofort zurück und legte sie wieder auf seinen Rücken.

Regungslos sah Cere zu. Sie wußte schon von früheren Gelegenheiten, daß Tiere vor Zena anscheinend keine Angst hatten. Sie liefen nicht weg, und manchmal ließen sie sich sogar von ihr berühren, so wie dieses hier. Sie seufzte, das kleine Geschöpf tat ihr leid. Es würde tot sein, bevor die Nacht vorüber war. Ein Löwe würde kommen oder die Hyänen.

Sie erhob sich, um zu gehen, aber Zena hielt sie mit einer gebieterischen Geste zurück. »Wir müssen es heilen«, sagte sie.

Cere starrte sie an. Wie sollten sie das Bein eines Tieres wieder in Ordnung bringen? Das war unmöglich. Aber Zena war nicht davon abzubringen. Sie bestand darauf, daß sie das Kalb wieder gesund machen könnte, wenn Kalar ihr dabei half. Bestimmt gab es auch hierfür Kräuter.

Unentwegt leise gurrende Geräusche von sich gebend, nahm sie das kleine Geschöpf auf den Arm. Zunächst versuchte es, sich zu befreien, aber als sie mit dem Gesicht an seiner Flanke rieb, wie sie es mit den Händen getan hatte, blieb es wieder still liegen. Das Gazellenbaby in den Armen wiegend, kehrte Zena langsam zum Feuer zurück.

Die anderen schliefen schon. Sie waren jetzt viele, denn ihre Besucher waren geblieben, damit sie nicht im Dunkeln gehen mußten. Zena war froh, daß sie schliefen. Die Flammen und der Geruch vieler Körper machten der kleinen Gazelle schon genug angst, so daß sie zitterte und zappelte. Wenigstens mußte sie sich nun nicht auch noch vor Stimmen fürchten.

Ein wenig abseits von den anderen legte Zena sich neben das Tier und streichelte es beruhigend und flüsterte ihm zärtliche Worte zu. Da endlich kuschelte sich die kleine Gazelle neben ihr hin, und Zena konnte zusehen, wie sich die dichten Wimpern langsam über die Augen senkten. Solange das Tier ihre Hände auf seinem Rücken spürte, blieb es still liegen, doch sowie sie mit dem Streicheln aufhörte, öffnete es die Augen und versuchte aufzustehen.

Zena streichelte und streichelte und bemühte sich, wach zu bleiben, aber die Wärme und ihr voller Bauch sorgten dafür, daß ihr schließlich auch die Augen zufielen. Sie wurde zweimal wach, weil sich das Kalb bewegte. Dann streichelte sie es, bis es wieder einschlief. Als sie aber am nächsten Morgen beim ersten Sonnenstrahl, der durch das Laub glitzerte, erwachte, war das kleine Geschöpf verschwunden.

11. Kapitel

Vor Sorge hatte Zena einen Kloß im Hals. In Gedanken sah sie das Kälbchen tot, gerissen von einem hungrigen Tier, das sich in der Nacht irgendwie herangeschlichen hatte, ohne sie zu wecken. Oder vielleicht hatte einer der Besucher es getötet, als nächste Mahlzeit. Aber die anderen schliefen noch, und sie sah auch keine frischen Fährten. Sie sprang auf und begann zwischen den schlafenden Körpern beim Feuer und in den Büschen dahinter zu suchen. Vielleicht war das Kalb doch auf die Beine gekommen und vor dem beängstigenden Geruch der vielen Leute davongehumpelt.

Kalar setzte sich auf und rieb sich die Augen. Neugierig sah sie zu, wie Zena sich bückte, um unter einen Busch zu spähen.

»Wonach suchst du?« fragte sie verschlafen.

»Nach meiner Gazelle«, antwortete Zena mit zitternder Stimme.

Kalar seufzte und hätte beinahe gelacht. Dieses Kind hatte doch immer die seltsamsten Ideen. Aber das Lachen blieb ihr im Halse stecken, als Zena den Kopf hob. Jetzt sah Kalar, daß sie wirklich bekümmert war.

Die Stimmen weckten Cere. Sie sprang auf und half Zena suchen.

»Zena hat es im Gras gefunden«, erklärte sie, als sie Kalars verdutztes Gesicht sah. »Ein Junges.«

Kalar zog die Augenbrauen hoch. »Aber es muß zurück zu seiner Mutter«, sagte sie bestimmt. »Nur die Mutter kann ein Junges füttern.«

»Seine Mutter kann ihm nicht helfen«, sagte Zena, während sie zwischen einigen kleinen Bäumen suchte. »Sein Bein ist verletzt. Wir müssen es heilen.«

Kalars Augen waren jetzt voller Mitgefühl, aber ihre Stimme klang immer noch bestimmt.

»Das ist Aufgabe der Großen Mutter«, sagte sie. »Die Gazelle ist ein Geschöpf der Mutter. Sie muß sich darum kümmern.«

Auf Zenas Gesicht machte sich ein trotziger Ausdruck breit. »Für diese muß *ich* sorgen«, stellte sie fest und nahm ihre Suche wieder auf.

Kalar und Cere sahen sich stirnrunzelnd an. Wenn Zena sich erst einmal etwas in den Kopf gesetzt hatte, konnte keiner viel dagegen ausrichten. So machten sie sich denn ebenfalls auf die Suche nach der kleinen Gazelle.

Von den Geräuschen erwachten jetzt auch die anderen. Da Zena verschwunden war, um die Stelle abzusuchen, wo sie das Kalb gefunden hatte, versuchte Cere, die Sache zu erklären. Bran und Agar grinsten nur zu dieser neuen Eskapade, aber als Zena mit traurigem Gesicht zurückkehrte, regte sich auch in ihnen das Mitleid.

»Ich helfe mit«, sagte Agar.

Zenas Augen leuchteten erleichtert auf. Mit Tieren kannte sich Agar sogar besser aus als Kalar. Bran war groß und freundlich, aber Agar war ein kleines, aufbrausendes Männchen, das häufig den Unwillen der weisen Frau erregte, weil er jemanden anbrüllte. Dann starrte sie ihn an, bis er sich zurückzog, um seine Wut verebben zu lassen. Bei diesen Gelegenheiten ging er zu den Tieren und schaute ihnen stundenlang zu. Er wußte, wie sie sich verhielten, was sie aßen und wo sie sich versteckten.

Agar ließ sich von ihr beschreiben, wo sie das Kalb gefunden hatte und wie es aussah. Dann nickte er und ging, ohne zu zögern, auf einen kleinen Flecken mit braunem Gras zu, den sie bisher übersehen hatte.

»Hier könnte es sich versteckt haben«, sagte er zu Zena. »Es sucht sich Gras in dieser Farbe.«

Und er hatte recht. Da lag die Gazelle, genau, wie sie sie gefunden hatte, mit dem Kopf auf den Vorderläufen. Zwischen den braunen Halmen war sie fast unsichtbar. Unendlich dankbar sah Zena zu Agar auf. Von nun an würde sie ihn nicht mehr provozieren, wie sie und die anderen Kinder es immer taten, damit er in Wut geriet.

Als Zena sich herunterbeugte, öffnete das Kalb ein wenig die Augen, wehrte sich aber kaum, als sie es hochnahm.

»Es braucht Nahrung«, sagte Agar. »Es ist schwach.«

»Was frißt es?« Zena hatte schon oft Gazellen beim Essen zugesehen, aber sie wußte nicht genau, welches der vielen Gräser sie bevorzugten.

»Es nährt sich von seiner Mutter«, antwortete er, doch als er den Schrecken in ihrem Gesicht sah, fügte er schnell hinzu: »Aber es ist alt genug, um auch Gras zu fressen, und Blätter. Wir können es versuchen.«

Schnell ging er zu der Ebene, wo Zena das Kalb gefunden hatte, und begann die kleinsten und zartesten Schößlinge auszurupfen, die er finden konnte. Reich war die Ernte nicht, weil die Gräser am Ende der Trockenzeit hoch und hart wurden. Seine Ausbeute hielt er dem Tier auf der flachen Hand unter die Nase.

Es erhob sich und knabberte ein wenig daran. Agar drückte Zena den Rest in die Hand und ging zu einem nahestehenden Baum. Dieser Baum produzierte auf wundersame Weise immer neue Triebe, sogar vor Einsetzen der Regenzeit. Als die kleine Gazelle die zarten, blaßgrünen Blätter witterte, begann ihre Nase zu zucken, und sie erhob den Kopf und fraß gierig.

»Gut«, sagte Agar. »Vielleicht wird sie überleben.«

Zena beobachtete erstaunt, wie die Gazelle zusehends kräftiger wurde. Sie rief Sima und die beiden Jungen herbei. Sie hatten bisher nur aus der Ferne zugesehen, weil Cere ihnen gesagt hatte, daß sie nicht zu nahe herangehen sollten, um das kleine Tier nicht zu erschrecken.

»Sucht noch mehr davon«, befahl Zena und zeigte ihnen das Gras und die zarten Blätter. Begeistert über diese Aufgabe, stoben sie davon und kamen schon bald mit einem ganzen Haufen zurück. Zena ließ sie dem Kalb auch etwas hinhalten, und sie kicherten, als ihnen die rauhe Zunge über die Handflächen fuhr.

»Wasser?« fragte sie Agar.

Er schüttelte den Kopf. »Es braucht wenig«, antwortete er. Trotzdem hielt sie ihm Wasser hin und es trank ein paar Schluck.

Als die Gazelle genug gefressen hatte, legte sie sie sanft auf den Boden, um das Bein zu untersuchen. Das Kalb drehte ihr blökend den Kopf zu und versuchte, wieder in ihre Arme zu krabbeln. Dort und nirgends sonst schien es sich sicher zu fühlen.

Kalar kam, um nach dem Rechten zu sehen. »Es braucht Kräuter, die den Schmerz herausziehen«, erklärte Zena. Das dünne Bein, kaum dicker als ihr Finger, hatte sich verfärbt und wies eine tiefe Wunde auf. Kalar nickte und zog los, um einige der Blätter zu holen, die sie Zena am Tag zuvor gezeigt hatte. Dann bereiteten sie gemeinsam einen Umschlag vor. Als sie schon dabei waren, das Bein mit einer Packung aus zerstoßenen Blättern zu umwickeln, unterbrach sie die weise Frau aus dem anderen Stamm. »Wartet«, sagte sie. Dann schlurfte sie davon, um mit zwei dünnen, sehr geraden Stöcken und einigen biegsamen Ranken wiederzukommen.

»Es ist gebrochen«, sagte sie und zeigte auf das Bein. »Das hier hält es gerade. Ich habe das schon mal bei einem Jungen gemacht.«

Sanft zog sie das Bein gerade und band es zwischen die beiden Stöcke. Das Kalb zuckte, als sie das Bein berührte, aber sie sprach beruhigend auf das Tier ein und streichelte es, wie Zena es getan hatte. Da ließ es sie gewähren, denn es schien die Ruhe und Gelassenheit der alten Frau zu spüren.

»Jetzt leg darüber den Umschlag an«, sagte sie zu Zena. »Es muß die Stöcke viele Monde lang dran behalten, bis das Bein geheilt ist.«

Unter ihren kritischen Augen legte Zena den Breiumschlag an und band ihn fest.

»Gut«, sagte die alte Frau und erhob sich ächzend. »Wir gehen jetzt.« Sie berührte Zena sanft an der Schulter, dann nahm sie Kalars Hand.

»Geh mit der Mutter«, sagte sie und sah Kalar in die Augen. Kalar erwiderte den tiefen, langen Blick. Die beiden Frauen verstanden einander inzwischen ohne Worte, denn sie hatten so oft gemeinsam auf den Tod gewartet, oder, wenn die Mutter es so beschied, auf das Leben, daß sie eines

Geistes waren. Kalar wußte, daß die alte Frau sich so von ihr verabschiedete, weil sie vielleicht sterben würde, bevor sie das nächste Mal zusammentrafen.

»Möge die Mutter dich sanft zu sich nehmen«, antwortete Kalar.

Die weise Frau nickte und wandte sich ab. Sie gab den anderen ihres Stammes ein Zeichen, ihr zu folgen. Beeindruckt von ihrem Mut und ihrer Würde, sah Zena ihr nach.

»Ich glaube, sie ist sehr weise«, meinte sie zu Kalar. »Weiser als alle, die ich kenne, außer dir.«

Kalar stimmte ihr mit einem ernsten Lächeln zu. »Wir haben viel von der Alten gelernt«, antwortete sie. »Sie ist von der Mutter gesandt.«

Als es Zeit war, sich wieder auf die Reise zu machen, stellte Zena das Kalb auf die Füße, in der Hoffnung, es werde nun, mit dem verstärkten Bein, laufen können. Es humpelte ein paar Schritte und ließ sich dann blökend wieder fallen. Sie seufzte und nahm es wieder auf den Arm. Sie würde es wohl oder übel tragen müssen.

Da fiel ihr Blick auf den großen Korb, den sie gemacht hatte. Sie legte die Gazelle hinein, einfach oben auf das getrocknete Fleisch, denn das wollte sie auch nicht zurücklassen, und hängte sich den Korb um die Schulter. Das Kalb beschnüffelte zaghaft die Streifen, verzog die Nase und kuschelte sich dann an ihren warmen Bauch.

Die Gruppe setzte sich gen Süden in Bewegung und folgte dem Fluß. Zena fühlte, wie sich ihr Körper unter dem ungewohnten Gewicht des Kalbes krümmte, und richtete sich schnell wieder auf. Sie war entschlossen, nicht um Hilfe zu bitten. Als Agar ihr aber später am Tag den Korb abnahm, wehrte sie sich auch nicht. Ihre Schultern waren von den Riemen aufgescheuert, und der Rücken schmerzte sie empfindlich. Auch der Weg war jetzt beschwerlicher. Sie hatten den breiten Elefantenpfad verlassen und bewegten sich nun auf einem Gelände, wie sie es nie zuvor gesehen hatte. Überall um sie her ragten mit Schlingpflanzen und geisterhaften Moossträhnen behangene Bäume hoch hinauf und versperrten ihnen den Blick zum Himmel, und der feuchtwarme Untergrund gab unter ihren Füßen nach. Auch die Luft war heiß und feucht.

Zena schauderte es. Ihr gefiel es hier nicht. Alles um sie her war verschattet und undeutlich. Der undurchdringliche Baldachin über ihren Köpfen hallte von Vogelstimmen und anderen Lauten wider, aber sie konnte in der dunklen Blätterflut weder Vögel noch irgendein anderes Tier unterscheiden. Trostsuchend griff sie nach Ceres Hand, aber kurz darauf wurde das Blattwerk so dicht, daß sie einzeln hintereinander hindurchkriechen mußten, und Zena mußte Ceres Hand wieder loslassen.

Sie kamen zu einer kleinen Lichtung inmitten dieser Pflanzenwelt und beschlossen zu rasten. Die Kinder rannten zu einem seichten Tümpel und beugten sich hinunter, um von dem abgestandenen, braunen Wasser zu trinken.

»Nicht!« Der Ruf kam von Lett. Er war schon einmal an einem solchen Ort gewesen und wußte, daß diese Tümpel gefährlich sein konnten. In ihnen war etwas, das dem Bauch schadete, und wer davon trank, wurde ganz heiß und verlor alle Flüssigkeit aus dem Körper.

Die Kinder sprangen zurück. Lupe hatte schon etwas geschluckt, aber er spuckte sofort wieder aus, was er noch im Mund hatte. Die anderen tranken vorsichtig aus den Kürbisflaschen, die sie bei sich trugen, und sahen sich nervös um. In diesem seltsamen, feuchten Wald konnte es noch andere gefährliche Dinge geben, aber sie wußten nicht, wovor sie sich fürchten mußten, weil außer Lett keiner je an einem solchen Ort gewesen war. Besonders Kalar hatte das beängstigende Gefühl, als würden sie beobachtet. Sie starrte in das undurchdringliche Grün, das die Lichtung umgab, konnte aber nichts sehen.

Zena nahm das Kalb aus dem Korb, damit es sich ausstrecken konnte, und ging ein paar große Blätter suchen, die sie auf ihre Schulter unter die scheuernden Riemen legen konnte. Die kleine Gazelle humpelte ihr auf ihren drei gesunden Beinen hinterher.

»Dreibein«, beschloß sie plötzlich. »Es heißt Dreibein.«

Sie griff nach einem großen, dicken Blatt und untersuchte

es neugierig. Es war größer als alle Blätter, die sie bisher gesehen hatte, und hatte an der Unterseite einen weichen Flaum aus weißen Haaren. Vielleicht war es gut, um Haut zu heilen, dachte sie, weil Haut auch Haare hatte. Sie griff nach einem anderen, um es Kalar zu zeigen, und fuhr erstaunt zurück. Hinter dem Blatt war ein Gesicht. Das Gesicht eines Großen. Ihre Blicke trafen sich einen kurzen Moment lang, dann wendete er die Augen ab. Zena folgte seinem Blick und stieß einen scharfen Schrei aus. Der Große starrte direkt auf Dreibein.

Kalar und die anderen rannten zu Zena hinüber. Der Große trat aus dem Dickicht ins Freie, und mit ihm viele andere. Die Weibchen waren nicht größer als sie selber, aber die Männchen waren riesenhafte Geschöpfe. Ihre Körper waren fast gänzlich von dunklem Haar bedeckt, und sie hatten mächtige Kiefer, obwohl ihre Köpfe vergleichsweise klein waren. Sie schlurften eher, als daß sie gingen, aber das mit erstaunlicher Beweglichkeit.

Jetzt wurde Kalar klar, daß die Großen sie schon die ganze Zeit auf der Lichtung beobachtet hatten. Bei dem Gedanken bekam sie noch nachträglich eine Gänsehaut.

Aber der Große, der als erster hervorgekommen war, benahm sich nicht im mindesten bedrohlich. Er starrte nur nach wie vor unverwandt auf die kleine Gazelle. Er und sein Stamm hatten viele Monde hindurch kein Fleisch mehr gesehen. Die Herden waren dem Regen gefolgt und nach Süden gezogen, und andere Tiere waren in dem dichten Blattwerk schwer zu fangen. Dieses kleine Tier würde eine schmackhafte Mahlzeit abgeben. Das Wasser lief ihm schon im Mund zusammen, und er ging auf die Gazelle zu, um sie zu packen, bevor sie davonspringen konnte. Zena ahnte, was er vorhatte, lief zu ihrer Gazelle hinüber und nahm sie schützend in die Arme.

Das große Männchen blieb überrascht stehen und bedeutete ihr gestikulierend, sie sollte sie wieder absetzen. Zena schüttelte den Kopf. Er machte Bewegungen wie beim Essen. Sie erschauerte und drückte Dreibein nur noch fester an sich. Er legte die Stirn in Falten und schaute fragend zu den anderen seiner Gruppe hinüber. Was war nun zu tun? Sie tauschten eindringliche Blicke und schienen wortlos einer Meinung zu sein, denn nun rückte die Gruppe in einer einzigen Bewegung näher, umzingelte Zena und streckte die Hände nach dem Kalb aus.

Lett, Bran und Agar zwängten sich vor und hielten die geballten Fäuste hoch, zum Zeichen, daß sie Zena verteidigen würden. Verwirrt wichen die Großen zurück. Wieder machte das große Männchen seine Gesten, als äße es. Ein Tier zu behalten und nicht aufzuessen war ihm unverständlich, und weder er noch die anderen konnten begreifen, warum diese seltsamen Wesen es verteidigten.

Er wurde ungeduldig und begann wütend, auf seiner Brust herumzutrommeln. Er war sehr begierig nach Fleisch, und diese anderen hinderten ihn, seine Gier zu befriedigen. Die anderen Männchen imitierten ihn, und bald darauf hallte die ganze Lichtung von ihrem Trommeln wider. Die Weibchen trommelten nicht, aber sie kreischten unentwegt mit schrillen Stimmen. Es war ein ohrenbetäubender Lärm. Kalar überlief es kalt, als sie fühlte, wie sich die Gefahr immer stärker aufbaute. Sie bedeutete ihren Stammesgenossen, sich zurückzuziehen, aber die Großen wollten sie nicht gehen lassen. Sie umzingelten sie und zeigten immer wieder auf das verängstigte Kalb.

»Wir müssen es ihnen überlassen«, flüsterte Kalar. »Es gibt keinen anderen Weg. Sie sind viele, zu viele.«

Zena hielt trotzig stand. Sie sah sich in dem Kreis bedrohlicher Gesichter um. Eines der Weibchen zog verwirrt die Stirn kraus, und Zena erkannte sie plötzlich. Sie war eine der Großen, mit denen sie gespielt hatte, als sie noch kleiner war.

»Du kommst von dem Ort mit den großen Felsen«, sagte sie. Sie meinte eine große Felsansammlung in der Nähe der Stelle, wo die Großen lebten, die sie immer besucht hatte.

Das Weibchen sah sie verdutzt an. Die Worte ergaben für sie keinen Sinn, aber Zenas Stimme erweckte Erinnerungen. Sie gab einen gutturalen Laut des Wiedererkennens von sich und streckte die Hand nach Zena aus. Ihre Begleiter sahen sie fragend an. Jetzt stieß sie eine ganze Reihe von Grunzlauten aus und machte dazu flinke Gesten, die wohl spielende Kinder darstellen sollten. Die anderen richteten ihre Blicke wieder auf Zena, und ihre Gesichter sahen schon nicht mehr ganz so feindselig aus, aber dann fing das Kalb wieder an zu blöken und wand sich in Zenas Armen. Es hatte furchtbare Angst vor diesen riesigen, lärmenden, lauten Wesen, und Zena hielt es so fest, daß es kaum atmen konnte. Mit neu erwachter Gier tapsten die Großen wieder auf die Gazelle zu.

»Wartet!« Zenas Stimme ließ sie innehalten, obwohl sie sie nicht verstanden. Das zappelnde Kalb immer noch in den Armen, lief sie zu ihrem Korb hinüber und zog ein paar Streifen Trockenfleisch heraus, die in der großen Hitze zu riechen begonnen hatten. Die Großen schnüffelten genüßlich, als sie die Stücke vor ihren Gesichtern schwenkte. Das Männchen nahm eines davon und schob es sich zwischen die riesigen Zähne. Da nahmen auch die anderen und begannen zu kauen. Der strenge Fleischgeschmack ließ ihre Augen aufleuchten, und sie nickten sich zu. Das hier war zwar kein Tier, aber trotzdem befriedigend.

Zena sah dem großen Männchen direkt in die Augen und deutete auf Dreibein. »Nicht essen«, sagte sie laut und deutlich, machte Bewegungen wie beim Essen und schüttelte dazu heftig den Kopf. Dann zeigte sie auf das Trockenfleisch im Korb und nickte kräftig.

»Eßt das«, sagte sie. »Nehmt.« Sie deutete ins Gebüsch, dorthin, woher sie gekommen waren.

Das große Männchen schien zu begreifen. Er nahm den Korb und winkte den anderen, ihm zu folgen. Schnell und beinahe wortlos verschwanden sie im dichten Unterholz. Das Weibchen, das mit Zena gespielt hatte, berührte sie sanft an der Schulter und sah ihr in die Augen, bevor sie hinterherlief. Dann war auch sie verschwunden.

Kalar ging zu einem umgefallenen Baumstamm hinüber und ließ sich niedersinken. Diese unerwartete Begegnung hatte selbst ihre Ruhe erschüttert, und sie war nicht sicher, ob ihre Beine sie noch länger tragen würden. Lett trat zu ihr und legte seinen Arm um sie. Die anderen folgten. Sie rieben sich noch immer die Augen über das schnelle Verschwinden der

Großen. Sie schienen buchstäblich in den Wald eingetaucht zu sein. Aber Cere hatte die Sache am meisten mitgenommen. Zena, die sie mehr als alle anderen liebte, war bedroht worden, und sie hatte machtlos zusehen müssen. Sie ging zu Zena und drückte sie mit einem erleichterten Seufzer an sich. Zena erwiderte die Umarmung, wobei sie gleichzeitig auch noch Dreibein festzuhalten versuchte. Es sah schon recht komisch aus, wie das blökende kleine Tier das Köpfchen zwischen den beiden Körpern hervorstreckte.

Bei dem Anblick fingen die Kinder unbändig an zu lachen. Alle Anspannung der letzten Minuten wich von ihnen. Die Erwachsenen stimmten mit ein, und schon bald hielten sich alle die Bäuche und versuchten mühsam, ihr Lachen unter Kontrolle zu bekommen, bevor es nach ihrem beängstigenden Erlebnis in Hysterie umschlug.

Dann war der Frohsinn mit einem Schlag vorbei, weil ein großer Schatten über sie hinzog und es auf der Lichtung noch dunkler wurde.

»Die Wolken kommen«, sagte Kalar. »Wir müssen gehen.«

Sie wandte sich hilfesuchend an Lett. Sein Orientierungsvermögen war ausgezeichnet, sogar besser als ihres, und immer wenn sie sich nicht sicher war, verließ sie sich auf ihn.

»Wir gehen wieder zu den Steppen«, sagte sie ihm, »fort von hier, bevor das Dunkel kommt.«

Er nickte zustimmend und deutete nach Westen. »Wir gehen erst in die Richtung«, antwortete er. »Ich weiß nicht, wie weit bis zur Steppe.«

Sie schlugen sich durchs dichte Unterholz. Zena rannte ihnen nach. Sie hatte es plötzlich eilig, diese riesigen Bäume und die Schlingpflanzen, die stickige Luft und das Zwielicht hinter sich zu lassen. Bald würden sie gar nichts mehr sehen können, und dann kämen die Großen vielleicht zurück.

Schlotternd vor Angst zog sie Dreibein ganz fest an die Brust. Sie hatte gesehen, wie sich das große Männchen ein letztes Mal begehrlich umgesehen hatte. Wenn es zurückkam, würde sie die Gazelle nicht mehr retten können, denn es waren keine Fleischstreifen mehr übrig. Sie eilte weiter und ahnte nichts von den Augen, die sie noch immer aus ihrem sattgrünen Versteck heraus verfolgten. Aber Kalar spürte die Blicke, genauso wie zuvor. Die Großen folgten ihnen aber so geräuschlos, daß sie nicht einen einzigen Fußtritt hören konnte.

II

Stunden um Stunden kämpften sie sich durchs dichte Grün und konnten keinen freien Platz finden, wo sie hätten aufrecht stehen können. Da sie den Korb nun nicht mehr hatten, trugen sie Dreibein abwechselnd. Bran und Agar, die die größte Last damit hatten, sahen häufiger betont zu Zena hinüber, als wollten sie ihre Mißbilligung für ihre Verrücktheiten ausdrücken. Trotzdem gingen sie sehr sanft mit dem Kalb um. Das kleine Wesen war ihnen ebenso schnell ans Herz gewachsen wie den anderen.

Bald sollten sie Zena mit neuem Respekt betrachten und sie nicht mehr anfunkeln. Sie verstanden zum erstenmal, wie wichtig die Schlingen waren, die sie gemacht hatte. Während sie Dreibein trugen, konnten sie nicht nach den Insekten schlagen, die sie zu quälen begannen, und nicht einmal die Lianen aus dem Weg halten. Nach kurzer Zeit waren sie über und über zerbissen und zerkratzt und ganz unwillig vor lauter Erschöpfung.

Bran konnte das Kalb nicht mehr halten und ließ es schwer in Agars Arme plumpsen. Erleichtert schüttelte er die Glieder aus und sah sich nach den anderen um, wie es ihnen wohl erging. Die Schlinge wurde immer weitergereicht. Im Moment war Tempa an der Reihe, und Cere kämpfte sich mit dem Kind auf dem Arm zwischen den Lianen durch. Bran wurde einmal mehr bewußt, wie schwierig es war, über Stunden eine hilflose Kreatur mit sich zu tragen, und er griff nach dem Säugling, damit Cere ihre Arme ein wenig ausruhen konnte. Sie schüttelte schwer atmend den Kopf und deutete auf Lupe. Der Junge krümmte sich inzwischen vor

Schmerzen, weil er das Wasser getrunken hatte. Dorn mühte sich, ihm beim Gehen zu helfen. Sein kleines Gesicht war ganz spitz geworden vor Sorge um seinen Spielkameraden. Bran nahm Lupe auf und legte ihn sich über die Schulter. Wenigstens war das Kind alt genug, um sich festzuhalten, so daß er immer noch eine freie Hand hatte.

Schließlich stießen sie auf eine Art Pfad, der in die richtige Richtung zu führen schien, denn der Weg vor ihnen wurde immer lichter, obwohl die Sonne schon hinter den Horizont zu gleiten begann. Zu erschöpft, um noch wahrzunehmen, daß die Bäume spärlicher wurden und die Schlingpflanzen nicht mehr an ihren Schultern zerrten, kämpften sie sich weiter. Und dann, ganz plötzlich, lag das Grasland vor ihnen. Sie stolperten hinaus und ließen sich zu Boden sinken.

Zena sah zum Himmel auf, als hätte sie ihn nie zuvor gesehen. Die gewaltige Himmelskuppel erhob sich rings um sie her, und im Westen prunkte der Horizont mit Orange- und Rosatönen. Dankbar bestaunte sie alles, und dann fielen ihr auch schon die Augen zu. Zu müde, um noch etwas zu essen, kuschelte sie sich an Dreibein. Die anderen Kinder ließen sich neben ihr niedersinken und fielen wie gelähmt vor Müdigkeit sofort in tiefen Schlaf.

Kalar sah unsicher auf sie hinunter. Die Gruppe sollte sich weiter von den Bäumen entfernen, aber sie bezweifelte, daß sie die Jungen noch einmal würde wachrütteln können. Sie entschied sich, sie schlafen zu lassen, selber aber weiterhin Wache zu halten. Sie und Lett wachten bis spät in die Nacht; dann wechselten sich die anderen ab. Während der ganzen Nacht spürte sie, daß hinter der grünen Wand die Großen lauerten, wenn sie sich auch mit keinem Laut und keiner Bewegung verrieten.

Sobald es wieder hell genug war, um etwas zu sehen, weckte sie die Kinder und setzte sie in Marsch, in Richtung auf einen Geröllhaufen, den sie in der Ferne entdeckt hatte. Wenn sie dorthin gelangten, würden sie in Sicherheit sein, denn sie war überzeugt, daß die Großen sich nicht weit aus ihrer schattigen Waldheimat herauswagen würden. Je weiter sie sich von den Bäumen entfernten, desto mehr verlor sie das Gefühl, beobachtet zu werden, und sie entspannte sich zum erstenmal seit ihrem Aufbruch am Tag zuvor.

Die felsige Anhöhe, die sie gesichtet hatte, erwies sich als noch gastlicher als erhofft. Auf dem Abhang wuchsen rankenumschlungene Bäume mit ausladenden Kronen voller Schoten, und ein flacher Teich schmiegte sich an die felsige Rückseite. Er führte zwar kein Wasser mehr, der Grund war aber immer noch feucht, und als sie ein wenig gruben, stießen sie nicht nur auf Wasser, sondern auch auf unzählige Muscheln. Schmatzend taten sie sich daran gütlich und genossen den fischigen Geschmack und den Saft, der das rosa Fleisch umgab.

Jetzt brauchten sie nur noch Feuer, denn der Glutstock, den sie mit sich geführt hatten, war im feuchten Wald erloschen. Aber selbst dieses Problem fand schließlich eine Lösung, als ein Blitz ein kleines Feuer in Gang setzte. Die ersten Tropfen, die als Vorboten des eigentlichen Regens vom Himmel fielen, löschten es zwar schnell wieder, aber es gelang ihnen noch, ein paar Stöcke zu entzünden, bevor die Flammen gänzlich erloschen. Dann sammelten sie noch mehr Holz zusammen, um das Feuer in Gang zu halten, und richteten sich darauf ein, ein paar Tage hier zu verweilen, damit die Kinder sich erholen konnten.

Besonders um Lupe machte Kalar sich große Sorgen. Er war schwach und zittrig und konnte nichts bei sich behalten. Sie legte ihm feuchte Blätterpackungen auf die Stirn, um seiner Haut die Hitze zu entziehen, und schickte Zena aus, um nach den Kräutern für kranke Bäuche zu suchen, die sie ihr einmal gezeigt hatte.

»Sie wachsen an trockenen Stellen zwischen den Steinen«, sagte sie zu Zena und deutete auf einen kahlen Berghang gleich hinter den Felsen.

Zena war stolz auf die ihr übertragene Verantwortung und setzte sich willig in Trab. Dreibein lief hinterher. Das Kalb ließ sie nie aus den Augen, und wenn sie es nicht aufnahm, humpelte es ihr nach. Es lernte allmählich, sich auf den drei gesunden Beinen fortzubewegen, obwohl es immer noch schnell ermüdete. Zena hatte ihm eine Art Leine gemacht, damit es sich nicht zu weit entfernen konnte, denn über ihnen kreisten die Geier, und einen Adler hatte sie auch schon gesehen. Die riesigen Vögel konnten eine neugeborene Gazelle mühelos packen und hoch in die Lüfte heben. Ob sie Dreibein auch tragen konnten, wußte sie zwar nicht, aber sie wollte es lieber nicht darauf ankommen lassen.

Ein untersetztes Tier mit hellem Fell auf dem Rücken strich grimmig knurrend an ihr vorbei. Sie trat ein paar Schritte zurück, um ihm Platz zu machen. Diese Tiere wurden von ihnen Honigsucher genannt, weil sie die Nester von Bienen und honigproduzierenden Ameisen ausgruben. Sie waren zwar nur klein, aber sie griffen alles an, was ihnen in die Quere kam.

Dreibein stakste ungeschickt auf den Honiggräber zu und wollte spielen, aber alles, was sie sich damit einhandelte, war ein wütender Tatzenhieb. Zena konnte das Kälbchen gerade noch zurückreißen, bevor es von den Krallen getroffen wurde. Die kleine Gazelle schnaubte beleidigt und begann zu zittern. Zena nahm ihren Liebling hoch und folgte dem grimmigen Geschöpf in sicherer Entfernung. Vielleicht würde es sie zu einem Honigvorrat führen. Sie waren alle geradezu wild auf das süße Zeug, besonders jetzt während der Trockenzeit, wenn es kaum Früchte gab.

Der Honigsucher schnürte weiter, dann hielt er an, als schaue er sich nach etwas um. Da bemerkte Zena einen kleinen Vogel genau vor ihm. Der Vogel flog ein Stück, hockte sich auf einen Zweig, bis das Tier ihn gesehen hatte, und flog dann weiter. Der Honigsucher folgte ihm, und Zena ging fasziniert hinterher. Da hielt der Vogel plötzlich mitten im Flug inne und starrte eindringlich zur Erde. Der Honigsucher blieb vor ihm stehen und begann heftig zu graben. Bald schwirrte es nur so vor Bienen. Schnell brachte Zena sich vor ihnen in Sicherheit, aber das Tier ignorierte die aufgebrachten Insekten. Es grub unbeirrt weiter und fraß auch noch dabei, steckte einfach den Kopf in das klaffende Loch und verschlang sämtliche Bienen, die noch im Nest waren, den Honig, die darin eingeschlossenen Larven – alles, bis auf die wächserne Hülle um den Bienenstock. Die überließ er dem

Vogel, der ihn geführt hatte. Der Vogel pickte genüßlich daran herum. Er war vollauf zufrieden mit seiner Belohnung.

Nun fiel Zena wieder ein, warum sie hergeschickt worden war, und sie begann, den felsigen Berghang nach den dichtbelaubten Zweigen abzusuchen, die Kalar brauchte. Als sie einen tüchtigen Haufen beisammen hatte, eilte sie zu den anderen zurück. Sie konnte es kaum erwarten, ihnen von dem Vogel und dem Honigsucher zu erzählen. In der Hoffnung auf einen kleinen Rest der Delikatesse gingen Agar und Cere wieder mit ihr zu der Stelle zurück, aber es war nichts übrig. Enttäuscht kehrten sie wieder um. Dann entdeckte Agar ein Loch mit wimmelnden Honigameisen. Der gefräßige Gräber hatte auch hier die Erde aufgerissen, und die Ameisen waren jetzt damit beschäftigt, den Schaden wieder auszubessern. Sie schleppten Honigkügelchen auf ihrem Hinterleib, die zweimal so groß waren wie sie selber.

Zenas Magen knurrte erwartungsvoll. Vorsichtig, um nicht gebissen zu werden, nahm sie die Ameisen und knabberte die kleinen, süßen Bällchen ab, bis ihre Gier befriedigt war. Dann schaufelten sie und die beiden Erwachsenen einen guten Teil der wimmelnden Ameisen in einen Korb und eilten zu ihrem Rastplatz zurück. Die anderen begrüßten sie begeistert. Honig war ein ganz besonderer Leckerbissen, speziell für die Kinder. Selbst Lupe aß etwas davon, um das bittere Gebräu hinunterzubringen, das Kalar ihm unnachgiebig einflößte. Die anderen Kinder liefen noch einmal zurück, um Nachschub zu holen, und hatten schon bald den Bogen raus, wie sie die zappelnden Ameisen hochnehmen und den köstlichen Honig abnibbeln konnten, ohne gebissen zu werden. Ihre Lebensgeister schienen neu erwacht, sie tollten wieder umher und spielten ausgelassen wie zuvor.

Sie rasteten noch einen Tag, dann zogen sie weiter. Lupe erholte sich jetzt zusehends, und Kalar wollte den See erreichen, bevor sie unterwegs vom Regen überrascht wurden. Wenn sie erst einmal am See waren, konnten sie einen festen Unterschlupf zu ihrem Schutz bauen oder auch den alten instand setzen, wenn er noch da war. Doch als sie zwei Tage später den vertrauten Ort erreichten, fanden sie ihren Unterschlupf anderweitig besetzt. Bran und Agar gingen ärgerlich auf die Fremden los, die sich in der Behausung breitgemacht hatten, die sie doch als ihr Eigentum betrachteten, und wollten die Eindringlinge hinauswerfen. Kalar aber rief sie zurück.

»Wir bauen uns einen neuen«, sagte sie, und sie drehten widerstrebend wieder um.

»Er gehört uns«, widersprach Agar.

»Alle Orte gehören der Mutter«, antwortete Kalar. »Das Land gehört ihr, nicht uns.«

Agar sah nicht gerade überzeugt aus, aber er ließ sich auch nicht auf eine Diskussion ein. Er war müde und verschwitzt nach der langen Reise und sehnte sich nur noch nach einem Bad im See und danach, sich zu reinigen. Sie alle badeten am liebsten einmal täglich, aber das ließ sich nicht immer machen, wenn sie unterwegs waren.

Jetzt lief er zu den anderen hinüber, die schon fröhlich im kalten Wasser herumplantschten. Als der Schmutz der letzten Woche fortgespült war, rubbelten sie sich mit süßduftenden Blättern ab. Dann legten sie sich träge zum Trocknen in die Sonne. Erst danach machten sie sich an die mühsame Aufgabe, einen Unterschlupf zu bauen. Es mußten Binsen für das Dach gesammelt werden, zum Schutz vor Regen. Mit ihren scharfen Steinen mußten sie erst Dornenzweige abschneiden, dann Felsbrocken suchen, die sich als Fundament für den Schutzwall eigneten und schließlich lange, biegsame Zweige für das Dach.

Kalar nahm Zena mit auf die Suche nach einem geeigneten Standort. Er mußte auf einer Seite einen guten Überblick über den See bieten, mit der anderen Seite aber an den Felsen grenzen, damit sie vor Wind geschützt waren und gleichzeitig auch vor Raubtieren, die sich sonst vielleicht unbemerkt von hinten anschleichen konnten. Vorne würden sie ihr Feuer haben, sofern sie es über die Regenzeit hinwegretten konnten. Das aber war immer ein großes Problem. Wenn sie das Feuer drinnen in Gang hielten, konnten sie kaum noch Luft bekommen, wenn sie es aber draußen ließen, wurde es im Nu von den sintflutartigen, nachmittäglichen Regengüssen gelöscht. Nacht für Nacht hatte Kalar sich der Mutter geöffnet, damit sie ihr ein Bild schicken konnte, das ihnen vielleicht bei diesem Problem half, aber bis jetzt hatte sie noch keine Botschaft empfangen.

Vielleicht würde Zena auch diesmal eine Antwort finden, dachte Kalar ein wenig resigniert, als sie um den See herumwanderte.

Sie gelangten zu einer Stelle, an der große Findlinge am Berghang verstreut lagen. Besonders von dem einen aus hatte man einen wunderbaren Blick über den See und die ganze Umgebung. Zena war schon hinaufgeklettert und stand mit weit ausgebreiteten Armen dort oben, als wollte sie alles um sie her umarmen. Kalar sah ihr fasziniert zu. Zena sah sehr ernst aus, wie sie es schon oft an ihr gesehen hatte. Aber sie wirkte auch abwesend, als sähe sie etwas in weiter Ferne.

Die kleine Gazelle kraxelte mit steifen Beinen zu Zena hinauf und stupste sie mit der Nase. Aber dieses eine Mal achtete Zena kaum auf sie. Sie hatte ein Gefühl, als wäre ihr Geist anderswo, beinahe so, als würde jemand anders mit ihren Augen sehen. Ein Bild begann in ihr aufzusteigen, sie sah den See, aber es war nicht der See, wie sie ihn heute sah. Das Schilf war dichter, und es gab viele Vögel …

Dreibein stieß sie wieder mit der Nase an die Hand, diesmal etwas fester, und das Bild verschwand. Zena lachte und zog das hartnäckige Kalb an sich. Sie würde gut auf ihren Liebling achtgeben müssen, wo doch jetzt noch ein anderer Stamm in der Nähe lebte. Vielleicht würden sie ebensowenig wie die Großen verstehen, daß Dreibein nicht zum Essen gedacht war.

Kalar erklärte die Stelle mit den Findlingen als ideal für ihre Zwecke. Hier gab es gleich unterhalb des Felsens eine freie, ebene Fläche, wo sie sich versammeln konnten, und viel Platz für ihren Unterschlupf. Sie schleppten ihr Material herbei und begannen mit dem Aufbau. Als einen Tag später der Regen einsetzte, befestigten sie gerade das letzte Strohbündel mit Ranken, damit es nicht fortgeweht werden konnte, und kuschelten sich dann drinnen gemütlich zusammen.

Dieser Unterschlupf war viel besser als der alte, entschieden sie und waren froh, daß sie ihn gebaut hatten.

Cere setzte Zena vor sich hin und begann ihr mit einem Bündel Äste, die sie mit einer Ranke zusammengebunden hatte, die Haare zu kämmen. Das Haar war dick und widerspenstig, und der Kamm brach entzwei. Seufzend legte Cere ihn zur Seite. Morgen, so beschloß sie, würde sie Zenas Haare waschen, damit sie sich besser kämmen ließen.

Als Ceres Gezerre endlich aufgehört hatte, begann Zena ein Vorhaben zu verwirklichen, das sie während der Reise im Geiste entwickelt hatte. Sie brauchten noch eine Schlinge, und es war kaum damit zu rechnen, daß sie noch einmal eine Antilope ergattern konnten. Also hatte sie beschlossen, noch so einen großen Korb zu flechten, wie den, den sie benutzt hatten, um Dreibein zu tragen. Wenn man darin allerdings ein Kind sicher tragen sollte, mußte er robuster ausfallen. Sie machte sich mit einigen Binsen, die sie in den Unterschlupf gebracht hatte, an die Arbeit und versuchte, sie enger hin und her zu weben, als sie es bisher immer getan hatte. Cere sah, was sie tat, und kam hinzu, um ihr zu helfen. Ihre langen, geschmeidigen Finger waren geschickt und flink, und schon bald ließ Zena sie allein weiterweben. Als der Korb fertig war, polsterten sie ihn mit weichen Gräsern aus und legten Ceres Säugling hinein, ein Mädchenkind namens Filar. Sie steckte den Daumen in den Mund und schlief ein.

Danach versuchten alle, außer den kleinen Körben, die sie normalerweise in einer Hand trugen, auch große Körbe herzustellen, die sie sich über die Schulter hängen konnten. Die größeren waren erstaunlich nützlich. Man konnte Äste und Stöcke für das Feuer in ihnen transportieren, große Melonen und Knollen, oder auch frisches Gras, um die Schlafstelle im Unterschlupf auszulegen. Ceres Körbe waren jedesmal die besten. Keiner sonst konnte so ordentlich und fest flechten wie sie, und immer, wenn sie einen neuen Korb brauchten, fragten sie von nun an Cere. Dafür boten sie ihr Nahrung an oder erledigten die verschiedensten Aufgaben für sie. Da Cere das Korbflechten Freude machte, erfüllte sie ihre Wünsche nur zu gern.

Die Frauen, die in ihrem alten Unterschlupf lebten, waren fasziniert von den Schlingen. Sie hatten schon neugierig zugesehen, als Kalar und die anderen den neuen Unterstand bauten, und sogar ihre Technik nachgeahmt und das alte Dach mit Klumpen aus Gras und kleinen Zweigen dort abgedichtet, wo die Nässe eindrang. Aber eigentlich hatten sie es auf die Schlingen abgesehen. Jeden Tag rückten sie ein wenig näher an die Stelle heran, wo Cere ihre Körbe flocht, und starrten, ihre Kinder fest an die Brust gepreßt, auf ihre arbeitenden Hände.

Die Kinder der beiden Gruppen waren weniger zurückhaltend. Sie beäugten sich einige Augenblicke lang, dann tobten sie auch schon los, platschten lärmend durchs seichte Wasser und spielten Verstecken zwischen den Felsen und Bäumen. Nur Zena hielt sich fern. Sie wurde jetzt rasch größer und fand das Spielen längst nicht mehr so aufregend wie Vögel und Tiere zu beobachten, den Erwachsenen zu helfen oder eines der Projekte umzusetzen, die ihr oft fix und fertig in den Sinn kamen, so als wären sie schon immer dagewesen, nur daß sie sie bisher nie vor sich gesehen hatte.

Die Ungezwungenheit der Kinder schien auch den Frauen aus dem anderen Stamm Mut zu machen. Die, die ihre Anführerin zu sein schien, deutete auf die Schlinge, die Zena trug, und dann auf sich, als wollte sie fragen, ob sie sie ausprobieren dürfe. Zena nahm die Schlinge ab und legte sie ihr um die Schultern. Die Augen der fremden Frau leuchteten verzückt, als sie sich stolz ihren Begleiterinnen präsentierte. Darauf fingen sie alle an, aufgeregt zu gestikulieren und mit den Fingern zu zeigen. Sie wollten auch solche Schlingen haben.

Zena und Cere sahen sich entsetzt an. Es waren viele Frauen, viel zu viele, um ihnen allen eine Schlinge zu machen. Zena hob ruhegebietend die Hand und winkte den Frauen, ihr zu folgen. Sie führte sie zu dem Platz, wo die Binsen wuchsen, die sie zum Körbeflechten benutzten, und ließ jede von ihnen einen Armvoll lange Halme zusammentragen. Dann setzte sie sie dicht neben Cere. Sie sollten ihr beim Arbeiten zusehen. Cere bewegte die Finger ganz langsam, damit sie es ihr nachmachen konnten. Mit vor Anspannung gerunzelter Stirn machten sie sich an die Arbeit. Zunächst waren die Ergebnisse noch recht unbeholfen, aber dann wurden sie schnell geschickter und begannen die Binsen fest miteinander zu verweben und ordentliche, kräftige Knoten zu knüpfen.

Eine Zeitlang half Zena ihnen noch, dann ging sie zu einem ein wenig abseits oberhalb des Rastplatzes gelegenen Felsblock und ließ sich dort nieder. Dreibein hielt sie dicht bei sich, aus Angst, die Männer des anderen Stammes könnten ihrem Liebling etwas tun. Die Frauen und Kinder schienen die kleine Gazelle wie ein etwas außergewöhnliches Junges zu akzeptieren. Sie lachten über ihre Streiche und tätschelten sie vorsichtig. Aber bei den Männern war sie sich nicht sicher. Männchen waren anders, dachte sie, immer schnell bereit zu töten. Selbst unter Kindern war das so. Gestern erst war Kalar unglaublich böse auf Lupe und Dorn gewesen. Die beiden Jungen hatten alle Vogelkinder in einem Nest getötet, obwohl sie keine Nahrung benötigten.

»Das sind Geschöpfe der Mutter«, hatte sie ihnen erklärt, ohne die Stimme zu erheben, aber in so ernstem Tonfall, daß sie vor ihr zitterten. »Ihr dürft niemals mehr töten, als ihr braucht, sonst gibt es im nächsten Jahr keine mehr. Ihr sollt der Mutter für ihre großzügigen Gaben danken und nicht damit spielen!«

Sie hatte den Jungen die blutigen Steine aus der Hand genommen und sie so verzweifelt betrachtet, als fühlte sie selber den Schmerz, den sie den Vögeln zugefügt hatten.

Dann hatte sie sich ihnen wieder zugedreht und sie so heftig angeschrien, daß sie den ganzen restlichen Tag über aus lauter Angst kein Wort mehr gesprochen hatten.

»Fort mit euch, und kommt mir nicht wieder unter die Augen, bevor ihr der Großen Mutter gesagt habt, daß es euch leid tut, was ihr getan habt.«

Da waren die beiden Jungen mit schamgeröteten Gesichtern davongelaufen. Lett war ihnen gefolgt, damit sie auch taten, was Kalar von ihnen verlangt hatte.

Zena ließ die Blicke über die Landschaft zu ihren Füßen schweifen und dachte über das alles nach. Sie selber hatte niemals das Bedürfnis zu töten, es sei denn, daß sie Nahrung brauchte, und dann sprach sie jedesmal einen Segen über das Erlegte, ganz wie Kalar und Cere es ihr beigebracht hatten. Alle Geschöpfe kamen von der Mutter, und wenn sie für Zena oder einen der anderen ihr Leben hingaben, so mußte man ihnen danken und sie der Mutter anempfehlen, damit sie sie zurück an ihr Herz nahm.

Zena seufzte schwer. Ihr war klar, daß dieses sinnlose Töten auch sie verletzt hatte. Sie konnte es einfach nicht verstehen. Kalar hatte ihr erklärt, daß in den Männchen eine Kraft schlummerte – und zwar in einigen mehr als in anderen –, die unter Kontrolle gehalten werden mußte, damit sie niemandem schadete oder Geschöpfe der Mutter durch sie verletzt wurden. Die Männer, hatte sie gesagt, brauchen immer eine weise Frau, die ihnen hilft, diese Kraft im Zaum zu halten.

Das war ein verwirrender Gedanke für Zena. Die Männer, die sie kannte, waren so freundlich. Agar hatte ihr mit Dreibein geholfen, und Bran war immer gut zu ihr, auch wenn er sie neckte. Sie fand es auch seltsam, daß die Mutter die Männer überhaupt so gemacht hatte. Wenn sie das nächste Mal mit Kalar sprach, würde sie sie fragen, warum das so war.

Sie blieb weiter sitzen und spürte einer Traurigkeit nach, die einen tieferen Ursprung hatte als nur das verwirrende Verhalten der Männchen. Statt dessen kam sie von irgendwo tief in ihrem Innern, von den Fragen, die sie ununterbrochen beschäftigten und für die sie keine Antworten hatte, Fragen über Männer und über die Paarung, darüber, warum manche Worte besaßen und andere nicht, warum die Große Mutter nur den Weibchen Kinder schenkte, warum die Tiere sich verhielten, wie sie es taten. Vor allem hätte sie gern gewußt, warum die Mutter schlimme Dinge zuließ wie das Töten der kleinen Vögel oder daß andere Tiere sinnlos verletzt wurden. Zena schien das falsch, und sie wollte es in Ordnung bringen, wie sie eben immer alles in Ordnung bringen wollte.

Sie dachte darüber nach, daß keiner der anderen sich mit diesen Fragen herumzuschlagen schien. Außer Kalar natürlich. Aber wenn sie Fragen hatte, antwortete die Mutter ihr in Bildern. Warum antwortete die Große Mutter ihr, Zena, nicht auch, wenn sie etwas wissen wollte? Kalar hätte ihr gesagt, sie müsse Geduld haben und viele Stunden und Tage oder gar Monate warten, bis sie ein Bild empfing. Das kam Zena sehr lange vor. Sie wollte die Antworten gleich.

Sie erinnerte sich, daß ihr, bevor sie den Unterschlupf gebaut hatten, hier auf dem Felsen einmal beinahe ein Bild erschienen war, aber es war gleich wieder verflogen, als Dreibein sie anstupste. Zena wollte versuchen, es wieder zurückzuholen.

Sie stellte sich wie vorher mit ausgebreiteten Armen hin und schloß die Augen. Wieder stupste Dreibein sie mit der Nase. Zena warf der kleinen Gazelle einen strengen Blick zu und legte ihr die Hand auf den Rücken, damit sie sich zufriedengab und sie nicht mehr störte. Dann schloß sie wieder die Augen und wartete.

Ganz langsam begann vor ihrem inneren Auge ein Bild zu entstehen, wenn sie darin auch nicht das erkannte, was sie beinahe gesehen hatte. Dieses Bild jetzt fühlte sich anders an, und es war auch nicht hier am See. Zena erkannte, daß sie statt dessen auf der Lichtung am Fluß stand, nahe bei dem Unterschlupf dort. Die Luft roch nach Rauch, und da waren laute Geräusche, so entsetzlich, daß sie sich am liebsten die Ohren zugehalten hätte. Sie dachte, daß es Tiere sein mußten, die diese Geräusche machten.

Sie sah Kalar beim Fluß stehen. Das Gesicht der weisen Frau war angstverzerrt. Sie schrie laut, rief ihr etwas zu. Zena hörte ihre Stimme, konnte aber die Worte nicht verstehen. Der Lärm war zu groß, jetzt noch lauter als zuvor. Es war ein donnerndes Getöse, das immer lauter und lauter wurde.

Und dann rannte Kalar, rannte, als hinge ihr Leben davon ab.

Zena schrie. Sie mochte dieses Bild nicht, sie wollte es nicht sehen. Schluchzend verbannte sie es aus ihrem Geist. Sie verdrängte es so heftig, daß sie, als Cere angelaufen kam, um zu fragen, was denn los sei, nicht mehr sagen konnte, was sie gesehen hatte. Der Fluß, der Lärm, die Verwirrung – es war alles verschwunden. Nur Kalars entsetztes Gesicht war immer noch da.

Zena rieb sich heftig die Augen, um das Gesicht zu verscheuchen. Ohne auf Ceres Frage einzugehen, sprang sie vom Felsen und lief zu den anderen Kindern, um zu spielen. Während der ganzen Zeit, die sie noch am See verbrachten, spielte sie mit verzweifelter Ausgelassenheit, als wollte sie sich in ein Kind zurückverwandeln, ein Kind wie die anderen, die keine Bilder von der Mutter empfingen.

12. Kapitel

Zena und die Kinder der beiden Stämme saßen vor der Sonne geschützt in einem kleinen Wäldchen.

»Wir machen jetzt Worte«, sagte sie den Kindern. »Und Bilder.«

Erwartungsvoll sahen sie sie an. Zena hatte Spiele für sie erfunden, sie benannten Dinge, malten Zeichnungen auf den Boden, die wie diese Dinge aussahen, und versuchten dann, alles nacheinander aufzuzählen. Die Kinder liebten diese Spiele, und Zena auch. Sie lenkten sie ab, so daß ihre Gedanken nicht zu der beängstigenden Vision auf dem Felsen zurückkehrten.

»Fisch!« rief Zena.

Sima und Lupe machten sich augenblicklich daran, einen fischähnlichen Umriß in den Erdboden zu ritzen. Dorn gelang sogar ein einigermaßen gutes Abbild. Die Kinder aus dem anderen Stamm kratzten ebenfalls mit Feuereifer auf dem Boden herum, aber ihre Zeichnungen hatten nicht viel Ähnlichkeit mit einem Fisch. Zena drängte sie nicht. Sie waren begierig zu lernen, auch wenn sie nicht so flink waren wie Sima und die Jungen, die seit frühester Kindheit an Wortspiele gewöhnt waren.

»Vogel!« befahl Zena. Das war schon schwieriger, aber sie krakelten eifrig vor sich hin.

»Viele«, sagte Zena und zeigte auf die vielen Zeichnungen. Sie hielt die Finger einer Hand hoch. Sima zog für jedes Bild einen von Zenas Fingern herunter und nannte das Wort, das sie sich für jeden davon ausgedacht hatten. Als sie mit allen Fingern durch war, runzelte sie hilflos die Stirn. Sie wußte nicht, wie sie weitermachen sollte.

Zena lachte und fuhr ihr mit der Hand durchs Haar. Sie war zu erhitzt und durstig, um noch mit der anderen Hand anzufangen. Statt dessen führte sie die Kinder zum See, um zu trinken und sich abzukühlen. Dann schlenderte sie zu

Kalar und Cere hinüber. Sie saßen ebenfalls von eifrigen Schülern umgeben unter großen schattigen Bäumen. Cere half den Erwachsenen aus dem anderen Stamm, Körbe zu flechten, und Kalar sprach zu ihnen von der Großen Mutter, wie sie es schon viele Male zuvor getan hatte. Geradezu erleichtert hatten sie sofort begriffen, worum es ihr ging, als hätte die Mutter schon seit langem in ihren Köpfen und Herzen gewohnt, und Kalars Worte wären nun nur noch eine Bestätigung dessen, was sie schon immer gefühlt hatten. Es erschien ihnen unzweifelhaft, daß es eine Macht geben mußte, die größer war als sie selber; schließlich ging jeden Morgen die Sonne auf, und der Mond in der Nacht, Stürme zogen herauf, und das Leben erneuerte sich unaufhörlich selbst. Daß diese Macht die Mutter war, schien ihnen ebenso einleuchtend. Jeder von ihnen hatte eine Mutter, also mußten die Erde und alles, was auf ihr war, auch eine Mutter haben.

Sie erkannten, daß die Mutter wie ihre weisen Frauen war, nur noch viel weiser. Die Mutter war die große weise Frau, diejenige, an die sie sich von nun an immer wenden konnten, wenn ein Problem für sie selber zu kompliziert war. Die Mutter war auch die Spenderin des Lebens, sie ließ das neue Leben in den Bäuchen der Weibchen und in der Erde nach der Regenzeit wachsen.

Jetzt erschien Lett mit einer ganzen Sammlung der großbrüstigen Statuen mit den breiten Hüften. Auf Kalars Bitte hin hatte er auch einige für die Frauen des anderen Stammes gemacht. Sie sollten ein greifbares Symbol der Mutter haben, das sie immer an sie erinnern würde.

Kalar dankte ihm und erhob sich. »Die Mutter sei stets mit euch«, sagte sie und bedeutete der weisen Frau des Stammes, daß sie vortreten und die Statuen in Empfang nehmen möge. Diese gab dann ihrerseits die Statuen an die Frauen weiter, deren Bäuche sich über einem ungeborenen Kind rundeten.

Die Kinder kamen vom See heraufgeklettert und beobachteten die Zeremonie mit ehrfurchtsvoll geweiteten Augen. Zena nickte dem kleinsten Kind zu, einem Jungen vom anderen Stamm, der gerade Laufen gelernt hatte. Er kam auf unsicheren Beinen zu ihr herüber und ließ sich in ihren Schoß plumpsen.

Sie würde sie vermissen, dachte sie, während sie mit der Hand über seine weiche, sonnenwarme Haut strich. Andererseits war sie wieder froh, daß es an der Zeit war, den See zu verlassen und ein weiteres Mal dem Fluß entgegenzuziehen. Sie fand das Reisen jedesmal so aufregend – und sie konnten jetzt auch nicht mehr lange bleiben. In diesem Jahr war nur wenig Regen gefallen, und es war schon jetzt schwierig, für zwei Stämme hier noch Nahrung zu finden.

Am nächsten Tag winkte sie den Kindern zum Abschied zu und rief ein Wort, das ›nächstes Mal‹ bedeutete. Die Kinder wiederholten das Wort, aber sie machten traurige Gesichter dabei. Sie mochten Zena sehr, und die Spiele, die ihre Fantasie so sehr anregten. Es machte ihnen Spaß, an allem, was sie sahen, herumzurätseln, und sie erfanden gern neue Worte und Ideen. Jetzt würden sie das alles allein machen müssen.

Die Erwachsenen standen im Pulk um die Kinder herum. Jedes Stammesmitglied hielt einen Korb, und die Frauen trugen voll Stolz die Schlingen, die sie angefertigt hatten. Eine der Frauen hielt ihren Korb in der einen, Letts Figur in der anderen Hand und sprach die Botschaft nach, die Kalar ihnen übermittelt hatte. Die anderen ahmten ihre Haltung nach und wiederholten ihre Worte.

»Geht mit der Mutter«, sagten sie, und ihre Worte klangen vielstimmig segnend durch die unbewegte Luft.

Kalar drehte sich noch einmal um und winkte. »Möge die Mutter immer in euren Herzen leben«, antwortete sie. Dann schritt sie voran, ohne sich noch einmal umzuschauen. Wenn die Zeit gekommen war, ihren Stamm zu führen, wollte sie nur nach vorn sehen.

Als erstes führte sie sie in ein Sumpfgebiet, wo es fast immer reichlich Nahrung und Wasser gab, dann arbeiteten sie sich langsam nordöstlich in Richtung Fluß vor. Diesmal hatten sie es nicht so eilig, denn es war noch immer auf weiten Teilen der Strecke Nahrung zu finden. Oft hielten sie sich über mehrere Wochen an einem Ort auf. Dann bauten sie einen Unterschlupf und blieben dort, bis es schwierig wurde, etwas zu essen zu finden. Dann zogen sie weiter. Zena liebte diese längeren Aufenthalte, weil sie dadurch die Möglichkeit hatte, den Kindern aus den Stämmen in der Nähe etwas beizubringen. Während Cere die Erwachsenen lehrte, wie man Körbe flocht, und Kalar von der Großen Mutter sprach, scharte sie die Jungen um sich und zeigte ihnen ihre Spiele. Sowohl Kinder als auch Erwachsene hörten ihnen begierig und mit gespannten Gesichtern zu. Zena kam es beinahe so vor, als hätten sie nur darauf gewartet, daß ihnen jemand die neuen Ideen und Fertigkeiten nahebrachte, so wie Pflanzen auf den Regen warten. Als sie diesen Gedanken Kalar gegenüber auszusprechen versuchte, nickte die weise Frau zustimmend mit dem Kopf.

»So hat die Mutter uns verändert«, sagte sie feierlich. »Jetzt haben alle das Bedürfnis zu lernen.«

»Ihr müßt andere lehren, so wie wir euch gelehrt haben«, sagte Kalar ihren aufmerksamen Zuhörern, und das taten sie auch. Jeder Stamm gab das Gelernte an andere weiter, denen sie auf ihren Zügen begegneten. Diese Stämme lehrten wieder andere Stämme; jede Generation lehrte die nächste, und so ging es immer fort, Jahr für Jahr, von Generation zu Generation. Binnen kurzem waren alle Stämme der Gegend mit Zenas Erfindungen und der Vorstellung von der Mutter vertraut.

Als sie den Fluß schließlich erreicht hatten, empfand Zena trotz ihrer Freude, wieder an ihrem Lieblingsort zu sein, eine Welle der Trauer. Hier gab es keine neuen Kinder, denen sie etwas beibringen konnte. Das Leuchten in ihren Gesichtern, wenn sie neue Worte oder Ideen entdeckten und Antworten auf ihre Fragen fanden, würde ihr fehlen. Andererseits waren diese Lehrstunden für Zena auch frustrierend. Sie konnte die Fragen anderer beantworten, aber niemand wußte eine Antwort auf ihre eigenen Fragen.

Sie sah einer Herde Antilopen zu, die in der Ferne grasten. Einige von ihnen sprangen anderen von hinten auf den Rükken.

»Was tun die da?« Sima berührte Zena an der Hand, um ihre Aufmerksamkeit auf sich zu lenken.

»Sie paaren sich«, antwortete Zena, »wie die Erwachsenen.«

Sima nickte, zufrieden mit dieser Erklärung. Aber Zena war nicht zufrieden. Sie wollte wissen, ob Antilopen Freude an der Paarung hatten, so wie Erwachsene, nach dem, was Kalar und Cere behaupteten. Sie glaubte es nicht. Wenn die Männchen sich ihnen näherten, versuchten die Antilopenkühe meistens wegzulaufen. Wenn die Sache ihnen Freude machte, warum liefen sie dann fort? Und wenn sie ihnen keine Freude machte, warum taten sie es dann trotzdem?

Sie hatte beobachtet, daß Löwen ganz anders waren. Unten am See faulenzte oft ein Löwenrudel herum. Sie hatte gesehen, wie die Weibchen sich immer und immer wieder an die Männchen heranmachten, damit sie sich endlich mit ihnen paarten. Die Männchen schienen oft wenig Lust zu haben, aber die Weibchen ließen nicht locker.

»So will es die Mutter«, hatte Kalar ihr erklärt, als sie danach gefragt hatte. »Alle Tiere paaren sich, und alle sind anders.« Aber auch diese Antwort konnte Zena nicht befriedigen. Sie wollte wissen, warum die Mutter das so wollte, und warum die Tiere verschieden waren.

Wenige Monate, nachdem sie an den Fluß zurückgekehrt waren, bekam die Frage neue Bedeutung. Dreibein, deren Bein schon vor langer Zeit geheilt war, war jetzt ausgewachsen und begann sich mehr und mehr für andere Gazellen zu interessieren. Zena war sicher, daß die Paarung etwas mit diesem Interesse zu tun hatte. Schon zweimal war sie zu einer Herde gelaufen und hatte sich von einem Bock beschnüffeln lassen. Sie war zwar jedesmal zu Zena zurückgekehrt, aber jetzt lief sie zum drittenmal hin, und inzwischen war sie längst nicht mehr so scheu wie früher. Zena sah schweren Herzens zu, wie der große Bock sich ihr wieder näherte. Diesmal ließ Dreibein sich von ihm begatten; dann verschwand sie in der Herde.

Zena machte kehrt und rannte zwischen die Bäume. Sie versuchte mit aller Kraft, ihre Schluchzer niederzukämpfen.

Wenn Dreibein mit ihresgleichen zusammensein wollte, konnte sie sie nicht zurückhalten. Kalar hatte ihr das immer wieder gesagt, und Zena wußte, daß sie recht hatte. Dreibein gehörte Zena nicht; sie war eine Gazelle, und Gazellen gehörten zusammen.

Zena hatte einen schweren Klumpen Unglück im Bauch. Sie fühlte sich, als hätte man ihr plötzlich ein Stück aus ihrem Körper herausgerissen; ohne Dreibein würde sie nie wieder wirklich vollständig sein.

Mit gesenktem Kopf, damit ihr niemand ihre Gefühle ansehen konnte, schlich Zena zu der engen Schlucht hinüber, wo sie geboren worden war. Hier empfand sie mehr Frieden als an jedem anderen Ort. Selbst ihre Fragen schienen alle Dringlichkeit zu verlieren, wenn sie in dem Steinkreis saß, als wäre es gar nicht nötig, nach Antworten zu suchen und alles verstehen zu wollen.

Sie schloß die Augen und zwang sich, ihre Aufmerksamkeit dem Gezwitscher der Vögel und dem gluckernden Bach zuzuwenden. Da ließ sie ein anderes Geräusch aufhorchen. Neben ihr kaute etwas. Verwirrt öffnete sie die Augen. Da stand Dreibein neben ihr und beknabberte zufrieden einen niedrigen Busch. Sie war zurückgekommen!

Nun flossen bei Zena doch die Tränen, die sie so mühsam niedergekämpft hatte, als sie zu ihrer kleinen Gazelle rannte und sie umarmte. Dreibein rieb zärtlich den Kopf an ihr und knabberte dann weiter, als sei nichts gewesen. Als Zena sich zum Gehen erhob, lief Dreibein dicht hinter ihr her. Von da an machte sie keine Ausflüge mehr zu der Herde.

Als der Tag sich neigte, zogen schwere Wolken herauf, und auf dem Abhang, an dem die Gazellen grasten, schlug ein zuckender Blitz ein. Das dürre Gras fing sofort Feuer, und die Flammen schlugen hoch in die Luft. Wieder einmal stand die Regenzeit bevor, und weil es beim letztenmal so wenig geregnet hatte, waren die Brände verheerender als sonst.

Die Gazellen begannen fortzurennen. Mit dem Rücken anmutige Bögen in der Luft beschreibend, sprangen sie vor dem Feuer davon. In wenigen Minuten war die ganze Herde verschwunden. Zena war erleichtert. Jetzt brauchte sie sich keine Sorgen mehr zu machen, daß sie Dreibein verlor – wenigstens vorerst nicht.

Am nächsten Morgen wanderte sie in aller Frühe am Ende der Lichtung den Berg hinauf, um nach brennendem Holz Ausschau zu halten, denn ihr Feuer war in der Nacht ausgegangen. An den Stellen, wo es gebrannt hatte, gab es immer mehr als genug von solchen glimmenden Stöcken. Aus Angst, die Gazelle könnte sich die Hufe oder ihre empfindliche Nase verbrennen, wenn sie unter der dicken Ascheschicht nach Grünzeug und versengtem Gras stöberte, ließ sie Dreibein diesmal bei Sima und Lupe zurück.

Um zu dem ebenen, verbrannten Gelände zu gelangen, mußte Zena einen steilen Abhang hinaufklettern. Ein kurzer, überhängender Felsvorsprung versperrte ihr den Weg. Sie zog sich an der einen Seite hinauf und erstarrte, als sie aus den Augenwinkeln etwas unterhalb von sich eine Bewegung wahrnahm. In der Dunkelheit unter dem Vorsprung konnte ein Löwe hausen, oder eher ein Leopard. Sie hatte in dieser Gegend allerdings noch nie einen gesehen, und es roch hier auch nicht nach einer Höhle. Wahrscheinlich war es nur irgendein kleineres Tier.

Den Körper dicht an den Boden gepreßt, lugte sie vorsichtig über den Felsrand. Jetzt regte sich nichts mehr, aber sie konnte ein dunkles Etwas erkennen, das da unten auf dem steinigen Boden lag. Vielleicht war es eine Antilope, so wie damals nach dem letzten Feuer. Was wäre das für ein herrlicher Fund! Sie könnte neue Schlingen machen, und von dem Fleisch könnten sie sich tagelang ernähren.

Zena rückte näher heran. Das Wesen auf dem Boden bewegte sich und stöhnte. Erstaunt fuhr sie zurück. Das war kein Geräusch, wie es Tiere machten; dieser Ton kam von einem Wesen wie sie selbst. Voller Angst, ein Mitglied ihres Stammes könnte verletzt worden sein, rannte sie hinüber, aber es war ein Fremder; ein junges Männchen, das kaum größer war als sie.

Sie beugte sich über ihn. Flatternd öffneten sich seine Lider über hellen, nußbraunen Augen. Die Iris war mit gelben Flecken gesprenkelt, als hätten sich Fünkchen von Sonnenlicht dort verfangen. Zena starrte verzaubert hinein. Sie hatte noch nie solche Augen gesehen.

Das junge Männchen stieß einen Schwall von Worten aus, die sie nicht verstehen konnte. Die meisten Stämme, denen sie begegneten, hatten ganz ähnliche Worte wie sie, aber dieses Männchen hier schien vollkommen andere Worte zu benutzen, und so starrte sie ihn beim Sprechen nur intensiv an, als könnten ihre Augen verstehen, was den Ohren entgehen mußte.

Als er merkte, daß sie ihn nicht verstand, versiegte der Wortschwall von einer Sekunde zur anderen. In seinen Augen war jetzt Angst zu erkennen, und ein unsäglicher Gram. Er mühte sich, auf die Beine zu kommen, fiel aber wieder zurück, weil ihm offenbar schwindlig wurde.

»Ich helfe dir«, sagte Zena. Sie zeigte auf sich selber und dann auf ihn. Der Junge antwortete nicht, sondern sah ihr nur mißtrauisch zu, als sie näherkam und sich herabbeugte, um ihn zu untersuchen. Für das Schwindelgefühl war offenbar eine große Beule am Hinterkopf verantwortlich, und an Händen und Füßen hatte er Verbrennungen, als wäre er durchs Feuer gelaufen und hingefallen. Das eine Handgelenk war rot und geschwollen.

»Warte!« befahl Zena und erhob sich. Sie würde Hilfe holen, weil sie ihn unmöglich allein tragen konnte.

Die Angst in seinen gelbgesprenkelten Augen nahm noch zu, als Schritte am Abhang hörbar wurden. Zena rief etwas, in der Hoffnung, es wäre einer der ihren, und hörte Bran antworten. Durch die Furcht in Zenas Stimme verschreckt, kam er schnell herbeigeeilt. Als Bran sich über den Jungen beugte, versuchte dieser verzweifelt, auf die Füße zu kommen, aber die Besorgnis im Gesicht des älteren Mannes war so offensichtlich, daß er sich wieder beruhigte. Gemeinsam halfen Zena und Bran ihm aufzustehen und langsam zur Lichtung zu gehen.

Sofort kamen die anderen aufgeregt durcheinanderrufend angelaufen. Kalar sagte nichts, sondern machte Zena und Bran nur ein Zeichen, daß sie den Fremden zu ihr bringen sollten. Dann untersuchte sie ihn gründlich.

»Vielleicht ist sein Handgelenk gebrochen«, meldete Zena, »und er hat eine Verletzung am Kopf. Ich glaube, er ist gefallen. Ich habe ihn unter dem Felsvorsprung gefunden.«

Kalar nickte. »Hol die Kräuter gegen Verbrennungen und Schwellungen«, trug sie Zena auf.

Neugierig sah das junge Männchen zu, wie sie sein angeschwollenes Handgelenk zwischen zwei gerade Stöcke banden, so wie es die alte weise Frau ihnen beigebracht hatte. Kalar glaubte nicht, daß es gebrochen war, aber die Schienen würden verhindern, daß er das Gelenk bewegte. Danach bereiteten sie verschiedene Mixturen zu. Eine kam auf den Kopf des Jungen, andere auf die Füße und Hände, und schließlich noch eine auf das Handgelenk. Sima und die beiden Jungen fingen an zu kichern. Der Fremde sah auch zu komisch aus mit diesen ganzen Verbänden. Und er hatte so seltsame Augen!

Er sah zu ihnen hoch und grinste. Aber dann war der Ausdruck schon wieder verschwunden, und ein schmerzlicher Zug verdüsterte im Nu wieder sein Gesicht. Zena glaubte nicht, daß die Wunden die Ursache seines Kummers waren; er schien eher aus seinen Gedanken zu kommen.

Cere baute sich mit einer Melone und einigen Fleischstückchen vor ihm auf, das von einem Ferkel stammte, das Bran und Agar in der vorherigen Nacht gefangen hatten. Er nickte ihr dankend zu und begann gierig zu essen. Zena wurde klar, daß er richtig ausgehungert war. So viele Fragen, die sie nicht stellen konnte, nagten an ihr. Woher kam er, und was war ihm zugestoßen? Warum war er allein? Er war größer als sie, aber sie glaubte nicht, daß er viel älter war, und damit war er auf jeden Fall zu jung, um allein zu sein.

Sie überlegte angestrengt, auf welche Weise sie ihn fragen konnte, was mit den anderen seines Stammes passiert war, aber schließlich gab sie auf und sah ihn einfach nur fragend an, während sie mit den Händen auf den Abhang und das Feuer zeigte.

Sein leidvoller Ausdruck vertiefte sich. Resigniert fuhr er sich mit der Hand über die Augen, und sein ganzer Körper schien in sich zusammenzusacken. Die Worte stürzten nur so aus ihm heraus, aber Zena verstand ihn nicht. Enttäuscht schüttelte sie den Kopf. Er hörte zu sprechen auf und begann ihr mit dem Körper vorzumachen, was geschehen war. Er zeigte auf sich und zeichnete dann Figuren in die Luft, die andere darstellen sollten. Dann erhob er sich schwerfällig, lief ein paar Schritte in die eine Richtung und schien die anderen Leute in die andere Richtung zu schieben. Wild gestikulierend deutete er auf das Feuer und fuhr mit den Händen durch die Luft, um die Flammen und die Hitze darzustellen. In seinem Gesicht spiegelte sich erst Angst, dann tiefe Traurigkeit. Tränen liefen ihm über die Wangen, als er erst auf Zena deutete, dann auf Cere. Schließlich brach er, mit einem Arm andeutend, daß er gefallen war, auf dem Boden zusammen.

Zena beobachtete gebannt seine Darstellung. Waren die anderen aus seinem Stamm umgekommen? Oder war er durch das Feuer von ihnen getrennt worden? Und warum hatte er auf sie gezeigt und dann auf Cere?

Sie würde es nie erfahren, wenn sie nicht seine Worte lernte, oder ihm ihre beibrachte, und sie beschloß, gleich damit anzufangen.

»Zena«, erklärte sie ihm und deutete auf sich.

Er blickte sie ernst an, zeigte dann auf sich selber und sagte ein Wort, das sich anhörte wie ihr Wort für ›Fisch‹.

Zena versuchte ihm nachzusprechen. Der Junge lachte und wiederholte das Wort. Anscheinend sagte er ›Lotan‹. Zena versuchte es erneut, und diesmal nickte er.

Er hieß also Lotan. Das war immerhin ein Anfang. Sie zeigte auf Sima und sagte ihr Wort für ›Kind‹. Dann wedelte sie heftig mit beiden Händen, als wollte sie ein Wort aus ihm herausziehen.

Die Augen des Jungen leuchteten auf, als er begriff. Auf das Kind zeigend, sagte er ein Wort.

Zena prägte es sich ein und versuchte es mit dem nächsten. Schon bald kannte sie seine Worte für die meisten Gegenstände und Leute in ihrer direkten Umgebung und auch ein Wort für Lotans Wunden. Als sie ihn nach dem Wort für ›Mutter‹ fragte, beobachtete sie seine Reaktion besonders aufmerksam. Als er sein Wort sagte, breitete sich wieder Trauer auf seinen Zügen aus, und diesmal verging sie nicht wieder. Er zeigte auf Bran und machte dann Bewegungen, als kämpfte er.

»Männchen Mutter Wunde machen?« Die Worte stockten ein wenig, aber Lotan verstand, was Zena sagen wollte. Er nickte heftig und erhob sich wieder, wobei er in die Richtung zeigte, aus der er gekommen war.

»Mutter helfen?« Zena zeigte auf sich selber, Bran und Kalar und dann auf Lotan und hoffte, daß er die Bedeutung von ›helfen‹ erfassen würde. Wieder leuchteten seine Augen.

»Mutter helfen«, wiederholte er stürmisch nickend.

Nun ergriff Kalar zum erstenmal das Wort. »Erst mußt du schlafen«, sagte sie bestimmt.

Zena übersetzte so gut sie konnte, und Lotan nickte widerstrebend. Er würde ohnehin nicht sehr weit laufen können, bevor seine Verbrennungen nicht abgeheilt waren.

Den ganzen Nachmittag über und bis in den Abend hinein saß Zena an dem Feuer, das sie wieder in Gang bekommen hatten, und lernte Wörter von Lotan. Kalar sah ihr mit leichtem Stirnrunzeln dabei zu. Das Kind war so darauf konzentriert, zu erfahren, was sie wissen wollte, und zwar sofort. Sie machte nicht einmal eine Pause, um zu essen oder zu trinken, oder auch nur, um Dreibein zu streicheln.

Kalar erkannte, daß es an der Zeit war, Zena ernsthaft in die Lehre zu nehmen. Sie mußte nicht nur etwas über Pflanzen und ihre Verwendung erfahren, sondern auch von der Mutter und davon, was es bedeutete, eine weise Frau zu sein. Es war jetzt beinahe zehn Jahre her, daß Zena geboren worden war. Sie war alt genug. Schon jetzt wußte sie so viel über die Welt um sie her, mehr als irgendeiner von den anderen. Sie konnte sich Dinge im Geist vorstellen, Erfindungen machen und Probleme lösen. Aber das war nicht genug. Sie mußte die Wege der Mutter verstehen und akzeptieren, ihre unendliche Geduld und ihre Kraft.

Zena war ein Geschöpf der Mutter, dazu bestimmt, ihr zu dienen und ihr Wissen von ihr weiterzugeben, da war Kalar sicher. Aber sie wußte auch, daß die Aufgabe, die Wege der Mutter zu erlernen, für Zena mühevoller sein würde als manches andere. Sie war oft starrköpfig und ungestüm, zu schnell bereit, eigene Lösungen zu suchen, ohne sich von irgend jemandem helfen zu lassen. Zena mußte lernen, sich der Weisheit der Mutter zu öffnen und sie mit ihren eigenen Fähigkeiten zu verbinden. Wenn sie das nicht tat, konnte ihre Intelligenz sie die falschen Wege gehen lassen. Vor allem mußte sie lernen, die Dinge hinzunehmen. Die Wege der Mutter waren unergründlich, manchmal hart, manchmal sanft. Niemand konnte sie voll und ganz verstehen. Auch Zena nicht. Nein, sie mußte lernen, sie hinzunehmen. Eine andere Möglichkeit gab es nicht.

Morgen, beschloß Kalar. Morgen, wenn sie ihre Vorbereitungen trafen, wieder zum See zurückzukehren, würde sie beginnen, sie einzuweihen.

II

Gegen Ende des Tages versammelte sich der Stamm wie üblich um die Feuerstelle. Lotan hielt sich unsicher am Rande, aber Zena zog ihn mit aufmunterndem Lächeln neben sich auf den Boden, als sie sein unglückliches Gesicht sah.

»Sein Name ist Lotan«, erklärte sie den anderen. »Er hat mir gezeigt, was passiert ist. Er hat den einen Weg genommen, sein Stamm einen anderen. Ein Männchen hat seine Mutter verletzt, glaube ich, und er macht sich Sorgen um sie. Ich werde mehr wissen, wenn ich seine Worte besser gelernt habe. – Ich glaube, er ist sehr traurig«, fügte sie noch hinzu und betrachtete Lotans nachdenklichen Gesichtsausdruck.

Die anderen nickten mitfühlend. Gerade wollte Kalar etwas dazu sagen, da ließ eine plötzliche Unruhe sie alle aufspringen. Die Weißschwanzgnus hatten begonnen zu blöken und unruhig mit den Hufen auf die trockene Erde zu stampfen. Schon den ganzen Tag über hatten Zena und die anderen beobachtet, wie sich dicke Staubwolken über diesen zottigen

Tieren türmten, die in aller Gemächlichkeit zu Tausenden gen Süden zogen. Sie zogen jedes Jahr zur selben Zeit hier vorbei. Anscheinend konnten sie es vorher riechen, wenn Regen in der Luft lag. Der Stamm hatte nie besonders auf sie geachtet, außer daß ihnen klar war, daß es bald regnen würde, wenn die Weißschwanzgnus auf dem Marsch waren.

Kalar ging zum Fluß hinunter, um nachzusehen, wie es dort aussah. Lett folgte ihr. Die anderen sahen sich stirnrunzelnd an. Es waren keine Worte nötig, um auszudrücken, was sie dachten. Sie hatten die Gnus viele Jahre hindurch beobachtet und wußten, daß die riesigen Herden diesmal näher vorbeizogen als je zuvor. Sie mußten über den Fluß, um zu den Weidegründen im Süden zu gelangen. Normalerweise gingen sie jenseits der weiter unten gelegenen Flußbiegung hinüber, etwa eine halbe Tagesreise entfernt. Daß sie es hier versuchen könnten, schien ausgeschlossen, das war noch nie vorgekommen.

Trotzdem machte es Kalar nervös, daß sie so nahe herankamen. Es war kaum möglich, auszumachen, welche Richtung sie nahmen, oder auch nur einzelne Umrisse in der aufgewühlten Menge zu erkennen. Dafür lag viel zuviel Staub in der Luft, und es wurde auch langsam dunkel. Aber es sah so aus, als kämen die aufgeregten Tiere direkt auf sie zu.

Sie schrie den anderen zu, daß sie in den Unterschlupf gehen sollten. Solange die großen Tiere nicht durchgingen, würden sie dort sicher sein. Sie wandte sich noch einmal zurück, um einen letzten Blick auf die Ebene jenseits des Flusses zu werfen, und riß entsetzt die Augen auf. Hinter den Gnus war Feuer, das sich sehr schnell voranbewegte. Eben noch war der Horizont klar gewesen; jetzt glühte er in orange und blutroten Farben, als das Feuer ein Wäldchen erfaßte und die Flammen zum Himmel stiegen. Südlich der Gnuherde brannten weitere Feuer und versperrten ihnen den gewohnten Weg. Deshalb schienen sie auf den Fluß zuzuhalten. Es blieb ihnen kein anderer Weg.

Wie ein mächtiger Speer zuckte ein Blitz über den Himmel und fuhr mitten zwischen den Tieren zu Boden. Dann ein zweiter und ein dritter. Ohrenbetäubende Donnerschläge begleiteten die zuckenden Blitze, so laut, daß Kalar meinte, es müsse ihr die Ohren zerreißen. Mächtig dröhnend hallte der Donner über der Ebene wider.

Hunderte der massigen Kreaturen auf der anderen Seite des Flusses brüllten vor Angst. Dann fingen sie mit einemmal zu rennen an. Einige der Tiere drängten sich schubsend und stoßend nach vorn, die anderen folgten hinterher, und binnen Sekunden hatten sie sich in eine voranstürzende Masse aus schlagenden Hufen, schiebenden Körpern und undurchdringlichem Staub verwandelt. Und jetzt konnte kein Zweifel über ihre Richtung mehr bestehen: Sie rannten direkt auf den Fluß und die auf der anderen Seite liegende Lichtung zu.

Lett brüllte gegen den Lärm an: »Auf die Bäume!« schrie er. »Auf die Bäume! Schnell!« Aber seine Stimme verlor sich in dem tosenden Trommeln der Hufe.

Kalar wirbelte herum und lief so schnell sie konnte auf den Unterschlupf zu. Wie ein einziger, riesiger Körper, so groß, daß er beinahe die gesamte Ebene bedeckte, kamen die Tiere in wilder Flucht auf sie zugestürzt. Der Boden bebte unter ihren Füßen, und es dröhnte ohrenbetäubend. Sie glaubte nicht, daß die anderen Letts Warnung gehört hatten. Doch selbst wenn sie ihn gehört hatten, würde ihnen kaum genug Zeit bleiben, um in die Bäume zu klettern. Weißschwanzgnus liefen schnell wie der Wind, wenn sie in Panik gerieten. Und sie würden alles niedertrampeln, was sich ihnen in den Weg stellte. Nichts konnte sie aufhalten, das Wasser nicht, und auch nicht die dicke Wand aus Dornenzweigen. Nur die großen Bäume zu beiden Seiten der Lichtung könnten sie vielleicht noch aufhalten – sonst würden sie wie durch einen Trichter zwischen den Bäumen hindurch, über die Lichtung und direkt durch den Unterschlupf geleitet werden …

Kalar rannte schneller. In wenigen Augenblicken würden die ersten Tiere sie erreicht haben. Nicht einmal der Fluß würde ihren Lauf verlangsamen; er war seicht zu dieser Jahreszeit, und nicht sehr breit.

»Die Bäume!« schrie sie, als sie Nyta in der Mitte der Lichtung zaudern sah, unentschlossen, wohin sie sich wenden sollte. Nyta rannte mit ihrem Säugling auf den Wald zu und zog Sima hinter sich her. Aber das Kind war vor Angst wie gelähmt und ließ sich auf den Boden fallen. Kalar sah, daß Zena seine Hand ergriff und es mit sich zu einem großen Baum zog. Sie drückte das Kind dem fremden Männchen in die Arme und zog sich auf den Baum hinauf. Dann reichte er ihr das Kind nach oben und kletterte hinterher.

»Gut«, dachte Kalar. »Zena ist in Sicherheit.« Sie selber lief aber weiter, denn sie hatte Cere nirgendwo gesehen, und auch keinen der anderen. Der Staub war jetzt so dick, daß man kaum etwas erkennen konnte, geschweige denn atmen.

Wieder blickte sie zu dem Unterschlupf hinauf. Dort drinnen bewegte sich etwas, da war sie ganz sicher. Die andern mußten immer noch dort hocken, in dem Glauben, daß sie in Sicherheit waren. Sie mußte sie warnen, sie dort herausholen.

Schon kamen die ersten Gnus über den Fluß. Sie konnte das aufspritzende Wasser hören, das Brüllen und Schreien und das schrille Quieken, wenn kleinere Tiere von größeren niedergetrampelt wurden. Jetzt waren sie alle von wilder Panik erfaßt; sie kannten nur noch einen Gedanken: laufen. Und sie würden laufen und laufen, auch wenn sie sich gegenseitig dabei tottrampelten. Kalar spürte ihre Panik in allen Knochen.

Da wurde sie von Lett überholt, der schwer keuchte. Hatte auch er die Bewegung im Unterschlupf gesehen? Kalar versuchte ihn anzuhalten, damit er sich einen Baum suchte, solange es noch Zeit war, aber sie bekam keine Luft mehr, und ihre Beine wollten einfach nicht mehr schneller laufen. Sie stolperte und wäre beinahe gefallen.

Plötzlich sah sie eine Gestalt aus dem Wald auf sich zuspringen. Es war Cere, die in panischer Angst die Lichtung mit den Augen absuchte.

»Nein«, schrie Kalar. »Nein! Geh zurück! Zena ist in Sicherheit!« Aber Cere hörte sie nicht. Sie rannte immer weiter, das Gesicht von Angst verzerrt.

Und jetzt wurde Kalar von einer rollenden Staubwolke erfaßt. Die Weißschwanzgnus waren direkt hinter ihr; sie konnte fühlen, wie ihre Hufe auf die Erde trommelten, hörte den heißen Atem der schnaufenden Tiere. Es war zu spät … Sie wußte es, alles war vorbei.

Noch im letzten Moment, bevor der Ansturm der riesigen Tiere sie erreicht hatte, sah sie auf und erblickte Lett am Rande der Lichtung, ein Kind unter jedem Arm.

Statt sich selber in Sicherheit zu bringen, war er zu den anderen gelaufen, um sie zu retten. Kalar wußte es instinktiv. Und so würde er umkommen, und die Kleinen mit ihm, denn die Gnus waren schon fast bei ihnen angelangt. Mit gesenkten Hörnern und panischen, rot glühenden Augen kamen sie auf ihn zu. Sie sah noch, wie Lett eines der Kinder in einen Baum warf, dann verschwand er zwischen den stampfenden Hufen.

Kalar schloß die Augen. Lett. Sie hatten Lett getötet. Er war so viele Male ihr Gefährte gewesen, und sie hatte ihn geliebt … Auf Lett hatte sie sich immer verlassen können; er hatte ihr geraten und sie getröstet. Und er hatte besser als jeder andere verstanden, wie schwer es sein konnte, für die Mutter zu sprechen, ihre Wege zu verstehen –

Da fühlte Kalar den ersten Huf im Rücken und beugte sich tief zur staubigen Erde hinunter, um sich von ihr umfangen zu lassen. Sie rief die Große Mutter an, ohne zu wissen, ob sie noch Worte dafür fand, aber im Geiste war ihre Botschaft unmißverständlich.

»Zena überlasse ich meinen Platz. Zena wird diejenige sein, die deine Botschaften hören wird. Zena wird dich hören, wenn du ihr nur Zeit läßt … Verschone sie, Große Mutter, damit sie heranwachsen kann, um diejenige zu sein, die für dich spricht.«

Dann donnerten die Hufe über ihren Körper hinweg und zerschmetterten ihn, und Kalar hörte auf zu denken.

Hoch oben in den Bäumen fühlte Zena, wie sie von einem unbezwingbaren Zittern erfaßt wurde. Sie schüttelte verwirrt den Kopf, dann brach sie schluchzend und würgend in Tränen aus. Sie wußte nicht, warum sie so plötzlich weinen mußte, außer daß sie Angst hatte, aber sie konnte nicht mehr damit aufhören. Während unter ihr die Weißschwanzgnus vorbeistürzten, weinte und weinte sie, und weder Sima noch Lotan konnten sie beruhigen.

Schließlich verebbte das verheerende Schluchzen, und Zena lehnte erschöpft den Kopf an einen Ast. Sie hatte keine Kraft mehr zu weinen, aber der Schmerz, der ihre Tränen zum Fließen gebracht hatte, hatte sich in ihrem Innern festgesetzt. Es war ein entsetzliches Gefühl, so als hätte sie etwas falsch gemacht, ohne zu wissen, was – und dann kam die Erinnerung doch, so plötzlich, daß sie vor Entsetzen erstarrte und beinahe den Halt verloren hätte. Sie hatte diesen Anblick schon einmal gesehen. Es war das Bild, das ihr die Mutter geschickt hatte.

Keuchend rang sie nach Luft. Die Mutter hatte versucht, sie zu warnen, aber sie hatte nicht auf sie gehört. Kalar – sie hatte Kalar rennen sehen, aber dann hatte sie die Vision beiseite geschoben, und jetzt wußte sie nicht, was ihr zugestoßen war, ihr und Cere und all den anderen.

Verzweifelt trommelte Zena mit den Fäusten gegen den Baum. Sie mußte es wissen. Vielleicht waren sie alle tot, und sie hatte deshalb dieses schreckliche Gefühl der Übelkeit im Bauch.

Sie wußte nichts und konnte auch nichts erkennen. Sie konnte überhaupt nichts sehen, außer den haarigen Kruppen der unter ihr hindurchdrängenden, wogenden Masse von Tieren. Alles andere verschwand hinter wallenden Staubwolken, die im nachlassenden Tageslicht fahl leuchteten. Und sie konnte auch nichts hören. Das überwältigende Dröhnen trommelnder Hufe, das schreckliche Gebrüll, die furchtbaren Todesschreie der zu Boden getrampelten Tiere und das dumpfe Keuchen der immer weiterlaufenden Gnus verschluckten jeden anderen Laut.

Es dauerte Stunden. Die Tiere stürzten in endlosen Wellen durch den Fluß und über die Lichtung. Einige drangen auch vom Staub geblendet in den Wald vor. Bäume wackelten. Äste fielen zu Boden. In einer einzigen Bewegung machten sie kehrt, um wieder herauszufinden, und hinterließen eine Spur der Zerstörung. Andere krachten blindlings in den Unterschlupf. Die ersten Tiere wurden noch von der hohen

Dornenwand aufgehalten. Sie gingen mit zerschmetterten Knochen und aufgerissener Haut in die Knie. Ihre Gefährten aber liefen weiter und benutzten die gestürzten Tiere als Aufgang und Brücke über die gewaltige Hürde. Schreie erfüllten die Luft, jetzt ganz nah, und Zena konnte nicht unterscheiden, ob sie von den Gnus oder von ihren Stammesgenossen kamen. Sie zog Simas Kopf fest an ihre Brust, um die schrecklichen Geräusche auszublenden.

Als die Dunkelheit hereinbrach, begann der Lärm nachzulassen. Langsam entfernten sich die stampfenden Hufe und das Gebrüll, und der Staub legte sich wieder. Dann war es nur noch still.

Lotan berührte Zena sanft an der Schulter und deutete nach unten auf den Boden. Aber jetzt konnte sie es nicht über sich bringen hinunterzuklettern. Sie fürchtete sich nicht vor den Weißschwanzgnus, dieser Sturm hatte sich gelegt, aber sie hatte Angst, was sie dann vorfinden würde. Der Ast, auf dem sie saß, kam ihr, verglichen mit dem Entsetzlichen, das unten vielleicht auf sie wartete, unendlich anheimelnd vor. Verbissen klammerte sie sich daran fest und rührte sich nicht.

Die ganze Nacht hindurch blieb sie dort oben, voller Verzweiflung wegen der Ungewißheit und aus Angst. Zwischendurch rief sie immer wieder nach den anderen; einmal meinte sie, eine Antwort zu hören, aber sie war sich nicht sicher.

Als es wieder hell wurde, zwang sie sich zum Aufbruch. Zögernd ließ sie sich langsam von ihrem Baum herunter und wagte sich auf die Lichtung hinaus. Lotan und Sima folgten ihr. Das Kind weinte leise vor sich hin.

Zena stolperte über einen Körper und kniete nieder, um ihn genauer zu betrachten. Sie stand aber schnell wieder auf. Das war einmal Lett gewesen. Sie hatte ihn innig geliebt. Auf seine stille Art hatte er ihnen fast ebensoviel geholfen wie Kalar. Neben ihm lag etwas, das sie für eines der Kinder hielt, aber welches, ließ sich nicht genau sagen. Der Kopf war zertrampelt worden. Bei den Bäumen lag eine andere kleine Gestalt ausgestreckt. Zena ging nicht hin, um sie sich anzusehen.

Eine warme Nase stupste gegen ihre Hand. Zena zuckte zusammen und wirbelte herum. Es war Dreibein! Sie mußte in Panik vor dem Aufruhr davongelaufen sein. Zena schloß die kleine Gazelle kurz in die Arme und ging dann weiter. Sie war froh, daß Dreibein nicht zertrampelt worden war, aber jetzt waren ihr die anderen am wichtigsten.

Sie kam zu dem, was von dem Unterschlupf übriggeblieben war. Da gab es nur noch einen Haufen zersplitterter Stökke, die unter den Körpern toter Gnus begraben lagen. Einige zuckten noch. Aus dem blutigen Haufen staken Arme und Beine hervor – aber sie gehörten nicht zu den Gnus, und hier bewegte sich nichts mehr. Zena betrachtete sie beinahe leidenschaftslos und wandte sich ab.

Ein Gnukalb erhob sich kläglich blökend auf seine wackeligen Beine und stolperte in Richtung des abgebrannten Berghangs davon. Zena achtete nicht darauf. Sie ging langsam wieder auf die Lichtung, als wäre sie gar nicht da. Das alles schien unwirklich. Noch gestern abend hatten sie hier plaudernd gesessen, und nun war nichts mehr übrig.

Cere, dachte sie plötzlich. Cere war bestimmt entkommen. Sie mußte Kalars Warnruf gehört haben, mußte gewußt haben, daß sie in die Bäume hinauf sollte. Sie hatte bei Nyta gestanden, und Nyta war zu den Bäumen gelaufen. Auch Bran war dort gewesen, sie war ganz sicher.

Wie als Antwort auf ihre Gedanken, ertönte plötzlich ein Schrei vom Waldrand auf der anderen Seite der Lichtung her. Es war Bran, der da rief, und er hatte Lupe bei sich. Bran war seit kurzem zu Lupes Helden aufgestiegen, und er folgte ihm überallhin. Auch in der letzten Nacht mußte er ihm wieder gefolgt sein, und seine Anhänglichkeit hatte ihm das Leben gerettet.

Glücklich lief Zena zu ihnen hinüber. Wenn sie noch lebten, mußten auch Cere und Nyta entkommen sein. Ungeduldig spähte sie in den Wald hinter ihnen, aber es kam niemand anderes zum Vorschein. Alle Hoffnung in ihrem Herzen erlosch, und sie wand sich aus Brans liebevoller Umarmung.

Da stieß Lotan im Wald einen scharfen Schrei aus. Von neuer Hoffnung erfüllt, rannte sie zu ihm. Er zeigte auf den

Boden. Dort lag Nyta, ihr Baby in den Armen. Das Kind, das sonst immer so gierig und munter war, gab keinen Laut von sich, aber Nytas Augen standen offen. Ihr kamen die Tränen, als sie Zenas Gesicht sah. Sie versuchte aufzustehen, wurde aber von Schwindel übermannt und fiel stöhnend wieder zurück.

Zena kniete sich neben sie und begann, ihre Kopfwunde zu untersuchen. Nyta aber zog die Hände fort und zeigte auf das Kind. Zena nahm es ihr ab und wußte sofort, daß das Baby tot war. Sein kleiner Körper war kalt und schon steif.

»Er ist zur Mutter zurückgekehrt«, sagte sie sanft zu Nyta und legte das Kind neben sie.

Nyta wandte das Gesicht ab und machte keinen weiteren Versuch aufzustehen. Aber nun sah Sima ihre Mutter. In lautes, glückliches Schluchzen ausbrechend, warf sie sich auf Nyta. Zena ließ die beiden zurück und ging wieder auf die Lichtung. Sie mußte Cere finden, Cere und Kalar. Nach diesen beiden Gesichtern verlangte es sie am dringlichsten.

Direkt über ihrem Kopf schlug ein Geier laut mit den Flügeln, als wollte er neben ihr landen. Zena fuchtelte mit den Armen herum und schrie. Da erhob sich der Geier wieder und ließ sich schwerfällig auf einem Baum nieder. Seine Augen waren auf einen Punkt am Boden direkt zu ihren Füßen fixiert. Zena hatte entsetzliche Angst, daß sie etwas finden würde, was sie nicht sehen wollte, aber dann sah sie gegen ihren Willen doch hinunter.

Es war Cere. Zena erkannte sie sofort, obwohl sie sie nur an den Händen identifizieren konnte, diesen langfingrigen, geschmeidigen Händen, die so makellose Körbe hergestellt hatten. Alles andere war bis zur Unkenntlichkeit entstellt. Warum nur? Warum war sie nicht zu den Bäumen gelaufen?

Zena preßte die Fäuste gegen ihre Augen, um die Tränen zurückzuhalten und um nicht noch mehr sehen zu müssen. Sie wollte nichts mehr sehen, nichts mehr wissen. Sie wollte nur noch allein sein, fort von diesem Ort des Schreckens, weglaufen, nicht weiter nach denen suchen, die sie liebte, und ganz bestimmt nicht nach Kalar.

Kalar war tot. Sie wußte es. Kalar mußte tot sein, weil sie sicher versucht hatte, die anderen zu retten, bevor sie selber den Schutz der Bäume suchte. Kalar mußte irgendwo in der Nähe sein. Zena spürte ihre Gegenwart selbst im Tode. Aber sie wollte nichts sehen.

Sie schaute zum Himmel hinauf: Er war strahlend blau und wolkenlos, als sei nichts geschehen. Aber die Geier wußten Bescheid. Sie kreisten gemächlich in der Höhe und warteten darauf, daß sie verschwand. Zena hielt beim Gehen den Blick auf sie gerichtet, um nicht nach unten zu sehen.

Aber als sie zu der Stelle kam, an der Kalar umgekommen war, sah sie doch hinunter, denn sie hatte plötzlich das unabweisbare Gefühl, daß das Gesicht der weisen Frau ihr vielleicht etwas sagen würde, ihr auf irgendeine Weise verraten würde, warum dies alles geschehen war. Und sie hatte recht. Kalars Gesicht war im Erdboden vergraben und fast unversehrt, als Zena es zu sich herumdrehte. Sie hatte die Augen geschlossen, und ihre Züge trugen einen ehrfurchtsvollen Ausdruck, als hätte sie noch ganz zuletzt zur Mutter gesprochen.

Völlig unerwartet stieg die Wut in Zena hoch, eine kochende, brodelnde Wut. Sie überwältigte sie, breitete sich in jedem Teil ihres Körpers aus. In ihr war nichts mehr als diese Wut. Sie sprang auf und stürmte quer über die Lichtung und hob dabei alles auf, was ihr in den Weg kam, Teile von Werkzeugen und Körben, die jetzt bis zur Unkenntlichkeit zerstört waren, zersplitterte Holzstücke vom Feuer und vom Unterschlupf und warf alles wild in die Luft. Als sie auch das letzte Stück in ihrer Reichweite von sich geschleudert hatte, schlug sie mit einem Stein auf die Erde ein, und dann begann sie zu schreien, das Gesicht zum Himmel erhoben.

»Nein«, gellte ihre Stimme. »Du kannst sie nicht haben. Keinen von ihnen kannst du haben. Du bist die Mutter, die Mutter, der wir vertraut haben, und nun sieh dir an, was du getan hast. Nein! Nein, nein, nein!«

Sie schrie, bis ihre Stimme versagte, dann warf sie sich unter herzzerreißendem Schluchzen zu Boden. Ihr ganzer Körper zuckte. Doch die Tränen versiegten so plötzlich, wie sie gekommen waren, und Zena setzte sich mit einem störrischen Ausdruck im Gesicht aufrecht hin.

»Nein«, preßte sie noch einmal böse zwischen den Zähnen hervor. »Das kann nicht sein. Du schenkst das Leben. Kalar hat dich geliebt. Wir alle haben dich geliebt. Nein. Das kannst du nicht tun. Es muß rückgängig gemacht werden.«

Mit geballten Fäusten wartete sie, als rechnete sie jeden Moment damit, daß die Lichtung wieder so würde wie immer. Daß Kalar herbeikam, und Cere, und auch Lett und all die anderen wieder da wären. Ihre Stimmen würden zu hören sein, und die Babys würden wieder schreien.

Zena schnellte herum. Da schrie tatsächlich ein Baby. Sie hörte es ganz deutlich, nur einen ganz kurzen Moment. Aber das war unmöglich. Sie waren alle tot. Wenn noch ein Kind am Leben war, hätte sie es doch schon früher gehört.

Sie rannte in die Richtung, aus der das Geräusch gekommen war: aus dem Unterschlupf, von irgendwo unter diesen entsetzlich verstümmelten Körpern, den zerbrochenen Gliedern und dem in Stücke gerissenen Fleisch, unter all dem Blut und den Knochen und den Teilen von Gnus und Menschen, die in unfaßbarer Vermengung den zertrampelten Boden bedeckten. Mit den Händen begann sie sich durch die Überreste zu arbeiten, aber dann mußte sie gleich wieder aufhören, weil ihr die Galle hochkam. Es war ohnehin nichts mehr zu hören gewesen, und sie dachte, sie hätte sich das Schreien nur eingebildet, wie in einem Traum. Aber auch Lotan und Bran waren da und suchten wie wild in dem blutigen Haufen herum.

Doch am Ende fand Lupe das Baby. Weil er zu jung war, um richtig zu begreifen, was er vor sich hatte, packte ihn das Grauen nicht so wie die anderen und er grub ohne Hemmungen unter einer zerschmetterten Leiche nach dem Kind. Er fühlte, wie sich etwas bewegte, und zog es heraus. Zena lief zu ihm und riß das winzige Weibchen an sich.

Filar! Es war Filar, Ceres Kind. Die Tränen schnürten Zena die Kehle zu, als der Säugling sich an ihren Hals schmiegte, aber sie schluckte sie entschlossen hinunter. Vielleicht hatte die Mutter ein Einsehen, als sie ihr Ceres Kind gab, aber sie hatte immer noch Cere selber getötet, ebenso wie Kalar und die meisten anderen.

Filar schien wie durch ein Wunder unverletzt. Aber sie war furchtbar hungrig, und als sie sich erst einmal von dem toten Körper befreit fühlte, der ihr das Leben gerettet hatte – wenn er sie dabei auch gleichzeitig so zu Boden drückte, daß sie kaum mehr atmen und schreien konnte –, holte sie tief Luft und brüllte los. Der Lärm brachte selbst Nyta auf die Beine, die aus dem Wald herbeigehumpelt kam. Sie hatte sich nicht nur den Kopf aufgeschlagen, als die Gnus sie vom Baum stießen, sondern sich auch den Fuß verstaucht.

Ernst sah sie auf den schreienden Säugling hinunter. Es war zwar nicht ihr eigenes Kind, aber sie würde es mit Freuden säugen. Die angestaute Milch in ihren Brüsten bereitete ihr sowieso Schmerzen. Das Kleine sollte sie ruhig haben.

Zena ging dorthin zurück, wo Lupe Filar gefunden hatte. Es drängte sie, zu erfahren, wer das Baby mit dem eigenen Körper geschützt hatte. Aber auch als sie genauer hinsah, konnte sie es kaum sagen. Sie meinte, es sei vielleicht Tempa gewesen, oder auch Agar. Möglicherweise hatte Cere einem von ihnen das Baby gegeben und dann versucht, wieder zu ihnen zu kommen, um es wieder an sich zu nehmen.

Sie würde es nie erfahren, aber Zena wußte, daß diese Frage sie nie mehr loslassen würde. Tief in ihr lastete das Wissen, daß sie selber Cere wichtiger gewesen war als jeder andere, und von nun an würde sie immer den schrecklichen Verdacht im Herzen tragen, daß Cere nach ihr gesucht hatte und nicht nach dem Kind, weil sie nicht gesehen hatte, daß sie die Bäume erreicht hatte, und daß sie umgekehrt war, um ihre geliebte Zena zu suchen. Statt dessen hatte sie einen grausamen, sinnlosen Tod gefunden.

Zenas Wut nahm noch zu und überdeckte jede andere Empfindung, selbst ihre Schuldgefühle darüber, daß sie sich geweigert hatte, auf die Warnung der Mutter zu hören. Die Wut ließ ihre Tränen versiegen; nach diesem Tag weinte sie nicht mehr, sie trauerte nicht einmal. In ihr hatte nichts anderes mehr Platz als der Zorn auf die Mutter, weil sie es zugelassen hatte, daß die, die sie liebten, so einen schrecklichen

Tod sterben mußten. Tief und mächtig brodelte die Wut in ihr, als sie und die anderen Überlebenden die grüne Lichtung am Fluß, die ihnen so oft Obdach gegeben hatte, hinter sich ließen. Über Nacht war ihre friedvolle Zufluchtsstätte ein Ort des Schreckens geworden, ein Ort des Todes, der zerstückelten Leichen und des Geruchs nach Verwesung.

Zena schwor, daß sie niemals zurückkehren würde, nie wieder an diesen Ort und das schreckliche Geschehen denken wollte, ja nicht einmal an die geliebten Gefährten, die sie verloren hatte. Und sie würde erst recht nicht mehr an die Mutter denken, diese Mutter, die sie verraten hatte. Sie hatte sie alle verraten, und das würde Zena ihr niemals verzeihen.

III

Die Geier stießen herab, die Hyänen und wilden Hunde kamen, und eine vorbeiziehende Löwin mit ihren Jungen fraß sich satt. Andere Aasfresser gesellten sich zu ihr. Der Geruch hatte sie angezogen. Dieses eine Mal brauchten sie nicht darum zu kämpfen, sondern konnten sich ungestört über die Kadaver hermachen. Es war genug für alle da. Als sie fertig waren, nagten kleinere Tiere die Knochen ab, und die Insekten kamen in ganzen Horden und putzten sie blank. Dann kamen Hitze und Trockenheit und Feuer, und schließlich der Regen. Binnen kurzem ließen wilde Stürme den Fluß über die Ufer treten, und das zurückbleibende Geröll und der Schlick ließen die Zeichen der Zerstörung noch weiter verschwinden, und bald war der Platz, an dem Kalar mit ihrem Stamm gelebt hatte, nur noch an dem geheiligten Steinkreis in der abgeschiedenen Schlucht jenseits der Lichtung zu erkennen, wo Zena aus dem Bauch ihrer Mutter gezogen worden war.

13. Kapitel

Zwei Monate zuvor hatte Lotan ruhig neben seiner Mutter Ralak gesessen und beobachtet, wie sich die Sorge von Stunde zu Stunde tiefer in ihre Gesichtszüge grub. Die Männer waren fortgegangen, bevor die Sonne über dem Horizont aufgestiegen war, um einen Zebrakadaver zu suchen, den eine der Frauen am Tag zuvor entdeckt hatte. Nun würde bald die Nacht hereinbrechen, und sie waren immer noch nicht zurück.

Ralak erhob sich, um noch mehr von den beißend riechenden Zweigen zu sammeln, die sie ins Feuer gelegt hatte, damit die Männer sie von ferne wittern konnten. Um die Hände frei zu haben, legte sie Lotan den Säugling in die Arme. Er nahm die Kleine gern. Er freute sich an ihrem komischen Geruch und den gurgelnden Lauten und versuchte ihr ein paar Töne zu entlocken, indem er sie sanft rüttelte, aber das kleine Mädchen schlief tief und fest und reagierte überhaupt nicht. Da begnügte er sich damit, zuzusehen, wie ihre Lider flatterten und sie den Mund spitzte, als saugte sie.

Sie war erst vor wenigen Monden geboren. Lotan konnte sich gut an diese Nacht erinnern. Seine Mutter hatte den ganzen Tag und all die dunklen Stunden hindurch gekämpft, um das Kind herauszubringen. Als es bei Tagesanbruch immer noch nicht da war, hatten sich Toro, das andere erwachsene Weibchen, und ihre beinahe ausgewachsene Tochter Metep verzweifelt in die Augen gesehen und leise ein Wort gemurmelt. Lotan war vor Angst das Herz stehen geblieben. Er war sicher, daß sie das Wort für Tod gesagt hatten.

Aber Ralak war stark, und sie weigerte sich, aufzugeben. Sie war die weise Frau des Stammes und wußte, daß die anderen sie brauchten. Die Finger in den Boden verkrallt, rief sie die Macht an, die tief in den Eingeweiden der Erde lebte, die Kraft, aus der alles Leben entsprang, und bat um Stärke, damit sie die Schmerzen ertragen konnte. Aber sie besann sich auch auf ihre eigene Zähigkeit, stählte sich gegen die Fortsetzung ihrer fürchterlichen Qualen und überließ ihren Körper den Wehen. Jedesmal wenn sich ihre Muskeln zusammenzogen, preßte sie mit aller Kraft, ohne auf das Reißen des Gewebes in ihrem Innern zu achten, und als die Sonne schon beinahe den höchsten Punkt am Himmel erreicht hatte, spürte sie schließlich den Kopf des Babys zwischen ihren Beinen. Sie rief Toro heran.

»Zieh«, befahl sie. Toro erfaßte den schlüpfrigen Kopf mit beiden Händen und zog so fest sie konnte. Ihre Hände rutschten ab. Sie rieb sie auf der Erde trocken und versuchte es noch einmal. Diesmal kam das Kind heraus. Es schrie sofort.

»Gut«, dachte Ralak. »Es schreit. Also wird es leben.« Dann schloß sie die Augen und versank in einen Dämmerzustand zwischen Schlafen und Wachen, zwischen Leben und Tod. Die Gegenwart hatte keine Bedeutung für sie, sie spürte nichts außer einem kribbelnden Ziehen an ihrer Brust, als Toro ihr das Baby anlegte. Aber ihre Innenwelt war von Klängen und Empfindungen erfüllt, und von Erinnerungen.

Vor langer Zeit hatte Ralak in einem feuchten, bewaldeten Gebiet gelebt. Im Geiste kehrte sie nun wieder an diesen Ort zurück. Hohe Bäume schlossen sich um sie und sperrten die Sonne aus, so daß die ganze Welt dumpf und schattig wurde. Es roch nach Farnen und Moosen und erdig-feucht nach den am Waldboden verrottenden Pflanzen. Sie sah den Stamm vor sich, in den sie hineingeboren worden war, und schaute zu, wie er sich auflöste, bis nur noch sie und ihr Bruder übrig waren. Die anderen waren nach und nach an einer Krankheit gestorben, die ihnen die Kräfte raubte, bis sie nicht mehr essen konnten, ja nicht einmal mehr stehen.

Ihre Mutter war als letzte von ihnen gegangen. Ralak sah wieder ihr Gesicht und hörte sie von der Erdkraft sprechen, die in endlosen, unberechenbaren Zyklen das Leben schenkte und wieder an sich nahm – nur sprach ihre Mutter nicht mit Worten, weil es nur wenige Worte gab, um solche Dinge zu beschreiben. Und Ralak hörte ihr auf eine andere Weise zu, sie verstand ihre Mutter, als wären ihre Seelen eins. Und so begriff sie, daß die Erdkraft ebenso, wie sie neues Gras wachsen und Büsche und Bäume Früchte tragen ließ und all den Tieren das Leben schenkte, auch Tod und Zerstörung hervorbringen konnte, wenn Berge explodierten und der Erdboden auseinanderbrach. Zu anderen Zeiten wurde die Erdkraft von Unruhe ergriffen und machte sich in den Himmel davon. Wie ein großer Vogel flog sie hinauf in die aufgewühlten Wolken, stieß in flackernden Blitzen wieder zur Erde hinab und verbrannte alles, was ihr in die Quere kam, während sie ins Erdinnere heimzukehren versuchte.

Die Erinnerungen jagten durch Ralaks Hirn, und ihre Augen rollten und zuckten hinter den geschlossenen Lidern. Sonst rührte sich nichts an ihr. Ihre Reglosigkeit und das Blut, das aus ihr herausfloß, versetzten Lotan in Angst und Schrecken. Auch die Gesichter der anderen machten ihm angst. Sie schienen sich zu wundern, daß Ralak noch atmete und Milch aus ihren Brüsten floß, obwohl sie wie tot dalag. Aber sie war noch am Leben, und Lotan nahm sich vor, dafür zu sorgen, daß sie es blieb. Wieder und wieder tröpfelte er ihr mit einer kleinen Kürbisflasche langsam kühles Wasser in den Mund. Beim erstenmal verschluckte Ralak sich, aber danach schien sie seine Anwesenheit zu spüren und konnte normal schlucken.

Am vierten Tag öffnete sie die Augen. Es sah aus, als wäre sie noch weit entfernt an einem anderen Ort. Aber als Lotan ihr ein paar von den Beeren in den Mund steckte, die er in der Hand hielt, begann sie langsam zu kauen. Am nächsten Tag richtete sie den Oberkörper auf und rief Toro zu sich.

»Kind«, sagte sie schwach, »Kind sehen.« Toro brachte das Kleine zu ihr. Ralaks zerschundene, noch immer blutverklebte Lippen, die sie sich vor Schmerzen kaputtgebissen hatte, verzogen sich zu einem Lächeln. Sie streckte die Hände aus und hielt das Kind einen Moment. Dann sank sie erschöpft wieder zurück. Lotan beugte sich über sie. Er fürchtete, daß sie sich nun vielleicht nicht mehr rühren würde. Sie drückte ihm kurz und beruhigend die Hand. Von dieser Geste ermutigt, tränkte er weiches Gras im Fluß und wischte ihr sanft damit das Blut vom Gesicht.

Als es wieder hell wurde, kroch Ralak zum Fluß und ließ sich in ein flaches Wasserloch gleiten, um sich zu säubern. Das schien sie zu beleben. Sie hielt die anderen an, alle Hinweise auf die Geburt zu entfernen, damit keine Raubtiere davon angelockt würden. Dann lag sie wieder viele Tage lang still da, aber jetzt konnte Lotan sehen, daß es keine kraftlose Ruhe war. Sie war wieder sie selbst, auch wenn sie sich kaum bewegte. Sie sagte ihnen allen, was sie zu tun hatten, ließ sich das Kind bringen, aß und trank mit Appetit. Zum erstenmal seit der Geburt verließ ihn die Angst.

Inzwischen waren drei Monde vergangen, und Ralak schien vollkommen wiederhergestellt. Erst seit der heutigen Nacht, als die beiden Männer nicht zurückkehrten, waren ihre Züge wieder angespannt.

Das Baby bewegte sich und begann hungrig an Lotans hagerer Brust zu suchen. Er stand auf und ging zu seiner Mutter.

»Sie hat Hunger«, sagte er zu Ralak und reichte ihr das Kind. »Ich hole jetzt Feuerholz. Ich wache.«

Ralak nickte und setzte sich zum Stillen ans Feuer. Nervös spähte sie in den Wald. Lotan wußte nichts davon, aber noch etwas beunruhigte sie beinahe ebensosehr wie das Ausbleiben der Männer. Schon seit vielen Tagen trieb sich ein fremdes Männchen in der Gegend herum, das ihr gar nicht gefiel. Statt heranzukommen, um zu sehen, ob es sich der Gruppe vielleicht anschließen könnte, hatte es sie von den Bäumen her mit eiskalten, bösartigen Blicken angestarrt. Doch sobald sich ihm einer der Männer drohend genähert hatte, war es verschwunden.

Schützend legte sie die Arme um ihr Kind. Vor langer Zeit einmal hatte ein Männchen ihren Stamm angegriffen, während die Männer einen halben Tagesmarsch entfernt waren. Es hatte ihren kleinen Bruder und ein anderes Kind getötet, noch bevor die Männer zurückkehren und ihrer Mutter und den anderen Frauen helfen konnten, ihn zu vertreiben. Männchen dieser Art hatten zuviel von der rohen Erdkraft in sich, hatte ihre Mutter ihr erklärt. Sie konnten ihre gewalttätigen Triebe nicht unter Kontrolle halten. Ralak verstand nicht ganz, wie das möglich war und warum sie ausgerechnet kleine Kinder töteten, aber sie hatte schreckliche Angst, daß der Fremde einer von jenen sein könnte. Sie mußte die Männer bald finden, damit er nicht angriff, solange sie fort waren.

Bei Tagesanbruch machten sie sich auf die Suche. Lotan schlurfte neben seiner Mutter her und ließ die Blicke umherschweifen, horchte und witterte mit hoch erhobenem Kopf, wie sie es ihm beigebracht hatte. Lange Zeit konnte er nichts Besonderes wahrnehmen, aber dann entdeckte er die Geier und hörte, wie sie lärmend um Beute kämpften. Das Herz hämmerte ihm in der Brust vor Angst, es könnte einer der Männer sein, in den sie ihre fürchterlichen Schnäbel schlugen, aber es war nur ein Zebra. Der Löwe, der es gerissen hatte, hatte seine Mahlzeit beendet, die Hyänen waren schon wieder verschwunden, und nun blieben nur noch die Geier. Von den Männern war nichts zu sehen.

Lotan ging weiter, einer undeutlichen Fährte durch das Gebüsch nach. Hier war vor nicht langer Zeit etwas durchgekommen, das groß genug war, die Gräser nicht nur an der Oberfläche zu teilen, sondern auch platt zu trampeln. Vielleicht waren die Männer hier gewesen.

Ein fremder Geruch stieg ihm in die Nase. Es roch wie die verfaulten Eier, die er einmal in einem verlassenen Straußennest gefunden hatte, nur viel durchdringender und intensiver. Der Geruch wurde immer beißender, bis Lotan zu einem kleinen See kam, dessen Wasser von einer schwefligen, gelben Kruste bedeckt war.

Das Gras unter seinen Füßen fühlte sich plötzlich heiß und trocken an und knisterte seltsam. Erstaunt wich Lotan zurück und wäre beinahe mit seiner Mutter zusammengestoßen, die ihm lautlos gefolgt war. Gemeinsam starrten sie auf den Tümpel. Rundum lagen Dutzende von Gerippen, an denen kein Fetzen Fleisch mehr übrig war. Fahlgelber Staub bedeckte sie, und von der Wasseroberfläche stieg eine dicke Substanz auf, die in der Sonne orange aufleuchtete.

Lotan runzelte die Stirn. Noch etwas anderes war seltsam an diesem Ort. Kein Laut war zu hören. Nichts regte sich. Es schwirrten keine Insekten um die toten Körper, kein Geier machte dem anderen die Beute streitig. Die ganze Gegend schien tot.

Er erschreckte heftig, als ein rauhes Krächzen die Stille zerriß. Ein großer Vogel lag halb versunken im seichten Wasser. Er öffnete den Schnabel und stieß noch einmal einen Schrei purer Verzweiflung aus. Einen Moment lang schlug er noch schwach mit den Flügeln, als versuchte er, einer unsichtbaren Faust zu entkommen, die ihn umklammert hielt. Dann ging das Geräusch in ein Gurgeln über, und der Vogel rührte sich nicht mehr.

Lotan machte einen Schritt auf ihn zu, um besser zu sehen, aber seine Mutter hielt ihn zurück. »Es brennt«, sagte sie. »Dieses Wasser brennt.« In ihrer Stimme hörte er nicht nur die Warnung, sondern auch eine unendliche Trauer, und er drehte sich rasch zu ihr um. Sie starrte auf etwas ganz in der Nähe des sterbenden Vogels. Lotan japste entsetzt auf. Dort steckte, fast nicht wiederzuerkennen, weil sein Körper von dem widerwärtigen gelben Staub verhüllt war, einer der Männer. Er hatte die Arme vor sich ausgestreckt. Nicht weit davon erkannte Lotan eine weitere vertraute Gestalt.

Er spürte einen Brechreiz. Angeekelt wandte er sich ab. Er verstand nicht, wie Wasser brennen konnte, aber er wußte, daß er diesen Ort des Grauens niemals vergessen würde, diese Stille und den Gestank nach sinnlosem Tod. Ein Tod, der dazu diente, den Hunger zu stillen, leuchtete ihm ein. Ein Tod ohne jeden Zweck machte ihn ratlos.

Ralak stand ganz still da. Die Trauer lastete so schwer auf ihr, daß sie sich nicht mehr rühren konnte. Sie hatte den Geruch wiedererkannt, obwohl sie ihn nur ein einziges Mal zuvor gerochen hatte. An manchen Orten wurde das gelbliche Zeug im Wasser so stark, daß es brannte, als wäre die Erdkraft zu lange dort gewesen. Sie hatte gewußt, daß ihr Bruder tot war, sobald sie diesen Geruch wahrgenommen hatte. Sie hatte es auch vorher schon gewußt. Die ganze lange Nacht hindurch war sie von dem Gefühl geplagt worden, daß ihm etwas Entsetzliches zugestoßen war. Ihr Bruder war seit ihrer Geburt immer bei ihr gewesen, und sie hatte seinen Schmerz gefühlt wie ihren eigenen. Nun war er fort.

Sie streckte die Hand aus, als wollte sie ihn noch einmal berühren. Er allein hatte sie verstanden, hatte die gleichen Worte gekannt wie sie; er allein hatte begriffen, was sie meinte, wenn sie von der Erdkraft sprach. Die anderen, denen sie und ihr Bruder sich angeschlossen hatten, nachdem alle ihres Stammes gestorben waren, waren nicht wie sie. Sie wußten nichts von der Erdkraft und schienen nicht imstande, sie zu begreifen.

Außer Lotan. Er verstand ein wenig, obwohl er noch so jung war. Wenigstens hatte sie noch Lotan.

Mit schmerzverzerrtem Gesicht drehte Ralak sich zu ihm um. Er legte tröstend seinen Arm um sie. Diese Geste brachte die Tränen zum Überfließen, die sie zurückzuhalten versucht hatte, und eine Zeitlang schluchzte sie hemmungslos. Dann schob sie ihren Kummer entschlossen beiseite. Sie konnte es sich nicht leisten zu trauern. Jetzt, wo nur noch Frauen und Kinder zu ihrer Gruppe gehörten, waren sie den Gefahren schutzlos ausgeliefert. Raubtiere waren das eine Problem. Die tiefen Stimmen und kräftigen Gestalten von Männern reichten oft schon, um einen Löwen oder Tiger in die Flucht zu schlagen. Aber vor dem fremden Männchen fürchtete sie sich am meisten. Jetzt wo die Männer fort waren, würde es nicht mehr zögern, sie anzugreifen. Sie mußte unablässig auf der Hut sein, ständig lauschen, sich keine Bewegung und keinen Geruch entgehen lassen.

Ralak straffte die Schultern und scharte die anderen um sich. Sie würden immer in Bewegung bleiben müssen, damit das fremde Männchen sie nicht fand.

So führte sie sie von ihrem Sammelplatz fort nach Osten. Lotan sah sie fragend an. Er konnte nicht begreifen, warum sie den Ort verließen, wo sie so oft geschlafen hatten.

»Warum?« fragte er sie.

»Gefahr«, antwortete sie. »Es ist jetzt gefährlich, ohne Männer. Es könnte ein böses Männchen kommen und den Kindern wehtun.«

Diese Antwort verwirrte Lotan. Alle Männer, die er in seinem elfjährigen Leben kennengelernt hatte, waren freundlich gewesen. Aber er verließ sich auf das Urteil seiner Mutter, und es war unübersehbar, daß sie Angst hatte. Unablässig ließ sie die Blicke über die Landschaft schweifen und witterte nach fremden Gerüchen. In der einen Hand hielt sie einen dicken Stock, den sie nur ablegte, um Nahrung zu sammeln. Lotan suchte sich auch so einen Stock und übte sich im Zuschlagen, während er wie ein Beschützer neben ihr hertrottete. Er war jetzt das einzige Männchen, und obwohl er noch ein halbes Kind war, würde er sie gegen jede Gefahr verteidigen, so gut er konnte.

Eine Woche verging ohne Zwischenfälle. Ralak scheuchte sie immer weiter; ihre Nahrung suchten sie unterwegs und schliefen jede Nacht an einem anderen Ort. Lotans Wachsamkeit begann nachzulassen. Doch dann entdeckte er eines Nachmittags ein einsames Männchen, das von einem Hügel zu ihnen herunterstarrte. Er stieß einen Warnruf aus und rannte zu seiner Mutter, um sich neben ihr aufzubauen. Toro folgte ihm. Metep zog sie hinter sich her und drückte ihr Neugeborenes an die Brust, weil ihr instinktiv klar war, daß es in Gefahr sein könnte.

Das Männchen kam auf sie zugeschlendert. Er war ein Hüne, fast doppelt so groß wie Ralak, denn sie war ein sehr kleines Weibchen. Vorsichtig beobachtete sie ihn. Es war dasselbe Männchen, das sie schon früher gesehen hatte, und sie wußte schon jetzt, daß sie ganz sicher recht gehabt hatte. Er gehörte zu den gewalttätigen Männchen, denn obwohl er sich langsam bewegte, kam er ohne zu zögern näher und starrte ihr herausfordernd direkt in die Augen. Normalerweise hätte ein Männchen die Augen gesenkt und sich vorsichtig genähert. In diesem Gesicht sah sie nicht den geringsten Anflug von Gutwilligkeit.

Sie gab Lotan das Kind und schob die beiden schützend hinter sich. Dann stellte sie sich dem Eindringling entgegen und ließ ein tiefes Knurren hören. Er achtete überhaupt nicht darauf. Ralak noch immer mit den Blicken fixierend, so als habe er ihre Stellung als Anführerin erkannt, holte er völlig unerwartet nach Toros Kind aus. Toro schrie auf und lief davon, das große Männchen hinterher. Mit dem Rücken zu ihm beugte Toro sich schützend über ihr Kind. Metep bearbeitete den Riesen mit den Fäusten, als er ihrer Mutter immer näher rückte.

Lotan gab den Säugling wieder seiner Mutter in die Arme und ließ mit gewaltigem Schwung seinen dicken Stock auf den massigen Rücken des Männchens krachen. Erstaunt drehte sich der Eindringling zu ihm um. Lotan reckte seinen Stock in die Luft, jederzeit bereit, noch einmal zuzuschlagen. Aber das Männchen schüttelte nur verwirrt den Kopf, schob den Stock beiseite und wandte sich dann wieder Toro zu. Lotan schlug ihn noch einmal. Diesmal wirbelte das Männchen herum und versetzte ihm einen bösen Schlag vor die Brust. Nach Luft ringend stolperte Lotan zurück.

Toro nutzte die vorübergehende Ablenkung, um zu den Bäumen hinüberzulaufen. Das Männchen starrte hinter ihr her, dann drehte es sich plötzlich um und stürzte auf Ralak zu, die sich sofort tief bückte und ihm ihre Geschlechtsteile präsentierte, um ihn von dem Kind abzulenken. Verwirrt durch diese Reaktion, beschnüffelte er sie und versuchte sie zu Boden zu zwingen. Ralak schlug mit ihrem Stock auf ihn ein, aber sie hatte nur den einen Arm frei, und so saß wenig Kraft dahinter. Lotan kämpfte sich wieder hoch und eilte ihr zur Hilfe, und auch Toro und Metep griffen sich einen Stock und kamen zurück. Gemeinsam bearbeiteten sie das Männchen und schrien und brüllten, während sie ihre Schläge auf sein Kreuz und die Schultern niederprasseln ließen.

Jaulend zog er sich auf den Berghang zurück, aber er ging nicht weg. Die ganze Nacht über hielt er sich in der Nähe auf und folgte ihnen auch, als sie am nächsten Tag weiterzogen. Obwohl er nicht nahe herankam, wußte Lotan, daß er noch immer in der Gegend war. Er hatte einen unverwechselbaren Geruch, stärker als alle anderen Männchen, die Lotan bisher gekannt hatte.

Als die Sonne sich wieder dem Horizont zuneigte, kam das Männchen ganz plötzlich wieder auf sie zugerannt. Und diesmal war seine Absicht überdeutlich. Bevor Toro noch einen Schritt machen konnte, war er auch schon bei ihr, riß ihr das Kind aus den Armen und lief auf den Wald zu. Wild schreiend lief die ganze Gruppe hinterdrein. Toro zerrte ihn am Arm, konnte ihn aber nicht aufhalten. Er hielt das Kind an einem Arm fest, schwang es in der Luft und ließ es mit dem Kopf gegen einen Baum krachen. Es war sofort tot. Schluchzend nahm Toro es hoch und wiegte es an ihrer Brust.

In Lotan stieg die Wut hoch. Er versetzte dem Männchen einen so kräftigen Schlag, daß sein Stock zerbrach, und hämmerte dann mit den Fäusten auf ihn ein. Das Männchen brüllte wütend und hob seinen Arm hoch in die Luft, um zuzuschlagen.

Ralak versuchte verzweifelt, Lotan fortzuzerren, bevor das Männchen ihn tötete. Sie konnte Lotan nicht auch noch verlieren.

Da sauste die Faust herab, und Lotan brach zu ihren Füßen zusammen. Ralak beugte sich entsetzt über ihn. Aber im nächsten Moment wurde ihr Entsetzen von Zorn abgelöst, und dieser Zorn war so mächtig und alles verzehrend, daß es für Angst keinen Platz mehr gab. Langsam hob sie die Augen zu dem riesigen Geschöpf über ihr, und er wich zurück. Einer solchen rasenden Wut war er noch nie begegnet.

»Schlecht!« schrie sie. »Schlechtes Männchen! Mit einem wie dir will ich nichts zu tun haben, ich, Ralak!«

Und diese Worte wiederholte Ralak unaufhörlich, mal schrie sie sie, mal stieß sie sie zischend zwischen den Zähnen hervor. Aber das reichte nicht, um sie zu befriedigen. Sie haßte dieses grausame Männchen; sie wollte ihn verfluchen, ihm sagen, daß sie alle ihn verfluchten. Nie zuvor hatte sie ein Gefühl zum Ausdruck bringen müssen, das dem der Zuneigung entgegengesetzt war, und sie hatte keine Worte für den Haß, der in ihr brodelte.

Und sie wollte ihm auch etwas anderes sagen. Wieder fehlten ihr die Worte dafür, aber die Bedeutung stand ihr klar vor Augen: Wenn er Lotan getötet hatte, würde er dafür büßen. Sie wußte noch nicht, auf welche Weise, aber sie würde schon einen Weg finden, darauf konnte er sich verlassen.

II

Als Lotan die Augen öffnete, hatte die Dämmerung schon eingesetzt Er versuchte sich aufzusetzen, aber der Schmerz in seinem Kopf zwang ihn, sich wieder hinzulegen. Ralaks Herz machte einen Freudensprung, als sie sah, daß er sich bewegte, aber sie eilte zu ihm hinüber und flüsterte ihm zu, er solle sich ruhig verhalten, damit das große Männchen ihn nicht wieder angreife. Lotan gehorchte gern. Ihm war schwindlig und übel, und er konnte nicht einmal aufstehen. Am nächsten Morgen aber ging es ihm wieder gut genug, um sich zu erheben und ein paar Schritte zu wagen. Er war noch immer schwach, doch die Kopfschmerzen hatten nachgelassen.

Das Männchen starrte Lotan böse an, als er auf der Lichtung herumhumpelte, machte aber keine Anstalten, ihm noch mehr anzutun. Er hütete sich vor dem kleinen Weibchen, das sich so gar keine Angst anmerken ließ und ihm Worte entgegenschleuderte, die ihm wie Stockschläge ins Fleisch zu schneiden schienen. Ralak war mit ihren Worten vielleicht nicht zufrieden gewesen, aber der Effekt war trotzdem nachhaltig.

Ralak war erleichtert, daß es nicht zu neuen Attacken kam, aber immer noch wütend. Sie sah den Eindringling nicht an und weigerte sich, seine Anwesenheit zur Kenntnis zu nehmen. Sie übersah ihn geflissentlich und machte den anderen Zeichen, ihr zu einem kleinen Feld zu folgen, wo reife Früchte in den Büschen hingen. Als sich alle sattgegessen hatten, ging sie weiter, als ob er gar nicht da wäre, und so behandelte sie ihn viele Tage hindurch.

Seinen Ärger in sich hineinfressend tapste das große Männchen hinter ihr her. Er verstand nicht, warum die anderen ihn so wütend angegriffen hatten. Er hatte doch nur versucht, die Kinder zu töten, damit die Mütter sich mit ihm paarten und er sich der Gruppe anschließen konnte. Sie brauchten ein Männchen, das sie beschützte. Er konnte nichts Falsches darin sehen, und trotzdem hatten die Weibchen wieder und wieder auf ihn eingeprügelt. Die Schläge hatten tiefblaue Blutergüsse auf seiner dunklen Haut hinterlassen, und dort, wo Lotan ihn getroffen hatte, puckerte eine dicke Beule. Aber Ralaks Weigerung, ihm in irgendeiner Form Aufmerksamkeit zu schenken, war schmerzlicher als alle Wunden, denn sie erinnerte ihn an seine Mutter, die er geliebt hatte. Doch Ralak verhielt sich wie das Weibchen, das ihn nach dem Tod seiner Mutter aus dem Stamm vertrieben hatte. Er haßte dieses Weibchen. Sie war eifersüchtig auf seine Mutter gewesen und hatte auch sie immer vertreiben wollen, und als seine Mutter dann gestorben war, hatte sie ihre Abneigung auf ihn übertragen. Tag für Tag hatte sie ihn unerbittlich gequält, bis er, noch längst nicht erwachsen, fortgegangen war. Seitdem war er immer allein gewesen.

Sein Ärger wuchs, als die Wochen vergingen und Ralak ihn immer noch wie Luft behandelte. Er konnte seine Gefühle nicht an ihr auslassen; er wollte, daß sie ihn mochte, statt ihn anzuschreien oder ihn zu ignorieren. Auch den anderen Frauen wollte er nichts tun, schließlich waren sie potentielle Gefährtinnen. Deshalb ließ er all seinen Zorn an Lotan aus. Seinetwegen hatte Ralak ihn mit bissigen Worten überhäuft und ihn dann links liegen lassen. Lotan war schuld, daß sie ihn immer noch voller Abscheu anfunkelte, anstatt ihn zu akzeptieren. Am liebsten hätte er sich das jüngere Männchen geschnappt und so lange geschüttelt, bis es sich nie wieder rühren konnte, aber er wagte es nicht. Statt dessen versuchte er, Lotan einzuschüchtern, indem er ihn ständig beobachtete und ihm überallhin folgte: Lotan spürte die harten, rachsüchtigen Augen im Rücken, wenn er nach Wurzeln grub, und roch den durchdringenden, ranzigen Geruch in seiner Nähe, wenn er schlief. Er mußte ununterbrochen auf der Hut sein, und diese ständige Wachsamkeit zehrte an seinen Kräften.

Ralak beschloß zu versuchen, ihm zu entkommen. Toro und Metep würden mit dem Männchen zurechtkommen. Metep war ebenso groß wie ihre Mutter und würde bald bereit sein zur Paarung. Und wenn er sie erst begattet hatte, würde das Männchen sie und alle Kinder beschützen, die sie danach bekamen.

Sie flüsterte Lotan zu, ihr zu folgen, und kroch weiter und

weiter von den anderen weg, die damit beschäftigt waren, Nahrung zu suchen. Dann rannte sie so schnell sie konnte zwischen die Bäume. Das große Männchen bemerkte, was vor sich ging, und kam wütend hinter ihnen her. Er griff Ralak am Arm und zerrte so heftig daran, daß sie vor Schmerz aufschrie. Mit wütendem Gesicht kam Lotan angelaufen, um ihr zu helfen. Ralak hielt ihn mit einem schnellen Befehl zurück. Sie zweifelte nicht daran, daß das Männchen Lotan töten würde, wenn er es noch einmal schlug. Zögernd gehorchte Lotan.

In den folgenden Wochen änderte Ralak ihre Taktik. Statt sich ihre Wut anmerken zu lassen, versuchte sie, sich mit dem Eindringling anzufreunden. Sie und Lotan würden fliehen müssen, soviel war sicher. Aber es würde ihnen eher gelingen, wenn das Männchen glaubte, daß sie seine Anwesenheit akzeptiert hatten.

»Ich Ralak«, sagte sie eines Abends zu ihm und zeigte auf sich selbst. Er grunzte und antwortete nicht. Er schien nur wenige Worte zu kennen, sogar noch weniger als Toro und Metep. Vielleicht brauchten Einzelgänger wie er keine Worte.

Sie zeigte auf die anderen und nannte ihre Namen. Das Männchen sah ihrem ausgestreckten Finger nach. Anscheinend verstand er.

»Kropor«, sagte er deutlich. Diesen Namen hatte Ralak noch nie gehört. Sie fragte sich, aus welcher Gegend er kam.

»Mutter?« Ralak sagte das Wort in fragendem Tonfall, in der Hoffnung, ihm mehr Informationen zu entlocken. Die meisten Männchen hingen mehr an ihrer Mutter als an allen anderen und blieben am liebsten beim Stamm der Mutter, so lange sie nur konnten.

Sie deutete auf sich, dann auf das Kind, falls die Worte nicht die gleichen waren.

Kropor legte die Stirn in Falten und sah fort, und da sah sie zum ersten Mal einen weichen Zug in seinem Gesicht. Sie war sicher, daß er ihr Wort verstanden hatte, und daß er seine Mutter liebte.

Der Anflug von Nachgiebigkeit verschwand, als Kropor sah, wie Lotan einen Arm um Ralaks Schulter legte. Ralak ignorierte ihn jetzt nicht mehr, aber sie mochte Lotan immer noch lieber. Kropor wollte, daß sie ihn mehr liebte als alle anderen, so wie es seine Mutter getan hatte. Abgesehen davon natürlich, daß Ralak nicht seine Mutter war, sondern eine potentielle Gefährtin. Doch solange Lotan bei der Gruppe blieb, würde Ralak ihn immer am meisten lieben.

Kropor schlug mit der Faust auf den Boden. Er war diese komplizierten Gefühle nicht gewohnt, und seine Verwirrung machte ihn wütender als je zuvor.

»Weg«, brüllte er als Antwort auf Ralaks Frage. Dann preßte er die Lippen fest zusammen. Keine Fragen mehr.

Ralak wurde bald klar, daß ihre Versuche, freundlich zu sein, Kropors Wut auf Lotan nicht zerstreuen konnten, wie sie eigentlich gehofft hatte. Statt dessen versuchte das Männchen sie nun, da sie sich nicht mehr so ablehnend verhielt, ständig an seiner Seite zu halten und machte sogar noch offensichtlichere Versuche, sich Lotan vom Hals zu schaffen. Ein- oder zweimal sah sie seinen Blick auch auf ihrem Baby ruhen, als wollte er all seinen Mut zusammennehmen, es anzugreifen. Mit dieser Reaktion hatte sie nicht gerechnet, und sie ging wieder dazu über, ihn anzuschreien. Sie hielt Lotan immer dicht bei sich und ließ Kropor nicht mehr in ihre Nähe oder die des Kindes.

Damit hatte sie sogar noch weniger Erfolg. Kropor war verwirrt und fühlte sich von der neuerlichen Feindseligkeit verletzt. Er wurde aggressiver denn je. Ralak war klar, daß sie bald fortgehen mußten, und wartete sehnlich auf eine Gelegenheit.

Sie bekam ihre Chance, als sie gegen Abend desselben Tages einen kleinen Hügel bestieg und im Tal auf der anderen Seite Feuer sah. Zum Ende der Trockenzeit hin wurde die Erdkraft immer unruhig. Sie wirbelte durch die aufgetürmten Wolken und stieß immer und immer wieder in langen, zackigen Blitzspeeren zur Erde herab und entzündete Buschfeuer im trockenen Gras. Das Feuer dort unten war noch klein, aber es entwickelte starken Rauch, so daß ein Großteil des Tales hinter dichtem grauen Nebel verschwand. In seinem Schutz konnten sie und Lotan entkommen.

Kropor schien ihre Gedanken zu lesen, denn er ließ sie nicht aus den Augen. Als sie sich einige Schritte entfernte, um das Baby zu säugen, packte er sie wieder am Arm. Sie schrie vor Schmerzen, aber er ließ sie trotzdem nicht los. Er schüttelte sie heftig. Endlich ließ er seinem Ärger über dieses Weibchen freien Lauf, das erst freundlich geworden war und ihn dann unerklärlicherweise wieder nicht in ihrer Nähe dulden wollte. Warum war sie wieder so grausam zu ihm? Er mochte sie, und er wollte, daß sie ihn auch mochte. In ihrer Gegenwart fühlte er sich so sicher wie seit dem Tod seiner Mutter nicht mehr. Er wollte nicht, daß sie ihn verließ und er wieder allein war. Er wollte sie behalten.

Nun hielt Lotan es nicht mehr aus. Wochenlang hatte er Kropors ständige Drohblicke ertragen und zugesehen, wie er Ralak gegenüber immer besitzergreifender wurde. Als er nun sah, wie das große Männchen ihren Arm packte, und sie schreien hörte, entlud sich mit einem Mal die in ihm angestaute Anspannung: Wild den Grabestock in seiner Hand schwingend, stürzte er sich auf Kropor. Er hörte weder Ralaks Schrei, noch sah er, daß das Männchen einen Stein vom Boden aufnahm. Er sah nur das brutale Gesicht und die harten Augen, und darauf drosch er ein, mit aller Kraft, die er aufbringen konnte. Dabei fuhr das spitze Ende des Grabestocks direkt in Kropors eines Auge. Brüllend vor Schmerzen, griff das große Männchen danach.

»Lauf!« Die Worte durchdrangen Lotans ungezügelte Wut, aber er reagierte nicht. Er konnte nicht ohne seine Mutter weglaufen.

»Lauf!« schrie sie wieder. »Ich komme nach!«

Kropor hob den Arm und wollte den Stein schleudern, aber Ralak umklammerte seine Hand und machte damit sein Vorhaben zunichte. Der Stein fiel vor Lotans Füße, ohne ihn zu gefährden.

Das riesige Männchen knurrte bedrohlich. Es war wütend über ihr Eingreifen und schlug nach ihr, aber sie wich ihm aus.

Lotan zögerte noch. Er war wie gelähmt, weil er nicht wußte, was er tun sollte. Da lief Ralak zu ihm hin. »Lauf!«

schrie sie wieder. Das Entsetzen in ihrer Stimme scheuchte Lotan endlich auf. Er machte kehrt und floh. Kropor stürzte hinter ihm her. Das Blut aus dem verwundeten Auge lief ihm über Gesicht und Hals, und aus seinem weit aufgerissenen Mund tönte ein entsetzliches Knurren.

Lotan rannte schneller. Vor ihm waren jetzt überall Brandherde. Um dem Feuer auszuweichen, tanzte er von einem Grasbüschel zum anderen und rannte zwischen den Flammen hindurch. Dann hörte er Kropor hinter sich aufschreien, dem das Feuer die Fußsohlen versengt hatte. Die dröhnenden Schritte wurden langsamer und hörten dann ganz auf, aber Lotan wußte nicht, ob das große Männchen die Jagd aufgegeben hatte oder ob die Geräusche nur vom Wind und dem lauten Zischeln von brennendem Gras und Holz übertönt wurden. Er rannte immer weiter, erst in eine Richtung, dann wieder in eine andere, und während dessen brachen um ihn herum immer neue Feuer aus. Erst als er ganz sicher war, daß Kropor ihm nicht mehr folgte, blieb er stehen. Dann begann er, sich einen Weg zurück durch die verbrannte Steppe zu suchen und nach seiner Mutter Ausschau zu halten. Sie hatte gesagt, daß sie ihm folgen würde. Heftig zwinkernd, um besser zu sehen, suchte er das Gelände mit den Augen ab. Aber er hatte nur noch auf Armeslänge klare Sicht, und als er so in den Rauch hineinstarrte, schien alles mögliche daraus aufzutauchen und wieder zu verschwinden. Er wollte sich gerade zu dem Berghang in Bewegung setzen, an dem er seine Mutter zurückgelassen hatte, als ihm bewußt wurde, daß er gar nicht mehr wußte, in welcher Richtung dieser lag. Er war so oft hin und her gelaufen, daß er sich nicht mehr daran erinnern konnte.

Er rief und rief und versuchte, den Weg zurück zu finden, aber das Feuer hatte seine Spuren längst verschlungen, und das Knistern der Flammen übertönte seine Stimme und auch alle anderen Laute. Falls seine Mutter ihm antwortete, hörte er es jedenfalls nicht; und falls sie in der Nähe war und nach ihm suchte, konnte er sie nicht sehen.

In dicken Tropfen kullerten Lotan die Tränen über die Wangen, wegen des Feuers und Rauchs wie wegen der schrecklichen Angst, die ihn jetzt packte. Seine Suche war zwecklos. In diesem ganzen schwarzen Rauch würde er Ralak niemals finden – wenn sie überhaupt in der Nähe war. Sie hatte es versprochen, aber vielleicht hatte sie ihm trotzdem nicht folgen können. Vielleicht hatte Kropor sie zurückgehalten und tat es noch immer, während sie vor Schmerzen schrie.

Lotan hatte plötzlich das bestimmte Gefühl, daß es so war, so als wäre er selber dabei, und diese Erkenntnis gab ihm neue Kraft. Er *mußte* seine Mutter finden, er mußte zurückfinden, damit er sie retten konnte.

Während er noch so dastand und um Fassung rang, kam ein Wind auf. Ringsumher schossen die Flammen plötzlich hoch in die Luft, um gleich wieder flach über das trockene Gras hinwegzufegen. In dicken, qualmigen Wolken fuhr der Rauch über den Boden und sprühte ihm Funken in die Augen, so daß er endgültig nichts mehr sehen konnte. Flammen leckten an seinen Beinen hoch, und sengende Hitze verbrannte seine Haut. Das Feuer kam jetzt von allen Seiten auf ihn zu. Entsetzt schlug Lotan die Hände vors Gesicht und rannte los, einfach so, auf jede kleine rettende Insel zu, auf der es noch nicht brannte. Nun wußte er nicht mehr, woher er kam und wohin er lief. Es war unmöglich, jetzt noch darauf zu achten, wo das Feuer ihn vor sich her trieb und ihn torkelnd in alle Richtungen jagte.

Die Flammen stiegen immer noch höher; sie versengten die zarten Härchen auf seiner Haut und brannten sich in seine blasenbedeckten Füße. Vor Erschöpfung schwankend, stolperte er voran. Zweimal fiel er hin und wäre beinahe liegen geblieben, weil er zu zerschlagen war, um sich wieder aufzuraffen. Aber das Feuer zwang ihn, trotzdem wieder aufzuspringen und sich weiterzuschleppen. Als er dann das dritte Mal fiel, war der Boden nicht mehr so heiß. Verwirrt sah er hinunter und stellte fest, daß das Feuer hier schon über den Boden hingegangen war. Vielleicht konnte er jetzt ein wenig ausruhen.

Plötzlich bewegte sich vor ihm ein großes Tier, und er sprang auf die Füße. Er konnte nicht sehen, was es war, aber er meinte über das Tosen des Windes hinweg ein bedrohliches Knurren zu hören. In heller Panik stürzte Lotan vorwärts. Er fühlte einen felsigen Untergrund, der hart und scharf in seine verbrannten Sohlen schnitt. Und dann war mit einemmal nichts mehr unter ihm, absolut nichts.

III

Am Berghang oberhalb des Feuers zuckte Ralak heftig zusammen, so als wäre sie geschlagen worden. Aber es war niemand in ihrer Nähe. Selbst Kropor hatte sich, verunsichert durch ihre unendliche Trauer, zurückgezogen.

Sie hatte versucht, Lotan zu folgen und von einem Grasbüschel zum anderen zu hüpfen, genau wie er es tat, aber das Kind hatte vor Angst zu schreien und zu zappeln angefangen, so daß sie nicht weiter konnte. Die Anstrengung, das Baby festzuhalten, ließ den Schmerz in ihrer verwundeten Schulter schnell unerträglich werden. Dazu war sie vom Rauch und der Asche und der Hitze geblendet. Sie konnte nichts mehr erkennen.

Und dann war Kropor aus dem furchterregenden Dunkel aufgetaucht und hatte sie mit sich fortgezogen, zum Berghang zurück.

Er war wütend auf Lotan, auf seine eigenen verbrannten Füße, auf den quälenden Schmerz in seinem blutenden Auge und zog sie unerbittlich an ihrem verletzten Arm, so daß ihr nichts anderes übrigblieb, als ihm zu folgen. Selbst als sie von Schmerzen übermannt stürzte, ließ er sie nicht los. Erst als sie wieder bei den anderen waren, hatte er sie freigegeben. Aber dann flößte sie ihm Furcht ein, denn sie sackte unter unsäglichen Verzweiflungsschreien zu Boden. Ihr Körper begann so heftig zu zittern, daß er schon fürchtete, er würde zerbrechen, und sie hatte mit einer solchen Rachsucht auf ihn eingebrüllt, daß er sich verzog – er fürchtete für sich, aber auch für sie, daß sie nie wieder freundlich zu ihm sein würde.

Weil er sich inzwischen für seine Grausamkeit schämte, kehrte Kropor mit einer Frucht zurück und hielt sie ihr hin, als Wiedergutmachungsversuch. Er hatte ihr nicht so sehr weh tun wollen. Er hatte sie nur bei sich behalten und davon abbringen wollen, immer hinter Lotan herzulaufen.

Ralak saß tief über ihr Kind zusammengekrümmt und weinte und schluchzte und würgte. Sie sah und hörte ihn nicht. In ihren Gedanken und in ihrem Herzen war nur Platz für Lotan. Seine schmale Gestalt war hinter einem dichten Vorhang aus Rauch verschwunden, und sie wußte nicht, ob er tot oder lebendig oder vielleicht verletzt war und darauf wartete, daß sie zu ihm käme. Er war verschwunden, so wie ihr Bruder, und sie würde ihn womöglich nie wiedersehen.

Das Kind begann suchende Bewegungen zu machen, und Ralak zog es zu sich heran, damit es saugen konnte. Das vertraute Gefühl beruhigte sie. Langsam verebbte ihr Schluchzen. Vielleicht lebte Lotan ja noch und lief irgendwo da draußen umher und suchte nach ihr; vielleicht würde sie ihn finden, wenn es wieder hell wurde und das Feuer ausgebrannt war.

Wieder drohte eine Welle aus Angst über ihr zusammenzuschlagen, aber Ralak verdrängte sie. Sie hatte im Geist etwas gesehen. Es war ein Bild von Lotan, der auf der Erde lag.

Sie legte die Stirn in tiefe Falten und versuchte das Bild festzuhalten. Vor langer Zeit, als sie noch bei ihrer Mutter war, hatte sie oft so sehen können. Aber seitdem war soviel Zeit vergangen, ohne daß es jemanden gegeben hätte, der ihr dabei helfen konnte, daß sie es fast schon vergessen hatte. Nicht einmal ihr Bruder hatte helfen können, denn er sah die Bilder nicht.

Ralak schloß die Augen, damit sie besser sehen konnte. Das Bild wurde einen kurzen Augenblick lang deutlich, dann verschwand es. Wie Lotan. Enttäuscht ballte sie die Fäuste. Dann wurde sie von Müdigkeit überwältigt, und sie entspannte sich. Nur halb auf die Nuckelgeräusche des Babys lauschend, ließ sie ihren Gedanken freien Lauf.

Das Bild erschien ihr wieder. Sie betrachtete es sorgfältig. Sie sah Lotan regungslos auf dem Boden liegen. Um ihn her war kein Feuer, nur Rauch. Er rührte sich nicht und rief auch nicht um Hilfe, aber sie glaubte nicht, daß er tot war. Es war, als ob eine Verbindung zwischen ihr und Lotan bestünde, die abgerissen wäre, falls er tot war. Aber er war verletzt. Verletzt und voller Angst.

Jetzt verschwand das Bild schon wieder, aber es hatte Ralak neuen Mut geschenkt. Sie würde ihn finden. Sobald das Licht zurückkam, würde sie nach ihm suchen. Und diesmal würde Kropor sie nicht aufhalten.

In den frühen Morgenstunden, lange bevor die Sonne über den Horizont gestiegen war, kroch sie von den anderen fort. Ihre breiten Füße hinterließen keinen Laut im trockenen Gras, und ihr geschmeidiger Körper war fast unsichtbar im Dunkel. Kropor rührte sich nicht. Nur Toro erwachte. Sie setzte sich auf und starrte auf Ralaks Schattenumriß. Sie öffnete den Mund, doch dann preßte sie die Hand fest auf die Lippen und regte sich nicht. Sie gab keinen Laut von sich, bis die schmale Gestalt verschwunden war.

Ralak warf ihr einen dankbaren Blick zu. Toro hatte nur wenig Worte, aber sie hatte trotzdem verstanden. Sie eilte mit unendlich vorsichtigen Schritten voran und drückte dabei das Kind fest an die Brust, damit es nicht schrie. Die verbrannte Fläche mied sie und ging statt dessen zu den Bäumen weiter oben, wo Kropor sie nicht sehen konnte. Den ganzen Morgen hindurch wartete sie dort ab, während er nach ihr suchte und mit immer hoffnungsloserer Stimme nach ihr rief. Dann, als er mit Metep und Toro verschwunden war, kletterte sie den Berghang hinunter, um nach Lotan zu suchen.

Viele Stunden hindurch brannte die Sonne auf Ralaks Rücken herab, während sie nach Lotan suchte, doch sie fand keine Spur von ihm. Der beißende Rauchgestank trübte ihren Geruchssinn, und sie fand weder Fußspuren noch Blut. Wenn Kropor oder das Feuer ihn getötet hätten, hätte sie bestimmt auch ein Anzeichen dafür gefunden. Diese Erkenntnis gab ihr Hoffnung, auch wenn sie gleichzeitig mit der Verzweiflung kämpfte. Dann schlug die Hoffnung plötzlich in Erregung um, als sie einen ganz leichten Hauch von Lotans Geruch wahrnahm. Er kam von einem felsigen Gebiet gleich unter einer kurzen, steilen Klippe und unterhalb der Stelle, wo es gebrannt hatte.

Er war hier gewesen. Sie irrte sich bestimmt nicht. Der Geruch war stark, weil das Feuer nicht bis hierher gekommen war. Und da war auch noch ein anderer Geruch, es roch nach anderen wie sie selbst.

Verwirrt hockte Ralak sich auf die Fersen, um nachzudenken. Ein mächtiger Donnerschlag riß sie aus ihrer Konzentration. Gleich darauf zuckten Blitze vom Himmel. Es war das nachmittägliche Vorspiel für den kommenden Regen. Unvermittelt wurde sie sich einer Bewegung in der Ferne bewußt. Im Osten stieg dichter Rauch auf, und sie hörte das Getrappel von Tausenden von Hufen, als hätte sich eine Tierherde plötzlich in Gang gesetzt.

Sie erkannte, daß es die Weißschwanzgnus waren, die auf ihrer jährlichen Wanderschaft hier durchzogen. Aber warum bewegten sie sich so schnell voran? Da hörte sie ganz schwach durch das Getöse der trommelnden Hufe hindurch noch ein Geräusch. Das war ein Schrei gewesen – ein Angstschrei.

Ralak schnellte wie elektrisiert von dem Gehörten auf die Füße und rannte den Abhang hinunter, um besser sehen zu können. Weit hinten, jenseits des schmalen Flußbandes, das sie von ihrem Aussichtspunkt erkennen konnte, brannte es – nur daß der Fluß nicht mehr zu sehen war. Er war unter den Körpern von Weißschwanzgnus verschwunden. Wie eine einzige gewaltige Masse strömten sie hinüber, und sie kamen genau auf sie zu.

Hatte Lotan geschrien? Ralak wußte es nicht. Sie konnte sich keine Gewißheit verschaffen. Am liebsten wäre sie zwar hinunter gelaufen, um nach ihm zu suchen, aber sie wagte sich nicht näher heran. Die Tiere waren durchgegangen und würden alles niedertrampeln, was ihnen in den Weg kam. Sie würden Lotan niedertrampeln, falls er dort war, und auch sie und ihr Kind.

Ralak klemmte sich das Baby fest unter den Arm und rannte zu den Bäumen, bei denen sie sich vorher versteckt hatte. Mit ihrem verletzten Arm konnte sie nicht hinaufklettern, deshalb rannte sie tief in den Wald hinein, preßte sich flach auf den Boden und versuchte, die Erdkraft in sich aufzunehmen, damit sie ihr Kraft gab. Die ganze lange Nacht hindurch kauerte sie dort und lauschte auf das dröhnende Geräusch der Gnuherde. Den Kummer, der ihr fast das Herz zerriß, drängte sie zurück. Lotan lebte noch; sie war ganz sicher. Sie hatte die Stelle gesehen, wo er gewesen war, und seinen Geruch an den Felsen wahrgenommen. Er konnte jetzt nicht sterben. Das Feuer hatte ihn nicht getötet. Kropor hatte ihn nicht getötet. Und die Weißschwanzgnus würden es auch nicht tun.

Ralak preßte ganz fest die Augen zusammen, um die Tränen zurückzudrängen, die hinter ihren Lidern brannten, und sagte sich das alles immer und immer wieder. Sie wollte es einfach glauben. Lotan würde nicht sterben. Am Morgen würde sie wieder nach ihm suchen. Und diesmal würde sie ihn finden.

14. Kapitel

Bran holte mit der Faust aus und erwischte Lotan direkt am Kinn. Der Junge verlor das Gleichgewicht und wäre beinahe hintenüber gefallen. Auf seinem Gesicht spiegelten sich Verwunderung und Wut. Es war kein besonders harter Schlag gewesen, aber er hatte ihn völlig überrascht. Bran hatte bisher immer so freundlich gewirkt.

Bran selber sah sogar noch erstaunter aus. Lotan hatte ihn zwar versehentlich angerempelt, aber deshalb hatte er das jüngere Männchen doch nicht gleich schlagen wollen. Er war entsetzt über seine Reaktion. Und er schämte sich. Entschuldigend sah er zu Zena hinüber, aber sie schüttelte nur mißbilligend den Kopf und ließ die beiden stehen. Sie wollte allein sein.

Seit sie die Lichtung verlassen hatten, hatte es immer mehr Zwischenfälle dieser Art gegeben. Die Trauer lastete schwer auf ihren Herzen, und sie waren sehr reizbar. Aber ihre Meinungsverschiedenheiten hatten noch einen tieferen Grund. Ihnen fehlte Kalars Führung. Ohne sie schienen sie sich nicht im Zaum halten zu können. Schlimmer noch; sie fühlten, daß sie mit Kalar auch die Mutter verloren hatten. Kalar war ihre Stellvertreterin gewesen. Nun da sie niemanden mehr hatten, der für die Mutter sprach, schien alle Selbstbeherrschung vergessen. Sie stritten um lächerliche Vorkommnisse und rafften egoistisch Nahrung für sich allein zusammen, statt sie mit den anderen zu teilen. Es war, als ob sie sich nicht mehr daran erinnern konnten, wie man miteinander umgeht und Gefühle füreinander ausdrückt, Gefühle, die trotz allem noch tief in ihnen schlummerten.

Zena wurde von den anderen als ihre neue Führerin betrachtet, denn sie wußten instinktiv, daß sie wie Kalar dazu bestimmt war, für die Große Mutter zu sprechen. Aber Zena sperrte sich hartnäckig dagegen. Kalars Platz einzunehmen, hätte bedeutet, daß sie von ihrem Zorn abließ, und das würde sie nicht tun. Der Zorn war ihr Schutz, er gab ihr die Kraft, die Tage zu überstehen, und hielt die Trauer von ihr fern. Vor allem aber brauchte sie den Zorn, um ihr Herz vor der Mutter zu verschließen. Die Mutter hatte Kalar und Cere und all die anderen umgebracht, und Zena hatte nicht die Absicht, ihr zu vergeben. Sie schürte ihren Zorn jeden Tag neu, am Morgen, wenn sie erwachte, und am Abend vor dem Einschlafen, damit sie nichts vergaß. Er nahm immer mehr Raum in ihr ein und überschattete all ihr Denken und Tun.

Bran suchte sich einen Platz abseits von den anderen und setzte sich mit dem Rücken zu ihnen. Lupe wollte ihm schon folgen, drehte dann aber gleich wieder ab, weil Brans ungewohntes Verhalten ihn verwirrte. Sima fing an, leise vor sich hin zu weinen. Lupe legte einen Arm um sie, und sie kuschelten sich ein wenig abseits aneinander. Auch das kam jetzt häufiger vor. Bran und Zena brüteten allein vor sich hin und überließen es den beiden Jungen, sich gegenseitig zu trösten, so gut sie konnten. Nyta beachtete das alles nicht. Seit sie von dem Baum gefallen war, lebte sie in einer Art Trance, so als wüßte sie nicht mehr, was ihnen zugestoßen war. Sie nährte Ceres Säugling und half Sima hier und da, aber sie sprach nur selten und reagierte kaum auf die anderen.

Lotan seufzte schwer. Er dachte an die Zeit, bevor die Tiere durchgegangen waren, als sich alle im Stamm noch umeinander gesorgt hatten. Solche Freundschaftlichkeit und Wärme hatte er vorher nie gekannt. Aber jetzt gab es nur noch Gleichgültigkeit. Das unerträgliche Leid hatte sie abstumpfen lassen.

Zenas Gesicht sah so traurig aus, daß er sie gern getröstet hätte, aber er traute sich nicht. Sie wollte sich nicht trösten lassen. Von keinem von ihnen. Außer Dreibein ließ sie niemanden in ihre Nähe, und auch dann schien sie es kaum zu spüren, wenn die kleine Gazelle sie sanft mit der Nase anstupste. Sie sprach auch kaum noch. Früher war sie ganz versessen darauf gewesen, mit ihm zu reden und seine Worte zu lernen. Aber jetzt war ihre Neugier verflogen. Sie wollte nur noch alleingelassen werden.

Er konnte sie verstehen. Schließlich hatte er selber auch den Menschen verloren, der ihm von allen am wichtigsten war. Seine Mutter war ständig in seinen Gedanken, und er hielt unablässig nach einem Zeichen von ihr und den anderen Ausschau.

Er ging zu Zena und deutete nach Süden. »Dorthin?« fragte er.

Sie zuckte die Achseln und schüttelte resigniert den Kopf. Sie konnte ihm keine Antwort geben. Es war wohl das beste, nach Süden zum See zu wandern, so wie immer. Aber auch dort hatte das Feuer ihre normale Route abgeschnitten, und ohne die Führung von Lett und Kalar fühlten sie sich hilflos. Sie ernährten sich und hielten sich am Leben, alles weitere schien niemanden mehr zu interessieren.

Doch es war jetzt schwerer, Nahrung zu finden. Alle Hilfsmittel, die ihnen die Suche erleichtert hatten, wie die Grabestöcke, die scharfen Steine und die Behältnisse zum Tragen, waren von den flüchtenden Tieren zertrampelt worden. Bran hatte versucht, Steine so zu behauen wie Lett, aber es gelang ihm nicht besonders gut. Und jedesmal wenn Zena einen Korb oder eine Schlinge herzustellen begann, mußte sie an Cere denken, und dann brannten die Tränen, die sie nicht herauslassen wollte, so heftig hinter ihren Lidern, daß sie nicht weiterarbeiten konnte.

Es waren überhaupt nur zwei Gegenstände unversehrt geblieben. Nyta benutzte immer noch die Schlinge, die Zena für sie gemacht hatte; außerdem war sie, kurz bevor sie die Lichtung verlassen hatte und nur weil Zena nicht dazu zu bewegen gewesen war, zu dem Steinkreis gegangen und hatte die erste Figur mit den ausladenden Hüften geholt, die Lett damals gemacht hatte. Sie trug sie immer bei sich. Zena bemerkte dies, als sie Ceres Baby die Brust gab. Da wallte der alte Zorn wieder in ihr auf und riß sie aus ihrer Lethargie.

»Wir müssen einen Unterschlupf finden«, sagte sie. Die anderen erhoben sich sofort und folgten ihr. Sie waren froh über jede Ablenkung.

Zur Zeit saßen sie nachmittags unweigerlich kläglich schlotternd unter einem Baum oder was sie sonst auftun konnten, um sich notdürftig vor den Regengüssen zu schützen. Sie wußten alle, daß sie einen dauerhafteren Unterschlupf bauen sollten, aber es fehlte ihnen die Motivation.

Jetzt fiel Zenas Blick auf ein paar Felsen weiter unten. Wenn sie sich einen Armvoll Zweige suchten und wenn möglich einen brennenden Stock, wären sie wenigstens etwas geschützt und zumindest vor den Tieren sicher.

Als sie auf die Felsen zugingen, erstarrte Lotan ganz plötzlich. Der Wind hatte ihm einen Geruch zugetragen, der so stark und unverwechselbar war, daß er sich nicht irren konnte. Er griff nach Zenas Arm.

»Männchen«, sagte er eindringlich. »Böses Männchen!«

Sie starrte ihm ins Gesicht. Da war vor allem Angst zu lesen – aber auch Hoffnung.

Bran wurde auf ihre angespannte Haltung aufmerksam und kam näher. »Wir gehen zurück«, sagte er, als Zena Lotans Worte erklärte.

Lotan schüttelte den Kopf. »Mutter finden«, beharrte er.

»Wir verstecken uns und schauen«, sagte Bran.

Zena nickte, und so stiegen sie wieder den Berg hinan, um sich einen heimlichen Beobachtungsposten zu suchen. Aber es war schon zu spät. Das große Männchen hatte sie bereits entdeckt. Es stand auf einem Felsen und bemühte sich blinzelnd um klare Sicht. Selbst auf die Entfernung konnte Zena erkennen, daß eines seiner Augen geschwollen und blutunterlaufen war. Er rieb ständig daran herum, um besser sehen zu können.

»Auge?« Sie sah Lotan fragend an.

Er zeigte auf den Grabestock, den er bei sich trug, und machte eine Bewegung, als wollte er sich das Auge ausstechen. Dann deutete er auf Kropor. Zena verzog das Gesicht. Das Männchen dort mußte sehr böse auf Lotan sein, wenn er sein Auge so schwer verletzt hatte.

Als das Männchen einen dumpfen Ruf von sich gab, tauchten hinter ihm zwei Frauen auf.

»Mutter?« Zena beobachtete Lotans Gesicht, während sie fragte. Er schüttelte mit einem tiefenttäuschten Ausdruck in den Augen den Kopf.

Vorsichtig einen Fuß vor den anderen setzend, schlich Lotan näher heran und versuchte zu sehen, was hinter Kropor und den anderen war. Stand dort vielleicht seine Mutter; war sie etwa verwundet und konnte nicht laufen?

»Mutter! Ralak!« rief er laut ihren Namen.

Zena sah, wie der Kopf des Männchens beim Klang von Lotans Stimme ruckartig herumfuhr. Die größere der beiden Frauen trat zu ihm und legte ihm die Hand auf den Arm, als wolle sie ihn zurückhalten.

»Toro«, schrie Lotan. »Toro, wo ist Ralak?«

»Nein. Geh weg. Nicht hier.« Toro scheuchte ihn wild fuchtelnd fort. Lotan achtete nicht darauf. Er ging immer näher zu ihnen und rief wieder und wieder den Namen seiner Mutter.

Plötzlich brüllte Kropor wütend auf. Er konnte mit seinem verletzten Auge kaum etwas sehen, und bevor Lotan nicht ganz nahe herangekommen war, hatte er nicht gewußt, wer er war. Aber jetzt wußte er es, und seine ganze Wut kam schlagartig zurück.

Er sprang von dem Felsen herunter und stürzte auf Lotan zu. Bran packte einen Stock und lief hin, um das junge Männchen zu verteidigen. Zena nahm einen Stein und folgte ihm. Nyta wurde zum ersten Mal aus ihrer verträumten Gleichgültigkeit gerissen und fing an zu schreien, auch Toro und Metep schrien jetzt, und Ceres Baby quäkte laut dazu.

Kropor brüllte noch einmal und hob die Faust, um Lotan zu schlagen. Gerade wollte Bran mit dem Stock auf die Faust einschlagen, da übertönte ein durchdringender Schrei das Getöse, so unerwartet, daß sie alle wie erstarrt stehen blieben.

Ein kleines Weibchen mit einem Kind unter dem Arm kam auf sie zugestürmt. Sie kreischte so heftig auf Kropor ein, daß er zusammenzuckte, als hätte sie ihn geschlagen. Zena verstand die Worte, denn Lotan hatte dieselben benutzt.

»Böses Männchen!« schrie sie. »Böses Männchen!«

Kropor ließ den Arm sinken und starrte sie mit offenem Mund an. Sie war zurückgekommen! Er hatte gedacht, daß er sie nie wiedersehen würde, und jetzt war sie wieder da!

»Ralak!« sagte er, und zu Zenas Erstaunen verzog sich sein Gesicht zu einem breiten Lächeln. Er strahlte das kleine, schreiende Weibchen an, als wäre sie der schönste Anblick, der sich ihm je geboten hatte.

Ralak war sogar noch erstaunter als Zena. Sie hatte erwartet, daß Kropor sie schlagen würde, statt sie freudig zu begrüßen. Als sie die Hoffnung aufgegeben hatte, Lotan wiederzufinden, war sie Kropors Spuren gefolgt, weil sie wußte, daß sie nicht allein überleben konnte. Sie hatte sich aber noch nicht getraut, sich der Gruppe wieder anzuschließen. Und dann hatte sie Lotan ihren Namen rufen hören und war sofort angelaufen gekommen, um ihn vor Kropor zu verteidigen, und Kropor hatte sie statt dessen angestrahlt!

Es war alles sehr verwirrend. Ralak neigte gebieterisch den Kopf, um ihre Unsicherheit zu verbergen, und stieß einen Schwall von Worten aus, die Zena nicht verstand. Aber es war unübersehbar, daß sie dem großen Männchen galten, das jetzt wieder die Faust erhoben hatte, als wollte er Lotan doch noch angreifen. Aber von Ralaks Worten getroffen, sackte er in sich zusammen. Er sah sie flehentlich an und streckte unterwürfig eine Hand nach ihr aus. Sie nahm sie nicht, weil sie noch zu wütend war, aber sie kam näher, um sich sein Auge anzusehen.

Ralak stieß einen Befehl aus, und schon stoben Toro und Metep davon. Zena drehte sich entgeistert nach Lotan um, aber der hatte keine Zeit für sie. Er rannte zu der kleinen Frau hinüber und schloß sie in die Arme, während ihm die Tränen nur so aus den Augen strömten. Sie strahlte vor Glück und wollte ihn auch umarmen, winselte dann aber vor Schmerzen. Lotan wich bestürzt zurück.

»Arm verwundet?« fragte Zena ihn. Sie brauchte gar nicht erst zu fragen, ob das seine Mutter war. Sein erleichterter, liebevoller Gesichtsausdruck sagte alles. Aber es war ihr auch nicht entgangen, daß Ralak ihr Kind nur mit einem Arm hielt, während der andere schlaff herunterhing.

Lotan nickte, und in seinen Augen blitzte es zornig, als er Kropor einen Blick zuwarf. Die gelben Flecken sahen aus wie kleine Funken.

Ralak fing den Blick auf und sagte im Befehlston: »Keine Kämpfe. Ich dulde keine Kämpfe.«

Streng sah sie erst Kropor, dann Lotan und dann wieder Kropor an. Sie hatte noch immer keine Ahnung, warum er sich so unterwürfig verhielt, aber sie war fest entschlossen, die Macht, die sie anscheinend über ihn besaß, bis zum äußersten zu nutzen.

Nun baute Bran sich neben Ralak auf, um ihre Autorität zu unterstreichen. Auch er verstand ihre Worte nicht, aber er wußte, daß Kropor im Zaum gehalten werden mußte, und wollte ihr beistehen. Er war sogar noch größer als Kropor, ein schrecklicher Gegner, und der andere schlug schnell die Augen nieder.

»Jetzt kümmern wir uns um das Auge. Setz dich«, befahl Ralak, als sie meinte, daß er eingeschüchtert genug war. Sie schubste ihn an der Schulter, um sicherzugehen, daß er sie auch verstand.

Toro und Metep waren mit vielen Pflanzen und etwas Wasser in einer Kürbisflasche zurückgekehrt, und übergaben Ralak die Sachen. Toro übernahm solange das Baby. Zena kam näher, um dabei zuzusehen, wie Ralak sorgfältig die Blätter abstreifte und ins Wasser tauchte. Es juckte ihr in den Fingern, mitzuhelfen, und sie warf der älteren Frau einen fragenden Blick zu.

Ralak nickte. Sie hatte verstanden. Gemeinsam machten sie weiter. Ralak preßte die Blätter vorsichtig aus und legte Kropor die Packung aufs Auge. Dann ließ sie sich auf die Fersen sinken und bedachte Zena mit einem so direkten und intensiven Blick, daß er geradewegs in ihr Herz einzudringen schien.

Zena erwiderte den Blick rückhaltlos und ohne jede Schüchternheit. Ralaks Augen hatten längst in ihr Herz gesehen, warum sollte sie ihr also ausweichen? Statt dessen nahm sie einfach in sich auf, welche Empfindungen von dieser außergewöhnlichen Frau auf sie einströmten. Ihr Blick enthielt nur wenig Tröstliches, doch soviel Zuwendung und Verständnis, als kannten sie einander schon seit langer Zeit. Irgendwie kam sie ihr unendlich vertraut vor …

Ein seltsames Zittern durchfuhr Zenas Körper, so wie damals, als sie sich an den Baum geklammert hatte. Sie schüttelte heftig mit dem Kopf, als wolle sie Ordnung in ihre Gedanken bringen.

Ralak streckte die Hand aus und tätschelte ihren Arm. »Wir werden über vieles reden«, sagte sie geheimnisvoll. Dann sprang sie auf die Füße. Die ersten nachmittäglichen Regentropfen fielen, und es war Zeit, sich einen Unterstand zu suchen.

Sie trottete auf die Felsbrocken zu, die Zena bereits aufgefallen waren. Zena kletterte hinauf und zeigte auf eine Stelle, wo sie alle Platz zum Sitzen finden würden. Für das Dach müßten sie Zweige sammeln. Ralak nickte zustimmend und beauftragte Kropor und die beiden Frauen damit.

»Wir helfen ihnen einen Unterschlupf bauen«, sagte Zena zu Bran und den anderen. Auch sie liefen nun los, um dichte Zweige und kleine Ästchen und Moos zu holen, so wie Toro und Metep. Kropor hielt sich unbehaglich abseits, aber als sie mit dem Dach anfingen, nahm er die schweren Äste auf die Schulter und half mit, sie an ihren Platz zu legen. Nicht lange, und sie hatten einen soliden Unterstand gebaut, in den es fast nirgends hineinregnete. Alle zusammen drängten sich hinein und sahen einander befangen an, während der Regen immer dichter fiel.

Kropor fühlte sich besonders unbehaglich in der unmittelbaren Nähe so vieler Fremder und blitzte sie drohend an. Ralak bemerkte seinen Blick und schleuderte ihm einen weiteren Schwall von Worten entgegen. Er sah mit verlorenem Ausdruck in den Augen zu ihr auf und verdrückte sich in eine Ecke. Ralak hatte einen Platz in seinem Herzen eingenommen, von dessen Existenz er nichts gewußt hatte. Der Schmerz, den er über ihr Verschwinden empfunden hatte, war beängstigend gewesen, und er wollte dasselbe nicht noch einmal durchmachen. Er wollte ihr gefallen, sonst nichts, und wenn er dafür Fremdlinge dulden mußte, dann mußte er sich damit abfinden. Er würde selbst Lotan dulden, wenn nur Ralak in seiner Nähe bliebe. Er konnte den Gedanken nicht ertragen, sie ein zweites Mal zu verlieren.

Toro und Metep kamen herbei, um sich zu ihm zu setzen. Sie waren an Kropor gewöhnt und störten sich nicht an seiner Schroffheit. Aber Zena und die anderen kannten keine Männchen wie ihn und beobachteten ihn mißtrauisch. Agar hatte manchmal nach anderen geschlagen, aber so wie Kropor Ralak verletzt hatte, hatte er niemals eine Frau verletzt. Sie rückten soweit wie möglich von ihm ab, und Bran behielt herausfordernd das Gesicht des großen Männchens im Auge. Dann streckte Dreibein begehrlich ihren nassen Kopf in den Unterschlupf und wollte herein. Es sah richtig komisch aus. Das Gelächter der Kinder löste die Spannung, und als Zena die kleine Gazelle an ihre Seite zog, brachen Toro und Metep in verwunderte und begeisterte Rufe aus.

Zena sah sich erstaunt um. Noch vor ganz kurzer Zeit waren sie und die andern allein gewesen und hatten sich elend gefühlt und voller Groll; jetzt saßen sie friedlich in einem neuen Unterschlupf mit einer fremden Gruppe von Leuten zusammen – und wer anders als Ralak hatte diese bemerkenswerte Verwandlung zuwege gebracht! Wieder musterte sie die kleine Frau und bewunderte ihre Haltung. In diesem Punkt war sie wie Kalar, außer daß Kalar still und langsam gewesen war und immer heiter. Ralak war flink und lebhaft und steckte voller Energie.

Erschrocken stellte Zena fest, daß der Gedanke an Kalar ihr diesmal nicht den gewohnten Stich gegeben und die unerträgliche Herzensangst hervorgerufen hatte. Irgendwie war der Kummer in Ralaks Gegenwart besser zu ertragen.

Ein schmerzliches Zucken lief über Ralaks Gesicht, als jemand auf dem engen Raum gegen ihre Schulter stieß. Zena runzelte betroffen die Stirn. Sie war so sehr damit beschäftigt gewesen, Ralak zu beobachten, daß sie ihre Verwundung völlig vergessen hatte.

Sie kroch zu ihr und begann vorsichtig ihre Schulter abzutasten. Sie konnte keine gebrochenen Knochen fühlen, aber der obere Teil des Armes war wund und geschwollen. Am meisten schien es wehzutun, wenn sie die Schulter bewegte. Zena beschloß, den Arm an Ralaks Körper festzubinden, damit er stillgestellt war.

Sobald der Regen nachließ, nahm sie Sima mit und ging los, um Blätter für einen Breiumschlag zu holen, der die Schwellung zurückgehen lassen sollte, und außerdem Ranken zum Festbinden. Begeistert, daß sie mithelfen durfte, nachdem Zena sie seit so vielen Wochen ignoriert hatte, riß Sima in Windeseile viel mehr Ranken herunter, als sie überhaupt gebrauchen konnten. Zena dankte ihr, bedeckte dann Ralaks Schulter rundum mit weichen Blättern und band ihr den Arm fest an den Körper. Dann warf sie einen resignierten Blick auf die übriggebliebenen Ranken. Mit dem unbeweglichen Arm würde Ralak das Kind nicht gut tragen können. Sie brauchte eine Schlinge.

Sie senkte den Kopf, damit die anderen nicht sahen, wie sie sich mühsam das Weinen verbeißen mußte, und machte sich daran, eine feste Schlinge zu knüpfen. Stundenlang saß sie so bei der Arbeit und kniff immer wieder die Augen zusammen, um die Tränen zurückzuhalten. Trotzdem tropften einige herunter. Wütend biß sie die Zähne zusammen. Ihr war nicht nur das Weinen verhaßt, sondern auch die Gründe dafür. Aber ganz besonders haßte sie die Mutter dafür, daß sie ihnen so schweres Leid zugefügt hatte.

Und während sie immer weiter mit den Tränen kämpfte, erfaßte sie wieder der alte Zorn. Aber diesmal war er stärker denn je, weil sie nicht mehr allein auf die Mutter wütend war, sondern auch auf sich selbst. Denn sie hatte es zugelassen, daß sie von einem unvorhergesehenen Ereignis abgelenkt wurde und sich beinahe wieder glücklich fühlte, statt weiter ihren Zorn zu pflegen, mit dem sie sich an der Mutter rächen wollte. Nun schürte sie ihre Wut erneut und ließ sich ganz von ihr erfüllen und benutzte sie, um ihr Herz gegen die Mutter zu verhärten und den schrecklichen Kummer zu dämpfen, der sie zu überwältigen drohte, während sie sich auf die Arbeit konzentrierte, die Cere immer so gern getan hatte.

Bran sah, wie Zena mit sich kämpfte, und auch, daß die anderen sie anstarrten. Früher hätte er sie vielleicht damit aufgezogen, aber jetzt wollte er ihr nur helfen. Er holte ein paar Stöcke hervor, die er gesammelt hatte, und begann sie mit einem Stein anzuspitzen. Bald waren aller Augen auf ihn gerichtet, statt auf Zena, und dann wollten alle anderen auch Stöcke anspitzen. Er schickte Lupe los, um noch mehr zu suchen. Genau wie Sima war er hocherfreut, wieder mit einbezogen zu werden, und kehrte mit einem großen Armvoll zurück. Es stellte sich heraus, daß Kropor trotz seines schlechten Auges besonders geschickt im Schnitzen war, und schon nach kürzester Zeit hatte er eine ganze Reihe schön zugespitzter Stöcke produziert. Die Beschäftigung schien ihn zu beruhigen. Die Feindseligkeit in seinem Gesicht wurde von Konzentration abgelöst, und seine funkelnden Blicke waren vergessen.

Auch Ralak merkte, welchen Kampf Zena auszufechten hatte, aber sie machte keine Anstalten, ihr zu helfen. Es war gut, daß das Kind sich abmühte. Der Zorn und die Trauer, die Ralak in ihren Augen gesehen hatte, mußten heraus. Bevor das nicht geschehen war, würde Zena wie gelähmt bleiben und unfähig sein, die Gabe einzusetzen, die tief in ihrem Innern schlummerte. Nur wenige besaßen die Fähigkeit, nicht nur mit ihren Sinnen, sondern auch mit ihrer Seele etwas zu erfahren, zu hören und zu fühlen. Zena wußte es zwar noch nicht, aber sie war eine von ihnen. Ralak stiegen Tränen der Dankbarkeit in die Augen. Seit dem Tod ihrer Mutter hatte es niemanden gegeben, der ihre Gedanken erfassen konnte, niemanden, an den sie ihr Wissen hätte weitergeben können. Aber Zena würde sie verstehen; das Wissen würde auch ohne Worte auf sie übergehen. Ralak wußte das, weil sie Zenas Gedanken bereits selbst gesehen hatte, sie gefühlt hatte wie ihre eigenen, genau wie es ihr früher mit den Gedanken ihrer Mutter ergangen war.

Der Regen hatte aufgehört, und die anderen gingen nach draußen, um Nahrung zu suchen. Zena rührte sich nicht vom Fleck. Sie wollte erst ihre Schlinge fertig machen. Ralak beobachtete sie aufmerksam, aber unaufdringlich, um sie nicht zu stören. Doch als Zena sich dann vorbeugte, um ihr die Schlinge umzulegen, griff Ralak ihr unters Kinn und hob ihr Gesicht an, damit sie ihr in die Augen blicken konnte. Dort sah sie die zurückgehaltenen Tränen und all den Kummer und den hartnäckigen Zorn. Mit einem langen Schütteln des Kopfes zog sie das Mädchen an sich und sprach mit ruhigen, tröstenden Worten auf sie ein.

Da brach etwas in Zena entzwei und gab nach; es war, als würde ein Damm in ihrem Innern brechen. Die Tränen, die sie seit jenem schrecklichen Tag zurückgehalten hatte, strömten ihr über die Wangen und tropften auf Ralaks warme Haut. Und sie nahmen alle Wut mit sich, die ganze furchtbare, lähmende Wut. Ralak fühlte, wie sie hervorbrach und sich im Raum ausbreitete, und drängte sie zurück. Für Wut war hier kein Platz, ebensowenig wie für Streitigkeiten. Sie würde es nicht dulden. Sie krallte die Finger tief in die Erde und rief die Erdkraft zu Hilfe. Sie hatte ihr früher geholfen und würde es auch jetzt wieder tun, indem sie Zenas Herz vom Zorn befreite und ihn hoch in die Wolken aufwirbeln ließ, von wo er nicht mehr in sie zurückkehren konnte.

Zena keuchte und zitterte. Ihr ganzer Körper erbebte unter den Strömen von Bitterkeit, die aus ihr hervorquollen. Und nachdem der Zorn sie verlassen hatte, ergoß sich der angestaute Schmerz in mächtigen, qualvollen Schluchzern. Alles floß aus ihr heraus, und sie blieb leer und erschöpft zurück.

Als aber das Schluchzen nachgelassen hatte, erschienen vor ihrem inneren Auge die Gesichter all derer, die sie geliebt hatte, und die Liebe, die sie für sie im Herzen trug, erfüllte die Leere. Und die Räume, die Zorn und Trauer eingenommen hatten, wurden jetzt von ihrer großen Liebe für sie überflutet. Da wußte sie, daß die geliebten Wesen zwar fortgegangen, aber dennoch immer bei ihr waren. Sie verstand nicht, wie das möglich war, aber es reichte ihr, ihre Gegenwart in sich zu spüren.

Zenas Tränen versiegten so plötzlich, wie sie gekommen waren. Sie gab einen letzten schmerzlichen Schluchzer von sich. Dann legte sie ihren Kopf in Ralaks Schoß und schlief ein. So blieb sie die ganze Nacht hindurch liegen, und als sie schließlich den Kopf hob, drang das Licht in funkelnden Strahlen durch die offenen Stellen im Dach. Sie fielen auf ihre

Arme, ihren Kopf, ihren Bauch. Zena lag ganz still und spürte, wie sie ihren Körper durchdrangen, als wollten sie ihr die Wärme und Kraft und Neugier von früher zurückgeben. Sie lächelte und hieß den neuen Tag willkommen.

II

Zena, Ralak und Lotan saßen beieinander, steckten die Köpfe zusammen und sprachen über die Mutter und die Erdkraft. Viele Male war die Trockenheit auf den Regen gefolgt, seit sie zusammengefunden hatten, und sie konnten einander inzwischen sehr gut verstehen. Beide Stämme hatten die Worte der anderen gelernt, dabei hatten sich die Worte vermischt, und es waren auch mehr geworden, weil sie Bedeutungen verknüpften und neue erfanden.

In der Nähe hockten Sima und Lupe und malten Bilder zu den Worten, die sie hörten, und formten sie mit dem Mund nach, damit sie sie nicht vergaßen. Bran und Kropor schliffen Steine und Grabestöcke. Kropor war ein wahrer Meister darin, und die anderen waren längst von seiner großen Kunstfertigkeit abhängig. Ihr Lob beschwichtigte ihn, und er war jetzt nur noch selten gewalttätig. Er neigte noch immer zum Aufbrausen, aber gleichzeitig war er Ralak leidenschaftlich ergeben und wollte um keinen Preis ihr Mißfallen erregen. Wenn ihn die Wut überkam, zog er sich für eine Weile zurück, und wenn er dann wiederkam, benahm er sich anständig.

Toro und Metep saßen nicht weit von ihnen und machten Schlingen. Toro hatte ein neues Kind, und Metep war schwanger, sie brauchten sie also. Nyta half ihnen und zeigte ihnen mit Engelsgeduld, wie man die einzelnen Ranken miteinander verweben und feste Knoten machen mußte. Die Anwesenheit der anderen schien Nyta wieder ins Leben zurückgeholt zu haben. Sie konnte sich noch immer nicht an das Geschehene erinnern, aber sie war fröhlich und aktiv und lebte nicht länger wie in Trance. Sie alle hatten sich in der Zeit, seit sie zusammen waren, zu ihrem Besseren verändert. Obwohl sie noch oft der Toten gedachten, raubte ihnen der Schmerz nicht mehr alle Energie und Motivation.

Zena war in den Jahren seit dem Unglück noch ein Stück gewachsen. Mit ihren dreizehn Jahren war sie größer als Ralak und hatte üppige Brüste und Hüften bekommen. Sie bewegte sich selbstbewußt und voller Grazie, und Lotan spürte jetzt manchmal seltsame Gefühle in den Lenden und sah ihr dann sehnsüchtig hinterher. Sie war wieder so neugierig wie früher, aber auch eigensinnig und selbständig. Alles wollte sie allein herausfinden, ohne erst auf andere zu hören. Vor allem wollte sie nicht auf die Große Mutter hören und ihre Gegenwart nicht fühlen. Obwohl ihr Zorn verraucht war, traute sie noch immer keiner Macht außer ihr selbst, aus Angst, sie würde wieder verraten werden.

Ralak hatte manchmal schon die Hoffnung aufgeben wollen, daß Zena ihr Herz noch einmal ganz öffnen würde. Sie würde sie vor eine Herausforderung stellen müssen, und zwar bald, so wie sie selber auch einst gefordert worden war. Das war der Grund, warum Ralak sie alle hierher geführt hatte.

Immer wieder hatte sie Zena von der Erdkraft erzählt und ihrerseits durch Zena von der Großen Mutter erfahren und von Kalar, die ihre Stellvertreterin gewesen war. Daß die Erdkraft und die Mutter eins waren, schien Ralak auf Anhieb so unmißverständlich klar, als wären ihre Seele und ihr Herz endlich in Einklang. Sie hatte die Macht der Erdkraft von Anbeginn gespürt, aber sie hatte auch gefühlt, daß es da noch etwas gab, was mehr Nähe und Wärme ausstrahlte. In der Großen Mutter hatte sie es nun gefunden.

Allerdings konnten die beiden Kräfte sich sowohl sanft als auch rücksichtslos zeigen, und eben dies wollte Zena nicht akzeptieren. Mit dem Kopf wußte sie, daß die Erdkraft und die Mutter zwar Leben schenken, aber auch töten konnten, aber ihr Herz verstand nichts davon. Zena dazu zu bringen, diese Tatsache im Herzen zu akzeptieren, war am schwierigsten von allem.

Ralak hielt die breithüftige Figur hoch, die Lett gemacht hatte. »Hier drin ist die Erdkraft«, sagte sie. »Ich fühle es. Jetzt fühl du es.« Sie gab Zena die Statue und wartete.

Zena nahm die kleine Figur zögernd entgegen. Ein Schauer durchlief sie, der von der Statue auszugehen schien, und sie stellte sie schnell wieder zurück.

»Ich fühle es«, stimmte sie zu. »Aber es ist auch Furcht in ihr.«

»Die Furcht ist in dir, nicht in der Figur«, entgegnete Ralak. Dann wurde ihre Stimme weich.

»Die Erdkraft und die Mutter sind ein und dasselbe«, erklärte sie Zena geduldig. »Und beide können uns wehtun. Von ihnen kommen die explodierenden Berge, der Blitz, sogar die tödliche Trockenheit – aber auch Regen und Leben. Sie sind beides – Tod ebensosehr wie Leben, und Schmerz so sehr wie Freude.«

»Warum muß das so sein? Warum ist die Mutter grausam?« Zena verzog bei der Erinnerung schmerzlich die Lippen und schlug zur Bekräftigung mit der Faust auf den Boden.

»Darauf gibt es keine Antwort. Nur soviel: Die Mutter ist, wie sie ist, und die Erdkraft ist alles, was geschieht.«

Ralak seufzte bei diesen Worten. Sie war selber nicht ganz sicher; sie wußte nur, daß man sich abfinden mußte. Besonders Zena mußte das tun, und ihr selbst blieb nicht mehr viel Zeit, ihr Wissen an sie weiterzugeben. Ralak wußte, was die Schmerzen in ihrem Bauch und das Blut, das von irgendwo tief in ihrem Innern hervortropfte, zu bedeuten hatten. Anfänglich war kaum etwas zu merken gewesen, aber dann hatten sich die Symptome rapide verschlechtert. Sie wurde mit jedem Tag schwächer.

Jetzt mischte sich Lotan zum erstenmal ins Gespräch. »Ich glaube, wir sind nicht so wichtig«, sinnierte er und deutete auf Dreibein. »Wir sind wie sie, jeder ist nur einer von vielen. Es ist gut so, daß einige den Löwen zu fühlen bekommen, und andere am Leben bleiben. Der Löwe muß auch essen.«

Zena nickte. Das leuchtete ihr ein. Was Lotan sagte, war

oft sehr einleuchtend. Sie sah ihn prüfend an. Auch er war größer geworden, wenn auch nicht so groß wie Bran. Er war klein und drahtig und stark, und wenn er sie manchmal so anblickte, überkam sie ein seltsames Kribbeln.

»Ich finde trotzdem nicht, daß die Mutter so viele hätte töten dürfen, und ganz ohne Grund«, sagte sie störrisch, um ihre Verlegenheit zu verbergen.

Dazu wollte Sima auch etwas sagen: »Jetzt haben wir doch aber die anderen«, meinte sie, »und das ist gut.«

Zena lächelte sie an. »Du hast recht, Sima. Die Mutter hat uns Ralak und die anderen dafür gegeben.«

Sie dachte einen Moment lang intensiv nach und bemühte sich, ihre Zweifel zu zerstreuen. Sie hatte von Ralak gelernt. Und sie kannte sie besser als alle anderen, so als wären ihre Seelen eins. War das vielleicht der Weg der Mutter, daß sie ihr Ralak für Kalar gab, damit sie von ihr lernen konnte? Auch wenn sie dem Gedanken immer wieder auszuweichen suchte, wußte Zena sehr wohl, daß sie dazu bestimmt war, für die Mutter zu sprechen: Sie wußte es, aber sie drängte dieses Wissen immer wieder zurück, weil sie Angst hatte, wieder verletzt zu werden.

Es war nicht der einzige Gedanke, den sie verdrängte. Sie hatte einen anderen Gedanken, der nicht aus ihrem Bewußtsein kam, sondern ihrem Körper und Herzen entsprang, als seien sie direkt mit Ralaks Körper und Ralaks Herzen verbunden. Ralak würde bald sterben. Die Lebenskraft rann ganz allmählich aus ihr heraus. Ralak hatte nie darüber gesprochen, aber Zena wußte es.

Sie sprang auf die Füße. »Laßt uns jetzt Nahrung suchen gehen«, sagte sie. »Bald kann man nichts mehr sehen.«

Lotan blieb ihr auf den Fersen, als sie zu dem Berg lief, wo reife Früchte an den Bäumen hingen. Gemeinsam sammelten sie eine stattliche Menge davon ein, die sie später zu den anderen tragen würden, dann setzten sie sich, um selber erst einmal davon zu essen. Zena liebte diesen Abschnitt des Tages ganz besonders, wenn der Himmel in glänzenden, rosigen, roten und orangefarbenen Streifen leuchtete und die Vögel sich in großen Schwärmen flatternd und kreischend zur Nacht in den Baumkronen niederließen. Die Tiere kamen zum Trinken an den Teich, und die Raubtiere pirschten nach leichter Beute.

Ihr wurde kalt, und sie rückte näher an Lotan heran. Er legte den Arm um sie, und bei dieser Berührung lief ihr ein wohliger Schauer über den Rücken.

Lotan erstarrte und streckte wortlos den Finger aus. Sie folgte seiner Bewegung mit den Augen, mußte aber immer noch lange in die Richtung starren, bis sie die braungelbe Löwin im hohen Gras kauern sah. Ihre goldenen Augen waren mit äußerster Konzentration auf eine Zebraherde fixiert, die zum Trinken herangekommen war. Dann witterte ganz plötzlich eines der Tiere ihren Geruch und sprang davon. Die anderen setzten mit weiten, sich überstürzenden Sprüngen hinterher, um möglichst viel Abstand zwischen sich und die Löwin zu bringen. Die aber hatte nur noch Augen für eines der Tiere, das sich weiter ins Wasser vorgewagt hatte als die anderen. Es gab andere Zebras, die weniger weit entfernt waren, aber sie achtete gar nicht auf sie und stürzte sich nur auf dieses eine.

In panischer Angst durchfurchte das Tier das Wasser und versuchte, wieder die sichere Herde zu erreichen. Aber es war zu spät. Schon sprang ihm die Löwin auf den Rücken und schlug ihre mächtigen Zähne in seinen Nacken. Und jetzt griff von vorn auch noch eine andere Löwin an, die sich bisher versteckt gehalten hatte, und verbiß sich in seiner Schnauze. Das Zebra ging brüllend zu Boden. Mit wild schlagenden Hufen versuchte es wieder auf die Beine zu kommen, dann lief ein Zucken durch seinen Körper, und es blieb still liegen. Aber es war noch nicht tot. Es riß ganz plötzlich den Kopf noch einmal hoch, so daß die Löwin seine Schnauze freigeben mußte. Aber sofort schlug sie ihre Reißzähne in seine Kehle und ließ nicht mehr los, bis das Zebra endgültig seine schwache Gegenwehr aufgab und starb.

Die zwei Löwinnen ließen sich zum Fressen nieder. Doch kaum hatten sie hastig ein paar Bissen geschluckt, wurden sie auch schon von einem Löwenmännchen mit dichter Mähne zur Seite gestoßen. Es knurrte und schnappte nach ihnen, und sie zogen sich zurück, um dann wieder langsam auf den Kadaver zuzukriechen. Als die eine wieder zu fressen begann, stieß sie das Männchen fort, sie wartete wieder und näherte sich noch einmal. Nun kam auch die zweite Löwin hinzu, und diesmal konnte das Männchen sie nicht mehr vertreiben. Gierig zerrten sie an ihrer Beute. Jetzt liefen auch eine Handvoll Löwenjunge herbei und machten es ihren Müttern nach, aber sie durften erst fressen, als die anderen nahezu gesättigt waren.

Zena stieß den angehaltenen Atem geräuschvoll aus. Sie hatte Löwen beim Schlagen der Beute auch schon früher beobachtet, doch noch nie aus solcher Nähe. Diesmal hatte sie die panische Angst in den Augen des Zebras gesehen, seine Todesschreie gehört, und mit angesehen, wie das Leben langsam aus seinem Körper wich. Sie hatte den Eindruck, als hätte sie zugleich noch etwas anderes gesehen, etwas, das sogar noch eindrucksvoller war als die Szene, die sich eben vor ihren Augen abgespielt hatte. Was es war, wußte sie nicht genau, aber es mußte etwas mit der Erdkraft zu tun haben und der Art, wie diese Kraft vom einen zum anderen überging. Das Leben war aus dem Zebra gewichen, doch es war in die Löwen eingegangen. Der Tod des Zebras war das Leben der Löwen.

»Der Löwe muß auch essen«, dachte sie laut vor sich hin. Dann setzte sie sich aufrecht hin.

»Aber warum tötet das Weibchen, und das Männchen frißt?« wollte sie empört wissen. »Wenn die Löwin die Beute erlegt, sollte sie auch fressen, und die Jungen genauso. Warum warten sie?«

»Kein Geschöpf ist wie das andere«, erwiderte Lotan. Dann grinste er. »Das gefällt mir«, sagte er neckend. »Sie macht die Beute, und er frißt.«

»Mir nicht«, gab Zena zurück und piekte ihn spielerisch mit dem Finger. »Ich bin froh, daß ich keine Löwin bin.«

Sie lehnte sich zurück, um die letzten Strahlen der untergehenden Sonne zu genießen. Lotan lag ganz dicht bei ihr. Sein Körper fühlte sich glatt und warm an. Eine leichte Brise strich kühl über sie hin, und Zena fröstelte. Sie drehte sich zu

Lotan, um sich an ihm zu wärmen, doch er hatte sich auch gerade umgewendet, und als ihre Körper nun so unvermutet aneinanderstießen, erbebten sie beide vor Erregung. Zena fühlte, wie ein Zucken ihren Körper durchlief, und merkte, daß es Lotan ebenso erging, denn er riß erstaunt die Augen auf und rückte rasch wieder ein Stück von ihr ab.

Sie sahen sich unverwandt in die Augen, erst noch schüchtern, doch dann mit immer sanfteren Blicken, bis sie nicht mehr einander sahen, sondern nur noch die Gefühle zwischen ihnen wahrnahmen, Gefühle, die sie wie eine Woge überschwemmten. Es gab kein Zurück mehr. Wie von selbst legte sich Zenas Hand liebkosend auf Lotans Schenkel. Er stöhnte lustvoll, und dieses Geräusch erregte sie und gab ihr ein Gefühl von Macht. Sie streichelte ihn immer stärker, berührte ihn am ganzen Körper. Seine Hand erwiderte ihr Streicheln. Überall, wo er sie berührte, schien ihre Haut in Flammen zu stehen, doch es war kein Schmerz, sondern glühende Lust. Immer näher drängte sie sich an ihn, bis ihr Bauch und ihre Brüste beinahe mit seiner warmen Haut zu verschmelzen schienen. Die Glut breitete sich in ihrem ganzen Körper aus, besonders dort unten, zwischen ihren Schenkeln.

Lotan führte seine Hand dorthin und streichelte sie genau über der Stelle, wo die Glut am stärksten und forderndsten war, und sie schrie vor Wonne auf. Sie fühlte staunend, wie sich ihre Beine spreizten, dann wurden ihre Empfindungen so stark und übermächtig, daß sie nichts mehr dachte und sich nur noch von ihrer Leidenschaft leiten ließ. Stöhnend schlang sie ihre Beine um die seinen, um ihm noch näher zu kommen. Aber es war immer noch nicht genug. Sie wollte mehr; sie wollte ihn in sich spüren.

Wieder bewegte sich ihre Hand wie von selbst und half ihm, in sie einzudringen. Tiefer und immer tiefer stieß er in sie hinein, zog sich zurück und kam wieder. Zena klammerte sich an ihn, damit er in ihr blieb, dort wo sie spürte, wie etwas anschwoll und immer stärker wurde, als wolle es explodieren wie eine reife Frucht, deren Haut plötzlich aufplatzt. Und dann brach ein Sturm los. Ein nie gespürtes Wonnegefühl wuchs und wuchs immer mehr, und endlich explodierte sie in tausend Stücke, und die Empfindungen strahlten in ihren ganzen Körper aus, bis in die Arme und Beine, die Finger und Zehen. Sie spürte nichts anderes mehr als heiße, überwältigende Lust.

Lotan sank auf ihre Brust, dann bäumte sein Körper sich auf, und er schrie, leise und drängend und voller Leidenschaft. Zena meinte, in ihm das gleiche zu fühlen, was sie empfunden hatte, und hielt ihn ganz fest, bis er nicht mehr zitterte. Plötzlich erfüllte das durchdringende Kribbeln sie von neuem, wieder baute sich etwas in ihr auf und brach los. Zweimal noch steigerten sich in ihrem Körper die Gefühle bis zur Explosion, und sie erlebte keuchend, wie es sie durchzuckte.

Lotan war jetzt still, fast hilflos. Zena rührte sich nicht und sagte auch kein Wort. Sie war nicht dazu imstande. Aus einem verborgenen Winkel ihrer Seele stieg die Erinnerung an Kalars und Ceres Worte empor.

»Die Paarung macht große Freude«, hatten sie gesagt. Und sie hatten recht gehabt.

Nach einer Weile bemerkte Zena, daß es schon fast dunkel war. Sie rüttelte Lotan.

»Wir müssen gehen. Die Sonne ist verschwunden«, flüsterte sie.

Lotan setzte sich auf und gähnte. Dann schien ihm plötzlich wieder einzufallen, was geschehen war, und er sah Zena mit großen Augen an. Die gelben Punkte darin waren in dem trüben Licht kaum zu erkennen. »Ich habe mich noch nie gepaart«, sagte er.

»Ich auch nicht«, erwiderte Zena. »Ich habe nie daran gedacht, daß ich mich je paaren würde. Ich wußte nicht, daß es so schön ist.«

Sie ergriff seine Hand, und gemeinsam liefen sie den Abhang hinunter auf die Lichtung zu. Ihre Gruppe hatte einen guten, dauerhaften Unterschlupf gebaut. Auf der weiten, ebenen Rodung konnten sie Körbe flechten und Stöcke zuspitzen und sich am Abend ums Feuer versammeln. Auch jetzt flackerte es ihnen freundlich entgegen.

Als sie in den Lichtkreis des Feuers traten, sah Ralak auf.

Die Verzückung stand ihnen ins Gesicht geschrieben; Ralak sah es sofort und wußte auch den Grund dafür. Diesen ganz besonderen Blick konnte man nicht mißverstehen. Sie war froh. Die Paarung war ein Geschenk der Mutter, weil dazu Gefühle nötig waren, nicht Überlegung. Es würde Zena helfen, wenn ihre Prüfung bevorstand.

Sie seufzte. Es war so viele Jahre her, daß sie selber sich gepaart hatte. Seit der Zeit, als sie sich durch die schwere Geburt hatte kämpfen müssen, hatte sich etwas in ihr nicht mehr richtig angefühlt. Sie hatte zwar einmal einen Versuch gemacht, sich mit Kropor zu paaren, aber es schmerzte so sehr, daß sie ihn zu Toro und Metep geschickt hatte. Kein allzu großer Verlust, dachte sie. Sie war ohnehin nicht mehr kräftig genug, sich zu paaren.

Sie stand mühsam auf, um in den Unterschlupf zu gehen. Inzwischen wollte der Schmerz in ihrem Bauch gar nicht mehr verschwinden. Tief und hartnäckig saß er in ihr, und auch das Blut floß jetzt in größeren Mengen. Sie verlor rapide an Kraft.

Kropor sah, wie sie sich abmühte, und kam herbei, um ihr zu helfen. Außer wenn er sich wütend in die Einsamkeit zurückzog, wich er nicht mehr von ihrer Seite, und wenn sie Hilfe brauchte, schien er es immer schon zu ahnen. Sie lächelte ihn dankbar an. Sie schätzte ihn inzwischen als Gefährten. Manchmal mußte sie ihn zwar immer noch beschimpfen, weil er den anderen gegenüber so aufbrausend war, aber ihr hin und wieder aufflackernder Ärger schien ihn nicht mehr zu kümmern. Im Gegenteil, er genoß ihn anscheinend und grinste breit, wenn sie ihn mit ihren Worten traktierte.

Irgendwann hatte sie schließlich doch noch erfahren, warum er sich so verändert hatte, und zwar hatte Zena es ihr erklärt, während sie selber offenen Mundes zuhörte.

»Seine Gefühle für dich sind stärker als für irgend jemanden sonst«, hatte Zena zu ihr gesagt. »Als du fortgegangen bist, um nach Lotan zu suchen, war er schrecklich traurig. Er hat Lotan die Schuld dafür gegeben, und deshalb hat er versucht, ihn zu verletzen. Das hat er selber einmal gesagt, aber ich wußte es auch schon vorher.«

Zena hatte noch mehr über Kropor herausgefunden. Ralak konnte sich kaum denken, wie sie die Geschichte aus ihm herausgebracht hatte, wo Kropor doch nur so wenige Worte benutzte, aber irgendwie hatte Zena erfahren, daß er als Kind nach dem Tod seiner Mutter von seinem Stamm verstoßen worden war. Er war allein gewesen, bis er Ralak gefunden hatte.

Das war auch der Grund, warum Ralak ihm am wichtigsten war, meinte Zena. Zuerst hatte er geglaubt, sie wäre wie die schlechte Frau, die ihn vertrieben hatte, deshalb hatte er ihr weh getan. Dann wurde ihm klar, daß sie ganz im Gegenteil wie seine Mutter war. Seine Mutter hatte er auch geliebt.

Es wäre gut, wenn Zena ebensoviel Energie darauf verwenden würde, der Großen Mutter zuzuhören, wie sonst den anderen. Sie stellte mit Begeisterung Fragen und hatte auch Ralak dazu gebracht, ihre Geschichte zu erzählen, obwohl sie nicht vorgehabt hatte, von den Kämpfen zu reden, die sie durchgestanden hatte. Zena wußte, daß Ralaks Stamm und ihr Bruder umgekommen waren; sie wußte, wie Ralak sich in den Wehen in die Erde verkrallt hatte und wie sehr sie gelitten hatte, als Lotan verschwunden war. Aber von der großen Prüfung hatte Ralak ihr nichts erzählt. Das mußte Zena ohne ihre Worte herausfinden.

Zena kam zu ihr, um ihr von dem Obst zu geben, das sie und Lotan gesammelt hatten. Ralak nahm ein paar Bissen, dann sank sie erschöpft zurück.

Zena ergriff ihre Hand und sprach sanft auf sie ein. »Wenn du Schmerzen hast, gebe ich dir Kräuter.«

Es war das erste Mal, daß sie Ralaks Krankheit angesprochen hatte. Ralak entnahm ihren Worten, daß sie nicht dagegen aufbegehrte, und war dankbar dafür. Wenn Zena die Wege der Mutter in diesem Punkt hinnehmen konnte, würde sie es in anderen auch tun. Sie würde bald bereit sein.

Ralak schloß die Augen, und ihr Gesicht entspannte sich. »Später vielleicht«, sagte sie . »Jetzt will ich schlafen.«

Zena ließ Ralaks Hand noch nicht los. Sie fühlte sich ganz trocken an, mit einer Haut wie dünn abgeschälte Baumrinde.

Sie konnte deutlich die Knochen unter der zarten Haut spüren.

Zena blieb auch noch sitzen, als die Dunkelheit hereinbrach. Sie fühlte sich durch diese knittrige Hand mit Ralak so verbunden, als könnte sie ihre Gefühle empfinden und mit ihren Augen und Ohren ebenso gut sehen und hören wie mit ihren eigenen. Gemeinsam sahen sie zu, wie das Feuer aufloderte, als Lotan neues Holz auflegte, und rochen den Duft der Blätter, die er in die Flammen warf. Sie lauschten den Geräuschen rings um die Lichtung, dem Zirpen der Insekten und den schnatternden Affen, die sich auf die Nacht vorbereiteten. Es waren ganz andere Geräusche als alle, die Zena früher gekannt hatte. Ralak hatte sie an einen Ort geführt, an dem sie vor langer Zeit einmal gelebt hatte. Sie war dorthin zurückgekehrt, obwohl ihr gesamter Stamm hier gestorben war. Warum sie das getan hatte, wußte Zena nicht.

Dünn fiel das Mondlicht durch die hohen Bäume, die ringsum am Rande der Lichtung wuchsen, und das Moos, das in dichten Strähnen von den Ästen hing, warf lange Schatten. Das Quaken der Frösche plätscherte unablässig dahin wie das Wasser, das sich seinen Weg durch die vielen kleinen Flußläufe suchte. Es roch feucht und durchdringend. Dieser Ort war anders als die Gegend, in der sie damals den Großen begegnet waren, überlegte Zena, denn dort war es dunkel und modrig gewesen, als wäre die Sonne noch nie bis nach unten durchgedrungen. Hier wuchsen duftende Blumen, Sonnentupfen sprenkelten die Erde, und alles war grün. Sogar die Berge waren grün. Von der Talsohle aufsteigend, zogen sie die Vegetation wie eine Schleppe mit sich in die dahinziehenden Wolken hinauf.

Zena seufzte und legte sich neben Ralak. Ihre Hand hielt sie immer noch. Sie schlief nicht, aber sie träumte wie im Schlaf. Sie sah sich selber auf einen hohen Berg zugehen, der sich aus einem dunstigen Tal erhob. Sie kannte diesen Berg, denn es gab ihn wirklich, gar nicht weit entfernt. Schon oft hatte sie zu seinem kegelförmigen Gipfel hinaufgeblickt, dessen Spitze sich wie ein Speer in die Wolken bohrte. In ihrem Traum aber war die oberste Spitze nicht zu sehen, nur schwere, weiße

Wolken. Langsam zogen sie dahin, wurden kleiner und brachen dann ganz plötzlich auf. In dem kurzen Moment, bevor sie sich wieder zusammenschlossen, sah Zena die Bergspitze golden in der Sonne leuchten. Sie schien nach ihr zu rufen.

Dann sah sie sich selbst den Berg hinaufsteigen. Unter ihr wuchsen dichtes Moos und Farne, die Erde war feucht. Auch in ihrem traumartigen Zustand spürte sie die Feuchtigkeit ganz deutlich und witterte die dumpfen Gerüche, die bei jedem Schritt aus dem üppig bewachsenen Boden zu ihr aufstiegen.

Sie merkte, daß sie einen Pfad suchte, um durch den Nebel und das dichte Unterholz zum Gipfel zu gelangen. Sie mußte dorthin. Irgend etwas wartete dort auf sie.

Zena schlief ein, und der Berg verblaßte. Sie schlief so tief und fest, daß sie nicht bemerkte, wie die anderen lautlos in den Unterschlupf zurückkehrten. Als aber die Morgendämmerung heraufgekrochen kam und ihre blassen Strahlen in den Unterschlupf fielen, wurde sie davon wach, daß Ralak sich neben ihr bewegte und einen spitzen Schrei ausstieß.

Die Angst ließ Zena sofort hellwach auffahren. Sie beugte sich über Ralak und versuchte, in dem Zwielicht ihr Gesicht zu erkennen. Aber dann wurde ihr klar, daß sie nichts zu sehen brauchte. Sie wußte es auch so. Ralak glitt davon; sie ging fort, irgendwohin, und Zena konnte sie nicht aufhalten.

Die Tränen liefen ihr übers Gesicht und fielen auf Ralaks durchscheinende Wangen. Die Nässe schien Ralak noch einmal zu beleben, denn sie öffnete ganz weit die Augen und starrte Zena unverwandt an.

»Geh!« sagte sie mit rauher Stimme. »Geh, solange ich dir helfen kann. Du mußt jetzt gehen. Sie werden dich leiten.«

Einen Augenblick lang war Zena verwirrt. Wohin sollte sie gehen, und warum? Dann fiel es ihr ein. Der Berg; sie mußte zu dem Berg gehen. Ihr Traumgesicht kehrte zurück, als wäre sie noch immer mittendrin.

Sie legte die Lippen auf Ralaks kalte Wange, zum Zeichen, daß sie verstanden hatte. Dann erhob sie sich leise und glitt aus dem Unterschlupf.

15. Kapitel

Die Luft war schwer vor Nebel. Er hing in Schwaden am Unterschlupf und schlängelte sich um die unteren Äste der Bäume. Zena fühlte, wie die weichen Nebelstreifen ihre Arme kitzelten und ihr über die Stirn strichen. Die zarten Gebilde wirkten in dem schwachen Licht so fest, als würde sie sich den Weg durch sie hindurch gewaltsam bahnen müssen.

Kein Laut, keine Bewegung durchbrach die frühmorgendliche Stille. Die Vögel schliefen noch, und die kleinen Affen hatten ihre Lager zwischen den Blättern noch nicht wieder verlassen. Selbst die Insekten schwiegen während dieser kurzen Zeitspanne zwischen Nacht und Tag. Zena sah auf, um nach dem orangerosa Schimmer Ausschau zu halten, der der Sonne vorausging, aber dort war nur der Mond; fern und kühl und wunderschön hing er über dem verschleierten Gipfel des Berges.

Sie fröstelte. Der Mond war ihr schon immer unbehaglich gewesen. Sie liebte die Sonne mit ihrer Wärme und ihrem hellen Glanz. Sie erinnerte sich an Ceres Worte. In der Nacht, als Mina, ihre Mutter, sich abgemüht hatte, sie zur Welt zu bringen, hatte sich der Mond hinter dunklen Wolken versteckt und wollte nicht herauskommen. Aber dann war die Sonne aufgestiegen. Gerade als Kalar mit ihren Worten an die Mutter zu Ende gekommen war, war sie hinter dem Horizont hervorgeglitten und hatte ihre Augenlider in rosiges Licht getaucht, als Zeichen, daß Segen auf ihrem Vorhaben lag. Die Sonne hatte Kalar Licht zum Sehen gegeben, als sie Zena aus dem dunklen Leib zog, der sie so lange umfangen hatte, und ihre Strahlen hatten Zena in den ersten Momenten ihres Lebens gewärmt.

Ein Wolkenschleier legte sich über das aufmerksame Gesicht des Mondes und schickte seine Gespinste weit bis auf die Erde hinab und berührte Zena am Arm. Es fühlte sich an, als wollten die Finger sie zu dem Berg hinziehen. Irgend etwas wartete dort auf sie; sie fühlte es, konnte es beinahe riechen. Sie mußte sich beeilen.

Als sie in den Wald eintrat, wurde es dunkel um sie her. Undeutlich konnte sie die Umrisse von Baumstämmen und das gespenstische Gitterwerk der Zweige vor dem fahlen Himmel erkennen, aber wenn sie zu intensiv hinstarrte, verschwammen die feststehenden Bäume zu wabernden Schatten. Sie atmete auf, als sie sie hinter sich lassen konnte, und durchquerte ein schmales Sumpfgebiet am Fuße des Berges. Der feuchte Boden wich schmatzend unter ihren Füßen zur Seite, und Tausende von Gerüchen stiegen ihr in die Nase. Sie atmete tief ein und registrierte sie, einzeln und in ihrer Gesamtheit. Sie schienen nicht nur durch ihre Nase, sondern auch durch Augen und Ohren in sie einzudringen. Desgleichen meinte sie, die Farbe des Brackwassers ebensogut riechen wie sehen zu können. Ihre aufs höchste geschärften Sinne schienen miteinander zu verschmelzen.

Sie kam an einen flachen Tümpel und beugte sich hinunter, um zu trinken. Von unten starrte ihr ihr erschrecktes Gesicht entgegen und zerbrach dann in viele Teile, als sie sich das kalte Wasser auf die Haut spritzte. Dann glättete sich die Oberfläche wieder und spiegelte das hohe Schilf ringsumher. Sie folgte einem undeutlichen, ansteigenden Pfad und bahnte sich ihren Weg durch die dichte, vor Nässe tropfende Vegetation, bis die grüne Wand undurchdringlich wurde. Nirgends fand sich ein Anzeichen, daß sich je ein Lebewesen bis hierher vorgewagt hatte. Zena hielt verunsichert inne.

Aus den Augenwinkeln sah sie einen Vogel, der wie ein strahlendblauer Pfeil an ihr vorbeiflog und sich auf einem Felsen weiter oben niederließ. In seinem Federkleid spiegelten sich sämtliche Farbstimmungen des Himmels, vom hellsten Pastellblau über strahlendes Türkis bis hin zu dem geheimnisvollen Violett, das einen Sturm ankündigt. Sein Schwanzgefieder schmückten lange, goldene Federn.

Zena starrte verzaubert hinauf. Einen Vogel wie diesen hatte sie noch nie zuvor gesehen. Sie kletterte näher heran, um ihn besser sehen zu können. Da erhob sich der Vogel flatternd in die Luft und flog ein wenig weiter zu einem anderen Felsen. Zena folgte ihm. Der Vogel wartete, aber sobald sie näherkam, flog er wieder weiter.

Jetzt merkte sie, daß er ihr den Weg wies, wie sie es damals bei dem kleinen Vogel beobachtet hatte, der dem Honigdachs vorangeflogen war.

Einzig ihre Aufgabe im Sinn, folgte sie ihm, ohne zu zögern, weiter und immer weiter hinauf und mühte sich ab, im fahlen Licht der Morgendämmerung etwas zu erkennen. Was sie sah, war voller Geheimnis und eigentümlicher Reize. Es drang ihr direkt ins Herz und trieb sie immer weiter, selbst dann noch, als der Weg so steil wurde, daß sie ständig zu stürzen drohte. Nur ein einziges Mal hielt sie inne, um sich auszuruhen. Der Vogel blieb geduldig wartend auf einem Ast direkt über ihrem Kopf sitzen, so daß sie den Hals verdrehen mußte, wenn sie ihn sehen wollte.

Sie blickte von ihrem luftigen Hochsitz hinunter. Die ganze Erde schien jetzt zu ihren Füßen zu liegen. Soweit das Auge reichte, breiteten sich Bäume und Ebenen. Sumpfland und felsige Berghänge. Flüsse und Seen. Eine schier grenzenlose Fläche. Und während sie noch so hinuntersah, kam plötzlich die orangerote Scheibe der Sonne hinter dem Horizont hervor und tauchte alles in ein funkelndes, glitzerndes Leuchten. Tautropfen lagen auf allen Blättern und Zweigen und Blüten, und jeder einzelne von ihnen begrüßte das Sonnenlicht, indem er es aufblitzend zurückstrahlte.

Zena stiegen bei diesem Anblick die Tränen in die Augen, und auch in ihnen fing sich das Licht, so daß nun auch sie einen Teil des goldenen Glanzes in sich aufnahm. Staunend sog sie ihn in sich ein, bis er sie ganz erfüllte und alles andere auslöschte, ihren Hunger, die Müdigkeit und sogar die Trauer, die sie erfaßte, wenn ihre Gedanken sich für einen Moment Ralak zuwandten. Alles war eins, wurde ihr jetzt bewußt. Das Strahlen war in den Bäumen und im Gras und in der Erde selbst. Es war in ihr und in allem, was lebte. Sie atmete ein und fühlte, wie der Glanz ihren Körper in goldenen Wellen durchströmte, die sie sehen und hören, schmecken und riechen konnte.

Da strichen die Federn des Vogels an ihrem Gesicht vorbei, und er verschwand im Frühnebel. Zena kletterte hinterher. Jetzt mußte sie auf jede ihrer Bewegungen aufpassen, denn der Weg wurde so steil und schlüpfrig, daß sie kriechen mußte. Überall schoß Wasser in Strömen und kleinen Rinnsalen zwischen moosigen Felsbrocken, Farninseln und Blumen hindurch zu Tal. Zarte, vielfarbige Blüten schwankten auf ihren hohen Stielen wie die Scherben eines zersplitterten Regenbogens. Dichte Farbflecke in Rot und Blau und Lila und Gelb saßen wie Tupfen auf dem samtgrünen Berghang.

Als Zena noch weiter hinaufstieg, schwoll das Rauschen und Gurgeln des Wassers zu einem donnernden Getöse an, und nachdem sie einen massiven Felsvorsprung umrundet hatte, entdeckte sie den Grund. Von einer mehrere hundert Meter hoch über ihren Kopf ragenden Klippe stürzte ein mächtiger Wasserfall unaufhaltsam in die Tiefe. Zu beiden Seiten ragten steile Felsen empor.

Hier kam niemand hinauf, das war ihr klar. Sie würde einen anderen Weg finden müssen.

Da war der Vogel wieder ganz in ihrer Nähe und machte flatternd auf sich aufmerksam. Dann flog er zu ihrem Entsetzen direkt in den Wasserfall hinein und verschwand. Jetzt bekam sie zum ersten Mal Angst. Mußte sie ihm folgen?

Der Vogel kam wieder hervor und machte noch einmal dasselbe. Zena trat zögernd an den Wasserfall heran, doch als sie ganz nahe war, bemerkte sie plötzlich, daß sich gleich links neben dem Hauptstrahl ein schmaler Spalt öffnete. Sie zwängte sich hindurch und fand sich an einer geschützten Stelle gleich hinter dem herabstürzenden Wasser wieder. Das donnernde Tosen war hier so gedämpft, daß sie das leise Rieseln der Feuchtigkeit hören konnte, die in glitzernden Tropfen von der Felsendecke fiel. Sonst bewegte sich nichts, und nichts deutete auf Leben hin. Es gab nur das gedämpfte Rauschen.

Zena sah sich nach dem Vogel um. Er hockte auf einem Felsvorsprung und beobachtete sie. Nur sein Umriß war zu erkennen, sein Federkleid hatte im gedämpften Licht des höhlenartigen Raums sein Leuchten verloren. Er flog in einen schmalen Tunnel hinein. Zena kroch hinterher und kam zu einem weiteren Raum. Einen Augenblick lang konnte sie überhaupt nichts sehen, dann hatten ihre Augen sich an die Dunkelheit gewöhnt, und sie erkannte, daß die ganze Höhle von einem See eingenommen wurde. Das Wasser war schwarz und unbewegt, und dahinter lag nichts als Dunkelheit.

Der Vogel flog über den See und ließ sich auf einem halb versunkenen Felsen nieder. Zena runzelte die Stirn. Der Vogel konnte fliegen, sie aber würde durch das Wasser waten müssen. Da lag es vor ihr, dumpf, bedrohlich und undurchdringlich, der Wasserspiegel wie erstarrt. Nichts regte sich in der schweigenden Höhle, außer ihrer Angst, als sie nun auf das düstere Wasser zutrat. Ihre Angst hallte in der Stille wider, durchschnitt die abgestandene Luft und vergrub sich dann wieder tief in ihrem Bauch.

Plötzlich aber wurde die Stille durchbrochen. Hunderte von Fledermäusen lösten sich mit laut klatschenden Flügelschlägen von ihren Schlafplätzen hoch über Zenas Kopf und schwirrten durch die dunkle Halle. Zena fühlte den Luftzug ihrer Flügel in Gesicht und Haar, aber keines der fliegenden Tiere berührte sie. Sie schluckte den Schrei, den sie schon ausstoßen wollte, hinunter, und wunderbarerweise verschwand damit auch ihre Angst.

Sie watete in das tintenschwarze Wasser hinein. Es stieg und stieg bis in Brusthöhe, weiter jedoch nicht. Aber es reinigte sie, es befreite ihre Haut vom Jucken und löste den Schmutz von ihren Füßen und Beinen. Sie entspannte sich und überließ sich dem dunklen Wasser, das sie weich umfing wie ein Mutterschoß. Dieses Wasser war heilig; da gab es für sie keinen Zweifel. Sie legte dankend die Hand auf die schimmernde Oberfläche, als sie sich seiner sanften Umarmung wieder entzog.

Hohl tönte das Echo der klatschenden Fledermausflügel und der an den Felsen schlagenden Wellen rings um sie her, bis sich die Wasserfläche wieder glättete, während sie dem Vogel die steilen Felsblöcke hinauf folgte, die sich wie Stufen einer Treppe im Hintergrund der Höhle erhoben. Dann wurde es vor ihr plötzlich hell. Zena trat hinaus und sah sich staunend um. Sie befand sich etwa in halber Höhe des Wasserfalls, zu allen Seiten steile, tropfnasse Felsen, die zu glitschig waren, um sie zu betreten. Direkt neben ihren Füßen stürzte der Felsen ins Nichts. Sie begann zu schwanken und griff nach einer dicken Liane, die nicht weit entfernt herunterhing, um nicht den Halt zu verlieren. Auf einer anderen Liane vor ihr saß der Vogel und wippte mit dem Schwanz. Zena holte tief Luft und hielt sich mit beiden Händen an ihrer Liane fest, während sie sich vorsichtig Zentimeter für Zentimeter voranschob. Gerade als ihr die Liane aus den Fingern glitt, griff sie nach einer neuen und dann einer weiteren, bis sie schließlich keuchend auf einem schmalen Felsvorsprung stand. Sie wagte nicht hinunterzusehen; statt dessen schaute sie hinauf.

Ein ebener grüner Fleck grüßte sie von dort oben. Fast weinend vor Erleichterung, die schlüpfrigen Felsen hinter sich gebracht zu haben, kroch sie dorthin und ließ sich zu Boden sinken, um auszuruhen. Lange Zeit lag sie ganz still da und lauschte auf die Vögel, die mit ihren hohen, melodischen Stimmen Zwiesprache hielten. Sie spürte, wie aus der Erde neue Kraft in sie einfloß. Auf niedrigen Sträuchern ganz in der Nähe wuchsen purpurfarbene Beeren; als sie davon aß, schienen sie ihren Hunger wie auch ihre Müdigkeit zu lindern. Da erhob sie sich wieder, um weiterzuklettern. Der glänzende Vogel blieb immer in Sichtweite vor ihr.

Mitten im Steigen trat sie ganz plötzlich aus der wie mit Fingern nach ihr greifenden Vegetation auf einen sandfarbenen, von orangen Streifen durchzogenen Felsen hinaus. In den Felsspalten wuchsen Büschel von herrlichen Blumen mit zarten, wächsernen Blütenkelchen. Zena war bezaubert von ihrer Schönheit und kniete nieder, um sie sich genauer anzusehen. Ein süßer Duft drang ihr in die Nase; sie sog ihn ein und fühlte, wie er ihren ganzen Körper durchzog. Als sie wieder aufsah, erkannte sie, daß sich über ihr alles zum Himmel hin öffnete. Sogar den Gipfel konnte sie sehen. Vom goldenen Sonnenlicht beschienen, ragte er über ihr empor, genau wie sie ihn in ihrer Vision gesehen hatte.

Langsam überwand sie das letzte Stück und ließ sich auf einen flachen Felsblock hinab, wo der Vogel schon auf sie wartete. Sie hatte das Gefühl, sie sei am Ende ihrer Reise angelangt, und sie täuschte sich nicht, denn als sie sich wieder nach dem Vogel umsah, war er verschwunden.

Einen Augenblick lang breitete sich wieder das Tal vor ihr aus, dann verdichteten sich die Wolken, bis sie schließlich nur noch das kleine Gebiet rings um ihren Felsbrocken herum sehen konnte. Alles andere war in Nebel eingehüllt. Zena wartete und fühlte dabei eine unendliche Ruhe in sich. Es war unnötig, sich noch zu bewegen, weiterzusuchen. Das, was sie suchte, würde zu ihr kommen.

Die Zeit verging, aber sie dachte nicht darüber nach. Es gab nur noch die Düfte und Laute und die Ruhe in ihrem Inneren. Doch dann vernahm sie ein rasselndes Geräusch. Über den sandigen Boden schlängelte sich etwas auf sie zu. Sie fühlte es mehr, als daß sie es sah, und obwohl ihr das Herz bis zum Halse schlug, als die riesige Schlange vor ihr innehielt, war sie nicht überrascht. Es war eine dicke Schlange, so dick wie ihre beiden Arme zusammengenommen, und über ihren langen Körper zogen sich korallenrote und lohgelbe Streifen. Das Reptil hielt die Augen auf ihr Gesicht fixiert, während es sich zu ihren Füßen zusammenrollte und seinen flachen dreieckigen Kopf nach oben streckte. Die Schlange ließ ihre gespaltene Zunge unentwegt hervorschnellen und starrte sie unverwandt an. Dann begann sie, ihren Kopf hin und her zu wiegen.

Zena rührte sich nicht. Ihr Atem kam und ging so langsam, daß sie ihn kaum spürte. Nur ihre Augen reagierten. Sie weiteten sich unmerklich aus einer Angst heraus, die keine wirkliche Angst war, weil sie gleichzeitig von Faszination bestimmt wurde. Sie wußte, daß die Schlange sie beißen würde, wenn sie sich bewegte, aber sie wußte auch, daß das unwichtig war. Nichts war mehr wichtig, außer die Schlange anzusehen und ihren Bewegungen zu folgen. Sie starrte dem Tier in die Augen, und während sie so starrte, verwandelten sie sich in Teiche, und dann in einen einzigen schwarzen Teich, der alles in sich einschloß, was sie je erfahren oder gehört hatte, alles, was war. Sie sah darin Kalars Augen und die von Ralak, wie auch die Augen von vielen anderen weisen Frauen. Ihr gesammeltes Wissen, ihr Bewußtsein und ihre Weisheit lagen in der unendlichen Tiefe dieses Schlangenblickes verborgen. Zena sog alles mit Augen, Nase, Haut und Ohren in sich auf und spürte, wie es sich in ihrem Herzen ausbreitete.

Auch das Gift der Schlange war da, und ihre Macht; sie vergaß das nicht. Wenn sie die Verbindung unterbrach, würde die Schlange keine Gnade kennen. Sie würde zubeißen, und Zena würde sterben.

Statt dessen wiegte Zena sich langsam und im selben Rhythmus wie sie und ließ sich in ihren Augen versinken. Sie schwebte tiefer und tiefer, bis auf den Grund der Dinge, die hinter ihr lagen und die noch kommen würden. Und langsam erkannte sie, was es bedeutete, hinzunehmen; das war es, hinnehmen. Es gab keinen anderen Weg, als alles in sich aufzunehmen und zu erkennen, was aus dem tiefen Quell der Weisheit in den Augen der Schlange zu ihr kam. Und als sie endlich mit Herz und Körper und Geist begriffen hatte, daß es so war, tauchte sie wieder aus den Tiefen dieser alles verschlingenden Schwärze auf. Nun war alles ein einziges Strahlen, wie sie es schon einmal gesehen hatte, nur daß dieses Strahlen so übermächtig war, daß sie es nicht mehr zur Gänze in sich aufnehmen konnte. Es floß über sie hin und durch sie hindurch und ins Weite hinaus zur Erde. Stimmen drangen hindurch, Kalars Stimme und die von Ralak, und all die Stimmen derer, die ihnen nachfolgen und den Wegen der Mutter gemäß leben und sterben würden. Sie sprachen zu Zena, auch ohne Worte. Ihre Botschaften erwuchsen aus der Weisheit ihrer Körper, einer aus Erde und Himmel destillierten Weisheit. Zena spürte die Macht, die von dieser Weisheit ausging, als wäre sie durch einen dicken Strang, so dick wie die Schlange, mit einem Ort tief im Erdinneren verbunden, der sich dann bis zum Himmel dehnte, als wolle er Sonne und Mond berühren. Sie alle waren ein Leib und gehörten untrennbar zusammen. Die Verbindung zu zerstören hätte bedeutet, daß sie nicht nur ihr eigenes Leben, sondern das des ganzen Erdkreises aufs Spiel setzte, weil alles Leben eins war. Ein Leben ging ins andere über; jedes einzelne Leben ging wieder in die Erde ein, damit neues Leben entstehen konnte. Und das alles waren die Mutter und die Erdkraft.

Dieses Wissen durchströmte Zenas Körper und teilte sich ihrem Herzen mit, sobald sie aufhörte, immer alles mit dem Kopf verstehen zu wollen. Solange sie gegen die Mutter angewütet hatte, war es leer gewesen in ihr. Jetzt fühlte sie, wie das Wissen in diese verborgene Leere einging, in einen Raum, der nur darauf gewartet hatte, gefüllt zu werden. In ihr gab es jetzt nur noch das Wissen ihres Körpers: von Erdbeben und Unwettern, von Trockenheit und Überschwemmungen, die über sie gekommen waren und immer wieder kommen würden, davon, daß der kalte, ferne Mond in seinen wechselnden Gestalten am Himmel vorbeizog, vom Regen, der die Erde durchfeuchtete oder unerbittlich ausblieb. Über alledem stand die Sonne, die herrliche Sonne, die ihre Wärme auf die Erde herabfluten ließ. Sie zog mit ihrer Energie die Pflanzen, Bäume und Blumen zu sich hinauf und entzog dann wieder mit ihrer brutalen Hitze dem Land alle Feuchtigkeit. Sie gab Leben und nahm es wieder, genau wie der Regen. So war es, so würde es immer sein.

Jetzt war Zena innerlich ganz ruhig, und sie fühlte, wie eine weitere Erkenntnis in ihr aufstieg. Die Mutter war die Erdkraft, wie Ralak gesagt hatte, aber sie war noch mehr. Die Erdkraft war alles, was je geschehen war und noch kommen würde, solange der Mond sich rundete und wieder zur Sichel wurde, solange die Sonne auf- und unterging, solange die Regenschauer kamen und die Erde dann wieder vor Trokkenheit aufbrach. All das und noch mehr war die Mutter. Das Beste in ihrer aller Herzen und Gedanken war die Mutter: die Liebe, die sie untereinander verband, ihre Hoffnung, wenn ein Kind geboren wurde, ihr Glücksgefühl, wenn der Regen einsetzte, selbst die Freude an einer unerwarteten reifen Frucht, an einem schillernden Vogel oder einer Blume. Die Mutter war ihr Kummer, wenn eine Krankheit sie traf, ihr Schmerz, wenn sie ihre Liebsten im Tode zu sich nahm. Selbst in der Trauer gab sie ihnen noch ein kostbares Gut: die Liebe, die sie für einen Leidenden fühlten, und das Wissen um ihr allumfassendes Herz, das sie wieder in sich aufnahm, wenn sie einmal aufhörten zu atmen. Die Mutter war Weisheit und Wissen und Liebe.

Zena öffnete sich der Mutter. Sie saß reglos da und kannte nichts mehr außer ihr. Kein Gedanke, kein Gefühl drang zu ihr durch. Die Zeit verstrich, aber während sie sich dehnte, um alle Zeit, die je gewesen war, in sich aufzunehmen, schien sie gleichzeitig aufgehoben, jeder einzelne Moment war so kurz wie ein Züngeln der Schlange.

Ganz langsam, so daß sie nicht einmal merkte, wie es geschah, sackte Zena zur Erde und schlief ein.

II

Als sie die Augen wieder öffnete, war die Schlange fort. Einen Moment lang fragte Zena sich, ob sie überhaupt dagewesen war und sie nicht vielleicht doch nur von ihr geträumt hatte. Aber dann sah sie zu ihren Füßen die Haut liegen. Die Schlange hatte ihre Haut abgestreift wie sie selber ihren kindischen Zorn.

Sie griff nach dem durchscheinenden Netz, als wolle sie ein letztes Mal das Kind berühren, das sie gewesen war. Doch dann erfaßte sie plötzlich ein Gefühl der Dringlichkeit, das alle anderen Gedanken verscheuchte, und sie sprang auf die Füße. Ralak war mit ihr auf dem Berg gewesen; Zena hatte ihre Gedanken gefühlt und gewußt, daß sie da war. Aber jetzt war die Kraft der weisen Frau beinahe verbraucht. Zena konnte spüren, wie sie schwand. Die Erdkraft und die Mutter warteten darauf, sie zu sich zu holen.

Ohne sich um das steile Gefälle Gedanken zu machen, begann Zena zu rennen. Sie schlitterte und stürzte den Berg hinab und merkte kaum, wie sie die steilen, glitschigen Klippen und das Geröll am Wasserfall überwand und sich danach durch die dichte Vegetation kämpfte. Ihre gesamte Energie war darauf gerichtet, noch rechtzeitig zu Ralak zurückzukehren. Erst als sie das Sumpfland hinter sich gebracht und den Wald erreicht hatte, hatte sie einen kurzen Gedanken dafür übrig, was für eine Strecke sie zurückgelegt hatte, und sie wunderte sich, wie sie sie ohne die Führung des Vogels überhaupt gefunden hatte.

Die Angst vertrieb den Gedanken schnell wieder, während sie zwischen den Bäumen hindurch und schließlich über die Lichtung eilte. Sie sah nicht, wie die anderen sie anstarrten, sie sah nur den Unterschlupf, dann Ralaks Gesicht. Sie war ruhig, zu ruhig. Ihre Augen waren geschlossen, die Haut sah aus wie Wachs. Zena kniete mit angstklopfendem Herzen neben ihr nieder. Mit Kalar hatte sie nicht mehr sprechen können, aber Ralaks Stimme wollte sie noch einmal hören, nur ein einziges Mal.

»Bitte«, hauchte sie der Mutter zu, »bitte laß sie nur noch einen Moment länger leben.«

Als ob sie es gehört hätte, öffnete Ralak langsam die Augen. Zena nahm ihre Hand, nicht viel mehr als ein bißchen über die Knochen gespannte Haut, wie das zerbrechliche Skelett eines Vogeljungen, das nie etwas zu essen bekommen hat. Aber obwohl sie nur flüsterte, lag noch immer Kraft in Ralaks Stimme.

»Du bist auf dem Berg gewesen«, sagte sie und starrte Zena ins Gesicht. »Gut.« Sie lachte, und dabei trat beinahe wieder das alte Funkeln in ihre Augen.

»Jetzt gehörst du der Mutter, unverbrüchlich. Aber Nahrung und Wasser mußt du dir deshalb genauso suchen wie alle anderen auch. Wer sich dem Hochmut ergibt, wird von der Mutter zu Fall gebracht.«

Diese in ihrer Strenge so typischen Worte brachten ein Lächeln auf Zenas verängstigtes Gesicht. Sie würde sie nicht vergessen. Doch das Lächeln verschwand schnell und wurde von Demut abgelöst. Ralak starb, und nun mußte sie die weise Frau sein. Sie mußte lernen, zu sein wie Ralak und wie Kalar und all die anderen Weisen, die vor ihr gelebt hatten und nach ihr leben würden. Eine furchterregende Aufgabe.

Als könne sie ihre Gedanken hören, begann Ralak noch einmal zu sprechen. Nun war die Kraft aus ihrer Stimme gewichen, und Zena wußte, daß sie schon beinahe fort war.

»Sei ein Kind der Mutter«, flüsterte sie segnend. »Deine Kraft wird dir aus der Erdkraft erwachsen, deine Weisheit und dein Mut von der Mutter. Du mußt nur auf sie hören, dann werden sie dich leiten.«

Ralak seufzte einmal lang und tief und gab es auf, sich gegen das Sterben zu wehren. All die langen Stunden hindurch, die Zena auf dem Berg verbracht hatte, hatte sie sich an der Erde festgeklammert und alle Kraft in ihrem gebrechlichen Körper zusammengenommen für den nächsten Atemzug. Jetzt konnte sie loslassen. Die Erdkraft wollte sie wieder zu sich nehmen, und sie überließ sich ihr bereitwillig.

Zena fühlte sie gehen, als wäre eine Verbindung zwischen der Erde und Ralaks Hand und ihren eigenen Fingern unterbrochen worden. Noch im Tode war die Kraft der Erde durch Ralaks Hand geflossen. Nun strömte alles zurück, und ihr Leben ging wieder in die Erde ein, die sie so viele Male am Leben erhalten hatte. Zena ließ die leblosen Finger zu Boden gleiten.

Da zerriß ein fürchterliches Wehgeschrei die Stille. Zena sprang überrascht auf. Sie hatte die anderen fast vergessen. Es war Kropor, der so heulte. Er lief zu Ralak und beugte sich über sie, sprang dann aber gleich wieder auf. Zwischen den Lippen der kleinen Frau, die er so sehr liebte, regte sich kein Atem, und ihre Augen starrten ihn blicklos an. Da heulte er wieder, und heulte und heulte; seine durchdringenden, angstgepeinigten Schreie hallten über die Lichtung, daß die Vögel die Flucht ergriffen und die Tiere sich blitzschnell in ihren Bau verzogen.

Aber dann schien ihm das Heulen nicht mehr genug zu sein. Er warf wilde Blicke um sich, bis ihm ein starker Ast ins Auge fiel, der von einem nahen Baum heruntergefallen war. Mit beiden Händen ergriff er den Ast und begann rund um die Lichtung zu stürmen. Den Ast zog er dabei polternd und weit ausholend hinter sich her. Was ihm in den Weg kam, wurde zur Seite gefegt. Grabestöcke, Körbe, Nahrung, sogar die Kinder. Als schließlich nicht ein einziger Gegenstand mehr auf der Lichtung lag, blieb Kropor stehen und hob den großen Ast hoch über den Kopf. Dann ließ er ihn mit aller

Kraft herabsausen. Und noch einmal. Er hob den Ast, und wieder fuhr er mit einem fürchterlichen Krachen zu Boden.

Die Kinder saßen zusammengekauert beim Unterschlupf. Sie fürchteten sich vor diesem lärmenden Schauspiel. Kropor schien sie gar nicht zu sehen. Er kam auf sie zu und schwang wieder seinen Ast. Schnell flitzten alle davon, nur Clio nicht, Ralaks Tochter. Die langwierige und schwere Geburt hatten sowohl bei der Mutter als auch bei ihr unauslöschliche Spuren hinterlassen. Zu lange hatte sie zwischen Gebärmutter und Außenwelt festgesteckt, ohne irgendwelche Nahrungszufuhr. Es war nichts mehr durch die Schnur gekommen, die sie mit dem Körper ihrer Mutter verband, und die lebensspendende freie Luft, die es hätte ersetzen können, war auch unerreichbar gewesen. Und so war ein Teil von ihr gestorben.

Zunächst war der Schaden niemandem aufgefallen, weil Clio sich entwickelte wie jedes andere Kind auch. Aber als es Zeit wurde, sprechen zu lernen, schien ihre Zunge außerstande, Worte zu bilden, und ihr Geist konnte sie offenbar nicht begreifen. Sie wußte auch nicht, was Angst war. Ihr Geist war zurückgeblieben, aber körperlich hatte sie rasche Fortschritte gemacht und schon sehr bald lief sie ohne Hemmungen überall hin, zu jedem Tier, jeder Klippe oder zum Wasser, egal wie gefährlich es war.

Jetzt stand das Kind einfach nur da, sah Kropor völlig furchtlos entgegen und ahnte nicht einmal, daß sein Verhalten Gefahr bedeutete. Er schwang den Stock hoch in die Luft, als wollte er ihn ihr über den Schädel ziehen. Zena glaubte, daß er Clio gar nicht sah, und machte einen Satz nach vorn, um sie zur Seite zu ziehen. Aber Toro war schneller und ergriff das Kind gerade bevor der Stock niedersauste. Diese plötzliche Geste machte Clio nun doch angst, und sie klammerte sich an Toro fest. Toro war für sie wie eine Mutter, mehr sogar als Ralak es gewesen war. Als sie angefangen hatte herumzulaufen, war Ralak schon zu krank und schwach gewesen, um weiter für sie zu sorgen, also hatte Toro das übernommen. Wenn Clio sich wehgetan hatte, wollte sie immer zu Toro.

Plötzlich ließ Kropor seinen Ast fallen. Dafür rannte er jetzt am Rande der Lichtung entlang, sammelte alles ein, was er zur Seite gefegt hatte, um dann jedes einzelne Stück mit voller Wucht zu Boden zu schleudern. Eine Steinklinge landete direkt neben Brans Fuß, und er stürzte auf Kropor zu, um ihm Einhalt zu gebieten. Kropor achtete nicht auf ihn.

Zena rief laut seinen Namen, um trotz seiner Qual zu ihm durchzudringen. Aber Kropor starrte sie nur verständnislos an. Sie ging näher, um ihn zu berühren, aber er hob den Arm, als wollte er zuschlagen, und sie zog sich schnell wieder zurück. Jetzt bauten sich Bran und Lotan neben ihr auf. Kropor brüllte sie an, aber es klang nicht einmal aggressiv, nur hilflos. Voller Verzweiflung begann er, sich schlurfend in immer größer werdenden Kreisen zurückzuziehen. Bran und Lotan ließen ihn gewähren.

Kurz bevor er zwischen den Bäumen verschwand, hob Kropor den Kopf und starrte zu der Gruppe zurück, die zusammengedrängt auf der gegenüberliegenden Seite der Lichtung stand, als sähe er sie zum erstenmal, seit er zu heulen angefangen hatte. Seine Augen weiteten sich voller Entsetzen. Dann stieß er noch einmal einen schmerzerfüllten Schrei aus, drehte sich um und stürzte wie ein wildgewordenes Tier durchs Unterholz davon.

Toro sah ihm sichtlich unentschlossen und voller Qual hinterher. Kropor war ihr Gefährte; sie war nun schon seit vielen Monden mit ihm zusammen. Und da Ralak nicht mehr lebte, gehörte ihre Loyalität ihm und nicht den anderen. Clio fest an ihrer freien Hand haltend, folgte sie der immer kleiner werdenden Gestalt. Auch Metep schleppte sich nun, die eine Hand schützend über ihren gewölbten Bauch gelegt, mühsam hinter ihrer Mutter her.

Zena sah ihnen traurig nach. Sie konnte nichts tun. Toro hatte sich seit jeher zu Kropor hingezogen gefühlt, obgleich sein Herz eigentlich Ralak gehörte, und Metep mußte bei ihrer Mutter bleiben. Kropor würde ihnen jetzt bestimmt nichts mehr antun. Er hatte all seinen Zorn verausgabt, und jetzt blieb nur noch die Trauer. Vielleicht konnte ihm Toro dabei helfen.

Mit Clio lag die Sache anders. Zena wünschte inständig, sie könnte sie zurückrufen, aber sie wußte, daß es nichts nützen würde. Clio würde sich nicht von Toro trennen. Und am Ende wußte auch nur die Mutter eine Antwort für Clio; nur die Mutter konnte dafür sorgen, daß ihr nichts geschah, denn sie war nicht zu bändigen, genau wie die Erdkraft, wenn sie es besonders schlimm trieb. Zena sah es in ihren wilden, furchtlosen Augen, in denen es glühte und flackerte, wenn ein Gewitter heraufkam, und in dem wilden Überschwang, mit dem sie loslief, um den Donner zu begrüßen. Clio liebte Gewitter. Dann tanzte sie, ganz losgelöst und voller Grazie, bis sie erschöpft zu Boden sank und in den Unterschlupf zurückgetragen werden mußte. Nur in diesem Zustand und wenn sie schlief, war sie ruhig. Sonst hielt sie nie länger als einen Augenblick still.

Ralak hatte den Grund gewußt. »Ich habe zuviel von der Erdkraft heraufgezogen, als Clio geboren wurde«, hatte sie einmal gesagt. »Jetzt gehört sie zu ihr, nicht zu uns.« Dabei hatte ihre Stimme nicht traurig geklungen, sie hatte sich schlicht damit abgefunden.

Zena kämpfte schwer darum, die Dinge einfach hinnehmen zu können, wie Ralak es getan hatte und wie auch Kalar es ganz sicher getan haben würde. Um wirklich weise zu sein, mußte sie Vertrauen haben.

Entschlossen wandte sie sich wieder Ralak zu. Lotan kniete neben ihr und murmelte voller Trauer ihren Namen. Er hatte seine Mutter mehr geliebt als irgendein anderes Wesen, und eine Welt ohne sie schien ihm unvorstellbar. Zena ließ ihn, wo er war, und ging zum Fluß hinunter, wo Hecken von duftenden Büschen mit schneeweißen Blüten wuchsen. Sie brach eine Handvoll duftender Zweige ab und trug sie zum Unterschlupf zurück. Dann breitete sie die weichen Büschel behutsam über Ralaks Körper, bis nur noch ihr Gesicht zu sehen war. Die blassen Blüten verströmten einen nachhaltigen Geruch, der für jemanden wie Ralak gerade zu passen schien. Der Duft würde sie schützen und bewahren.

Dann versammelte sie Bran und Nyta und die Kinder um sich. Von nun an sollte jeder Tod, jede Geburt, jedes Tier, das sein Leben für sie gab, jede Zeit, in der der lebensspendende Regen fiel, und aller Reichtum der Erde, den sie zusammentrugen, im Gedächtnis bewahrt und gesegnet werden. Es war der Weg der Mutter, und sie würde sich voller Ehrfurcht daran halten. So stand sie zu Ralaks Häupten und ließ ihre Stimme ertönen, als hätte sie ihr ganzes Leben hindurch so gesprochen.

»Große Mutter, Erdkraft, Spenderin allen Lebens, nimm Ralak wieder an dein Herz. Sie war stets eins mit dir, mit der Erdkraft, die ihr Stärke gab, und mit der Mutter, deren Liebe sie erfahren hat. Nun ist sie heimgegangen zu dir. Wir empfehlen sie deiner Güte.«

Zena sah auf Ralak hinunter. »Geh mit der Mutter, Ralak«, sagte sie leise zu ihr. »Die Liebe in unseren Herzen wird dich begleiten.«

Zena mußte gegen die Tränen ankämpfen, die in ihr aufgestiegen waren, als sie Ralaks stilles Gesicht sah, bevor sie fortfahren konnte. Es gab noch mehr zu sagen, Worte, die sie schon längst hätte sagen sollen, aber nicht über sich gebracht hatte. Ihre Stimme klang jetzt tief und sehr traurig.

»Große Mutter, höre mich an. Ich spreche nun von Kalar und Cere und Lett und all den anderen, die so schrecklich gestorben sind. Ich weiß auch heute noch nicht, warum es so kommen mußte, aber ich weiß, daß du sie zurück an dein Herz genommen hast, und das genügt mir. Von ihnen will ich sprechen, und durch dich werden sie mich hören. – Die Liebe in unseren Herzen ist mit euch allen«, sagte sie dann denen, die gestorben waren. »Ihr werdet immer in uns weiterleben. Ich fühle deine Weisheit, Kalar, und deine Liebe, Cere, und ich spüre Letts Treue, das Wissen über die Geschöpfe der Mutter, das Agar uns gebracht hat, Tempas stets wache Hilfsbereitschaft ...«

Zena zählte sie einen nach dem anderen auf. Sie hatte diese Namen so lange nicht gesprochen, daß ihr Mund schon fast vergessen zu haben schien, wie man die richtigen Laute bildet. Dabei rief sie sich das Gesicht und die Wesensart jedes einzelnen ins Gedächtnis. Als sie geendet hatte, empfahl sie sie der Mutter.

»Bewahre sie sicher in deinem Herzen«, schloß sie ihre Rede. »Sie leben in uns wie Ralak, aber nun sind sie dein.«

Zenas Stimme verklang, und sie setzte sich, plötzlich ganz erschöpft von der Anstrengung. Bran beobachtete sie, erstaunt über die Veränderung, die der Ausflug zum Berg in ihr bewirkt hatte. Zena, das ernste Kind, das er früher immer geneckt hatte, war eine weise Frau geworden. Er hatte die ungewohnte Kraft in ihrer Haltung gesehen, als sie sich erhob, die unverkennbare Macht in ihrer Stimme gehört, als sie von der Mutter sprach. Mit ihrem untersetzten Körper, den breiten Hüften und dem großen Kopf erinnerte sie ihn an Kalar.

Er gähnte und ging zum Feuer, um Holz nachzulegen. Bald würde es dunkel sein, und er mußte sie beschützen.

Als die Stille sich über die Lichtung senkte, legte Zena sich dicht ans Feuer. Sie fühlte sich von einer Bürde befreit, die sie allzu lange mit sich herumgetragen hatte, und war bereit, die Botschaft der Mutter zu empfangen. Zu Kalar hatte die Mutter auch immer um diese Zeit gesprochen, wenn der Tag sich zum Abend neigte oder die Nacht dem Tage wich, denn dies waren die Momente der Stille. Sie mußte lernen, ebenso zu lauschen wie sie.

Zena öffnete weit ihre Seele und wartete, aber die Müdigkeit machte ihre Absicht zunichte, und sie schlief, bis sie von einem schrillen Schrei hochgeschreckt wurde. Sie war sofort hellwach und setzte sich auf. Dieser Schrei war von Toro gekommen, und ihre Stimme war voller Angst.

Zena raste so schnell sie konnte zum Rande der Lichtung und rief im Laufen immer wieder laut nach ihr. Bran und Lotan rannten neben ihr her.

Da brach Toro aus den Bäumen. »Ihr müßt kommen«, rief sie. »Clio ist verschwunden. Sie schlief neben mir, aber jetzt ist sie verschwunden. Der Mond ...«

Sie brach schluchzend ab, aber Zena wußte auch so, was sie meinte. Der Mond übte eine ebenso starke Anziehungskraft auf Clio aus wie ein Gewitter. Er schien sie mit sich fortzuziehen, wie er Zena einmal gezogen hatte. Manchmal, wenn er voll und rund am Himmel stand, rannte Clio auf ihn zu, als glaubte sie, sie könne fliegen wie die Vögel und ihn erreichen.

»Bringt die glühenden Stöcke«, befahl Zena. »Nyta kann bleiben, um die anderen zu bewachen. Bran und Lotan können mit mir kommen. – Behaltet Dreibein besser hier«, fügte sie noch hinzu. »Und laßt sie mir nicht hinterherlaufen.« Dann nahmen alle einen glühenden Stock und liefen hinter Toro her. Schwarz standen die Bäume, trotz des Vollmonds, doch dann kamen sie zu einer kleinen freien Stelle, zu der etwas Licht hindurchdrang.

»Hier haben wir geschlafen«, erklärte Toro. »Wir konnten Kropor nicht finden. Er war zu schnell für uns.«

Metep kauerte ängstlich in der dunkelsten Ecke der Lichtung. Sie stand nicht auf, sondern hielt nur stöhnend ihren Bauch fest, als sie von einer heftigen Wehe erfaßt wurde.

Toro bekam ganz große Augen und beugte sich besorgt über ihre Tochter. »Das Kind kommt«, sagte sie zu Zena. »Wir müssen zum Unterschlupf zurück.«

Zena nickte. Diese Nacht würde sie mit Metep und Clio beschäftigt sein. Die Mutter hatte wahrlich nicht lange gewartet, ihr Herausforderungen zu schicken!

»Bring Metep zurück, solange sie noch laufen kann«, befahl sie. »Wir suchen Clio und kommen dann nach.«

Metep kam mühsam auf die Füße und setzte sich, auf den Arm ihrer Mutter gestützt, schwerfällig in Gang. Zena warf Bran und Lotan einen ratsuchenden Blick zu. Ihre Suche schien so gut wie aussichtslos. Clio konnte in jede nur erdenkliche Richtung gelaufen sein. Sie konnten zwar ihren Namen rufen, aber es war nicht sicher, daß sie antworten würde. Selbst wenn sie sie sah, würde sie vielleicht nicht angelaufen kommen. Sie war ein Kind des Waldes und fürchtete sich auch allein nicht vor den dunklen Bäumen. Sie kannte die Gefahren nicht.

»Wir müssen es versuchen«, sagte Bran und beantwortete damit ihre unausgesprochene Frage. Lotan nickte heftig. Clio war seine kleine Schwester. Er hatte sie in den Armen gewiegt, als sie noch ganz klein gewesen war, und außer ihr war ihm von seiner Mutter nichts geblieben.

»Jeder von uns geht in eine andere Richtung, dann treffen wir uns wieder hier und versuchen es weiter«, schlug er vor.

Die Fackel fest im Griff, schlug sich nun jeder für sich durch den dunklen Wald und rief immer wieder laut Clios Namen. Es kam keine Antwort; sie versammelten sich und versuchten es erneut, aber noch immer war von Clio keine Spur zu finden.

»Wir warten hier beim Feuer, bis es hell wird, und dann versuchen wir es noch einmal«, sagte Bran. »Du gehst zurück zu Metep.«

Zena nickte widerstrebend. Bran hatte recht. Im Dunkeln würden sie Clio nie finden. Der Mond hatte sich hinter dikken Wolken versteckt, und nun war die Nacht undurchdringlich schwarz. Trotzdem wollte sie nicht aufgeben. Ohne den Mond, dem sie folgen konnte, würde Clio sich bestimmt fürchten. Sie konnte gefallen sein und verletzt und weinend irgendwo liegen. Vielleicht würde ein Raubtier sie finden, oder die Hyänen.

Zena schob ihre Angst beiseite. Angst würde Clio auch nicht helfen; das konnten nur Ruhe und Vertrauen. Sie schloß die Augen und versuchte, Clio Gefühle von Frieden und Sicherheit zu übermitteln und sich vorzustellen, wie sich das Kind dem sicheren Schutz der Mutter überließ. Clio hatte keine Worte, aber Zena war sicher, daß sie Gedanken auf ihre eigene Weise fühlen konnte. Sie hatte auch viel von der Erdkraft in sich, die würde sie leiten. Mit diesem Gedanken tröstete Zena sich und machte sich erschöpft auf den Weg zum Unterschlupf.

III

Tief im Wald, in einem Loch zwischen Baumwurzeln, saß Clio und runzelte die Stirn. Der Mond war verschwunden, und ohne ihn wußte sie nicht, wohin sie gehen sollte. Sie war ihm gefolgt, und dann hatte er sich versteckt, also war sie unter diesen Baum gekrochen, um sich auszuruhen.

Es raschelte im Unterholz, als bewegte sich dort ein großes Tier. Clio erstarrte. Ihr Atem ging so schwach, daß sogar ihr Geruchssinn auszusetzen schien. Sie saß aber nicht aus Angst so regungslos da, sondern aus Instinkt. Es war der Instinkt eines Tieres, das zu seinem Schutz keine andere Waffe besitzt. Dann hörte das Rascheln auf. Clio fielen die Augen zu, aber selbst im Schlaf war ihr Körper noch vollkommen steif.

Gegen Morgen glitt ein Schatten über sie hin. Clio sah ihn nicht, denn sie schlief ganz fest. Sie hörte auch nichts, denn das Geschöpf, das da auf sie herniederstarrte, machte keine Geräusche, während es über die feuchte Erde trottete. Vielleicht fühlte sie aber doch den intensiven Blick oder witterte etwas, denn ganz plötzlich öffnete sie die Augen. Ein Schrei wollte in ihrer Kehle aufsteigen, aber sie blieb stumm. Statt dessen streckte sie ihre Hand aus.

16. Kapitel

Starr vor Angst kam Sima auf die Lichtung gelaufen. »Löwe!« keuchte sie. »Ich habe seine Spuren gesehen, gleich dort, wo wir Clio verloren haben.«

Seit dem Tag, an dem Clio verschwunden war, hatte Sima jeden Morgen die Wälder ringsumher durchstreift, um nach ihr zu suchen. Sie war jetzt neun und sorgte sich rührend um die jüngeren Kinder, aber Clio, die nicht sprechen konnte wie die andern, und nur so wenig zu verstehen schien, hatte einen ganz besonderen Beschützerinstinkt in ihr wachgerufen.

Lotan ließ die Statue fallen, an der er gerade schnitzte, und sprang auf die Füße. Auch er hatte die meiste Zeit damit verbracht, Clio zu suchen, und nicht hinnehmen wollen, daß sie nicht mehr zu finden war. Wie konnte sie verschwinden, ohne auch nur eine Spur zu hinterlassen? Aber wenn ein Löwe in der Gegend war, war sie vielleicht tot. Er konnte sie gepackt und fortgeschleift haben, und sie würden es nie erfahren.

»Zeig es mir«, sagte er eindringlich zu Sima und ergriff ihre Hand. Gemeinsam verschwanden sie zwischen den Bäumen. Bran griff sich einen dicken Stock und folgte ihnen, Lupe wie immer dicht hinter ihm.

Zena, die gerade einen Stock spitzte, sah sie fortgehen, und die Angst ließ sie mitten in der Bewegung innehalten. Wieder und wieder hatte sie auf eine Botschaft der Großen Mutter gewartet, die ihnen helfen konnte, Clio zu finden. Aber es war nichts gekommen.

Nein, das stimmte nicht, merkte sie plötzlich und hockte sich auf die Fersen, um nachzudenken. Jedesmal wenn sie an Clio dachte, überkam sie ein seltsames Gefühl des Friedens, das jede Angst auslöschte, die sich in ihr aufgestaut hatte, seit es kein Zeichen von Clio gegeben hatte.

Vielleicht war dieses friedvolle Gefühl selber die Botschaft, dachte sie hoffnungsvoll. Es war so gut wie unmöglich, daß es dem Kind noch gutging, wenn es so viele Tage und Nächte allein umhergewandert wäre. Aber wenn die Mutter sie schützte, war sie vielleicht in Sicherheit.

Trotzdem war das Auftauchen eines Löwen beängstigend. Löwen blieben normalerweise in der Ebene, wo es zahllose Zebras und Antilopen gab, ihre natürliche Beute. Nur der Hunger konnte ihn so tief in den Wald hineingetrieben haben, und Zena konnte sich selbst von der Großen Mutter nicht vorstellen, wie sie ein hilfloses Kind vor einem hungrigen Löwen bewahren wollte. Und schlimmer noch: Wo ein Löwe war, waren noch mehr. Zu dieser Jahreszeit mühte sich jede Löwin, sich selbst, ihre heranwachsenden Jungen und noch ein oder zwei Männchen durchzufüttern.

Sima und Lotan kehrten zurück und unterbrachen sie in ihren Gedanken. Sie waren erhitzt und außer Atem, und ängstlich. Als Zena fragend das Gesicht erhob, nickte Lotan ernst.

»Löwen«, sagte er. »Ich glaube, viele.« Er preßte die Lippen zusammen, setzte sich ein wenig abseits hin und vergrub den Kopf in den Händen.

Zena warf einen mitleidigen Blick auf seine zusammengesunkene Gestalt. Clios Verschwinden hatte sie alle getroffen, aber Lotan war durch ihren Verlust geradezu erschlagen. Er dachte ununterbrochen an sie. Nur wenn Zena sich mit ihm paarte, schien er sie vorübergehend zu vergessen. Dann verloren sich beide völlig in ihren Gefühlen. Für Zena war es mehr als nur körperliche Lust. Die Paarung gab ihr das Gefühl, der Mutter ganz nah zu sein. Es war ähnlich wie die tiefe Einheit, die sie auf dem Berg verspürt hatte. Seltsamerweise schien sie sich ausgerechnet, wenn sie sich rein körperlichen Empfindungen hingab, aus ihrem Körper zu lösen und das Reich ihres Herzens zu betreten.

Auch Lotan spürte etwas von dieser Einheit, aber das ging schnell wieder vorüber. Sobald sie auseinanderrollten, kehrten die Gedanken an Clio zurück, und sein Gesicht nahm wieder seinen angespannten und matten Ausdruck an.

Zena schüttelte mißmutig den Kopf. Wenn Löwen in der Nähe des Unterschlupfs auf der Lauer lagen, würden sie fortgehen müssen, auch wenn sie Clio noch nicht gefunden hatten. Die Gefahr, angegriffen zu werden, war zu groß, vor allem, da sie kein Feuer hatten. All ihre Brennstöcke waren bei einem Regenguß erloschen, und sie hatten keine anderen finden können. Es war ein schrecklicher Gedanke wegen Clio, andererseits aber war er auch erleichternd. Seit sie vom Berg zurückgekommen war, hatte sie eine schreckliche Unruhe in sich gespürt, die mit jedem Tag zunahm, bis sie glaubte, platzen zu müssen. Sie sollte ihren Stamm zu einer neuen Heimstatt führen; das wußte sie genau, ihre Träume hatten es ihr gesagt.

Sie träumte jede Nacht, und es war immer dasselbe. Sie sah sich durch ein blühendes Tal wandern, das von Hochebenen umschlossen war. Rauchende Berge ragten hinter den Hügeln auf. In der Ferne lag ein Wasser, das sich bis zum Horizont erstreckte. Wenn sie näher kam, versanken ihre Füße in einer weichen, körnigen Erde, die weiß im Sonnenlicht glitzerte. Eine solche Erde hatte sie noch nie gesehen. Während sie wanderte, stieg die Sonne immer rechts von ihr auf und versank zu ihrer Linken. Dabei hatte sie ständig das Gefühl, daß die Zeit drängte. Sie mußte sehr bald zu diesem Ort gehen, und die anderen mußte sie mitnehmen. Manchmal meinte sie auch Clio bei ihnen zu sehen, obwohl das doch ganz unmöglich schien. Außerdem sah sie noch ein großes, gebeugtes Männchen, das sie an Kropor erinnerte.

Das Gesicht des großen Männchens blieb aber immer undeutlich, deshalb war sie sich nicht sicher. Jetzt verschmolz es mit Brans Gesicht. Er stand nämlich vor ihr und wartete, bis sie ihm den Blick zuwandte.

»Sie jagen ganz in der Nähe«, berichtete er mit ernster Miene. »Es sind viele. Mindestens zwei Junge, schon halb erwachsen, ein oder zwei Männchen und die Löwin. Wir müssen die Kleinen immer in der Nähe halten und nie allein auf Nahrungssuche gehen.«

Sie nickte im vollen Vertrauen auf sein Wissen. Bran konnte Spuren besser lesen als jeder andere. Sie alle verließen sich immer mehr auf ihn als dem ältesten Männchen. Sein Rat war immer nützlich, seine Hilfsbereitschaft unbegrenzt.

»Wir müssen bald fort«, murmelte sie, so leise, daß nur Bran es hören konnte. Sie mochte diese Worte nicht laut aussprechen, denn sie bedeuteten, daß Clio nie gefunden werden würde. Und dennoch würde sie es irgendwann tun müssen. Mehr noch als für jedes einzelne seiner Mitglieder war sie für den ganzen Stamm verantwortlich. Manchmal war es notwendig, rücksichtslos zu sein. Und vielleicht ging es dem Kind ja auch gut. Warum sonst sollte die Mutter ihr dieses Gefühl des Friedens schicken?

Sie ging zu Lotan und legte ihm den Arm um die Schulter. »Vielleicht geht es Clio gut«, sagte sie. »Die Mutter füllt meine Seele mit Frieden, wenn ich an sie denke.«

Aber ihre Worte trösteten Lotan nicht.

»Vielleicht liegt es daran, daß sie Clio schon wieder zu sich genommen hat«, antwortete er bitter. »Vielleicht fühlst du deshalb diesen Frieden, und vielleicht können wir sie deshalb auch nicht finden. Vielleicht hat sie der Löwe geholt oder irgendein anderes Tier.«

Zena verzog das Gesicht. Auf diese Erklärung hätte sie auch selber kommen können. Lotan hatte recht. Wahrscheinlich war Clio tot.

Lotan nahm die Statue wieder in die Hand, an der er geschnitzt hatte, und begann wütend daran herumzukratzen, aber nach einer Weile verlangsamten sich seine Bewegungen, und er ging ganz in seiner Arbeit auf. Er schnitzte für sein Leben gern und machte inzwischen sehr kunstfertige breithüftige Figuren, wie früher Lett. Zena hatte die Bedeutung der Figuren begriffen, als Metep niederkam. Die ganze schreckliche Nacht hindurch, in der sie Clio verloren hatten, hatte sie sich abgemüht, und als der Morgen kam, war Toro völlig verzweifelt vor Angst.

»Sie ist zu eng gebaut«, hatte sie gejammert. »Das Baby kann nicht kommen, und Metep wird sterben!«

Als sie ihren Kummer sah, hatte Nyta die Figur hervorgeholt, die sie damals aus dem Steinkreis gerettet hatte. Ehrfurchtsvoll hatte sie sie in Zenas Hände gelegt, und Zena war einem inneren Zwang gefolgt und hatte die Figur immer wieder langsam vom Nabel bis zur Scheide über Meteps abgekämpften Leib geführt, als wollte sie das Kind herausziehen. Es schien zu helfen, denn das Baby war kurz darauf geboren worden.

Nun wollten Metep und Toro und sogar Sima auch so eine Figur. Besonders Toro war von der Zauberkraft der Statue fasziniert gewesen. Ehrfürchtig hatte sie zugesehen, wie Zena die Figur über Meteps Bauch gleiten ließ, und ihre Macht bewundert. Was Ralak ihnen von der Erdkraft erzählt hatte und Zena von der Großen Mutter, hatte Toro nie recht begriffen. Aber das hier verstand sie. In der kleinen Figur steckte ein starker Zauber, und Zena konnte ihn herausholen. Von nun an hörte Toro aufmerksam auf alles, was Zena sagte, und das plumpe, aber unverkennbare Figürchen, das Lotan für sie machte, wurde zu ihrem kostbarsten Besitz.

Zena strich über ihren eigenen Bauch. Sie brauchte auch für sich so eine Figur. In ihrem Körper wuchs ein Kind heran, so klein noch, daß sie es kaum fühlen konnte. Auch hierin hatte die Mutter sie gesegnet.

Als der Tag zu Ende ging, berief sie einen Rat ein, damit auch die anderen an der Entscheidung beteiligt waren.

»Wegen Clio habe ich bis jetzt geschwiegen«, sagte sie in die Runde, »aber nun ist es an der Zeit, euch mitzuteilen, was die Mutter mir gezeigt hat.« Sie beschrieb die Vision, die sie so viele Male gesehen hatte, erzählte ihnen von dem herrlichen Tal und den Hochebenen, von dem großen Wasser, das kein Ende zu haben schien, und der seltsamen weißen Erde. Von Clio und Kropor sagte sie nichts, weil sie keine falschen Hoffnungen wecken wollte. Statt dessen sprach sie von dem Frieden, der über sie kam, wenn sie an Clio dachte.

»Vielleicht wird sie von der Mutter beschützt, und es geht ihr gut; vielleicht hat sie Clio auch zurück an ihr Herz genommen, wie Lotan meint. Ich weiß es nicht«, endete sie.

Ihre Worte wurden mit unterdrücktem Gemurmel aufgenommen, aber danach herrschte lange Stille, bis Bran das Wort ergriff.

»Wir müssen fort«, sagte er ruhig. »Zena hat in ihren Gesichten den Weg der Mutter gesehen. Wir müssen ihm folgen. Ich glaube auch, daß die Mutter Clio wieder zu sich genommen hat«, fügte er mit einem Seitenblick auf Lotan an. »Das Kind gehört jetzt zu ihr, und wir brauchen uns um sie keine Sorgen mehr zu machen.«

Toro sah sehr traurig aus. »Es ist schwer, ohne Clio fortzugehen, aber ich würde auch gern Kropor wiedersehen«, sagte sie betrübt. »Er war auch ein Teil dieses Stammes.«

Die anderen nickten. Sie verstanden gut, wie sehr sie ihn vermißte. Er fehlte ihnen auch. Kropor war zwar manchmal schwierig gewesen, aber nichtsdestoweniger hatte er eine Leere in ihrem Leben hinterlassen.

»Er wird vielleicht eines Tages zurückkehren«, meinte Zena tröstend zu Toro, »wenn sein Kummer nicht mehr so groß ist.«

Toro schüttelte den Kopf. »Wenn wir erst fort sind, wird er uns nicht mehr finden«, sagte sie traurig. »Und ich glaube, jetzt wo Ralak tot ist, bleibt er am liebsten allein.«

Ihre Worte wurden von lautem Brüllen unterbrochen, das sich brutal von den sonst so sanften nächtlichen Geräuschen absetzte. Es waren die Löwen. Vielleicht hatten sie Beute gemacht. Die Kinder zitterten und rückten näher an die Erwachsenen heran. Dreibein kuschelte sich mit schreckerfüllten braunen Augen an Zena. Selbst die Frösche und Insekten stellten ihr Zirpen ein, als hörten sie zu.

»Wir müssen fort. Ich bin der gleichen Meinung wie Bran.« Das war Nytas Stimme. Sie klang fest, trotz aller Angst, die das Löwengebrüll hervorgerufen hatte. »Die Mutter hat mich mit einem neuen Kind beschenkt. Ich möchte nicht, daß es hier geboren wird, wo es vielleicht die Löwen reißen«, fügte sie hinzu und sah auf ihren gewölbten Bauch hinunter.

Lotan nickte widerstrebend. »Wenn es hell wird, werde ich ein letztes Mal nach Clio suchen. Dann ziehen wir los.«

Aber auch am nächsten Morgen war von Clio nichts zu sehen. Es hatte nie das geringste Zeichen von ihr gegeben. Einmal war Bran auf ein paar Fußabdrücke gestoßen, die zu einem Baum führten, aber dann hörten sie plötzlich auf. Es war, als wäre Clio dem Mond tatsächlich direkt in den Himmel hinauf gefolgt, dachte Zena, ohne irgendwelche Spuren zu hinterlassen.

Trotz ihrer Trauer hatten sie es jetzt eilig, fortzukommen, denn in der Nacht waren die Löwen witternd um die Lichtung herumgestrichen und hatten sie alle in Angst und Schrecken versetzt. Sie kamen schnell voran, denn es ging über einen schönen, schattigen Weg. Er führte sie durch dichten Wald, der sich über viele Meilen hinweg nach Norden erstreckte, bevor er der offenen Savanne Platz machte.

Als es Abend wurde, hatten sie den Rand des Waldes erreicht. Zena beschloß, zwischen den Bäumen zu bleiben. Ein Gewitter braute sich zusammen, und sie wollte die Nacht nicht schutzlos auf offenem Gelände verbringen. Den ganzen Nachmittag hindurch waren von einem unsichtbaren Ort hinter dem Horizont schwere, schwarze Wolken hervorgequollen und immer dichter über den ganzen Himmel hingezogen. Als es schließlich dunkel wurde, schlossen sie sich zu einer undurchdringlichen Masse zusammen, die die Sterne verdeckte. Ein Wind kam auf und begann durch die dichten Baumwipfel zu heulen, bis sie sich mit mysteriösen, ächzenden Lauten aneinander rieben.

Plötzlich klatschten ihnen Tropfen ins Gesicht. Schnell suchten sie Zweige zusammen, um einen Unterstand zu bauen, aber sobald sie die Zweige angeordnet hatten, fegte sie ein heulender Windstoß wieder herunter und verstreute sie über den Waldboden. Lotan zeigte auf eine Vertiefung, wo ein riesiger Baum entwurzelt worden war.

»Dort hinein«, rief er über den immer heftiger werdenden Wind hinweg. »Legt euch die Äste über den Kopf.«

Metep und Toro rannten zu dem Loch und hockten sich so auf den Boden, daß sie die Kinder so gut wie möglich mit ihren Körpern abschirmten. Die Kleinen durften einem derartigen Sturm nicht lange ausgeliefert sein. Sie würden es noch nicht durchhalten. Es goß in Strömen, gnadenlos peitschte der Wind, und es war sehr kalt. Selbst Dreibein zitterte, trotz ihres Fells.

Zena hob einen Ast auf und zog ihn hinter sich her, als sie sich in das Loch gleiten ließ. Die anderen machten es genauso, aber es half nichts. Der Wind entriß sie ihnen wieder, und schließlich gaben sie den Kampf auf und kauerten sich nur noch eng aneinander, um sich zu wärmen. Der riesige Wurzelballen des umgestürzten Baumes schützte sie vor dem Wind, und nach einer Weile brachte ihre angestaute Körperwärme etwas Erleichterung.

Da krachte hinter ihnen noch ein Baum zur Erde. Sein schwerer Stamm sauste durch die Luft und blieb auf dem erdverkrusteten Wurzelwerk liegen, das ihnen Schutz bot. Wie durch ein Wunder war niemand verletzt worden. Nun hing die dichte Krone des Baumes über ihnen. Sie zerkratzte ihnen Arme und Beine, aber sie schützte sie auch vor dem prasselnden Regen. Zena war dankbar dafür, aber wohl fühlte sie sich trotzdem nicht. Der Baum konnte jeden Moment ein Stück weiter heruntersacken und sie alle unter seinem Gewicht begraben. Aber was konnte sie tun? Es war zu kalt und zu gefährlich, sich noch etwas anderes suchen zu wollen. Sie mußte auf den Schutz der Mutter vertrauen.

Ganz allmählich ließ der Wind nach, und der Regen ging in ein schwaches Nieseln über. Aber die Nacht war noch immer undurchdringlich schwarz, und die Temperatur fiel weiter. Sie rückten noch näher zusammen und richteten sich darauf ein, die Nacht irgendwie zu überstehen. Zena versuchte sich vorzustellen, wie die Sonne vom Himmel brannte und mit ihrer enormen Hitze die Kälte aus ihren Körpern zog. Dann malte sie sich die Wärme eines Feuers aus und stellte sich vor, wie die Glut ihre Hände und Füße wieder auftaute. Nach einer Weile schien die eingebildete Hitze ihren Körper tatsächlich zu wärmen. Sie nahm die Jungen in die Arme und hielt sie eins nach dem anderen ganz fest, bis sie fühlte, wie die Wärme auch in ihre Körper überging. Aber sobald sie sie losließ, begannen sie wieder zu frieren. Filar, Ceres Junges, das die wilde Flucht der Gnus damals auf so wundersame Weise überlebt hatte, schlotterte so heftig, daß ihre Zähne aufeinanderschlugen.

Ein tiefes Knurren und Tatzengeräusche ließen Zena angstvoll aufhorchen. Dort draußen strich etwas herum.

»Leopard.« Brans Stimme ließ sie heftig zusammenzukken. Er stand auf und begann, laut zu schreien und mit den Armen herumzufuchteln. Die anderen erwachten und fielen mit ein, und die Babys brüllten. Es war ein ohrenbetäubender Lärm, und Zena sah den dunklen Umriß eines Leoparden davonspringen. Aber gegen Morgen hörte sie wieder, wie er unermüdlich vor dem Loch herumstrich, in dem es sie so erbärmlich fror, ganz steif waren sie vor Angst und Kälte.

»Wir brauchen Feuer«, flüsterte sie Bran mit verzweifelter Stimme zu. »Wenn wir Feuer hätten, würde er sich nicht so nah heranwagen.« Aber sie wußte genau, daß sie wohl kaum welches finden würden. Die Gewitter, die den Blitz mitbrachten, kamen nur zur Regenzeit, und bis dahin waren es noch viele Monde. Solange würden sie keine Brennstöcke haben.

Zena kroch noch ein wenig tiefer in das Loch. Ihr Körper sollte aufhören zu zittern, damit sie sich darauf konzentrieren konnte, sich der Mutter zu öffnen, wie sie es immer tat, wenn sie Hilfe brauchten. Obwohl sie dagegen ankämpfte, fielen ihr die Augen zu, weil sie die ganze Nacht nicht geschlafen hatte, doch selbst im Schlaf schlug sie sich noch mit dem Problem herum, und sie hatte einen Traum. Sie sah Lett, wie er vor langer Zeit auf der Lichtung am Fluß seine Steine geschliffen hatte, daß die Funken bei der Arbeit nur so sprühten. Zena starrte auf diese Funken, beobachtete, wie sie zu Boden regneten und erloschen, und dann sah sie sie zu einem einzigen großen Funken zusammenfließen, der heftig zu brennen begann.

Der Druck von Filars Körper unterbrach ihren Traum. Das Kind versuchte aus dem Loch zu klettern, aber sie war erst vier und ihre Beine viel zu kurz. Zena stemmte sie hoch und folgte ihr langsam in die kalte Morgenluft. Sie war immer noch halb im Traum.

»Steine«, sagte sie zu Bran. »Wir müssen sie aneinanderschlagen, und zwar kräftig.«

Bran sah sie zweifelnd an. Hatte die schreckliche Nacht ihr die Sinne verwirrt? Als er sie dann aber in äußerster Konzentration einen Stein gegen den anderen schlagen sah, suchte er sich auch welche und machte es ihr nach. Er vertraute darauf, daß sie schon wußte, was sie tat. Lotan hatte sie beobachtet und suchte sich nun auch zwei Steine. Immer und immer wieder schlugen sie sie aneinander, aber nichts passierte.

»Wir brauchen andere Steine«, sagte Zena entschlossen, denn ihr fiel ein, daß sie von den Steinen, die sie normalerweise benutzten, nie Funken hatte aufsprühen sehen, nur von denen, die Lett immer genommen hatte. Sie stöberte in einem nahegelegenen Steinhaufen herum und versuchte sich daran zu erinnern, wie Letts Steine ausgesehen und sich angefühlt hatten. Einer war von etwas Orangefarbenem durchzogen, meinte sie, aber der andere war hart und ganz schwarz. Sie griff nach einem Stein mit rostfarbenen Streifen.

»Der andere muß glatt sein«, erklärte sie ihnen. »Dunkel und glatt und sehr hart.«

Lotan kam mit einem Stein angelaufen, der recht vielversprechend aussah. Zena gab ihm den, den sie selber gefunden hatte, und er machte sich daran, sie mit aller Wucht aneinander zu schlagen. Er hatte kräftige Unterarme vom Schnitzen und konnte sogar noch mehr Kraft einsetzen als Bran.

Es gab einen Funken, und in Lotans Augen leuchtete es verstehend auf. Wenn er einen Funken erzeugen konnte, konnte er vielleicht auch Feuer machen! Er schlug noch fester zu. Wieder ein Funke.

Die anderen spürten die Aufregung und kamen heran, um zuzusehen. Alle, bis hin zum kleinsten Kind, wußten genau, wie wichtig Feuer für ihr Überleben war.

»Trockene Blätter, oder Gras«, rief Zena plötzlich. »Und kleine Zweige.«

Sie schwärmten aus, um etwas Trockenes zu suchen, keine leichte Aufgabe nach einem Unwetter. Aber schließlich hatten sie genug zusammen und kamen wieder neugierig heran. Ohne es zu merken, hielten alle vor Spannung den Atem an.

Lotan schüttelte die Arme aus, dann machte er weiter. Kräftiger und immer kräftiger ließ er den einen Stein auf den anderen prallen. Erst flog ein Funke, dann noch einer. Zena stand mit etwas trockenem Gras bereit. Ganz plötzlich fing es Feuer und verbrannte ihr beinahe die Hände. Sie ließ es fallen, aber Bran steckte mit einer schnellen Bewegung ein paar

Stöckchen in die winzige Flamme. Einen Moment lang brannte es träge, dann ging das Feuer wieder aus.

Allgemeines enttäuschtes Gemurmel war die Antwort, aber jetzt waren alle fest entschlossen, es zu schaffen. Lotans Hände begannen wieder zu fliegen, und wieder sprühten die Funken. Diesmal lag ein noch dickeres Grasbüschel darunter. Ein Funke blieb darin hängen, loderte auf und begann sich dann langsam auszubreiten. Zena blies dem kleinen Flämmchen ganz vorsichtig Luft zu. Da flackerte das Feuer auf. Behutsam und angespannt bis in den letzten Muskel legten die anderen trockenes Gras und kleine Zweige nach. Flammen loderten auf, dann schien das Feuer wieder ausgehen zu wollen. Diesmal blies Bran, etwas heftiger, als wäre er der Wind, der Feuer vor sich hertrieb. Zena blies von hier, Bran von da, und die anderen legten emsig Zweige und nun auch ganze Äste nach.

Jetzt brannte das Feuer gleichmäßiger. Wie verzaubert starrten sie hinein und wagten kaum zu atmen, aus Angst, es könnte wieder ausgehen. Dann schossen aus der flackernden Glut plötzlich lodernde Flammen hoch. Sie züngelten knakkend und knisternd hoch in die Luft und schrumpften dann zu einem kräftigen, beständigen Feuer.

Da seufzten sie alle gemeinsam einmal tief auf. Auf ihren Zügen malte sich Erstaunen, dann Ungläubigkeit, danach Erleichterung und schließlich – Dankbarkeit.

»Wir haben Feuer!« Lotan sprach mit gebrochener Stimme, so überwältigend war ihre Entdeckung.

»Und wir können es machen, wann wir wollen«, fügte Sima mit vor Verwunderung aufgerissenen Augen hinzu.

»Wir müssen der Mutter danken.« Zena erhob sich, und als sie nun sprach, war ihr die Bewegung anzuhören.

»Große Mutter, wir danken dir für diese Gabe. Von allen Geschenken, die wir von dir erhalten haben, ist dies, das Geschenk des Feuers, eines Feuers, das wir selber entfachen können, wenn wir es brauchen, das allergrößte. Es hält die beißende Kälte von unseren Körpern fern und beschützt uns vor den Tieren, die im Dunkel umherstreifen. Es erhebt unsere Herzen und bringt uns dir in Leib und Seele näher, wenn wir beisammensitzen und in seine geheimnisvollen Flammen schauen.«

Dann fiel ihr ein, daß Feuer nicht nur hilfreich, sondern auch gefährlich sein konnte, und sie fügte schnell hinzu: »Wir werden dein Geschenk immer zum Guten verwenden, Große Mutter, damit es der Erde nie schaden möge, die ebenso dein Heim wie unseres ist.«

Wie aus einem Munde fielen die Stimmen aller anderen ein, um Zenas Worte zu bestätigen. Feuer machen zu können war eine wunderbare Gabe, die alles übertraf, was sie sich je vorgestellt hatten. Spontan legten sie die Hände ineinander und bildeten einen Kreis um das Feuer, das sie geschaffen hatten, während sie weiter der Mutter ihre Dankbarkeit bekundeten. So schritten sie im Kreis herum, immer und immer wieder, bis sie vor Müdigkeit über die eigenen Füße stolperten. Dann glitten sie eng beieinander zu Boden und starrten in die lodernden Flammen. Übergangslos fielen sie plötzlich in ihre alte Lebhaftigkeit zurück und fingen aufgeregt zu schnattern an.

»Uns wird nie wieder kalt sein!« Sima schloß Filar begeistert in die Arme.

»Nie wieder kalt sein«, wiederholte Filar ein ums andere Mal und freute sich am Klang der Worte.

»Fleisch schmeckt besser, wenn es im Feuer gewesen ist«, brachte Lupe vor. »Knollen auch.«

»Jetzt werden wir sicher sein«, meinte Bran mit zufriedener Stimme, »sogar wenn wir unterwegs sind.« Er fühlte sich mehr als irgend jemand sonst für die Sicherheit der anderen verantwortlich. Jetzt würde seine Aufgabe viel einfacher sein.

»Die Kinder werden es warm haben«, sagte Metep und sah beschützend auf ihren kleinen Sohn hinunter. Toro nickte glücklich.

»Das hier wird kein Löwe mir wegzunehmen wagen«, sagte Nyta und zeigte auf ihren gewölbten Bauch.

Lotan rieb sich die Unterarme. »Das ist harte Arbeit! Aber ich werde schon noch lernen, wie man noch besser Funken macht.«

»Wir müssen es alle lernen«, sagte Zena, »wenigstens die, die kräftig genug dazu sind. Wenn dann mal jemand verlorengeht, können wir ein Feuer anzünden, damit er uns wiederfindet.«

Ihre Worte erinnerten sie alle wieder an Clio, und sofort wich die Freude aus ihren Gesichtern. Zena wünschte, sie hätte nichts gesagt. Vor ihrem geistigen Auge tauchte jetzt ein Bild von Clio auf, wie sie von Schmerz und Angst gepeinigt hilflos auf dem Boden lag, und sie konnte es nicht verscheuchen. Bisher hatte Clios Gesicht immer friedlich ausgesehen. Vielleicht war sie jetzt wirklich verletzt und brauchte ihre Hilfe. Zena stand auf. Dieses erschütternde Bild hatte ihr die Fassung geraubt. Sie stieg auf eine kleine Erhebung, um die Blicke über die Landschaft schweifen zu lassen. In alle Richtungen erstreckte sich wogendes Gras, aus dem hier und da Termitenhügel aufragten, deren kahle Spitzen fast so hoch waren wie die Bäume mit den breit ausladenden Kronen, an denen das Auge in der ansonsten grenzenlosen Fläche Halt fand. Aufgetürmte Wolken trieben über den Himmel, der so blau und strahlend war, daß sie den Blick senken mußte und statt dessen beobachtete, wie ihre ziehenden Schatten dem sanftgelben Gras eine dunkle Färbung verliehen.

Bran gesellte sich zu ihr. Er sagte nichts, sondern stand einfach nur neben ihr, um sie durch seine Gegenwart zu trösten. Dankbar lehnte Zena sich an ihn. In gewisser Weise war Bran für sie wie ein Bruder, denn er war Kalars Sohn. Sie hatte nie den Wunsch verspürt, sich mit ihm zu paaren, und ihm ging es genauso. Sie liebten sich auf andere Weise, und doch war es eine tiefe und dauerhafte Liebe.

Mit der Zeit kehrte wieder Friede in Zenas aufgewühltes Herz ein, und das Bild von Clio verblaßte. Doch kaum war Zena eingeschlafen, als das Bild wieder erschien. Im Traum sah Zena das Kind lächeln, wie bei den seltenen Malen, wo sich für einen kurzen Moment die undurchdringliche Schwärze ihrer Augen milderte, in denen sonst nichts als Wildheit zu lesen stand. Aber dann fing Clio zu weinen an, und das war bei ihr so selten wie das Lächeln. Sie weinte und weinte und hörte gar nicht wieder auf.

Zena fuhr hoch und lauschte. Sie war sicher, daß sie das Weinen immer noch hörte. Lotan kniete neben ihr.

»Clio«, sagte er ungläubig. Sie starrten einander an und wagten es nicht zu glauben.

II

Das Löwenjunge stupste mit der Nase an die ausgestreckte Hand und sprang dann niesend zurück. Das war aber ein seltsamer Geruch. So etwas hatte er noch nie gewittert. Seine Mutter hatte ihm Zebras gebracht und Antilopen und viele andere kleinere Tiere, die man auch fressen konnte, aber nichts, was dem hier ähnlich gewesen wäre. Er traute der Sache nicht. Darum ließ er sich auf dem Boden nieder und starrte unverwandt aus seinen gelben Augen auf das unbekannte Geschöpf.

Er spitzte die Ohren, als das Brüllen seiner Mutter von dem Feld am Wald herübertönte. Er rollte sich träge auf die Seite, bevor er sich erhob und gemächlich auf das Geräusch zutrottete.

Clio zog enttäuscht die Hand zurück. Der Löwe hatte ihr gefallen. Seine Bewegungen hatten sie fasziniert. Sie machte sein geducktes Schleichen nach, als wäre sie selbst ein Löwe, und kroch zu der Stelle, wo er gesessen hatte. Der Geruch dort gefiel ihr, und sie rollte sich darin herum, wie er es getan hatte.

Da kam der Löwe zurück. Das mütterliche Gebrüll hatte anders als erhofft keine Nahrung angekündigt, und er begann zu begreifen, daß er bald lernen mußte, selber auf die Jagd zu gehen. Vielleicht war dieses kleine Geschöpf, das unter dem Baum gekauert hatte, ja noch da.

Clio war begeistert, daß er wieder zurückgekommen war. Sie griff mit der Hand nach dem weichen Fell, und der Löwe wich ihr erschrocken aus. Jagen bedeutete, daß man hinter der Beute herrennen mußte, aber dieses kleine Tier lief nicht weg. Statt dessen lag es auf dem Boden und schlug mit der Pfote nach ihm, wie seine Geschwister. Und es roch auch wie sie. Spielfreudig tatzelte der Löwe zurück. Jetzt war Clio erschrocken. Seine Pfote war zwar weich, aber sehr kräftig. Sie war sich nicht sicher, ob sie das noch einmal spüren wollte, aber ganz bestimmt wollte sie nicht, daß der Löwe noch näher an sie herankam. Darum blieb sie absolut regungslos liegen, wie sie es schon in der letzten Nacht gemacht hatte, und schien nicht einmal mehr zu atmen.

Versuchsweise holte der Löwe noch einmal mit der Pfote nach ihr aus und streifte sie an der Schulter. Aber sie rührte sich nicht. Zweimal noch schlug der Löwe nach ihr, aber es kam keine Reaktion. Da wurde ihm das Spiel zu dumm, er gähnte und trollte sich, Clio blieb still liegen, bis er außer Sichtweite war. Dann riß sie ihren Mund ganz weit auf, genau wie der Löwe es getan hatte. Die scharfen Zähne und die lange rote Zunge hatten großen Eindruck auf sie gemacht. Sie steckte einen Finger in den Mund, um ihre eigenen Zähne zu betasten, und streckte die Zunge weit heraus, um sie mit seiner zu vergleichen. Aber es war vergeblich, sie war zu kurz.

Ein Glitzern im Wasser eines nahegelegenen Flüßchens erregte ihre Aufmerksamkeit, und schon war der Löwe vergessen. Den Bauch ins angenehm weiche, feuchte Gras gedrückt, schlängelte sie sich hin und kroch auf allen vieren ins seichte Wasser, um zu trinken. Aber es war kalt, und sie sprang schnell wieder auf, so daß es lustig um ihre Füße spritzte. Sie fing an, übermütig flußabwärts zu springen. Fast eine ganze Stunde lang hüpfte und spielte sie im Wasser herum.

Ihr Blick fiel auf ein moosbedecktes Tal. Da verließ sie den Fluß, um den weichen, grünen Teppich näher zu untersuchen. Ein paar Nüsse lagen auf dem samtigen Untergrund verstreut. Das erinnerte sie daran, daß sie hungrig war. Sie steckte sie sich in den Mund, aber sie waren zu hart zum Kauen, und sie spuckte sie gleich wieder aus. Sie gab einen klagenden Laut von sich und sah sich erwartungsvoll um. Bisher war noch jedesmal jemand gekommen und hatte ihr mit den Nüssen geholfen. Aber jetzt war niemand da. Sie kuschelte sich ins weiche Moos und rollte sich fest zusammen. So wollte sie warten.

In den Büschen vor ihr raschelte es. Clio öffnete die Augen, aber sonst rührte sie sich nicht. Ein großer Vogel erschien auf der Bildfläche, ließ sich auf seinem Nest nieder und plusterte sorgsam die Federn auf, um auch ja alle Eier zu bedecken. Dann blieb er absolut unbeweglich sitzen, so daß sein braungestreifter Körper sich nicht mehr von den Büschen abhob.

Clio runzelte die Stirn. Der Vogel war vor ihren Augen verschwunden. Verdutzt sprang sie auf, um der Sache auf den Grund zu gehen. Sobald sie näher kam, schoß der Vogel mit einem lauten, schwirrenden Geräusch von seinem Nest auf und ließ eine Handvoll gesprenkelte Eier zurück. Clio steckte sich eins in den Mund und biß so fest zu, daß das Eigelb herausgeschossen kam. Es tropfte ihr am Kinn hinunter. Sie leckte es wieder auf und schluckte, wobei sie mit der Zunge die Schalenstückchen in die Backentaschen schob, um sie anschließend auszuspucken. Dann aß sie noch ein Ei, und danach legte sie sich schlafen. Den Nachmittag und die ganze Nacht hindurch lag sie still und zufrieden im geschützten, schattigen Grün und rührte sich nur, wenn sie ein weiteres Ei essen oder trinken wollte. Als das Licht zurückkam, erhob sie sich und wanderte weiter.

Sie ging einfach so drauflos, ohne jedes Ziel. Ihr fehlte etwas, das sie dringend brauchte, aber sie war sich nicht sicher, was. Doch als sie dann ein Paar Beine durch das vor ihr liegende Weidegebiet streifen sah, wußte sie sofort, daß es das war, was sie wollte. Es waren allerdings nicht ganz die richtigen Beine, also folgte sie ihnen in einiger Entfernung, statt gleich hinzulaufen. Als Kind des Waldes bewegte Clio sich so leise wie das allerkleinste Tier, und das Geschöpf, dem die Beine gehörten, ahnte nicht, daß sie da war.

Sie folgte den Beinen den ganzen Tag hindurch, hielt inne, wenn sie es taten, und lief, wenn es nötig war, denn die Beine waren doppelt so lang wie ihre. Gerade als das Licht schwächer zu werden begann, hielten die Beine endgültig an und gingen an einem Baum in die Knie. Jetzt konnte Clio die ganze Gestalt sehen. Der große behaarte Körper und das borstige Gesicht kamen ihr bekannt vor. Mit seinem verfilzten Haar sah es aus wie ein Tier, und gerade das gefiel Clio. Allerdings hatte es ihr auch einmal angst gemacht. Sie versteckte sich hinter einem Baum und starrte zu ihm hinüber.

Das Gesicht des Wesens verschwand hinter seinen Händen. Es zog die Knie an die Brust, um seinen zotteligen Kopf darauf zu stützen, und seine Schultern sackten nach vorn. Clio legte verwirrt den Kopf zur Seite. So hatte es noch nie ausgesehen. Es strömte eine solche Traurigkeit aus, daß sie auf sie überging und ihre Angst auslöschte. Mit ausgestreckter Hand bewegte sie sich auf die Gestalt zu, wie sie es bei dem Löwen gemacht hatte. Sie benutzte sehr häufig diese Geste, weil sie auf diese Weise die anderen berühren, sie gleichzeitig aber daran hindern konnte, ihr selber zu nahe zu kommen. Clio haßte es, angefaßt, festgehalten oder getragen zu werden, und ihr ausgestreckter Arm bildete eine Schranke, die nur selten mißachtet wurde. Aber sie hatte ein starkes Bedürfnis, auf ihre eigene Weise Kontakt aufzunehmen. Sie wollte alles fühlen und riechen und anstarren, was ihr begegnete. Aber vor allem wollte sie alles berühren.

Clios Füße bewegten sich lautlos, und das große Männchen sah auch nicht auf, als sie näher kam. Dann legte sie ihm mit einer so leichten und flüchtigen Geste ganz sanft die Finger auf den Handrücken, daß er es zunächst gar nicht bemerkte. Dann aber riß er den Kopf hoch und ließ vor Erstaunen die Kinnlade herunterfallen.

Das war doch die komische Kleine, Ralaks Tochter. Was tat sie hier? Waren die anderen etwa auch da? Kropor sah sich ungläubig um. Sie konnten nicht hier sein. Er hätte sie gehört. Er wollte sie auch gar nicht hier haben. Er wollte allein sein.

Mit mißbilligenden, harten Augen stierte er Clio an. Wenn sie hier war, mußten die anderen ihm gefolgt sein. Er sprang auf die Füße und begann die Gegend abzusuchen und laut zu rufen. Niemand antwortete, und er sah auch keine Fußspuren oder irgendwelche anderen Anzeichen, daß andere in der Nähe waren. War es denn möglich, daß sie ganz alleine war?

Er sah wieder zu dem Baum hinüber. Clio saß gegen den Stamm gelehnt da und knabberte an ein paar Beeren, die er fallen gelassen hatte.

»Wo sind die andern?« fragte er sie. Sie reagierte nicht. Er zählte sie alle nacheinander auf, in der Hoffnung, daß ihr schon dämmern würde, was er meinte. Als er Toros Namen sagte, zog sie die Augenbrauen zusammen, und ein ängstlicher Ausdruck flog über ihr Gesicht. Dann machte sie sich daran, um den Baumstamm herumzukriechen, auf der Suche nach weiteren Beeren.

»Essen?« fragte Kropor barsch. Wenn sie wirklich so weit vom Unterschlupf allein herumstreunte, mußte sie sehr hungrig sein.

Dieses Wort kannte Clio, und sie streckte die Hand aus, als erwartete sie, daß er ihr etwas zu essen hineinlegte. Aber er hatte nichts, nur die Beeren, und die hatte sie ja schon gegessen.

»Warte«, sagte er. »Ich hole Essen.« Er stapfte zum Fluß hinunter, wo er auch die Beeren gefunden hatte. Bevor er zwischen den Büschen verschwand, warf er noch einmal einen Blick zurück, um sich zu vergewissern, daß sie auf ihn wartete. Sie war verschwunden.

Verärgert lief er zu dem Baum zurück. Wie hatte sie das fertiggebracht, so einfach zu verschwinden? Wenn das Kind nicht auf der Stelle sitzen konnte, konnte er ihr auch nichts zu essen holen! Er durchstreifte das Feld und wurde immer ungehaltener. Er hatte nie viel für die Kleinen übrig gehabt. Sie waren laut und anstrengend, und er hatte immer zugesehen, daß er ihnen nicht zu nahe kam. Aber jetzt hatte ihn ausgerechnet dieses eine, das so gut wie nichts verstand, gefunden, und er konnte sie nicht einfach im Stich lassen. Sie war zu klein, um allein zu sein, und außerdem hatte er vor nicht langer Zeit Löwenspuren entdeckt.

Da ließ ihn ein leises Geräusch herumwirbeln. Clio stand hinter ihm und starrte ihn durchdringend an. War sie etwa die ganze Zeit hinter ihm gewesen? Jetzt war er aber richtig wütend und stampfte direkt vor ihr mit dem Fuß auf. Clio sah auf den Fuß hinunter und machte es ihm nach. Sie hob erst einen Fuß und stampfte damit auf den Boden, dann den anderen. Dann begann sie mit beiden Füßen gleichzeitig auf- und abzuhüpfen.

Kropor mußte trotz seiner Wut lachen. Sie sah so komisch aus, und so entschlossen. Erstaunt über dieses Geräusch, sah Clio zu ihm hoch.

»Komm«, sagte er und beugte sich zu ihr hinunter, und diesmal ließ er sie nicht mehr aus den Augen, als sie leichtfüßig hinter ihm her zum Fluß trippelte. Dort machten sie sich genüßlich über die leuchtend gelben Beeren her. Kropor fand auch ein paar Schnecken und schlug für Clio das Gehäuse mit einem Stein auf. Sie stopfte sie sich in den Mund und kaute zufrieden.

Dann fielen ihr ganz plötzlich die Augenlider herunter. Sie gähnte ausgiebig und kuschelte sich zwischen den Büschen zusammen. Kropor sah sie neugierig an. Aber da schlief sie schon. Sie hatte sich einfach auf der Erde zusammengerollt wie ein kleines Tier und war eingeschlafen.

Zögernd kniete er nieder und hob sie auf. Er wollte sie nicht bei sich haben, aber er konnte sie auch nicht schutzlos zurücklassen. Er würde sie wenigstens bis zum nächsten Morgen bei sich behalten müssen. Vielleicht würden ja dann die anderen kommen und sie wieder mitnehmen.

Clio lag schwer in seinen Armen. Wenn sie wach war, konnte man sie nicht tragen, weil sie unermüdlich strampelte, bis man sie endlich wieder herunterließ. Aber wenn sie schlief, war keine Abwehr mehr zu spüren, und sie schien die Nähe, die sie bei Tage nicht ertragen konnte, sogar zu begrüßen.

Kropor trug sie zu den aufgetürmten Felsbrocken, die er in dem Weidegebiet gesehen hatte, und häufte Gras zwischen zwei großen Steinen auf, damit sie einen weichen Platz zum Schlafen hatte. Inzwischen war es abendlich kühl geworden. Er zog die Schultern hoch und setzte sich auf einen der Steine, um Wache zu halten, solange es noch hell war. Er mußte ständig an Ralak denken. Das Kind erinnerte ihn an sie. Wegen seiner kleinen Gestalt vielleicht, oder weil sie so schwarze Augen hatte. Aber Ralaks Augen waren ausdrucksvoll gewesen und voller Leben. Clios waren unergründlich.

Kropor seufzte resigniert und ließ sich neben sie fallen. Heute nacht würde er jedenfalls auf sie aufpassen. Clio kuschelte sich zutraulich an ihn, ihr Körper lag warm und weich an seiner harten Brust. Er legte einen seiner langen, haarigen Arme um ihre schmale Gestalt und schlief ein, während ihm ihr Atem ins Gesicht wehte.

Als er erwachte, starrte sie ihn an. Er setzte sich erstaunt auf. Einen Moment lang hatte er geglaubt, es wäre Ralaks Gesicht, weil er von ihr geträumt hatte. Aber es war nur Clio. Nun stieg wieder der Ärger in ihm auf, weil sie bei ihm war und weil sie doch nicht Ralak war, und er stand abrupt auf und marschierte los, wobei er sich unablässig nach irgendeinem Zeichen von den anderen umsah. Clio folgte ihm. Sein abwehrendes Verhalten konnte sie nicht aus der Ruhe bringen. Den ganzen Tag über achtete er kaum auf sie, allerdings half er ihr bei der Nahrungssuche. Am Abend fielen ihr wieder genauso plötzlich die Augen zu wie in der Nacht zuvor. Und wieder hob Kropor sie in seine Arme. Diesmal fühlte sie sich schon vertrauter an, und er trug sie eine ziemlich weite Strecke, bis zu einigen fruchttragenden Bäumen, die er gesehen hatte. Davon konnten sie sich am Morgen ernähren. Als er sich neben ihr niederlegte, kuschelte sie sich an ihn und seufzte zufrieden im Schlaf.

So ging es viele Tage hindurch. Jeden Morgen, wenn Kropor erwachte, blickte er in das Gesicht von Clio, die auf ihn herunterstarrte, und jeden Morgen wieder glaubte er, es wäre Ralak. Zu glauben, Ralak wäre an seiner Seite, um dann nur enttäuscht zu werden, tat furchtbar weh, und er richtete seinen ganzen Zorn gegen Clio, weil sie schuld war an seinem schrecklichen Schmerz. Sie hielt sich von ihm fern, bis sein Ärger verraucht war, aber sie weinte nie und beschwerte sich auch nicht. Es genügte ihr anscheinend, ihm einfach nur zu folgen. Wenn sie beim Essen seine Hilfe brauchte, lief sie zu ihm und tippte gegen sein Bein, dann ließ sie den Abstand zwischen ihnen wieder größer werden. Aber sie ließ ihn nie aus den Augen, und in der Nacht schmiegte sie sich jedesmal wieder in seine Arme, als gehörte sie schon immer dorthin.

Eines Morgens erwachte Kropor als erster. Clio lag mit friedlich rundem Gesicht neben ihm und schlief. Zwei sanft geschwungene Reihen dichter schwarzer Wimpern hoben sich von ihren Wangen ab, und eine ihrer Hände lag auf seinem Bauch. Er nahm die kleine Hand und betrachtete sie. Da öffnete Clio die Augen und lächelte zu ihm auf, eines ihrer seltenen, bezaubernden Lächeln, das ihr ganzes Gesicht erhellte und ihre Augen lebendig machte. Dann sanken die Wimpern wieder herab, und sie drehte sich auf die andere Seite.

Kropor starrte auf das schlafende Kind hinunter. Diesmal sah er Ralak nicht. Statt dessen hörte er ihre Stimme. »Behüte sie für mich«, sagte Ralak. »Behüte sie.«

Kropors Augen füllten sich mit Tränen. Verärgert wischte er sie fort. Aber dann machte sein Ärger einem verwirrten und freudigen Gefühl Platz. Ralak hatte zu ihm gesprochen; er hatte sie gehört, ihre Gegenwart gespürt. Auf irgendeine Weise war sie doch noch da.

Dann drängte sich ein anderer Gedanke dazwischen. Vielleicht war Clio deshalb gekommen. Vielleicht hatte Ralak sie zu ihm geschickt, damit er wenigstens einen kleinen Teil von ihr behalten konnte. War so etwas möglich? Kropor wußte es nicht, und es war ihm auch egal. Er hatte Ralak wieder gehört und sie neben sich gespürt, das war ihm genug. Seine geliebte Ralak hatte ihn nicht ganz und gar verlassen.

Plötzlich brach der Damm aus unzähligen Ängsten, die sich seit Ralaks Tod in Kropors Herzen angestaut hatten. Er begann laut und gequält zu schluchzen, daß es in der Stille ringsum widerhallte, und sein Gesicht verzog sich zu einer furchterregenden Fratze.

Von seinem Schluchzen wurde Clio wach. Sie setzte sich auf und starrte ihn an, erstaunt über sein ungewohntes Betragen. Vorsichtig berührte ihre kleine Hand seine Wange, dann legte sie die Arme um seinen Hals und ihre weiche Wange an seine rauhe. So etwas hatte sie noch nie zuvor getan. Und als Kropor sie umarmte und an sich zog, wehrte sie sich diesmal nicht. Seine Qual berührte sie an einer unbekannten Stelle tief in ihrem Innern, und plötzlich war das Bedürfnis, ihn zu trösten, stärker als die Angst, in die Arme genommen zu werden.

Kropor ließ sie schnell wieder los. Er spürte, daß sie die körperliche Nähe nicht lange ertragen konnte. Aber er behielt ihre Hand in der seinen, und sie zog sie nicht fort. Gemeinsam machten sie sich auf die Suche nach Früchten.

Die Tage vergingen, und es gab immer noch kein Zeichen von den anderen. Kropor hörte auf, nach ihnen Ausschau zu halten; er wollte sie gar nicht mehr finden, damit sie ihm Clio nicht wegnahmen und ihn wieder allein ließen. Clio hatte sein Herz vom Kummer befreit, er wollte sie nicht verlieren. Dabei schien sie ebenso an ihm zu hängen wie er an ihr, und sie wich ihm nur ganz selten von der Seite. Beim Gehen nahm sie oft seine Hand, und manchmal ließ sie sich sogar ein kurzes Stück von ihm tragen, wenn sie müde war oder wenn sie schneller vorankommen mußten.

Und wieder ging eine durch und durch schöne Woche zu Ende. Dann aber löste sich Kropors neu gefundenes Glück ohne jede Vorwarnung auf. Eines Tages, es war schon spät, verdunkelte sich der Himmel so plötzlich, daß er zunächst glaubte, die Nacht wäre bereits hereingebrochen. Als er aber die undurchdringlichen schwarzen Wolken sah, die aus dem Nichts gekommen zu sein schienen, und fühlte, wie ihm der aus allen Richtungen heranwirbelnde Wind Sand ins Gesicht blies, wurde ihm klar, daß ein Unwetter heraufzog. Er nahm Clio auf den Arm und begann, auf einen felsigen Hügel zuzulaufen, an dem ihm ein dunkles Loch aufgefallen war. Vielleicht war es eine Höhle, und sie konnten dort unterschlüpfen, bis der Sturm vorüber war.

Clio wehrte sich heftig. Sie schlug mit den Fäusten auf seine Arme und trat ihn in den Bauch, wobei sie schrille Wutschreie ausstieß. Erschrocken über den ungezähmten Ausdruck in ihren Augen, setzte Kropor sie wieder ab. Den ganzen Tag über war sie friedlich neben ihm hergesprungen, aber jetzt lag wilde Erregung in ihrem Gesicht, als hätte sie sich plötzlich in ein anderes Wesen verwandelt. Sie schien ihn gar nicht zu erkennen, oder ihn auch nur zu sehen, ebensowenig wie alles andere um sie her. Ihr irrer Blick war auf etwas in weiter Ferne gerichtet, das außer ihr selbst niemand sehen konnte.

»Clio!« rief er heftig ihren Namen, in der Hoffnung, zu ihr durchzudringen, obwohl sie in ihrer Wildheit völlig entrückt schien. Sie reagierte nicht, fing aber an, auf die Klippen zuzulaufen, die vor ihnen lagen. Erschreckt hob er sie wieder hoch und klemmte sie sich unter den Arm, ohne auf ihre Schreie und das wilde Trommeln ihrer kleinen Fäuste und Füße zu achten. Er rannte in die Höhle hinein und setzte sie vorsichtig ab. Sobald ihre Füße den Boden berührten, wand sie sich aus seinen Händen und stürzte auf die Felsen hinaus. Er sprang mit angstklopfendem Herzen hinterher.

Da peitschte ihm plötzlich der Regen ins Gesicht, und er konnte nichts mehr sehen. In panischer Angst rieb Kropor sich die Augen, weil er nicht erkennen konnte, wo Clio hingelaufen war. Von einem Augenblick zum anderen war Clio genauso verschwunden wie damals, als er sie gefunden hatte. Jetzt schluchzte er vor Angst und rannte in den wütenden Sturm hinaus. Wie mühte er sich, vor den dunklen Klippen ihren schattenhaften Umriß zu erkennen. Es war schon fast Nacht, und wenn er sie nicht bald fand, würde er sie vielleicht nie mehr finden.

Sein Herz krampfte sich so schmerzhaft zusammen, daß er sich krümmte. Er durfte sie nicht verlieren, er konnte nicht auch noch Clio verlieren, wie er Ralak verloren hatte.

Hinter ihm prasselten Steine herab. Er schnellte herum. Dort war sie, oben auf dem höchsten Felsen, und tanzte und sprang und sah nicht, was vor oder hinter ihr war. Er erkannte genau, daß sie es nicht sah, weil ihre Augen nach innen gekehrt waren zu dem Dämon, der von ihr Besitz ergriffen hatte. Sie sah nicht die Abgründe zu allen Seiten, wußte nicht, daß die Steine vom Regen glitschig waren –

Kropor stürzte zu ihr, aber es war schon zu spät. Er sah, wie sie fiel, sah ihren kleinen Körper heruntertaumeln, als flöge sie. Sie landete auf den Felsen weiter unten und rührte sich nicht mehr.

17. Kapitel

Kropor stolperte mit Clio in den Armen durch den Wald. Er achtete nicht auf ihre wilden Schreie oder die unermüdlich auf seine Arme trommelnden Fäuste. In seinem Kopf war nur für einen einzigen Gedanken Platz: Er mußte zum Unterschlupf zurück, damit Zena Clio heilen konnte. Alle Liebe, die er für Ralak empfunden hatte, war auf ihre kleine Tochter übergegangen, und der Gedanke, sie auch noch zu verlieren, war unerträglich.

Nach ihrem Sturz hatte er Clio zu der Höhle getragen. Er hatte schreckliche Angst gehabt, weil sie sich nicht rührte, und zunächst sogar gedacht, sie sei tot. Dann hatte er gesehen, daß sich ihre Brust immer noch gleichmäßig hob und senkte, und da war ihm klar gewesen, daß sie noch lebte. Ganz hatte er der rhythmischen Bewegung dennoch nicht getraut und deshalb wie gebannt darauf gestarrt, als könne sie aufhören, nur weil er einen Moment fortsah. Schließlich hatte ihn die Erschöpfung gezwungen, sich ein wenig neben ihr hinzulegen, aber er hatte zur Sicherheit mit dem Gesicht an ihren Lippen geschlafen, genau wie in der ersten Nacht, damit er ihren Atem auf seiner Wange spüren konnte.

Sobald es hell genug war, hatte er sich wieder in aller Eile auf den Weg zum Unterschlupf gemacht. Und dabei hatte Clio plötzlich die Augen geöffnet und angefangen zu weinen. Er war überglücklich gewesen, daß sie Laute von sich gab, aber ihre Schreie griffen ihm ans Herz – und sie schrie immer noch.

Er sah in ihr verzerrtes Gesicht hinunter. Nie zuvor hatte er sie weinen gehört, und deshalb wußte er, daß sie schreckliche Schmerzen leiden mußte. Ihre Augen waren verschleiert, und die Lippen verzogen sich zu jämmerlichen Grimassen, besonders wenn er schneller lief. Es war grausam, Clio derart leiden zu sehen. Aber er mußte laufen und schnell Hilfe holen, damit sie nicht starb. Und deshalb hörte er einfach nicht mehr hin und lief immer weiter, daß ihm der Atem in der Kehle rasselte.

Es war schon dunkel, als er zu den Bäumen beim Unterschlupf kam. Er rief, aber es kam keine Antwort. Vielleicht war er noch zu weit weg, und sie konnten ihn nicht hören. Er ging weiter und rief wieder, aber noch bevor seine Stimme verklungen war, wußte er, daß sie fort waren. Aus der Lichtung drangen weder Gerüche noch irgendein Geräusch; kein Stimmengewirr, keine Ausdünstungen schlafender Körper.

Verzweifelt ließ Kropor die Schultern fallen. Die anderen waren fortgegangen, und er würde sie vielleicht nie mehr finden. Und dann würde Clio sterben. Genau wie Ralak.

Die Tränen stiegen ihm in die Augen, aber er war zu erschöpft, um zu weinen. Er ließ sich auf den Boden des Unterschlupfs sinken und legte Clio sanft neben sich nieder. Dann nahm er eine ihrer winzigen Hände und versuchte sie mit seinem Willen am Leben zu halten. Es blieb ihm nichts anderes zu tun übrig, bevor das Licht zurückkam. Dann konnte er nach Spuren Ausschau halten und den anderen zu folgen versuchen.

In dieser Nacht fuhr er zweimal panisch in die Höhe, weil er hörte, wie Löwen auf der Lichtung herumschnüffelten. Beim drittenmal steckte ein junger Löwe den Kopf in den Unterschlupf und schnupperte neugierig. Im hellen Mondlicht konnte Kropor sehen, wie sich in dem dichten Fell zwischen seinen glänzenden, gelben Augen vor Verwunderung eine Falte bildete. Dann machte der Löwe kehrt und trottete davon.

Kropor klopfte das Herz vor Angst. Wahrscheinlich hatten die Löwen die anderen vertrieben. Daß ein Löwe so nahe herankam, hatte er noch nie erlebt. Er nahm Clio in die Arme und traute sich nicht mehr, die Augen zu schließen, für den Fall, daß der junge Löwe noch frecher wurde und sie herauszog, während er schlief.

Als er sich schließlich herauswagte, um nach Spuren zu suchen, versteckte sich die Sonne noch immer hinter dem Horizont. Sogar bei dieser trüben Beleuchtung waren überall auf der Lichtung unzählige Abdrücke von Löwentatzen zu erkennen. Kropor schüttelte sich und starrte ängstlich ins Waldesdickicht. Er suchte angestrengt weiter und entdeckte schließlich Fußspuren, die nach Norden führten. Selbst als sich die Spuren im Wald verliefen, hatte er keine Schwierigkeiten zu folgen. Überall waren abgebrochene Zweige und niedergetrampeltes Gras, und wo die Erde weich war, auch wieder Fußabdrücke.

Diese Entdeckung wirkte so aufmunternd, daß er zu laufen begann. Die schwankenden Bewegungen, als er sich durch die schattigen Wälder schlug, rissen Clio aus dem Schlaf, und wieder mußte er die Ohren verschließen, um ihre schmerzgepeinigten Schreie nicht zu hören. Er mußte Zena und die anderen erreichen, bevor sie so weit weg waren, daß er sie überhaupt nicht mehr finden konnte.

Mitten in seinen Überlegungen überfiel ihn plötzlich ein weiterer Gedanke. Ralak hatte ihn gebeten, auf Clio aufzupassen, und er hatte versagt. Der Gedanke wollte ihn nicht mehr loslassen, er hämmerte im Rhythmus seiner Schritte auf ihn ein. Kropor lief schneller, um ihm zu entkommen, und rannte, bis die Sonne hoch am Himmel stand, aber dann wurde ihm klar, daß er sich einen Moment ausruhen mußte. Clio wehrte sich immer noch mit aller Kraft, und er glaubte nicht, daß er sie noch viel länger festhalten konnte.

Vorsichtig setzte er sie ab, voller Angst, daß ihr dies womöglich noch mehr weh tat. Aber sie hörte sofort auf zu brüllen. Sie stemmte sich gegen den feuchten Boden und versuchte aufzustehen. Ein Bein knickte unter ihr ein. Sie starrte Kropor hilflos an und jaulte laut auf vor Schmerz und Enttäuschung. Sie wollte so wie früher hinter ihm herlaufen, und es ging nicht mehr. Unter beschwichtigendem Gemurmel zog er sie in seine Arme, aber er hatte keinen Erfolg mit seinen Tröstungsversuchen.

Wieder schleppte er sich voran. Schließlich hörte Clio auf zu schreien, weil sie von der Anstrengung erschöpft war, und hing nur noch schlapp und reglos in seinen Armen. Kropor war erleichtert. Es war schon fast dunkel, und er war müde, so müde, daß es ihn große Überwindung kostete, noch einen Fuß vor den anderen zu setzen. Er wußte, daß er eigentlich haltmachen sollte, aber der Geruch der anderen wurde nun stärker, und er brachte es einfach nicht über sich, ausgerechnet jetzt aufzugeben.

Ein umgestürzter großer Baum versperrte ihm den Weg. Kropor kletterte mühsam darüber weg, und plötzlich roch es überall um ihn her ganz deutlich und unverwechselbar nach den anderen. Sie waren hier gewesen, alle, und zwar vor gar nicht langer Zeit. Er untersuchte den Boden und gab sich alle Mühe, trotz der Dunkelheit etwas zu erkennen. Ihre Füße hatten überall in der noch immer feuchten Erde Spuren hinterlassen. Aber da waren auch andere Abdrücke, und zwar von einem Leoparden. Er fröstelte. Wenn ein Leopard in dieser Gegend herumstrich, mußte er sich beeilen.

Angst und Aufregung weckten neue Kräfte in ihm, und sobald er den Wald hinter sich gelassen hatte, fing er an zu rennen. Diese unerwartete Bewegung weckte Clio auf, sofort setzte sie wieder zu weinen an. Ihre Schreie hallten durch die stille Nacht, immer und immer wieder, bis sie schließlich in ein anhaltendes, monotones Wimmern übergingen.

Da stieg Kropor plötzlich ein anderer Geruch in die Nase. Feuer! Er roch Feuer! Dort vorne mußten sie irgendwo sein. Er stolperte dem Geruch entgegen und hielt nicht einmal mehr an, als er sich heftig den Fuß vertrat. Seit zwei Tagen war er nun ununterbrochen gelaufen, ohne etwas zu essen. Jetzt wagte er nicht mehr, haltzumachen, aus Angst, er könne hinfallen und nicht mehr imstande sein, wieder aufzustehen.

Der Brandgeruch wurde stärker. Dann sah er das Feuer aus einer nahen Baumgruppe hervorleuchten. Im Licht der Flammen sprang eine Gestalt in die Höhe. Dann tauchte noch eine auf, und dann noch eine. Zu erschöpft, um auch nur zu rufen, lief Kropor auf sie zu, aber trotz seiner Benommenheit hörte er sie rufen. Sie riefen Clios Namen.

Das Feuer war jetzt direkt vor ihm, ganz nah. Kropor blieb stehen und streckte seine Arme mit dem Bündel nach vorn. Er merkte noch, daß er Clios Gewicht plötzlich nicht mehr spürte, als sie ihm das Kind aus den Armen nahmen, dann schwankte er und brach zusammen.

Um ihn her war alles in heller Aufregung. Er hörte Stimmen, fühlte, wie ihm jemand eine Kürbisflasche an den Mund hielt. Das lindernde Wasser lief ihm die Kehle hinunter und über das Gesicht. Dann drang ein anderes Geräusch zu ihm durch. Es war Clios Stimme. Sie rief ihn mit dem seltsamen kleinen Krächzer, den sie sich angewöhnt hatte, damit er wußte, daß sie ihn brauchte. Er kämpfte sich hoch und ging zu ihr. Sie nahm seine Hand und hielt sie ganz fest, wollte nicht wieder loslassen. Glücklich ließ Kropor sie gewähren. Jetzt bewegte sich jemand neben ihm, und er sah, daß Zena Clio untersuchte. Mit angstgeweiteten Augen blickte er Zena an, in der Hoffnung auf ein paar tröstende Worte.

»Es ist nicht so schlimm«, beruhigte sie ihn. »Das Bein ist gebrochen, und sie hat sich kräftig den Kopf angeschlagen. Aber sie wird es überleben.«

Kropor stieß einen tiefen Seufzer aus. Clio würde nicht sterben. Sie würde nicht fortgehen wie Ralak und ihn allein zurücklassen, ohne einen Menschen, den er lieben konnte. Zena hatte gesagt, daß sie leben würde, also war es so. Vielleicht hatte er sich am Ende doch als ihr Hüter erwiesen. Clios Hand noch immer in der seinen, legte er sich neben ihr zur Ruhe und rollte seinen großen, gedrungenen Körper beschützend um das winzige Kind.

Zena sah auf die beiden hinunter. Sie versuchte zu begreifen, was geschehen war. Irgendwie hatte Ralaks seltsames Junges Kropors Trauer aufbrechen können, so wie er in Clios Einsamkeit eingedrungen war. Nie zuvor hatte sie gesehen, daß Clio die Hand ausgestreckt oder gar nach jemandem gerufen hätte, und ebensowenig, daß Kropor irgend jemand außer Ralak voller Zärtlichkeit anblickte. Was war geschehen, daß sie einander so lieb geworden waren?

Lotan legte ihr die Hand auf die Schulter. »Du hattest recht«, gestand er mit tränenerstickter Stimme. »Die Große Mutter hat über Clio gewacht, und deshalb hast du Frieden gefühlt. Sie hat Clio zu Kropor gesandt, damit er auf sie aufpassen konnte.«

Zena nickte, dabei dachte sie, daß die Mutter wahrlich seltsame Wege ging. Aber dann erschienen unvermutet

Ralaks Züge vor ihrem geistigen Auge und löschten alle Gedanken an die Mutter aus. Zena sah Ralak, als stünde sie vor ihr. Sie lächelte, und in ihren Augen blitzte es schelmisch. Sie öffnete den Mund, um zu sprechen, und obwohl kein Laut herauskam, konnte Zena sie hören.

»Kropor brauchte jemanden, den er lieben konnte«, sagte sie. »Und Clio brauchte Hilfe. Also!«

Ralaks Gesicht verschwand wieder. Zena fing an zu lachen, und Lotan sah sie stirnrunzelnd an. Wie konnte sie in einem solchen Augenblick lachen?

Zena sah entschuldigend zu ihm hinüber. »Die Wege der Mutter können schon erstaunlich sein«, erklärte sie ihm, »besonders wenn Ralak ihr dabei hilft.«

Lotan sah nicht gerade überzeugt aus, aber er war so glücklich, Clio wiederzusehen, daß er schon bald an nichts anderes mehr dachte. Er sah auf das schlafende Kind hinunter. Zena hatte ihr einen Saft aus Heilkräutern zu trinken gegeben, um sie zu beruhigen und die Schmerzen zu lindern. Sie war über und über blutig und zerkratzt und roch wie ein Tier. Lotan rümpfte die Nase. Clio haßte es, gewaschen zu werden, aber er würde es wohl trotzdem tun, sobald es wieder hell wurde. Sie roch allzu streng.

Zwei Tage blieben sie noch in der Gegend, damit Zena Clios Bein behandeln und Kropor neue Kraft schöpfen konnte. Es hatte sowieso keiner Lust weiterzuziehen. Clios und Kropors wundersame Rückkehr regte sie alle viel zu sehr auf. Sima nahm Clio trotz ihrer Proteste immer wieder in die Arme, und Toro warf Kropor sehnsuchtsvolle Blicke zu. Sie entfernten sich auch einmal, um sich zu paaren, aber Kropor blieb nicht lange, dann kehrte er wieder an Clios Seite zurück. Trotzdem machte Toro ein glücklicheres Gesicht als in der ganzen Zeit, seit Kropor verschwunden war.

Am dritten Tag waren sie schließlich zum Aufbruch bereit. Kropor nahm Clio auf den Arm. Ein paar Stunden lang ließ sie es auch zu, dann begann sie wieder zu strampeln, weil sie herunter wollte. Ihr Bein war geschient, sie wollte laufen. Kropor versuchte sie zu beruhigen, aber sie wehrte sich nur noch stärker und schrie dazu wie wild. Als er sie schließlich nicht mehr länger halten konnte, setzte er sie betreten ab.

Zena betrachtete Clio voller Verzweiflung. Ihre innere Unruhe hatte sich ständig gesteigert, seit ihre Reise so unterbrochen worden war, und jetzt hatte sie es wirklich eilig weiterzukommen. Mußten sie etwa ausharren, bis Clios Bein geheilt wäre? Es mußte doch eine Möglichkeit sie zu tragen geben, die ihr nicht soviel ausmachte.

In der Hoffnung auf eine Eingebung sah sie sich gründlich um. Da fiel ihr Blick auf Dreibein. Clio liebte sie, wie sie alle Tiere liebte. Vielleicht würde sie auf dem Rücken der Gazelle sitzen bleiben. Dreibein war jetzt sehr kräftig und groß genug, ein so kleines Kind wie Clio zu tragen. Aber würde die Gazelle sie auch auf ihrem Rücken dulden?

Sie führte Dreibein zu Clio und ließ das Kind über ihr weiches Fell streicheln, was es sowieso gern tat. Dann legte sie der Gazelle eine Leine um den Hals und gab sie Sima in die Hand.

»Halt sie ruhig«, befahl sie. Sima nickte zuversichtlich. Dreibein hatte sich inzwischen angewöhnt, ihr auf dem Fuß zu folgen, so wie einst Zena, und Sima schaffte es immer, sie zur Ruhe zu bringen.

Mit behutsamen Bewegungen nahm Zena Clio auf und setzte sie der kleinen Gazelle so auf den Rücken, daß zu jeder Seite ein Bein herunterhing. Dreibein tänzelte nervös, aber Sima rieb ihr die Nase und gab beruhigende Laute von sich, bis sie wieder stillstand.

Clio saß völlig verkrampft da. Sie riß erstaunt die Augen auf, und ihr Gesicht lief rot an, als wollte sie jeden Moment losbrüllen. Aber dann wurde es kein Schrei, sondern ein Lachen. Es war zwar nur ein leises Krächzen, aber die anderen wußten, daß sie lachte, weil es in ihren ausdruckslosen Augen auf einmal fröhlich aufleuchtete. Ja, jetzt war sie ein Teil von einem Tier! Sie konnte es berühren, wann immer sie wollte, und es würde nicht davonlaufen! Die anderen schüttelten entgeistert den Kopf. Nur Kropor sah besorgt aus und stellte sich neben Clio auf, damit er sie auffangen konnte, falls sie herunterfiel. Aber Clio hatte nicht die Absicht, ihre neue Stellung so schnell wieder aufzugeben, und hielt sich gut fest. Sie ritt auf Dreibein, als ob sie dorthin gehörte, und die Begeisterung ließ sich an ihrem ganzen Körper ablesen.

Die kleine Prozession setzte sich wieder in Gang. Zena und Bran gingen vorneweg und gaben die Richtung vor. Dann kam Sima mit Dreibein an der Leine, Clio obenauf und Kropor dicht daneben. Um sie herum scharten sich Nyta, Toro und Metep, die die Kleinen trugen, und Lotan und Lupe wachten am Ende.

So ging es jeden Tag ein Stück voran. Bei Morgengrauen, wenn die Luft noch kühl und frisch war, brachen sie auf und marschierten, bis die Sonne hoch am Himmel stand. Während der heißesten Stunden des Tages suchten sie sich ein schattiges Plätzchen unter einem der ausladenden Bäume, die vereinzelt in der Ebene aufragten, dann zogen sie weiter bis zur Abenddämmerung und sammelten im Gehen die Nahrung für die nächste Mahlzeit. Nachts krochen sie bei einer Baumgruppe oder zwischen ein paar Felsen unter und entzündeten zum Schutz ein Feuer. Sie hatten Brennstöcke dabei, aber es war dennoch sehr beruhigend zu wissen, daß sie, selbst wenn ihnen alle Stöcke ausgingen, ein neues Feuer machen konnten. Wo immer sie entlangkamen, hielten sie nach den Steinen Ausschau, die Funken sprühten, und verwahrten sie in ihren Körben.

Nur zweimal machten sie für mehr als ein paar Stunden oder eine Nacht halt. Beim erstenmal wurden sie durch Dreibein aufgehalten, die eine Gazellenherde entdeckt hatte. Während der langen Zeit im Wald hatte sie nie andere Gazellen gesehen, und Zena hatte schon geglaubt, daß sie sie vergessen hätte. Aber das war ein Irrtum. Als Dreibein die Herde erst einmal entdeckt hatte, war sie nicht mehr zu halten. Sie kämpfte sich von Sima, die die Leine hielt, frei, machte einen Satz nach vorn und warf Clio ab. Zum Glück war Kropor in der Nähe und fing das Kind auf, bevor es auf den Boden fiel. Clio schrie auch so schon ganz empört. Das war ihr Sitz, und er sollte nicht weglaufen.

Aber Dreibein war nicht zu bändigen. Die Leine noch immer hinter sich herziehend, verschwand sie zwischen den Gazellen. Später sah Zena, wie sie sich paarte, und dachte erstaunt darüber nach, wie mächtig dieser Impuls doch war. Die Paarung hatte Dreibein zu der Herde hingezogen, nicht etwa das Bedürfnis, unter ihresgleichen zu sein.

Sie warteten den ganzen nächsten Tag und auch den danach und hofften, daß die Gazelle zurückkehren würde wie sonst auch. Und gerade als sie sich am zweiten Tag zur Ruhe legen wollten, kam sie tatsächlich wieder angetrippelt, als sei nichts geschehen. Zena band sie fest, damit sie nicht noch einmal fortlaufen konnte, aber das Paaren schien sie befriedigt zu haben, und sie machte keinen Versuch, wieder zu der Herde zu laufen.

Das zweite Mal mußten sie unterbrechen, weil Nytas Kind geboren wurde. Es war eine leichte Geburt, und Nyta mußte nicht leiden, aber Zena wußte sofort, daß mit dem Kind irgend etwas nicht stimmte. Der winzige Junge hatte einen unförmigen Kopf, und seine Glieder waren nicht vollständig ausgebildet. Viel schlimmer aber war, daß er anscheinend Schmerzen hatte. Sein hochrotes Gesichtchen war qualvoll verzerrt, und er schnappte nach Luft.

Traurig legte sie ihn Nyta in den Arm. Beim Anblick ihres Neugeborenen strömten der älteren Frau die Tränen übers Gesicht, aber sie erholte sich schnell und gab es Zena zurück.

»Er leidet«, flüsterte sie, noch immer geschwächt von der Geburt. »Wir müssen ihn zur Großen Mutter zurückschikken. Er kann nicht überleben, aber wir dürfen ihn nicht leiden lassen.«

Zena nickte. Das Baby zärtlich in der Armbeuge wiegend, legte sie ihm die andere Hand über Mund und Nase, bis es zu atmen aufhörte, genau wie sie es vor langer Zeit einmal bei Kalar gesehen hatte, als auch ein Kind wie dieses geboren worden war. Es war unverzeihlich, ein Kind leiden zu lassen. Das war nicht der Weg der Mutter.

»Große Mutter, Spenderin allen Lebens, nimm dieses Kleine wieder zu dir. Wir haben ihn geliebt, obwohl er nicht einmal einen Namen hat, und unsere Liebe begleitet ihn.

Nyta hat ihn mehr als alle anderen geliebt, weil sie ihn viele Monde unter dem Herzen getragen hat. Nun ist er wieder bei dir und muß nicht mehr leiden. Dafür sind wir dankbar.«

Die anderen versammelten sich um sie, als sie das tote Kind in eine Felsspalte legte und mit Zweigen bedeckte. Es war traurig, ein Kind zu verlieren, aber ein Kind zu behalten, das litt und ohnehin nicht überleben würde, war falsch. Die weise Frau mußte einem solchen Kind helfen, so schnell wie möglich zur Mutter zurückzukehren, und sie waren froh, daß Zena bei ihnen war und wußte, was zu tun war.

Als Nyta sich wieder kräftig genug fühlte, nahmen sie ihre Wanderschaft wieder auf. Sie kamen langsam, aber stetig voran, die aufgehende Sonne immer rechts, die untergehende zu ihrer Linken, wie Zena es in ihrer Vision gesehen hatte. Als sie Clio dann eines Tages auf ihren Thron hob, bemerkte Zena erstaunt, daß Dreibeins Bauch sich zu wölben begann. Konnte die Mutter ihr wieder ein Junges geschenkt haben? Schon einmal hatte sie, nicht lange, nachdem sie verschwunden war, ein Kalb geboren, aber das Kleine war zu schwach gewesen und nach wenigen Stunden gestorben. Dreibein hatte den ganzen Tag darüber gestanden, als trauerte sie. Aber dann hatte sie es anscheinend vergessen und war zu Zena zurückgekommen.

Zena kam es seltsam vor, daß immer dann ein Kalb in Dreibein zu wachsen schien, wenn sie kurz vorher zu anderen Gazellen gelaufen war. Konnte das Paaren etwas damit zu tun haben? Die Große Mutter hatte ihr selber auch ein Junges in den Leib gelegt, nachdem sie sich zum erstenmal mit Lotan gepaart hatte. Aber das ergab keinen Sinn. Was sollte das Paaren mit Kindern oder Kälbern zu tun haben?

Zena gab sich alle Mühe, das Rätsel zu lösen, aber es kam ihr keine Erleuchtung, und so hörte sie nach einer Weile auf, darüber nachzudenken. Ihre Aufmerksamkeit wurde von naheliegenderen Fragen in Anspruch genommen, denn das Land wurde immer trockener, der Weg beschwerlicher. Aber so ganz ließ sie die Frage doch nicht los. Die Möglichkeit, daß es zwischen Jungen und der Paarung irgendeinen

Zusammenhang gab, setzte sich an der Schwelle zu ihrem Unterbewußtsein fest, als wartete sie auf den Tag, an dem sie es ganz verstehen würde.

II

Vor fünfzehn Millionen Jahren brodelten Tonnen von flüssigem Gestein im glühenden Schoß der Erde, bis schließlich zwei große Landmassen auf der Erdoberfläche davon auseinandergetrieben wurden. So entstand das Große Ostafrikanische Grabensystem. Der Ostafrikanische Graben war länger und breiter als jedes andere Tal auf der Erde; er bestimmte die Landschaft ringsum und beeinflußte alles Leben im Osten Afrikas.

Die unvorstellbar heiße, flüssige Masse ergoß sich triumphierend in den riesigen Trog, den sie so unermüdlich geschaffen hatte. Aber der Triumph währte nicht lange, denn als die Lava mit der Luft in Berührung kam, kühlte sie ab, erstarrte, schrumpfte und zerbrach in Stücke, so daß noch mehr flüssige Glut hindurchströmen konnte, die wiederum abkühlte und erneut brach. Immer und immer wieder floß Lava nach, erstarrte und brach auf, bis das ganze Land nur noch eine Anhäufung gigantischer Schollen war.

Wie von Riesenhand gespalten, wurden einige der großen Stücke in die Löcher geschleudert, die beim Ausbruch der Lava zurückgeblieben waren. Sie stürzten in Tiefen, die unterhalb des Meeresspiegels lagen und bildeten ausgedehnte, unerträglich heiße Wüstengebiete. Äonen vergingen, und das Meer bedeckte die Stellen, an denen die Erde abgesunken war; dann zog es sich langsam wieder zurück. Darunter kamen weite grau-weiße Flächen und riesige Salzgebilde zum Vorschein, die aussahen wie schaumgekrönte Wellen, die abebbend zu Stein geworden waren. Brackwassergräser schimmerten im Sonnenlicht, und dazwischen schossen gurgelnde heiße Quellen auf, die jedem den Tod brachten, der sich dazu verleiten ließ, aus ihnen zu trinken.

Zu beiden Seiten der in der Hitze brütenden Ebene stiegen feuerglühende Felsen in den Himmel und formten sich zu Hochplateaus und zackigen Gipfeln, die so schwarz waren wie die Lava, aus der sie entstanden waren. Dann strömten Flüsse zwischen den einzelnen Plateaus herab und höhlten so steile Böschungen aus, daß keine Pflanze an ihnen Wurzeln schlagen konnte. Im selben Maße wie die Erosion voranschritt, wurden diese Böschungen steiler, bis schließlich Abgründe von mehr als tausend Meter Tiefe es allen Tieren außer den Vögeln unmöglich machten, von einem Plateau zum anderen zu gelangen. Vom Talboden aus aber waren die Hochebenen erreichbar. In sanfter Neigung stiegen sie von dort in die Höhe, üppig grünten Büsche und Bäume an ihren sanften Hängen und lockten den unvorsichtigen Wanderer zu sich herauf. Aber es war ein trügerisches Versprechen, weil das Land sich schon bald wieder auftat und einmal mehr in der Tiefe nichts zu sehen war als ein bodenloser Abgrund, den man nicht überqueren konnte.

Über allem ragten die Berge auf und thronten über der Landschaft. Einige waren so hoch, daß dort nur wenige Tiere richtig atmen konnten, wenn sie es denn bis oben hin geschafft hatten. Andere hatten kesselförmige Gipfel und spuckten Rauch und Feuer, das in der glutschweren Hitze flimmerte. Einst hatten die Vulkane unter Wasser geraucht und ihre Glut hervorgeschleudert, und das Meer hatte ihre Spitzen im Laufe der Zeit glattgeschliffen. Sie glühten noch immer, und wenn der Druck des flüssigen Gesteins gegen die erstarrte Hülle kräftig genug war, explodierten sie. Dann folgten Erdbeben und Feuersbrünste, Überschwemmung und Trockenheit, bis nur noch Berge von rauchendem Schutt und durcheinandergestürzten Felsblöcken übrig waren oder große, von schwarzer Lava bedeckte Weiten und endlose Sandwüsten, auf denen nichts wachsen wollte.

Manchmal allerdings traten mitten in all der Verwüstung dieser lebensfeindlichen Umgebung Inseln von überirdischer Schönheit zutage, an denen Blumen und Bäume und selbst Vögel und Tiere gediehen und sich zahlreicher vermehrten als je zuvor. Ein solcher Ort lag am nördlichen Rand des Tales, das Zena und ihr Stamm durchquerten, doch war diese Oase ebenso schwer zu erreichen wie alle anderen. Wüsten und rauchende Berge versperrten ihnen den Weg, und immer wieder kamen sie an unüberwindbare Abgründe, die das zerklüftete Land durchzogen.

Zena starrte in einen solchen Abgrund hinunter und erkannte, daß sie nicht weiterkonnten. Sie hatten endlich die Hochebenen und die rauchenden Berge erreicht, die sie in ihrer Vision gesehen hatte. Es war ihr aber nicht offenbart worden, wie trostlos es zwischen den Hochplateaus war. In dem brütend heißen grau-weißen Tal unter ihr konnte nichts am Leben bleiben außer den Geiern, die in endlosen Schleifen ihre Kreise zogen. Es gab auch kein Wasser, nur blasige Quellen, in denen es nach Verwesung stank, und brackige Tümpel, die den gleichen unverwechselbaren Geruch ausströmten. Lotan hatte sich der beiden Männer erinnert, die auf so grausame Weise gestorben waren, und sie davor gewarnt.

Um der schrecklichen Hitze und Trockenheit zu entgehen, hatten sie sich, auf der Suche nach einer besseren Route, an der es Wasser gab und Nahrung und vor allem Schutz vor der Hitze, zu zahllosen Plateaus hochgeschleppt. Zena glaubte nicht, daß sie weitergehen konnten, ohne durchs Hochland zu ziehen, aber jedesmal waren sie wie jetzt auch wieder an einem Ort gelandet, wo der Erdboden zu allen Seiten hin abfiel und sie nur noch hilflos in einen bodenlosen Schlund starren konnten. Dann waren sie jedesmal auf dem gleichen Weg zurückgegangen, den sie gekommen waren, und hatten sich schon innerlich gegen die sengenden Luftmassen gestählt, die ihnen bald wieder Gesichter, Füße und Lungen ausdörren würden.

Entmutigt machte Zena kehrt, um ein weiteres Mal zurückzugehen. Sie bewegte sich nur langsam, weil das Kind in ihr inzwischen groß geworden war und auf ihre Beine drückte. Die anderen folgten geduldig, aber sie sah die Erschöpfung in ihren Gesichtern und hörte ihre keuchenden Atemzüge und unterdrückten Seufzer. Zum erstenmal fragte sie sich, warum sie sie hierher gebracht hatte, warum sie überhaupt je losgezogen waren und ob sie wohl überleben würden. Die Savanne, die sie hinter sich gelassen hatten, schien ihr plötzlich unendlich verlockend.

Die Hitze traf sie wie eine Wand, sobald sie den fahlen Boden auf dem abgesunkenen Grund des Tales betraten. Sie lastete auf der Haut und sog auch den letzten Tropfen Feuchtigkeit aus ihren Körpern. Zena entdeckte einen schmalen Schattenstreifen unter einem überhängenden Felsvorsprung und führte sie dorthin. Doch auch hier gab es kein Entkommen vor dem blendenden Licht der Sonne und der sengenden Hitze auf ihren Schultern. Die Luft glühte so sehr, daß sie hecheln mußten, um sie zu kühlen, bevor sie in ihre Lungen eindrang.

Da fiel ihr Blick auf ein paar Büsche weiter vorn. Vielleicht trugen sie Beeren. Sie brauchten den Saft darin noch nötiger als die Beeren gegen ihren Hunger.

Aber die Büsche gerieten plötzlich in seltsame Bewegung. Im Näherkommen merkte sie, daß sich hinter ihnen etwas bewegte. Es sah aus, als seien es Köpfe von Lebewesen, wie sie es waren – nur waren sie nicht wie sie. Sie hatten eine fliehende Stirn und kräftige Kinnladen wie die Großen, aber sie waren kleiner, viel kleiner. Ihre Gesichter starrten vor Dreck, und sie waren völlig ausgemergelt.

Mit Stöcken oder Steinen bewaffnet, traten sie hinter den Büschen hervor. Es waren viele, und Zena fürchtete sich vor dem wilden Ausdruck in ihren Augen. Sie kamen auf sie zu und starrten hungrig auf die Körbe, die Kürbisflaschen, auf Dreibein und auch auf die Kinder.

»Nehmt die Jungen nach hinten«, befahl sie leise. Vielleicht wollten diese Wilden gar nichts Böses, aber es sah nicht so aus. Sie bewegten sich wie Leoparden auf der Pirsch.

Dreibein galoppierte in heller Aufregung über dieses raubtierähnliche Gebaren davon und kletterte die steile Böschung hoch. Ohne Clio auf dem Rücken, deren Bein gut genug verheilt war, daß sie wenigstens zeitweise selbst laufen konnte, kam sie schnell voran. Noch bevor die Wilden Steine in ihre Richtung schleudern konnten, war sie schon nicht mehr in Sicht, und Zena war froh darüber. Diesmal hatten sie kein Trockenfleisch, das sie im Tausch anbieten konnten.

»Stöcke und Steine. Schnell!« Bran sprach mit fester Stimme, aber es klang beunruhigend drängend. Er ließ das größte der Männchen nicht aus den Augen.

Die Wilden kamen näher und zeigten auf den Korb an Nytas Arm. Grunzend streckte einer von ihnen die Hand aus, um ihn sich zu nehmen.

»Geben wir ihnen einen?« schlug Zena vor und sah Bran fragend an. Der nickte und streckte seinen eigenen Korb vor. Das größte Männchen schnappte danach, preßte ihn fest vor die Brust und machte sich schnell davon. Die anderen liefen nicht hinterher, sondern rückten weiter vor und versuchten, ihnen noch mehr Körbe wegzunehmen. Einer griff sich eine Kürbisflasche und schüttelte sie. Als Wasser herausspritzte, machte er ein verdutztes Gesicht. Jetzt versuchten auch die anderen, so eine Flasche zu fassen zu bekommen. Dabei gaben sie gutturale Drohlaute von sich und streckten begehrlich und fordernd die Hände aus.

Zena ergriff eine solche Angst, daß ihr einen Moment lang schwindlig wurde. Die Wilden würden sich nicht mit einem Korb zufriedengeben, auch nicht mit zweien. Sie wollten alle Körbe und alle Flaschen. Doch wenn sie ihnen diese überließen, würde ihr Stamm keine Nahrung und kein Wasser mehr haben. Ohne Wasser konnten sie nicht überleben.

Einer der Wilden zeigte auf Sima. Er ergriff sie am Arm und versuchte sie von der Gruppe fortzuzerren. Schnell zog Zena Sima wieder zurück und stellte sich schützend vor sie. Da griff der Wilde statt dessen nach Clio. Kropor knurrte und holte mit seinem Stock aus. Er traf das Männchen genau auf den Kopf, so daß es zu Boden sackte. Die anderen rückten grollend noch näher.

»Lauft! Nehmt die Jungen und lauft!« Bran wirbelte noch im Rufen herum und schwenkte seinen Stock mit aller Kraft hin und her, damit die Wilden zurückwichen und die anderen entkommen konnten. Kropor half ihm und schwang seinen blutigen Stock, und Lotan stand gleich dahinter, bereit, auf jeden Wilden einzuschlagen, der sich nur zu rühren wagte.

In blindem Gehorsam riß Zena Sima mit, klemmte sich die schreiende Clio unter den Arm und rannte davon. Die anderen Frauen folgten mit ihren verängstigten Kindern. Sobald sie außer Sichtweite der Wilden waren, versteckte Zena sie in einem dichten Gestrüpp und lief schwerfällig zurück, um nachzusehen, wie es den Männern erging.

Noch bevor sie am Schauplatz angelangt war, hörte sie schon das schreckliche Geräusch von Stockschlägen, die auf Fleisch prasseln. Plötzlich roch es nach Feuer, und im gleichen Moment wurde es still. Dann hörte sie Schreie und Fußtrappeln. Zena rannte so schnell sie konnte. Sie mußte wissen, was da vor sich ging.

Als sie näher kam, sah sie, daß die Büsche in Flammen standen. Erstaunt hielt sie inne. Warum brannten sie? Die Wilden aber liefen einfach davon, flohen, als hinge ihr Leben davon ab. Ringsumher lagen Körbe und Flaschen auf dem Boden verstreut. Bran und die anderen Männer standen mit offenen Mündern da und staunten. Plötzlich drehte sich Bran zu Lupe um und umarmte ihn.

»Du hast sie in die Flucht geschlagen!« rief er aufgeregt. »Das Feuer hat sie vertrieben, nicht unsere Stöcke!«

Lupe war ganz begeistert über das Lob und umarmte ihn auch. Mit seinen acht Jahren war er noch zu klein, um gegen die Wilden zu kämpfen, aber er hatte auch nicht davonlaufen wollen wie die anderen Kinder. Statt dessen hatte er überlegt, ob er etwas tun konnte, was half. Trotz der Hitze hatte er schon den ganzen Tag einen Brennstock mitgeschleppt, und als er sah, daß die Wilden Bran angriffen, hatte er ihn in das Gebüsch geworfen, um sie abzulenken. Das Gestrüpp war strohtrocken und ging sofort in Flammen auf. Die Wilden hatten erst auf das Feuer gestarrt, dann auf den Stock, der den Zauber bewirkt hatte, und dann waren sie weggelaufen, so rasch sie konnten.

»Wir müssen schnell hier weg, solange sie sich noch fürchten«, sagte Bran, während er schon die Körbe und Flaschen einsammelte.

Zena nickte abwesend. In ihrem Kopf schwirrte es vor Fragen. Bran und die anderen Männer hatten so gierig ausgesehen, als sie den Wilden entgegengetreten waren. So als freuten sie sich auf den Kampf. Auch Frauen kämpften, besonders wenn ihre Jungen in Gefahr waren, aber sie hatte nie diese Begierde in ihren Gesichtern gesehen oder gar selbst gefühlt. Warum waren Männer so anders?

Noch immer mit ihren Gedanken beschäftigt, kletterte sie seitlich die Böschung hinauf, um sich nach Dreibein umzusehen, und fand sie friedlich grasend im saftigen Gras, das auf den Anhöhen üppig wuchs. Die anderen drängten ihr nach. Sie waren froh, sowohl der drückenden Hitze als auch den Wilden zu entkommen.

Im Gegensatz zu den anderen Hochebenen schien diese hier nach Norden zu führen, stellte Zena hoffnungsvoll fest. Vielleicht konnten sie hier weiterkommen. Aber ihre Hoffnungen zerstoben, als sie die zerklüfteten Felsen sah, die sich am nördlichen Rand wie eine Mauer erhoben und den Weg versperrten. Selbst wenn sie die Klippen vielleicht noch bewältigen konnten, die Erde dahinter würde sicher wieder ins Bodenlose fallen, so daß sie unmöglich weiterkonnten.

Zu ausgelaugt, um noch eine weitere Enttäuschung zu verkraften, konzentrierte sie sich nun darauf, einen Schlafplatz ausfindig zu machen. Auch wenn sie auf diesem Plateau nicht weiterkamen, so konnten sie doch wenigstens die Nacht hier verbringen. Nach all den Nächten, in denen sie die erbarmungslose Hitze hatten ertragen müssen, würde es geradezu herrlich sein, ein wenig zu frösteln.

Lotan entdeckte unter einem der steil überhängenden Kliffs eine Felsansammlung mit einer Öffnung vorne, in der sie ihr Feuer anzünden konnten. Zena war erleichtert, es war ein guter, sicherer Platz. Sie brauchten das Gefühl der Sicherheit nach ihrem furchterregenden Abenteuer.

»Mir haben die Wilden leidgetan«, meinte Sima später, als sie um das Feuer herum saßen. »Sie sahen so hungrig aus, und die Jungen hatten nichts auf den Knochen. Aber ich habe mich auch vor ihnen gefürchtet. Sie blickten so grimmig.«

»Es wundert mich, daß sie nicht hier oben leben, statt unten in dem heißen Tal«, bemerkte Lotan.

»Vielleicht wissen sie nicht, wie man etwas anders machen kann«, entgegnete Zena. »Möglicherweise hat die Große

Mutter nicht allen die Gabe geschenkt, sich neue Wege auszudenken, um Nahrung zu finden oder einen anderen Ort zum Leben. – Mir haben sie auch leid getan«, fügte sie dann hinzu. »Besonders die Jungen. Trotzdem, sie hätten uns alle Nahrung und alles Wasser und auch all unsere Geräte weggenommen, wenn Bran und Lotan uns nicht so gut beschützt hätten. Und Lupe, der sie mit dem Feuer verscheucht hat. Wir verdanken es euch«, sagte sie und sah jeden von ihnen einen Moment lang an, »jedem einzelnen von euch, daß wir jetzt hier in Sicherheit sind. Ihr wart sehr mutig. Man braucht großen Mut, um gegen solche Wilden zu kämpfen. Ich danke euch, und auch die Mutter dankt euch.«

»Deine Aufgabe ist es, uns zu führen«, antwortete Bran, »aber ich habe die Aufgabe, den Stamm zu beschützen. Es ist gut, daß Kropor zurückgekommen ist«, fügte er dann hinzu. »Vielleicht müssen wir wieder mit Wilden kämpfen.« Er sah hochzufrieden aus bei diesem Gedanken und hob die geballte Faust, als wolle er zuschlagen.

Zena zog die Augenbrauen hoch. Sie fragte sich, wie man sich auf eine solche Begegnung auch noch freuen konnte. Dann machte sie ganz runde Augen. Sie hatte verstanden. Darum hatte die Mutter die Männchen gemacht, wie sie waren. Sie mußten aggressiv sein, damit sie gern kämpften, wenn es nötig war, sonst konnte ein ganzer Stamm ausgerottet werden. Ihre Angriffslust war nur dann schädlich, wenn sie das Maß überstieg oder zu leicht ausbrach. Ralak hatte es einmal gesagt: Männer hatten zuviel von der rauhen Erdkraft in sich. Kropor war so gewesen, bis Ralak ihm geholfen hatte, sich zu ändern.

Sie seufzte, froh, daß sie dieses Rätsel endlich gelöst hatte. Aber gleichzeitig war sie sich mehr denn je ihrer Verantwortung bewußt. Es kam darauf an, daß die weise Frau stark war, hatte Kalar oft gesagt, weil sie dann den Männern helfen konnte, ihre Angriffslust zu zügeln, damit der Stamm in Frieden leben konnte. Sie durfte das nie vergessen.

Zena legte sich mit den anderen schlafen, aber ihr Geist wollte nicht zur Ruhe kommen. Es mußte eine höhergelegene Route geben; in ihren Visionen hatte sie sich durch ein fruchtbares, grünes Tal wandern sehen, nicht durch eine bedrohliche, wasserlose Wüste. Es war wichtiger denn je, dieses Tal zu finden. Bran machte es vielleicht nichts aus, noch einmal seine Kräfte mit den Wilden zu messen, aber Zena hatte nicht die Absicht, ein solches Risiko einzugehen.

Sie öffnete der Großen Mutter ihre Seele und lauschte angestrengter denn je. Aber es kam keine Botschaft. Nur ein schreckliches Gefühl der Unruhe, als wäre etwas nicht in Ordnung, und dahinter doch noch ein Gefühl der Hoffnung. Es würde also etwas Schlimmes passieren, und dann würde es irgendwie eine Lösung geben. Damit mußte sie sich zufriedengeben.

Später in der Nacht erwachte sie, und jetzt war sie sicher, daß etwas ganz und gar nicht in Ordnung war. Es lag in der Luft, in der Erde, überall um sie her. Sie glitt aus dem Unterschlupf und starrte in die mondhelle Nacht hinaus. Es war alles wie immer. Die Sterne standen am Himmel, kein Lüftchen regte sich, nichts wies auf ein nahendes Unwetter hin. Allerdings sahen die Wolken anders aus als sonst. Schwer lastend und mit schwarzen Rändern zogen sie dahin, als gehöre der Himmel ihnen. Mit unglaublicher Geschwindigkeit wurden es immer mehr, und noch während sie so hinsah, verdeckten sie alle Sterne, die sie eben noch gesehen hatte. Bald schimmerte nur noch die Sichel des zunehmenden Mondes hindurch und verlieh ihnen einen unnatürlichen, bedrohlichen Glanz.

Zena wandte sich ab. Da sah sie, daß hoch über den Klippen ein einziger Stern übriggeblieben war. Es war der hellste von allen, der immer nach Norden zeigte. Sie starrte hinauf, als suchte sie seine Zustimmung zu der Reise, zu der sie den Anstoß gegeben hatte. Wenn dieser Stern immer noch dort war, um sie zu leiten, dann würden sie es vielleicht auch schaffen, trotz aller Mühen und Entbehrungen, die hinter ihnen lagen und noch kommen mochten.

Da wurde sie auf einen anderen Lichtschein weiter westlich aufmerksam. Sie hatte jetzt schon seit Tagen den rauchenden Berg beobachtet, weil sie erwartete, daß er bald explodieren würde. Sie hielt die Entfernung für groß genug, daß er ihnen nicht schaden konnte, aber Sorgen machte sie sich trotzdem. Jetzt schossen Rauch wie auch Flammen aus seinem kesselförmigen Gipfel. Wahrscheinlich war die drohende Explosion der Grund für ihr Unbehagen, dachte sie jetzt – aber das kam ihr auch noch nicht richtig vor.

Plötzlich schnellten glühende Gesteinsbrocken in den Himmel und sausten in weitem Bogen zur Erde nieder. Zena konnte nicht sehen, wo sie aufprallten, aber mit Sicherheit würde an diesen Stellen Feuer ausbrechen, Flammenmeere, die so heiß und verzehrend waren, daß nichts ihnen entkommen konnte. Sie zitterte heftig. Wie gut, daß sie so weit entfernt waren.

Sie schnellte herum, als sie hinter sich etwas hörte. Dreibein kam aus dem Unterschlupf geprescht und galoppierte in wilden Sprüngen den Berg hinunter. Clio stürzte als nächste heraus, aber Zena glaubte nicht, daß sie hinter der Gazelle her war oder sonst etwas wahrnahm. In den Augen des Kindes funkelte es wilder, als Zena es je zuvor gesehen hatte.

Die Angst kroch ihr den Rücken hoch. Da war tatsächlich etwas nicht in Ordnung. Und sie war nicht die einzige, die es fühlte. Dreibein fühlte es, und auch Clio ... Clio, die der Erdkraft so nahe war.

Jetzt erschien Kropor. Er rieb sich die Augen. Hinter ihm begann ein Kind zu wimmern, dann stimmte ein anderes ein, und in kürzester Zeit weinten sie alle miteinander. Kropor achtete nicht darauf. Er griff sich Clio, bevor sie davonlaufen konnte, band ihr eine dicke Schnur um die Mitte und lief hinter dem tanzenden und hüpfenden Kind her. Er machte es jetzt immer so, wenn der Mond sie rief oder wenn ein Unwetter aufzog, um sie davor zu bewahren, daß sie sich wieder verletzte. Aber es war kein Vollmond, und es kam auch kein Unwetter.

Da erzitterte der Boden unter Zenas Füßen. Dann wieder, und wieder, und plötzlich wußte sie es. Das war es also, was sie gefürchtet hatte.

»Raus!« schrie sie. »Fort von den Felsen!« Sie stürzte auf den Unterschlupf zu. Bran und Lotan und die anderen waren schon dabei, die Kinder herauszuzerren.

»Runter«, brüllte Bran. »Zu den Weiden unten, da ist es am sichersten.«

Binnen Sekunden saßen sie alle außer Kropor und Clio zusammengekauert in einer kleinen Senke weit unterhalb der Klippen. Sie hatten es gerade noch rechtzeitig geschafft, denn jetzt erschütterte ein weiterer, noch kräftigerer Stoß den Erdboden. Hinter ihnen stürzten Felsen um, und Staub und Geröll regneten auf ihre Köpfe herab. Die Erde schien anzuschwellen und dann ganz plötzlich in sich zusammenzufallen und rollte sie mal hierhin, mal dorthin. Zena wurde mit voller Wucht gegen Toro geworfen, aber als sie die Hand nach Sima ausstreckte, die sich an sie gekuschelt hatte, war sie nicht mehr da. Inzwischen verdeckten die schweren Wolken auch den Mond, und sie konnte nichts mehr sehen.

Sie sprang auf, um nach Sima zu suchen, doch bevor sie noch einen Schritt machen konnte, ging wieder ein Beben durch die Erde und warf sie einfach um. Außer Toro war niemand mehr in ihrer Nähe.

Nun schrie sie Simas Namen und die der anderen. Ihre Stimme ging im Lärm der herabstürzenden Felsen und einem unheilvollen Grollen unter. Aber sie rief trotzdem weiter, in der Hoffnung, sie würden sie irgendwann doch noch hören und zu ihr zurückfinden. Irgendwo weiter unten hörte sie Sima aufschreien; dann ertönte Nytas Stimme, und kurz darauf antworteten die anderen. Weil sie sich nicht auf den Beinen halten konnten, solange die Erde sich immer weiter hob und senkte, krochen sie auf allen vieren zu ihr. Sie zählte einen nach dem anderen ab – sie waren zerkratzt und verängstigt, aber niemand war ernsthaft verletzt worden.

Jetzt fehlte nur noch Lotan. Nein. Auch von Metep gab es keine Spur. Bran und Toro sprangen auf, um nach ihnen zu suchen, während Zena zurückblieb, um auf die anderen aufzupassen. Das Beben schien verebbt, aber es konnte ohne jede Vorwarnung wieder einsetzen.

Der Mond glitt hinter den Wolkentürmen hervor, und genau in diesem Moment wurde unter ihr Brans Stimme laut.

»Ich habe sie gefunden. Metep bewegt sich nicht, aber dem Kind geht es gut, und Lotan auch.«

Bran und Toro tauchten wieder auf. Ihre Gestalten hoben sich gespenstisch von den eingestürzten Felsen und den dikken Staubschwaden ab, die noch in der Luft hingen. Sie trugen Metep, und Lotan humpelte nebenher.

Bran legte Metep sanft zu Boden. Ganz kurz öffnete sie die Augen und stöhnte. Zena ließ ihre Finger über den Kopf der jungen Frau gleiten und versuchte zu ertasten, was sie nicht sehen konnte. Da war Blut, klebriges Blut, und eine Platzwunde. An der Schulter hatte sie auch eine Wunde. War vielleicht ein Felsbrocken auf sie gefallen?

»Vor morgen früh kann ich nichts sagen«, verkündete sie, »es sei denn, wir machen ein Feuer. Ich glaube, das Erdbeben ist vorbei.«

Sie schien recht zu haben, denn jetzt tauchte auch Kropor auf, der Clio auf den Armen trug, und Dreibein trottete hinterher. Wenn Clio eingeschlafen war und Dreibein wieder zurückkam, war die Gefahr bestimmt vorüber. Gerade Clio würde die Erschütterungen des Erdbebens spüren, wenn sie noch immer unter der Erde lauerten.

Bran ging los, um zu sehen, ob noch Brennstöcke von ihrem Feuer übrig waren. Er kam schnell mit nur einem Korb in der Hand wieder zurück.

»Das Erdbeben hat unser Feuer verschluckt«, erzählte er ihnen mit ehrfürchtig gedämpfter Stimme. »Es hat überhaupt alles verschluckt, das Feuer, die Lichtung, sogar die Klippen.«

Zena schloß die Augen und versuchte, diese Nachricht zu verarbeiten. Die Erde hatte sich genau dort geöffnet, wo sie gelegen hatten, und alles verschlungen. Sie hätte auch sie verschlingen können.

»Große Mutter«, sagte sie schlicht, »wir danken dir von ganzem Herzen, daß du uns gewarnt hast.«

Auch die anderen sprachen murmelnd Dank, und dann saßen alle einen Augenblick lang ganz still und dachten über dieses Wunder nach. Danach widmeten sie sich praktischeren Dingen und begannen ein neues Feuer anzufachen. Im Licht der Flammen konnte Zena erkennen, daß Meteps Wunden nicht sehr tief waren.

»Sie wird wieder gesund werden, da bin ich so gut wie sicher«, erklärte sie Toro, die ihr besorgt über die Schulter sah.

Sie legten sich hin, um möglichst noch etwas zu schlafen, bevor es Tag wurde. Aber es wollte nur den Kindern richtig gelingen, und Zena war froh, als endlich ein schwacher Schein im Osten die aufgehende Sonne ankündigte. Langsam stand sie auf und ging hinaus, um nachzusehen, was aus den Felsen geworden war.

Keine zackigen Felsspitzen hoben sich mehr vom blassen Himmel ab; nur Geröll, wohin man schaute. Zena kletterte auf einen der umgestürzten Felsbrocken und blickte sehnsüchtig nach Norden, wohin es sie so unwiderstehlich zog. Sie starrte hinüber, sah weg und starrte wieder. Tränen liefen ihr über die Wangen, und sie schnappte von dem Anblick überwältigt nach Luft.

Da war der Weg. Das Erdbeben hatte ihn für sie geschaffen. Das Felsmassiv war verschwunden und ebenso der steile Abgrund dahinter, der ihnen den Weg abgeschnitten hatte. Dort, wo sie gewesen waren, lagen jetzt überall herabgestürzte Felsen, die sich leicht überqueren ließen, und dahinter führte ein langer, sanft abfallender Abstieg über felsige Berghänge in ein Tal hinunter, das so fruchtbar und herrlich war, daß ihr bei dem Anblick das Herz im Halse hüpfte. In der frühen Morgensonne funkelnd und glitzernd wand sich ein Fluß durch das Tal; es gab Bäume und Gräser und Tiere aller Art. Weit hinten, so weit entfernt, daß sie die Augen zusammenkneifen mußte, erstreckte sich ein riesiges Wasser, riesig und endlos weit.

Von Gefühlen übermannt, fiel Zena auf die Knie. Die Felsen hatten sich für sie geöffnet, damit sie hindurchgehen konnten. Die Mutter hatte ihnen einen Weg geschenkt.

Lange Zeit war sie völlig fassungslos und konnte sich weder rühren noch sprechen. Sie sah auf, als könnte sie die Mutter irgendwo dort oben in der unendlichen Weite finden. Ganz schwach hob sich immer noch der Stern vor dem blassen Himmel ab. Ihm reckte sie dankend die Hand entgegen, dann stand sie langsam wieder auf.

Ohne daß sie es wollte, öffneten sich ihre Arme weit, um die ganze Szenerie zu ihren Füßen zu umfangen. Laut und kräftig erklang ihre Stimme, als sie der Mutter dankte. Die anderen hörten sie und kamen herbeigelaufen, und als sie sahen, was Zena gesehen hatte, breiteten auch sie die Arme weit aus und stimmten in den Dank mit ein. Lauter und lauter klangen ihre Stimmen, bis das ganze Land von dem Gesang widerhallte.

Als sie schließlich überzeugt waren, daß die Mutter sie gehört hatte und wußte, wie groß die Liebe und die Dankbarkeit in ihren Herzen war, verstummten sie. Sie riefen die Kinder zusammen und machten sich an den Abstieg in das Paradies, das unten auf sie wartete.

18. Kapitel

Zena sah zu, wie die Flamingos wie Tropfen aus dem Himmel fielen und sich als rosige Wolke auf dem Wasser niederließen. Es waren Tausende und Abertausende, so viele, daß ihre wimmelnden Körper den See rosarot färbten. Mit weit ausholenden Bewegungen des Kopfes seihten sie das Wasser und holten blaugrüne Algen heraus, die in dem Salzwasser offenbar prächtig gediehen. Jeder andere Vogel oder Vierbeiner, der sich in den See wagte, würde sterben. Nur den Flamingos machte der Salzgehalt nichts aus. Die langbeinigen Vögel schienen auch zu wissen, daß sie hier sicher waren. Sie unterbrachen ihre Mahlzeit nicht, um nach Raubtieren Ausschau zu halten, und machten sich auch nicht die Mühe, die Nester zu verbergen, die sie auf Schlammkegeln im seichten Uferwasser errichteten: Es war nicht nötig. Kein anderes Tier konnte sie hier erreichen.

Wie auf ein geheimes Signal hin erhoben sich die Flamingos wieder in die Luft und flatterten über Zenas Kopf hinweg. Ihre Flügel stachen hellrot gegen den glänzenden Himmel ab. Sie hielt die Hand über die Augen und sah wie verzaubert hinterher. Schon oft hatte sie dieses Schauspiel beobachtet, aber es versetzte sie immer noch in Erstaunen. Alles an diesem Tal fand sie staunenswert, und sie dankte der Mutter immer wieder, weil sie sie zu diesem wunderbaren Ort gebracht hatte. Hier gab es alles, was sie brauchten, und weit mehr als das. In einem zweiten See mit frischem klaren Wasser gab es Fische, Krebse und Muscheln in Hülle und Fülle. Ebenso ertragreich war der breite Fluß, der sich träge durch die Mitte des Tals schlängelte. An seinen Ufern wuchsen Bäume mit großen Blättern, deren Zweige unter der Last der Früchte ächzten. Nicht weit davon standen kleinere Bäume, die von glänzenden schwarzen Dingern überquollen, die Zena nie zuvor gesehen hatte. Sie schmeckten eigenartig, aber sehr gut. An den Berghängen drängte hier und da eine

Quelle zutage, die von beerenbewachsenen Büschen gesäumt wurde. Es gab zahllose Tiere, die, wie die Früchte, größer und runder waren als alles, was Zena je gesehen hatte. Zuerst hatten sie und die anderen sich noch geängstigt, aber die großen Tiere achteten gar nicht auf sie, außer daß sie von Zeit zu Zeit gelangweilt zu ihnen hinüberblickten. Sie konnten ihre Mägen jederzeit mit größerer und schmackhafterer Beute füllen.

Jenseits des Tales lag das große Wasser, das Zena in ihrer Vision gesehen hatte. Am Ufer leuchtete es in blassem Grün, das in dunkles Türkis, die verschiedensten Blautöne und zum Horizont hin in Schiefergrau überging. Es war grenzenlos, jedenfalls konnte Zena kein Ende entdecken. Das Wasser erstreckte sich von der langen, gewundenen Küste am nördlichen Ende des Tales, bis es in der unermeßlichen Weite verschwand. Riesige Fische schnellten sich aus der Tiefe empor und drehten ihre glatten, grauen Körper in der Luft, um dann mit einem gewaltigen Platsch wieder einzutauchen. Auch feinkörnige Erde war hier, und sie glitzerte genauso in der Sonne, wie sie es im Geiste gesehen hatte. Ihre Füße versanken in den kühlen, feuchten Sandkörnchen, die sanft rieselten, wenn das Wasser hin und her schwappte. Unzählige Krebse und andere kleine Lebewesen flitzten herum und versteckten sich unter der durchlässigen Oberfläche. Luftblasen stiegen aus ihren zerbrechlichen Behausungen auf, so daß sie mühelos zu finden waren. Die Kinder hatten Spaß daran, sie auszugraben und zuzusehen, wie sie zur Verteidigung mit ihren winzigen Scheren herumwedelten oder verzweifelt zum rettenden Wasser trippelten. Manchmal brachten sie die Krebse zum Essen mit, aber Zena ermahnte sie immer wieder, nie mehr zu nehmen, als sie wirklich brauchten. Die Große Mutter hatte sie in dieses Paradies geführt, und sie durften ihre Großmut nicht mißbrauchen.

Sie erhob sich, weil sie ihre Suche fortsetzen wollte. Sie wollte einen geeigneten Ort für einen neuen Steinkreis finden. Im tiefsten Herzen hatte sie immer gewußt, daß sie einen würde errichten müssen, wenn sie ihr Ziel erreichten. Er würde der Gebärplatz sein, wie der Steinkreis am Fluß, aber dieser Kreis würde auch dazu bestimmt sein, die Große Mutter zu ehren. Zena war fest entschlossen, die beste Stelle dafür zu finden. Sie wollte dieselbe Atmosphäre von Frieden und Geborgenheit erschaffen, an die sie sich so gut erinnerte, und gleichzeitig sollte man von dort auch das ganze Tal überblicken können, so daß sie stets daran erinnert würden, wie reich die Große Mutter sie beschenkt hatte.

Mehrere Tage hindurch hatte sie nun schon die Gegend rund um ihre Lichtung abgesucht, wo sie den Unterschlupf errichtet hatten, und sich gesorgt, daß ihr Kind womöglich geboren würde, bevor sie den Steinkreis errichten konnte. Aber bisher hatte es sich nirgends richtig angefühlt. Die Angst, daß sie erfolglos bleiben und die Große Mutter enttäuschen könnte, schnürte ihr die Brust zu. Dann lachte sie aber doch über ihren Dickkopf und ihre Begriffsstutzigkeit – sie hatte die Wege der Großen Mutter offenbar immer noch nicht verstanden. Solange sie diese drückende Furcht im Herzen trug, würde sie niemals finden, was sie suchte. Sie brauchte sich gar nicht abzumühen; sie mußte sich nur von der Mutter leiten lassen.

Zena entspannte sich und begann in aller Ruhe durch die stillen Wälder und die duftenden Wiesen zu wandern, wobei sie sich ganz der Führung der Mutter überließ. Und gerade als die Sonne am westlichen Horizont angelangt war, fand sie es. Sie wußte es im selben Moment, als sie die abgelegene kleine Schlucht betrat. Das war es. Hier war die Große Mutter; Zena spürte ganz stark ihre Gegenwart, und es überkam sie dasselbe Gefühl des Friedens, an das sie sich vom ersten Steinkreis her erinnern konnte, wo alle Sorgen einfach von einem abzufallen schienen. Sie konnte auch das Tal in all seiner Schönheit sehen. Die Stelle war zu drei Seiten hin von hohen Bäumen umstanden, aber die vierte Seite öffnete sich, genau wie sie es gewollt hatte, auf einen herrlichen Blick über das Tal und das noch größere Gewässer im Osten.

Sie ruhte einen Moment lang aus und freute sich ihrer Entdeckung. Dann schleppte sie sich, mühsam wegen des ungeborenen Kindes, zu den anderen zurück, damit sie gleich mit der Arbeit anfangen konnten. Passende Steine hatten sie bereits ausfindig gemacht. Gemeinsam brachten sie sie zur Bergschlucht hinauf.

Zena nahm den ersten Stein und legte ihn sorgsam auf den duftenden Boden. Sie bückte sich, um einen weiteren aufzunehmen, da fühlte sie sich plötzlich seltsam verwirrt. Einen Augenblick lang wußte sie nicht mehr, wer sie war oder warum sie hier auf diese Weise Steine ausbreitete. Es war, als wäre eine andere Person in ihren Körper eingedrungen, die einen Stein nach dem anderen aufnahm und sie mit Bedacht zu einem Kreis nebeneinanderlegte. Sie war zu sehr mit ihrer Tätigkeit beschäftigt, um sich über das seltsame Gefühl zu wundern, und so registrierte sie es nur und machte weiter. Die anderen halfen, und bald war der Steinkreis fertig.

Zena schüttelte den Kopf, um wieder klar denken zu können. Ihre Verwirrung verschwand, und sie erinnerte sich wieder, was sie als nächstes tun wollte.

»Jetzt helft mir mit diesem hier«, sagte sie zu Bran und Kropor und zeigte auf eine Felsplatte, die sie schon vor einiger Zeit entdeckt hatte.

Gemeinsam zogen sie sie zu einer flachen Stelle am Ende der Schlucht. Die Männer halfen ihr, die Platte auf zwei aufrecht stehenden Felsbrocken so anzubringen, daß ein Tisch entstand. Darauf stellte Zena die erste Statue, die Lett gemacht hatte, damit alle sie sehen konnten, wenn sie herkamen, um zur Großen Mutter zu sprechen und auf ihre Stimme zu hören.

Einige Tage später durchzuckte die erste Wehe Zenas Körper. Sie lächelte. So sollte es sein. Der Steinkreis war bereit, und der Vollmond würde das Baby herausziehen helfen. Jetzt konnte ihr Kind geboren werden.

Da kam schon stark und in kurzen Abständen noch eine Wehe, und noch eine. Zena spürte, daß sie nicht lange würde warten müssen. Sie rief Nyta zu, trockenes Gras zu holen und frisches Wasser aus dem Fluß, der gurgelnd in der Nähe vorbeifloß. Dann begann sie, in dem Kreis herumzugehen. Sie ging immer wieder rundherum, nahm den Frieden der Mutter in sich auf und freute sich, daß sie an diesem herrlichen Ort sein durfte. Jedesmal, wenn sie an die offene Stelle der Schlucht kam, hielt sie inne, um auf das Tal und auf das schimmernde Wasser hinauszusehen. Und dann schien all die Schönheit, die dort vor ihr lag, ihre Schmerzen zu lindern und ihr neue Kraft zu spenden, so daß sie noch ein wenig weitergehen konnte.

Lotan kam zu ihr und überreichte ihr mit einer schüchternen Geste die Statue, die er soeben fertiggestellt hatte. Es war die beste, die er je gemacht hatte. Das auf Hochglanz polierte, dunkle Holz schien die letzten Sonnenstrahlen einzufangen und auf Zenas Körper abzustrahlen. Sie fühlte, wie die Wärme in sie eindrang und die Verspannung in ihrem Bauch lokkerte.

»Ich danke dir, Lotan. Sie ist sehr schön. Ich spüre schon jetzt die Große Mutter in dieser Figur.«

Mit ernstem Gesichtsausdruck sah sie auf die kleine Figur hinunter. Sie hatte volle Brüste und einen runden Bauch wie alle anderen, aber der Kopf war größer, und das Gesicht hatte den Ausdruck von Wissen, mehr zu sein als nur eine hölzerne Statue. Zena preßte sie fest an sich und ging zu dem Bett aus duftendem Gras hinüber, das die anderen Frauen für sie bereitet hatten, um sich einen Moment auszuruhen. Sie hatte eigentlich noch einmal aufstehen und ihre geduldigen Runden wieder aufnehmen wollen, aber das Kind ließ es nicht zu. Sobald sie sich hinlegte, fühlte sie auch schon seinen Kopf zwischen den Beinen.

Der Mond kam hinter den Bäumen hervor. Zena begrüßte ihn mit einem Lächeln. Sie erinnerte sich, wie der Mond sie einst geängstigt hatte. Jetzt dagegen beruhigte er sie, und sie schaute ergeben zu ihm auf. Der Mond bestimmte den Ablauf der Jahreszeiten und brachte eine bestimmte Ordnung in ihr Leben. Er sagte ihnen, wann die Regenzeit einsetzen würde und die Trockenheit, oder wenn ein Kind bereit war, den Mutterleib zu verlassen, und half ihnen sogar, es herauszubringen.

»Zieh«, sagte sie zum Mond. »Zieh du, und ich presse, damit mein Kind geboren werde.«

Sie erhob sich auf alle viere und brach beinahe zusammen,

als die nächste Wehe ihren Körper durchzuckte. Toro und Nyta hielten sie an den Schultern fest. Jetzt kamen die Krämpfe so stark und so dicht aufeinander, daß sie nur noch japsend Luft holen konnte. Viermal noch krampfte sich ihr Bauch zusammen, dann spürte Zena, wie sie unwillkürlich mit aller Kraft preßte.

»Das Kleine kommt schnell«, hörte sie Nyta sagen, und bevor die Worte noch ganz heraus waren, fühlte Zena das Baby auch schon herausgleiten. Nyta streckte die Arme vor, um es aufzufangen.

»Sehr schnell«, verbesserte sie sich und untersuchte das Kind aufmerksam. Es schrie bereits aus voller Kehle.

»Es ist ein männliches Kind«, sagte sie und reichte es Zena. »Ein gutes, kräftiges.« Ihre Augen trübten sich, als sie an das verunstaltete kleine Wesen dachte, das sie selbst zur Welt gebracht hatte, aber ihre Stimmung hellte sich schnell wieder auf. Nyta freute sich immer über ein neues Baby.

In dem Bewußtsein, gesegnet zu sein, hielt Zena ihren kleinen Sohn im Arm. Es war ein kräftiges Kind, und die Geburt war leicht gewesen, weil sie wie Kalar breite Hüften und einen starken, widerstandsfähigen Körper hatte. Sobald sie aufstehen konnte, würde sie zu dem Alkoven mit Letts Figur gehen und der Mutter danken. Vielleicht würde sie die Statue, die Lotan gemacht hatte, danebenstellen, als besondere Dankesgabe.

Sie kitzelte das Baby an der Wange und lachte wie damals Cere über die prompte Reaktion. Der Kleine drehte sofort den Kopf ihrem Finger zu und spitzte die Lippen, um zu saugen. Sie legte ihn an die Brust. Er nuckelte eine Weile, dann schlief er ein. Er hatte bei der Geburt schließlich auch mitgearbeitet.

Zena beschloß, ihn Kalet zu nennen. Der erste Laut würde sie an Kalar erinnern, der zweite an Lett. Wenn später noch andere kämen – und das würde geschehen, da war sie sich sicher –, würde sie ihre Namen auf ähnliche Weise aussuchen. Sie würden ihre eigenen Namen haben, sie aber trotzdem an diejenigen erinnern, die sie geliebt hatte und die zur Großen Mutter zurückgekehrt waren.

Zena kam schnell wieder zu Kräften. Nach einer Woche konnte sie schon wieder Nahrung suchen wie die anderen, und als der Mond sich erneut rundete, fühlte sie sich völlig wiederhergestellt und eins mit der Welt.

Ihr innerer Friede wurde allerdings erschüttert, als das Baby zum erstenmal die Augen weit öffnete und zu ihr aufsah. Sie hatte schon vorher bemerkt, wie hell seine Augen waren, und sich gesagt, daß es wohl eine Lichttäuschung sein müsse. Jetzt aber wußte sie, daß es nicht so war. Seine Augen waren genau wie die von Lotan, nußbraun mit goldenen Reflexen.

Zena hielt ganz still. Lange Zeit konnte sie sich nicht rühren. Angstschauer liefen ihr den Rücken hinunter und griffen ihr ans Herz. Sie konnte nicht verstehen, warum Kalets außergewöhnliche Augen ein solches Entsetzen in ihr auslösten, aber sie war inzwischen weise genug, diese unvorhergesehene Reaktion nicht in Frage zu stellen. Wenn sie so weit war, würde die Große Mutter ihr den Grund dafür offenbaren.

Lotan kam, um das Baby zu bewundern. Den Bruchteil einer Sekunde lang dachte Zena daran, seine Augen zu erwähnen. Aber dann preßte sie schnell die Lippen so fest aufeinander, daß es sich anfühlte, als habe sich ihr eine Hand auf den Mund gelegt. Sie fühlte, daß etwas ganz und gar nicht stimmte, als hätte sie beinahe etwas getan, das ihnen allen schaden würde. Ganz verwirrt über ihre Gefühle, gab sie Kalet an Sima weiter, die ihn mit Begeisterung hielt, und ging davon, um sich in den Steinkreis zu setzen. Vielleicht würde ihr dort eine Erklärung kommen. Doch zum erstenmal in ihrem Leben fand Zena keinen Frieden an dem heiligen Ort. Sie spürte, daß etwas nicht so war, wie es sein sollte, und daß ihnen allen eine entsetzliche Tragödie drohte, falls sie es nicht verhinderte, nur wußte sie nicht, was nicht in Ordnung war und was sie dagegen tun sollte.

Sie war zu aufgeregt, um sitzen zu bleiben, so verließ sie den Steinkreis und wanderte ziellos umher. Die Große Mutter würde an ihrem ureigenen Ort nicht mit ihr reden, solange solche Unruhe in ihrem Herzen tobte. Wenn sie sich ruhiger fühlte, würde sie zurückkehren. Irgendwann folgte sie dann einem starken Impuls und erstieg einen steilen Hügel oberhalb der Lichtung. Hier wuchsen Bäume mit runden, rotbakkigen Früchten, deren Duft über der gesamten Gegend schwebte. Sie setzte sich auf einen gewaltigen Felsvorsprung und stellte sich den Gedanken, die ihr durch den Kopf schwirrten.

Kalets Augen waren wie die von Lotan, und Lotan war ihr Gefährte gewesen. Ihr einziger Gefährte, denn außer Bran, der wie ein Bruder für sie war, war kein anderer Mann im Stamm gewesen. Nur noch Kropor, aber sie hatte nie daran gedacht, ihn zu ihrem Gefährten zu machen.

Irgendwie waren Lotans Augen in Kalet noch einmal gewachsen. Ein Teil von Lotan war in ihrem kleinen Sohn. Hatte er es an ihn weitergegeben, als sie sich gepaart hatten? Aber falls das Sich-Paaren und die Männer irgend etwas mit dem Kindermachen zu tun hatten, warum hatten sie es nicht schon früher entdeckt? Zena preßte die Lippen zusammen, als ihr die Erleuchtung kam. Nur wenige Männer hatten so ein auffälliges und unverwechselbares Merkmal wie Lotans Augen. Und eine Frau hatte so gut wie nie nur einen einzigen Gefährten. Zena konnte sich nicht erinnern, daß so etwas schon einmal vorgekommen war.

Und dann war da noch Dreibein. Zweimal hatte sie geboren, nachdem sie sich gepaart hatte. Diesmal hatte ihr kleines Kalb überlebt, und seine Streiche brachten sie alle zum Lachen. Hatte die männliche Gazelle Dreibein, wie Lotan ihr, etwas übertragen, durch das das Kalb heranwuchs? War Dreibein deshalb so begierig darauf gewesen, sich zu paaren, damit sie ein Junges bekommen konnte?

Die Gedanken wirbelten nur so in Zenas Kopf herum. Sie wehrte sich nicht dagegen, denn sie fühlte, daß sie erst dann wieder Ruhe finden konnte, wenn ihr Geist die Sache nicht mehr mit aller Macht ergründen wollte.

Und sie hatte recht. Viele Stunden waren verstrichen, und die Sonne war weit über den Horizont gewandert, als Zena endlich klar wurde, daß es nicht wichtig war, ob die Männchen und die Paarung etwas mit den Jungen zu tun hatten.

Die Mutter war und blieb die Spenderin des Lebens. Alles kam von ihr, alles, was sie besaßen. Ohne sie gäbe es keine Tiere, keine Nahrung, keine Schönheit, kein Erstaunen und keine Freude aneinander und an der Welt ringsumher. Es war auch nicht wichtig zu wissen, ob die Männchen vielleicht etwas von sich selbst an die Jungen weitergaben. Es war ohne Bedeutung. Wichtig war nur, daß sie die Angst, die ihr ans Herz gefaßt hatte, richtig deutete, diese schreckliche Unruhe, nachdem sie beinahe etwas zu Lotan gesagt hatte. Es war, als hätte die Mutter selbst ihr die Hand auf den Mund gelegt, um sie zum Schweigen zu bringen. Wenn die Mutter nicht wollte, daß sie etwas sagte, gab es dafür einen Grund.

Langsam und vorsichtig lenkte Zena ihre galoppierenden Gedanken in ruhigere Bahnen und öffnete sich der Großen Mutter. Die anderen sahen sie dort sitzen und störten sie nicht. Sie wußten auch ohne zu fragen, daß sie auf eine Botschaft wartete. Sie saß zwar nicht an der richtigen Stelle, aber sie sahen es an ihrer Reglosigkeit und der völligen Abwesenheit. Als Kalet zu schreien begann, gab Sima ihn Metep zum Stillen.

Zena wartete den ganzen Abend hindurch. Lange Zeit fühlte sie nichts als die Unruhe, die sich langsam zu Furcht und schließlich zu Entsetzen steigerte. Sie schreckte nicht davor zurück, sondern ließ alles ganz in sich eindringen. Sie schloß die Augen, als sollten sie ihr helfen, trotz allen Schmerzes diese Gefühle in sich zu behalten, und als sie sie wieder öffnete, war das Tal verschwunden. Sie saß nicht mehr auf dem Hügel; statt dessen war sie auf dem Berg, auf dem flachen Felsen, und die Schlange ringelte sich vor ihr, wie sie es schon einmal getan hatte.

Zena blickte tief in die unergründlichen Augen der Schlange, die die Weisheit der Mutter in sich trugen. Ein kleiner Teil von ihr war sich bewußt, daß sie noch immer in ihrem Tal war, aber im Herzen war sie zum Berg zurückgekehrt. Die Vision war so realistisch, daß sie sich im Rhythmus der Schlange zu wiegen begann. Sie sah den goldenen Gipfel, roch den Duft der Blumen am Berghang und fühlte die warme Luft.

Dann hörte sie Worte, nur daß es nicht wirklich Worte waren, sondern Gedanken, für die es keine Worte brauchte. Sie nahm sie in sich auf, hörte sie mit ihrer Seele, ihrem Herzen und ihrem Körper.

»Du sollst alles wissen außer diesem einen. Es ist verbotenes Wissen. Sprich nicht darüber, denn wenn du es tust, wird alles, was ich erschaffen habe, zerstört werden. Deine Nachkommen werden sich abmühen müssen, dem unfruchtbar gewordenen Land noch Nahrung abzuringen, und ihre Jungen werden in eine Welt des Schmerzes hineingeboren werden. Denke daran und rede nicht, sonst wird das Entsetzen, das du gespürt hast, die ganze Erde erfüllen.«

Die Gedanken der Schlange hämmerten so unerbittlich auf Zena ein, daß sie sich krank und schwach fühlte. Aber die Schlange war noch nicht am Ende. Ganz plötzlich hörte sie auf, sich zu wiegen, und richtete sich hoch über Zena auf. Mit ihren schwarzen Augen starrte sie Zena so durchdringend an, daß sie vor Angst nach hinten fiel. Aber die Schlange schnappte bei der plötzlichen Bewegung nicht zu, sondern neigte sich nur über sie und starrte sie immer weiter bösartig an. Furcht strömte aus diesen Augen auf Zena über, eine entsetzliche, unüberwindliche Furcht, die ihr ganzes Herz erfüllte, als hätten sich dort viele Jahre des Leidens angestaut und keinen Platz mehr für irgendein anderes Gefühl gelassen. Alle Freude war dahin, genauso wie Liebe und Mitgefühl. Wo sie gewesen waren, gab es nur noch Schmerz.

Die Schlange glitt wieder zurück und rollte sich zusammen, als wartete sie auf Zenas Antwort.

»Ich werde nie ein Wort von diesem Wissen laut werden lassen«, schwor sie. »Ich habe deine Botschaft gehört und die Furcht in deinen Augen gespürt. Ich werde nichts sagen.« Ihre Stimme war kaum mehr als ein Flüstern, aber ihre Gedanken waren klar und deutlich.

Noch einmal sah ihr die Schlange lange tief in die Augen. Dann drehte sie sich um und glitt davon.

Zena saß wie gebannt da. Die Dunkelheit brach herein, aber noch immer saß sie auf ihrem Hügel und rührte sich nicht. Ihr Körper fühlte sich völlig zerschlagen an, als hätte die Furcht in ihrem Herzen ihr auch physische Wunden zugefügt. Aber ganz allmählich verblaßte das Entsetzliche, und nach langer Zeit verschwand es endgültig, und sie konnte sich nicht einmal an ihren Schmerz erinnern. Aber sie wußte noch, was die Botschaft der Schlange gewesen war. Die furchterregenden Worte vergaß sie nicht und auch nicht den Schwur, den sie geleistet hatte. Sie würde niemals über das verbotene Wissen sprechen.

II

Zena hielt Wort. Bis zu ihrem Tod erzählte sie niemandem, was sie erlebt hatte, und sie sprach auch nicht von dem Zusammenhang zwischen der Paarung und den Jungen. Langsam kehrte der Friede in ihr Herz zurück und wurde nur noch gestört, wenn sie an das Wissen erinnert wurde, das sie niemals preisgeben durfte. Einmal machte Lotan eine Bemerkung über Kalets ungewöhnliche Augen. Da er aber seine eigenen Augen nie gesehen hatte, machte Zena sich keine Gedanken, daß er sie vergleichen und nachdenklich werden könnte. Mit den anderen war es schon schwieriger, wenn sie auf die Ähnlichkeit aufmerksam wurden.

»Die Mutter gibt uns viele Farben«, erklärte sie ihnen mit heiterer Stimme. »Seht euch die Vögel an! Vielleicht wird sie uns noch mehr von diesen wunderbaren Augen in anderen Jungen geben.«

Niemand stellte diese Erklärung in Frage, aber Zena achtete danach trotzdem immer sorgfältig darauf, sich auch noch mit anderen Männern zu paaren als mit Lotan, damit er seine goldgesprenkelten Augen nicht an alle ihre Jungen weitergab. Es war auch gar nicht so schwierig, weil in den felsigen Hügeln am westlichen Ende des Tales noch einige andere Stämme lebten, mit denen sie des öfteren verkehrten. Es war gut, andere zu haben, mit denen sie diese besondere Freude teilen konnte, aber Lotan blieb ihr immer der liebste. Die Leidenschaft, die sie ineinander entfacht hatten, als sie sich das erste Mal paarten, blieb immer lebendig wie am ersten Tag, und sie wählte ihn zu ihrem Gefährten, so oft es möglich war, ohne die anderen zu vernachlässigen.

Etwa fünf Monate nach Kalets Geburt merkte Zena, wie ihr das Blut zwischen den Beinen herunterlief. Zunächst hatte sie Angst und fürchtete, daß sie nun sterben müsse wie Ralak – die anderen Frauen hatten nie eine Blutung, solange sie noch stillten –, aber sie fühlte sich nicht schwach und hatte auch nicht den Eindruck, daß mit ihr irgend etwas nicht in Ordnung wäre. Sie fühlte sich im Gegenteil gesund und kräftig und voller Tatendrang. Es konnte doch nicht so sein, wenn sie sterben mußte. Die Große Mutter würde sie nicht täuschen. Sie machte sich weiter keine Gedanken und nach ein paar Tagen ließ die Blutung nach und versiegte dann ganz.

Einige Wochen später blutete sie wieder ein paar Tage lang. Dann war es vorbei. Zena merkte bald, daß die Blutung immer bei Vollmond einsetzte. Der Mond schien es hervorzuziehen, genau wie Kalet. Wenn aber der Mond etwas damit zu tun hatte, mußte das Blut eine besondere Macht besitzen. Von nun an begrüßte Zena die Blutungen als eine Zeit, in der sie sich besonders stark und der Mutter nahe fühlte. Oft verbrachte sie viele Stunden in dem steinernen Kreis und hielt Zwiesprache mit ihr, während das Blut aus den Tiefen ihres Körpers in die Erde sickerte. Sie stellte fest, daß auf diesem Blut wahrhaftig Segen lag, denn anders als anderes Blut, das nur Verletzung und Tod bedeutete, brachte dieses Blut Leben. Wo es zu Boden gefallen war, war die Erde fruchtbar, und es wuchsen Blumen in Hülle und Fülle.

Als ein Mond und darauf ein weiterer verging, ohne daß die Blutung einsetzte, fürchtete Zena zuerst, daß sie der Mutter mißfallen hatte. Aber sie fühlte sich ganz ausgeglichen und hatte nicht das Gefühl, etwas falsch gemacht zu haben. Statt dessen hatte sie allmählich einen ganz anderen Verdacht. Ihr Körper fühlte sich anders an, wie damals mit Kalet, und sie war beinahe sicher, daß die Mutter ein neues Leben in ihr wachsen ließ. Es war sehr verwunderlich, daß schon so bald ein neues Kind geboren werden sollte. Noch nie hatte in einer Frau ein Kind zu wachsen begonnen, bevor das erste entwöhnt war, also nach vier bis fünf vollständigen Wechseln der Jahreszeiten. Sie war es trotzdem zufrieden. Wenn die Mutter ihr so schnell nach dem ersten ein anderes Leben anvertrauen wollte, würde sie es willkommen heißen. Die anderen Frauen konnten ihr wenn nötig dabei helfen, Kalet zu füttern. Tief in ihrer Seele wußte Zena, daß das neue Leben nicht nur von der Mutter, sondern auch von einem der Männer gekommen war, aber sie ignorierte dieses Wissen. Das Paaren war ein Geschenk der Großen Mutter, und neues Leben war auch ein Geschenk der Mutter. Das mußte reichen.

Diesmal wurde sie so dick, daß sie kaum laufen konnte, und zu ihrer großen Überraschung kamen schließlich statt einem zwei Kinder heraus. Beide waren gesunde, kräftige Jungen wie ihr Bruder. Nach ihrer Geburt verging ein Jahr, bevor die Blutungen wieder einsetzten. Zena begrüßte sie wie einen guten Freund und nahm ihr altes Ritual wieder auf, das gesegnete Blut der Erde zurückzugeben. Als wieder zwei Monde ohne Blutung verstrichen, machte sie sich keine Gedanken, weil sie wußte, daß wieder ein Kind in ihr heranwuchs. Ihr wurde klar, daß das Blut, wenn neues Leben keimte, im Körper blieb, um das Kind zu nähren, so wie es auch die Erde nährte. Zu ihrer großen Freude war das Baby ein Weibchen. Zena nannte sie Ceralak, nach Cere und Ralak.

Über die Jahre brachte Zena in kurzen Abständen immer wieder ein Kind zur Welt. Erst kamen drei Töchter, dann noch ein Sohn, und sehr viel später wurde noch eine Tochter geboren. Auch die anderen Frauen kamen in diesen Jahren nieder, aber nicht so häufig wie Zena, denn die Große Mutter hatte nur ihr die Fähigkeit gegeben, ein neues Kind anzufangen, bevor das andere abgestillt war. Metep brachte noch zwei Kinder zur Welt, Toro eins, und Sima und Filar bekamen jede vier, als sie alt genug geworden waren, um zu gebären. Nyta bekam nie wieder ein Kind, aber sie half, alle anderen zu pflegen. Auch Clio schenkte die Große Mutter kein Kind, und Zena war dankbar dafür. Clio hätte es nicht verstanden.

Jedesmal wenn ein Kind geboren wurde, zelebrierte Zena im Steinkreis ein ganz besonderes Ritual, um der Mutter zu danken, die ihm das Leben geschenkt hatte. Das Kleine in den Armen haltend, sprach sie seinen Namen und bat die Große Mutter um ihre Liebe und ihren Schutz für das zarte neue Leben. Dann sprenkelte sie Erde und Wasser über den Körper des Kindes, damit die Große Mutter wußte, wie sehr sie diese kostbaren Gaben achteten. Sie war ganz sicher, daß die Mutter sie hörte, denn fast alle Kinder überlebten die Krankheiten, die die Kleinen so oft zu befallen schienen.

Auch für Kinder, die in Nachbarstämmen geboren wurden, vollführte sie das Ritual. Sie machte häufig Besuche und sprach zu den Leuten, wie früher Kalar, von der Großen Mutter und lehrte sie, ihren Wegen zu folgen. Wie andere zuvor nahmen sie die Mutter begierig an, als hätte sie schon lange in ihnen geschlummert und als habe es nur noch Zenas Worte bedurft, um aus ihnen emporzusteigen.

Wie Zena es früher für sie gemacht hatte, organisierten nun Sima und Lupe Spiele für die wachsende Kinderschar, und Zena kümmerte sich darum, daß sie die Wege der Großen Mutter verinnerlichten. Das Wichtigste sei es, sagte sie ihnen, in Harmonie miteinander und den Geschöpfen der Großen Mutter zu leben. Wenn eines von ihnen einem anderen Kind oder einem Tier etwas zuleide tat, war sie sehr böse. Niemand durfte mit dem Missetäter reden, bis das Kind sich bei der Großen Mutter und dem ganzen Stamm entschuldigt hatte. Nichtsdestoweniger liebte sie sie alle rückhaltlos. Kropors Geschichte hatte sie etwas sehr Wertvolles gelehrt. Ein Kind, das von den Erwachsenen schlecht behandelt wurde, konnte leicht gewalttätig werden. Ihr Rezept schien aufzugehen, denn die Kinder wuchsen zu friedlichen und liebevollen Stammesmitgliedern heran.

Auch die Zeremonien mußten die Kinder lernen. Es gab jetzt sehr viele davon, für den Tod wie für die Geburt, für die Tötung eines Tieres, obwohl sie so reiche Nahrung fanden, daß das selten nötig wurde, und für das Einsetzen der Regenzeit. Den Regentanz mochten alle am liebsten. Diese Zeremonie hatte sich Zena eines Tages eröffnet, als sie in dem Steinkreis saß und mit der Großen Mutter Zwiesprache hielt. Sie hatte den Blick zu den regenschweren Wolken erhoben, aus denen trotzdem immer noch kein Tropfen fallen wollte. Und plötzlich war dieselbe Verwirrung über sie gekommen wie damals, als sie den Steinkreis errichtete. Unwillkürlich bewegten sich ihre Füße in rhythmischen Tanzmustern, und sie hörte sich selbst Worte rufen. Wieder hatte sie das Gefühl, als wäre eine andere Person in sie eingedrungen, und daß es diese andere war, die da sprach und sich bewegte, nicht sie selbst. Die anderen hatten sich zu ihr gesellt. Die Macht der Worte und Bewegungen hatte sie angesteckt. Sie waren in Zenas Tanz-Rhythmus eingefallen, hatten mit den Füßen gestampft und die Worte geschrien, bis sie heiser waren, obwohl sie nicht einmal wußten, warum sie das taten.

Jetzt begingen sie diese Zeremonie jedes Jahr. Wenn die Regenzeit nahte, versammelten sie sich im Steinkreis und wiederholten die rhythmischen Bewegungen, die Zena ihnen beigebracht hatte. Immer wieder stampften sie mit den Füßen auf den Boden, reckten die Köpfe gen Himmel und neigten sich dann wieder der Erde zu. Dazu riefen sie das Wort für ›Mutter‹ und das für ›Regen‹. Sie begannen mit leiser Stimme und tanzten langsam und ganz entspannt, aber dann nahm das Tempo rasch zu. Die Füße stampften fester auf, das Tempo wurde immer rasender, und ihre Stimmen hallten durch die staubgeschwängerte Luft, daß sie alle anderen Laute übertönten. Die Frauen tanzten innerhalb des heiligen Kreises, die Männer außerhalb. Wie Zena fühlten sie während des Tanzes die Gegenwart anderer in ihren Körpern, und sie wußten intuitiv, woher sie kamen.

Wenn während der Zeremonie der Donner rollte und Blitze herabzuckten, stampften sie umso frenetischer, und ihre Erregung steigerte sich noch. Dann griffen die Männer nach ihren Stöcken und schwenkten sie hoch in die Luft oder schlugen damit auf die Erde, um Donner und Blitz nachzuahmen, und die Frauen drehten sich wie wahnsinnig um die eigene Achse, bis sie erschöpft zu Boden sanken, um gleich wieder aufzustehen und weiterzutanzen. Besonders dann fühlten sie sich wahrhaftig als Teil der Erdkraft, deren rastlosen Geist sie mit ihren stampfenden Füßen, den schwankenden Körpern und den eindringlichen Stimmen auf den Boden zurückriefen. Dann spürten sie ihre ehrfurchtgebietende Macht in ihren Herzen.

Der bis zur Besinnungslosigkeit wilde Tanz half ihnen, Clios Verhalten, wenn ein Unwetter kam, besser zu verstehen und auch ihren Tod zu akzeptieren, als es soweit war. Es war berauschend, herumzuwirbeln und mit den Füßen zu stampfen, während man die Erdkraft anrief, Regen und Donner und Blitz herabzuschicken. Clio hatte den Tanz von Geburt an in sich gehabt, dachte Zena, denn sie war mit der Erdkraft stets eins gewesen. Und obwohl sie Clios frühen Tod beklagte, schien es ganz richtig zu sein, daß gerade sie vom Blitzschlag getötet wurde, den sie doch so geliebt hatte; es war ebenfalls richtig für beide, daß Kropor mit ihr starb.

An diesem Tag war das Unwetter ganz besonders heftig. Clio stürzte hinaus, mit Kropor im Schlepptau, und rannte zur Bergkuppe hinauf, wo ein riesiger alter Baum wuchs, unter dessen knorrigen Ästen sie besonders gern herumsprang und -wirbelte. Sie hatte schon oft hier getanzt, aber an diesem Tag wählte sich der Blitz den Baum als Leitung, durch die er wieder in die Erde fahren wollte. Zena hatte nie zuvor einen so gewaltigen und hellen Blitz gesehen; und er zuckte herab und fuhr durch den knorzigen alten Baum in den Boden und tötete Clio und Kropor auf der Stelle.

»Die Große Mutter ist gütig gewesen«, sagte Zena leise, als sie den Schock ein wenig überwunden hatte. »Clio zu verlieren ist schwer, aber es hätte ihr gefallen, daß die Erdkraft sie auf diese Weise holt. Und daß die Große Mutter Kropor mit ihr genommen hat …«

Sie brauchte gar nicht weiterzureden. Niemand mochte sich die Qualen vorstellen, die Kropor gelitten hätte, wäre Clio ihm genommen worden. Es war am besten so.

»Seht«, fügte Sima mit tränenerstickter Stimme hinzu. »Seht nur: Kropor hält immer noch ihre Hand, und ihre Lippen berühren sein Gesicht.«

Die anderen nickten. Clio und Kropor hatten immer dicht beieinander geschlafen, Clios kleine Finger in Kropors großer Hand zusammengerollt und ihre Lippen ganz nah an seiner stoppeligen Wange.

So begruben sie sie auch, in einer Vertiefung am Fuße des Baumes. Sie hatten mit der Zeit zu der Überzeugung gefunden, daß diejenigen, die zur Großen Mutter zurückkehrten, von ihrer Erde umhüllt sein sollten, der Erde, aus der alles Leben entsprang. Sie bedeckten sie mit duftenden Blüten und erzählten der Großen Mutter singend von ihrer Liebe zu diesen beiden einzigartigen Wesen, die sie hervorgebracht hatte. Sie sprachen von Clios Nähe zur Erdkraft, ihrer besonderen Art, die Dinge zu begreifen, ihrer Sanftheit und Liebe zu Tieren. Und als sie von Kropor erzählten, sprachen sie von Veränderung, und davon, wie einer, der Gewalt im Herzen gehabt hatte, doch lieb und sanft werden konnte und so bereitwillig alles, selbst sein Leben für die gegeben hätte, die er liebte. Sie sagten der Mutter, daß dieses einst schwierige, von ihnen so geliebte Männchen mitfühlender geworden war als die meisten anderen.

Als alle gesprochen hatten, empfahl Zena Clio und Kropor der Güte der Großen Mutter.

»Diese beiden, die wir geliebt haben, können nun in dein allumfassendes Herz zurückkehren«, sagte sie mit bewegter Stimme. »Behalte sie bei dir, denn sie haben dir wohl gedient. Und wenn das möglich ist, bitte ich dich, daß Kropor und Clio nun wieder mit Ralak vereint werden mögen. Kropor hat sie mehr geliebt als jeden anderen außer Clio, sein Gesicht würde vor Freude erstrahlen, wenn er sie wiedersehen könnte. Große Mutter, Spenderin allen Lebens, nun sind sie wieder dein.« Diese letzten Worte schwebten noch einen Moment lang in der Luft; dann begannen alle, das Loch, das sie gegraben hatten, mit feuchter, krümeliger Erde zu füllen, auf daß Clio und Kropor in Sicherheit wären und es ihnen nicht kalt würde.

Dreimal noch mußten sie in den darauffolgenden Jahren die Totenrituale für ein Mitglied von Zenas ursprünglicher Gruppe abhalten. Nyta war als erste gestorben, weil sie alt und schwach war; Toro folgte ihr sehr bald nach. Ihr Tod war schwer zu ertragen, aber als Bran starb, war es für Zena noch viel schrecklicher. Sie fand ihn eines Abends am See, wo er hatte fischen wollen. Sie dachte, daß eigentlich nichts passiert war, außer daß er einfach aufgehört hatte zu atmen. Ein so heftiger Schmerz durchzuckte ihr Herz, als sie neben der vertrauten Gestalt niederkniete, daß sie krampfhaft nach Luft schnappen mußte. Solche Pein und Qual hatte sie nicht mehr gefühlt, seit die Gnus durchgegangen waren. Bran war ihr bester Freund gewesen und stets bereit, sie zu unterstützen und zu verteidigen. Sie würde ihn schrecklich vermissen.

Sie empfand tiefe Trauer, jedoch hielt sie nicht lange an. Sie hatte immer noch Lotan zum Trost, und der Stamm wurde so schnell größer, daß ihr gar keine Zeit blieb zum Traurigsein. Die Jungen wuchsen heran und bekamen ihrerseits Kinder; es wurden mehr und mehr geboren. Nicht lange, und Zenas ursprüngliche Gruppe war auf über hundert angewachsen, so daß nicht einmal das fruchtbare Tal, das die Große Mutter ihnen gegeben hatte, sie alle ernähren konnte. Zena entschied, daß einige von ihnen sich neue Heimstätten suchen mußten und begann, weise Frauen auszubilden, damit jede von ihnen eine eigene Gruppe in ein neues Gebiet führen konnte. Sie hatte aufmerksam beobachtet, wie sich die jungen Frauen entwickelten, und als sie alt genug waren, wählte sie diejenigen aus, die sich der Mutter besonders nahe fühlten und begierig waren, ihre Wege zu erlernen. Sie brachte ihnen alles bei, was sie wußte, alles, was sie von Kalar und Ralak gelernt hatte, von der Macht der Erdkraft, den Männern und warum sie anders waren, von der Notwendigkeit, die Weisheit der Mutter anzunehmen, auch wenn es manchmal schwer zu verstehen war.

Die praktischen Lehrstunden waren am einfachsten. Eine weise Frau mußte sich mit den verschiedenen Heilpflanzen auskennen, wissen, wie man Krankheiten und Wunden behandelte, und die Worte und Gesten für die Rituale beherrschen. Die Lektionen, die dann kamen, waren schon schwerer, weil Zena versuchte, von der Weisheit selbst zu sprechen und davon, was es bedeutete, eine weise Frau zu sein.

»Am wichtigsten ist, daß ihr streng mit euch selber, aber freundlich und gerecht zu denen seid, die ihr führt«, sagte sie ihren Schülerinnen. »Der Stamm braucht immer eine Weise. Wenn niemand da ist, der weiß, wie man mit der Mutter spricht, vergessen wir, wie man sich verhalten muß, und der Friede des Stammes ist dahin. Ich habe das schon erlebt. Ihr müßt also lernen, auf die Mutter zu hören und ihre Botschaften anzunehmen, das ist eure wichtigste Aufgabe. Auf die Große Mutter zu hören ist wichtiger als alle Lektionen, die ich euch erteilt habe, weil sie euch besser leiten kann als ich. Und nun kommt mit mir zum steinernen Kreis. Wir wollen üben.«

Viele Monde hindurch brachte Zena ihre Schülerinnen jedesmal mit, wenn sie am Morgen und am Abend im steinernen Kreis auf die Stimme der Mutter lauschte. Dazu brauchte man Geduld und die Fähigkeit, seinen Geist zum Schweigen zu bringen. Für Zena war das die schwierigste Aufgabe gewesen. Aber ihre Schülerinnen schienen damit keine großen Probleme zu haben. Sie hatten Zena seit vielen Jahren beobachtet und oft versucht, ihr Schweigen und ihre Offenheit nachzuahmen, damit auch sie die Mutter hören konnten. Bald konnten viele von ihnen die Stimme der Mutter ebenso gut empfangen wie sie. Zena gab ihnen ihren Segen und schickte sie fort, denn nun waren sie selbst weise Frauen. Einige gingen nach Westen in ein großes Flußtal, das jenseits der Berge lag. Andere gingen an der Küste entlang nach Norden und Osten oder südlich in das Flachland.

Zenas eigene jüngste Tochter war die intelligenteste von allen zukünftigen weisen Frauen und am deutlichsten ein Kind der Großen Mutter. Dieses letzte Kind war viele Jahre nach Zenas anderen Söhnen und Töchtern geboren worden, als sie eigentlich dachte, die Zeit, in der sie Junge gebären konnte, sei schon vorbei. Zunächst hatte sie dem altbekannten Gefühl in ihrem Bauch nicht trauen mögen, aber als das Baby sie eines frühen Morgens getreten hatte, hatte sie verwundert festgestellt, daß in ihrem Leib tatsächlich noch einmal neues Leben wuchs.

Das Kind war lange im Bauch geblieben und groß und kräftig geworden wie seine Mutter. Zena trug es voller Liebe. Die ganzen langen Monate hindurch fühlte sie sich ruhig und heiter und erfüllt von der Mutter. Das Kind schien die Heiterkeit seiner Mutter zu spüren, denn als es schließlich herauskam und gerade in dem Moment die Sonne hinter dem Horizont hervorglitt, schrie es nicht etwa, sondern blickte sich ruhig um.

Zena lächelte amüsiert über das ernste Gesicht des Kindes und fragte sich, wie sie dieses kleine Weibchen nennen sollte, das schon jetzt so weise zu sein schien. Aber im Innersten mußte sie es wohl schon gewußt haben, denn als die Frauen sie fragten, wie das neue Kind heißen solle, formten ihre Lippen Worte, an die sie vorher gar nicht gedacht hatte.

»Mina. Dieses Kind wird Mina heißen, denn es ist meine wiedergeborene Mutter.«

Als es dann heranwuchs, wußte Zena, daß sie recht gehabt hatte. Cere hatte so viele Male von Mina gesprochen und ihr erzählt, wie sie schon als Kind die kommende Weisheit in sich getragen hatte. Zenas kleine Tochter war genauso. Sie schien die Wege der Mutter von Anfang an zu verstehen, als trüge sie sie schon von Geburt an in sich.

Vielleicht, dachte Zena, hatte sie sie schon im Mutterleib, in dieser langen, friedvollen Zeit in sich aufgenommen, und sie war froh, daß dieses wunderbare Kind niemals das Leid und die Zerrissenheit würde durchleben müssen, die sie vor so langer Zeit empfunden hatte.

Nur einmal sah Zena ihre Tochter an der Frage zweifeln, wie sie sich verhalten sollte. Viele Male hatte sie Mina erst in Lotans, dann in die Augen ihres Bruders Kalet blicken sehen. Sonst hatte sie immer gefragt, wenn sie etwas nicht verstand. Diesmal fragte sie nicht. Jedesmal, wenn ihre Lippen die Frage aussprechen wollten, schlossen sie sich wieder, genau wie die von Zena.

Zena erkannte, daß offenbar auch sie den Zusammenhang zwischen der Paarung und Jungen erraten hatte, und auch sie wußte instinktiv, daß sie ihren Verdacht nicht aussprechen durfte. Zena antwortete nicht auf ihre unausgesprochene Frage; statt dessen schickte sie ihre Tochter, als sie sie bereit dazu glaubte, zu dem nahen Hügel, auf dem ihr die Schlange erschienen war, und als sie zurückkam, wußte

Zena, daß die Mutter mit ihr gesprochen hatte. Es stand Mina ins Gesicht geschrieben, welches Entsetzen dort oben auf sie gelauert hatte. Auch bei ihr war das verbotene Wissen also sicher.

Es würde ihr besonders schwerfallen, ausgerechnet diese Tochter zu verlieren. Es gab ein starkes Band zwischen ihnen; eine jede wußte auch ohne Worte, was die andere dachte, und jede fühlte Freud und Leid der anderen, als wären es die eigenen. Als Mina aber eines Tages zu ihr kam und ihr von einer von der Mutter gesandten Vision erzählte, verbarg Zena ihren Kummer und nahm ihre Tochter liebevoll in die Arme.

»Jenseits des großen Wassers gibt es mehr Land«, sagte Mina. »Die Mutter hat es mir gezeigt. Dorthin muß ich gehen. Die Mutter wartet auf mich.«

Ihr junges Gesicht glühte vor Leidenschaft und Freude darüber, daß die Mutter ihr eine Vision anvertraut hatte, ebenso wie vor langer Zeit ihrer Mutter.

Zena freute sich mit ihr und half ihr trotz des Kummers in ihrem Herzen, die Vorräte zusammenzutragen, die sie für die Reise brauchen würde. Als alles fertig war, gab sie Mina im Namen der Mutter ihren Segen und lächelte aufmunternd, als sich die kleine Prozession in Richtung auf die umliegenden Hügel in Bewegung setzte. Erst als die frischgebackene weise Frau sich zum letzten Mal umgesehen hatte, ließ sie ihren Tränen freien Lauf. Sie wußte, daß sie dieses Kind, das die Wiedergeburt ihrer nie gekannten Mutter war, nie wiedersehen würde. Aber sie wußte auch, daß Mina wahrhaftig ein Kind der Mutter war und ihren Visionen folgen mußte, wie Zena den ihren. Vor langer Zeit hatte die Mutter sie zu diesem herrlichen Tal geführt. Zena zweifelte nicht, daß sie Mina eines Tages in ihr eigenes Paradies bringen würde.

Und sie hatte recht. Mina wanderte viele Jahreszeiten hindurch nach Norden und Osten, bis sie an den Rand des großen Meeres kam. Dort entdeckte sie einen so reich beschenkten Ort, daß er mit der Zeit die fruchtbare Sichel genannt wurde, weil er die Form der Mondsichel besaß. Ihr Stamm wuchs und gedieh, und als er zu groß wurde, bildete sie weise Frauen aus, damit sie kleinere Gruppen zu neuen Ufern führen konnten – genau wie ihre Mutter es getan hatte. Sie lehrte sie Toleranz und Friedfertigkeit und Respekt vor der Erde und allem, was auf ihr lebte, denn das war der Weg der Mutter. Die neuen weisen Frauen wiederum zogen wieder andere heran, die die Wege der Mutter lehren sollten, und so verbreitete sich das Wissen.

Allmählich verstreuten sich Generationen von weisen Frauen mit ihren Stämmen über die ganze Erde. Sie gingen überallhin, zu anderen Kontinenten, und selbst zu Inseln, die noch nie zuvor betreten worden waren. Überall ließen sie sich nieder und errichteten Steinkreise, in denen sie der Mutter huldigen konnten. Einige dieser Kreise waren so massiv, daß sich noch heute niemand erklären kann, wie sie entstanden sind. Andere suchten sich Höhlen, in denen sie wohnen konnten, wenn das Eis über die Ebene zu kriechen begann, denn auch Höhlen waren Steinkreise, die sogar die Mutter selbst geschaffen hatte. Tausende von Jahren später sollten ihre Nachfahren ehrfürchtig den Atem anhalten, wenn sie die herrlichen Zeichnungen sahen, die diese Entdecker auf den Höhlenwänden hinterlassen haben, um der Mutter für ihren Großmut zu danken.

Andere Stämme gingen nach Westen und Osten, um große Städte im Niltal und in den riesigen Weiten des Orients zu gründen. Mit den Jahren breiteten sie sich noch weiter aus. Kein Berg konnte sie aufhalten und auch kein Meer, egal wie bedrohlich und aufgewühlt es war. Sie reisten immer weiter, bis die ganze Erde von Lebewesen ihresgleichen bevölkert war. Und alle, jeder einzelne von ihnen, waren Nachfahren von Zenas ursprünglichem Stamm, den sie durch Savanne und Wüsten zu ihrem paradiesischen Tal am Rand des Roten Meeres geführt hatte.

TEIL III

IN DEN PYRENÄEN ZWISCHEN 50 000 UND 30 000 JAHREN VOR UNSERER ZEITRECHNUNG

19. Kapitel

Zena sah das junge Männchen zweifelnd an. Conar sah nicht gerade vielversprechend aus. Er war klein und dünn und machte einen niedergeschlagenen Eindruck, obwohl sein Körper gleichzeitig aufs äußerste gespannt war. Er sah ihr in die Augen, senkte dann aber schnell wieder den Blick. Doch in diesem kurzen Augenblick hatte sie etwas gesehen, das sie erstaunt die Stirn runzeln ließ. Seine Augen waren nicht wie sein Körper, sie las etwas in ihnen, was sie nicht ergründen konnte. War es Verständnis für ihre Situation, Mitgefühl, oder vielleicht Hoffnung?

Ermutigt nahm sie seine Hand. Sie war kalt und klamm. Ein Seufzer entfuhr ihm, als sie ihn berührte, und sein Körper entspannte sich ein wenig. Zena lächelte ihn an. Daraufhin zuckte Conars Oberlippe erst ein wenig, dann verzog sich sein Mund zu einem breiten, ansteckenden Lächeln.

»Komm«, sagte sie. »Ich werde dir meinen Platz zeigen. Ich möchte ihn mit dir teilen.«

Er antwortete nicht, aber seine Hand schloß sich fester um die ihre, und er folgte ihr bereitwillig nach. Sie bemerkte, daß er große Hände hatte, größer, als man bei seiner Statur erwartet hätte. Sie fragte sich, warum sie ihn in der Vergangenheit nur so wenig beachtet hatte.

Wahrscheinlich, weil er meistens für sich blieb und statt sich zu den anderen zu gesellen, zu einem nur ihm bekannten Zweck umherwanderte.

Wieder warf sie ihm einen verstohlenen Blick zu. Wenn er sich unbeobachtet fühlte, hatte er ein lebhaftes, beinahe fröhliches Gesicht. Zena beschleunigte ihre Schritte, jetzt erregte sie die Aussicht, sich mit ihm zu paaren. Conar war ja vielleicht klein und still, aber interessant war er trotzdem. Davon abgesehen hatte sich seit zwei Tagen das Verlangen in ihr aufgestaut, und er war das einzige junge Männchen in der Gruppe, mit dem sie sich noch nicht gepaart hatte.

Die Große Mutter und die weise Frau des Stammes, die ihnen allen wie eine Mutter war, hatten ihr mit dem Einsetzen der ersten Blutung zu verstehen gegeben, daß sie jeden der Männer in ihrer Altersgruppe zur Paarung auffordern und keinen bevorzugen sollte. Wenn niemand vernachlässigt wurde, konnte auch kein Neid entstehen und Unruhe unter den Männern stiften. Zena fügte sich nur allzu gern. Sie liebte es, sich zu paaren. Es war immer schön und jedesmal anders.

Der Stamm kannte viele Ausdrücke für die Paarung, oder, genauer gesagt, Akat. Da gab es Akate, was soviel bedeutete wie lustvolles Paaren und meistens schnell vorbei war, und Akato, eine spielerische Variante, bei der viel gelacht wurde. Akatale war zärtlich, Akatelo gemächlich und sinnlich, natürlich konnte man beides auch auf verschiedenste Weise kombinieren. Am schönsten aber war Akatalelo, die spirituelle Paarung oder ›mit der Großen Mutter‹, wenn die beiden Partner gemeinsam ein höheres Bewußtsein erlangten. Diese Art hatte Zena bisher noch nicht erlebt. Und mit Conar war es auch eher unwahrscheinlich. Er war jung und unerfahren. Sie würden wohl einfach nur Akat erleben, eine Paarung ohne besondere Note oder die zu Übungszwecken diente, wenn nämlich eine Frau einem weniger erfahrenen Männchen zeigte, was er zu tun hatte.

Zena erinnerte sich an ihre eigenen Lernstunden in der Pubertät. Wie hatten die Frauen sich amüsiert! Aber die allgemeine Fröhlichkeit hatte einen ernsten Hintergrund gehabt. Nur wenn die Paarung nicht vernachlässigt wurde, konnte der Friede in der Gruppe gewahrt werden. Manche Männer wurden ohne Akat angriffslustig, und das schadete allen. Die Frauen fingen an zu streiten, und das machte die Jungen quengelig. Aus diesem Grund hatte die Mutter ihnen Akat gegeben. Es war ein ganz besonderes Geschenk, das man nicht auf die leichte Schulter nehmen durfte.

Conar lächelte schüchtern, als Zena ihn neben sich auf das weiche Moos in der Einfriedung zog, die sie zu ihrem Paarungsplatz erkoren hatte. Die kleine Wiese war schattig und kühl und von einem schützenden Kreis hoher Bäume umstanden. Manchmal war der Boden hier ein wenig feucht, aber meistens hatte die hochstehende Sonne ihn getrocknet, so daß sie sich mit ihrem Liebhaber bequem ins Gras legen konnte. Jeder Duft und jedes Geräusch an diesem Ort waren wunderbar.

Zena schnupperte genüßlich und nahm den Geruch nach feuchter Erde und den blühenden Büschen ringsum in sich auf. Aber dann vergaß sie die Gerüche und die Vogelschreie, mit denen sich ihr Geist normalerweise während der Paarung beschäftigte, denn sie hatte begonnen, ganz sanft über Conars Rücken zu streichen, und merkte sofort die ungeheure Spannung in ihm. Ein Prickeln unter seiner Haut übertrug sich auf ihre Finger, die nun immer schneller über seinen Rücken und die Lenden flogen. Und auch von seinen Fingern ging dieses Prickeln aus. Langsam ließ er die Hände ihren Rücken hinuntergleiten. Sie waren jetzt nicht mehr feuchtklamm, sondern warm und unendlich zärtlich.

Zena seufzte lustvoll und entspannte sich restlos. Ihre Hände strichen jetzt langsamer, im Einklang mit den seinen. In trägem, zwingendem Rhythmus streichelte sie über seine Hinterbacken und spürte gleichzeitig, wie seine Bewegungen ihren Körper entfachten und wie brennend zerfließen ließen.

Sie sah Conar in die Augen. Diesmal senkte er nicht die Lider, sondern blickte zurück, damit sie seine Gefühle sehen konnte. Was sie sah, war tatsächlich Liebe. Vielleicht wäre er schon die ganze Zeit nur zu gerne bei ihr gewesen.

Dieser Gedanke weckte zärtliche Gefühle in ihr, und sie zog ihn näher an sich heran. Daraufhin schlang er seine Arme um sie und drückte ganz fest. Danach ließ er sie wieder los und griff nach unten, um sie zwischen den Beinen zu streicheln, vor und zurück und gerade eben nicht innen. Er streichelte sie, als hätte er es gar nicht eilig, dabei hatte sie doch am Bauch gespürt, wie hart er war, als er sie an sich drückte. Manche Männer wurden ungeduldig, wenn sie groß und dick wurden, und versuchten, schneller mit der Paarung voranzukommen. Conars Hände und Lippen aber bewegten sich gefühlvoll, beinahe träge, und er schien instinktiv zu wissen, wie es für sie am schönsten war, so als kenne er sich mit ihrem Körper ebenso gut aus wie mit seinem eigenen.

Zena erinnerte sich, daß ihre Mutter ihr während ihrer Lehrzeit einmal gesagt hatte, daß der eine oder andere Mann eine natürliche Begabung für Akat besitzen konnte und nur wenig Anleitung brauchte. Conar schien einer von diesen Männern zu sein. Seine ganze Art war wie ausgewechselt, er wirkte viel selbstsicherer, als spürte er, daß er in diesem Punkt etwas Besonderes war. Als er dann aber ganz sanft an ihren Brüsten zu saugen begann, wozu er außer den Lippen auch die Zunge benutzte, hörte sie auf, überhaupt noch etwas zu denken. Ein prickelndes Gefühl breitete sich von der Nabelgegend bis an einen Punkt tief in ihrem Innern aus, und sie stöhnte genüßlich.

Die Erregung, die nun ihren ganzen Körper durchströmte, war überwältigender als alles, was sie bisher erlebt hatte. Sie griff nach unten, um seine Hüften und Pobacken zu streicheln und spürte auch in ihm die Erregung, so stark wie in ihr selber. Wie ein Funke schien sie von einem Körper zum anderen überzuspringen und mit jedem Mal noch mehr Kraft zu erwerben. Leidenschaft beherrschte Zenas Bauch und Kopf und Fingerspitzen, seine Finger, seine Lenden, sein ganzes Sein. Sie wogte ihr entgegen wie die Brandung des Meeres.

Zena hielt es keinen Augenblick länger mehr aus. Sie wollte ihn in sich, jetzt gleich. Sie preßte ihre Hüften an ihn und öffnete weit die Beine als unmißverständliches Signal, daß sie bereit war. Er verstand, und sie fühlte, wie er seine Hüften in die richtige Position brachte. Doch dann entzog er sich noch einmal und fuhr erst ganz leicht und dann immer stärker mit der Zunge über die aufs äußerste empfindlichen Lippen ihrer Vagina, und sie schrie vor Lust und weil er sie immer noch warten ließ. Sie krallte sich an seinem Rücken fest. Die Zunge war wunderbar, aber Zena wollte mehr. Da drang er mit einem langgedehnten, tierähnlichen Stöhnen schnell und ohne zu zögern in sie ein. Er stieß einmal, zweimal, dreimal, erst zärtlich, dann heftiger.

Sie fühlte, wie es sich unbezwingbar in ihr aufstaute. Ein paar Augenblicke noch, dann wand sich ihr ganzer Körper in Zuckungen.

Conar verlangsamte seine Stöße. Er drang tief ein und zog sich wieder zurück. Sie schrie auf vor Angst, daß er sie womöglich ganz verlassen könnte, das hätte sie nicht ertragen können. Aber er kam zurück und bewegte sich dann tief in ihr mit langsamen, rhythmisch kreisenden Bewegungen. Es war ein zartes, unvergleichliches Gefühl. Wieder stieg diese überwältigend intensive Flut in ihr an. Und wieder wurde sie von lustvollen Krämpfen geschüttelt, viele, viele Male. Als sie schließlich verebbt waren, schlang sie liebevoll die Arme um Conar. Sie liebte ihn für die Freude, die er ihr geschenkt hatte.

Wieder begann er sich zu bewegen, diesmal heftiger. Zena hielt ihn ganz fest. Doch dann konnte sie ihn nicht mehr halten; steif vor Erregung, bäumte sich sein Rücken hoch auf. Er ließ sich zurücksinken, stieg noch einmal hoch – und dann wurde sein Körper von derart heftigen Zuckungen erfaßt, daß Zena beinahe um ihn fürchtete. Conar schrie auf, obwohl er die Lippen ganz fest aufeinander gepreßt hatte, die Zukkungen erreichten einen letzten Höhepunkt, um dann langsam zu verebben.

Mit einem letzten Zittern ließ er sich auf Zenas Körper sinken. Er war noch immer in ihr, aber nun hatte alle Kraft sein Glied verlassen. Und dennoch spürte sie, daß sich die wilde Lust noch einmal in ihr aufbaute. Sie ließ es geschehen. Diesmal waren es kleine, aber sehr durchdringende Vibrationen, und sie mündeten in eine letzte Explosion, die alle Anspannung mit sich nahm, die noch in ihrem Körper gewesen war. Danach konnte sie sich absolut nicht mehr rühren.

Zena legte sich voller Verwunderung zurück. Seit ihrer ersten Blutung hatte sie schon so viele Male Akat gemacht, aber so intensiv wie diesmal war es noch nie gewesen.

Sie sah Conar neugierig forschend an. Er hatte die Augen geschlossen, und sein Gesicht war durch und durch friedlich. Er sah verwundbar aus und sehr jung.

Wahrscheinlich hatte er sich noch nicht sehr oft gepaart,

was man ihm nun allerdings wirklich nicht anmerken konnte.

Vielleicht hatten die Männer eigene Lehrstunden abgehalten, wie eine der Frauen behauptet hatte, und Conar war deshalb so geschickt. Aber Zena mochte dem Gerücht eigentlich nicht glauben. Akat war Sache der Frauen. Vielleicht brauchte Conar einfach nichts zu lernen, ganz wie ihre Mutter gesagt hatte.

War er mit anderen genauso sensibel und aufmerksam? Vielleicht würde sie sich ganz vorsichtig bei ihren Altersgenossinnen erkundigen. Es wäre unhöflich, direkt danach zu fragen. Die Frauen sprachen untereinander sehr oft über Akat, aber sie achteten darauf, niemals einen Mann mit dem anderen zu vergleichen, weil es für den einen oder anderen demütigend sein konnte, und die Mutter hatte sie gelehrt, daß es falsch war, jemanden zu demütigen. Es war schon schwer genug für die Männer, daß sie unfähig waren, Leben zu erschaffen wie die Frauen. Frauen waren der Großen Mutter von Natur aus ähnlicher. Sie waren ihr näher, weil sie die Spenderin allen Lebens war und die Frauen selber diejenigen, die den Stamm weiterleben ließen. Männer hatten an dem ganzen Prozeß keinen Anteil. Auch deshalb war die Paarung so wichtig für sie. Nur wenn sie vom Körper einer Frau umfangen waren, konnten sie sich eins mit der Großen Mutter fühlen.

Allerdings waren die Männer oft stark und sehr tapfer. Zena bewunderte sie für ihren Mut.

Sie seufzte. Es mußte doch furchtbar traurig für die Männer sein. Aber auch sie selbst war traurig, weil die Große Mutter ihr immer noch kein Kind geschenkt hatte. Zwei Jahre lang war sie nun schon unter den Bäumen der Mutter umhergewandert und hatte unter den fruchtbringenden Zweigen ihre Kreise gezogen. Manchmal genügte das allein, um im Bauch einer Frau ein Kleines wachsen zu lassen. Als immer noch nichts passierte, hatte sie sich in dem Kreis aus Steinen vor die heiligen Figuren der Göttin mit ihren enormen Bäuchen und den üppigen Brüsten hingekniet. Diese Abbildungen hatten eine besondere Bedeutung für die Große Mutter, und sie war sicher gewesen, daß wenigstens das helfen würde. Aber es war immer noch kein Kind gekommen.

Aber in diesem Jahr würde die Mutter ihren Wunsch ganz gewiß erfüllen, beschloß Zena. Sie würde Conar bitten, eine besondere Göttinnenstatue nur für sie zu machen, die sie dann ständig bei sich tragen konnte. Er machte die besten Figuren.

Sie rückte ein wenig von ihm ab, um ihn besser ansehen zu können. Die Bewegung ließ ihn hochschrecken, und er stützte sich auf einen Ellbogen und sah ihr schüchtern ins Gesicht. In ihren Augen funkelte es mutwillig, als sie seine Genitalien berührte, weil sein Glied jetzt so klein und verschrumpelt war. Da schwand alle Freude aus Conars Haltung, und er wandte sich kläglich von ihr ab. Zena beugte sich voller Mitleid über ihn. Sie hatte ihm nicht wehtun wollen. Beruhigende Worte murmelnd, streichelte sie ihn liebevoll, bis er sie wieder ansah.

»Du hast mir große Freude geschenkt«, erklärte sie ihm ernst. »Sehr, sehr viel Freude.«

Ihm war offensichtlich bewußt, daß sie die Wahrheit sprach. Erleichtert schloß er die Augen.

»Ich habe so sehr bei dir sein und dir Freude bereiten wollen«, sagte er. »Ich habe es mir sehr gewünscht. Aber ich habe nicht viel Erfahrung.«

»Die brauchst du auch nicht. Du bist schon jetzt ein wundervoller Liebhaber«, antwortete sie frei heraus, in dem Bewußtsein, daß er dieses Kompliment nicht dazu benutzen würde, vor den anderen damit zu prahlen. Er war nicht der Typ dazu.

Sein Gesicht leuchtete wie die der Kinder, wenn sie von einem der großen Männchen in die Luft geworfen wurden.

»Danke«, sagte er schlicht. Und als hätte er immer noch seine Zweifel, fügte er hinzu: »Ich hatte Angst, dich zu enttäuschen.«

Zena spielte Entsetzen. »Wenn du mir nur ein ganz kleines bißchen mehr Freude bereitet hättest, wäre ich explodiert!«

Da mußte er lachen, und Zena lachte mit ihm. Sie stand auf und bot ihm die Hand, bevor sie sich zum Gehen wandte.

»Wir werden bald wieder herkommen«, versprach sie. Aber sie wußte so gut wie er, daß sie mindestens eine Woche warten mußten, damit die anderen Männer keine Bevorzugung witterten. Trotzdem war sie entschlossen, ihr Versprechen so bald wie möglich wahr werden zu lassen. Als Liebhaber *war* er ihr Favorit, auch wenn sie es nicht öffentlich zugeben konnte. Sein Körper mochte so klein sein, wie er wollte, seine Fähigkeit, Freude zu schenken, war es nicht.

Hand in Hand gingen sie zum Lagerplatz zurück, aber als sie näher herankamen, löste Zena sich von Conar und ging ein paar Schritte vor ihm weiter. Seine Privatangelegenheiten behielt man am besten für sich. Sie legte keinen Wert auf Einmischung von außen.

Matt ließ sie sich auf einen sonnenbeschienenen Felsen sinken, um ein wenig auszuruhen. Statt dessen schlief sie ein. Sie träumte von einem Ort, den sie nie gesehen hatte. Er lag weit im Westen, wo die Berge hoch und weiß hinter dem zerklüfteten Vorgebirge emporragten. In ihrem Traum wanderten sie und Conar durch ein Labyrinth aus langen Tunneln, das sich unter der Erde hinzog. Sie kamen an einen engen Durchgang im Felsen, und obwohl sie nie gesehen hatte, was dahinter war, wußte sie, daß er in einen großen freien Raum mündete. Conar verschwand, aber sie ging allein weiter, denn sie stand kurz vor einer wichtigen Entdeckung, die in der großen Höhle auf sie wartete.

Kurz bevor sie den Durchgang betrat, wurde sie von Stimmen aus dem Schlaf geschreckt. Enttäuscht setzte sie sich auf und wollte schon etwas sagen, aber als sie richtig hinhörte, vergaß sie ihre Empörung und war sofort hellwach. Es war die Stimme ihrer Mutter, und sie sprach in hartem, drängendem Ton.

»Wir dürfen das nicht zulassen«, sagte sie. »Der ganze Stamm wird darunter leiden. Wir müssen ihn verbannen.«

Verbannen. Das Wort dröhnte Zena in den Ohren. Wer sollte verbannt werden und warum? Die Verbannung war eine schreckliche Strafe. Soviel sie wußte, war es bisher nur einmal vorgekommen, als ein Mann namens Kort sich einer Frau aufzudrängen versucht hatte. Es war ihm nicht gelungen, weil sie laut geschrien hatte, und so hatten die anderen ihn daran gehindert. Aber schon, daß er es überhaupt versucht hatte, war unvorstellbar. Es blieb ausnahmslos den Frauen überlassen, wann und mit wem sie Akat machen wollten, weil nur sie wußten, wann sie bereit und willig waren. Es war wahrhaftig kaum zu glauben, daß ein Mann versuchen sollte, sich über dieses Vorrecht hinwegzusetzen. Zena wurde ganz heiß vor Empörung.

Sie schüttelte sich. Sie wußte nicht, was passiert war. Und sie sollte nicht zuhören, ohne sich bemerkbar zu machen. Also glitt sie von dem Felsen herunter und ging auf die Lichtung.

»Ich grüße dich«, sagte sie zu ihrer Mutter Lune. »Ich konnte deine Worte nicht überhören. Was ist denn geschehen?«

Bevor sie ihr eine Antwort gab, sah Lune fragend ihre Schwester Menta, die weise Frau des Stammes, an. Menta und Lune waren zwar gleichzeitig geboren worden, aber von der Art her sehr verschieden. Menta war bedächtig und weise, Lune schnell und leidenschaftlich. Darum hatte man auch Menta, und nicht Lune, zur weisen Frau gemacht, als ihre Mutter gestorben war. Im übrigen war Lune die Medizinfrau, die wußte, wie man heilte. Ihre natürliche Begabung war das Heilen, genauso wie Menta die Gabe des Hellsehens besaß. Sie sah mehr als andere, über die vorhandenen Dinge hinaus und in Zeiten, die noch gar nicht verstrichen waren, und in andere, die lange, bevor irgendeiner aus dem Stamm geboren wurde, bereits Vergangenheit waren.

»Wir können es ihr sagen«, beruhigte sie Menta. »Bald werden es alle hören. Es müssen alle hören, damit sie sagen können, was sie fühlen, bevor wir eine Entscheidung treffen.«

»Es geht um Tron«, erklärte Zenas Mutter mit noch immer wutverzerrter Stimme. »Er hat Pila gegen ihren Willen mit in den Wald genommen, und jetzt weint sie vor Schmerzen. Er glaubt, daß er so etwas tun kann, weil er stark ist und viele Wisente tötet.«

»Aber das ist ja furchtbar!« Zena war zutiefst erschüttert

und suchte nach Worten, um ihre Gefühle auszudrücken. »Pila ist zu klein. Ich glaube, sie hat noch nicht einmal eine Blutung gehabt.«

»Nein«, antwortete Menta. »Sie war noch nicht bereit.« Ihre Stimme klang mitfühlend und traurig.

Zena umarmte sie. Sie verstand, welche Qual sie als weise Frau durchlitt. Menta fühlte sich am meisten für das Wohl des Stammes verantwortlich, und sie würde auch in der Entscheidung über die Verbannung das letzte Wort haben. Kort war erst vor wenigen Monaten verbannt worden; dann aber hatte man ihm erlaubt, zurückzukehren. Aber er hatte kein so schweres Verbrechen begangen, und er hatte sich geändert. Wenn Tron Pila wirklich gezwungen hatte, war es möglich, daß er für immer verbannt wurde. Aber das schien genauso undenkbar. Wie sollte er ohne die anderen überleben?

Allerdings wäre der Stamm ohne ihn vielleicht besser dran. Zena schreckte vor ihrem eigenen harten Gedanken zurück. Und dennoch war es wahr. Tron war anders als die anderen Männer. Die wurden manchmal böse oder fochten Kämpfe untereinander aus, aber sie waren auch freundlich und liebevoll. Tron war das nicht. Er schien für niemanden etwas zu empfinden. Schon als Kind hatte er immer kämpfen wollen, und es schien ihm beinahe Freude zu bereiten, anderen Schmerz zuzufügen. Sie hatten sich alle sehr bemüht, nett zu ihm zu sein, damit er sich änderte, aber es hatte nichts geholfen. Plötzlich wurde Zena klar, daß sie Tron noch nie gemocht hatte. Er machte ständig ein unzufriedenes, vergrätztes Gesicht, und als sie sich mit ihm gepaart hatte, war er sehr grob gewesen und hatte sich nicht darum gekümmert, ob es ihr auch Freude machte. Damals hatte sie geglaubt, daß er es nur noch nicht besser wußte. Aber vielleicht war es nicht seine Natur, nett zu sein.

Menta schien ihre Gedanken zu hören. »Manchmal«, sagte sie ruhig, »werden ein Mann oder eine Frau geboren, die nicht gut sind. In so einer Person ist keine Güte, wie sehr wir auch mit unserer eigenen Güte danach suchen mögen. Sie ist einfach nicht da. Vielleicht ist Tron einer von diesen Menschen. Laßt uns sehen, was die anderen darüber denken.«

Sie wandte sich an Lune. »Ruf sie zusammen«, befahl sie. »Wir müssen einen Rat einberufen, bevor die Sonne untergeht.« Jeder im Stamm hatte seinen Platz im Rat, und wenn eine Entscheidung getroffen werden sollte, mußten alle anwesend sein.

»Geh zu Pila und tröste sie«, befahl sie Zena. »Laß dir von ihr erzählen, was passiert ist, wenn sie dazu imstande ist.«

Zena und Lune beeilten sich, zu folgen. Normalerweise pflegte Menta keine Befehle zu erteilen, aber wenn sie ihre Rolle als weise Frau einnahm, gehorchten alle ohne ein Widerwort.

Zena fand Pila leise vor sich hin weinend in einer Ecke nahe der Kochstelle. Sie war wirklich noch kaum mehr als ein Kind. Bly, ihre Mutter, gurrte sanft auf sie ein und streichelte liebevoll ihre schmalen, knochigen Schultern.

»Menta hat mich geschickt«, erklärte Zena und kniete neben Pila nieder. »Die Große Mutter hat dich nicht vergessen«, sagte sie ihr. »Das mußt du nicht glauben. Du bist noch immer ein Teil von ihr. Tron ist es, der nicht mehr zu ihr gehört. Er hat sie verloren durch das, was er getan hat.«

Ihre Worte schienen zu Pila durchzudringen, denn sie erhob ernst das Gesicht und faßte nach Zenas Hand.

Zena wußte nicht, warum ihr ausgerechnet diese Worte eingegeben worden waren, aber sie wußte, sie entsprachen der Wahrheit, und sie waren genau das, was Pila brauchte. Dadurch, daß ihr derart Gewalt angetan worden war, mußte nicht nur ihr Körper verletzt, sondern auch ihre guten Gefühle sich selbst gegenüber erschüttert worden sein. Und ohne ein gutes Selbstgefühl konnte sie sich der Güte der Großen Mutter nicht nahe fühlen. Es mußte für Pila schwer zu verstehen sein, daß das, was ihr widerfahren war, ihr in den Augen der Großen Mutter oder denen irgendeines Stammesmitglieds nichts anhaben konnte.

»Fühlst du dich stark genug, uns zu erzählen, was passiert ist?« fragte Zena sanft, weil sie das Kind nicht bedrängen wollte. Sie wußte aber, daß Menta Pilas Geschichte so schnell wie möglich erfahren mußte.

Pila nickte tapfer. »Ich habe im Wald nach Pilzen gesucht,

und dort ist Tron zu mir gekommen. Er hat nichts gesagt. Er hat mich nur umgeworfen und ist dann in mich rein gekommen, und es hat furchtbar wehgetan. Dann hat es ihn überall geschüttelt, und er ist aufgestanden und weggegangen.«

Sie sah ihre Mutter zweifelnd an. »Tut Akat immer so weh?«

Bly beeilte sich, sie zu beruhigen. »Nein, Pila, wenn du bereit bist, schmerzt es nicht. Mach dir keine Sorgen. Es wird nicht wieder so sein. Wenn du dich selbst dafür entscheidest, schenkt Akat große Freude.«

Bly sprach mit Überzeugung, aber ihr Gesicht sah dabei alles andere als sicher aus. Traurig sah sie zu Zena auf. Zena fühlte, was sie dachte. Würde Pila nach dieser Erfahrung wirklich noch einmal lernen, Akat zu genießen? Würde sie sich nicht immer ein wenig fürchten, so daß ihre Freude gedämpft blieb? Akat war das höchste Geschenk der Großen Mutter, sie hatte es ihnen gegeben, damit ihr Leben voller Harmonie und dieser ganz besonderen Freude sei. Es war ein unmenschliches Verbrechen, Pila dieses Geschenks zu berauben.

Zena fühlte wieder die heiße Wut in sich aufsteigen. Entschlossen drängte sie sie zurück. Sie durfte ihr Urteil nicht von Wut trüben lassen. Um Menta bei ihrer Entscheidung zu helfen, mußte sie klar denken. Eine gute Entscheidung, so dachte sie, würde niemandem schaden, sondern wenn möglich allen, selbst Tron, zum Guten gereichen: Sie seufzte tief. Im Moment konnte sie sich nicht vorstellen, wie das zugehen sollte. Aber wenn sie ganz genau hinhörte, würde die Mutter ihr bestimmt den Weg zeigen.

II

Der Stamm versammelte sich kurz vor Sonnenuntergang in dem Steinkreis. Die großen, abgerundeten Steine waren vor langer, langer Zeit von den Altvorderen dort ausgelegt worden. Jahr für Jahr hatten sie zur Mutter gesprochen und ihre

Rituale durchgeführt, und nun war ihre Gegenwart sehr deutlich spürbar. Als sie einer nach dem anderen in die Schlucht traten, sah Zena das Wissen um diese Gegenwart in allen Gesichtern. Sie senkten die Köpfe zum Boden hin und erhoben sie dann gen Himmel, um der Gottheit, die sie untereinander Große Mutter nannten, ihren Gruß zu entbieten. Sie strafften die Schultern, als sie einmal mehr ihren Entschluß erneuerten, nach dem Willen der Mutter zu leben und ihre Entscheidungen so zu treffen, wie sie selbst es auch tun würde.

Der Stamm hatte dreißig Mitglieder, und es war gar nicht so einfach gewesen, sie alle zu finden. Viele waren gerade auf der Nahrungssuche, und Katli und einige Männer waren zur Jagd unterwegs. Die meisten Frauen gaben die Jagd auf, wenn sie Kinder bekamen, zumindest für eine gewisse Zeit. Aber nicht Katli. Sobald sie sich von einer Geburt erholt hatte, war sie auch schon wieder mit den Männern auf der Pirsch und überließ ihre Kleinen ihrer Schwester, die sie inständig liebte und immer große, milchschwere Brüste zu haben schien. Katli wußte nicht weniger über die Bewegungen und Gewohnheiten der Tiere als selbst der erfahrenste Jäger, und so war ihre Gegenwart immer gern gesehen. Auch die Tiere schienen ihr freundlich gesinnt, so als spürten sie ihre Hingabe. Wenn Katli dabei war, ließen sie sich schneller einfangen und starben schneller. Dann segnete sie sie jedesmal und dankte ihnen, daß sie so großzügig ihr Leben hingegeben hatten.

Und natürlich starben sie nicht wirklich, dachte Zena. Die Tiere waren wie ihre Jäger ein Teil des von der Mutter geschenkten unendlichen Zyklus von Leben, Tod und Erneuerung. Eines Tages würden sie wiedergeboren werden, über die Ebene laufen und von ihrer reichen Ernte essen.

Als alle versammelt waren, erhob sich Menta, um das Wort zu ergreifen. Sie war eine kleine Frau mit lang wallendem schwarzen Haar. Wenn sie aber ihre Stellung als Vertreterin der Großen Mutter einnahm, schien sie sogar größer zu sein als die Männer.

»Große Göttin, Mutter allen Lebens«, sagte sie feierlich.

»Wir fürchten, daß ein Verbrechen gegen dich diesem Stamm böse Gefühle gebracht hat, die unser Innerstes aufwühlen und uns blind machen für deine Güte und die Freuden, die du uns schenkst. Wir möchten uns von diesen Gefühlen befreien, weil wir deinen Willen nur erkennen können, wenn in uns Frieden herrscht. Hilf uns, die Wahrheit zu erkennen, und gib uns die Kraft, die richtige Entscheidung zu treffen. Zeige uns, wie wir trotz allem die Liebe in unseren leidgeprüften Herzen und die Weisheit unserer Seelen bewahren können, auch wenn der Zorn sie verwirrt hat, denn das ist der Weg der Großen Mutter.«

Die Anwesenden nickten zustimmend. Sie würden den Weg der Mutter gehen, um zu einer Entscheidung zu kommen. Als Menta nun erzählte, was geschehen war, hörten sie alle aufmerksam zu, obwohl die meisten die Geschichte bereits kannten. Die schreckliche Nachricht hatte sich schnell verbreitet. Während Menta sprach, wurde in vielen Gesichtern aus Zorn Trauer, Trauer, daß so etwas in ihrem Kreis überhaupt geschehen konnte. Tron hatte sie alle vergewaltigt, nicht nur Pila.

Zena warf einen Blick zu ihm hinüber. Er sah wütend aus, aber keineswegs reumütig, und als Menta nun erzählte, wie er sich von hinten an Pila herangeschlichen und sich ihr aufgedrängt hatte, grunzte er verächtlich und sprang auf die Füße.

»Sie wollte das doch«, stieß er in gekränktem Ton hervor. »Sie hockte da und hat doch nur darauf gewartet.«

Die Menge ließ ein empörtes Grummeln hören. Menta sorgte mit erhobener Hand für Ruhe.

»Sie wollte es ...«, murmelte sie wie zu sich selbst. Mit zusammengekniffenen Augen forderte sie Tron auf, sich näher zu erklären.

Er zuckte die Achseln. »Ich hab's in ihrem Gesicht gesehen, als sie zu mir hochsah.«

Menta sah ihn stirnrunzelnd an. Dann wandte sie sich zu Katli um. »Sag mir, Tron. Was siehst du jetzt in Katlis Gesicht?«

Tron schüttelte verärgert den Kopf. »Weiß ich nicht«,

murmelte er. »Vielleicht denkt sie an die Jagd.« Dabei zeigten Katlis Züge nichts als Ekel.

»Dann sag mir, was in Blys Gesicht geschrieben steht«, forderte Menta ihn auf. Tron sah widerwillig auf Bly. »Sie ist wütend«, antwortete er. Aber in Blys Gesicht war keine Wut, nur Trauer.

Die Leute begannen ungeduldig zu murren, sie wollten endlich zu einer Entscheidung kommen. Tron sagte bestimmt sowieso nicht die Wahrheit. Jeder konnte doch im Gesicht der anderen lesen.

Aber Menta blieb beharrlich. »Was siehst du in Zenas Gesicht?«

Tron ließ den Blick über Zena gleiten und grinste verächtlich. »Ach, die ist doch gar nicht bei der Sache«, fauchte er.

Nun legte sich Mentas Stirn in noch tiefere Falten. Sie schüttelte wieder den Kopf. Jedem hier war klar, daß Zena dem Geschehen mit äußerster Konzentration folgte. Eine ganze Weile stand Menta völlig reglos da und blickte Tron so intensiv an, als könnte sie bis tief in sein Innerstes sehen.

Tron starrte wütend zurück. Diese Leute machten viel zuviel Aufhebens von dem Kind, dachte er bitter. Die hatte mehr als bereit ausgesehen, wenn man ihn fragte. Und außerdem hatte er gerade Lust verspürt, und da war sie eben da gewesen. Und es war doch nichts falsch an Akat. Das erzählte ihnen Menta doch andauernd. Aber auf ihn hatte sie es ja schon immer abgesehen. Immer bestrafte sie ihn und machte ihn zum Außenseiter. Und die anderen machten es genauso, sogar als er noch ein Kind war. Er hatte den anderen Jungs zeigen wollen, wie stark er war und wie gut er schon Tiere töten konnte, damit sie ihn beachteten, und statt dessen waren sie ihm aus dem Weg gegangen. Da hatte er sie geschlagen, um ihnen zu zeigen, daß es ihm egal war. Er tat ihnen richtig gerne weh. Dann ging es ihm einfach besser. An alledem hatte sich auch jetzt, wo er erwachsen war, nichts geändert. Die Frauen nahmen ihn mit zu ihren Akatplätzen, aber er wußte, daß sie andere vorzogen. Da hielt er sich an ihnen schadlos, indem er sie grob behandelte. Und mit den Männern war es auch immer noch das gleiche. Sie mieden ihn, obwohl er der beste Jäger war.

Er zuckte die Achseln, damit sie sehen konnten, daß es ihm egal war, was sie von ihm dachten, und drehte sich um, um Mentas forschendem Blick zu entkommen.

Die anderen fühlten, daß Menta auf eine Eingebung wartete, und warteten eine ganze Weile lang schweigend. Dann erhob sich wieder ungeduldiges Gemurmel, und dieses Geräusch riß Menta aus ihrem tranceähnlichen Zustand.

»Wer etwas zu sagen hat, trete nun vor«, sagte sie feierlich. »Diese Entscheidung muß von allen gemeinsam getroffen werden.«

Bly stand mutig auf. »Ich möchte nicht, daß er hierbleibt«, sagte sie schlicht. »Und das sage ich nicht aus Wut, sondern aus Angst. Er könnte es wieder tun, und es gibt noch andere, jüngere Mädchen. Sie werden immer Angst haben. Und wir auch.«

Es wurde heftig mit dem Kopf genickt, und noch andere standen auf, um das gleiche zu sagen. Ein kleines Mädchen, das sich dabei an der Hand der Mutter festhielt, trieb ihnen allen die Tränen in die Augen.

»Ich möchte herumlaufen und im Wald spielen können«, sagte sie. »Jetzt werde ich mich nicht mehr trauen, hinter den Eichhörnchen herzulaufen und nach den Kleinen zu suchen, die zwischen den Baumwurzeln wohnen. Und ich will auch meine kleine Schwester mitnehmen.«

Da stand noch ein anderes Kind auf, diesmal ein Junge. »Wenn Tron so etwas tut, ist er schlecht«, sagte er, und seine kindliche Stimme klang angeekelt. »Schlechte Leute können nicht bei uns bleiben. Die Mutter will sie nicht. Also muß er weggeschickt werden.«

Bakan, der älteste Mann des Stammes, war besonders eindringlich. Er war weise und wurde allgemein respektiert, deshalb hörten ihm alle aufmerksam zu. Während er sprach, funkelte er Tron so intensiv an, daß der die Augen niederschlug.

»Wir alle, die wir die Mutter lieben und ihrem weisen Rat folgen, verabscheuen diese Tat. Die Frauen unseres Stammes sind die Vertreterinnen der Mutter, denn in ihren Körpern läßt die Mutter neues Leben heranwachsen. Wir, die Männer, fühlen durch die Körper unserer Frauen, daß auch wir eins sind mit der Großen Mutter. Wer dem Körper einer Frau Gewalt antut, tut der Großen Mutter selbst Gewalt an. Ein Mann, der so etwas tut, gehört nicht hierher.«

»In Tron ist etwas Böses«, fuhr er dann mit leiser Stimme fort. »Wir haben das schon immer gewußt, aber wir haben gewartet und gehofft, daß er sich ändern würde. Aber er wird sich niemals ändern. Er muß verbannt werden, und nie wieder zurückkehren dürfen.«

Ein jüngerer Mann sprang auf. »Woher sollen wir wissen, daß er auch wirklich geht? Er kann in unserer Nähe herumlungern und diese schreckliche Sache noch einmal tun. Ich finde, wir sollten ihn töten, damit er das nicht mehr kann.«

Da erhob sich ein allgemeines Stimmengewirr. Einen der Ihren zu töten war das Schlimmste, was sie sich überhaupt vorstellen konnten. So etwas war bisher noch nie vorgeschlagen worden, und der Gedanke gefiel ihnen gar nicht. Selbst Tiere durften nur getötet werden, wenn man sie zum Verzehr brauchte, und auch dann nur, wenn sie gesegnet wurden.

Jetzt erhob Katli das Wort. »In einem Wolfsrudel«, begann sie bedächtig und überlegte sichtlich jedes Wort, »habe ich einmal ein Tier gesehen, das nicht richtig war und andere seiner Art angriff. Die anderen Wölfe haben es getötet. Sie fraßen es nicht, sondern überließen es den Geiern. Ich glaube, sie haben es nicht aus Wut getan, sondern um das Rudel zu retten. Wenn sie es nicht getötet hätten, wären vielleicht noch andere geboren worden, die auch schlecht waren. Viele glauben mir vielleicht nicht, aber ich weiß genau, daß ein schlechtes Tier die Jüngeren anstecken kann. Ich habe das schon mal gesehen.«

Alle hörten ihrer Erklärung sehr aufmerksam zu. Sie hatten großen Respekt vor ihrem Wissen von Tieren, und sie bewunderten die Wölfe, weil sie es fertigbrachten, so harmonisch zusammenzuleben. Wenn die Wölfe ein ganz ähnliches Problem auf diese Weise lösten, war das Töten vielleicht doch manchmal gerechtfertigt.

Lune erhob sich. Ihr Haar war, anders als das ihrer Schwester, aschgrau, beinahe weiß. Die Leute sagten, daß Menta ein Kind der Erde sei und Lune dagegen eines des Mondes. Obwohl sie nicht so weise und ausgeglichen wie Menta war, wurde ihr unabhängiges Denken allgemein respektiert.

»Vielleicht gibt es noch eine andere Möglichkeit«, sprach sie mit ihrer festen Stimme, »die sicherer ist als Verbannung und nicht so furchtbar wie das Töten. Wir alle wissen, daß Akat dazu beiträgt, die Männer davon abzuhalten, sich gegenseitig zu bekämpfen oder Unruhe zu stiften. Bei Tron funktioniert das aber nicht.«

Zustimmendes Gemurmel aus der Gruppe. Sie wußten, daß Männer ohne Akat angriffslustig werden konnten. Aber Tron war nicht vernachlässigt worden und konnte trotzdem weder seine Launen noch seine Handlungen im Zaum halten.

»Ich habe mich schon gefragt«, fuhr Lune fort, »ob Akat vielleicht deshalb hilft, weil es Feuer aus der Paarungsstelle im Mann zieht. Vielleicht sitzt der Wunsch, zu kämpfen und anderen wehzutun, in diesem Beutel dort unten, und wenn er nicht geleert wird, macht er Ärger. Um Tron das Feuer zu nehmen, sollte vielleicht dieser Sack entfernt werden.

Das könnte Krost machen«, fuhr Lune fort. »Er hat es schon viele Male getan, wenn Tiere zum Essen vorbereitet wurden.«

Die anderen dachten mit hochgezogenen Augenbrauen nach. Auf eine solche Möglichkeit war bisher noch niemand verfallen. Aber Lune hatte, besonders wenn es darum ging, wie ein Körper reagiert, größeren Einblick als die meisten, und vielleicht hatte sie ja recht.

Zur Antwort erhob sich Krost, ein großes, sanftes Männchen mit verwitterten Gesichtszügen. Sein Gesicht war qualvoll verzogen bei dem Gedanken an Lunes Idee. Er war viele Male mit Tron auf der Jagd gewesen und so gut mit ihm befreundet, wie man es überhaupt mit ihm sein konnte. Aber gleichzeitig galt seine unverbrüchliche Treue dem Stamm, den er, wenn nötig, mit dem eigenen Leben verteidigen würde. Es wäre falsch, schweigend zuzusehen, wie ihnen Leid geschah.

»Was Lune da sagt, ist möglich«, stimmte er zu, »aber doch wohl auch sehr grausam. Ich möchte das nicht tun.« Dazu schüttelte er heftig den Zottelkopf, um seine Gefühle wieder in den Griff zu bekommen, bevor er weitersprach.

»Tron muß uns sagen, ob er sich wirklich ändern will. Wenn ja, sollten wir ihn genau beobachten, um zu sehen, ob er es auch wirklich tut. Wenn er sich nicht ändert, muß er verbannt werden. Ich selber werde ihm das Versprechen abnehmen, daß er nicht in unserer Nähe bleibt, und darüber wachen, daß er nicht zurückkommt.«

»Darauf werde ich ebenfalls sehen«, sagte nun eine tiefe Stimme. Es war Tragar, Krosts Bruder, von derselben Mutter geboren. Er sprach zwar nur wenig, aber von den Männern war er der stärkste. Wenn Tragar auf ihn wartete, war es Tron nicht zu empfehlen, zurückzukehren.

Ringsum war zustimmendes Kopfnicken zu sehen, während Krost und Tragar sprachen. Die meisten dachten, daß man Tron zwar eine Chance geben müßte, daß man ihn aber am Ende so oder so würde verbannen müssen. Sie kannten ihn gut. Es war nicht zu erwarten, daß er sich ändern würde.

Als Conar nun aufstand, sah Zena erstaunt auf. Er redete nur wenig, genau wie Tragar. Jetzt aber hörten alle die Entschlossenheit in seinem gewohnt ruhigen Tonfall.

»Auch ich werde aufpassen«, sagte er mit fester Stimme: »Und zwar ganz anders. Ich kann mich nämlich lautlos bewegen.«

Tron sah verächtlich auf den vergleichsweise kleinen und schwächlichen Conar, aber auf der Hut war er offensichtlich doch. Conar konnte sich so lautlos bewegen wie ein Tier, obwohl er diese Fähigkeit, anders als Tron, nicht zum Jagen einsetzte. Statt dessen versuchte er, die Umrisse von Wisenten und anderen Tieren in den Lehm und an die Felsen zu ritzen, was Tron als absolut nutzlose Beschäftigung erschien.

Auch einigen anderen, die sich erhoben, um ihre Meinung beizusteuern oder aber eine der bereits zur Sprache gekommenen Möglichkeiten zu kommentieren, hörte Menta aufmerksam zu. Als alle geendet hatten, wandte sie sich an Zena.

»Du hast nichts gesagt«, meinte sie freundlich. Normalerweise gehörte Zena immer zu den ersten, die das Wort ergriffen, und hatte auch immer eine feste Meinung parat.

Zena seufzte tief. Irgend etwas beschäftigte sie, so als gäbe es noch eine andere Erklärung, auf die bisher nur noch niemand gekommen war. Sie ging zu Tron und baute sich direkt vor ihm auf.

»Weißt du, was du Schreckliches getan hast, Tron? Weißt du, wie furchtbar du Pila verletzt hast und die Große Mutter und uns alle?«

»Akat ist nicht falsch«, murmelte Tron. »Das Mädchen wäre sowieso bald bereit gewesen.«

»Tron fehlt etwas«, sagte Zena so leise, daß es nur wenige hörten, und schüttelte bestürzt den Kopf. »Wird er es wohl je dazulernen können?

Ich habe mich noch nicht entschieden«, sagte sie lauter zu Menta. »Ich muß erst noch mehr auf die Führung der Mutter lauschen.«

Einige andere grunzten mißbilligend. Sie wollten die Sache erledigt wissen, und wenn Zena noch nicht sprechen wollte, bedeutete das, daß sie die Entscheidung verschieben mußten. Aber sie ließen sie in Ruhe. Der Name Zena wurde nur sehr wenigen gegeben, die der Großen Mutter eines Tages einen ganz besonderen Dienst erweisen würden. Sie war zwar noch jung, aber sie achteten dennoch ihre Gedanken und würden warten, bis sie soweit war.

Menta allerdings nickte zustimmend. Zena schien zu spüren, was sie selbst auch fühlte – daß nämlich nicht alle Fragen beantwortet waren und sie vielleicht auch noch nicht alle Möglichkeiten bedacht hatten. Es konnte erst eine Entscheidung geben, wenn diese Zweifel aus dem Weg geräumt waren.

»Auch ich muß mich erst mit der Mutter beraten«, erklärte sie dem Stamm. »Ich muß zur Kyrie gehen, wo sie auf mich wartet. Bis wir unsere Entscheidung getroffen haben, werden Krost und Tragar Tron bewachen.«

Die Kyrie war ein Platz weit oben auf einem nahegelegenen Hügel, auf dem die weise Frau nach Führung durch die

Große Mutter suchte. Außer einem ganz jungen Mädchen, das Nahrung und Wasser brachte und sich dann wieder leise davonschlich, ging sonst niemand dorthin. Alle Stammesangehörigen wußten, daß Menta möglicherweise viele Stunden oder vielleicht die ganze Nacht bis in den nächsten Tag hinein dort verbringen und um eine Entscheidung ringen würde. Erst dann würde der Frieden in ihr Herz zurückkehren. Nur so konnte sie sicher sein, daß sie den Weg der Mutter gefunden hatte.

Sie bezwangen ihre Ungeduld und gingen davon, um ihren Aufgaben nachzugehen oder zu schlafen.

Es wurde eine lange Wartezeit. Zwei Nächte und der größte Teil des darauffolgenden Tages vergingen, bevor Menta wieder von ihrer Nachtwache zurückkehrte. Sie sah sehr abgespannt und erschöpft aus, als sie endlich auf der Lichtung erschien, denn sie hatte so gut wie nicht geschlafen. Und gegessen hatte sie auch nichts, nur Wasser getrunken. Hunger half ihr, ihre Gedanken zu ordnen. Jetzt wußte sie, wo der Weg der Mutter lag, denn ihr Herz sträubte sich nicht gegen das, was sie vorhatte. Aber ihr Blick war noch immer schmerzlich getrübt. Die Mutter hatte ihr eine Vision gegeben, die so niederschmetternd für sie war, daß sie den Aufruhr ihrer Sinne noch immer nicht besänftigen konnte. Nun mußte sie diese schreckliche Einsicht auch den anderen eröffnen, und sie würden genauso erschüttert sein, wie sie selbst es war.

Menta straffte entschlossen die Schultern. Sie mußten tun, was die Mutter von ihnen verlangte. Das war der einzige Ausweg, die einzige Möglichkeit, den Schrecken zu verhindern, den ihre Vision ihr vorhergesagt hatte.

20. Kapitel

Unter dem unheilschwangeren Grollen des Donners versammelte sich der Stamm wieder im steinernen Kreis. Den ganzen Tag über waren schwarze Wolken über den Himmel gezogen und türmten sich nun am westlichen Horizont auf. Menta legte den Kopf zurück und schaute nach oben.

»Die Wolken sind wie die Worte, die ich nun sagen werde«, sagte sie ernst zu den anderen. »Schwarz und bedrohlich warten sie darauf, ihren Zorn über uns auszuschütten, doch dann wieder sind sie auch anders. Wenn das Unwetter kommen will, können wir es nicht aufhalten und müssen warten, bis es seinen Zorn ausgetobt hat. Die Worte aber, die ich sprechen werde, können wir vielleicht daran hindern, Wirklichkeit zu werden. Wenn wir dem Weg der Mutter folgen und tun, was sie mir gezeigt hat, gibt es Hoffnung.«

Sie brach ab, als ein dünner Blitz zuckend über den Himmel fuhr. Alle in der Runde sahen sie mit ängstlichen Gesichtern an. Mentas Worte klangen geheimnisvoll und düster. Das sah ihr gar nicht ähnlich.

Nun tauschten Zena und ihre Mutter auch noch eine wortlose Botschaft aus. In der Kyrie mußte etwas sehr Außergewöhnliches passiert sein.

Was Menta dann sagte, bestätigte ihren Eindruck. »Die Göttin hat mir ein Gesicht geschickt«, erklärte sie, »das unser Urteil verändern wird. Es führt uns weit fort in eine andere Zeit und zeigt uns Dinge, die ich gerne verschweigen würde. Aber ich muß davon sprechen, damit ihr auch versteht, was die Mutter von uns verlangt.«

Wieder brach sie ab, und nun war ein solcher Ausdruck der Qual in ihrem Gesicht, daß man es kaum mit ansehen konnte. Als sie dann aber fortfuhr, sprach sie so eindringlich, daß ihren Zuhörern Schauer über den Rücken liefen. Aber während sie nun das Drama, das sie gesehen hatte, vor ihnen erstehen ließ, sprach sie mal laut und mal so leise, daß sie alle ganz genau hinhören mußten.

»Ich kam an einen Ort, wo die Berge weit im Westen aufragen, den ich noch nie gesehen habe«, begann sie leise. »Es gab dort tiefe, versteckte Höhlen, die sich unter den Bergen hinzogen. Und dort waren auch Menschen, die genau wie wir waren. Sie lebten und arbeiteten wie wir, aber sie wußten mehr als wir. Es war, als ob sie in den Höhlen etwas entdeckt hatten, etwas, das von der Großen Mutter kam und ihr heilig war.

Zena war aufs äußerste gespannt. Konnte das der Ort sein, den sie selbst in ihrem Traum gesehen hatte? Wie war es möglich, daß Menta denselben Ort sah? Was konnte das bedeuten?

Da drang Mentas Stimme wieder zu ihr, die so langsam und leise erzählte, als durchlebte sie noch einmal ihre Vision.

»Es ist Abend. Die Leute sitzen vor ihrer Höhle und sprechen leise miteinander. Es gibt ein Feuer und ein Geräusch, für das ich kein Wort habe, ein schönes Geräusch, das aus einem Rohr zu kommen scheint, das ein Mann in der Hand hält. Dann bricht der Ton abrupt ab, denn die Menschen hören ein anderes Geräusch, und das ist so schrecklich, daß sie vor Angst aufspringen. Es ist ein Weinen zu hören, ein schreckliches, herzzerreißendes Weinen.

Ein Mädchen bricht in die friedliche Runde im Schein des Feuers ein. Sie ist groß und schlank, und ihr Haar hat die Farbe des Sonnenlichts. Sie ist es, die so hemmungslos weint. Ihre Wangen sind blutverschmiert, an ihren Beinen läuft Blut herunter. Eine der Frauen nimmt sie in die Arme und hält sie fest, bis ihr Schluchzen nachläßt und sie sagen kann, was geschehen ist. Sie berichtet, daß ein Mann, ein Fremdling, hinter ihr im Wald aufgetaucht sei und sie mit Gewalt genommen hat. Dabei hat er sie mit seinem scharfen Flintstein im Gesicht verletzt.

Die Menschen sind entsetzt. Sie haben so etwas noch nicht erlebt. Sie wissen nicht, was sie tun sollen. Die Männer laufen los, um den Fremden zu suchen und vor den Rat zu bringen. Aber er hat sich so geschickt versteckt, daß sie ihn nicht entdecken können. Sie versuchen zu schlafen, aber sie ängstigen sich. Die ganze Nacht lauschen sie auf das Geräusch von Schritten. Sie wissen, der Mann ist irgendwo da draußen und lauert darauf, den nächsten zu verletzen. Sie können den Haß in seinem Herzen spüren; er dringt durch die Nacht zu ihnen und pocht an ihre eigenen Herzen.

Am nächsten Morgen spüren sie es immer noch, auch im Verlauf des Tages ist der Haß noch da. Aber da nichts weiter geschieht, glauben sie, der Mann sei fort. Ihre Wachsamkeit läßt nach. Da werden zwei weitere Frauen überfallen, und der Mann, der sie beschützen will, trägt eine Wunde am Arm davon, wo der Fremdling ihn mit seinem Flintstein verletzt hat. Die Frauen hat er mit Ranken an einen Baum gefesselt, damit sie sich nicht wehren können, während er ihnen Akat aufzwingt.«

Nun hallte die Lichtung von Entsetzensschreien wider. Kein einziges Mitglied des Stammes hat je von einem solchen Verhalten gehört. Niemals. Sie können es fast nicht glauben, daß sich irgendein Mann anderen gegenüber derart grausam beträgt.

Menta hob die Hand. »Es wird noch schlimmer«, sagte sie ruhig, und nun klang ihre Stimme so gequält, daß Zena sich am liebsten die Ohren zugehalten hätte, um sie nicht hören zu müssen. Statt dessen preßte sie ganz fest die Augen zusammen, als wollte sie die schrecklichen Bilder verscheuchen, die Menta in ihrer Seele hatte entstehen lassen. Daß irgendein Mann solche Untaten begehen sollte! Heiße Tränen der Wut stiegen hinter ihren Lidern auf und rollten ihr über die Wangen.

Menta holte zitternd Luft, und als sie dann wieder sprach, klang ihre Stimme kräftig und hart.

»Es sind auch noch andere Männer dort, die die Große Mutter vergessen haben, junge, skrupellose Männer. Es sind Jäger von wilden Stämmen, die es bewundern, wenn jemand rücksichtslos und ohne Bedauern tötet. Es kommen immer mehr von ihnen, immer mehr. Sie streifen durch das Land, vergewaltigen die Frauen und töten die Männer, etwas anderes kennen sie nicht.

Diese grausamen Männer tun sich zusammen, um anderen Stämmen aufzulauern. Abends, wenn die Leute beim Feuer sitzen, schleichen sie sich heran und stürzen sich ohne Vorwarnung auf sie. Niemand kann sie aufhalten, denn sie haben furchtbar scharfe Flintsteine, die sie den Männern quer über die Kehle ziehen, noch bevor sie sich verteidigen können, und auf die Brüste der Frauen richten, die entsetzt vor ihnen zurückweichen. Sie fesseln die Frauen und die jungen Mädchen und schleppen sie mit sich fort. Die Kinder bleiben einfach zurück. Sie schreien vergebens nach ihren Müttern.«

Unterdrücktes Weinen war zu hören, aber Menta achtete nicht darauf. Sie hatte alle ihre Aufmerksamkeit nach innen gerichtet, auf die Vision, die nur sie sehen konnte. Ihr ganzer Körper war angespannt, die Stirn lag in tiefen Falten.

»Viel Zeit ist vergangen«, sagte sie dann plötzlich. »Eine sehr lange Zeit, mehr als wir uns vorstellen können. Vieles hat sich verändert. Es gibt mehr Menschen, und sie leben anders. Sie haben so große Unterschlüpfe, daß ganze Stämme in ihnen leben können. Ich sehe Felder, und seltsame Werkzeuge ...«

Jetzt entspannte sich ihre Stirn, als stünde ihr das Bild endlich ganz klar vor Augen, und mit immer lauter werdender Stimme stieß sie die Worte hervor, die beschreiben sollten, was sie sah.

»Die Männer haben etwas in der Hand. Etwas wie unsere Steinmesser, nur länger und schärfer, und es glitzert in der Sonne. Ich weiß nicht, was das für Dinger sind, aber sie sind schrecklich, sie dienen nur zum Zerstören.

Die Männer lieben diese seltsamen Messer mehr als alles andere. Die Große Mutter lieben sie nicht. Sie kennen sie nicht einmal. Sie lieben nur die Messer. Wo immer sie hingehen, halten sie sie vor sich hin, um zu töten und zu verwunden und zu verstümmeln. Und weil sie keine andere Freude kennen als die, die ihre Messer ihnen verschaffen, werden für sie auch ihre Geschlechtsteile wie Messer. Es ist, als hätten sie mit ihren Messern Akat getötet. Sie vergewaltigen Frauen mit ihren Gliedern und sogar kleine Mädchen, und dann bedrohen sie die Frauen mit ihren Messern und halten sie gefangen, lassen sie alle schwere Arbeit tun und schlagen sie, wenn sie zu langsam sind. Sie töten die Männer mit ihren Messern, und jedesmal, wenn sie an einen neuen Ort kommen, töten sie sogar … –«

Menta versagte die Stimme. Sie hatte jetzt beinahe geschrien, und in ihrem Gesicht stand die schiere Verzweiflung. Einen Augenblick lang sah es so aus, als könnte sie nicht weitersprechen. Aber dann nahm sie noch einmal mühsam alle Kraft zusammen und stieß mit einem gequälten Aufschrei auch diese letzten Worte hervor.

»Sie bringen sogar die Kinder um«, brach es aus ihr heraus, und dazu fuhr sie mit der geballten Faust durch die Luft. »Sie töten Kleinkinder und Säuglinge. Ich habe es gesehen, ich habe gesehen, wie sie gestorben sind! Sie töten die Kinder, und es ist, als legten sie an die Große Mutter selbst Hand an. Ich kann ihren Schmerz fühlen und hören, wie sie weint. Das darf nicht geschehen!« schrie Menta. »Wir dürfen es nicht zulassen!«

Lange hing Mentas letzter Schrei über der Lichtung, und als er endlich verhallt war, herrschte Totenstille. Sie waren unfähig, etwas zu sagen oder auch nur sich zu bewegen. Mentas Worte drangen überhaupt nicht richtig zu ihnen durch. Sie waren viel zu schrecklich, einfach undenkbar. Alles, was sie ihnen erzählt hatte, war undenkbar, aber das Töten von Kleinkindern und Säuglingen ging endgültig über ihre Vorstellungskraft. Kinder waren Geschenke der Großen Mutter, die von allen geliebt, gehegt und umsorgt wurden.

Minuten vergingen. Dann standen sie einer nach dem anderen auf und begannen, im Kreis herumzugehen. Sie waren zu erregt, um stillzusitzen. Nur Zena konnte sich nicht rühren. Sie fühlte sich wie betäubt, so als hätte all ihre Kraft ihren Körper auf immer verlassen. Würde sie je wieder dieselbe sein? Unmöglich. In ihrem Innern hatte es so etwas wie einen Hort des Friedens gegeben, der nun zerstört worden war. Sie fühlte es in sich, wie ein zerbrochener Krug, der nicht mehr repariert werden kann.

Dann aber fügte sich das zerschlagene Etwas plötzlich wieder zusammen, allerdings auf eine ganz andere Weise. Es war, als hätte ihr gesamtes Inneres nur noch ein einziges Ziel: Sie mußte verhindern, daß diese schrecklichen Dinge wahr wurden. Wenn es in ihrer Macht lag, mußte sie die Vision aufhalten, niemals Wirklichkeit werden lassen.

»Kinder töten«, murmelte sie vor sich hin. Noch immer ergaben diese Worte für sie keinen Sinn. Wenn ein Kleines schwer verletzt war und nicht überleben konnte, gaben sie ihm Kräuter, damit es schnell und ohne Schmerzen zur Großen Mutter zurückkehren konnte. Aber grundlos töten? Nein. Das war einfach unmöglich.

Sie spürte mit einem Mal eine unglaubliche Erleichterung und hätte beinahe gelacht. Natürlich würde niemand die Dinge tun, die Menta beschrieben hatte. Nicht einmal Tron würde das. Die Mutter mußte ihnen die Vision geschickt haben, damit sie sich daran erinnerten, wie wunderbar und voller Freude ihr Leben war.

Menta schien ihre Gedanken zu lesen. »All das Schreckliche, das ich beschrieben habe, ist schwer zu glauben«, sagte sie ruhig. »Aber die Mutter hat sie mir gezeigt, also sind sie wahr.

Ich weiß nicht, ob der erste Mann, der Fremdling, Tron ist«, fuhr sie fort, »aber ich glaube, er könnte es sein. Wenn wir ihn verbannen, wird das alles vielleicht die Folge sein, also können wir ihn nicht verbannen. Er kann auch nicht getötet werden, weil wir dann etwas tun würden, wozu niemand ein Recht hat – aus Wut zu töten. Es liegt kein Friede darin, wenn man einen Mann wie Tron tötet. Sein Geist wird immer da sein, um uns zu verderben und Aufruhr in unseren Herzen zu säen, damit wir nicht mehr eins sein können mit der Mutter. Auch das hat sie mir gezeigt.«

»Was können wir dann also tun?« Bakans Stimme verriet nichts über seine Gefühle, und seine Gelassenheit ließ die erregten Gemüter ein wenig zur Ruhe kommen. Menta warf ihm einen dankbaren Blick zu.

»Es gibt einen Weg«, sagte sie zu ihm gewendet. »Ich bin nicht sicher, ob es funktionieren wird, aber wir müssen es versuchen. Die Mutter hat mir allerdings nur den ersten Teil unserer Aufgabe gezeigt. Wie es weitergeht, weiß ich auch nicht, nur, daß es sich so fügen wird, wie es bestimmt ist.«

Zena fühlte Mentas eindringlichen Blick auf sich ruhen und sah unvermittelt auf. Im Gesicht der weisen Frau las sie Mitleid und Trauer. Kalte Schauer überliefen Zena von oben bis unten.

»Was wir tun müssen, ist nicht einfach«, erklärte Menta dem erwartungsvollen Stamm. »Aber für Zena wird es besonders schwer sein, denn sie wurde von der Mutter auserwählt, die Aufgabe zu erfüllen, oder zumindest, es zu versuchen.

Ja, du, mein Kind«, fuhr sie fort und wandte sich nun direkt an Zena. »Die Mutter hat dich auserwählt. Du sollst versuchen, Tron zu ändern, denn das ist die einzige Lösung. Wenn das aber nicht möglich ist oder das Ergebnis anders wird, als wir es uns gewünscht haben, darfst du nicht glauben, du hättest versagt. Die Mutter hat mir nicht mehr gezeigt.« Zena senkte den Kopf, um ihre Furcht zu verbergen. Sie wollte nicht die Eine sein, und gleichzeitig wußte sie auch, daß es nicht anders ging. Das hatte sie schon an dem Gefühl der Unsicherheit gespürt, das sich so schnell in Entschlossenheit verwandelt hatte.

Sie biß sich fest auf die bebenden Lippen und fragte tapfer: »Was muß ich denn tun?« Aber dennoch konnten alle das Zittern in ihrer Stimme hören.

Menta antwortete ihr sanft und beruhigend. »Du allein kannst das Schreckensbild nicht abwenden. Dafür werden wir mehr Führung brauchen. Deine Aufgabe ist vielleicht nicht ganz so schwer. Es ist der Wille der Mutter, daß du versuchen sollst, Tron beizubringen, in den Gesichtern anderer zu lesen, damit er lernt, was er tun und was er lassen sollte. Er ist erwachsen, und trotzdem weiß er diese Dinge nicht. Jedes Kind kann besser als er erkennen, wann ein Gesicht Freude und wann Trauer zeigt. Vor allem weiß er nicht, woran man die richtigen Signale für Akat erkennt. Er sieht Lust, wo keine ist, kann sie aber nicht erkennen, wenn sie deutlich vorhanden ist. Ich habe das schon viele Male beobachtet.«

Zena nickte zustimmend. Menta hatte recht. Sie hatte dem, was Tron fehlte, einen Namen gegeben. Einen Augenblick lang war sie ganz aufgeregt, eine Antwort auf eine Frage gefunden zu haben, die sie sehr beschäftigt hatte. Aber dann beschlich sie eine Vorahnung, ein schreckliches Gefühl der Bedrohung, und ihr Mut schwand dahin.

»Wie soll man jemandem so etwas denn beibringen können?« entgegnete sie. »Ich glaube, er wird mir nicht einmal zuhören.«

»Die Mutter wird dir den Weg zeigen«, antwortete Menta ruhig. »Und wir alle, selbst die Kinder, werden dir helfen. Denn auch sie lernen noch. Es wird auch immer jemand da sein, der Tron überwacht. Du wirst nicht allein sein.«

Zena seufzte. Sie würde versuchen zu tun, was die Mutter ihr abverlangte. Es gab keinen anderen Weg. Aber es war schwer zu begreifen, warum sich etwas an Mentas Vision ändern sollte, wenn sie Tron änderte. Aber sie konnten nur tun, was die Mutter verlangte, wie Menta es gesagt hatte. Und dann würde sie ihnen auf ihrem Weg ganz bestimmt weiterhelfen.

Die böse Vorahnung verflüchtigte sich ein wenig, aber statt dessen trat ein anderer Gedanke an ihre Stelle. »Können wir sicher sein, daß er sich richtig verhalten wird, wenn er erst in unseren Gesichtern zu lesen versteht?«

»Darauf kann ich keine Antwort geben, bis wir wissen, ob Tron sich wirklich ändert. Du mußt nur versuchen, es ihm beizubringen. Wenn Tron dann aber immer noch nicht die wahren Signale für Akat erkennt, müssen wir vielleicht zu Lunes Lösung greifen. Aber wir werden abwarten und sehen, was passiert.«

Unvermittelt zeigte Menta auf Tron und sagte im Befehlston: »Nehmt ihm die Kopfbinden ab!«

Bevor sie von ihrer Vision zu erzählen begonnen hatte, hatte Menta Krost und Tragar aufgefordert, Tron ein dickes Blätterpolster über die Ohren zu binden, damit er nichts hören konnte. Die beiden Männer hatten alle Kraft aufwenden müssen, um ihren Auftrag auszuführen. Zena hatte sich erst über Mentas Ansinnen gewundert, aber jetzt verstand sie es. Menta hatte verhindern wollen, daß Tron mithörte, weil ihre Worte in ihm vielleicht den Gedanken erst geweckt hätten, daß er sich verhalten sollte, wie sie es dann beschrieb.

Zena sah ihm aufmerksam ins Gesicht. Sie sah Wut und widerspenstige Härte, aber war da auch ein solcher intensiver Haß, wie Menta ihn in ihrer Vision beschrieben hatte? Sie glaubte das nicht. Als ihm nun aber die Männer die Binden von den Ohren nahmen, warf er Menta einen zutiefst verbitterten Blick zu. Das war fast schon Haß. Menta blieb davon ungerührt und bedachte ihn ihrerseits mit einem durchdringenden Blick, der bis in die verborgensten Winkel seiner Gedanken zu dringen schien.

»Steh auf, Tron«, sagte sie. Widerstrebend erhob er sich. Menta ging zu ihm hin und sagte streng: »Du hast Pila Gewalt angetan und damit ihrer Mutter und allen, die in diesem Stamm leben. Du hast der Großen Mutter Gewalt angetan, und das wird nicht vergessen werden. Nichts von alledem wird vergessen werden. Die meisten hier möchten, daß du verbannt wirst, und zwar nicht nur vorübergehend, sondern für alle Zeit, die dir zu leben bleibt.

Aber die Mutter hat uns einen anderen Weg gewiesen. Sie möchte, daß du besser lernst, was in unseren Gesichtern zu lesen steht, damit du weißt, wann Akat angebracht ist und wann nicht. Weil du aber die Mutter selbst vergewaltigt hast, verbietet sie dir Akat, ihr höchstes Geschenk, bis du gelernt hast, ihrem Willen zu folgen, und uns zeigen kannst, daß du die Wünsche der Frauen verstehst.«

Sie hielt einen Moment inne, um Tron Gelegenheit zu geben, auch etwas zu sagen, aber er hielt die Lippen fest geschlossen, und dem Ausdruck seiner Augen war nichts zu entnehmen.

»Wenn du bereitwillig lernst«, fuhr Menta dann fort, »wird es nur für eine kurze Zeit sein. Wenn du aber nicht bereitwillig lernst, kann auch sehr viel Zeit verstreichen. Es liegt an dir. Nun sage mir, ob du damit einverstanden bist.«

Tron sah mit verstocktem Gesichtsausdruck zu Boden, aber Zena war ganz sicher, daß er im Grunde erstaunt war, auch wenn er es sich nicht anmerken ließ. Er hatte bestimmt damit gerechnet, verbannt zu werden, zumindest für einige Zeit. Vielleicht hatte er sich sogar schon Gedanken gemacht, was er dann tun und wohin er gehen sollte.

Was er dann sagte, zeigte ihr, daß ihre Vermutung richtig war. »Ich werde fortgehen«, sagte er störrisch. »Ich habe nicht das Bedürfnis, hierzubleiben.«

»Dieser Weg steht dir nicht frei. Du mußt lernen, in unseren Gesichtern zu lesen, wie die Mutter es befohlen hat.« Mentas gebieterischer Ton ließ keine Widerrede zu.

»Und wie soll ich das bewerkstelligen?« Tron gab nach, weil er einsah, daß ihm keine andere Wahl blieb, aber seine Stimme klang verächtlich. Er wußte schon, wann Frauen Akat wollten, auch wenn es ihnen selbst vielleicht gar nicht klar war.

»Zena wird es dir beibringen«, antwortete Menta.

Bei diesen Worten sah Tron mit einem Ruck hoch und heftete den Blick auf Zena. Für den Bruchteil einer Sekunde stand ihm der reine Haß im Gesicht, dann senkte er wieder die Augen und zuckte die Achseln.

In Zenas Bauch setzte sich der Haß, den sie gesehen hatte, wie ein düsterer Klumpen fest. Es war, als hätte Tron ihn auf sie geschleudert und ihn ebenso gewaltsam in sie hineingepreßt, wie er gewaltsam in Pila eingedrungen war. Es schüttelte sie heftig. Tron war fähig zum Haß, soviel hatte sie gesehen. Und sie allein war das Ziel dieses Hasses.

Wieder sah Tron auf, und nun waren seine Augen ausdruckslos. Sie spürte, daß er sie dieses kurze Aufflackern eigentlich nicht hatte sehen lassen wollen. Später dann, als er seine Lehrstunden nicht mehr ganz so heftig zu verabscheuen schien, arbeitete er willig mit und wurde sogar ganz freundlich. Zena begann es beinahe Spaß zu machen. Aber ein Teil von ihr blieb nach wie vor auf der Hut, als wüßte sie in ihrem tiefsten Innern genau, daß er nur auf eine Gelegenheit wartete.

II

Nevilar hatte die Verhandlung genauso aufmerksam verfolgt wie Zena. Und auch sie hatte gesehen, wie Trons Gesicht erst voller Haß war und dann völlig ausdruckslos wurde. Sie hielt sich die Hand vor den Mund, damit niemand sah, wie sie lächelte. Sie sollten nicht wissen, daß seine Reaktion sie insgeheim freute. Tron machte sich doch nichts aus Zena, was sie zunächst befürchtet hatte. Alle anderen jungen Männer mochten Zena am liebsten und sprachen ständig über sie, sogar dann noch, wenn Nevilar sie zu ihrem eigenen Paarungsplatz mitnahm. Tron wenigstens tat das nicht. Der Haß in seinen Augen und der verachtungsvolle Tonfall vorhin ließen da keinen Zweifel mehr zu.

Sie starrte Tron intensiv an, damit er sich zu ihr umwandte. Sie wollte ihn wissen lassen, daß er zumindest ihr etwas bedeutete und daß sie ihn unterstützen würde. Aber er hielt den Blick weiterhin störrisch am Boden und sah sie gar nicht an.

Wenn sie ihm doch bloß Akat nicht verboten hätten! Das wäre die beste Art, ihm ihre Gefühle zu zeigen. Sie hatte sich schon viele Male mit ihm gepaart. Er war kein sehr guter Liebhaber, zu grob und ungestüm, und er verließ sie auch zu schnell wieder, aber sie fand ihn trotzdem begehrenswert. Sein kräftiger, gebräunter Körper wirkte auf sie außerordentlich anziehend, und auch seine ganze Art. Irgendwie war diese Gewalttätigkeit aufregend. Keiner der anderen Männer hatte sie je einfach am Boden festgehalten, ohne auf ihre Bewegungen zu achten. Ständig warteten sie darauf, was sie wohl wollte. Tron schien das gar nicht zu interessieren. Nevilar spürte, wie allein bei dem Gedanken an ihn die Hitze in ihr aufstieg.

Hatte er wirklich getan, was Pila gesagt hatte? Vielleicht hatte das Kind sich die Geschichte nur ausgedacht, um beachtet zu werden. Und Tron hatte ja auch gesagt, daß sie im Wald auf ihn gewartet hatte. Nevilar wußte, daß das unwahrscheinlich war, weil Pila in ihrem Alter noch gar nicht an Akat dachte. Noch dazu war sie ein scheues Kind, das nicht gern im Mittelpunkt stand. Aber Nevilar gab ihren Gedanken dennoch nicht auf. Sie hatte den Eindruck, daß keiner von den anderen Tron wirklich verstand. Und schon gar nicht Zena.

Sie preßte die Lippen zusammen. Immer dachten alle, daß Zena so etwas Besonderes war, und nicht nur die Männer. Jeden Tag mußte sie sich von ihrer Mutter anhören, daß sie mehr wie Zena sein sollte, damit sie nicht immer soviel falsch machte. Sie konnte es ihrer Mutter nie recht machen, egal, wie sehr sie sich bemühte. Aber Zena machte immer alles richtig. Zudem war Zena stolz auf sich selbst. Die Mutter lehrte sie, daß Stolz falsch war, warum also wurde sie so bewundert?

Wenn sie Tron ihr überlassen würden anstatt Zena, dachte Nevilar bitter, würde sie ihn ganz bestimmt ändern können. Sie mochte ihn, und Zena nicht.

Sie beschloß, ihm nachzugehen, wenn der Rat vorüber war, und ihm zu sagen, was in ihr vorging. Und so heftete sie sich, als er dann fortging, an seine Fersen und versuchte, trotz ihrer kürzeren Beine mit ihm Schritt zu halten.

»Es tut mir leid, was dir passiert ist, Tron«, sagte sie zu ihm.

»Was soll das dir wohl ausmachen?« gab er kurz angebunden zur Antwort. Sein Blick war hart und zornig und seine Lippen nur noch eine schmale Linie.

Nevilar zögerte. Sie hatte erwartet, daß er für ihre Sympathie dankbar sein würde. »Die Große Mutter lehrt uns Mitgefühl«, sagte sie schließlich kläglich. »Wir alle fühlen mit dir.«

»Mitgefühl! Gefühle!« schnaubte Tron. »Das hat doch alles keine Bedeutung. Man muß Tiere töten, damit Nahrung da ist; man muß essen und trinken und sich paaren. Das ist alles, was zählt!«

Aus Angst vor noch so einem Ausbruch antwortete Nevilar nicht. Statt dessen kam sie noch etwas näher heran und legte Tron die Hand auf den Arm. Sofort änderte sich sein Gesichtsausdruck. Sie sah Begehren in seinen Augen oder wenigstens etwas ganz Ähnliches. Kälte sah sie auch darin.

Da wandte er sich ihr zu und begann ihre Brüste und dann auch ihre Hüften zu streicheln. Seine Hände fühlten sich rauh an auf ihrer weichen Haut.

Sie zuckte zurück. »Nein, Tron. Akat ist verboten. Und außerdem sieht uns vielleicht jemand zu.«

»Das ist mir egal«, antwortete er und zog sie wieder an sich. Er legte seine Lippen auf ihren Mund und küßte sie lange und mit schmerzhafter Heftigkeit.

Entsetzt über sein Betragen rückte Nevilar wieder von ihm ab. Sie wollte Tron helfen, aber sie konnten doch nicht das Gerichtsurteil mißachten!

»Menta hat es gesagt«, flüsterte sie eindringlich. »Die Mutter selber hat Akat verboten.«

»Menta!« Tron spuckte den Namen auf die gleiche Weise aus wie zuvor das Wort Mitgefühl. »Es ist mir egal, was Menta sagt.« Er nahm ihr Gesicht in beide Hände und versuchte sie wieder zu küssen.

»Aber die Mutter …« Tron schnitt Nevilar das Wort ab, indem er seine Lippen auf die ihren preßte. Und wieder kam diese Hitzewallung, und ihre Knie zitterten. Sie schmeckte Blut. Tron hatte sie mit den Zähnen verletzt. Nevilar zitterte noch heftiger.

Jemand kam über den Kies am Flußufer gelaufen. Nevilar machte sich mit angstklopfendem Herzen von Tron los. Wenn sie nun irgendeiner gesehen hatte … So mit Tron angetroffen zu werden, nach allem, was passiert war …

Da trat Bakan hinter der Böschung am Flußufer hervor. Er starrte sie erstaunt an und verzog sein wettergegerbtes Gesicht. Sein Blick war direkt wie immer und voller Autorität. Dann aber hob er die Hand zum Gruß und ging weiter.

Nevilar war so erleichtert, daß ihr ganz schwach wurde. Er hatte nichts gesehen. Noch bevor Tron sich ihr wieder zuwenden konnte, machte sie kehrt und rannte auf die Lichtung zu. Aber ihre Knie schlotterten so sehr, daß sie das Tempo nicht durchhalten konnte. Außerdem wollte sie auch nicht, daß jemand von ihrem Kummer erfuhr. Dann müßte sie es womöglich erklären. Sie verlangsamte den Schritt und ging so normal wie möglich.

Tron hatte sie bald eingeholt. Sein Atem streifte heiß ihren Nacken. Sie wich ihm aus, aber er faßte sie nicht an.

»Morgen«, flüsterte er. »Wenn die Sonne untergeht, an der Stelle, wo wir früher immer waren.«

Nevilar antwortete nicht und ging immer weiter. Den ganzen Weg bis zur Lichtung fühlte sie seinen brennenden Blick im Rücken.

Den nächsten Nachmittag über kämpfte sie ununterbrochen mit sich. Sie sollte nicht gehen, aber wenn sie es nicht tat, würde sie Tron auch nicht helfen und den anderen beweisen können, daß sie und nicht etwa Zena ihn ändern konnte. Und wenn er sich erst einmal beruhigt hatte, würde Tron sicher klar werden, daß Akat unmöglich war. Die Große Mutter hatte es doch verboten.

Als es dann soweit war, konnte sie sowieso nicht hin, weil ihre Mutter sie gebeten hatte, ihr beim Dehnen von Fellen zu helfen, und Nevilar konnte sich nicht einfach weigern. Am nächsten Morgen bedachte Tron sie mit einem verächtlichen Blick und antwortete einfach nicht, als sie ihn grüßte.

»Ich konnte nicht kommen. Aber heute nacht geht es«, platzte sie heraus. Sie hatte Angst vor diesen Worten, aber noch mehr fürchtete sie sich vor seiner Verachtung.

Er machte ein verstocktes und böses Gesicht und ging davon, ohne ihr zu antworten. Nevilar lief unglücklich hinterher. Sie hätte hingehen sollen. Jetzt war Tron böse mit ihr und würde sie vielleicht nie wieder leiden mögen. Dann sah sie Zena, die auf den Beginn der Stunden wartete. Tron haßte diesen Unterricht; sie war sicher, daß er das tat. Und daß Zena ihm sagte, wie er sich zu verhalten hatte, haßte er sogar noch mehr. Jetzt fühlte Nevilar sich wieder besser. Wahrscheinlich hatte Zena ihn so wütend gemacht und gar nicht sie selber.

Zena zuckte zusammen, als sie Tron mit finsterem Gesicht auf sich zukommen sah. Es war gestern schon schwierig gewesen; heute würde es vielleicht noch schlimmer. Was konnte ihn denn nur in eine derartige Wut versetzt haben?

Sie rief die Kinder, die in der Nähe spielten. Auch sie lernten noch, genau wie Menta gesagt hatte, und vielleicht fühlte sich Tron wohler, wenn auch noch andere am Unterricht teilnahmen.

Sie ließ ihr Gesicht erst traurig aussehen, dann glücklich. Diese beiden Ausdrücke konnte Tron erkennen, aber wenn sie Sehnsucht ausdrückte, sagte er einfach nur wieder »traurig«. Zena versuchte es immer wieder, aber nach einer Weile wandte sie sich doch an die Kinder, damit sie es auch versuchen konnten.

»Sehnsucht«, riefen sie, ohne zu zögern, und ahmten sie nach, so gut sie konnten.

Zena versuchte es mit einem anderen Ausdruck und dann noch einem. Immer wandte sie sich erst an Tron, dann an die Kinder. Jedesmal antworteten die Kinder.

Es beschämte Tron zusehends, daß die Kinder antworten konnten, wo er nichts zu sagen wußte. Er schimpfte böse und sprang auf. Zena schloß die Augen. Sie mußte erst einmal selbst darüber hinwegkommen, daß sie nicht bemerkt hatte, wie sie Tron demütigte. Sie wollte ihm doch helfen.

Die Kinder waren ganz erstaunt über seinen Wutausbruch und rutschten unruhig hin und her. Dann machte ein kleines Mädchen seinen verärgerten Gesichtsausdruck nach, indem sie ihre Augenlider und die Lippen mit den Fingern so weit auseinanderzog, daß sich ihr kleines Gesicht in eine einzige wutverzerrte Maske verwandelte. Grölend vor Lachen machten es ihr die anderen auch noch nach. Da stolzierte Tron einfach davon.

Zena funkelte die Kinder böse an und lief hinter ihm her. Es würde gar nicht einfach sein, ihn jetzt noch zu überreden, mit den Lernstunden fortzufahren. Sie holte ihn ein und legte ihm eine Hand auf den Arm.

»Es tut mir leid wegen der Kinder, Tron. Ich hätte sie nicht dazuholen sollen. Es tut mir wirklich leid. Das war keine gute Idee.«

Er schüttelte ihre Hand ab und marschierte weiter. »Diese dummen Kinder«, hörte sie ihn murmeln.

Zena beschleunigte den Schritt und stellte sich vor ihn hin. »Nein, Tron«, sagte sie und hielt ihn am Arm fest, damit er merkte, wie ernst es ihr war. »Die Kinder sind nicht dumm.

Und du auch nicht. Die Kinder können nicht so gut jagen wie du. Du wiederum kannst nicht so gut in Gesichtern lesen. Eines Tages werden sie lernen, den Tieren zu folgen, wie du es tust. Und du wirst auch lernen.«

Er brummte nur, aber wenigstens ging er jetzt langsamer, und Zena wußte, daß er ihr zuhörte.

Diesen Vorteil nutzte sie. »Das nächste Mal machen wir es, wenn uns niemand zusieht«, versprach sie. »Das ist leichter für dich.«

Tron gab wieder ein Brummen von sich, und Zena nahm es als ein Zeichen der Zustimmung. »Morgen fangen wir an«, rief sie ihm noch hinterher und ließ ihn gehen. Heute ließ sich doch nichts mehr machen, und morgen würde sie ihn dann zu einer Stelle im Wald mitnehmen, wo sie ungestört arbeiten konnten. Menta hatte ihr gesagt, daß immer jemand aufpassen würde, aber das war bestimmt nicht nötig. Sie würde mit Menta reden und ihr versichern, daß keine Bewachung nötig war. Tron würde ihr nichts tun, und er würde besser lernen, wenn er wußte, daß niemand zuhörte.

Nevilar hatte sich in der Nähe herumgetrieben, weil sie hoffte, mit Tron reden zu können. Jetzt war er natürlich zu wütend dazu. Sie konnte es ihm nicht verdenken. Es war furchtbar, so gedemütigt zu werden! Zena sollte ihn nicht wie ein Kind behandeln.

Sie wurde von einer Welle der Sympathie für ihn erfaßt, und gleichzeitig festigte sich damit ihr Entschluß. Heute nacht mußte sie sich mit Tron treffen. Er würde ihren Trost brauchen.

Im Schein der letzten Sonnenstrahlen schlich sie sich von der Lichtung fort. Tron wartete schon auf sie an ihrem Paarungsplatz. Diesen kleinen eingefriedeten Platz hatte sie vor Jahren einmal entdeckt, als sie eine Stelle gesucht hatte, wo sie niemand finden konnte. Ihr Versteck hinter dichtem Gebüsch war gerade groß genug, daß sich zwei Personen darin ausstrecken konnten. Immerhin war man völlig ungestört. Neugierige Augen brauchte man hier nicht zu fürchten.

Tron zog sie wortlos zu Boden. »Warte«, rief sie. »Wir müssen reden.«

Er achtete gar nicht darauf, sondern legte sich einfach auf sie. Sie spürte sein hartes Glied an ihrem Bauch.

»Warte!« rief sie noch einmal und sträubte sich gegen ihre eigene Begierde, die nun in ihr aufflammte. Mit den Fäusten bearbeitete sie seinen Rücken, damit er ihr zuhörte.

Trons Antwort aber war ein spöttischer Blick. Er ergriff ihre Hände und drehte sie ihr auf den Rücken, während er versuchte, in sie einzudringen.

Nevilar stöhnte. Sie wollte das nicht. Die Große Mutter hatte Akat verboten, aber sie hatte auch noch nie eine so drängende Begierde verspürt. Es zerrte an ihr, daß es richtig weh tat. Es war wild und unkontrollierbar – genau wie Tron wild und unkontrollierbar war. Sie fühlte, wie er sich abmühte, ihre Beine weiter auseinanderzuzwingen. Noch versuchte sie krampfhaft, ihm zu widerstehen, aber dann gab sie plötzlich auf. Sie konnte nicht mehr. Sie spreizte ihre Beine so weit, wie es nur möglich war. Tron drang mit einem triumphierenden Aufschrei in sie ein. Und dann stieß er vor und zurück, immer heftiger und heftiger, und Nevilar ließ sich forttragen. Sie erreichten beinahe gleichzeitig den Höhepunkt. Es schüttelte sie heftig, dann blieben sie still liegen.

Es dauerte etwas, bis Tron wieder den Kopf hob. Dann aber war er auch schon mit einer schnellen Bewegung auf den Füßen. Nevilar sah ihn erstaunt an; er ging schon wieder. Wie konnte er sie so schnell verlassen?

Er war fort, bevor sie noch irgend etwas sagen konnte. Nevilar blieb reglos liegen und biß sich auf die Lippen, um nicht zu weinen. Trons Leidenschaft hatte sie zum Höhepunkt geführt, aber sein heftiges Stoßen hatte ihr auch Schmerzen bereitet. Sie fühlte sich zerschlagen, innen in ihrem Körper und auch sonst – aber am schlimmsten waren ihre Gefühle verletzt. Er hatte ihr nicht einmal ein paar Worte gegönnt und kaum zur Kenntnis genommen, daß sie überhaupt da war, abgesehen von ihrem Körper. Er wußte immer noch nichts von ihren Gefühlen für ihn und ahnte nicht, daß sie gekommen war, um ihn zu trösten.

Aber vielleicht hatte er auch nicht mit ihr reden wollen, falls ihnen jemand zuhörte. Nevilar dachte darüber nach und gab sich alle Mühe, daran zu glauben. Immerhin hatte Menta gesagt, daß ihn immer jemand bewachen werde. Vielleicht war es ja sogar ganz klug von Tron, daß er so schnell ging.

Hatte jemand Wache gehalten? Plötzlich war Nevilar aufs äußerste gespannt und stand auf. Ängstlich suchte sie das Gebüsch mit den Blicken ab und lauschte auf jedes verräterische Rascheln. Langsam kroch das Entsetzen in ihr hoch über das, was sie getan hatte. Sie hatte sich über Mentas Verbot hinweggesetzt und etwas getan, was die Große Mutter selbst verboten hatte. Es war furchtbar, einen Befehl der Mutter zu mißachten, ganz schrecklich. Warum hatte sie das getan? Warum hatte sie sich so verhalten?

Inzwischen war es dunkel geworden. Sie würden sich fragen, wo sie war. Ihre Mutter hielt bestimmt schon nach ihr Ausschau und machte sich Sorgen, daß ihr so allein im Wald und auch noch nachts etwas passiert war. Nevilar wischte sich hastig mit ein paar feuchten Blättern ab. Sie sollten nichts merken, da durfte sie nicht nach Akat riechen. Und sie mußte sich beeilen, bevor sie nach ihr suchten.

Noch immer von Entsetzen über ihre eigene Handlungsweise und von Angst geschüttelt, daß vielleicht doch jemand etwas gesehen hatte, rannte sie zur Lichtung zurück. Was würde sie sagen, wenn sie mit vorwurfsvollen Blicken empfangen wurde?

Als sie dann aber an ihren Platz beim Feuer schlüpfte, sahen die anderen kaum auf. Ihre Mutter ermahnte sie mit hochgezogenen Augenbrauen, vorsichtiger zu sein und früher zurückzukehren. Bakan hatte Tigerspuren in der Nähe entdeckt. Wollte sie sich denn vom Tiger fressen lassen?

Nevilar war nur erleichtert. Es hatte doch niemand etwas gemerkt. Niemand wußte es, und sie würde nie, nie wieder so etwas tun. Die Große Mutter war gut zu ihr, daß sie ihr diese Chance gab.

So natürlich wie möglich versicherte sie ihrer Mutter, daß sie bestimmt nicht vom Tiger gefressen werden wolle, auch wenn sie nicht glaube, daß wirklich ein Tiger in der Gegend sei. Ihre Mutter sagte das nur, um sicherzugehen, daß Nevilar auch wußte, daß sie ihr mal wieder mißfallen hatte.

Manchmal hatte sie das Gefühl, ihre Mutter machte den Mund nur auf, um sie zu kritisieren.

Nevilar gegenüber saß Tron. Sie sah seine Augen mit einem Blick über ihren Körper gleiten, daß es sie trotz des Feuers kalt überlief. Er schien zu sagen, daß sie jetzt ihm gehöre und er mit ihr tun könne, was er wolle. Die wilden kleinen Katzen, die sich in der Gegend herumtrieben, hatten einen ähnlichen Ausdruck in den Augen, wenn sie eine Maus oder ein anderes kleines Tier gefangen hatten. Sie sah in die andere Richtung. Es war nicht so gefährlich gewesen, sich mit Tron zu treffen, wie sie befürchtet hatte, aber Akat mit ihm war trotzdem verboten, und sie würde es auch nicht wieder tun.

Am nächsten Tag tauchte er plötzlich hinter ihr auf, als sie allein am Fluß saß und Knollen putzte. Er legte seine Hände auf ihre Brüste und murmelte ihr etwas ins Ohr.

»Keine Wachen mehr«, flüsterte er. »Diesmal wird uns niemand folgen. Komm heute nacht wieder zu mir. Es erfüllt mich mit Leidenschaft, wenn ich dich nur sehe.«

Nevilar schnappte nach Luft. Sie hatte also recht gehabt. Er hatte aus Angst vor Entdeckung nichts gesagt und war deshalb so schnell wieder gegangen. Und er fühlte etwas für sie; das hatte er gesagt. Sie war so froh bei diesem Gedanken. Sie drehte sich um, um in seinen Augen zu sehen, ob er es auch ehrlich meinte, aber da war nur Begierde und vielleicht ein ganz klein wenig von dem Ausdruck, den sie am Abend zuvor gesehen hatte. Jetzt aber erregte er sie.

»Nicht heute nacht – morgen«, erwiderte sie zögernd. Sie wollte Zeit gewinnen. Sie konnte nicht denken, wenn Tron sie so berührte, und sie mußte doch denken, überlegen.

»Heute!« Sein Ton duldete keine Widerrede. Um dem Wort Nachdruck zu verleihen, kniff er sie noch einmal kräftig in die Brust, dann ging er, ohne eine Antwort abzuwarten.

In dieser Nacht wagte Nevilar nicht, zu ihm zu gehen, weil sie die Augen ihrer Mutter auf sich spürte und den verwirrten Ausdruck in ihrem Gesicht sah. Am Ende hatte sie doch etwas bemerkt. Aber am nächsten Abend waren ihre

Mutter und alle anderen damit beschäftigt, ein Tier zu häuten, das Katli und die Männer gefangen hatten, und niemand merkte, daß sie sich davonstahl. Diesmal würde sie Tron zwingen, ihr zuzuhören, und ihm sagen, daß Akat unmöglich war, daß sie aber seine Freundin sein wollte.

Wieder wartete Tron schon auf sie. Ärgerlich versetzte er ihr einen Schlag ins Gesicht. »Du bist nicht gekommen.«

Die Tränen stiegen ihr in die Augen. »Meine Mutter hat aufgepaßt«, protestierte sie.

Er zuckte mit den Schultern und zog sie zu Boden. Nevilar versuchte zu protestieren, aber da zuckte eine solche Wut über sein Gesicht, daß sie sich nicht länger zu widersetzen wagte. Hin- und hergerissen zwischen ihrem schlechten Gewissen und der Begierde, die wieder in ihr aufzusteigen begann, blieb sie reglos liegen. Und dann wieder wollte sie nicht mehr, daß er aufhörte. Sie hätte es nicht ertragen können.

Ihre Vereinigung war schnell und leidenschaftlich wie beim erstenmal; und wieder ging Tron, sobald er fertig war. Diesmal weinte Nevilar nicht. Er hatte recht damit. Soviel war ihr jetzt klar. Sie durften es nicht riskieren, zuviel Zeit miteinander zu verbringen. Und vielleicht war es ja genau das, was er brauchte, redete sie sich ein: ihre bedingungslose Liebe. Vielleicht hatte die Große Mutter deshalb dafür gesorgt, daß sie nicht entdeckt wurden.

Danach traf sich Nevilar mit Tron, sooft sie nur konnte. Das Bewußtsein, etwas Verbotenes zu tun, verblaßte mit der Zeit. Manchmal hatte sie zwar immer noch ein schlechtes Gewissen, aber das schob sie beiseite. Tron kam ihr jetzt so viel entspannter vor, und wenn es ihr auch nur selten gelang, mit ihm zu reden, war sie doch sicher, daß sie ihn allmählich änderte, indem sie ihn einfach fraglos akzeptierte.

Er war oft grob zu ihr, schlug sie ins Gesicht oder in den Bauch, wenn sie nicht gekommen war, obwohl er sie erwartet hatte, oder wenn er glaubte, daß sie mit einem anderen zu ihrem Paarungsplatz gegangen war. Aber sie lernte schnell, daß sie ihn von seinem Ärger ablenken konnte, indem sie ihn dazu animierte, Akat zu machen, wie immer es ihm gerade in den Sinn kam. Nevilar begehrte ihn immer so sehr, so sehr. Er schien das zu wissen und sich bestätigt zu fühlen, weil sie ihn brauchte. Aber er brauchte sie nicht minder. Nevilar war sich da ganz sicher, und dieses geheime Wissen gab ihr das Gefühl von Wichtigkeit. Jetzt war sie ebenso wichtig wie Zena, und das machte sie froh.

Auch Zena bemerkte die Veränderung, die mit Tron vor sich gegangen war. Er war jetzt, wo sie sich allein trafen, viel freundlicher und machte große Fortschritte. Er konnte alle Gesichtsausdrücke benennen, die ihr nur einfielen. Allerdings tat er sich mit den Feinheiten noch etwas schwer. Aber nach ein paar Wochen war er dann sogar in der Lage, Gefühle wie Einsamkeit oder Gedankenverlorenheit richtig zu benennen, dieses halb verwirrte, halb amüsierte Gefühl, wenn etwas Ungewohntes passierte.

Zena freute sich darüber, und trotzdem störte sie immer noch irgend etwas an seinem Verhalten. Es vergingen Monate, bevor sie schließlich merkte, was es war. Tron konnte die verschiedenen Gefühle mit Namen belegen, aber sie war sich nicht sicher, ob er auch verstand, was sie bedeuteten. Und sie war auch nicht sicher, ob er das alles überhaupt wissen wollte. Er lernte, weil er mußte, doch den Grund für den Unterricht schien er nie richtig begriffen zu haben, ebensowenig wie er gelernt hatte, selbst diese Gefühle zu empfinden, die er jetzt so geläufig beschreiben konnte. Er konnte sie identifizieren, aber für sein Herz machten sie deshalb noch lange keinen Sinn.

Zena wurde klar, daß sie sich nicht länger um den eigentlichen Auftrag der Mutter herumdrücken konnte, wenn er außer dem Erkennen auch das Fühlen lernen sollte. Bisher hatte sie keinen Versuch gemacht, Tron die feinen Abstufungen von Akat beizubringen. Allein der Gedanke machte ihr angst, denn wie sollte sie ihm verschiedene Arten des Begehrens oder den entsprechenden Gesichtsausdruck zeigen, der bedeutete, daß eine Frau bereit war, wenn sie nicht vorhatte, den Gefühlen, die sie ihm vorführte, auch zu entsprechen? Aber das eigentliche Ziel der Lehrstunden bestand gerade darin, Tron zu lehren, wie man in bezug auf Akat im Gesicht und Herzen einer Frau lesen muß, und es war nun an der Zeit, damit zu beginnen. Wenn er die so unglaublich unterschiedlichen Gefühle, die mit Akat verbunden waren, wie Leidenschaft und Zärtlichkeit und Freude und Zuneigung zu empfinden lernte, würde Tron sich gewiß ändern, und das Schreckliche, das die Mutter ihnen in Mentas Vision vor Augen geführt hatte, würde niemals eintreffen.

21. Kapitel

Zena folgte Nevilar in den Wald. Es war an der Zeit für sie, zum Ekali zu gehen, dem besonderen Zufluchtsort für Frauen. Solange nach dem ersten Einsetzen ihrer Blutung noch nicht drei volle Wechsel der Jahreszeiten vollzogen waren, kamen die jungen Frauen immer, wenn der Mond als schmale Sichel am Himmel stand, hierher, also etwa zehn Tage, nachdem die Zeit der Blutung begonnen hatte. Dann vergingen vier Tage und Nächte, bevor sie wieder zu den anderen zurückkehrten. Akat war während dieser Zeit verboten, und die Männer konnten auch gar nicht ins Ekali kommen. Zena hatte ihre Mutter einmal gefragt, warum das so war, und Lune hatte ihr geantwortet, daß die Mutter es so wollte, aber der Grund dafür sei nur der weisen Frau bekannt. Für alle anderen war es verbotenes Wissen. Zena drang nicht weiter in sie. Vielleicht würde sie es eines Tages verstehen, wenn sie erst selber eine weise Frau war.

Waren die drei Jahre vorüber, wurden die jungen Frauen als Erwachsene in den Stamm aufgenommen. Nach der Initiation konnten die Frauen dann zum Ekali kommen, wann immer sie wollten, und weil sie diesen Ort liebten, taten sie es auch häufig. Er gehörte nur ihnen. Hier konnten sie in aller Ruhe miteinander reden, ungestört von den Neckereien der Männer oder dem Kindergeschrei, denn es waren nur Säuglinge zugelassen, die noch gestillt wurden.

Am liebsten kamen sie während der Blutung, bei Vollmond. Normalerweise bluteten alle Frauen gleichzeitig. Es war keine Pflicht, zur ›Zeit des Lebensblutes‹ herzukommen, wie sie es nannten, aber sie kamen trotzdem, wenn sie es einrichten konnten, weil das gemeinsame Erlebnis sie stärkte. In dem Blut steckte eine Kraft, die Leben spendete, statt den Tod zu bringen, und wenn sie alle zusammen waren, wuchs diese Kraft gewaltig. Sie füllte ihre Körper und Seelen und schenkte ihnen neue Energie, während das in die Erde sickernde Lebensblut den Boden ebenso fruchtbar machte, wie sie selbst es waren.

Während dieser Zeit taten sie alles gemeinsam, als wären sie eine einzige große Frau statt vieler einzelner. Sie sammelten Nahrung und bereiteten sie gemeinsam zu, wobei sie darauf achteten, sich gegenseitig zuzuarbeiten, anstatt jede für sich ihren Aufgaben nachzugehen, und sie nahmen die fertige Mahlzeit gemeinsam ein. Sie säugten gegenseitig ihre Babys, wuschen sich gegenseitig im Fluß, errichteten gemeinsam ein Feuer und schürten es gemeinsam, wenn es Abend wurde. Wenn die Flammen dann heruntergebrannt waren, saßen sie im Schein der Glut ganz nah beieinander und fingen zu singen an. Zehnmal hob und legte sich der Gesang, einmal für jeden Tag, der vergangen war, seit der Mond wieder zunahm, aber danach ließen sie sich ganz von der Stille erfüllen. So umfangen von seinem Schein fühlten sie sich tatsächlich wie eine einzige Frau, denn sie konnten einander in die Herzen sehen und Freud und Leid der anderen spüren. Zugleich fühlten sie, daß sie eins waren mit der Großen Mutter. An diesem Ort, zu dem nur Frauen kamen, fühlten sie sich ihr am nächsten, denn auch sie war eine Frau und Mutter und verstand ihre ganz eigenen Probleme und Freuden.

Zena war froh, wieder hier zu sein. Es baute sie jedesmal auf, wenn sie im Ekali war, und gerade jetzt brauchte sie das Gefühl der Stärke, damit sie die Aufgabe erfüllen konnte, die sie übernommen hatte. Und es war ihr auch gerade recht, Tron ein paar Tage lang nicht zu sehen. Er arbeitete jetzt viel besser mit, aber es war immer noch anstrengend, weil sie ständig auf der Hut sein mußte. Sie hatte angefangen, über Akat zu sprechen, und versucht, ihm zu zeigen, wie Bereitschaft aussah oder Liebe und Zuneigung und auch Begierde. Das letztere verstand er problemlos, während er mit den anderen Begriffen nicht viel anfangen konnte. Sobald sie mit ihrem Gesicht Begierde zum Ausdruck brachte, rückte er automatisch näher, als hätte er seine Reaktionen nicht unter Kontrolle. Seine Augen machten ihr dann angst. Er hatte einen lüsternen und gleichzeitig so schrecklich kalten Blick, daß es ihr Schauer über den Rücken jagte.

Sie zog ihr Fellgewand enger um die Schultern. Bald würde die Schneezeit kommen. Die schönen roten, gelben und orangefarbenen Blätter hingen längst nicht mehr an den Bäumen, und der Wind rüttelte an den kahlen Zweigen. Wenn die Tage kälter wurden, würden Stürme kommen; der Stamm richtete sich auf eine lange, dunkle Winterzeit ein. Im letzten Jahr war so viel Schnee gefallen, daß sie kaum laufen konnten. Die Winter schienen jetzt mit jedem Mal länger und härter zu werden.

Nevilar ging schnellen Schrittes vor ihr her, und Zena mußte laufen, um sie einzuholen. Sie mußten beide nur noch ein Jahr lang zu dieser Zeit zum Ekali kommen. Danach wurde es nicht mehr erwartet, und die meisten Frauen hatten sowieso bald genug mit ihren Kindern zu tun.

Zena runzelte die Stirn. Sie fragte sich, warum das wohl so war. Es schien doch tatsächlich so, als würden erst dann Kinder kommen, wenn sie nicht mehr in der Mitte des Mondzyklus ins Ekali gingen. Natürlich waren sie dann auch älter: Vielleicht ließ ihnen die Mutter nur Zeit, bevor sie eine derart große Verantwortung übernahmen. Kinder brauchten viel Pflege, viel Liebe und viel Anleitung.

Sie lief neben Nevilar her. Dieses Jahr waren sie die einzigen, die zu dieser Zeit ins Ekali kamen. Allerdings würde sich Lune später zu ihnen gesellen, und sie hoffte sehr, daß Nevilar freundlich zu ihr sein würde. Früher waren sie Freundinnen gewesen, aber in letzter Zeit hatte sie ganz den Eindruck, als würde Nevilar sie meiden. Es war eine gute Gelegenheit, sich wieder näherzukommen.

»Bist du glücklich, wieder ins Ekali zu kommen?« fragte sie.

»Ich will hier überhaupt nicht mehr herkommen«, platzte Nevilar los. »Ich würde viel lieber bei den anderen bleiben.«

Zena sah auf. Diese heftige Antwort überraschte sie. Nevilar sah seltsam aus, dachte sie, beinahe so, als wäre sie geschlagen worden. Sie hatte dunkle Flecke auf den Wangen und noch mehr davon auf Armen und Brust.

»Hast du dir weh getan, Nevilar?«

»Ich bin im Wald hingefallen«, antwortete das Mädchen. »Tut gar nicht mehr weh.«

»Ich werde dir Kräuter auf die Blutergüsse legen. Das hilft, auch wenn du keine Schmerzen mehr hast.«

Zenas Stimme war voller Mitgefühl, und Nevilar spürte, wie die Tränen in ihr aufstiegen. Es hatte schon so lange niemand mehr ein mitfühlendes Wort zu ihr gesagt. Vielleicht war Zena doch nicht so schlecht. Sie sah fort, damit Zena nichts merkte und womöglich fragte, warum sie weinen mußte.

Es war nicht gelogen. Sie wollte nicht hierherkommen, weil sie sich dafür von Tron trennen mußte. Er war böse gewesen, daß sie ging, und hatte sie geschlagen und gesagt, sie müsse bei ihm bleiben, weil er sie brauche. Aber jetzt, wo sie doch von ihm getrennt war, stellte Nevilar fest, daß sie sich auf diese ungestörte Zeit freute. Manchmal machte Tron ihr angst. Er schlug sie jetzt auch häufiger, und selbst die Aussicht auf Akat konnte ihn nicht immer davon abhalten. Sie wußte natürlich, daß er deshalb so um sich schlug, weil er ärgerlich war, daß er seine Unterrichtsstunden bei Zena absitzen mußte, anstatt wie die anderen auf die Jagd zu gehen. Außerdem wurde er auch böse, wenn er glaubte, sie hätte einen anderen Mann mit zu ihrem Paarungsplatz genommen. Wenn Nevilar nicht darüber sprechen wollte, kniff er sie so schmerzhaft in Brust und Arme, daß sie einfach sprechen mußte. Und wenn sie dann zugab, daß sie mit einem anderen zusammengewesen war, schlug er sogar noch fester zu. Dabei mußte sie doch auch andere auffordern; es würde nur Gerede geben, wenn sie es nicht tat.

Nevilar stieß einen tiefen Seufzer aus. Sie war glücklich, daß er sich soviel aus ihr machte, daß es ihm nicht paßte, wenn sie sich auch mit anderen traf, und es machte sie stolz, die einzige zu sein, die seine Frustration so richtig verstand. Andererseits war es aber auch schwer, die einzige zu sein, an der er seine Wut ausließ, weil er sie anderen gegenüber nicht zeigen durfte.

Jetzt würde sie sich vier Tage lang keine Gedanken um ihn machen müssen. Mit plötzlich viel beschwingterem Gang lief sie freudig ins Ekali, ohne auch nur zu ahnen, daß Tron, im selben Moment, als sie an ihn dachte, zu ihr herunterstarrte. Er hatte sich in einem Baum versteckt, von wo er die ganze Umfriedung überblicken konnte.

Tron hätte nicht genau sagen können, warum er Nevilar und Zena gefolgt war, außer daß er gern seine Bewacher austrickste und noch viel lieber genau das tat, was er nicht tun sollte. Menta hielt es nicht mehr für nötig, daß er während seiner Stunden überwacht wurde, aber ihm war durchaus bewußt, daß Krost und Tragar trotzdem meistens ein wachsames Auge auf ihn hatten. Heute hatte sich Tragar immer in seiner Nähe gehalten, aber er war nicht der Hellste, und Tron hatte keine Mühe gehabt, ihn abzuschütteln. Außerdem erregte es ihn, die beiden jungen Frauen zum Ekali zu verfolgen. Hier waren keine Männer zugelassen, aber er, Tron, war trotzdem gekommen.

Mit zusammengekniffenen Augen schaute er in die Umfriedung. Er wollte doch mal sehen, was die Frauen an diesem Ort taten, den sie für so etwas Besonderes hielten. Bisher hatte er nie gewagt, hierherzukommen, weil er gefürchtet hatte, die Mutter könnte irgendwie davon erfahren und ihn bestrafen. Inzwischen wußte er, daß die Mutter überhaupt nicht so mächtig war. Er hatte ihre Gebote mißachtet, indem er Akat mit Nevilar trieb, und es war nichts passiert. Menta war auch nicht so mächtig, wie sie dachte, weil sie ihn nicht hatte hindern können, zu tun, was er wollte. Im Grunde war sie auch nur eine Frau, und Frauen waren schwach. Er verstand nicht, warum sie als so wichtig angesehen wurden. Sie glaubten, sie wären etwas Besonderes, nur weil sie Junge bekamen – aber die meisten von ihnen konnten nicht einmal ein großes Tier töten. Wenn das nicht wichtiger war!

Zena spielte sich besonders auf, weil sie vielleicht eines Tages eine weise Frau sein würde. Als er sie beobachtete, wie sie das Ekali betrat, kam etwas Hartes in seinen Blick. Er haßte sie. Er haßte die Lehrstunden, haßte die Tatsache, daß sie ihm sagen konnte, was er zu tun hatte. Eine Frau sollte nicht in der Lage sein, einem wie ihm etwas vorzuschreiben. Das war falsch. Und die Dinge, die sie ihm beibrachte, waren ohne jede Bedeutung. Es waren nur Worte. Was denn auch sonst? Er hatte diese Gefühle, von denen sie immer sprach, nie empfunden, und wahrscheinlich tat das auch niemand anders. In Wirklichkeit machten sich die Frauen damit doch nur wichtig.

Akat war etwas anderes. Das konnte er fühlen. Es war Lust, mehr aber auch nicht. Zena versuchte ihm andauernd weiszumachen, daß es auch noch andere Formen von Akat gab, aber er hörte gar nicht erst hin. Er spürte nur, wie er hart wurde, wenn er sie ansah. Sie entfachte seine Lust, und die wurde immer stärker, je mehr er sie verabscheute. Außerdem hatte er in ihrem Gesicht ebenfalls Begierde gesehen, und das hatte ihn zusätzlich erregt. Die machte sich doch über ihn lustig! Erst zeigte sie ihm Begehren, und dann weigerte sie sich, danach zu handeln. Eines Tages würde er sie trotzdem besitzen, ob sie nun wollte oder nicht. Bei der Vorstellung wurde ihm ganz heiß.

Er ließ sich auf eine Astgabel hinab, wo er reglos wie eine Raubkatze sitzen blieb, während er die beiden jungen Frauen weiter beobachtete. Es würde noch lange dauern, ehe es dunkel wurde, und bis dahin würde er sich nicht mehr bewegen.

Auch Zena trat voller Freude ins Ekali ein. Der vertraute Ort schien sie willkommen zu heißen, und sie fühlte sich innerlich sofort ganz ruhig. Es war gut, daß sie und Nevilar hier ein wenig Zeit für sich haben würden. Wenn sie sich hier aussprechen konnten, würde sie vielleicht verstehen, was ihre Freundin bedrückte. Zena hatte nicht den geringsten Zweifel, daß es da etwas gab. Sie hatte es ihr am Gesicht abgelesen, als sie ihr wegen der Blutergüsse ihre Hilfe angeboten hatte. Sie konnte überdies fühlen, wie angespannt Nevilar war, und wie unglücklich dazu.

Zena machte sich daran, ein Feuer zu entzünden, und Nevilar wusch die Beeren und Körner, die sie mitgebracht hatten, in der Quelle, die mitten durch die Umfriedung floß. Über der Arbeit entspannten sich ihre Gesichter. Auch allein fühlten sie sich hier absolut sicher, denn das Ekali war von einem dicken Dornenwall umgeben. Jedes Jahr wurden neue Äste hinzugefügt, so daß die Mauer inzwischen hoch und dick war und fest genug, um selbst das entschlossenste Raubtier abzuschrecken. Da ihnen nichts weiter passieren konnte, machten sie sich auch keine Gedanken. Trotzdem sah Zena sich ständig unruhig um. Sie hatte ein prickelndes Gefühl im Rücken, so als würden sie beobachtet. Aber sie hatte keine Löwen- oder Tigerspuren gesehen, und selbst wenn hier irgendwo eine Raubkatze herumlungern sollte, würde sie wahrscheinlich nicht über den Grenzwall hinwegsetzen, noch dazu, wo hier drinnen ein Feuer brannte.

Sie kam zu dem Schluß, daß sie sich wahrscheinlich alles nur einbildete. Vielleicht lag es auch daran, daß sie mit Tron die ganze Zeit hatte auf der Hut sein müssen. Sie war froh, daß Lune später noch dazukommen würde. Dann konnte sie sich wirklich entspannen, denn mit Lune fühlte sie sich immer sicher. Sie setzte sich mit dem Rücken zum Feuer und spürte, wie die Wärme das prickelnde Gefühl verscheuchte. Vielleicht war ihr ja doch nur kalt gewesen.

Nevilar setzte sich zu ihr. Zena merkte, wie sie zitterte, trotz des Umhangs, den sie um die Schultern trug. Die Sonne hatte sich hinter schnell ziehenden Wolken versteckt, und sogleich sank die Temperatur merklich. Sie zog ein weiteres Fell heraus, das sie mitgebracht hatte, und legte es Nevilar um. Da stiegen der jungen Frau wieder die Tränen in die Augen.

Zena tat so, als merke sie nichts. »Das Feuer wird uns warmhalten«, sagte sie und klopfte neben sich auf den Boden, damit Nevilar sich zu ihr setzte. »Wir werden bald auch Decken für unsere Füße brauchen. Sieh mal, ich habe Felle mitgebracht, damit wir gemeinsam daran arbeiten können.«

Sie zog ein Fell von einem dieser langohrigen Tiere heraus, deren Pfoten nicht im Schnee einsanken. Im Winter waren sie weiß und im Sommer braun. Zena sah diese langen Ohren zu gern zucken und die Haken, die sie beim Davonspringen schlugen, und sie war jedesmal traurig, wenn eins dieser Tiere getötet wurde. Aber schließlich würden sie eines Tages wieder zum Leben erwachen, und bis dahin hatten sie und Nevilar warme Füße.

Sie gab der anderen eine Nadel aus Knochen und ein Stück von dem kräftigen, dünnen Tierdarm, den sie zum Nähen benutzten, und machte sich an die Arbeit. Lange Zeit saßen sie so nebeneinander und schwiegen.

»Nevilar, ich glaube, du bist unglücklich«, sagte Zena schließlich, als sie dachte, daß ihre Freundin nun entspannt genug sei, um sich nicht über ihre Worte zu ärgern. »Ich würde dir gern helfen, wenn ich es kann.«

Nevilar erschrak. Sie war tief in Gedanken gewesen und hatte nicht damit gerechnet, daß Zena etwas sagen würde. Wenn sie mit Tron zusammen war, gelang es ihr ja, ihre Schuldgefühle zu unterdrücken, aber hier, wo die Gegenwart der Mutter überall spürbar war, lastete sie schwer auf ihrem Herzen. Sie hatte Menta nicht gehorcht und gegen das Gebot der Großen Mutter verstoßen. Hier, an diesem Ort, konnte sie das einfach nicht mehr verbergen, auch nicht vor sich selber.

Ohne jede Vorwarnung tropften nun die Tränen auf das weiche Fell in ihren Händen. Sie sehnte sich inständig danach, Zena zu antworten und ihr von ihrer geheimen Verbindung mit Tron zu erzählen, aber sie traute sich nicht. Wenn sie es tat, würden die anderen davon erfahren und sie dann vielleicht verbannen.

Ihr entschlüpfte ein Seufzer, aber sie tat rasch so, als bekäme sie einen Schluckauf. Zena wartete noch einmal längere Zeit, dann hob sie wieder an, mit ganz leiser Stimme diesmal.

»Ich bin im Moment auch nicht glücklich. Und zwar wegen Tron. Es ist schwer, jemanden Gefühle zu lehren, der sie nicht zu kennen scheint. Aber wenn ich es nicht tue, werden wir alle leiden. Und manchmal habe ich Angst vor ihm. Ich weiß nicht, warum, aber –«

»Ich auch«, sagte Nevilar, ohne nachzudenken. Dann schlug sie entsetzt die Hand vor den Mund.

»Tron hat dir auch angst gemacht?«

Jetzt sah Nevilar, die noch immer ganz entsetzt war über ihren Fehler, Zena zum erstenmal seit Monaten in die Augen. Und ganz langsam löste sich ihr Groll auf. Was sie in Zenas

Augen sah, war Mitleid und Besorgnis, aber keine Spur von Überheblichkeit oder Stolz. Statt dessen blickte ihr die gleiche ruhige Kraft entgegen wie bei Menta, ein Ausdruck, der Weisheit versprach, und jetzt verstand sie, warum Zena eines Tages eine weise Frau werden würde. Plötzlich sprudelten ihr die Worte nur so aus dem Mund.

»Er kommt zu mir, zu meinem Paarungsplatz. Er ist sehr oft gekommen, und ich wollte ihn auch dort haben … Ich wollte ihn so sehr. Aber manchmal tut er mir weh. Das kommt, weil ich ihm etwas bedeute; deshalb schlägt er mich, er will nicht, daß ich mit anderen zusammen bin, aber ich muß doch auch andere nehmen.

Es ist auch deinetwegen. Er haßt diese Stunden. Er haßt sie. Und dann kommt er zu mir, und dann …«

Nevilar schluckte, als wollte sie die Worte, die ihr von den Lippen flossen, wieder hinunterzwingen. »Ich habe Akat mit ihm. Weil ich ihm helfen wollte. Er mag mich, und ich wollte ihm helfen, aber jetzt habe ich Angst. Und Menta – ich habe mich ihr widersetzt, und ich war ungehorsam gegen die Mutter …«

Nun ließ Nevilar ihren Schluchzern freien Lauf. Zena hörte das klägliche Würgen und preßte die Lippen zusammen.

»Du hast diese Blutergüsse von Tron?«

Nevilar nickte. Da lehnte Zena sich zu ihr hinüber und hob den Umhang wieder auf, der ihrer Freundin von den Schultern geglitten war und legte ihn ihr schützend wieder um. Nevilar griff nach ihrer Hand und hielt sie fest.

»Werden sie mich fortschicken?«

»Nein, Nevilar. Ich glaube nicht, daß Menta das tun wird. Aber du mußt mit ihr sprechen und ihr sagen, was du mir gesagt hast. Und du mußt mit der Mutter reden und sie um Vergebung bitten. Wenn du es ehrlich meinst, verzeiht die Große Mutter alles.«

Zena sprach zwar ganz ruhig, aber sie fühlte sich trotzdem unwohl. An der eben gehörten Beichte hatte sie nicht nur schockiert, was Nevilar getan hatte, sondern auch Trons Grausamkeit. Sie kannte keinen Mann, der je einer Frau vorsätzlich weh getan hätte, so wie Tron. Er mußte kräftig zugeschlagen und sie gemein gekniffen haben, um solche Wundstellen zu hinterlassen. Und wenn er so etwas tun konnte, während er gleichzeitig mit scheinbar freundlichem Gesicht bei ihr erschien und sich nicht anmerken ließ, daß er die Stunden haßte, sie selber haßte, wenn er diesen Haß so verbergen konnte …

Der Mann, der bei ihr gewesen war, war nicht Tron, sondern ein anderer, eine Person, die ihr unerklärlich blieb.

Zena wurde von einem krampfartigen Schauer erfaßt. Sie hatte recht behalten. Tron konnte die Gefühle benennen, die sie ihm so mühevoll zu beschreiben versucht hatte, aber er wußte nicht, was sie bedeuteten.

»Tron fehlt irgend etwas.« Sie erinnerte sich an das, was sie beim Rat gesagt hatte, aber jetzt wußte sie, daß sie damals das Falsche gemeint hatte. Tron fehlte nicht nur die Fähigkeit, in den Gesichtern anderer zu lesen. Er war absolut unfähig, Liebe oder Zärtlichkeit zu fühlen, genau wie Menta befürchtet hatte. Sie waren einfach nicht in ihm.

Plötzlich fürchtete sie sich. Selbst hier an diesem besonderen Ort gab es Angst. Sie mußte fort von hier, Nevilar mitnehmen und zu den anderen zurückgehen. Es war eine absolute Gewißheit. Zena stand auf, um das Feuer auszutreten, damit sie gehen konnten.

Ein leises Geräusch hinter ihr ließ sie erleichtert aufschauen. Lune mußte beschlossen haben, früher zu kommen. Jetzt waren sie in Sicherheit. Lune war gekommen.

Da erstarrte sie. Es war nicht Lune. Es war Tron. Er stand, die Hände in die Hüften gestemmt, da und wippte ein wenig auf den Zehen, als wolle er jeden Moment zum Sprung ansetzen. Er starrte Nevilar an. Sie hatte ihn noch nicht gesehen, weil sie das Gesicht in den Händen vergraben hatte. Aber Zena sah ihn, und ihr zog sich das Herz zusammen vor Angst. In seinen Augen blitzte die Wut, schreckliche, alles verzehrende Wut.

Jetzt sah Nevilar auf und zog entsetzt die Luft ein. Bevor sie sich noch bewegen konnte, stürzte Tron sich auf sie und griff mit einer Hand in ihr Haar. Böse grunzend schlug er ihr immer wieder ins Gesicht. Sie schrie und versuchte sich loszureißen. Aber er hielt ihr Haar fest, und sobald sie sich bewegte, zog er ruckartig daran und schlug sie wieder.

»Du hast mich verraten«, fauchte er. »Du hast es ausgeplaudert!«

Nevilar zerrte an seinem Handgelenk und flehte ihn an, aufzuhören. Aber das machte ihn nur noch wütender. Brutal riß er ihr den Arm nach hinten und stieß ihr mit aller Kraft die Faust in den Mund. Das knirschende Geräusch befriedigte ihn. Sie verdiente es nicht anders! Er hatte sie gewarnt.

»Tron! Halt!« Zena zog und zerrte an seinen Armen, vor allem an dem, mit dem er Nevilar schlug. Tron versetzte ihr einen letzten Schlag, der ihren Kopf zur Seite riß. Dann wandte er sich Zena zu.

Einen Augenblick lang stand er nur da und genoß die Angst in ihren Augen. Sie war es, der er wirklich weh tun wollte. Jeden Tag war er gezwungenermaßen bei ihr gewesen und hatte ihr zuhören müssen, ohne daß er sie haben konnte, selbst wenn er die Begierde in ihrem Gesicht sah. Sie hatte jedesmal gesagt, daß der Ausdruck nicht ihm galt, sondern nur dem Unterricht diente. Nun, er würde ihr schon zeigen, für wen er bestimmt war. Jetzt würde er sie haben, er würde sie sich gewaltsam nehmen. Das wäre sicher das Schlimmste für sie. Sie hatte sich eingebildet, daß sie alles unter Kontrolle hatte, ihn und Akat, und dafür würde er ihr jetzt seinen Willen aufzwingen, und sie würde ihn nicht aufhalten können. Menta hatte es nicht geschafft, die Mutter ebensowenig, und Zena würde es auch nicht gelingen! Wild bog er ihren Arm zurück, dann schlug er ihr mit der anderen Hand kräftig ins Gesicht. Sie stöhnte vor Schmerzen auf.

Nevilar bearbeitete Trons Rücken mit den Fäusten. »Nein! Ich komme mit dir. Nicht, Tron, du darfst Zena nichts tun. Ich komme ja!«

Tron drehte sich um und zischte sie zwischen zusammengebissenen Zähnen an, während er Zena die Arme auf den Rücken drehte und festhielt. »Ich will nichts von dir. Ich wollte nur Akat. Das hast du mir gegeben. Jetzt aber hole ich es mir woanders.«

Nevilar verzog schmerzlich das Gesicht und wandte sich

ab. Aber dann schrie Zena auf, weil Tron ihr sein Knie in den Bauch stieß und sie zu Boden zwang. Nevilar ergriff einen Stock und schlug damit auf seine Schultern ein. Doch er drehte sich blitzschnell um und rammte seine Faust gegen ihre Brust. Sie sackte zusammen und stürzte rückwärts zu Boden.

Mit zusammengebissenen Zähnen versuchte Zena sich hochzukämpfen und ihre Hände zu befreien. Aber jetzt war Tron auf ihr, und sie konnte sich überhaupt nicht mehr bewegen. Er versuchte, ihre Beine auseinanderzuzwingen und schob und drückte. Sie hielt sie mit aller Macht zusammen. Da zog er flink wie eine Katze einen Arm nach unten und versetzte ihr einen Boxhieb auf die Seite ihres Oberschenkels. Sie rang nach Luft und ließ für eine Sekunde die Muskeln locker. Er zwängte sich zwischen ihre Beine, und bevor sie wieder Atem holen konnte, war er auch schon in ihr. Laut keuchend stieß er mehrmals zu und schüttelte sich dann, als er ejakulierte. Im selben Moment befreite Zena sich aus seinem Griff und schlug hemmungslos auf ihn ein, aber er schien ihre Schläge gar nicht zu fühlen. Er blieb einfach liegen, befriedigt und triumphierend.

Zena kochte vor Wut, daß er diese schreckliche Sache mit ihr und Nevilar gemacht hatte, daß er sie beide verletzt hatte. Sie wand sich unter seinem schweren Körper hervor und stand nun zornbebend über ihm. Er griff wieder nach ihrem Arm und zog sie rücksichtslos zurück auf den Boden. Zena erhob den anderen Arm, um ihn zu schlagen, doch genau in diesem Moment kam eine Gestalt in das Ekali gestürzt.

»Conar!« Zena flüsterte nur, aber Tron hörte den Namen trotzdem. Er sprang sofort hoch. Da prallte Conar auch schon mit Trons hartem Körper zusammen und begann, wie wild mit beiden Fäusten auf ihn einzuschlagen. Tron geriet ins Schwanken, erholte sich aber schnell wieder. Er wich einen Schritt zurück, und dann stürzte er sich auf das kleinere Männchen und schlang ihm beide Arme wie Zangen um die Mitte. Ohne auf die Faustschläge zu achten, die wie ein Trommelfeuer auf seinem Rücken niedergingen, zwang er Conar zu Boden und kniete sich auf seine Brust. Conar wollte ihm mit der Hand ins Gesicht greifen, aber Tron senkte nur den Kopf und ließ ihn auf den Hals des Männchens unter ihm prallen. Immer und immer wieder schlug er zu, und Conar zappelte wild und versuchte sich zu befreien, aber Tron war viel schwerer und stärker als er, und er kam nicht los. Hilflos stöhnend lag er unter dem anderen, dann wurde es plötzlich still, weil Tron ihm beide Hände um den Hals gelegt hatte und zudrückte.

Conar gab ein krächzendes Geräusch von sich, und da erwachte Zena aus ihrer Erstarrung. Sie packte einen der dikken Felsbrocken, die um die Feuerstelle herum lagen, und ließ ihn mit der gesammelten Kraft ihrer angestauten Wut auf Trons Kopf niedersausen. Das war ein so befriedigendes Gefühl, daß sie den Stein gleich noch einmal über den Kopf hob, um erneut zuzuschlagen. Sie wollte nur noch zuschlagen, immer noch einmal, bis er ihr nichts mehr anhaben konnte, weder ihr noch sonst jemandem. Aber noch bevor sie die Arme wieder senkte, fiel Tron auch schon vornüber, Conar auf die Brust, glitt seitlich zu Boden und blieb mit verrenkten Gliedern liegen.

Wie gelähmt vor Entsetzen hielt Zena sich den Felsbrokken vor die Brust. Trons Körper zuckte noch einmal heftig zusammen, und aus seiner Kehle drang ein seltsames Krächzen. Dann rührte er sich nicht mehr.

II

Menta sah mit plötzlich hellwachen Augen von ihrer Arbeit auf. Irgend etwas stimmte nicht. Sie spürte es in jeder Faser, als spielte sich etwas Schreckliches direkt vor ihren Augen ab. Aber sie wußte nicht, was es war oder wo es passierte.

»Lune!« Sie rief mit scharfer Stimme nach ihrer Schwester. Normalerweise spürten sie beide, wenn etwas nicht in Ordnung war.

Durch den Ton in Mentas Stimme aufgeschreckt, kam Lune sofort angelaufen. Sie hatte es bereits selbst gespürt.

»Ich glaube, es ist Zena. Wir müssen zum Ekali, schnell.«

Sie riefen nach Bakan und Tragar, die in der Nähe arbeiteten, und rannten in den Wald. Tragar holte sie ein.

»Ich habe auf Tron aufgepaßt, aber er hat sich vor mir versteckt.«

Menta nickte und sparte sich den Atem, um weiterlaufen zu können. Sie hatte es gewußt; sie hatte es von Anfang an gewußt. Warum hatte sie sich von Zena überreden lassen, die beiden allein zu lassen? Andererseits konnte Tron doch heute gar nicht bei ihr sein. Sie und Nevilar waren im Ekali, und dort würde sich selbst Tron nicht hineinwagen.

»Wo ist Conar?« Das war Lunes Stimme. Sie hatte beobachtet, daß Conar Tron auf Schritt und Tritt folgte, ohne daß dieser es je gemerkt hätte. Conar mußte doch wissen, wo Tron war.

Bakan schüttelte den Kopf. »Ich habe Conar nicht gesehen.«

Lune preßte beim Laufen die Hand auf ihren Mund, um nicht laut herauszuschreien. Sie konnte es deutlich fühlen – Zena war etwas zugestoßen.

Als sie Zena am Feuer stehen sah, machte ihr Herz erst mal einen Freudensprung, aber dann nahm sie die ganze Szene in sich auf und war so entsetzt, daß ihr der Atem stockte. An Zenas Händen klebte Blut, und ihr Gesicht war geschwollen und stellenweise blau unterlaufen. Nevilar sah noch schlimmer aus. Sie wiegte sich unter Schmerzen stöhnend hin und her, und als sie den Kopf hob, konnte Lune sehen, daß sie ein blaues Auge hatte und aus dem Mund blutete. Auf dem Boden bot sich ihr ein erschreckender Anblick. Conar lag da wie tot, das Gesicht fahlgrau. Noch während sie auf ihn hinuntersah, begann er aber zu würgen und zu spukken und rang nach Luft. Lune rannte zu ihm hin und hob seinen Kopf an, wobei sie sich fragte, warum Zena nicht als erste zu ihm kam. Sie stand doch gleich daneben.

Doch eben da lag noch etwas. Lune warf einen Blick auf die leblose Gestalt und schloß gepeinigt die Augen. Es war Tron – nur war er es nicht mehr. Er war tot; ganz sicher, denn sein Schädel war nur noch eine einzige blutige Masse. Sie sah nicht noch einmal hin.

Wie war es dazu gekommen? Hatte Conar ihn getötet? Aber das konnte doch nicht sein ... In Lunes Kopf überstürzten sich die Gedanken, und dann fiel ihr Blick wieder auf Zena. Sie hatte sich nicht gerührt, stand immer noch da, als wäre sie aus Stein. Auf dem Gesicht von Menta, die jetzt bei ihr war, stand ein Ausdruck grenzenlosen Mitleids.

»Erzähl uns, was passiert ist.« Menta sprach mit leiser, eindringlicher Stimme, aber Zena antwortete nicht. Ihr Blick war nach innen gerichtet, und sie schien Mentas Frage überhaupt nicht zu hören oder auch nur wahrzunehmen, daß die anderen gekommen waren.

Menta ging zu Nevilar und nahm ihr Gesicht in beide Hände, so daß sie sie ansehen mußte.

»Ich bin schuld«, schluchzte Nevilar. »Diese schrecklichen Dinge sind nur passiert, weil ich der Mutter nicht gehorcht habe. Es ist alles meine Schuld. Du mußt mich fortschicken, verbanne mich!«

Menta zog verwirrt die Stirne kraus, aber dann begann sie etwas zu ahnen und kniff die Augen zusammen. Sie hatte sich die ganze Zeit gefragt, was Nevilar bedrückte. Sie war unglücklich und nervös gewesen, als ob sie etwas Verbotenes täte. Und dann die blauen Flecken. War es möglich, daß Tron ihr diese Male beigebracht hatte? Die schockierende Erkenntnis traf sie wie ein Schlag. Menta wußte, daß sie richtig geraten hatte. Sie hatte nie gedacht, daß jemand wirklich so grausam sein konnte, außer in ihren Visionen.

Da unterbrach Zenas kalte, schneidende Stimme ihre Gedanken. »Nein, Nevilar. Der Fehler liegt nicht bei dir. Ich bin schuld. Ich habe Tron getötet, und das ist eine viel größere Sünde als Akat. Es ist verboten, einen anderen zu töten, aber aus Wut zu töten ist noch schlimmer, es ist unverzeihlich. Es ist die schrecklichste aller Sünden, und ich habe es getan.«

Zenas Worte klangen lange nach. Niemand wußte etwas darauf zu sagen. Selbst Menta schwieg, denn sie wußte, daß Zena die Wahrheit sprach. Es war eine Gewalttat, einen anderen zu töten, und so etwas duldete die Mutter nicht. Sie vergab alles, nur keine Gewalt.

Menta zog sich das Herz zusammen. Dies war erst der Anfang. Sie würden alle leiden müssen, nur weil Tron, weil ein einziger Mann gewalttätig war. Und Zena würde am meisten zu leiden haben.

»Nein.« Lunes Stimme war voller Leidenschaft und Zuversicht. »Das ist nicht recht. Zena hat vielleicht aus Wut getötet, aber nicht ohne einen Grund. Tron war für uns alle eine Gefahr. Vielleicht hat sie nur getan, was die Mutter von ihr erwartet hat. Vielleicht hat Zena uns und alle, die nach uns kommen, durch ihre Tat vor der Gewalttätigkeit gerettet, die Menta vorausgesehen hat.«

Menta fühlte die Hand der Großen Mutter schwer auf ihrem Herzen lasten. Lunes Argumentation war überzeugend, aber sie glaubte nicht, daß sie recht hatte. Trons Tod würde ihnen keinen Frieden bringen. Aus irgendeinem Grund führte Gewalt immer nur zu neuer Gewalt.

Ihr wurde plötzlich angst und bange. Zum erstenmal seit vielen Jahren wußte sie nicht, was sie tun sollte. Nie zuvor hatte einer der ihren einen anderen getötet. Sie schüttelte den Kopf, als wollte sie die Last der Verantwortung abschütteln, die auf ihren Schultern lag. Aber ebenso schnell richtete sie sich wieder zu voller Größe auf und unterdrückte ihre Angst wieder. Sie war die weise Frau des Stammes, und sie würde mit diesem schrecklichen Ereignis fertigwerden müssen. Die Mutter würde ihr schon zeigen, wie.

»Ich muß hören, warum es dazu gekommen ist«, sagte sie. »Wir müssen alles wissen, bevor wir jemanden beschuldigen. Es ist, wie Lune sagt: Vielleicht hat eure Tat die Gewalt von uns ferngehalten. Wir müssen auf die Mutter hören, wenn wir es verstehen wollen. Kommt, wir wollen zur Lichtung zurückgehen, wo alle mithören können. Dann werden wir eine Entscheidung treffen.«

Bakan und Tragar hoben Tron auf. Menta legte der noch immer schluchzenden Nevilar den Arm um die Schultern und geleitete sie. Lune stützte Conar. Sein keuchender Atem übertönte noch Nevilars Schluchzen. Zena folgte als letzte, froh, daß ihr niemand zu nahe kam und sie berührte. Sie wollte nie wieder angefaßt werden. Von nun an war sie allein, weil sie sich auf eine seltsame und nicht näher zu benennende Weise von den anderen unterschied. Und so mußte es auch bleiben, wenn sie überleben wollte.

Dieses Gefühl verließ sie nicht mehr, weder während der Verhandlung am selben Abend noch während des nächsten Tages. Sie hörte kaum, wie Lune ihre Handlungsweise verteidigte und darin von Katli, Bakan und den übrigen leidenschaftlich unterstützt wurde. Zena mochte aus Wut getötet haben, aber auch, um Conars Leben und dazu vielleicht ihr eigenes und auch das von Nevilar zu retten. Außerdem hatte Tron sie, wie damals Pila, vergewaltigt und hätte sich zweifellos auch noch an anderen Frauen vergangen. Das Geschenk des Akat auf diese Weise zu mißbrauchen war eine fast ebenso große Sünde wie das Töten. Und die Große Mutter hatte es selber gesagt: Tron bedrohte nicht nur sie, sondern viele, die noch nicht geboren waren. Es war gut, daß er tot war.

Nevilar ließ der Rat nicht so glimpflich davonkommen. Sie konnten ihr ja noch verzeihen, daß sie Menta und der Mutter nicht gehorcht hatte, jedenfalls wenn sie es wirklich bereute, aber daß sie zugelassen hatte, daß Tron sie mißhandelte, würde man ihr nicht so schnell verzeihen. Sie sagten ihr, daß so etwas wirklich nichts mit Liebe oder Zuneigung zu tun habe. Wer sich selber so wenig respektierte, verhielt sich auch der Mutter gegenüber respektlos. Du aber bist ein Teil der Mutter, und wenn du Tron erlaubst, dich zu mißbrauchen und zu schlagen und dir Akat aufzuzwingen, indem er dir angst macht, dann erlaubst du ihm damit, die Mutter zu vergewaltigen. Selbst wenn du es selber willst, darf man Akat nie aus Furcht begehen. Dafür mußt du dich entschuldigen, bis du es wirklich verinnerlicht hast.

Der Rat beschloß, daß Nevilar nicht nur in der Mitte des Zyklus, sondern auch während ihrer Blutung mit den anderen Frauen zum Ekali gehen sollte, und das solange, bis sich die warme und die kalte Jahreszeit einmal abgelöst hatten. Nevilar protestierte heftig, weil sie nie wieder zum Ekali zurückkehren wollte, und jetzt mußte sie es auch noch doppelt so oft tun. Aber der Rat ließ sich nicht erweichen. Sie sagten ihr, sie könne nur im Ekali, in der Gemeinschaft der Frauen, die wahre Liebe zur Mutter erlernen, die aus der gegenseitigen Fürsorge und dem fürsorglichen Umgang mit sich selbst erwächst. Schließlich stimmte Nevilar zu, aber Menta fragte sich, ob sie es wohl wirklich verstanden hatte. Irgend etwas fehlte Nevilar, genau wie Tron. Er war unfähig gewesen, für andere etwas zu empfinden, Nevilar aber schien nicht in der Lage zu sein, sich selber zu lieben, als fehlte ihr jedes innere Vertrauen, daß sie ein wertvoller Mensch war, der Respekt verdient hatte.

»Ich frage mich beinahe ebensosehr«, meinte Menta zu Lune, »was bei Nevilar fehlt, wie ich mich um Trons Mangel an Gefühlen gesorgt habe. Was wäre, wenn niemand von uns mehr meinte, Respekt zu verdienen, und wir alle uns von jedem, der stärker ist, mißbrauchen ließen?«

Lune nickte, aber sie antwortete nicht. Sie war mit ihren Gedanken bei Zena, nicht bei Nevilar. Seit der Rat beschlossen hatte, nichts gegen sie zu unternehmen, war ein ganzer Tag vergangen, doch noch immer sprach Zena praktisch kein Wort. Aber es war viel schlimmer, daß sie sich von allen anderen fernhielt, als glaube sie nicht, daß sie noch immer zum Stamm gehörte. Die anderen trösteten sich damit, daß sie noch immer unter Schock stand und nur etwas Zeit brauchte, um sich wieder zu erholen. Lune war sich da nicht so sicher.

Auch Menta wußte, daß es nicht so war, aber sie sprach nicht über ihre Befürchtungen. Die Tragödie, die sich mitten unter ihnen abspielte, lag nun in den Händen der Mutter und in Zenas; sie selber konnte nur zusehen. Sie sagte auch nicht, was sie über Trons Tod dachte. Im Grunde wußte sie genau, daß es nicht der Weg der Mutter war, Gewalt mit Gewalt zu begegnen, aber sie konnte Zena auch keinen Vorwurf machen für das, was sie getan hatte. Wahrscheinlich hätte sie genauso gehandelt, wäre sie mit Trons Grausamkeit konfrontiert gewesen. Statt dessen fühlte sie großes, brennendes Mitgefühl für Zena. Sie würde strenger mit sich ins Gericht gehen als jeder andere.

Und Menta hatte recht. Zena hatte dem Beschluß des Rates kaum Beachtung geschenkt, weil sie ihre Entscheidung bereits selbst getroffen hatte. Wenn der Stamm sie nicht verbannte, würde sie selber es tun. Es war der Wille der Mutter. Sie mußte sich von den anderen fernhalten, bis die Mutter entschied, daß sie zurückkehren durfte.

Sie schlich sich noch in derselben Nacht davon, als alle anderen schliefen. Als erstes ging sie zu einer Stelle im Wald, wo sie in einer Tasche aus fester Tierhaut bereits ihr Werkzeug, ihre Flintsteine und ein zweites Fellgewand versteckt hatte. Wasser und Nahrung ließen sich unterwegs finden, die anderen Dinge aber waren jetzt, wo der Winter jeden Augenblick einsetzen konnte, überlebenswichtig. Danach machte sie kehrt und ging nach Westen auf die Berge zu, die sie in ihrem Traum gesehen hatte. Warum sie diese Richtung einschlug, wußte sie nicht genau, außer daß ihr Traum sie dorthin zu ziehen schien.

Conar war auch in dem Traum gewesen, aber jetzt würde er nicht bei ihr sein. Zum erstenmal seit Trons Tod stiegen Zena Tränen in die Augen. Seit sie sich damals zum erstenmal gepaart hatten, hatte sie immer ein ganz besonderes Band zwischen sich und Conar gefühlt, und auch er mußte es gespürt haben, denn er hatte sie zu verteidigen versucht und für sie sein Leben riskiert und beinahe auch verloren.

Sie verdrängte ihn aus ihren Gedanken. An Lune und Menta und die anderen und die Verzweiflung in ihren Gesichtern, wenn sie sahen, daß sie fort war, mochte sie gar nicht erst denken. Sie durfte es nicht, sonst würde ihr Entschloß ins Wanken geraten.

Mehrere Stunden kam sie in den vertrauten Wäldern rasch voran, obwohl der Mond noch immer kaum mehr als eine Sichel war. Dann begann sie zu stolpern. Ihre Beine wurden schwer, ihre Schritte unsicher, denn nun war sie aus dem bekannten Gelände in ein unebenes, steiniges Gebiet mit kahlen Felsabhängen gelangt. Sie wagte trotzdem nicht, sich auszuruhen. Wenn es wieder hell wurde, mußte sie weit genug fort sein, damit die anderen sie nicht finden konnten.

Sie quälte sich voran und fiel vor lauter Erschöpfung immer wieder hin. Sie fühlte sich seltsam, wie abwesend. Seit

Trons Tod hatte sie kaum geschlafen und so gut wie nichts gegessen. Sie war nicht hungrig gewesen, und als sie doch etwas zu essen versuchte, blieb es ihr im Halse stecken. Sie bekam es einfach nicht hinunter, auch nicht mit viel Wasser. Die Worte steckten an derselben Stelle fest, so als hätte ihre entsetzliche Tat ihr die Kehle zugeschnürt.

Die Mondsichel glitt hinter eine Wolke und ließ sie, gerade als sie einen steilen Berg hinaufzusteigen begann, im Stockfinsteren zurück. Sie machte einen falschen Schritt und stürzte, sich mehrfach überschlagend, unaufhaltsam wieder hinunter, schlug sich an den Steinen Arme und Schultern auf und landete schließlich mit einem letzten Aufprall in einem nicht sehr tiefen Loch. Danach war sie zu erschöpft, um ans Weitergehen zu denken. Sie rollte sich in ihre beiden Felle und blieb liegen, wo sie war, dankbar, daß sie eine Stelle gefunden hatte, an der sie wenigstens etwas geschützt war. Ihre Finger waren zwar klamm vor Kälte, aber zumindest konnte ihr der Wind hier nichts anhaben.

Sie schlief unruhig, bis die ersten Lichtstrahlen wieder über den Himmel krochen. Jetzt erst konnte sie sehen, daß sie in ein Loch gefallen war, das die Wurzeln eines umgestürzten Baumes hinterlassen hatten. Sie raffte sich auf, um ihren Weg fortzusetzen.

Unterhalb ihres Standorts erstreckte sich ein weites Tal gen Westen. Sie hatte es nie zuvor gesehen, obwohl sie sicher war, daß der Fluß, der sich durch das Tal hindurchschlängelte, derselbe war, der in der Nähe ihrer Lichtung vorbeifloß. In der Ferne grasten Rentiere, Antilopen und Wisente mit zotteligem Fell friedlich vor sich hin. Bäume mit weit ausgebreiteten Kronen, beladen mit spät reifenden Früchten und Nüssen, säumten das Flußufer.

Plötzlich hungrig geworden, rannte sie den Abhang hinunter. Die weichen, purpurnen Früchte glitten ihr mühelos durch die Kehle, mit den harten Nüssen war es allerdings schon schwerer. In der Hoffnung, daß sie später besser damit zurechtkommen würde, nahm sie einen Vorrat davon mit, weil sie sich besser hielten als Obst. Nüsse geben Kraft, und die würde sie auf ihrer Reise brauchen können.

Den ganzen Tag über ging sie flußaufwärts. Sie fühlte sich jetzt sicherer, weil sie sich schon weit von den Orten entfernt hatte, an denen sich ihr Stamm normalerweise aufhielt. Ihre Stammesgenossen folgten dem anderen Flußlauf nach Süden oder sie wanderten nördlich über die baumlose Tundra, immer den Herden nach, aber nicht gen Westen auf die Berge zu, wie sie es jetzt tat. Die Jäger behaupteten, daß es dort unten mehr Tiere gab, aber Zena hatte daran so ihre Zweifel. Jedenfalls gab es hier bestimmt ebenso viele Wisente und Rentiere wie dort, wo sie üblicherweise jagten.

Sie konnte die Berge jetzt gut erkennen. Ihre Gipfel, auf denen schon eine dichte Schneedecke lag, glitzerten in der Sonne. Am Fuße der Berge erhob sich ein Vorgebirge, dessen Schroffheit hier und da von einem dünnen, grünen Bewuchs gemildert wurde. Diese Ausläufer des Hochgebirges schienen sie sogar noch stärker anzuziehen als die hohen Berge selbst. Sie starrte hinüber und fühlte, wie sie an ihr zerrten, als warteten sie auf sie.

Da sprengte eine Herde Wildpferde an ihr vorbei und lenkte sie von ihren Gedanken ab. Sie liebte ihre fliegenden Mähnen und Schweife und ihre wunderbare Anmut. Langsam folgte Zena ihnen. Ihre Sinne waren ganz benommen von dem Geruch nach aufgewühlter Erde, reifen Früchten und Samen, und die warme Sonne auf ihren Schultern und das wohlige Gefühl, nach längerem Fasten endlich wieder einen vollen Bauch zu haben, wirkten einschläfernd. Sie marschierte, ohne nachzudenken, vorwärts und wußte kaum, wohin sie ging.

Aber plötzlich war sie wieder hellwach. Fast wäre sie mitten in den Fluß gelaufen, weil er völlig unvermutet eine enge Schleife machte und ihr den Weg abschnitt. Sie hielt Ausschau, um zu sehen, ob er vielleicht weiter vorn die Richtung ändern und sich wieder nach Westen wenden würde, aber Hügel und Bäume versperrten ihr die Aussicht. Sie lief noch eine Weile weiter, aber mit jedem Schritt in die falsche Richtung schienen die Vorberge stärker nach ihr zu greifen.

Sie würde den Fluß überqueren müssen. Eine andere Möglichkeit gab es nicht. Zena ging zu der Stelle zurück, wo der Fluß die Richtung änderte. Die Biegung war breit und hatte eine starke Strömung, aber wenigstens war das Wasser zu dieser Zeit des Jahres einigermaßen flach. Vorsichtig steckte sie den Zeh in die sprudelnde Strömung. Es war nicht sehr tief; sie konnte fast auf der ganzen Strecke bis auf die andere Seite den Grund sehen. Sie zog sich das Fell von der Schulter, stopfte es in ihre Tasche, hielt diese mit beiden Händen hoch über den Kopf und watete hinein. Ihre Beine wurden sofort gefühllos vor Kälte, aber wenigstens war der Grund ziemlich fest. Sie machte noch einen Schritt und noch einen, bis ihr das Wasser bis zu den Schultern reichte, doch dann hatte sie plötzlich keinen Grund mehr unter den Füßen. Zena fuchtelte wild mit den Armen, als sie von der Strömung erfaßt und in die Richtung zurückgerissen wurde, aus der sie gekommen war, fort von den Bergen. Heftig strampelnd kämpfte sie dagegen an. Sie konnte nicht zulassen, daß der Fluß sie wieder zurücktrug.

Als sie die Hand ausstreckte, um nach einem Ast zu greifen, der dicht an ihr vorbeischwamm, entglitt ihr die Tasche. Mit der einen Hand immer noch auf dem Ast, versuchte sie hinterherzukommen. Aber ihre kostbare Tasche schwamm hüpfend und tanzend davon. Zena sah ihr verzweifelt hinterher. Ohne ihre Werkzeuge und Decken konnte sie nicht überleben.

Plötzlich wurde ihr der Ast aus den Händen gerissen, und sie ging unter. Immer wieder zog sie der Fluß in die Tiefe, um sie gleich darauf wieder an die Oberfläche zu schnellen. Sie schlug um sich und strampelte und schnappte nach Luft und versuchte irgendwie ans andere Ufer zu gelangen. Sie stieß mit dem Fuß gegen einen unter Wasser liegenden Stein; dann spürte sie sandigen Grund unter sich. Verzweifelt krallte sie sich mit den Zehen darin fest, fand erst mit dem einen Fuß Halt, dann mit dem anderen, und danach konnte sie sich endlich wieder unter Mühen aufrichten und an Land stolpern. Zitternd vor Kälte und wegen des Schocks, begann sie flußabwärts zu laufen. Sie mußte ihre Tasche finden. Sie würde sterben, wenn sie keine Flintsteine hatte, um Feuer zu machen, und kein Fell, um sich warm zu halten.

Dornige Büsche zogen sich am Ufer hin; sie drängte sich hindurch, ohne richtig zu merken, wie sie ihr die immer noch tauben Beine und Füße zerkratzten. Fast eine Stunde lang ging sie so weiter, drängte sich durch das wirre Gestrüpp und suchte unermüdlich das Ufer nach ihrer Tasche ab. Aber irgendwann merkte sie, daß sie nicht mehr weiterkonnte. Die Büsche waren jetzt undurchdringlich, und sie konnte den Fluß nicht einmal mehr sehen. Außerdem war ihre Tasche bestimmt längst davongeschwommen. Sie würde sie sowieso nicht mehr finden. Von Kälte und Verzweiflung geschwächt, machte sie kehrt und schleppte sich den Weg zurück, den sie gekommen war.

Da ließ sie noch ein anderer Gedanke entsetzt nach Luft schnappen. Der Fluß konnte ihre Tasche ganz bis in die Nähe der Lichtung tragen. Wenn die anderen sie fanden, würden sie denken, daß sie ertrunken war. Im Geiste erschienen ihr Lunes und Mentas von Trauer verzerrte Gesichter. Sie sah, wie sie um sie litten, und der Schmerz zog ihr das Herz zusammen.

Zena hockte sich in den kalten Sand am Ufer und weinte. Sie konnte nicht zurückgehen. Der Wille der Mutter war unmißverständlich, aber es schien so grausam, die anderen in dem Glauben zu lassen, sie sei tot. Wie konnte die Mutter so etwas zulassen? War das die Strafe dafür, daß sie versagt und Tron getötet hatte, anstatt ihm zu helfen, wie es ihr von der Mutter aufgetragen worden war?

Zena schlug schützend die Arme um sich und drückte sich noch tiefer in den Sand und schluchzte, bis sie keine Tränen mehr hatte. Dann zwang sie sich aufzustehen und tappte langsamen Schrittes auf die Berge zu. Wenigstens hatte sie den Fluß überquert.

Die Sonne war hinter Sturmwolken verschwunden, und der Wind wurde stärker. Es begann in dünnen Fäden zu regnen. Zena faltete die Arme vor dem Körper und kämpfte sich voran, so schnell es ihre nachlassende Kraft erlaubte. Sie versuchte, nicht an die kommende Nacht zu denken, an die schreckliche Kälte, der sie ausgeliefert sein würde. Sie hatte noch nie eine Nacht ohne zumindest eine Decke verbracht.

Selbst wenn sie auf Jagd gingen, bauten sie sich einen provisorischen Unterschlupf und machten ein Feuer an.

Das war eine Möglichkeit. Sie konnte sich so etwas wie einen Unterschlupf bauen. Vielleicht fand sie sogar ein paar neue Flintsteine zum Feuermachen. Von neuer Hoffnung getrieben, suchte Zena an den felsigen Hängen der nahe gelegenen Hügel nach Feuersteinen, bis sie beinahe nichts mehr sehen konnte. Aber es gab nichts als das gewöhnliche schwarze Felsgestein, mit dem man keine Funken schlagen konnte. Schlotternd riß sie Zweige aus dem dichten Gebüsch, das an den Hängen wuchs, und versuchte, sich zwischen zwei Felsbrocken einen Unterschlupf zu bauen. Die Zweige richteten wenig aus, denn der Regen wurde noch heftiger. Er brachte kleine Eisstückchen mit, und der schneidende Wind ließ nicht nach. Sie kauerte sich auf die kalte Erde und versuchte, einen Entschluß zu fassen, was sie nun tun sollte. Wenn sie sich nicht bewegte, würde sie erfrieren. Aber sie war zu müde und erschöpft, um noch weiterzugehen, und es war auch schon fast dunkel. Sie konnte nicht mehr weiter. Aber sie mußte, sonst würde sie sterben.

Ihre Zähne klapperten so laut, daß sie ihre eigenen Gedanken nicht mehr hören konnte; sie zersplitterten in Tausende von unzusammenhängenden Stücken. Sie nahm alle Kraft zusammen und konzentrierte sich wieder. Mehrmals sah sie sich schon aufstehen und weitergehen, um dann erstaunt festzustellen, daß sie sich überhaupt nicht bewegt hatte. Sie versuchte es wieder, aber ihr Körper rührte sich immer noch nicht. Als die Kälte schließlich alle ihre Sinne betäubt hatte, setzte ihr Geist vollständig aus. Deshalb wußte sie nicht, daß sie am Ende doch aufgestanden und durch die dunkle, frostkalte Nacht losgelaufen war, ohne sich um den eisigen Regen auf ihrer Haut und die Taubheit in ihrem Körper zu kümmern. Sie hatte auch keine Ahnung, wohin sie ging und warum. Sie hatte es vergessen, bewegte sich einfach nur mechanisch und vor Erschöpfung schwankend vorwärts, bis sie umfiel. Dann kauerte sie sich eine Zeitlang auf dem Boden zusammen, ohne überhaupt zu wissen, daß sie dort lag, bis sie sich erneut aufraffte.

Stundenlang machte sie so weiter, fiel hin und erhob sich jedesmal wieder, aus dem einzigen Grund, daß sie irgendwo in ihrem tiefsten Innern, an einer Stelle, die die Kälte nicht erreichen konnte, wußte, daß sie in Bewegung bleiben mußte – und selbst dieses Wissen verschwand immer wieder. Mehr als einmal blieb sie so lange am Boden, daß ihre Atmung ganz flach wurde. Aber Zena hatte einen starken Überlebenswillen, genau wie die Zenas vor ihr, und jedesmal stand sie schließlich doch noch einmal auf und stolperte weiter.

Bilder von Menta und Lune und den anderen erschienen vor ihrem inneren Auge. Sie sah Conar, und dann, nur eine kurze Strecke voraus, das Feuer. Die anderen saßen darum herum. Zena rannte lächelnd darauf zu, voller Begierde, schnell zu ihnen zu gelangen. Als sie glaubte, angekommen zu sein, ließ sie sich auf den Boden sinken und streckte die Hände aus, um die Wärme in sich aufzunehmen, aber das Feuer war ausgegangen. Seufzend legte sie sich nieder. Sie wollte trotzdem schlafen. Die anderen suchten sicher Holz, damit sie ein anderes Feuer machen konnten. Sie würden bald zurückkommen, ganz bestimmt, und dann würde ihr wieder warm sein. Zufrieden schloß sie die Augen.

Diesmal wäre sie vielleicht wirklich eingeschlafen und hätte sich nie wieder gerührt, wenn nicht plötzlich ein zusammenhängender Gedanke durch ihre betäubten Sinne gedrungen wäre: Sie mußte am Leben bleiben, damit sie zu dem Ort gehen konnte, wo die Mutter auf sie wartete.

Das war es. Die Mutter wartete in den Vorbergen. Darum riefen sie sie zu sich. Sie mußte dorthin gehen. Zena setzte sich unvermittelt auf und kam taumelnd auf die Füße. Es war jetzt vollständig dunkel, aber das kümmerte sie nicht. Sie brauchte nichts zu sehen, denn sie achtete ohnehin nur auf die Bilder von dem Ort, den sie in ihren Träumen gesehen hatte, die vor ihrem Geist erschienen und wieder verschwanden. Sie fühlte, daß die Mutter dort war. Ihre Gegenwart war beruhigend und stark. Und auch Conar war wieder da. Sie sah ihn ganz deutlich. Die anderen waren auch da, dann aber wieder waren sie nicht dort, sondern neben ihr, gingen neben ihr her. Menta war direkt an ihrer Seite, Lune vorn. Zena konnte ihr helles Haar im Mondlicht schimmern sehen.

Sie begann zu laufen, um sie einzuholen, aber Lune verschwand ständig wieder. Auch die anderen waren jetzt verschwunden. Zena legte verwirrt die Stirn in Falten. Dann sah sie sie erneut, direkt vor sich, und ihr Herz machte vor Erleichterung einen Sprung. Sie lagen auf dem Boden. Zena konnte die dunklen Umrisse ihrer mit dicken, warmen Fellen bedeckten Körper kaum erkennen. Sie wußte nicht, warum sie dort lagen, statt in ihrem Unterschlupf, aber das war auch nicht wichtig. Sie hatte sie gefunden, alles andere war gleichgültig. Glücklich lief sie zu ihnen und legte sich in ihre Wärme. Sie rutschten unruhig hin und her, aber sie kuschelte sich nur noch näher an, bis sie sich mit Bauch und Rücken und sogar den Füßen an sie drückte. Sie waren so warm, so herrlich warm.

Zena schlief, bis die Sonne über dem Horizont aufstieg, ohne noch irgend etwas zu spüren – auch nicht, wie langsam wieder die Wärme in ihren Körper zurückkehrte.

22. Kapitel

Conar ließ sich mit einer lautlosen, geschmeidigen Bewegung auf die Füße gleiten. Er griff nach seiner Tasche mit Werkzeugen, die er stets bei sich trug, und stahl sich hinter Zena aus dem Unterschlupf. Früher am Abend, als sich alle zur Nacht fertigmachten, war ihm aufgefallen, daß sie sich einen Platz in der Nähe des Ausgangs suchte, und deshalb hatte er beschlossen, wach zu bleiben, damit er sie beobachten konnte. Aber er hatte auch schon vorher vermutet, daß sie vielleicht fortgehen würde. Er fühlte mehr für Zena als für alle anderen und konnte möglicherweise gerade wegen dieser Zuneigung besser als andere erkennen, welche Gedanken sich hinter ihrem verschlossenen Gesicht verbargen. Er wußte nicht genau, was sie vorhatte, aber er wußte, daß sie sich einen eigenen Weg suchen würde, um mit Trons Tod fertigzuwerden.

Menta wußte das auch. Da war er ganz sicher. Sie schien immer zu wissen, was in ihren Köpfen vorging, obwohl sie in Trons Fall seine Fähigkeit, Böses zu tun, doch unterschätzt hatte. Er warf einen Blick in den Unterschlupf zurück und sah, daß sie wach war und ihn beobachtete. Als sich ihre Blikke trafen, sah sie ihn lange an und nickte dann langsam. Lautlos formte sie mit den Lippen ein paar Worte, und Conar bemühte sich, ihren Sinn zu erkennen.

»Paß für uns auf Zena auf«, sagte Mentas Mund, und ihre Augen bewegten sich zum Eingang, als wollten sie den Anblick von Zenas schlanker Gestalt heraufbeschwören, die leise durch die dunkle Nacht entschwand.

»Geh mit der Mutter«, fügte sie noch immer lautlos hinzu. Dann, als Conar aus dem kleinen Lichtkegel des Feuers in die Dunkelheit trat, senkte sie wieder den Kopf.

Zena ging auf den Wald zu. Ohne ein Geräusch zu machen, folgte Conar ihr, als sie die Tasche mit ihrem Gerät und einer Extradecke aufnahm und sich zwischen den

Bäumen in die Dunkelheit zu entfernen begann. Er wußte, daß sie ihn nicht sehen durfte. Sie hatte seit Trons Tod niemanden mehr bei sich haben wollen, das war ihrer Haltung und ihrem unbewegten Gesicht deutlich anzumerken gewesen. Sie würde auch diese Reise allein unternehmen wollen. Wenn sie ihn also sah, würde sie ihn zurückschicken. Ohne Erfolg natürlich, aber danach, wenn sie vor seiner Gegenwart auf der Hut war, wäre es viel schwerer, ihre Spur zu verfolgen.

Bisher hatte sie keinen Verdacht geschöpft, und Conar war ihr nachgegangen, seit sie Tron zum erstenmal allein unterrichtet hatte. Ohne daß Zena oder Tron ihn sahen, war er während der Lehrstunden doch immer in der Nähe gewesen. Menta hatte auch das gewußt, ebenso wie Lune, aber sie hatten nichts dazu gesagt. Zena hatte um Ungestörtheit gebeten und die Erlaubnis dazu bekommen, aber sie hatten auch nichts dagegen gehabt, daß einer der Männer trotzdem die Augen offenhielt. Allerdings war niemand ein so lautloser Beobachter wie er. Den anderen Männern war Tron entwischt, aber nicht Conar. Der hatte ihn einmal sogar in der Nähe von Nevilars Paarungsplatz gesehen, war dann aber nicht näher herangegangen. Es war nicht richtig, den besonderen Ort einer Frau auszuspionieren. Inzwischen wünschte er, er hätte es trotzdem getan. Wenn er gewußt hätte, wie Tron Nevilar mißhandelte, hätte er es gesagt, und dann wären die nachfolgenden schrecklichen Ereignisse vielleicht nie passiert.

Noch mehr aber wünschte er sich, er wäre näher an das Ekali herangegangen. Conar fühlte, wie sich ihm in der Erinnerung die Kehle zuschnürte. Er hatte zwar gesehen, wie Tron hinter Nevilar und Zena herging, und war ihm gefolgt, hatte zugesehen, wie er einen Baum hinaufkletterte und sich bewegungslos in eine Astgabel hockte. Aber er hatte doch nicht geahnt, daß Tron ins Ekali hinunterstarrte. Es war ihm gar nicht in den Sinn gekommen, daß ein Mann den Zufluchtsort der Frauen schänden könnte. Und dann war Tron plötzlich verschwunden. Jetzt wußte Conar, daß er sich von seinem Baum direkt ins Ekali hatte fallen lassen, aber damals hatte er wertvolle Zeit damit vertan, im Wald nach Tron zu suchen – bis er Zena schreien hörte.

Conar holte tief Luft und bezwang seine Wut. Wenn sich ihm die Kehle so zuzog, konnte er nicht atmen. Vorsichtig rieb er sich den Hals. Er war immer noch empfindlich, aber wenigstens konnte er jetzt wieder gleichmäßig atmen, so daß Zena ihn nicht hinter sich schnaufen hören konnte.

Der Wald wurde jetzt dichter, und er konnte ihre Gestalt zwischen all den Bäumen nur noch mühsam erkennen. Dann war sie nicht mehr zu sehen, weil sie die Bergkuppe überschritten hatte. Conar beschleunigte den Schritt und bemühte sich, in dem spärlichen Licht noch etwas zu erkennen. Dann glitt der Mond hinter eine Wolke, und er konnte überhaupt nichts mehr sehen. Er blieb ganz still stehen und wartete auf irgendeinen noch so leisen und undeutlichen Laut, der ihm verriet, wo sie war, aber der Wind blies aus der falschen Richtung, und er konnte überhaupt nichts hören.

Er versuchte zu erraten, in welche Richtung sie wohl gehen würde. Wenn sie ihren Weg nach Westen fortsetzte, würde sie zu einem zerklüfteten, felsigen Gelände gelangen, das keiner von ihnen bisher näher erforscht hatte. Der Stamm zog nie hier entlang. Wenn sie aber nur ein wenig südlicher ging, würde sie zu dem Fluß kommen, der von der Lichtung aus eine weite Kurve beschrieb, bevor er sich in zwei Flußläufe teilte. Wahrscheinlich würde sie zum Fluß gehen, dachte Conar. Dort kam man leichter voran. Vorsichtig kroch er in dieser Richtung durch den Wald, aber nach einer Weile wußte er nicht mehr genau, wohin er überhaupt ging. Kein Stern am Himmel, der ihn hätte leiten können, und die Nacht war rabenschwarz. Außerdem war es kalt, und der Wind wurde immer noch heftiger. Der Winter schien mit jedem Jahr früher zu kommen. Conar zog sich seinen Extraumhang fester um die Schultern und stolperte weiter, in der Hoffnung, daß der Mond bald wieder hervorkam und er etwas sehen konnte, oder daß sich wenigstens der Wind legte, damit er besser hörte. Aber es trat weder das eine noch das andere ein, und so wurde ihm schließlich klar, daß er nicht mehr weiter konnte. Wenn er Zena finden wollte, würde er warten müssen, bis es wieder hell war.

Er kauerte sich in den spärlichen Schutz eines überhängenden Felsens, um auf den Morgen zu warten, aber die Ungeduld, daß er weiter hier sitzen sollte, anstatt nach ihr zu suchen, wollte ihn nicht loslassen. Und wenn sie nun verletzt war oder von einem Raubtier verfolgt wurde? Wie hatte er sie nur so schnell aus den Augen verlieren können?

Conar konnte einfach nicht länger stillsitzen und machte sich wieder auf, um weiterzusuchen. Es war aber so unendlich schwarz um ihn her, daß er sofort stürzte, und so setzte er sich zögernd wieder hin. Danach sperrte er stundenlang Augen und Ohren auf, um die Dunkelheit zu durchdringen, und mühte sich verzweifelt, wach zu bleiben, falls Zena hier vorbeikam. Schließlich übermannte ihn der Schlaf, trotz des harten Bodens und des eisigen Windes, den auch seine Felle nicht abhalten konnten. Er hatte sich jetzt zwei Nächte hindurch zwanghaft wach gehalten, damit er merkte, wenn Zena den Unterschlupf verließ. In dieser dritten Nacht konnte sein Körper dem Schlaf nicht länger Widerstand leisten.

Als er erwachte, war es bereits heller Tag. Wütend auf sich selber, daß er so lange geschlafen hatte, sprang Conar auf und trabte im Laufschritt zwischen den Bäumen zum Fluß. Es war weiter, als er in Erinnerung hatte, und die Sonne stand schon halb am Himmel, als er endlich dort ankam. Den ganzen Weg über hatte er gelauscht und war sogar auf Bäume geklettert, um nach Zena Ausschau zu halten, aber er hatte nichts gesehen. Jetzt aber war er auf freiem Gelände, da würde er sie bestimmt finden. Stundenlang suchte er das Flußufer ab, stieg auf jeden Hügel, der sich vor ihm auftat, um in die Ferne zu sehen, aber er konnte noch immer kein Zeichen von ihr entdecken.

Mutlos geworden schleppte Conar sich weiter. Verzweiflung bestürmte ihn, und er konnte jetzt nicht mehr dagegen ankämpfen. Er hatte Zena verloren und würde sie vielleicht nie wiedersehen. Und dann war da auch noch Menta. Sie hatte darauf vertraut, daß er auf Zena aufpassen würde, und nun hatte er sie enttäuscht. Auch die Mutter hatte ihm vertraut. Er wußte, daß es so war, weil die Mutter es ihm so leicht machte, Zenas Gedanken zu lesen, so als wäre sie ein Teil von ihm. Zena war seit ihrer ersten Paarung immer ein Teil von ihm gewesen. Die Mutter würde ihm jetzt bestimmt helfen.

Dann sah er etwas, eingeklemmt zwischen zwei Steinen am Flußufer. Es war Zenas Tasche! Conars Herz machte einen Freudensprung und erstarrte dann, als ihm klar wurde, was die Tasche zu bedeuten hatte. Wenn sie hier war, mußte Zena im Wasser gewesen sein, und wenn sie im Fluß gewesen war …

»Nein!« Conar sprach das Wort laut aus. Mochte es die Mutter hören oder die Tiere, wer auch immer. »Nein. Sie kann nicht tot sein. Das ist unmöglich. Es darf nicht sein.« Er riß die Tasche hoch und preßte sie an sein Herz, als könne das Zena zurückholen. Seine Augen suchten das Wasser nach irgendeinem Zeichen von ihr ab, vielleicht einem Umhang. Dann merkte er, daß beide Felle in der Tasche waren. Sie mußte das Fell, das sie normalerweise am Leibe trug, ausgezogen haben. Aber warum sollte sie das tun?

Die Felle waren schwer und naß. Die Tasche konnte nicht weit gekommen sein, weil ihr Gewicht sie schnell hinuntergezogen hätte. Vielleicht hatte Zena sie fallenlassen, als sie aus dem Fluß trank, und suchte jetzt irgendwo flußaufwärts immer noch danach.

Conar watete am Ufer entlang und rief dabei immer wieder Zenas Namen. Es war ihm längst egal, ob sie ihn entdeckte. Das hier war ein Zeichen der Mutter, und es mußte bedeuten, daß er Zena finden und bei ihr bleiben sollte. Es bedeutete auch, daß sie noch am Leben war. Ganz bestimmt, das mußte es bedeuten. Selbst während er schon mit den Augen das Flußufer nach dem schrecklichen Anblick ihres toten Körpers absuchte, versagte Conar sich noch jede andere Auslegung. Zena konnte einfach nicht ertrunken sein. Die Mutter würde nicht zulassen, daß ihr so etwas zustieß. Nicht Zena. An diesem Gedanken hielt er sich fest und ignorierte hartnäckig jeden Widerspruch, der in ihm aufkeimte.

Als er den Hügel erreichte, von dem aus Zena auf die riesigen Tierherden hinuntergeschaut hatte und zu den Bäumen mit den ausladenden Kronen gelaufen war, um Obst und Nüsse zu sammeln, stand die Sonne bereits über dem westlichen Horizont. Conar sah mit feuchten Augen auf die Herden hinunter. Der Anblick erinnerte ihn an seine kleine Schwester Lilan, die ihm nach Zena am liebsten war. Er hatte sie oft an Orte wie diesen geführt, von wo man Tiere beobachten konnte. Sie zog ebensogern wie er mit einem spitzen Stock Linien in den Erdboden und versuchte, die fließenden Umrisse und die graziösen Bewegungen der mächtigen Tiere festzuhalten.

Jetzt würde es vielleicht sehr lange dauern, bevor er sie wiedersah. Conar hatte ihr traurig zuckendes Gesicht vor Augen, wenn sie feststellte, daß er verschwunden war, und wünschte, er hätte mit ihr sprechen können – aber dazu war keine Zeit gewesen.

Plötzlich schoben sich dicke Wolken vor das Antlitz der Sonne, und das Licht verblaßte. Conar sah erstaunt hinauf. Innerhalb von Sekunden waren die Gewitterwolken am Horizont emporgestiegen und bedeckten bereits den ganzen Himmel. Er eilte weiter. Zena hatte jetzt keinerlei Gerät, keine Feuersteine, nicht einmal ein Fell. Es würde eine kalte Nacht werden, zu kalt. Wenn sie überleben sollte, mußte er sie bis zum Abend gefunden haben.

Da erinnerte er sich plötzlich an etwas. Er blieb stehen und starrte zu den Bergen hinüber. Der Traum ... der Traum, von dem sie ihm erzählt hatte. Sie waren in der Nähe der Berge dahingegangen, in langen, gewundenen Tunnelgängen unter der Erde.

Dort würde sie hingehen. Plötzlich wußte er es. Im Traum war er mit ihr dort gewesen; sie hatte es ihm gesagt. Er dachte an ihr eifriges Gesicht, wie sie sich über ihre Vision freute und über die Höhlen staunte und die Tunnel, die sich darunter entlangzogen, und über den offenen Raum dahinter, in dem etwas wartete.

Conar fing an zu rennen. Aber jetzt lief der Fluß in die falsche Richtung. Er hielt frustriert inne. Warum hatte er plötzlich seinen Lauf geändert? Vielleicht würde er ja wieder die Richtung ändern, wenn er lange genug weiterlief.

Wieder kam ihm ganz plötzlich die Erleuchtung. Sie hatte ihr Fell ausgezogen, um den Fluß zu überqueren. Er mußte es genauso machen. Conar ging an die Stelle zurück, wo der Fluß seine Schleife machte, und betrachtete das matschige Ufer. Da waren ihre Fußspuren. Wie hatte er sie nur übersehen können? Sie war dagewesen, und zwar vor nicht sehr langer Zeit.

Er zog sein Fell aus und watete, beide Taschen hoch über den Kopf haltend, ins Wasser. Er war zwar nur wenig größer als Zena, aber das reichte, um den ganzen Weg hinüber Grund unter den Füßen zu haben. Aber als er dann endlich auf der anderen Seite ankam, war er so steifgefroren, daß er kaum atmen konnte. Der mit Eisregen vermischte Wind peitschte seine nasse Haut. Vor Kälte nur so schlotternd und voller Angst, daß er vielleicht nichts finden würde, untersuchte er das Ufer nach Fußspuren und war unendlich erleichtert, als er sie schließlich entdeckte. Sie hatte den Fluß überquert; sie war nicht ertrunken – aber ihr würde kalt sein, viel zu kalt.

Zwischen Angst und Freude hin- und hergerissen, eilte er weiter und machte nur lange genug halt, um sich ein Fell um den Körper zu wickeln. Immer und immer wieder rief er ihren Namen, während er durch das hohe, fahle Gras lief. Wenn er sie nicht bald fand, würde sie erfrieren.

Das Tal vor ihm war von einer riesigen Wisentherde eingenommen. Er hatte nie zuvor so viele auf einmal gesehen. Unter den letzten schwachen Lichtstrahlen starrte er hinüber und sah, wie die Umrisse der einzelnen Tiere langsam ineinanderflossen und zu einem einzigen riesenhaften Fleck verschmolzen, der die Erde bedeckte. Conar rief noch einmal, aber jetzt hatte alle Hoffnung seine Stimme verlassen. Über dem Gebrüll und dem Stampfen der Herde würde Zena ihn unmöglich hören können.

Fest entschlossen, auch im Dunkeln weiterzusuchen, bahnte er sich seinen Weg voran. Zena würde nicht zu den Wisenten gehen. Sie mußte hinter ihnen das Tal durchquert haben. Wenn sie sich gestört fühlten, konnten Wisente sehr gefährlich werden. Andererseits waren sie mit ihrem mächtigen Vorderbau und ihren graziösen Bewegungen, wenn sie so dahingaloppierten, sehr schöne Tiere. Einen kurzen Augenblick lang beschäftigten ihre Gestalt und ihre Bewegungen Conars Phantasie und ließen ihn seinen Kummer vergessen, aber dann brachten ein plötzlicher scharfer Windstoß und ein eisiger Regenguß seine Gedanken wieder ausschließlich zu Zena zurück.

Feuer! Das war es. Warum hatte er nicht schon früher daran gedacht, ein Feuer zu machen? Sie würde es auch aus weiter Entfernung sehen oder wenigstens riechen können. Eilig zog Conar seine Feuersteine und eine Handvoll Gras hervor, das er sich unterwegs in die Tasche gestopft hatte, und schon sprühten die Funken und verfingen sich in dem trockenen Gras. Aber alles andere um ihn her war naß, und so ging die Flamme bald wieder aus. Erst beim dritten Versuch fand er schließlich etwas trockenes Holz unter einem überhängenden Stein und brachte ein karges Feuerchen zustande.

Mutlos ließ er sich neben den kläglichen Flammen zu Boden sinken. Das Feuer war zu klein, um von Zena gesehen zu werden. Es war noch nicht einmal groß genug, um sich daran zu wärmen. Zitternd schlang er sich das zweite Fell um, aber das half auch nichts. Sollte er Zenas Felle benutzen? Er hatte sie beim Gehen in der Sonne getrocknet, aber es würde sich anfühlen wie Betrug, wenn er sie benutzte, so als stehle er Zena die Wärme, die eigentlich ihr zustand.

Als der Regen in schwere Hagelschauer überging, flackerte das Feuer kurz auf und erlosch dann ganz. Conar hüpfte herum, um sich warm zu halten, aber sobald er sich wieder hinsetzte, ging das Zittern wieder los. Dreimal noch zwang er sich, herumzuspringen, dann erfaßte die Kälte seinen Körper und betäubte ihm die Sinne, bis er nicht mehr hochkam. Bald wurde er nur noch von dem Wunsch nach Wärme beherrscht, und so holte er Zenas Felle doch heraus und schlang sie sich um Kopf, Beine und Füße. Der eisige Wind, der ihn trotz seiner Decken erstarren ließ, trieb ihm Tränen der Verzweiflung in die Augen. Er wischte sie am Fell ab und spürte, wie der dünne feuchte Film auf seiner Haut zu Eis gefror.

Stunden vergingen. Stoisch harrte er aus und wartete darauf, daß die Nacht zu Ende ging und er seine Suche wieder aufnehmen konnte. Sobald es wieder hell genug war, sprang er auf und begann das Tal abzusuchen. Er rief unentwegt und mit wachsender Verzweiflung Zenas Namen, aber es kam keine Antwort. Als wieder die Nacht hereinbrach, ragten die Vorberge vor ihm auf, und er verspürte einen leisen Hoffnungsschimmer. Vielleicht war sie schneller vorangekommen als er und war schon dort. Möglicherweise hatte sie sogar eine der Höhlen aus ihrem Traum gefunden. Dort konnte ihr wenigstens der eisige Regen nichts anhaben. Ein Teil von ihm wußte genau, daß es unmöglich war. Er hatte selber die Nacht kaum überlebt, trotz der vielen Felle. Sie konnte nicht überlebt haben. Aber ein anderer Teil von ihm war auch jetzt noch nicht bereit zuzugeben, daß Zena tot war, und dieser Teil bestand darauf, wenn es ihm gelang, eine Höhle zu finden, die so aussah, wie sie es beschrieben hatte, dann müsse sie noch am Leben sein, damit sie sie mit ihm ansehen konnte. Sie hatte es geträumt, also mußte es wahr werden.

Der Gedanke setzte sich in seinem Kopf fest. Er mußte eine Höhle finden. Dann würde Zena bestimmt auftauchen. Conar schob seine Sorgen beiseite, damit sie ihn nicht von seinem Vorhaben ablenken konnten, und machte sich daran, die Höhle zu finden, die Zena wieder zu ihm zurückbringen würde. Den ganzen Abend und den ganzen folgenden Tag über suchte er die Berge danach ab. Und gerade, als die Sonne unterging und der Regen endlich aufgehört hatte, fand er eine Höhle unter einem überhängenden Felsvorsprung. Vorsichtig trat er hinein und sah sich ehrfürchtig um. Es war eine riesige, ungeheuer weite Höhle. Der von umgestürzten Felsbrocken bedeckte Boden ließ sie nicht ungefährlich erscheinen, aber dieser Eindruck zerstreute sich, als er Erde zwischen den Felsbrocken entdeckte und den Duft der kleinen weißen Blumen aufnahm, die noch immer dort blühten.

Wie verzaubert wagte er sich weiter hinein und fühlte sich sofort wärmer. Die Luft war feucht und weich und längst nicht so kalt wie draußen. Aus einer unsichtbaren Quelle sprudelte Wasser. Es durchquerte den hinteren Teil der Höhle und ergoß sich dann in einen kleinen Teich, an dessen Rand weitere, diesmal rosafarbene Blumen blühten. Conar kniete nieder, um sie näher zu betrachten, und als er sich wieder aufrichtete, drangen die letzten schrägen Sonnenstrahlen in die Höhle hinein. Erstaunt hielt er den Atem an, denn plötzlich meinte er in dem unebenen Felsen den Umriß eines Wisents zu erkennen. Da. Die Ausbuchtung dort sah genauso aus wie ein riesiger Widerrist, und darunter sah man die Flanken. Begierig zog er die Linien nach und sah, wie sie sich in Hörner und Hufe verwandelten, um dann wieder neue, geschwungene Rückenpartien zu formen. Dann sank die Sonne hinter den Horizont, und der Wisent verschwand.

Der Anblick ließ ihn nicht mehr los, während er ein Feuer anmachte und Wurzeln und Körner zum Essen vorbereitete. Er hatte mehr gesammelt, als er selber brauchte. Zena würde eher kommen, wenn er auch etwas zu essen für sie hatte. Er bereitete auch einen Trank aus Kräutern, die er gesammelt hatte. Etwas davon trank er selber, den Rest hielt er auf dem Feuer für Zena warm. Aber als es um ihn her dunkel wurde und das flackernde Feuer seltsame Schatten auf die Wände der Höhle warf, wurde er doch von der Angst überwältigt, die er bis jetzt nicht an sich herangelassen hatte. Vier Nächte hindurch war Zena nun ohne Feuer oder einen Unterschlupf, selbst ohne etwas Warmes zum Anziehen gewesen. Conar sah, wie sie sich an den kalten Boden preßte und weinte vor Schmerzen in ihren erfrorenen Fingern und Zehen; er sah, wie sie in den gnädigen Zustand der Benommenheit hinüberglitt, die den Tod brachte, und der Schmerz traf ihn doppelt. Er schüttelte ihn und benahm ihm den Atem, bis er kaum noch Luft bekam. Die Furcht erfüllte ihn ganz, so daß er nichts mehr hören oder auch nur denken konnte.

Stunden schienen zu vergehen, bevor sein Kummer ein wenig nachließ, und dann fühlte er nichts als Erschöpfung. Noch immer schossen ihm die Tränen aus den Augen und rannen ihm in Bächen die Wangen hinunter, aber er konnte nicht mehr schluchzen oder gar essen, was er so sorgfältig vorbereitet hatte. Benommen streckte er die Hand aus, um neue Äste ins heruntergebrannte Feuer zu legen. Die Flammen schossen hoch und warfen bizarre Schatten auf die Wände um ihn her. Es waren Wisente; in seiner Phantasie konnte er es genau erkennen. Sie galoppierten mit kraftvollen, fließenden Bewegungen über Wände und Decke der Höhle. Conar betrachtete sie teilnahmslos. Er war zu verzweifelt, um sich noch an ihrer Eleganz zu freuen. Da gesellte sich ein neuer Schatten zu ihnen, und der sah ganz anders aus.

Conar runzelte die Stirn und setzte sich auf. Es sah aus wie ein Mensch. Die Gestalt stand mit erhobenen Händen und steifen, eingeknickten Beinen da, als wäre sie kaum noch in der Lage, sich vorwärtszukämpfen. Dann hielt der Schatten plötzlich inne und sank an der Höhlenwand nieder.

Conar hörte einen leisen Aufschlag hinter sich. Er wandte den Kopf und konnte seinen Augen nicht trauen.

II

Das Tier streckte forschend seine Zunge nach ihr aus. Was für ein verwirrender Geruch. Zena fühlte, wie die rauhe Zunge über ihren Arm fuhr, aber sie war zu warm und zufrieden, um sich darüber zu wundern. Das Tier schnüffelte noch einmal und schloß dann die Augen in dem Bewußtsein, daß dieses kleine Wesen keine Gefahr bedeutete. Ein anderes Tier rückte näher und drückte seine zottelige Schulter an Zenas Rücken. Sie kuschelte sich dankbar hinein. Dann drückte sich ein Junges an ihre Füße. Die Herde sammelte sich zu einem dichten Haufen um sie herum und umfing sie mit ihren warmen Körpern und dem dicken Fell. Zena schlief weiter. Sie merkte gar nichts von ihrer Gegenwart. Erst als sich die Masse unter ihr bei Tagesanbruch plötzlich bewegte, machte sie die Augen auf.

Um sie her war nur Fell, dunkles, wolliges braunes Fell. Von irgendwo tief drinnen kamen seltsame gurgelnde

Geräusche, und es roch so stark, daß ihr beinahe übel wurde. Dann beschnupperte sie eine warme, feuchte Nase. Zena blieb ganz still liegen und versuchte, zu begreifen, was los war.

Sie erinnerte sich vage, daß Lune dort auf dem Boden gelegen hatte, und auch Menta und alle anderen. Jetzt schienen sie aber nicht hierzusein.

Nein. Das war nicht richtig. Sie konnten gar nicht hiergewesen sein. Sie war allein fortgegangen, und niemand war ihr gefolgt. Warum aber war sie dann von Fellen umgeben?

Plötzlich kam Bewegung in ihre Umgebung. Wo zuvor nur Fell und warme, unförmige Massen gewesen waren, wurden jetzt Beine sichtbar, struppige, von zotteligem Haar bewachsene Beine. Zena begann wieder zu zittern. Die schöne nächtliche Wärme war auf einmal nicht mehr da. Sie stand langsam auf und bewegte sich auf das ihr am nächsten stehende Tier zu, damit sie sich in seinen rauhen Pelz kuscheln konnte und ihr wieder warm wurde. Es sah sie kurz an und graste weiter.

Da kam ein anderes Tier heran, bedachte sie mit mißtrauischen Blicken und stieß mit ausholenden Bewegungen seinen gehörnten Kopf in die Luft. Zena blieb erstaunlich gelassen und stand einfach nur still. Das Tier grunzte tief und kehlig und trottete davon. Andere kamen herbei, um sie zu beschnüffeln. Sie regte sich nicht, stand nur da und lehnte sich gegen das Tier, das sie die Nacht über warmgehalten hatte. Nach einiger Zeit nahmen sie sie gar nicht mehr wahr. Erst da begann sie, sich ganz langsam einen Weg zwischen den vielen Körpern hindurch zu suchen.

Sie hatte die Nacht mitten in einer Wisentherde verbracht. Was für ein seltsamer und auch ein wenig beängstigender Gedanke. Sie war den riesigen Tieren nie zuvor so nahe gewesen. Bakan und die anderen hatten ihr gesagt, daß sie bösartig sein konnten, aber sie dachte sich, daß das sicher nur so war, wenn man sie erschreckte. Trotzdem hatte sie es jetzt eilig, hier herauszukommen, aber sie sah rings um sich her nichts als dunkle, zottige Rücken. Sie waren zu hoch, um über sie hinwegzusehen, und standen zu dicht beieinander, um in irgendeiner Richtung zwischen ihnen hindurchzusehen. Da entdeckte sie einen Baum mit niedrigen Ästen und kletterte hinauf, um herauszufinden, welchen Weg sie nehmen mußte, um der Herde zu entkommen.

Einen Augenblick lang ließ ihr der Schreck die Glieder gefrieren. Rundum sah sie nur Wisente, soweit das Auge reichte. Dicht an dicht füllten sie das ganze Tal. Selbst wenn sie stundenlang ginge, würde sie hier immer noch nicht herauskommen, doch wenn sie die Vorberge erreichen wollte, blieb ihr nichts anderes übrig, als zwischen den Tieren hindurchzugehen.

Zena sah ein Meer von gerundeten Rücken, Tausende von Hörnern, die auf den gesenkten Köpfen saßen. Die ganze Nacht hatte sie mitten unter ihnen geschlafen, und kein einziges der Tiere hatte sie bedroht. Aus welchem Grund sollten sie es jetzt tun?

Allmählich kehrte wieder Ruhe in ihrem Herzen ein. Die dort unten waren Geschöpfe der Mutter wie alle anderen. Wenn die Mutter sie bei ihnen hatte unterkommen lassen, brauchte sie sich nicht zu fürchten, sondern nur noch dankbar zu sein für ihre Wärme. Sie pflückte ein paar Früchte, damit sie auf ihrem Weg etwas zu essen hatte, dann kletterte sie wieder von ihrem Baum herunter und mischte sich unter die Herde.

Den ganzen Tag hindurch wanderte sie mit den Wisenten weiter, erklomm ab und zu einen Baum, um Früchte oder Nüsse zu holen, oder sammelte reife Körner zum Essen. Sie fand auch Wasser in ein paar schlammigen Bächen und einem großen Teich. Es war zwar von Tausenden von Hufen aufgewühlt, aber es erfrischte sie dennoch. Als die Nacht hereinbrach, legte sie sich wieder gemütlich zwischen die warmen Körper. Die großen Tiere beschnüffelten sie neugierig, wenn sie sich an sie kuschelte, und manche leckten sie mit ihren kratzenden Zungen ab, aber keines bedrohte sie. Als sie sich bei Morgengrauen wieder erhoben, stand sie mit ihnen auf und setzte gemächlich ihren Weg fort.

Ihr wurde bewußt, daß durch diese Wisente die Mutter zu ihr sprach. Alles, was sie zum Überleben brauchte, war ihr genommen worden, ihre Feuersteine, ihre Geräte, ihre Umhänge, ja selbst die Gemeinschaft mit anderen ihrer Art. Jetzt hatte sie nur die Wisentherde und die Mutter. Es war schwer, sein Leben ganz in die Hand der Mutter zu legen, aber es war auch die einzige Möglichkeit, ihre Tat zu büßen. Sie hatte einem anderen das Leben genommen, und nun mußte sie bereit sein, auch ihres hinzugeben, und darauf vertrauen, daß die Mutter ihr irgendwie helfen würde, am Leben zu bleiben, wenn das denn ihr Wille war. Und sie mußte die Möglichkeiten wahrnehmen, die die Mutter ihr bot, selbst eine so seltsame Lösung wie eine Herde von Wisenten.

Am dritten Tag fühlte Zena sich, als wäre sie ihr Leben lang mit den riesigen Tieren gezogen. Sie war richtig traurig, als es immer weniger wurden und sie merkte, daß sie den Rand der Herde erreicht hatte. Sie spendeten ihr Wärme und Trost durch ihre Gesellschaft, und sie wollte sie nicht verlassen. Als dann aber der Abend nahte, erhob sich große Unruhe unter den Tieren. Ein Wisent warf ruckartig den Kopf zurück; dann der nächste. Bald stießen auch alle anderen Tiere drumherum die Köpfe in die Luft und stampften mit ihren scharfkantigen Hufen auf die Erde.

Zena fürchtete sich zum erstenmal, seit sie sich zwischen ihnen bewegte. Auch das war eine Botschaft. Sie wurde gewarnt, und darauf mußte sie hören. Sie sprang auf einen Baum zu, um aus dem Getümmel herauszukommen, aber noch bevor sie ihn erreichen konnte, setzte die Herde sich auch schon in Bewegung. Zena rannte mit ihnen. Ihr blieb keine andere Wahl. Kurze Zeit konnte sie noch mit ihnen Schritt halten, weil die Wisente nicht besonders schnell vorankamen, aber dann stieg eine dicke Staubwolke über den voranstürmenden Tieren auf und nahm ihr die Sicht, so daß sie den schubsenden, stoßenden Tieren kaum noch ausweichen konnte. Und atmen konnte sie ebensowenig. Auch die Wisente konnten sie jetzt nicht mehr sehen. Nicht lange, und sie würden sie zu Tode trampeln.

Verzweifelt stürzte Zena auf einen anderen Baum zu und zog sich auf einen niederen Ast. Er war nur klein, aber zumindest befand sie sich jetzt über der Herde. Massen von

Tieren drängten sich vorbei und schienen den Baum nicht einmal zu bemerken. Er schwankte und knackte unter dem Druck ihrer mächtigen Körper. Ein Tier rannte direkt in den Baum hinein und sie fühlte, wie er umzustürzen begann. Sie wartete nicht erst, bis sie auf dem Boden aufschlug, sondern sprang dem nächsten Wisent auf den Rücken und hielt sich mit aller Kraft in seinem Zottelfell fest. Das Tier bäumte und schüttelte sich, um sie abzuwerfen, aber Zena klammerte sich nur noch mehr fest. Es schüttelte sich noch einmal, aber dann wurde es von der übrigen Herde vorwärtsgedrängt und kümmerte sich nicht mehr um sie, sondern galoppierte weiter.

Staubwolken fuhren Zena in Haare und Augen und benahmen ihr die Sicht. Sie preßte ihren Kopf an seinen Rücken und schlang ihre Beine um seine Mitte. Sie konnte nur noch eines denken: Sie mußte sich festhalten und mit der riesigen Kreatur mitgehen, als sei sie mit ihr verbunden.

Der Wisent rannte mit langen, raumgreifenden Sprüngen weiter. Zena gewöhnte sich langsam an die Bewegung. Sie spürte das Muskelspiel unter ihren Schenkeln und fühlte, wie sich ihr eigener Körper dem Rhythmus der kraftvollen, eleganten Bewegungen anpaßte. Obwohl sich ihr sämtliche Muskeln von der Anstrengung des Festhaltens verkrampften, fühlte sie sich innerlich völlig entspannt. Jetzt war sie wirklich ein Teil des Wisents, war eins mit ihm geworden, als wären ihrer beider Körper ineinander verschmolzen. Sie und der Wisent gehörten zusammen, und gemeinsam stürmten sie durch das Tal.

Jetzt hatte Zena keine Angst mehr. Sie fühlte nur noch die herrliche Kreatur unter ihr, die Kraft des muskulösen Körpers und die Grazie seiner Bewegung, wie sie so voranstürmte. Es war ein seltsames, ekstatisches Gefühl. Sie wollte nie wieder aufhören und immer so weiterreiten.

Allmählich wurde die Herde wieder langsamer. Zena hielt sich noch fester, weil der Gang des Tieres im Trab längst nicht so geschmeidig war wie im Galopp. Sie bedauerte sehr, daß der Ritt nun zu Ende sein sollte und sie vielleicht nie wieder diese Ekstase erleben würde. Aber ihre

Euphorie legte sich schlagartig, als das Tier unter ihr zu schnauben und stampfen begann, weil es jetzt wieder die ungewohnte Last auf dem Rücken spürte. Die anderen Wisente waren in einen langsamen Trott zurückgefallen, aber auch sie waren noch unruhig. Sie fühlte ihre Unruhe auf sich übergreifen.

Es mußte etwas passiert sein, das sie überaus irritierte, sonst wären sie nicht so durchgegangen. Vielleicht hatten auf einer Flanke der Herde Löwen angegriffen und sie alle in Aufregung versetzt. Der kleinste fremde Geruch oder Anblick – wie zum Beispiel Zena – konnte sie wieder losstürmen lassen. Es wäre gefährlich, jetzt noch zwischen ihnen zu gehen.

Zena krallte sich verbissen an den aufgebrachten Wisent und hoffte, daß er sich bald beruhigen würde. Jetzt, wo der Ritt zu Ende war, schlotterte ihr ganzer Körper vor Erschöpfung. Ihre Schenkel zitterten, die Arme schmerzten vor Anstrengung, und sie wußte, sie würde sich nicht mehr lange oben halten können.

Da erschien vor ihnen eine weite, saftige Grasfläche. Ein Wisent senkte den Kopf zum Grasen; ein anderer tat es ihm nach. Auch das Tier, auf dem sie saß, war vorübergehend abgelenkt und begann zu fressen.

Das war die Chance. Vorsichtig ließ Zena sich von seinem Rücken gleiten und kroch zu einer kleinen Felsgruppe hinüber. Aber trotz aller Vorsicht kam doch eines der Tiere auf sie zugestürzt. Hals über Kopf rannte sie zwischen die schützenden Felsen, dankbar, daß sie durch den Ritt noch näher an den Rand der Herde gelangt war. Als sie einen der Findlinge erstieg, um sich zu orientieren, sah sie erst, daß der Wisent sie durch das ganze Tal getragen hatte. Nun war sie doch noch an den Vorbergen angelangt.

Zena lächelte zum erstenmal, seit sie fortgegangen war. Aber das Lächeln verflüchtigte sich schnell wieder, als sie über ihre Aussichten nachzudenken begann. Drei Nächte lang hatten die Wisente sie warmgehalten. Aber jetzt war sie wieder auf sich gestellt. Es wurde jetzt sehr schnell dunkel, und schon wieder zogen Wolken auf.

Erschöpft schleppte sie sich einen steinigen Abhang hinauf und begann in das Vorgebirge hineinzuwandern. Sie stürzte fast sofort hin. Ihre Beine zitterten noch so sehr, daß sie kaum stehen konnte, und sie schlotterte am ganzen Leibe als Nachwirkung ihres beängstigenden Erlebnisses. Auch die Kälte kroch sie schon bald wieder an. Das Zittern wurde immer schlimmer, bis sie schließlich ihre Beine mit den Händen hochheben mußte, nur um den nächsten Schritt machen zu können. Doch sie kämpfte sich weiter voran. Hier in den Bergen konnte sie vielleicht Feuersteine finden, oder sogar eine Höhle. Es gab Höhlen in dieser Gegend, das wußte sie aus ihrem Traum. Wenn sie eine finden konnte, würde sie sicher auch die Nacht überleben.

Inzwischen begann es eisig vom Himmel zu regnen. Zena entdeckte ein paar vielversprechende Steinbrocken. Eilig sammelte sie Blätter und Grasbüschel zusammen, alles Trockene, was sie noch finden konnte. Dann schlug sie mit aller Kraft einen Stein gegen den anderen. Beim dritten Versuch sprühten Funken auf, aber sie landeten nicht auf dem kleinen Blätterhaufen. Beim nächsten Mal fingen die Blätter aber doch Feuer und flammten rasch auf. Blitzschnell legte Zena ein paar Zweige nach, und das Feuer brannte auch einen Augenblick lustig vor sich hin, aber dann kam ein heftiger Regenguß und ließ es zischend wieder ausgehen.

Hilflos stocherte Zena in der schwelenden Asche herum und versuchte, sich zum Weitergehen zu bewegen und sich selber glauben zu machen, daß sie überleben würde. Es war schwer, auf die Mutter zu vertrauen, wenn einem so kalt war und es keine Möglichkeit zu geben schien, die nächste Nacht heil zu überstehen. Wie sollte sie eine Höhle finden, wo sie doch kaum laufen konnte, und wie sollte sie Gräser und Holz zum Feuermachen finden, wenn der Regen noch in den letzten Winkel drang?

Lange saß sie einfach nur mit an die Brust gezogenen Knien und gekrümmtem Rücken da und trotzte dem eisigen Ansturm. Bilder erschienen vor ihrem Geiste, von Feuer und Wärme und einer schützenden Höhle. Sie stellte sich vor, sie wäre dort und hätte es warm und gemütlich. Dann fielen ihr die Augen zu, und die Bilder gingen in Träume über. Ihr war, als sitze sie, vor allem Regen geschützt, in einer Höhle an einem großen, wärmenden Feuer.

Zena riß sich aus dem Traum. Sie mußte eine Höhle finden, mußte sich zwingen, wieder aufzustehen und zu suchen, bis sie eine gefunden hatte. Das war es, was die Mutter ihr zu sagen versuchte. Sie kämpfte sich hoch, aber gleich knickten ihr die Beine unter dem Körper weg. Sie versuchte es noch einmal, und wieder stürzte sie sofort um. Da kroch sie auf allen vieren weiter, tappte auf Händen und Knien voran wie ein Kleinkind. Ihre Handflächen begannen zu bluten, aber ihre Hände waren inzwischen ohnehin ohne Gefühl, und so merkte sie es gar nicht. Aber sie fühlte, wie der steinige Grund ihr in die Knie schnitt. Es war ein scharfer, störender Schmerz. Sie wollte keine Schmerzen haben. Sie war es leid, immer Schmerzen zu haben und kämpfen zu müssen. Es wäre soviel einfacher, aufzugeben und sich von der Mutter aufnehmen zu lassen.

Vielleicht war es am Ende doch das, was die Mutter wollte.

Ächzend zog sie sich unter einen Felsen, um sich ein wenig auszuruhen, wo sie wenigstens der Regen nicht erreichen konnte. Aber da hörte es ganz unvermittelt auf zu regnen, und die Sonne brach durch die Wolken. Mit einem letzten triumphierenden Leuchten strahlte sie vom westlichen Horizont herüber. Zena kroch wieder hinaus und genoß für einen kurzen Moment die wohlige Wärme auf ihrer Haut. Dann verschwand die Sonne auch schon, und Dunkelheit und Kälte senkten sich herab.

Plötzlich begannen ihre Hände fast unerträglich zu schmerzen, und auch ihre Füße taten weh. Sie biß sich auf die Lippen, um den Schmerz besser zu ertragen, und nach einer Weile ließ er tatsächlich nach. Jetzt fühlte sie sich ruhig und sehr schläfrig. Sie streckte sich träge auf dem kalten Felsen aus, nur war er jetzt nicht mehr kalt. Er war einladend warm. Sie träumte wieder und war in einer Höhle, und in dieser Höhle brannte ein Feuer.

Zena war ganz dem Traum hingegeben. Der Schmerz verließ ihren Körper, ihre Gedanken waren frei von Verzweiflung. Sie hüllte sich in ihren Traum ein und sperrte die dunkle, kalte Nacht einfach aus. Es gab nur noch den warmen, behaglichen Traum. Sie merkte nicht einmal, wie sie von Händen aufgehoben wurde, sondern fragte sich nur, ob wohl einer der Wisente zurückgekommen war, denn sie spürte rauhes Haar an ihrer Brust und hörte leise, grunzende Laute. Der Ritt schien weiterzugehen, aber diesmal wurde sie dabei auf und abgeschüttelt, als würde der Wisent einen Berg hinaufsteigen. Sie verzog das Gesicht und schmiegte sich fester an, um besseren Halt zu finden. Sie wollte in Ruhe schlafen und nicht mehr herumgeschubst werden. Jetzt ergriffen sie die rauhen Hände fest unter den Armen und zwangen sie zum Stehen. Zena zog verwirrt die Stirne kraus. Wisente hatten keine Hände. Sie ließ dieses Rätsel auf sich beruhen und konzentrierte sich darauf, den Händen zu widerstehen, die sie vorwärts trieben und jedesmal, wenn sie zu Boden sinken wollte, wieder aufrichteten. Sie hatte keine Lust zu stehen oder zu gehen. Sie wollte nur noch schlafen, aber die Hände ließen sie nicht in Ruhe, und schließlich gab sie es auf. Es war leichter, einfach zu tun, was sie wollten. Hinterher würde sie sich wieder hinlegen können. Sie machte einen Schritt, dann den nächsten.

Feuer! Sie witterte Feuer. Zena hob abrupt den Kopf. Dieses Feuer roch anders. Es war ein richtiges Feuer, nicht das aus ihrem Traum. Aber das war doch unmöglich. Konnte es Wirklichkeit sein?

In ihr erwachte neue Hoffnung und riß sie aus ihrer Gleichgültigkeit. Trotz ihrer Schmerzen zwang sie ihren durchgefrorenen Körper langsam immer weiter auf das Feuer zu. Es herrschte undurchdringliches Dunkel, und sie konnte zunächst überhaupt nichts erkennen. Mit ausgestreckten Händen ertastete sie sich ihren Weg. Dann sah sie vor sich einen Feuerschein, ein Licht in einem dunklen, schwarzen Loch.

Zena starrte hinüber und wagte nicht, daran zu glauben. Da war ein Feuer. Ein Feuer in einer Höhle. Sie stolperte mit erhobenen Händen darauf zu, als wolle sie einen Schlag abwehren, denn sie fürchtete sich vor der Erkenntnis, daß sie wieder nur in ihrem Traum war und das Feuer, die Höhle und die wunderbare Wärme, die sie schon jetzt durchdrang, am Ende doch nicht Wirklichkeit waren.

Plötzlich regte sich etwas hinter dem Feuer. Es war eine geisterhafte, in dem flackernden Licht kaum zu erkennende Gestalt, die sie nie zu sehen erwartet hatte, erst recht nicht hier in dieser Höhle.

Conar. Es war Conar – aber er konnte doch gar nicht hier sein. Er war bei den anderen. Das wußte sie ganz genau. Also war es doch nur ein Traum. Das Feuer, die Höhle und Conar träumte sie nur, nichts davon war Wirklichkeit.

Die Enttäuschung traf Zena so heftig, daß sie zu schwanken begann und sich den Bauch hielt, als hätte sie einen Schlag bekommen. Sie sackte zu Boden. Das war zuviel. Sie konnte es einfach nicht mehr ertragen. Sie konnte es nicht ertragen, daß ihr die Hoffnung wieder genommen wurde, weil alles nur ein Traum gewesen war.

Da rief eine Stimme ihren Namen und drang durch ihr tiefes Elend in ihr Bewußtsein. Sie verschloß ihre Ohren davor und machte die Augen zu, damit sie diesen Traum nicht mehr sehen und hören mußte, der sie mit Hoffnung quälte und dann mit leeren Händen zurückließ.

Jemand berührte sie und versuchte wieder, sie zu tragen. Zena stöhnte und wollte die Person fortschicken.

»Es ist der Wille der Mutter«, beharrte die Stimme. »Wenn die Mutter mich nicht bei dir haben wollte, hätte sie mir nicht deine Tasche gezeigt. Sie hat mich hergeschickt.«

Zena zog die Augenbrauen hoch. Was redete diese Stimme da von Mutter und Tasche? Zögernd öffnete sie die Augen. Conars Gesicht war direkt vor ihr. Tränen rannen ihm über die Wangen. Gab es Tränen im Traum?

Sie hob die Hand, um Conars Gesicht zu berühren. Vielleicht war es nur der Regen – aber es regnete gar nicht mehr. Da spürte sie wie zur Antwort auch hinter ihren eigenen Lidern die Tränen aufsteigen.

»Du mußt zum Feuer kommen«, sagte Conar immer wieder und zog sie an den Schultern. Zena antwortete nicht. Sie war zu müde, um sich zu rühren und darüber nachzudenken, ob Conar nun Wirklichkeit war oder nicht. Wieder schloß sie die Augen. Sie wollte nichts als schlafen.

Das Gezerre an ihrer Schulter wurde stärker und hörte dann ganz plötzlich auf. Statt dessen spürte sie Hände an ihrem Mund.

»Trink!« Conars Stimme klang wie ein Befehl. So kannte sie ihn gar nicht. Gehorsam machte Zena den Mund auf. Da rann ihr eine bittere, warme Flüssigkeit durch die Kehle, und sie verschluckte sich. Die Wärme aber breitete sich in ihrem Bauch aus, bis in ihre Beine und Zehen.

Sie öffnete wieder die Augen. Conars Gesicht sah jetzt sehr grimmig aus. Er rieb die Hände und Füße und rubbelte wütend daran herum. Zena zuckte heftig zurück, als das Gefühl in ihre Glieder zurückzukehren begann. Ihre Hände fühlten sich an, als würden sie vom Feuer verbrannt, und ihre Füße …

»Gut!« Conar klang zufrieden.

»Es ist nicht gut, daß ich Schmerzen habe«, schnappte Zena zurück, und erschrak beim Klang ihrer eigenen Stimme.

Im selben Moment hörte das Rubbeln auf. Conars Gesicht begann vor Freude zu strahlen. Zena sah erstaunt hin, aber ein kleines Stück dieser Freude klopfte auch an ihr Herz und bat um Einlaß.

Conar nahm sie in die Arme und hielt sie ganz fest. Dann bedeckte er ihr Gesicht mit Küssen. Es war eine seltsame Mischung: Die sanfte Berührung seiner Lippen und die wohlige Umarmung und dagegen der Schmerz in ihren Händen und Füßen.

»Du bist wirklich da!« stieß sie überrascht aus. »Bist du es wirklich?« fragte sie dann gleich hinterher. Sie wagte es immer noch nicht zu glauben.

Conar schien sie zu verstehen. »Ich bin hier. Ich habe dich wiedergefunden – nein, du hast mich gefunden – oder vielleicht hat uns auch die Mutter einander finden lassen. Du bist hier bei mir, in der Höhle, die ich gesucht habe, damit du zu mir kommen konntest.«

Zena starrte ihn an, und plötzlich war ihr klar, daß er die Wahrheit sprach. Das hier war kein Traum. Conar war tatsächlich bei ihr. Er war Wirklichkeit. Und die Höhle auch, und das Feuer.

Jetzt zitterte sie vor Erleichterung und Freude. Sie nahm ihre Hand und zog Conars Gesicht ganz nah an sich heran, damit sie seine Haut fühlen und seine Tränen schmecken konnte, die sich mit ihren vermischten, und um mit ihren Lippen und der Zunge zu erforschen, ob er tatsächlich Wirklichkeit war. Dann aber zuckte sie ebenso schnell wieder zurück, ließ ihn aber nicht aus den Augen, damit er nur nicht wieder verschwand und sich in einen Traum verwandelte. Seine Züge verschwammen vor ihren Augen, und sie preßte ihn wieder ungestüm an sich.

Conar küßte sie auf die Augen und wischte ihr die Tränen fort, und da konnte sie ihn auch wieder sehen. »Du bist hier bei mir«, wiederholte er, und hielt sie noch fester, so fest, daß sie nach Luft schnappen mußte.

»Nun weißt du, daß ich es wirklich bin«, sagte er grinsend und lockerte den Griff.

»Ich lasse dich nie wieder gehen, nie mehr«, fügte er inbrünstig hinzu.

Zena hielt ihn fest umklammert, sie hatte noch immer nicht ganz begriffen. Sie war also hier, mit Conar in einer Höhle und da war ein Feuer, ein wunderbares, heißes Feuer.

Wie war sie nur hierhergekommen? Hände ... sie erinnerte sich an Hände.

»Hast du mich hierher getragen?«

Conar sah sie erstaunt an. »Ich habe hier auf dich gewartet. Ich habe dich nicht getragen; du bist allein gekommen.«

Zena schüttelte verwirrt den Kopf. Irgend etwas hatte sie getragen. Wenn Conar es nicht gewesen war ...

Vielleicht hatten die Hände in ihren Traum gehört. So mußte es sein, aber sie konnte es trotzdem nicht glauben.

Sie versuchte nicht mehr, es zu verstehen. Morgen würde sie eine Antwort darauf suchen. Und wie auch immer sie hergekommen war, am Ende war es doch immer die Mutter, die sie geleitet und ihr geholfen hatte, am Leben zu bleiben, selbst als sie gezweifelt hatte und aufgeben wollte. Ihr Herz erfüllte sich mit Dankbarkeit.

Der Gedanke an die Mutter rief eine andere Erinnerung in ihr wach. »Ich habe mich selber verbannt«, sagte sie zweifelnd zu Conar. »Wie kannst du hier sein, wenn ich allein bleiben muß?«

»Die Große Mutter hat mich geschickt«, antwortete Conar mit fester Stimme. Er hatte keinen Zweifel, daß es so war, aber ob er sich nun täuschte oder nicht, Zena sollte seinen Worten Glauben schenken, damit sie nicht mit ihm zu streiten begann und ihn wegzuschicken versuchte.

Zena runzelte nachdenklich die Stirn, aber ihr Geist war zu verwirrt, als daß sie hätte entscheiden können, ob Conar nun recht hatte. Auch dieses Rätsel würde warten müssen.

»Wie bist du hergekommen?« fragte sie neugierig, und merkte im selben Augenblick, daß sie keine Antwort brauchte. Conar war hier, und sie war hier. Mehr brauchte sie nicht zu wissen.

Aber er hatte eine ganz schlichte Antwort: »Ich bin gegangen«, sagte er und lächelte auf sie hinunter.

Zena seufzte und ließ sich auf den Boden sinken. Jetzt wollte sie schlafen. »Mir ist kalt«, sagte sie zu Conar.

»Dann gehen wir jetzt zum Feuer und wickeln dich in deine Felle«, antwortete er.

Er zog sie hoch und half ihr, zum Feuer zu stolpern. Es kribbelte jetzt noch stärker in ihren Zehen, aber gleichzeitig fühlten sich ihre Füße taub an, und so konnte sie den Boden unter sich nicht fühlen. Aber dann spürte sie die Pelze, die Conar eng um sie wickelte, und seinen warmen Körper an ihrem.

»Du hast meine Felle gefunden«, murmelte sie schläfrig.

»Sie haben mich am Leben erhalten«, antwortete er ernst. »Ohne deine Felle wäre ich jetzt nicht hier. – Warum bist du noch am Leben?« Die Frage war ausgesprochen, ehe er noch nachdenken konnte. Aber Zena schien sie gar nicht seltsam zu finden.

»Die Wisente haben mich am Leben erhalten«, gab sie zurück. »Die Mutter hat mir die Wisente geschickt.«

Conar sah zu der Felswand auf, wo die Wölbungen der Wisentkörper im Schein der tanzenden Flammen sichtbar geworden waren. Er wußte nicht, was Zena meinte, und sie war jetzt zu schwach, um es ihm zu erklären. Aber wenn sie sagte, daß die Wisente sie am Leben erhalten hatten, mußte es auch so sein.

Morgen würde er ihnen danken, indem er ihnen ein Leben gab, das ewig währte. Er würde ihre herrlichen Körper zeichnen, damit alle sie sehen konnten. Hier in der Höhle, in der er Zena wiedergefunden hatte, würde er die Wisente zum Leben erwecken.

23. Kapitel

Tron kroch auf die Büsche zu. Sie hatten geglaubt, er sei tot, und ihn einfach liegengelassen. Soviel wußte er, weil er sie hatte reden hören, aber an alles andere konnte er sich nicht erinnern. Er hatte sie in dem Glauben gelassen, kaum geatmet und sich nicht gerührt. Es war gar nicht schwer, sich totzustellen. Auf der Jagd hatte er das schon oft gemacht, damit die Tiere ihn nicht bemerkten.

Er war auch so gut wie tot gewesen. Lange Zeit hatte er nicht die geringste Bewegung machen können. Sein Kopf tat immer noch sehr weh. Er berührte ihn vorsichtig, und als er die Hand wieder zurückzog, klebte Blut an seinen Fingern. Das Blut war dunkel und dick verkrustet, eine ziemliche Menge davon – also war er auch verwundet. Aber wie hatte er sich diese Wunde zugezogen? Und wie war er hierhergekommen, zu der Stelle, wo sie die Toten begruben?

Er zog die Stirn in Falten und versuchte sich zu erinnern. Er war Zena und Nevilar zum Ekali gefolgt und auf den Baum geklettert, um sie zu beobachten, aber was dann passiert war, wußte er absolut nicht mehr. Die letzten Monate allerdings, die abscheulichen Lehrstunden und das Akatverbot, die beschämende Ratssitzung, alles stand ihm vollkommen klar vor Augen. Damals hatte er gehen wollen, aber Menta hatte ihn nicht fortgelassen.

Er schäumte vor Wut. Diesmal würde er gehen, und daran würde ihn niemand hindern. Er wollte keinen von ihnen jemals wiedersehen, nie, nie wieder. Aber bevor er sich auf den Weg machen konnte, mußte er wieder zu Kräften kommen. Er brauchte Wasser und etwas zu essen und außerdem ein paar Werkzeuge und Felle für die Reise. Vielleicht konnte er sie stehlen, während die anderen schliefen.

Vorsichtig stemmte er sich hoch. Da wurde ihm schwindlig, und er mußte sich gleich wieder hinsetzen. Er brauchte Hilfe, aber woher?

Nevilar. Er würde Nevilar dazu bringen, ihm zu besorgen, was er brauchte. Sie würde es tun, wenn er sie ordentlich bedrohte. Er kroch zum Fluß, weil er wußte, daß sie nachmittags herkam, um Wasser für ihre Mutter zu holen, und versteckte sich im dichten Gebüsch.

Als Nevilar den Pfad herunterkam und sich hinkniete, um ihre Krüge zu füllen, wartete er schon. Er konnte sehen, wie blaß sie war. Er würde dafür sorgen, daß sie noch blasser wurde.

Er rief ihren Namen. Sie sah verstört und mißtrauisch auf. Er rief wieder. Diesmal stand sie auf und ging auf das Geräusch zu. Gerade bevor sie auf seiner Höhe angelangt war, stand Tron mühsam auf. Sie starrte ihn an und wurde vollkommen weiß. Dann öffnete sie den Mund, um zu schreien. Tron preßte ihr die Hand auf die Lippen, damit sie keinen Ton von sich geben konnte. Die Anstrengung rächte sich sofort. Er fiel beinahe vornüber, konnte sich aber gerade noch an ihrer Schulter abstützen.

»Nicht schreien!« befahl er. »Wenn du den Mund hältst, werde ich dich gehen lassen.«

Sie nickte, die Augen angstgeweitet, und er ließ sie los. Am liebsten hätte er sich wieder zu Boden sinken lassen, aber er wußte, daß er viel bedrohlicher wirken würde, wenn er sie überragte.

»Du bist tot«, flüsterte sie. »Du bist tot.«

»Ich bin mächtig«, zischte er, »zu mächtig, um zu sterben.«

Mit einem ängstlichen Wimmern wich sie vor ihm zurück.

Sie glaubte ihm. Er war von den Toten zurückgekehrt! Tron hätte trotz seiner Schwäche am liebsten laut herausgelacht. Aber er nahm sich zusammen. Es war wichtiger, daß sie tat, was er verlangte, und dafür würde er ihr noch ein bißchen mehr Angst einjagen müssen. Er verzog sein Gesicht zu einer fürchterlichen Grimasse und funkelte sie bedrohlich an.

»Sage niemandem, daß du mich gesehen hast. Wenn du darüber sprichst, wirst du sterben.« Wenn ihre Augen jetzt noch größer wurden, dachte er bei sich, würden sie ihr vor lauter Angst aus dem Schädel springen. Da mußte er doch losplatzen, aber er änderte schnell die Tonlage, damit es sich anhörte wie ein Knurren.

»Bring mir Nahrung und Wasser zu unserem Treffpunkt«, befahl er. »Heute nacht, wenn die Sonne geht.«

Nevilar schüttelte leidenschaftlich verneinend den Kopf. Er packte sie mit einer Hand beim Kinn und zog ihr Gesicht ganz nah an sich heran.

»Tu es, oder du wirst sterben!«

Da nickte sie wie benommen. Langsam wandte Tron sich ab. Er brauchte jedes Jota seiner Kraft, um auf den Beinen zu bleiben.

Nevilar drehte sich um und rannte zum Fluß zurück. Ihr Gesicht war schockstarr. Tron war von den Toten zurückgekehrt. Er war wieder da. Zena hatte ihn getötet, aber er war zurückgekehrt. Dieses graue Gesicht, der blutverkrustete Schädel, das Blut, das ihm über die Wangen bis in sein wolliges Haar hinunterlief – sie würde diesen Anblick niemals vergessen.

Weinend ließ sie sich zu Boden sinken. Er hatte gesagt, er würde sie töten, wenn sie etwas ausplauderte und wenn sie ihm nicht brachte, was er haben wollte, aber sie konnte nicht wieder dorthin zurückgehen und ihn sehen und das viele Blut. Aber wenn sie es nicht tat, würde er sie töten. Es wäre ihm ein leichtes. Wenn er mächtig genug war, um von den Toten zurückzukehren, konnte er sie jederzeit töten, wo sie auch sein mochte.

Nevilar schlug entsetzt die Hände vors Gesicht. Als sie sie wieder herunternahm, waren sie blutverschmiert. Sie gab ein Kreischen von sich, einen leisen, tierischen Laut schierer Panik. Sie hatte sein Blut im Gesicht, das Blut eines Toten.

Da hörte sie die Schritte ihrer Mutter den Pfad herunterkommen. Schnell wusch Nevilar sich das Gesicht im Fluß und begann einen der Krüge zu füllen. Ihre Hände zitterten, und es schwappte ebensoviel Wasser wieder heraus, wie sie hineinbekam.

»Du brauchst so lange«, schalt ihre Mutter.

»Ich mußte den Riemen des Krugs reparieren«, log Nevilar.

»Paß doch auf! Du verschüttest ja das Wasser so schnell wieder, wie du es einfüllst«, sagte ihre Mutter angewidert. »Was ist nur mit dir los, daß du noch nicht einmal Wasser holen kannst?« Immer noch vor sich hin grummelnd, nahm sie den anderen Krug und füllte ihn eigenhändig. Dann ging sie schwerfällig wieder den Pfad entlang davon.

Dieses eine Mal ließen die groben Worte ihrer Mutter Nevilar vollkommen kalt. Sie hockte sich hin, wo sie gerade war, wie niedergeschmettert von ihrer entsetzlichen Situation. Sie mußte tun, was Tron verlangte, sonst würde er sie töten. Aber die anderen beobachteten sie jetzt ständig, besonders Menta. Wie sollte sie etwas zu essen auftreiben, und wie sollte sie es fortschaffen?

Langsamen Schrittes trug sie den gefüllten Krug zur Lichtung zurück. Wenn sie ihn vielleicht versteckte und ihrer Mutter sagte, er wäre in den Fluß gefallen …

Mit einer blitzschnellen Bewegung ließ sie den Krug in einem Gebüsch verschwinden. Als später gerade niemand hinsah, versteckte sie gegarte Fleischstücke und ein paar Früchte an derselben Stelle. Aber wie würde sie das alles zu Tron schaffen ?

Sie hatte Glück. Kurz vor Sonnenuntergang machte sich die gesamte Gruppe auf Honigsuche. Die Bienen hatten ein großes Nest in einem nahegelegenen Feld, und wenn man es richtig anstellte, zeigten sie sich durchaus bereit zu teilen. Niemand war verwundert, als Nevilar zu Hause bleiben wollte. Sie fürchtete sich vor Bienen, und die schienen das zu fühlen. Wenn überhaupt jemand gestochen wurde, dann fast immer nur sie.

Sobald die anderen verschwunden waren, lief Nevilar zu ihrem kleinen Paarungsplatz. Dort lag Tron auf dem harten Boden ausgestreckt und regte sich auch nicht, als sie näher herankam.

Vielleicht war er wieder gestorben. Nevilar ging noch näher. Er rührte sich immer noch nicht. Da überkam sie eine solche Erleichterung, daß ihr einen Moment lang richtig schwindlig wurde. Er mußte wieder gestorben sein, sonst hätte er etwas gesagt.

Hastig stellte sie Essen und Wasser neben ihm ab, weil sie nicht wußte, was sie sonst damit machen sollte, und schlich sich davon. Aber gerade als sie den Rand der Einfriedung erreicht hatte, hielt sie eine Hand am Fußgelenk fest, und sie fiel kopfüber ins Gebüsch.

Sie schrie hysterisch und brach dann unvermittelt ab, als ihr vor Angst die Stimme wegblieb. Tron zog sie wieder zurück. Er würde sie umbringen, ihr die Kehle zudrücken, genauso wie er Conar die Kehle zugedrückt hatte.

Tron kam mit dem Gesicht ganz nah an sie heran. Sein grobschlächtiges Gesicht war blut- und schmutzverkrustet und sah aus wie eine fürchterliche Maske. Die widerwärtige Masse klebte ihm in Gesicht und Nase, und als er den Mund aufmachte, hatte er sie auch dort. Er stank nach Blut, Urin und Exkrementen.

»Morgen brauche ich mehr zu essen«, grollte er. »Und Felle und Feuersteine. Und viel Fleisch.«

Nevilar kam die Galle hoch. Sie schluckte, unfähig, einen Ton herauszubringen. Statt dessen nickte sie heftig, damit er sie losließ. Tron verdrehte ihr noch einmal das Gelenk, dann fiel er wieder zurück.

Nevilar rannte. Erbrochenes lief ihr über die Lippen und tropfte auf ihre Brust hinunter. Sie würde nicht wieder hingehen. Sie konnte einfach nicht!

Die ganze Nacht hindurch wurde sie von Träumen gequält, wie Tron sie fand, wie er ihr die Hände um den Hals legte und mit Steinen auf sie einschlug, bis sie tot war. Gegen Morgen war sie vor lauter Angst überzeugt, daß sie einfach tun mußte, was er verlangte. Diesmal stellte sie sich krank und blieb im Unterschlupf, bis die anderen vollauf mit ihrem Tagewerk beschäftigt waren. Dann stopfte sie ein paar Feuersteine und soviel Fleisch, wie sie nur finden konnte, dazu noch ihr Extrafell und eines von ihrem Bruder in ihre Tasche. Kurz bevor die Sonne unterging, machte sie sich dann unter dem Vorwand in den Wald auf, daß sie Kräuter für ihren Magen finden mußte, und ging zu ihrer Einfriedung. Diesmal wagte sie sich nicht hinein, sondern ließ die Tasche im Gebüsch zurück und rannte dann zur

Lichtung zurück, so schnell es ihre angstschlotternden Beine zuließen.

Am nächsten Tag quälte sie die Ungewißheit fast ebensosehr wie die Träume in der Nacht zuvor. Tron hatte ihr nicht gesagt, daß sie wiederkommen sollte, aber das lag nur daran, daß sie nicht in seine Nähe gegangen war.

Wahrscheinlich wartete er auf sie, und wenn sie nicht kam, tötete er sie vielleicht, obwohl er gar nichts gesagt hatte. Verstohlen stopfte sie etwas Fleisch in einen alten Korb und versteckte ihn unter ihrem Lager. Als sie aber später aufstand und behauptete, sie müsse noch mehr Kräuter sammeln, hielt Menta sie am Arm zurück und sah ihr forschend ins Gesicht.

»Es geht dir nicht gut, Nevilar«, sagte sie sanft.

Nevilar nickte. Die Augen hatte sie zu Boden geschlagen.

Menta sah sie lange an, dann hob sie Nevilars Kinn, damit sie ihr in die Augen schauen konnte.

»Du hast Angst, Nevilar. Schon seit zwei Tagen. Ich wüßte gern, wovor du dich so fürchtest.«

»Vor gar nichts«, murmelte Nevilar, aber sie konnte trotzdem die Panik nicht aus ihrem Gesicht vertreiben. Tron würde sie gewiß umbringen, wenn sie etwas sagte, aber Menta konnte sowieso alles sehen. Sie würde der weisen Frau nicht mehr lange etwas vormachen können.

»Das ist nicht wahr«, antwortete Menta ruhig. Mehr sagte sie nicht, sondern wartete, und ihrer Haltung war eine grenzenlose Geduld anzusehen. Wenn nötig, würde sie den ganzen Tag neben Nevilar ausharren, um die Wahrheit zu erfahren.

Um Nevilars Mund zuckte es schmerzlich. Ein Teil von ihr wollte Trons Namen aussprechen, aber der andere hatte wahnsinnige Angst davor, daß er sie im selben Moment töten würde, genau hier und noch während sie sprach.

Jetzt gesellte sich auch Lune zu Menta. Sie sah Nevilar ernst an, blieb aber ebenfalls ruhig. Diese beiden Augenpaare waren zuviel für Nevilar. Ihr Blick schoß von einem Gesicht zum anderen, und dann bewegten sich ihre Lippen.

»Tron«, japste sie. »Tron macht mir angst.« Sie warf einen Blick über die Schulter, als erwartete sie, daß er jeden Moment aus dem Gebüsch gesprungen kam.

Lune preßte die Augen zusammen. »Tron macht dir immer noch angst, obwohl er tot ist?«

»Er ist nicht tot. Er ist von den Toten zurückgekehrt.« Da sie erst einmal zu reden angefangen hatte, konnte Nevilar die Worte gar nicht schnell genug herausbringen.

Unaufhaltsam purzelten die Worte in einem gleichmäßigen Strom aus ihr heraus.

»Er ist nicht tot; ich habe ihn gesehen. Er hat gesagt, daß er mich töten würde, wenn ich darüber rede, und daß er mich töten kann, auch wenn er nicht da ist, denn er ist zu mächtig, um zu sterben. Er kann töten, wann immer er will, und ich kann ihn nicht daran hindern. Ich mußte ihm Essen und Wasser bringen, und ich habe Angst ... Tron wird mich töten ... Er ist zurückgekommen, zurück von den Toten!«

Mehr brauchte Menta nicht zu hören. »Paßt auf sie auf«, sagte sie zu Bly und Bakan, die in der Nähe standen. »Bleibt bei ihr im Unterschlupf.«

Sie schob Nevilar in Blys Arme und lief an den Ort, wo die Toten bestattet wurden. Völlig unmöglich, daß Tron von den Toten auferstanden sein sollte. Aber war er tatsächlich tot gewesen? Hatte ihn sich überhaupt jemand genau angesehen, um Abschied zu nehmen, wie es bei den Menschen üblich war, die man liebte?

Als sie ankam, war Lune bereits da und starrte finster auf den leeren Fleck, an den sie Trons Leichnam gelegt hatten.

»Er war nicht tot«, sagte sie dumpf. »Es ist mein Fehler. Ich bin ihm nicht nahe gekommen, sonst hätte ich es gemerkt. Es ist meine Aufgabe, die Toten zu untersuchen und die Gründe ihres Sterbens herauszufinden. Aber nach dem, was er Zena und unserem ganzen Stamm angetan hatte, wollte ich dieses Gesicht nicht sehen.«

»Das wollte keiner von uns«, entgegnete Menta. »Alle haben sich darum herumgedrückt, ihn zu waschen und für die Beerdigung zurechtzumachen. Es sind schon mehr als die zwei Tage vergangen.«

Sie wußten, daß der Übergang vom Leben zum Tod seine Zeit brauchte, also begruben sie die Frischverstorbenen erst nach zwei Tagen, damit sie in Ruhe der Mutter begegnen und sich an die Veränderung gewöhnen konnten. Normalerweise blieb allerdings immer jemand in der Nähe, der dafür sorgte, daß der Tote es sicher und bequem hatte. Zu Tron war niemand gegangen.

Lune und Menta sahen sich an. Beide wußten auch ohne Worte, was die andere dachte. Es war unendlich traurig, so allein zu sein wie Tron, im Leben wie im Tod, der am Ende gar nicht der Tod gewesen war. Aber die Angst und der Schmerz, die er ihnen gebracht hatte und nun wieder zufügen konnte, waren ebenso schrecklich. Es war beruhigend gewesen, ihn tot zu wissen. Jetzt aber bedrohte Trons Gewaltsamkeit erneut den ganzen Stamm. Und schlimmer noch: Es konnte noch alles Wirklichkeit werden, was ihnen in der Vision gezeigt worden war.

»Zena«, flüsterte Lune plötzlich, und Menta meinte, nie eine solche Furcht in einer Stimme gehört zu haben. »Wir müssen sie finden, bevor Tron es tut.«

»Laß uns zuerst nach Tron suchen«, drängte Menta. »Er kann nicht weit sein.«

Lune nickte. Sie liefen zur Lichtung zurück, um Nevilar auszufragen und einen Suchtrupp loszuschicken.

»Sprich, Nevilar. Sag uns, wo sich Tron aufhält. Am Ort des Todes ist er nicht.«

»An meinem Paarungsplatz«, flüsterte Nevilar.

»Führe uns hin«, forderte Lune sie im selben harten Tonfall auf. Menta winkte Krost und Tragar und noch ein paar anderen, daß sie, wenn nötig, die Suche fortsetzen sollten.

»Beeilung. Wir müssen uns beeilen«, drängte Lune.

Zögernd setzte Nevilar sich in Trab, aber als sie an ihrem Platz ankamen, war die Stelle leer. Nur Reste von dem, was Tron gegessen hatte, sein säuerlicher Geruch und Spuren von Blut waren da, sonst aber war kein Zeichen von ihm zu finden, auch nicht, nachdem sie die Büsche gründlichst abgesucht hatten.

»Ich kann an den Fußspuren ablesen, daß er schon seit Stunden fort ist«, sagte Krost zu Menta. Er verstand Zeichen zu deuten, die für jemanden mit weniger Erfahrung im Spurenlesen kaum erkennbar waren. »Wir können versuchen, ihn zu finden, aber es wird nicht einfach sein nach den letzten Regengüssen.«

Und er behielt recht. Kurz bevor es endgültig dunkel wurde, kamen er und seine Begleiter ohne Tron von ihrer Suche zurück.

»Morgen gehen wir wieder los«, versicherte Krost Menta mit einem Blick in ihr aufgewühltes Gesicht. »Wir konnten ihn nicht finden. Seine Fährte ist abgebrochen, und wir konnten sie nicht wieder aufnehmen. Er kommt schneller voran, als ich bei jemandem mit solchen Verletzungen vermutet hätte.«

Menta schüttelte den Kopf. »Wir sollten lieber nach Zena suchen«, sagte sie. »Ich habe mit Lune gesprochen, und mit Bakan und den andern, die hiergeblieben waren. Es ist jetzt am wichtigsten, daß wir Zena finden. Conar ist ihr gefolgt, aber wenn Tron auf Rache aus ist, kann Conar allein sie auch nicht beschützen. Wir müssen sie warnen, und außerdem müssen wir ihr sagen, daß sie niemanden getötet hat. Das ist sehr wichtig für sie.«

»Wie sollen wir sie finden?« Das war Katli, und ihre rauhe Stimme klang voller Zweifel. Sie wußte besser als die meisten, wie weit das Land um sie her war.

»Wir alle müssen angestrengt überlegen, ob Zena nicht vielleicht irgend etwas gesagt hat, das uns zu ihr führen könnte. Und wir müssen in dieser Zeit der Not auch die Mutter um Hilfe anrufen, damit sie uns fühlen läßt, wo sie sich befindet.«

Da ließ sich ein dünnes Stimmchen vernehmen. »Ich glaube, sie geht vielleicht in die Berge. Ich habe nämlich einmal gehört, wie sie Conar von ihrem Traum erzählt hat.«

Die Stimme brach unvermittelt ab, als Lilan, Conars kleine Schwester, sich erschrocken die Hand vor den Mund hielt. Sie war Zena und Conar damals einfach gefolgt, weil sie hoffte, daß sie sie mit einbeziehen würden. Aber statt dessen waren die beiden zu Zenas besonderer Stelle gegangen. Lilan war nicht lange geblieben, weil sie sich geschämt hatte, daß sie ihnen zuhörte, während sie nichts von ihrer Gegenwart ahnten.

»Ich wollte ihnen nicht nachgehen«, sagte sie mit zitternden Lippen. »Ich wollte doch nur, daß sie mich mit zu den Tieren nehmen, damit ich sie so wie Conar zeichnen kann.«

Zaghaft sah sie in die erwartungsvollen Gesichter der anderen. Lune stand auf und setzte sich zu ihr.

»Erzähle uns von dem Traum, Lilan«, sagte sie sanft. »Es ist nicht gut, anderen hinterherzugehen, ohne daß sie etwas davon wissen, das ist wohl wahr. Aber trotzdem ist es gut, daß du von Zenas Traum gehört hast, denn du kannst uns damit vielleicht helfen, sie zu finden.«

»Es war in den Bergen dort drüben«, antwortete Lilan und zeigte nach Westen. »Sie hat gesagt, da wären Höhlen und lange unterirdische Gänge, und daß dort etwas auf sie wartet.«

Lune runzelte die Stirn. Dieser Traum hatte eine eigenartige Ähnlichkeit mit Mentas Vision. Konnte Lilan das vielleicht verwechselt haben? Andererseits klang es schon wie etwas, das Zena sagen würde.

»Es ist gut, daß du uns davon erzählt hast«, versicherte sie Lilan, damit sie keine Angst hatte, vielleicht noch mehr zu sagen.

Auch Menta wunderte sich über diesen Traum, der ihrer Vision so sehr glich. Zena hatte mit keinem Wort davon gesprochen. Vielleicht wollte sie ihn für sich behalten, bis sie ihn besser verstand. Zena dachte immer gern lange nach, bevor sie sich äußerte. Das war gut, ein Zeichen von Weisheit. Und trotzdem war es auch gut, daß Lilan gelauscht hatte. Es würde ihnen vielleicht viel Zeit und Sorgen ersparen. Natürlich nur, wenn nicht auch Tron von diesem Traum wußte.

»Hat sie mit anderen darüber geredet, was meinst du?«

Lilan schüttelte den Kopf. »Das glaube ich nicht«, sagte sie langsam, mit einem ernsten Ausdruck in ihrem kleinen Gesicht, weil es nun an ihr lag, sich zu erinnern. »Ich glaube, sie hat gesagt, es sei ihr gemeinsames Geheimnis.«

Wieder zitterten ihr die Lippen. Es hatte sie belastet, daß sie das Geheimnis eines anderen mit sich herumtragen mußte, und jetzt, da sie darüber gesprochen hatte, fühlte sie sich schon viel besser. Trotzdem war es schwer, zuzugeben, daß man gelauscht hatte.

»Ich glaube, die Mutter selbst hat dafür gesorgt, daß du dort warst«, sagte Menta zu ihr. »Wie Lune gesagt hat, es ist nicht gut, zuzuhören, wenn die anderen nichts davon wissen, und du mußt dich in acht nehmen, daß du es nicht wieder tust. Aber in diesem Fall glaube ich, hat die Mutter uns allen durch dich geholfen. Du kannst stolz darauf sein, daß du dazu auserwählt wurdest.«

Lilan strahlte wegen der unerwarteten Ehre. »Ich werde sehr vorsichtig sein«, versprach sie.

Menta nickte, sie war sich da sicher. Lilan war ein wunderbares Kind, rein und völlig unverdorben. Für ihr Alter waren ihre Zeichnungen bemerkenswert.

»Ich möchte jetzt von jedem hören, was er davon hält«, sagte Menta zu den anderen. »Es ist sehr gut möglich, daß Zena in die Berge gegangen ist. Ich bin mir sogar ziemlich sicher.«

»Ich auch«, sagte Lune. Sie war froh, daß Lilan die Wahrheit gesagt hatte. Die anderen nickten zustimmend. Nicht unwahrscheinlich bei Zena, daß sie genau an den Ort ging, von dem sie geträumt hatte und wo etwas auf sie wartete.

»Dann werden wir sie auch finden«, sagte Menta einfach. »Morgen, sobald es hell wird. Heute abend wird alles vorbereitet.«

»Gut«, sagte Bakan. »Außerdem ist es sowieso an der Zeit, den Herden zu folgen. Wir müssen für unser Fleisch im Winter sorgen, bevor der Schnee zu tief wird. Wir können dabei gleich auf die Jagd gehen.«

»Und was ist mit Tron?« Bly sah ihre Tochter Pila an, und ihre Stimme war traurig. Solange Tron tot war, hatte sie sich keine Sorgen mehr gemacht. Jetzt hatte sie wieder Angst.

»Trons Schicksal liegt jetzt in der Hand der Mutter«, erwiderte Menta. »Ich glaube aber nicht, daß er hierbleiben wird. Eher wünscht er sich weit fort. Und irgendwie kann ich mir auch nicht vorstellen, daß er nach Zena sucht. Ich habe gespürt, wie Zena um ihr Leben gekämpft hat, aber jetzt ist sie, glaube ich, sicher.«

»Finden wir denn genügend Tiere für unsere Winternahrung, wenn wir westwärts ziehen?« Katli wußte nicht so recht, was sie von dem neuen Plan halten sollte. Wenn es nach ihr ging, hätte man nach Tron gesucht, um sicherzugehen, daß er nicht noch mal jemanden zu Schaden brachte. Sie hatte Zena dafür bewundert, daß sie ihn getötet hatte. Manchmal war es zum Wohle aller notwendig, daß man tötete. Aber sie vertraute auf Mentas Entscheidung und würde das tun, wofür sich der Stamm entschied.

»Ich habe viele Tiere gesehen, die am Fluß entlang nach Westen in das große Tal gezogen sind«, ließ sich Tragar vernehmen. »Es waren Wisente und Rentiere, aber ich bin mir nicht sicher, ob es ebenso viele waren wie in den Ebenen im Norden.«

»Wir werden genug finden«, versicherte Menta ihnen. »Ich fühle die Hand der Mutter bei diesen Vorgängen. Vielleicht wartet nicht nur für Zena etwas in den Bergen. Vielleicht ist es die Mutter selber, die dort auf uns wartet, und Zena wird uns zu ihr führen. Wir sollten dorthin ziehen und es herausfinden.«

II

Der untersetzte Mann lugte aus seinem Versteck hinter einem Felsen heraus zu Zena hinüber. Er bewegte sich trotz seines massigen, muskelbepackten Körpers leichtfüßig und lautlos wie die Löwen und Tiger, die seine Rivalen waren. Er machte auch Jagd auf Rentiere und Wisente und schlich sich von hinten an sie heran, um ihnen seinen Speer in die dicke Schwarte zu treiben. Die anderen, selbst die Kinder, halfen ihm dabei. Das mußten sie auch, denn um ein Tier zu erlegen, brauchte man viele Helfer, und es waren nur noch wenige seines Stammes übrig. Die meisten Frauen waren bei der Geburt gestorben oder von den grimmigen Jägern aus dem Norden verschleppt worden, wo sie selber einst gelebt hatten. Alle Männer außer ihm und einem anderen waren bei dem Versuch gestorben, den Stamm gegen diese Wilden zu verteidigen. Er hatte seine Leute nach Süden geführt, um ihnen und auch der zunehmenden Kälte und dem Schnee zu entkommen, und nun würde die Jagd vielleicht noch mehr von ihnen das Leben kosten. Es war gefährlich, mit so wenigen auf die Jagd zu gehen. Sie hatten alle ihre Narben davongetragen. Aber wenn sie überleben wollten, mußten sie jagen.

Er sollte eigentlich auch jetzt auf der Jagd sein, aber er konnte sich einfach nicht vom Anblick dieser schlanken jungen Frau losreißen, die den Wisent reiten konnte. Als er sie gefunden hatte, hatte er sie zu dem Mann in der großen Höhle getragen, weil er spürte, daß sie zusammengehörten. Er vermutete, daß ihr Kommen eine Bedeutung hatte, obwohl er bisher nicht wußte, welche. Die Fremden schienen nicht kräftig genug, um seinem Volk beizustehen. Der Mann war genauso dünn und unterernährt wie die Frau, und in der ganzen Zeit, seitdem sie da waren, hatte er nichts anderes getan, als auf den Felsen in der Höhle herumzukratzen. Trotzdem, als die Frau so schrecklich gefroren hatte, hatte er ihr geholfen. Das immerhin sprach für ihn. Aber keiner von diesen beiden würde bei der Jagd von besonderem Nutzen sein, soviel stand für ihn fest.

Er würde sie weiter beobachten und sehen, was sie taten. Jetzt aber mußte er zu den anderen zurück.

Geräuschlos kletterte er an der Klippe hinauf und verschwand zwischen den Felsen.

Zena sah auf. Was sie hochschrecken ließ, war kein Geräusch, sondern das Gefühl, nicht allein zu sein. In den Monaten, seit sie an diesem Ort war, hatte sie dieses Gefühl schon oft verspürt, aber seltsamerweise machte es ihr keine angst. Es fühlte sich anders an als damals, als Tron von seinem Baum zu ihnen heruntergesehen hatte. Wer auch immer sich dort draußen befand, war neugierig, aber nicht gefährlich.

»Fühlst du es?«

Conar war so sehr mit seiner Zeichnung beschäftigt, daß er ihre Frage kaum hörte. »Was denn fühlen?« fragte er.

»Jemand beobachtet uns«, antwortete Zena. »Vielleicht ist es der, der mich getragen hat.«

Conar grunzte und ging wieder an die Arbeit. Seit dem Tag, an dem Zena zu ihm gekommen war, hatte er unermüdlich gezeichnet. Er benutzte die Farben in den Felsen und vermischte sie mit Wasser, um Braun, Orange und Schwarz herzustellen, manchmal auch einen Rot-Ton, mit dem er die Umrisse der Wisente auf den Felsen markierte. Zena konnte nun mühelos erkennen, was er bereits damals gesehen hatte, bevor er ihre Gestalten hervorgehoben hatte. Sie sprangen und stürmten in Conars Abbildung ebenso anmutig und stark über die Wände der Höhle, wie sie es im wirklichen Leben taten.

Sie waren herrlich, dachte Zena, ein wunderbares Geschenk für den Wisent wie für die Mutter, die sie zu den riesigen Tieren geführt hatte. Sie ließen sich allerdings nicht essen, und im Augenblick dachte sie vor allem ans Essen. Bisher hatten sie Glück gehabt. Sie waren jetzt seit zwei Monden hier, und es hatte nur ein einziges Mal geschneit. Der Schnee war in Regen übergegangen, wilden, sturzbachartigen Regen, der den Fluß über die Ufer treten ließ, so daß sie froh war, in ihrer sicheren Höhle zu sitzen. Beim nächsten Mal würde aber nur mehr Schnee fallen, und dann gäbe es keine Spätfrüchte mehr, keine saftigen Körner und nicht einmal mehr Knollen, denn dann würde der Boden gefrieren, und sie könnten darin nicht graben. Dann brauchten sie Fleisch, und dafür mußten sie Tiere töten. Sie tötete nicht gern, und Conar verabscheute es sogar, aber es würde ihnen nichts anderes übrig bleiben, wenn sie nicht verhungern wollten.

Entschlossen zog sie die Fellschuhe an und ging nach draußen; Conar blieb bei seiner Arbeit. Die Stiefel waren das einzige, was von einem Kaninchen übriggeblieben war. Als sie sehr hungrig war und fror, hatte das Kaninchen vollkommen ruhig vor ihr gehockt, als hätte die Mutter ihm aufgetragen, ihr zu helfen. Sie hatte den Stein mit aller Kraft geworfen und es getötet. Eigentlich war so etwas unmöglich; deshalb war sie sich sicher, daß die Mutter ihr geholfen hatte. Aber die Mutter konnte die Tiere nicht jedesmal, wenn sie gerade hungrig war, vor ihr verharren lassen. Sie mußte ihr jägerisches Geschick verbessern.

Am Boden entdeckte sie ein paar unterirdische Gänge, in denen Nager hausten, und kauerte sich davor zusammen. Als sich der Boden kräuselte, schlug sie mit ihrem Faustkeil darauf ein. Ihre Reaktion war zu langsam, und das Tier verschwand. Sie beobachtete wieder, schlug zu, wieder ohne Erfolg. Nach dem dritten Tag gab sie seufzend auf. Oben am Hang gab es immer noch ein paar Nüsse und geschrumpfte Beeren, und bei manchen Gräsern quollen die Körner, wenn man sie wässerte. Erhitzt gaben sie eine nahrhafte Schleimsuppe. Das mußte zunächst einmal genügen.

Am nächsten Nachmittag aßen Conar und sie eben die Schleimsuppe, als sie von einem grunzenden Geräusch aufschreckten, das sich fast wie ein Überraschungslaut anhörte. Am Eingang der Höhle stand ein bulliger, untersetzter Mann mit hellen Haaren. Brust, Arme und Beine waren fast doppelt so breit wie bei Conar, dabei war er kaum größer. Er starrte auf Conars Zeichnung. Er streckte die Hände wie flehend nach dem fliehenden Wisent aus, und sein Gesicht zeigte tiefe Ehrfurcht.

Er drehte sich um und schaute Conar an, wobei er mit seinem Kopf auf und ab nickte, immer wieder. Dann wanderten seine Augen zu Zena. Sie sah, daß sich Sorgen darin spiegelten und auch wieder etwas Flehendes. Er streckte ihr eine Hand entgegen, nahm sie dann zurück und zeigte damit zu den Hügeln, als wolle er sie drängen, sich dorthin zu begeben.

Zögernd erhob sich Zena. »Er will, daß ich mitkomme«, sagte sie zu Conar. »Ich glaube, er war es, der mich getragen hat.«

»Er ist sehr kräftig«, wandte Conar ein, weil er sich Sorgen machte, der andere würde Zena vielleicht bei sich behalten wollen, womöglich als seine Gefährtin.

»Ich glaube nicht, daß er uns etwas antun will«, sagte Zena überzeugt. »Er hat ein gütiges Gesicht. Ich muß wissen, was er will.«

»Dann komme ich mit«, sagte Conar.

Zena berührte den kräftigen Mann behutsam und bog die Arme zu einer tragenden Haltung, um dabei auf sich zu zeigen. Dabei folgte sie ihm auf den Hügel. Seine breiten Lippen verzogen sich zu einem wiedererkennenden Lächeln, und er nickte. Dann trat wieder der sorgenvolle Ausdruck in seine Augen. Er stieß ein paar nasale Laute aus, die Zena nicht verstand, zeigte auf ihre Schenkel und bildete mit den Händen dabei eine kleinere Gestalt, als wolle er ein Kind beschreiben. Sein Gesicht verzog sich, um Schmerzen anzudeuten.

»Kind tut weh?« fragte sie, war sich aber nicht sicher, ob er das meinte. Vielleicht war eins von seinen Kindern verletzt worden.

Daß sie richtig geraten hatte, erwies sich schon in dem Augenblick, da sie die flache Höhle betrat, in der ihr Retter hauste. Ein Mädchen lag am Boden vor dem Feuer. Sie war vollkommen still, ihr Gesicht wachsbleich. Zena hätte sie schon für tot gehalten, aber dann sah sie, daß ihre Brust sich in schnellen flachen Atemzügen hob und senkte. Die kleinen Fäuste waren vor Schmerzen geballt, aber sie gab keinen Laut von sich.

Als Zena sich über sie beugte, öffnete sie die Augen. Sie waren blau, blauer sogar noch als der Himmel, und das dicke Haar, das sich fächerförmig um ihr Gesicht ausbreitete, hatte die gelbe Farbe von Kornfeldern im Sommer. Verwundert sah Zena nach den anderen in der Höhle. Ein weiterer Mann, jünger als der eine, der sie gerettet hatte, war in die Höhle getreten. Neben ihm standen zwei Frauen. Die eine war schwanger, ihr Bauch war schon sehr dick; die andere war noch nicht ganz ausgewachsen. Hinter ihren Beinen versteckten sich zwei kleine Jungen. Am Feuer hockte eine alte Frau.

Außer der alten Frau, deren Haare weiß wie Schnee waren, hatten alle die gelben Haare und die intensiven blauen Augen. Eine solche Farbe war sehr ungewöhnlich. In ihrem Stamm hatten nur Lune und ein, zwei andere helle Haare. Aber Lunes Haare waren nicht so blond und ihre Augen blasser, und sie war klein und zart. Diese Menschen aber waren breit und untersetzt, viel stämmiger als irgend jemand in Zenas Stamm. Selbst der Körper des Kindes war breit und derb.

Die blauen Augen waren auf Zenas Gesicht geheftet. Das Mädchen wirkte überhaupt nicht überrascht über ihre Anwesenheit, sie schaute nur flehend und voller Vertrauen, als sei sie sicher, daß Zena sie von ihren Schmerzen befreien könne.

Wie kam sie nur darauf? Zena überlegte und versuchte zu begreifen. Dann bemerkte sie den Grund für die Beschwerden des Mädchens, und alle anderen Überlegungen lösten sich in nichts auf. An ihrem Bein klaffte eine riesige Wunde, die sich von der Vorderseite ihres Schenkels bis zu ihrem Gesäß zog, bedrohliche rote Streifen verliefen von der Wunde zum Rücken und Bauch hin.

Zena sank der Mut. Die Verletzung war schlimm, und sie begann bereits zu eitern. Sie bezweifelte, ob überhaupt jemand diese Wunde zu heilen vermochte. Lune hatte sie unterrichtet, hatte ihr alles über die Heilkraft von Pflanzen und Kräutern beigebracht und ihr gezeigt, wie man alle Energie und alles Denken zusammennahm, um auf diese Weise Schmerz und Krankheit aus dem Körper eines anderen herauszuholen. Allerdings hatte sie es bisher noch nie allein, ohne die Hilfe von Lune, versucht. Die meisten konnten es nicht, denn diese Heilmethode erforderte eine ungewöhnliche Kraft. Lune hatte ihr gesagt, daß die Heilkraft ein Geschenk der Mutter war, mit dem sie nur wenige bedacht hatte.

Sie sah in die erwartungsvollen Gesichter um sie herum. In diesem Stamm mußte doch auch jemand etwas vom Heilen verstehen. Aber warum hatten sie dann nicht Schafgarbe auf die Wunde gelegt oder andere Pflanzen, die das Gift heraussogen? War es denn möglich, daß sie nicht über dieses Wissen verfügten?

Die beiden Frauen, kräftig wie die Männer, nur ein wenig kleiner, kamen auf sie zu, und ihren Gesten entnahm sie, daß sie auch hier richtig geraten hatte. Hilflos breiteten sie die Hände aus, als wollten sie damit sagen, daß sich da nichts machen ließ. Sie mußten es bereits vergeblich versucht haben, und jetzt war die Reihe an ihr.

Der bullige Mann kam heran und deutete auf die Wunde. Er warf den Kopf herum, deutete auf Conar und vollführte mit den Händen Gesten, als wollte er zeichnen.

Der Wisent. Das wollte er ihnen also sagen, daß ein Wisent das Mädchen aufgeschlitzt hatte. Wie war das überhaupt möglich, daß ein Kind in die Nähe eines Wisents geriet? Und warum schienen sie alle davon überzeugt, daß sie eine derartige Wunde zu heilen vermochte? Denn das war unverkennbar. In den Gesichtern der Zuschauer sah Zena das gleiche Zutrauen wie in den Augen des Mädchens.

Sie schloß die Augen und versuchte, die Kraft zu beschwören, um ihr Vertrauen nicht zu enttäuschen. Der bullige Mann hatte ihr Leben gerettet und sie zu Conar getragen. Jetzt wollte er, daß sie das Leben dieses Kindes rettete. Eine scheinbar unmögliche Aufgabe, aber sie mußte es wenigstens versuchen.

Sie rief zu Conar hinüber und bat ihn darum, aus ihrer Höhle jenen besonderen Korb zu bringen, den sie für die Heilpflanzen und Kräuter geflochten hatte. Zu ihren ersten Handlungen hatte gehört, sie vor dem ersten Schnee zu sammeln, und jetzt war sie froh, daß sie so pflichtbewußt gewesen war. Sie sandte ein stummes Dankgebet an Lune, die ihr ungeheures Wissen über Pflanzen und Kräuter so bereitwillig an sie weitergegeben und sich Zeit genommen hatte, ihr beizubringen, wie die Macht der heilenden Kräfte eingesetzt wurde, um die Wirkung der Kräuter zu unterstützen.

Ob sie Lune je wiedersehen würde, getröstet würde von ihrer festen Stimme, ihrer energiegeladenen Gegenwart? Traurigkeit erfüllte Zena, schwächte ihre Entschlossenheit, und einen Augenblick lang sehnte sie sich nur noch danach, ihren Tränen freien Lauf zu lassen. Aber dann schob sie die traurigen Gedanken beiseite. Sie hatte jetzt an nichts anderes als an das Kind zu denken.

»Wasser!« rief sie laut und untermalte es mit der Geste des Trinkens, um sich verständlich zu machen. Lune hatte ihr gesagt, wie wichtig es sei, sich als erstes den Schmutz von den Händen zu waschen, ehe sie einen Verletzten berührte. Das Wasser wurde in einer steinernen Schale gebracht, und Zena staunte darüber, als sie sich die Hände darin wusch. Eine solche Schale konnte außerordentlich nützlich sein.

Heftig schnaufend erschien Conar mit den Kräutern. Zena nahm ein Kraut gegen den Schmerz heraus, dazu Schafgarbe und Flechte, um den Körper vom Gift zu befreien, und zerrieb sie mit etwas frischem Wasser in einer weiteren Schüssel. Sie legte dem Kind einen Arm um die Schulter und drängte es, den Sud zu trinken. Die Medizin mußte sowohl im Körper wie von außen wirken. Als die Schüssel leer war, mischte sie einen heilenden Brei zusammen und verteilte ihn vorsichtig über die gesamte Länge des bösen Risses.

Das bullige Blondvolk kam näher, um ihr bei der Arbeit zuzusehen. Mit bedauernden Gesten bat sie die Leute, ein wenig zurückzutreten. Der nächste Schritt war der schwierigste, und sie brauchte Raum, um atmen zu können. Um zu heilen, konnte sich eine Medizinfrau, so hatte es Lune ihr erklärt, nicht auf die Kräuter allein verlassen. Sie mußte das Gift mit ihrem Körper und Geist herauslösen, mußte es in sich aufnehmen und es dann den Winden überantworten, wo es keinen Schaden mehr anrichten würde. Anschließend, wenn ihr Körper noch geschwächt von der Anstrengung war, das Gift aufzunehmen und es sogleich wieder loszuwerden, mußte sie alle Kraft zusammennehmen, um der kranken Person etwas von ihrer eigenen Lebenskraft abzugeben. Sie mußte Energie und Vitalität beschwören, allein durch die Kraft ihrer Hände, Kraft, die von der Großen Mutter kam, die aber dennoch von der Heilerin aufgebracht werden mußte, um sie dann großzügig an den Leidenden weiterzugeben.

Allmählich brachte Zena ihren Kopf zur Ruhe, öffnete ihn für das Wissen, das Lune ihr mitgeteilt hatte, öffnete ihn für die Mutter, denn sie vor allem mußte helfen. Als die Ruhe sich auch ihrem Atem mitgeteilt und schließlich ihren Bauch erreicht hatte, bewegte sie die Hände vorsichtig über dem Körper des Kindes. Sie berührte es nicht, bewegte die Hände nur über die gesamte Länge der Wunde hinweg, auch über die leuchtend roten Streifen, die davon abzweigten.

Inzwischen sah sie die Leute um sich herum nicht mehr, sah auch die Höhle nicht mehr und auch Conar nicht. Sie sah nur mehr die Wunde, das Gift, das durch die schreckliche Verletzung in den Körper des Kindes eingedrungen war. Es war vollkommen real, kleine Stückchen bösartigen Materials, das sein sofortiges Zerstörungswerk tat, sofern es freie Bahn hatte. Sie mußte die Teilchen bekämpfen, sie in ihre eigenen Hände ziehen und sie dann in alle Winde streuen. Sie spürte den Widerstand der Teilchen, spürte die Kraft, mit der sie die heilenden Kräuter bekämpften, gegen die Kraft ihrer Konzentration ankämpften. Sie schlug mit ihrer eigenen Kraft zurück, mit ihrem Willen zu heilen. Wieder und wieder führte sie ihre Hände in langen, langsamen Strichen über die Wunde, versuchte den Schmerz zu lindern und das Gift zur Unterwerfung zu zwingen.

Das Kind atmete stöhnend aus, und sein Gesicht begann sich zu entspannen. Zena stöhnte mit ihm, lockerte ihre Züge im Einklang mit ihm. Sie atmete im gleichen Rhythmus wie das Kind, spürte, wie ihr Atem zur gleichen Zeit in ihren Körper eintrat, ihre Lippen mit demselben leisen Geräusch verließ. Bald drang auch der Schmerz und auch das Gift in sie ein, denn sie war das Kind geworden, war mit dem Kind fest verbunden. Ohne daß sie es gewollt hätte, hatte sie mit den streichenden Bewegungen aufgehört und statt dessen die Finger des Kindes fest in die eigenen genommen, damit sie nicht mehr zwei verschiedene Menschen wären. Jetzt mußte das Gift auch ihren Körper angreifen, mußte sie ebenso wie das Kind töten, wenn sie Erfolg haben sollte.

Langsam wurden Zenas Hände warm, schließlich heiß, als das Gift über sie herfiel. Sie holte es zu sich herein, ließ es nicht mehr fort, und obwohl das Prickeln inzwischen kaum mehr zu ertragen war, ließ sie ihre Arme und Hände heiß werden, als würden sie brennen. Immer noch mehr Gift nahm sie in sich auf, hielt es fest in ihren Händen. Als sie soviel aufgenommen hatte, wie in ihr Platz fand, gab sie das Kind frei und kroch nach draußen, um das Gift auszuschütteln. Sie war froh, daß sich ein Wind erhoben hatte und die Nacht dunkel war, weil es sich dann leicht zerstreute und in der tiefen Nacht verlor. Dann kehrte sie zurück und faßte wieder die Hände des Kindes.

Noch viele Male zog Zena das Gift heraus und schüttelte es aus ihrer Hand in den nächtlichen Himmel. Erst als das Gesicht des Kindes schmerzfrei war und die brennende Hitze den Körper verlassen hatte, hörte sie auf. Aber es mußte noch mehr geschehen, noch eine Arbeit war zu leisten, die Stunden dauern konnte, vielleicht auch Tage. Jetzt nämlich mußte sie dem Kind etwas von ihrer eigenen Lebenskraft übertragen, damit es wieder ganz gesund wurde.

Zena senkte den Kopf und bat die Mutter um Kraft. Ihr Körper war schwach, er verfügte über keinerlei Reserven mehr. Es schüttelte sie unwillkürlich. Jemand reichte ihr eine Schüssel mit einer Flüssigkeit und nötigte sie zu trinken. Sie dachte, es sei Conar, aber ganz sicher war sie sich nicht. Ihre Augen schienen nichts mehr wahrzunehmen als das Kind, die Wunde und das Bedürfnis zu heilen.

Die Flüssigkeit dehnte sich warm in ihr aus. Das Zittern hörte auf, und Zena war dankbar dafür. Es war schwer, stark zu sein, wenn der eigene Körper zitterte. Sie schloß die Augen und hörte auf ihren Kopf. Er sprach von warmer Luft und von Gräsern, vom Geruch reifer Früchte und Körner, von der ermattenden Hitze der Sonne. Sie spürte, wie die Vorstellung sich in ihren Körper senkte und ihre Vitalität wiederherstellte. Danach sah sie den Wisent, der in langen, anmutigen Sprüngen lief, sah sich selber rittlings auf seinem Rücken. Die Freude kehrte wieder und dann die Ekstase. Sie erfüllten sie jetzt mit noch mehr Kraft als zuvor, als sie den Ritt nacherlebte und eins wurde mit dem Wisent. Ihre Beine waren stark, Arme und Hände voller Kraft, als sie sich ganz eng an das Tier krallte und im Rhythmus seines machtvollen Galopps mitschaukelte.

Zena lächelte und spürte, wie die Stärke in ihren Körper und Geist überging. Sie würde das Kind mit dieser neuen Energie erfüllen, mit der Freude, die sie erfaßte, wenn sie an die Geschenke der Mutter dachte, an Nahrung und Sonne, wenn sie sich an die wunderbare Lebendigkeit des Wisents erinnerte, an den begeisternden Ritt. Das würde das Mädchen ganz bestimmt wieder gesundmachen.

Sie legte ihre Handflächen an die des Kindes und wand ihre Finger um seine kleinen Handgelenke, damit die Lebenskraft sich auf der Innenseite des Mädchenarms ungehindert bis in den übrigen Körper verteilen konnte. Sie setzte sich, so bequem wie es ihr in dieser Position möglich war, hin und drückte dann die Stärke, die sie von der Mutter empfangen hatte, in das Kind hinein. Ganz langsam, sie konnte dabei zusehen, kehrte die Farbe in das kleine Gesicht zurück. Vielleicht war es auch die Wärme der Sonne, der Geschmack der Früchte, vielleicht auch der Wind, den sie im Gesicht spürte, als sie auf dem Wisent ritt, was das warme Blut aus ihren Händen in den Körper des Mädchens und von da in ihre Wangen pumpte.

Stundenlang saß Zena so da und konzentrierte sich nur darauf, das Kind wieder mit Lebenskraft zu füllen. Als sie schließlich, ohne es überhaupt wahrzunehmen, zusammenbrach, schlief das Kind ganz friedlich. Wenn sein Körper noch Schmerzen fühlte, war zumindest nichts davon zu sehen; und wenn noch Gift vorhanden war, so zeigten sich immerhin keine bösen Streifen mehr am Bein, und auch die Hitze hatte den Körper verlassen.

Ganz sanft legte der große Mann Zena auf ein warmes Fell, wobei er allerdings darauf achtete, daß ihre Hand die des Kindes nicht losließ. Er hatte gesehen, wie sie ihre eigene Kraft an das Mädchen weitergegeben hatte, das er so sehr liebte, und er wollte das Band zwischen ihnen nicht zertrennen.

Er sah auf die beiden Schlafenden hinunter. Er hatte recht gehabt. Diese Frau besaß Zauberkräfte. Das hatte er schon damals vermutet, als er gesehen hatte, wie sie den Wisent ritt, aber jetzt wußte er, daß es wirklich so war. Er hatte den anderen erzählt, was er gesehen hatte, und auch sie waren seiner Meinung gewesen. Eine Frau, die den gefährlichen Wisent reiten konnte, mußte auch die Kraft besitzen, das Kind zu heilen, das er verletzt hatte.

Es mußte ein starker Zauber sein, wenn sie das Kleine so schnell wieder gesund machte. Soviel war ihm klar. Wenn sie aber solche Macht besaß, konnte sie vielleicht auch helfen, wenn seine Gefährtin ihr Kind zur Welt bringen sollte. Vielleicht würde diese Gefährtin jetzt nicht mehr sterben müssen wie so viele andere, deren Kinder nicht hatten kommen wollen.

Auch das schmächtige Männchen mußte über Zauberkräfte verfügen, denn er hatte den Wisent auf den Wänden der Höhle zum Leben erweckt. Sein Gekratze war also doch nicht so sinnlos gewesen. Mit nur einer Hand hatte er die Tiere für alle sichtbar zum Laufen und Springen gebracht. Wenn er die Macht dazu besaß, konnte er den Wisenten, und vielleicht sogar den Rentieren, sicher auch sagen, daß sie ihr Leben bereitwilliger hingeben sollten, ohne die zu verletzen, die ihr Fleisch brauchten.

Erleichtert ließ der starke Mann sich neben Zena sinken. Seine Seele hatte zum ersten Mal seit vielen Jahreszeiten Frieden gefunden. Jetzt würde für die, die noch von seinem Stamm geblieben waren, alles gut werden. Die beiden Fremden waren gekommen, um ihnen zu helfen, genau wie er gedacht hatte. Dafür würde er sie mit Fleisch versorgen. Da sie beide Macht über die Wisente besaßen, würden die Tiere, die er jagte, sich in Zukunft sicher besser fügen und die Jagd wäre nicht mehr so gefährlich. Nebenbei war er jetzt, da er die beiden Fremden näher betrachtet hatte, sicher, daß sie unfähig waren, selber für Fleisch zu sorgen. Sie besaßen ja vielleicht Zauberkräfte, aber zum Jagen sahen sie zu schwächlich aus.

Er gähnte ausgiebig und machte die Augen zu. Die Nacht war bereits fast vorüber.

Ein paar Stunden lang war in der Höhle nichts zu hören, außer einem vereinzelten Grunzen und dem Knistern des Feuers, wenn es von jemandem geschürt wurde. Dann drang ein Sonnenstrahl durch den östlichen Eingang und schien direkt in Zenas Augen. Sofort setzte sie sich auf und machte ein überraschtes Gesicht, als sie feststellte, wo sie war. Sie erinnerte sich noch, wie sie hergekommen war, aber sie hatte nicht gemerkt, daß eine ganze Nacht verstrichen war.

Das Kind! Sie hielt seine Hände nicht mehr und gab ihm Kraft, sondern war einfach eingeschlafen. Voller Angst, es könnte ihm schlechter gehen, beugte Zena sich über das Mädchen. Aber der Atem ging noch immer zwischen seinen Lippen ein und aus, und es hatte eine gute Farbe. Es schien Zenas besorgten Blick zu spüren, denn es öffnete die Augen. Auf seinen Lippen erschien ein Lächeln, dann machte es die Augen wieder zu und schlief wieder ein.

Zena liefen ehrfürchtige Schauer über den Rücken. Diese glänzenden Augen waren frei von Schmerzen und auch frei von Fieber. Und als sie die Wunde untersuchte, sah sie, daß die roten Streifen auf Rücken und Oberschenkel des Kindes fast verschwunden waren.

Sie starrte auf ihre Hände hinunter. Beinahe machte es ihr angst, was diese Hände getan hatten. Sie hatten das Kind geheilt. Die Mutter hatte ihr heilende Kräfte geschenkt.

»Ich danke dir, Große Mutter«, hauchte sie in den stillen Raum. Dann saß sie lange ruhig da und versuchte den Wert dieses kostbaren Geschenks zu begreifen.

Das Kind bewegte sich im Schlaf und holte sie wieder in die Gegenwart zurück. Zena beugte sich über das Mädchen und stand dann leise auf. Es ging ihm viel besser, aber jetzt mußte es essen, und zwar nicht so etwas Schweres wie Fleisch, sondern Haferschleim und vielleicht ein paar Früchte. Sie würde das Essen aus ihrer eigenen Höhle holen, bevor die anderen erwachten.

Als sie nach draußen trat, blendeten sie die schrägstehenden Lichtstrahlen. Sie wandte sich einen Moment lang von der Helligkeit ab und blieb einfach stehen, fühlte, wie die Sonne ihre Schultern erwärmte und ihren Körper mit neuer Kraft füllte. Die nächtliche Arbeit hatte sie erschöpft. Träge folgte sie dem glänzenden Lichtstrahl mit den Augen. Er schien direkt in eine Felsspalte an der Klippe ihr gegenüber und schien sie seltsam zu erweitern.

Zena starrte hinüber. Der Traum. Das war ihr Traum. Die Sonne war in eine Furche gedrungen und hatte sie geweitet.

Sie hatte es vergessen. Das war es, was sie gesehen hatte, bevor sie mit Conar das unterirdische Labyrinth durchstreift hatte und zu dem schmalen Durchgang zu dem offenen Raum gelangt war, in dem etwas auf sie wartete.

Der Eingang zu den Gängen war hier, direkt vor ihr. Zena wandte sich um, um Conar zu sich zu rufen, aber er war schon an ihrer Seite. Sie ergriff seine Hand und zeigte nach vorn. Gemeinsam kletterten sie die niedrige Klippe hinauf und glitten durch die schmale Öffnung.

24. Kapitel

Ein kleines Rinnsal drang durch einen schmalen Spalt in einem felsigen Berghang und spülte eine winzige Menge Kalk mit sich fort. Die Jahre vergingen, und aus dem Rinnsal wurde ein Bach, dann ein Fluß. Mehr Kalk wurde weggespült, und der Spalt weitete sich immer mehr. Aus dem einst kaum sichtbaren Riß wurde schließlich ein gähnendes Loch, das groß genug war, all das Wasser zu schlukken.

Der Fluß ergoß sich in das wartende Loch und verschwand. Jetzt bearbeitete er den Kalkstein unter der Erdoberfläche und ließ tiefe Höhlen und lange, gewundene Gänge entstehen. Als das Land dann austrocknete, sank der Fluß immer tiefer und höhlte neue Durchgänge unter denen aus, die er vor langer Zeit einmal gegraben hatte. Die oberen Gänge stürzten in die unteren, und plötzlich waren riesige Hallen entstanden, die doppelt so hoch waren wie zuvor. In Höhlen, die dicht unter der Oberfläche lagen, drang manchmal Licht durch kleine Öffnungen in der Decke. Dann beleuchtete plötzlich ein Sonnenstrahl oder auch das Mondlicht eine unterirdische Welt, die über Tausende von Jahren nichts anderes gekannt hatte als tiefe Dunkelheit.

In den tiefer gelegenen Höhlen drang die Feuchtigkeit durch diese Ritzen und bildete Stalaktiten. Jedesmal wenn ein Wassertropfen fiel, blieb ein winziger Partikel Kalkspat zurück. Mit jedem Tropfen wurde der Kalksinter mehr, bis ein schimmernder Vorhang von Tropfsteinen von der Decke herabhing. Von jedem dieser Zapfen fielen neue Tropfen auf den Boden, wo sie wiederum Kalkspat zurückließen. Ein Partikelchen setzte sich auf das vorangegangene und machte es ein bißchen größer, wie bei den Kleckerburgen, die Kinder in Sand bauen. Langsam hoben sich die gedrungenen Gebilde den anmutigen Tropfsteinen entgegen, die sie ins Leben gerufen hatten, und wenn dann viele Jahrhunderte vergangen waren, wuchsen die Zapfen manchmal zusammen. Säulen formten sich, hohe, schimmernde Säulen, deren zerbrechliche obere Partie dankbar auf den kräftigeren unteren Schichten ruhte. In der ewigen Dunkelheit konnte niemand ihre Schönheit sehen, aber wenn einmal das Licht zu ihnen drang, erglänzten sie in einem Weiß, das alle Farben des Regenbogens in sich trug.

Zena starrte ungläubig auf eines dieser Gebilde.

Tausende über Tausende zierlicher Tropfsteine hingen von der Decke über ihrem Kopf herunter und glänzten im Licht ihrer Fackel. Überall um sie her sah sie Gebilde, die sie nicht benennen, kaum mit etwas vergleichen konnte. Sie hatte dergleichen nie zuvor gesehen. Manche erhoben sich wie dicke Steinknollen aus dem Höhlenboden, andere waren wie Stöcke, allerdings so gebogen, daß kein Stock das ausgehalten hätte, ohne zu brechen. Wieder andere sahen wie breitgedrückte oder falsch herum eingepflanzte Bäume aus. Selbst die Wände der Höhle waren von diesen Gebilden bedeckt. Sie ergossen sich wie Wasserfälle eins über das andere, daß es aussah, als würden sie endlos weiterströmen, bis sie ihr über die Füße flossen, aber als sie sie berührte, waren sie hart und kalt und mit einer glitzernden Schicht aus Feuchtigkeit überzogen.

Sie wandte sich nach Conar um. Er starrte ehrfürchtig zu den glänzenden Nadeln hinauf und auf die knolligen Gebilde, die ihnen entgegenwuchsen. Seine unruhige Fackel warf seltsame, tanzende Schatten auf die Gebilde, und plötzlich schienen sie in Bewegung zu geraten. Noch während sie hinsah, begann seine Flamme zu zittern und ging dann aus. Sie warf einen kritischen Blick auf ihre eigene Fackel. Sie würde auch nicht mehr lange vorhalten. Sie mußten sich hier länger aufgehalten haben, als sie gedacht hatte.

Sie eilte zu Conar hinüber, und sie wandten sich gemeinsam dem schmalen Durchgang zu, durch den sie gekommen waren. Sie ging nur ungern und warf einen letzten Blick auf die wunderbare Höhle. Für den offenen Raum, von dem sie geträumt hatte, war sie zu eng, dennoch war sie die erstaunlichste Höhle, die sie je gesehen hatte.

Geschickt schlängelte sie sich in den Tunnel. Conar schlüpfte hinter ihr hinein. Aber sie war noch kaum zwei Schritte gegangen, da erlosch auch ihre Fackel. Sofort herrschte um sie her undurchdringliche Nacht. Sie konnte absolut nichts sehen, auch nicht, als sie sich automatisch die Hand vors Gesicht hielt, um die unbekannten Bedrohungen abzuwehren, die die Dunkelheit stets mit sich zu bringen schien. Sie konnte weder Conar sehen noch die Wände der Gänge oder den Boden unter ihren Füßen.

»Zena!« Conars Stimme hallte seltsam in dem engen Raum wider. Er streckte die Hand nach ihr aus und tastete nach der ihren, damit sie sich nicht verlieren konnten. Glücklich, daß sie nicht allein war, griff sie danach. Dann tasteten sie sich schweigend voran. Sie konnten nichts sehen, aber sie konnten hören, fühlen und schmecken. Ohne die Augen schärften sich ihre anderen Sinne. Jetzt erst hörte Zena das leise, gleichmäßige Tropfen des Wassers, schnupperte die dumpfe Feuchtigkeit und die herb-abstoßende Ausdünstung des nassen Felsens. Ihre Finger registrierten die eigenartige Feuchtigkeit der Steine, die ohne die winzigen Körnchen, die sich unter ihren Händen lösten, vollkommen glitschig gewesen wären. Sie meinte, selbst die Dunkelheit spüren zu können; als hätte sich die enorme Schwärze des Nachthimmels tief in die Erde gesenkt, um sie zu umfangen. Das Dunkel drang ihr in Augen, Ohren und Mund, dämpfte ihre Stimme und hängte sich beim Gehen an ihre Arme und Beine.

Stundenlang schienen sie sich so an den Wänden entlangzutasten, rutschten und krochen durch das Tunnellabyrinth und versuchten vergebens, sich daran zu erinnern, wie oft sie auf dem Herweg abgebogen waren. Sie konnten in der völligen Dunkelheit absolut nichts unterscheiden, nicht einmal, ob sie schon einmal an einer bestimmten Stelle vorbeigekommen waren. Zena hatte ein Gefühl, als würde die Dunkelheit sie immer enger umschließen, und mit ihrem unnachgiebigen Druck ihren Körper bedrängen und ihren Geist verwirren. Schließlich konnte sie nicht länger dagegen ankämpfen. Sie ließ sich schwer gegen die Wand des Tunnels fallen, den sie gerade passierten, und rutschte zu Boden.

»Wir haben uns verlaufen«, sagte sie dumpf. »Und wir können nicht darauf warten, daß es hell wird, weil das Licht an diesem Ort niemals scheint.«

Conar nickte, dann fiel ihm ein, daß sie ihn ja gar nicht sehen konnte. »Ja, wir haben uns verlaufen«, stimmte er ihr zu. »Aber wenn wir immer weitergehen, werden wir den Weg nach draußen bestimmt finden. Irgendwo müssen diese Gänge ja zu Ende sein.«

»Wir müssen genau überlegen, wie wir vorgehen«, erwiderte Zena in dem Versuch, sich mit einem Plan ein wenig Mut zu machen. »Wir müssen uns merken, wie die verschiedenen Stellen sich anfühlen, ob eine sich anfühlt, als wäre sie tiefer unter der Erde, oder vielleicht trockener ist und näher an der Oberfläche. Zu Anfang war es in den Tunneln nicht so feucht. Dann sind wir, glaube ich, abwärts gegangen. Jetzt müssen wir versuchen, immer nach oben zu gehen.«

Dieser Vorschlag gab ihr neue Zuversicht und half ihr, wieder aufzustehen. Aber gerade als sie sich hochzog, glitt etwas über ihre Füße. Sie schrie laut auf. Der Ton kam von den Wänden zurück, kam und ging erneut, wurde immer noch einmal hin und her geworfen und wurde mit jeder Wiederholung schwächer.

»Hier müssen Schlangen sein«, entschuldigte sie sich. »Wenn ich nichts sehen kann, machen sie mir angst. Aber wenigstens hat sie mich nicht gebissen.«

»Ich habe gesehen, was in dem großen Raum herumgekrochen ist«, sagte Conar beruhigend. »Es war wie eine Schlange, aber klein und bestimmt harmlos.«

Zena versuchte, ihre schlotternden Beine unter Kontrolle zu bekommen, und tastete sich weiter voran. Sie schlotterte nicht nur wegen des Geschöpfes, das über sie hin gekrochen war, sondern auch vor Erschöpfung und Hunger. Zena hatte in der vergangenen Nacht kaum geschlafen oder gegessen, und als sie den Eingang zu den Höhlen entdeckt hatte, war sie zu aufgeregt gewesen, um ans Essen zu denken. Sie hatten sich nur so lange aufgehalten, daß sie dem Kind seinen Haferschleim bringen und Conar seine Fackeln vorbereiten konnte. Jetzt mußte sie für diese Dummheit zahlen.

»Ich glaube, wir kommen weiter nach unten«, sagte Conar. »Es wird feuchter. Und ich höre auch Wasser unter uns.«

Zena strebte in die entgegengesetzte Richtung. Um sich wieder aufzurichten, begann sie Geräusche zu machen und lauschte dann, wie sie wie ihr Schrei widerhallten. Zuerst dauerte es lange, bis die Geräusche wiederkamen. Sie schienen sich weit zu verbreiten, bis sie auf eine Wand stießen, die sie wieder zurückwarf. Als sie aber einen langen nach links gewundenen Gang hinter sich gebracht hatten, kehrten die Laute schneller zurück und wiederholten sich so häufig, als stünden die Wände sehr eng zusammen.

»Die Geräusche!« sagte Zena aufgeregt. »Wir können an den Geräuschen erkennen, ob wir in einem großen oder in einem kleinen Raum sind.«

»Das stimmt vielleicht, aber ich weiß nicht, wie uns das weiterhelfen sollte«, wandte Conar ein.

»Nein. Da hast du recht.« Zenas Erregung war schlagartig wieder verschwunden, aber mit ihr hatte sie auch die letzte Kraft verlassen. Sie sank zu Boden, zu mutlos, um noch weiterzugehen. Conar ließ sich neben ihr hinfallen. Seine Haut an ihrer Schulter fühlte sich klamm an, als hätte alle Wärme seinen Körper verlassen. Sie zitterte krampfhaft. Vielleicht würden sie nie mehr aus diesen Gängen herausfinden. Wenn sie im Kreis herumgingen, würden sie es nie erfahren. Oder vielleicht hörten die Gänge nie auf, sondern wanden sich endlos immer weiter in die Erde hinein. Vielleicht würde sie den Himmel niemals wiedersehen oder die Blätter an den Bäumen, nicht einmal Conars Gesicht.

Die lähmenden Gedanken drehten sich in Zenas Kopf und nahmen ebenso endlose und verwirrende Wege wie die Tunnel selbst.

»Nein!« Zena setzte sich auf. Sie fühlte, wie Conar bei diesem unerwarteten Ton neben ihr zusammenzuckte.

»Wir dürfen nicht aufgeben«, sagte sie, und ihr strenger Ton galt ihr selber ebensosehr wie Conar. »Es wäre nicht richtig. Die Mutter selber hat mir diese Tunnel gezeigt, sie erwartet Besseres von mir, als daß ich mich darin verlaufe. Ich muß einen Weg nach draußen finden, damit ich weiter nach dem weiten Raum suchen kann, an dem sie auf mich wartet.«

Sie stieß sich hoch und machte im Gehen ständig neue Geräusche. Vielleicht hatte Conar ja recht, und es brachte nichts, aber etwas anderes fiel ihr nicht ein.

»Huh«, rief sie laut und machte den Ruf der Eulen nach, wenn sie des Nachts auf Jagd gingen. Die Finsternis hatte sie auf die Eulen gebracht, die mit ihren riesengroßen Augen im Dunkeln sehen konnten.

Der Ton hallte um sie her wider. Die Wände mußten sehr eng stehen. Zena breitete die Arme aus und stellte fest, daß sie sie nicht einmal ganz ausstrecken konnte. Mit jedem Schritt wurde der Durchgang enger und enger, bis sie sich kaum mehr hindurchzwängen konnte. Sie spürte panische Angst in sich aufsteigen, daß sie erdrückt würde und nicht mehr umkehren könnte. Und dann fiel ihr plötzlich etwas auf.

»Sie sind trocken«, rief sie. »Die Wände sind trocken, wie die Wände gleich zu Anfang.«

Sie zwang sich weiterzugehen, obwohl sie das klaustrophobische Gefühl hatte, daß sie sich nie mehr aus diesem sich immer mehr verjüngenden Gang würde befreien können. Hinter sich hörte sie Conars raschen Atem. Er mußte auch schreckliche Angst haben.

»Huh«, rief sie wieder, um sie beide von ihrer Furcht abzulenken.

»Huh«, erscholl es zur Antwort. Zena drehte sich um, ob wohl Conar dieses Geräusch von sich gegeben hatte. Ihre Stimme war es nicht gewesen, die da zurückhallte.

»Huh«, rief sie noch einmal.

»Huh«, kam es zurück.

Zena blieb stehen und rief nun mehrere Male hintereinander. Der Ton kam immer genauso wieder zu ihr zurück.

Conar ergriff ihren Arm. »Da ist jemand«, schnaufte er. »Wir müssen ihn finden.«

»Wer ist da?« rief er laut. Diesmal hörte sich die Antwort anders an. Sie hörten Gelächter, statt des Eulenrufes.

»Die Kinder!« platzte Zena los. »Das müssen die Kinder sein.« Sie bewegte sich jetzt so schnell sie konnte voran und rief dabei immer wieder laut. Es kam zwar keine Antwort mehr, aber sie meinte doch das Poltern von Steinen zu hören, die von jemandem, der die Klippe herunterkletterte, losgetreten wurden. Und dann bog sie um eine Ecke und sah Licht vor sich, herrliches, strahlendes, gesegnetes Licht. Es blendete sie, doch sie stieß einen Freudenschrei aus und lief ihm entgegen. Das Wunder, endlich wieder sehen zu können, trieb ihr die Tränen in die Augen. Sie wischte sie fort und betrachtete die Welt um sich her, als hätte sie nie zuvor Pflanzen und Bäume gesehen oder Wolken am Himmel. Sie waren wunderschön, einfach herrlich. Nie mehr würde sie vergessen, wie wunderschön sie waren.

Conar sah genauso verzückt aus wie sie. »Die große Höhle war schön«, sagte er inbrünstig, »aber das hier ist noch besser.«

Die beiden kleinen Jungen standen am Fuß der Klippe und schauten mit ehrfürchtigen Blicken zu ihnen auf. Zena wurde sich voller Dankbarkeit bewußt, daß sie dort oben gespielt haben mußten. Wenn sie nicht gelacht und ihre Rufe nachgeahmt hätten, hätten Conar und sie vielleicht nie wieder dort herausgefunden. Beim nächsten Mal mußten sie unbedingt Fackeln mitnehmen, die länger vorhielten.

Die beiden Jungen machten plötzlich kehrt und liefen aufgeregt rufend zu ihrem Unterschlupf. Zena und Conar folgten ihnen. Sie waren neugierig, was sie wohl erzählten.

Die niedrige Höhle war von warmem, strahlendem Licht erfüllt. Wahrscheinlich lebten die großen Menschen deshalb hier und nicht in der größeren Höhle, die sie und Conar bewohnten. Die Morgensonne spendete ihnen soviel Wärme, daß es bis in die Abendstunden hinein anhielt.

Als Conar und Zena eintraten, sah der große Mann erstaunt auf. War es denn möglich, daß sie nicht nur über den Wisent, sondern auch über die Felsen Macht besaßen? Die beiden kleinen Jungen hatten ihm erzählt, daß die Fremden unten im Berg gewesen waren, Eulenrufe ausgestoßen hatten und dann plötzlich aufgetaucht waren, als hätte sich der Fels für sie geteilt. Er würde sich die Stelle ansehen, um herauszufinden, ob das denn überhaupt möglich war.

Er ging zu Zena hinüber und legte ihr sanft die Hand auf die Stirn, eine Gebärde des Danks. Die anderen taten es ihm ehrfürchtigen Blickes nach. Der Mann war mächtig, aber die Frau hatte sogar noch mehr Macht, denn sie war nicht nur auf dem Wisent geritten und durch den Fels gegangen, sie hatte das Kind geheilt.

Zena und Conar sahen einander unbehaglich an. Es war ein unangenehmes Gefühl, mit solcher Ehrerbietung betrachtet zu werden. Vielleicht würde das Gefühl der Fremdheit nachlassen, wenn sie miteinander reden könnten.

Zena sprach in freundlichem Tonfall. »Ich bin Zena. Das ist Conar«, sagte sie und zeigte erst auf sich, dann auf Conar.

»Gunor«, antwortete der große Mann und deutete auf sich. Dann zeigte er auf das Kind. »Pulot.« Seine Stimme klang seltsam nasal. Zena hatte das schon früher bemerkt, und er bildete seine Laute auf ungewöhnliche Weise. Aber sie würde sich daran gewöhnen.

Sie ging zu dem Kind hinüber. »Jetzt fühlst du dich besser, Pulot.« Das Kind mußte über ihre Sprechweise kichern, dann sah es neugierig zu, wie Zena sie untersuchte. Die roten Streifen waren fast verschwunden – und das Fieber auch. Es war nicht mehr nötig, den ganzen Tag bei ihr Wache zu halten. Zena fühlte sich erleichtert. Nach der langen Nacht und dem beängstigenden Erlebnis in den unterirdischen Gängen wollte sie nur noch schlafen.

Am nächsten Tag erschien Gunor mit Fleischstücken und legte sie beim Feuer ab. »Ich gebe euch Essen«, sagte er und deutete auf das Fleisch, dann auf ihren Mund. »Ich guter Jäger.« Er lief mit seinem Holzspeer in der Hand ein paar Schritte vorwärts und stieß damit in Richtung Wisent, um zu zeigen, wie er jagte.

»Danke, Gunor«, gab Zena hocherfreut über diesen Vorschlag zurück. Conars Dank war sogar noch tiefer empfunden. Er haßte die Vorstellung, die von ihm so geliebten Tiere zu töten, aber es war selbst ihm klar, daß sie ohne Fleisch nicht über den Winter kommen würden.

Gunor nickte zufrieden über ihre offensichtliche Freude. Dann ging Zena mit ihm zu seiner Höhle, um nach Pulot zu sehen. Sie machte gute Fortschritte, obwohl es noch lange dauern würde, bis sie wieder laufen konnte. Und auch dann würde sie immer humpeln. Auch einer von den Jungen humpelte. Und viele hatten Narben oder falsch verheilte Knochenbrüche.

Einige Tage später entdeckte sie den Grund dafür. Sie und Conar waren auf der Suche nach einer Sorte von Nüssen, die erst spät im Jahr reifte, auf einen Berg gestiegen. Man konnte diese Nüsse nicht essen, bevor sie zermahlen und mit Wasser vermengt worden waren, aber dann hatten sie einen köstlichen Geschmack. Unter ihnen erstreckte sich das Tal, das sie mit den Wisenten durchwandert hatte. Jetzt graste dort eine Rentierherde.

»Sieh mal!« rief Conar plötzlich. Zena drehte sich um und sah die ganze Gruppe von Großen, mit Ausnahme von Pulot und den alten Frauen, wie sie sich an die Rentiere heranpirschten. Sie schlichen sich aus allen Richtungen zugleich an und versuchten, ein oder zwei Tiere von den anderen zu isolieren. Da entdeckte eines der Tiere, ein besonders mächtiges und mit schweren Schaufeln bewehrtes Exemplar, eins von den Kindern und ging mit gesenkten Schaufeln und stampfenden Hufen auf es los. Geschickt sprang der Junge davon, und ein anderer rückte näher, der mit den Armen fuchtelte und einen kurzen Holzspeer schwenkte. Die zwei Frauen kamen hinter ihm her und liefen auf das Tier zu, um es den wartenden Männern in die Arme zu treiben. Das Rentier scheute und machte kehrt, dabei hätte es beinahe einen der Männer unter sich begraben. Dieser stieß ihm seinen Speer in den Bauch, aber es schlug wild mit den Hufen und sprang davon. Die Gruppe mußte die Pirsch neu beginnen.

Hörbar entwich die Luft aus Zenas Lungen. »Also so wurde Pulot verwundet«, sagte sie, und in ihrer Stimme schwang Bewunderung mit für die Tapferkeit des Kindes. »Nur daß es da auf den Wisent ging.«

»Kein Wunder, daß so viele verwundet werden«, fügte sie hinzu. »Sie zeigen Mut, großen Mut sogar, daß sie sich so nah heranwagen.«

»Aber sie schleudern ihre Speere nicht«, warf Conar ein. »Warum werfen sie nicht erst einmal Speere?«

»Vielleicht können sie gar nicht damit umgehen. Oder vielleicht sind die Speere nicht scharf genug geschliffen, und sie müssen deshalb so nah herangehen.«

»Wir müssen sie genau beobachten.« Conar blickte finster drein. Jetzt bedauerte er, daß er so wenig vom Jagen verstand. Wenn er mehr davon verstünde, könnte er den großen Leuten dabei behilflich sein, eine weniger gefährliche Methode zu entwickeln. Er war nie selber auf die Jagd gegangen, aber er war überzeugt davon, daß die Jäger in seinem Stamm erst Speere schleuderten, bevor sie nah herangingen, um dem Tier den Todesstoß zu versetzen.

Zena schien seine Überlegungen fortzuführen. »Ich wollte, die anderen wären hier, damit sie den großen Leuten das richtige Jagen beibringen könnten. Sie fertigen die Speere anders, und sie brauchen auch nicht so nah heranzukommen, um dem Tier zu zeigen, daß es getötet werden soll.«

Sie seufzte hörbar. Noch aus einem anderen Grund wünschte sie sich die anderen herbei. Seit sie sich selber verbannt hatte, war jeder Vollmond vergangen, ohne daß sie geblutet hätte. Ein dritter Monat war inzwischen gekommen und gegangen, und sie war sich jetzt sicher. Endlich hatte ihr die Mutter ein Kind geschenkt, doch statt der erwarteten Freude, empfand sie nur das alles bestimmende Gefühl, daß etwas daran vollkommen falsch sei. Eine schreckliche Traurigkeit erfüllte sie, weil sie nicht mit Lune oder Menta oder den anderen darüber sprechen konnte. Es war einfach nicht richtig, ein Kind zu erwarten, ohne daß sich der ganze Stamm darauf freute.

Schreie kamen von unten und unterbrachen ihre düsteren Gedanken. Den Jägern war es gelungen, ein junges Rentier von der Horde abzusondern. Sie töteten es schnell und zogen es in die Büsche, wo mit der Aufteilung begonnen wurde. Doch schon tauchte die nächste Bedrohung auf: Ein Löwe, der unbemerkt im Gesträuch gelegen hatte, stürmte auf die Gruppe zu. Während die einen weiter große Fleischstücke aus dem Rentier schnitten, schrien die anderen laut und fuchtelten mit den Speeren. Grollend trat der Löwe den Rückzug an. Neben ihm tauchte ein weiterer Löwe auf. Einen Augenblick lang besahen sich die beiden riesenhaften Raubkatzen die Lage, dann setzten sie zum Angriff an. Dieses Mal, das konnte Zena sehen, würden sie sich nicht aufhalten lassen.

Die Männer säbelten bis zum letzten Augenblick weiter, dann warfen sie das Fleisch so weit wie möglich ins Gebüsch und sprangen ihm hinterdrein. Die Frauen packten die Kinder und folgten. Wie durch ein Wunder entkam die gesamte Gruppe. Wenige Augenblicke später stürmten sie den Hügel hinauf, das Fleisch schleiften sie hinter sich her. Die beiden Jungen stolperten voraus, sie lachten, scheinbar völlig unbeeindruckt von den Gefahren, denen sie eben entronnen waren.

Kein Wunder, daß sie so kräftig und robust sind, dachte Zena. Sie müssen ja fast jeden Tag in dieser Weise jagen, um genug zum Essen zu haben. Offenbar lebten sie fast ausschließlich von Fleisch. Nie hatte sie beobachtet, daß sie Körner oder Knollen gegessen hatten, allenfalls ein paar Beeren.

Beim Jagen konnte sie ihnen nicht helfen, dachte sie schließlich, aber sie konnte sie doch auf ein paar andere Nahrungsmittel hinweisen, die es auch noch gab. Selbst wenn überall Schnee lag, gab es immer noch ein paar Beeren, sogar eßbare Triebe.

Als sie zurückkehrten, füllten Conar und sie einen Korb mit verschiedenen Speisen, die sie gesammelt hatten, und brachten sie zu den großen Menschen. Dankbar nahmen sie ihn an, doch über seinen Inhalt wunderten sie sich.

Gunor versuchte zu erklären. Er redete und fuchtelte dazu mit den Händen, bis Zena verstand. Er zeigte nach Norden und bibberte dazu demonstrativ, dann wies er auf die Körner und schüttelte den Kopf. Sie waren aus dem Norden gekommen, sagten seine Gesten, und dort war es sehr kalt, und es gab keine Körner. Dann machte er mit vollen Backen den Wind nach und zeigte mit der Hand, wie tief dort der Schnee lag.

Sie mußten hierher nach Süden gewandert sein, um dem Schnee zu entkommen. Vielleicht störten sie sich deshalb nicht an der Kälte. Sie und Conar brauchten mit Gräsern ausgestopfte Felle für ihre Füße, und für den Körper nähten sie mehrere Felle zusammen. Die großen Menschen aber trugen nur ein kleines Fell um die Hüften und vielleicht mal eins um die Schultern.

Sie fröstelte. Ihnen mochte die Luft ja nicht kalt vorkommen, aber ihr. Bereits jetzt war der gefrorene Boden von einer dünnen Schneeschicht bedeckt, und es würde bald mehr sein. Zenas Gedanke war zutreffender, als sie ahnte, denn noch in derselben Nacht kam ein mächtiger Schneesturm auf. Die weißen Flocken fielen die ganzen dunklen Stunden hindurch und auch noch am folgenden Tag. Zuerst kamen sie nur langsam zur Erde, als vollführten sie einen anmutigen Tanz. Dann aber fiel der Wind von Norden ein und peitschte ihnen die eisigen Flocken wütend ins Gesicht. Zena wollte hinausgehen, um nach Pulot zu sehen, aber der Wind trieb sie wieder hinein. Als der Sturm sich später vorübergehend legte, versuchte sie es wieder. Gerade hatte sie den Hügel vor der Höhle erklommen, als weiter unten in einiger Entfernung eine Gestalt auftauchte, die im Schneetreiben kaum zu erkennen war. In dem Glauben, es sei Gunor, kämpfte sie sich darauf zu.

»Zena!« Das Geräusch wurde vom Schnee gedämpft und vom heulenden Wind davongetragen und drang nur ganz schwach bis zu ihr. Aber es war zweifellos eine männliche Stimme. Erstaunt, daß Gunor ihren Namen benutzte, ging sie weiter auf ihn zu. Er hatte ihn bisher nie ausgesprochen.

Die Gestalt schwenkte die Arme, und Zena starrte völlig verwirrt hinüber. Die Figur war nicht kräftig genug für Gunor oder irgendeinen anderen von den großen Menschen. Aber es mußte trotzdem einer von ihnen sein, denn Conar war in der Höhle geblieben.

»Zena!« Jetzt war der Ruf lauter, und es schwang Verzweiflung in der Stimme mit. Die Gestalt fiel hin und stand nicht wieder auf.

II

Zena beeilte sich. Da vorn lag jemand, der ihren Namen kannte. Aber wer mochte das sein? Sie schob diese Frage beiseite und konzentrierte sich darauf, mit den Füßen durch den tiefen Schnee zu stapfen. Jetzt bewegte sich der Mann und versuchte aufzustehen. Er war kräftig. Nicht massig wie Gunor, sondern groß wie Krost oder Tragar. Tron war auch so groß gewesen.

Tragar! Es war Tragar! Aber was tat er hier? Zena beugte sich über ihn und versuchte ihm beim Aufstehen zu helfen.

»Die anderen«, schnaufte er. »Die anderen sind auch da draußen. Sie werden sterben …«

Zena blieb reglos stehen. Sie konnte es einfach nicht glauben. Die anderen – sie waren gekommen! Einen Moment lang wurde ihr schwindlig vor Erleichterung. Dann begann sie zu handeln.

»Warte hier«, rief sie Tragar zu. »Ich hole Hilfe.«

Tragar nickte und ließ sich wieder in den Schnee fallen. Zena rannte. Sie stapfte mit den Beinen durch den tiefen Schnee, bis sie glaubte, sie würden jeden Moment unter ihr einknicken. Aber sie rannte trotzdem weiter.

Jetzt war sie bei Gunors Höhle angelangt. Sie stürmte hinein und rief schon von weitem eindringlich: »Hilfe! Ich brauche Hilfe!«

Der große Mann kam ganz nahe an sie heran und versuchte zu verstehen. Sie zeigte nach draußen, zerrte ihn am Arm. Er nickte und griff nach ein paar seltsam geformten Geräten aus gebogenen Zweigen, Binsen und Fell. Diese Dinger band er sich an die Füße und ging mit schleifenden Schritten hinter ihr her, wobei er noch im Fortgehen den anderen Befehle zurief.

Oben auf dem Hügel kam Conar in Sicht, der sich Sorgen wegen Zenas langer Abwesenheit machte.

»Tragar!« schrie sie über den Wind hinweg zu ihm hinauf. »Die anderen!«

Bei dem Gedanken daran, daß sie jetzt frierend im Schnee

saßen, stiegen ihr die Tränen in die Augen. Aber dann wischte sie sie entschlossen fort. Jetzt mußte sie sehen, nicht weinen.

Als sie zu Tragar kamen, stand er schon wieder auf den Beinen. Er deutete zu einer Senke hin, nicht weit von der Stelle, wo die großen Leute gejagt hatten. Zena starrte durch den blendenden Schnee und versuchte, einzelne Gestalten auszumachen. Waren sie wirklich da?

Gunor grunzte verstehend und sprang auch schon den Abhang hinunter. Zena sah voller Erstaunen, daß er nicht einsackte, sondern oben auf dem Schnee entlanglief. Dann kamen seine Stammesgenossen mit ähnlichen Geräten an den Füßen in Sicht und stürzten hinter ihm her.

Zena folgte ihnen, so schnell sie konnte. Tragar schleppte sich auf unsicheren Beinen hinterher. Conar machte sich gar nicht erst die Mühe zu laufen, sondern rollte sich zu einem Knäuel zusammen und ließ sich den Berg hinunterkugeln, wie er es als Kind gemacht hatte. Die Methode funktionierte hervorragend, denn er war noch vor ihnen da.

»Conar!« hörte Zena eine vor Freude zitternde Stimme. Es war Lilan; das konnte sie selbst aus dieser Entfernung erkennen.

Dann ließ sich eine andere, tiefe und unwirsche Stimme vernehmen. Katli! Das war Katli. »Nimm erst die Kinder«, sagte sie zu Conar. »Dann Menta. Sie friert am meisten von uns allen, weil sie einem Kind in den Fluß hinterhergesprungen ist.«

Und dann hörte sie Lune. »Wo ist Zena? Hast du Zena gefunden? Ist sie bei dir?«

Zena stürzte den Abhang hinunter und schlang die Arme um ihre Mutter. Jetzt konnte sie ihre Tränen nicht mehr zurückhalten. Sie liefen ihr nur so die Wangen hinunter, angenehm warm inmitten des eisigen Schnees.

»Zena«, flüsterte Lune. »Meine Zena. – Wir müssen uns beeilen«, sagte sie dann und lockerte die Umarmung. »Die anderen müssen ins Warme. Ihnen ist kalt, viel zu kalt. Nur wenige können überhaupt noch gehen.«

Zena nahm eines der Kleinen auf den Arm. »Wer noch

gehen kann, kommt hinter mir her«, rief sie. »Die anderen tragen wir.«

Sie sah, daß Gunor und die anderen Männer alle schon unter jedem Arm ein Kind trugen und sich mit ihnen den Abhang zu ihrer Höhle hinaufkämpften. Als sie erst halb oben war, kamen sie ihr schon wieder entgegen, um die übrigen zu holen. Irgendwann waren sie schließlich alle drinnen. Die großen Menschen verschwanden, sobald sie das letzte Kind hineingetragen hatten. Zena fiel ein, daß sie sich noch nicht einmal bedankt hatte.

Sie sah sich um. Plötzlich war die Höhle auf wunderbare Weise voll mit Leuten, mit ihren Leuten. Nun, wo dreißig von ihnen darin saßen, sah sie längst nicht mehr so riesig aus. Aber warum waren sie hier?

Zena vertrieb diese Frage aus ihren Gedanken. Sie waren allesamt naß und erschöpft und froren. Jetzt mußte sie ihnen erst einmal helfen. Sie begann, Kräuter für einen Stärkungstrunk zu zerreiben, so schnell ihre Hände nur konnten. Conar hatte bereits mit viel Geschick ein größeres Feuer aufgebaut, damit sie das heilkräftige Gebräu darin erhitzen konnte. Jedes der Kinder bekam einen Schluck, dann wandte sie sich um, um Menta zu untersuchen. Die weise Frau hatte die Augen geschlossen, ihr Atem ging nur flach. Zena warf Lune einen fragenden Blick zu.

»Es war der Fluß«, erklärte Lune, und in ihren Augen spiegelte sich noch einmal das vergangene Drama. »Er ist eines Nachts über die Ufer getreten, während wir schliefen. Das Wasser stieg sehr schnell und trug eine von Katlis Schwestern mit ihrem Kind davon, noch bevor wir verstanden hatten, was los war. Nur Menta sah es und sprang sofort hinterher. Aber es war schon zu spät. Als wir Menta wieder herauszogen, war sie bereits halb tot. Dann brach die Kälte herein, und wir konnten sie nicht mehr warm bekommen.«

Ihre Stimme wurde schwächer, und Krost nahm statt ihrer den Faden der Erzählung wieder auf. »Wir wollten den Fluß überqueren, um hierherzukommen, aber es ging nicht. Das Wasser stand zu hoch. Da mußten wir ihm statt dessen bis weit in den Norden folgen, bis wir endlich eine Stelle fanden, an der wir hinüber konnten, um dann wieder zurückzugehen. Als wir die Klippen hier erreichten, rochen wir das Feuer. Aber dann kam der Schnee, und wir konnten dich lange nicht finden. Nur Tragar hatte noch genug Kraft, um weiterzusuchen.«

»Wir sind viele Monde unterwegs gewesen«, fügte Bakan hinzu. »Ich glaube, es waren mehr als zwei. Wir hatten nicht vor, daß es so lange dauern sollte.« Seine Worte klangen zwar traurig, aber sein wettergegerbtes Gesicht hatte sich zu einem glücklichen Lachen verzogen, daß sie hier waren, sicher in Zenas Höhle.

»Aber woher wußtet ihr, daß ihr hierher kommen mußtet?« Diese Frage fiel Zena gerade erst ein, und ihre Stimme klang dabei dermaßen erstaunt, daß die Kinder in Lachen ausbrachen. Oh, wie klang das schön!

Conar lächelte breit und nahm seine kleine Schwester in den Arm. »Lilan hat gewußt, wo sie suchen mußten«, verkündete er stolz. »Sie hat gehört, wie du von deinem Traum erzählt hast.«

Lilan hatte die Augen nicht von Conars Gesicht gelassen, seit sie die Höhle betreten hatte, aber jetzt drehte sie sich zu Zena um und sprach mit großem Ernst: »Es tut mir leid, Zena. Ich habe gelauscht. Ich wollte nichts Böses tun.«

»Du hast die anderen zu uns geführt, Lilan«, erwiderte Zena. »Dafür bin ich dir dankbar. Wir alle sind dankbar – auch die Mutter.«

Menta röchelte plötzlich, und Zena klopfte vor Angst das Herz im Hals, daß sich ihr Zustand verschlechtert haben könnte. Dann aber sah sie, daß die weise Frau die Augen aufgeschlagen hatte und staunend in die Höhe starrte. Dort oben im flackernden Schein des Feuers schien mit langsamen, gemächlichen Bewegungen eine Wisentherde über die Höhlenwände hinzuziehen.

»Conar hat sie geschaffen«, erklärte Zena dem ganzen Kreis, »um den Wisenten zu danken. Sie haben mir das Leben gerettet, denn ich hatte meine Geräte und meine Felle im Fluß verloren, und sie haben mich warm gehalten. Danach hat mich der große Mann gerettet. Er hat mich zu Conar getragen, in diese Höhle hier.«

Daraufhin überstürzten sich die aufgeregten Fragen. Zena überließ Conar das Antworten und konzentrierte sich auf Menta. Sie rieb ihre Hände und Füße, wie Conar es bei ihr gemacht hatte, und sah erfreut, wie Mentas Gesicht sich schmerzlich verzerrte, als das Gefühl allmählich in ihre Glieder zurückkehrte. Auch die Atmung schien jetzt ein wenig kräftiger.

»Die Wisente waren in meinem Traum«, sagte Menta schwach, »aber ich wußte nicht, warum. Die Mutter«, fügte sie hinzu, und dabei klang ihre Stimme schon kräftiger, »geht wahrlich wundersame Wege – aber sie sind immer gut. Sie hat Zena gerettet und uns zu ihr geführt.«

»Ist Tron nicht bei euch aufgetaucht?« unterbrach Katlis barsche Stimme die Stille.

»Tron?« Zena runzelte verständnislos die Stirn. »Tron ist tot.«

»Nein, Zena. Tron ist nicht tot.« Lune kam herbei, um ihrer Tochter in die Augen zu sehen. »Darum sind wir gekommen. Du hast Tron nicht getötet. Er ist verletzt, aber er lebt. Nevilar hat ihn gesehen, danach ist er verschwunden. Wir fürchteten, daß er dich suchen würde. Und es war auch wichtig, daß du weißt, daß du niemanden getötet hast.«

Zena durchströmte ein Gefühl der Erleichterung. Sie spürte, wie es auch den Winkel ihres Körpers erreichte, wo seit dem Augenblick, an dem Tron zu Boden gegangen war, bittere Reue wohnte. Sie hatte nicht getötet – am Ende hatte sie doch niemanden getötet.

Aber die Erleichterung war ebenso schnell verflogen, wie sie gekommen war. Und sie wurde von dem schrecklichen Gefühl abgelöst, daß sie für alles verantwortlich war. Wenn Tron tatsächlich noch lebte, konnte er auch wieder Unheil anrichten. Es war ihr nicht gelungen, ihn zu unterrichten, wie die Mutter befohlen hatte, und er hatte sich nicht verändert. Da war sie ganz sicher. In Tron gab es eine Gewalt, die niemand aufhalten konnte. Und das bedeutete, daß Mentas Vision noch immer Wirklichkeit werden konnte.

Klar und deutlich traten ihr wieder die grausamen Bilder aus Mentas Vision vor Augen, und sie erschauerte. Sie mußte irgendeinen anderen Weg finden, der Gewalt Einhalt zu gebieten.

Die anderen sahen den Konflikt der Gefühle in ihren Zügen und schwiegen. Hier konnten sie nicht viel tun. Dann kam Lilan und streichelte Zenas Hand.

»Zena, ich bin froh, daß Tron nicht tot ist, weil wir deswegen wieder mit dir und Conar zusammen sind.«

»Wir alle sind froh, wieder mit dir zusammenzusein«, sagte Nevilar schüchtern. Zena bemerkte, daß ihre Mutter ihr dabei beruhigend die Hand auf den Arm legte. Vielleicht hatte das Unglück ihrer Tochter sie sanfter werden lassen.

»Und wie froh ich bin, euch alle wiederzusehen, könnt ihr euch gar nicht vorstellen«, antwortete Zena leise. »Lilan hat ganz recht. Es ist auf jeden Fall gut, daß wir alle wieder beieinander sein können. Das ist das Allerwichtigste.«

Ihr war bewußt, daß sie die Neuigkeiten von Tron wie alles andere erst mal langsam verarbeiten mußte. Wenn die Zeit reif war, würde sie mit Hilfe der Mutter herausfinden, was zu tun war.

Sobald der Schneesturm sich gelegt hatte, gingen Bakan und Katli und die anderen Jäger zu Gunor, um ihm ihre Speere zu zeigen. Sie brannten darauf, dem großen Kerl zu helfen, der Zena das Leben gerettet hatte. Sie hatte ihnen geschildert, wie die großen Leute zur Jagd gingen und wie Pulot verletzt worden war, und nun wollten sie seine Stammesgenossen vor weiteren Verletzungen schützen.

Gunor sah aufmerksam zu, als sie ihm zeigten, wie man den Speer von den extra zu diesem Zweck gefertigten Wurfbrettern abschnellen ließ. Er übte viele Tage lang, bis er dank seiner großen Kraft den Speer bald weiter schleuderte als irgendein anderer. Im Gegenzug zeigte er ihnen, wie man die Geräte herstellte, die das Einsinken im Schnee verhinderten. Schon bald liefen sie alle damit herum. Die beiden Stämme begannen gemeinsam zu jagen und erwiesen sich als sehr erfolgreich in ihren gemeinsamen Unternehmungen. Die vielen erlegten Rentiere lieferten genug Felle für alle, und in einem tiefen Loch im Schnee wurde ein großer Fleischvorrat eingefroren. Sie feierten auch gemeinsam, um der Mutter für ihre reichen Gaben zu danken.

Das beste daran war, dachte Zena, daß die Kinder nun nicht länger an der Jagd teilnehmen mußten. Zunächst schienen die beiden Jungen die Aufregung zu vermissen, aber dann begannen sie, mit den anderen zu spielen, machten Schneeballschlachten und rutschten auf alten Häuten die Berge hinunter, und bald war die Unruhe aus ihren Gesichtern verschwunden.

Sie lächelte zufrieden. Menta war jetzt ihre einzige Sorge. Zena fragte sich, ob sie sich wohl je ganz erholen und wieder richtig würde laufen können. An den Füßen hatte sie schwere Erfrierungen erlitten. Aber so sehr die schreckliche Kälte Mentas Körper angegriffen hatte, ihre Lebensgeister waren völlig unversehrt geblieben. Sie war nicht unterzukriegen und wollte unbedingt hören, was Zena und Conar zugestoßen war. Vor allem aber interessierte sie sich für die unterirdischen Gänge und die Höhlen. Zena versuchte die herrliche Höhle mit den Tropfsteinen zu beschreiben, die Finsternis in den Gängen, und daß sie bessere Beleuchtung brauchten. Sie sprach auch von ihrer Enttäuschung, noch immer nicht den weiten Raum gefunden zu haben, wo die Mutter auf sie wartete.

»Auch ich fühle, daß die Mutter in den Höhlen auf uns wartet«, sagte Menta. »Wenn die Zeit gekommen ist, wird sie uns den Weg weisen. Bis dahin mußt du dich in Geduld üben.«

Da erschien Gunor auf der Suche nach Bakan und den anderen Jägern am Eingang der Höhle. Zena sprang auf, um ihn zu begrüßen.

»Bring Gunor her zu mir«, sagte Menta zu ihr. »Ich möchte ihm jetzt, wo er meine Worte verstehen kann, noch einmal für alles danken, was er für dich und für uns alle getan hat.«

In den vergangenen Monaten hatten sie viele Stunden damit verbracht, die Worte der anderen zu erlernen, damit sie miteinander sprechen konnten. Inzwischen konnten sie sich sehr gut verständigen, obwohl Gunor und die anderen aus seinem Stamm bei einigen von ihren Worten noch Probleme mit der Aussprache hatten.

Als Gunor nun zu ihr trat, betrachtete Menta ihn aufmerksam. Er hatte ein sehr gutmütiges Gesicht, genau wie Zena gesagt hatte, aber da war auch noch etwas anderes, ein Kummer, beinahe so, als müßte er jemandem beim Sterben zusehen.

»Dein Stamm hat uns die Möglichkeit gegeben, gefahrloser zu jagen«, antwortete Gunor, als Menta ihm ihren Dank ausgesprochen hatte. »Und Zena hat das Kind gerettet. Sie besitzt Zauberkraft. Vielleicht kann sie auch meine Gefährtin retten.«

»Was fehlt ihr denn?« Lune hatte zugehört und wollte alles genau wissen, wie immer, wenn mit einer Person etwas im argen lag.

Gunor versuchte es zu erklären. »Die Kinder können nicht geboren werden«, sagte er traurig. »Sie kommen nicht heraus, und die Frauen sterben. Sie sind fast alle gestorben.«

Lune runzelte die Stirn. »Wieviele Monde noch, bis das Kind kommt?«

»Es kommt schon bald«, antwortete Gunor. »Viele Monde sind bereits vergangen, schon mehr als ein ganzer Wechsel der Jahreszeiten, glaube ich.«

Lune und Zena warfen sich einen Blick zu. Das war eine lange Zeit für ein Baby, im Mutterleib zu bleiben.

»Ich werde versuchen zu helfen«, versprach Zena. »Und Lune auch. Sie weiß viel mehr über das Heilen, und besonders über Geburten, als ich.«

Gunor machte ein erleichtertes Gesicht und ging wieder zu den anderen. Aber am Ende konnte sie doch nicht viel helfen, außer daß sie die Schmerzen der jungen Frau linderten, als sie sich ein paar Tage später in den Geburtswehen abmühte. Als das Kind schließlich herauskam, war ihr Körper längst nicht mehr zu retten. Von irgendwoher tief in ihrem Innern flossen Ströme von Blut, und nichts konnte sie zum Anhalten bringen. Noch bevor das Baby den ersten Atemzug getan hatte, war sie tot.

Wenigstens würde der Junge leben, dachte Zena. Er

schien kräftig und gesund. Und er war sehr groß. Vielleicht konnte Bly ihn nähren. Sie hatte ein Baby, das beinahe alt genug war zum Abstillen.

Als sie den Kopf des Kindes mit den Händen abtastete, sah sie, daß die anstrengende Geburt seinem Schädel nichts hatte anhaben können, wie es sonst manchmal vorkam. Er war groß und sehr hart und hatte keine weiche Stelle, die sich erst später schließen würde. Wenn alle Babys der großen Menschen solche Köpfe hatten, war es nicht verwunderlich, daß sie nicht geboren werden konnten.

»Es gibt da eine Geschichte aus alten Zeiten«, erklärte ihr Lune. »Es ist länger her, als wir überhaupt zurückdenken können. Damals starben viele Frauen, wenn sie ihre Kinder zur Welt brachten. Die Babys blieben zu lange im Mutterleib und hatten große, feste Schädel wie dieses hier. Ich habe die Geschichte nie geglaubt, aber vielleicht stimmt es doch und Gunors Leute sind immer noch so.«

»Vielleicht ist das der Grund, warum so viele von ihren Frauen gestorben sind«, stimmte Zena traurig zu. »Gunor sagte, daß mehr als ein ganzer Wechsel der Jahreszeiten vergangen war. Es muß sehr hart für ihn sein.«

»Wir konnten ihr nicht helfen«, erklärte sie ihm unglücklich, als er kam, um zu sehen, wie es abgelaufen war. »Wir konnten nur ihre Schmerzen lindern. Es tut mir so leid. Aber wenigstens ist das Kind am Leben geblieben.«

Er nickte und wandte sich hoffnungslos ab. Hier konnte niemand helfen, nicht einmal eine Frau mit Zauberhänden wie Zena. Irgend etwas stimmte nicht mit den Leuten aus seinem Stamm, daß ihre Kinder nicht geboren werden konnten und es kein Mittel dagegen gab. Bald würde niemand von ihnen mehr übrig sein, denn wie sollte ein Stamm wohl überleben, wenn alle Frauen gestorben waren? Ohne die Frauen gab es kein neues Leben.

Seltsamerweise war es Nevilar, die ihn tröstete. Zena war schon aufgefallen, wie sehr sie sich verändert hatte. Die Zeit, die sie mit den anderen Frauen im Ekali verbracht hatte, schien sie weicher gemacht zu haben, aber sie hatte ihr auch eine neue Stärke geschenkt, als wäre sie zum erstenmal selbstsicher genug, anderen etwas zu geben, ohne dabei gleichzeitig sich selbst zu berauben. Und vielleicht fühlte sie sich jetzt auch wohler in ihrer Haut, weil ihre Mutter nicht mehr soviel an ihr auszusetzen hatte.

Nevilar sagte kein Wort zu Gunor, sondern legte ihm nur sanft die Hand auf den Arm und blieb lange bei ihm sitzen. Der große, traurige Mann gefiel ihr, und sie wollte ihn in seinem Kummer nicht alleinlassen. Weil es jetzt keine Blumen gab, half sie ihm, Zweige mit getrockneten Beeren zu finden, die er über den Körper der toten Frau breiten konnte. Er erzählte ihr, daß es bei ihnen Sitte sei, ihre Toten mit Blumen zu bedecken und ganz in der Nähe zu begraben. Jetzt würden ein Loch im Schnee und ein paar Zweige dafür ausreichen müssen.

In den folgenden Wochen sah Zena Nevilar und Gunor oft zusammen, und als Nevilar ihr dann anvertraute, daß sie sich mit ihm gepaart hatte, war sie nicht im mindesten überrascht. Es schien eine gute Lösung zu sein. In Gunors Stamm gab es nur noch eine einzige Frau, und sie war noch nicht alt genug, um auch nur daran zu denken, sich zu paaren.

Zena seufzte. Sie selber hatte auch daran gedacht, sich mit Gunor zu paaren. Aber andererseits fühlte sie jetzt nur noch selten Lust auf Akat. Nicht einmal mit Conar genoß sie es noch so wie früher. Seit Tron sich ihr aufgedrängt hatte, fühlte sie sich irgendwie falsch, so als gehöre ihr Körper gar nicht mehr ihr. Es war schwer zu beschreiben. Sie hatte versucht, mit Conar darüber zu reden, und er hatte sich wunderbar sanft und liebevoll verhalten, aber sie bezweifelte, ob überhaupt irgend jemand das wirklich verstehen konnte, nicht einmal ein Mann wie Conar.

Vielleicht war die Vergewaltigung durch Tron ja auch daran schuld, daß sie sich noch immer nicht über das Kind in ihrem Bauch freuen konnte und bisher auch noch nicht mit Lune oder Menta darüber gesprochen hatte. Sie hatte erwartet, ein überschwengliches Glücksgefühl zu empfinden, wenn sie ihnen endlich verkünden konnte, daß die Mutter sie mit einem Kind gesegnet hatte, statt dessen aber war dieses seltsame Gefühl, daß es alles so nicht richtig war, stärker als je zuvor. Es war, als hätte Tron tief in ihrem Bauch, wo auch das Kind heranwuchs, ein Stück von seiner Gewalttätigkeit zurückgelassen, und dies ließ sie nun Trauer über dieses neue Leben empfinden statt Freude.

Als sie schließlich allen Mut zusammennahm und mit Lune und Menta darüber sprach, begann sie zu begreifen. Außer ihnen war niemand in der Höhle, denn es war ein schöner Tag, und die Sonne strahlte. Viele waren auf der Jagd, die anderen freuten sich draußen an der seltenen Wärme.

Mit gespielter Freude und scheinbar gelassen klopfte Zena sich auf den Bauch. »Die Mutter hat mir ein Kleines geschenkt«, sagte sie.

Lune und Menta sahen sich an, wie sie es so oft taten. Sie sahen nicht begeistert aus, wie Zena erwartet hatte, sondern eher besorgt. Plötzlich flackerte die Angst in ihr auf.

»Wie viele Monde sind vergangen?« fragte ihre Mutter schneidend.

»Inzwischen mindestens fünf«, antwortete Zena. »Ich habe es schon kurz, nachdem ich hier angekommen war, vermutet, aber jetzt bin ich sicher. Ich kann das Kind spüren.«

Lune holte tief Luft. »Wir müssen es ihr sagen«, meinte sie zu Menta. »Wir können ihr das Wissen nicht vorenthalten.«

»Ja. Du hast recht.« Menta bekam ein ganz verstörtes Gesicht bei diesen Worten. Sie hatte diesen Ausdruck nur, wenn sie sich einem so schwerwiegenden Problem gegenübersah, daß selbst sie kaum damit fertig wurde.

»Was ist das für ein Wissen?« fragte Zena zögernd. Irgend etwas in ihr sagte ihr unmißverständlich, daß sie es nicht wissen wollte. Sie stählte sich innerlich, wie in Erwartung eines Schlages.

Lune erklärte es ihr schließlich. Sie setzte sich vor Zena hin und wählte ihre Worte mit viel Bedacht.

»Vor vielen Jahren«, begann sie, »bin ich beim Beobachten der Tiere auf dieses Wissen gestoßen. Ich sah, daß die Weibchen nur dicke Bäuche bekamen, nachdem sie sich gepaart hatten, und da begriff ich, daß die Männchen auch etwas zu dem Leben in den weiblichen Tieren beitrugen. Und bei den

Menschen fiel mir auf, daß die Kinder manchmal einem ganz bestimmten Mann ähnlich sahen, genauso wie sich in einem Kind oft etwas von seiner Mutter wiederfinden läßt. Und ich merkte, daß das durch Akat möglich wurde, weil der Mann beim Akat etwas von sich an die Frau weitergibt, die das Kind austrägt. Ich habe über dieses Wissen geschwiegen, weil es mir richtiger erschien, auch wenn ich nicht wußte, warum.

Auch Menta hat das alles erkannt, aber auf eine andere Weise. Sie sah das Wissen in ihren Visionen, und auch sie hat nicht darüber geredet, weil die Visionen sie vor großem Unheil warnten, falls sie ihr Schweigen brach. Die Mutter erklärte ihr, es sei verbotenes Wissen, weil manche es mißbrauchen würden und dann die Welt ganz schrecklich darunter leiden müßte. Menta aber sah das Wissen in meiner Seele, und ich sah es in ihrer. Wie du weißt, sehen wir immer alles auf diese Weise. Und so haben wir darüber gesprochen, um zu beratschlagen, was wir tun sollten.«

Lune hielt einen Moment inne, um ihre Gedanken zu ordnen. Zena wartete stumm auf die nun folgenden Worte. Sie wußte schon, was ihr bevorstand. Sie hatte das Wissen lange Zeit in sich getragen, auch wenn sie es nicht erkannt hatte.

»Ich habe lange Zeit hindurch meine Beobachtungen gemacht«, fuhr Lune dann fort, »und dabei bemerkte ich, daß ein neues Leben besonders leicht dann entstand, wenn Akat genau zwischen zwei Blutungen passierte. Deshalb haben Menta und ich junge Frauen wie dich und Nevilar zum Ekali gebracht, wenn der Mond eine schmale Sichel war. Wir wollten euch noch Zeit lassen. Ihr solltet erst stärker sein und besser darauf eingerichtet, ein Kind zu bekommen und dafür zu sorgen.«

Über Lunes Gesicht zuckte ein Schmerz. Vom Wissen zu sprechen war einfach, aber über das zu sprechen, was es für Zena bedeutete, war nicht so einfach. Die nächsten Worte mußte sie sich gewaltsam aus der Kehle pressen.

»Damals als Tron sich in das Ekali einschlich und dich verletzt hat, mit Gewalt nahm, war es der Zeitpunkt«, wisperte sie schließlich. »Deshalb habe ich mir Sorgen um dich gemacht, und jetzt zeigt sich, daß wir Grund zur Sorge hatten …«

Sie konnte nicht weitersprechen, und Menta sprach an ihrer Stelle. »Deshalb mußt du das Wissen haben, Zena, selbst um den Preis, daß es mit Schmerzen verbunden ist. Du mußt wissen, was du zu erwarten hast.«

Zena sagte nichts, sie konnte nicht. Es war, als hätte ihr jemand einen harten Schlag gegen die Brust versetzt und ihr den Atem genommen. Natürlich entsprach das alles der Wahrheit. Es war nicht der Baum, es waren nicht die heiligen Figuren, deretwegen die kleinen Kinder kamen, wie sie es sich gern vorgemacht hatte. Akat war es, das Geschenk der Mutter, das die Kinder machte. Und Tron hatte dieses gemacht.

Jetzt erklärte sich alles, ihr Gefühl, daß etwas nicht richtig war, ihre Traurigkeit. Sie hatte es gewußt. Tron hatte tatsächlich etwas von sich in ihr zurückgelassen, und sie mußte es jetzt nähren, den Kampf durchstehen, mit dem es auf die Welt kam und ihm bei seinem ersten Atemzug helfen. Sie mußte es an ihrer Brust stillen, zusehen, wie es wuchs und sich jeden Tag ihres Lebens daran erinnern lassen, daß Tron ihr Gewalt angetan hatte, daß seine Gewalttätigkeit ein Teil von ihr geworden war, daß sie sich nie wieder davon freimachen konnte.

Zorn erfüllte sie und zerriß die Schmerzensmauer in ihr.

»Nein!« schrie sie. »Nein! Ich will dieses Kind nicht bekommen. Warum sollte ausgerechnet Tron der Mann sein? Ich will nichts von Tron in meinem Körper oder in meinem Kind.«

»Alle Kinder sind Kinder der Großen Mutter«, erinnerte sie Menta sanft. »Deshalb hat sie Angst vor diesem Wissen, denn es wird Leute geben, die von ihrem Kind als ihrem Eigentum sprechen und glauben, daß sie, und nicht die Mutter, ihm das Leben gegeben haben. Dann kommen sie auf den Gedanken, daß sie die Große Mutter nicht brauchen. Sie wollen die Kraft der Mutter für sich beanspruchen.«

Zena wollte nicht noch mehr davon hören. Ohne Lune zu beachten, die sie zurückhalten wollte, floh sie aus der Höhle.

Sie wollte nichts mehr von der Großen Mutter hören, die etwas dermaßen Schreckliches zuließ. Sie wollte überhaupt nichts hören, oder nur, daß die Mutter ihr diese Last abnehmen würde.

Menta und Lune ließen sie gehen. Schmerz zeichnete sich in ihren Gesichtern ab. »Es ist aber auch ungerecht«, sagte Lune, »jedesmal ist es Zena, die leiden muß.«

»Zena ist stark«, erwiderte Menta ernst. »Deswegen hat die Mutter sie auserwählt. Und vielleicht macht es diese Herausforderung ja möglich, daß Zena uns hilft. Bald werden alle das Wissen besitzen, es kann nicht für alle Zeiten bewahrt werden. Die meisten Männer werden ebenfalls Gebrauch davon machen, denn das Wissen, daß sie ebenfalls an der Erschaffung neuen Lebens beteiligt sind, wird sie der Großen Mutter näherbringen. Ein paar werden nichts davon wissen wollen. Diese Männer werden glauben, daß ihnen, und nicht der Mutter, die Erde gehört, und damit alles, was auf ihr wächst. Das wird der Anfang des Leidens sein, und am meisten werden die Frauen zu leiden haben.«

25. Kapitel

Tron schloß die Augen und lauschte. Wenn er sich schlafend stellte, redeten die Frauen, als sei er nicht da. Auf diese Weise hatte er viele Dinge in Erfahrung gebracht. Aber da gab es immer noch so viele Dinge, die er nicht wußte, und dabei hielt er sich bereits seit fast drei Monaten hier auf. Zunächst hatte er überhaupt nichts verstanden, denn die Leute, die ihn fanden, gebrauchten andere Wörter. Doch ganz allmählich hatte er herausgefunden, was sie meinten. Die Kinder waren eine große Hilfe gewesen, weil sie auf Gegenstände und Leute zeigten und ihnen Namen gaben, um dann Tron zu testen, ob er sich daran zu erinnern vermochte. Tron hatte seine Ungeduld darüber, daß er schon wieder bei Kindern Unterricht zu nehmen hatte, für sich behalten. Er wußte, daß er die Wörter des Stammes erlernen mußte, wenn er das Rätsel verstehen wollte, das sich mit diesem Akat verband, von dem die Frauen sprachen. Außerdem gefielen ihm die Gebräuche dieses Stammes, und vielleicht würde er sogar bei ihm bleiben.

Zenas Unterricht hatte schließlich doch angeschlagen. Diese Leute hatten ihn ohne weiteres angenommen, denn er konnte nun immer, wenn es darauf ankam, eine freundliche Miene aufsetzen. Keiner schien auf die Idee zu kommen, daß unter der Oberfläche noch immer der Zorn brodelte – auf Zena, Menta und alle anderen aus seinem Stamm, die ihn hereingelegt hatten. Allmählich fragte er sich allerdings, ob es überhaupt noch nötig war, seinen Zorn zu verbergen. Die schienen hier sehr viel von Gewalttätigkeit zu halten. Die Männer kämpften miteinander, sie schrien die Frauen an, schlugen sie sogar manchmal, und das vor aller Augen. Als er das zum erstenmal erlebte, hatte Tron sich gewundert. Doch niemand schien sich darum zu kümmern, niemand außer einer sehr alten Frau, und die Männer kümmerten sich überhaupt nicht um deren Tadel.

Dennoch hütete er sich, seine wahren Gefühle zu zeigen, ehe er mehr wußte. Die Gebräuche dieses Stammes unterschieden sich vollkommen von denen seines eigenen. Hier war der Mann, der am stärksten und am brutalsten war, ein Mann namens Dagon, ganz selbstverständlich der Anführer. Alle anderen hörten aufmerksam zu, wenn er sprach, und wagten nicht, ihm den Gehorsam zu versagen. Niemand sprach von einer weisen Frau, auch nicht von einer Heilerin. Diese Leute sprachen nicht einmal von der Mutter, der Lebensspenderin. Zuerst hatte Tron gedacht, daß sie sie Göttin nannten, wie die in seinem Stamm es manchmal taten, aber dann hatte er gemerkt, daß sie statt dessen von einem männlichen Gott sprachen. Dieser Gott war ein furchteinflößender Mann und ein guter Jäger, ganz genau wie Dagon. Die Vorstellung eines männlichen Gottes war Tron zwar fremd, aber sie gefiel ihm, und ihm gefiel auch, daß dieser Stamm von einem Mann angeführt wurde. Aber besonders verlockend war die Tatsache, daß hier die Männer und nicht etwa die Frauen über Akat bestimmten.

Er war froh, daß ihn gerade diese Leute gefunden hatten, nachdem er vom Löwen angegriffen worden war. Er wäre lieber tot, als noch einmal in einem Stamm wie seinem eigenen zu leben. Ganz allein zu sein war allerdings noch besser. Seit er die anderen verlassen hatte, hatten sich die Wechsel der Jahreszeiten viele Male vollendet, er glaubte, daß es mindestens zehn gewesen waren, und während dieser ganzen Jahre war er allein umhergezogen, nur mit Tieren zu seiner Gesellschaft. Am Anfang war es nur ums Überleben gegangen. Er hatte eine schwere Verletzung gehabt – er konnte sich immer noch nicht daran erinnern, wer sie ihm zugefügt hatte –, und er war schrecklich schwach gewesen. Aber er hatte Fallen für kleinere Tiere gebaut und sich Vögel und Eier geholt. Sobald er wieder bei Kräften gewesen war, hatte er sich nach Norden aufgemacht, immer den Herden nach. Er mochte die Kahlheit der nördlichen Tundra und schätzte die Mutprobe, ganz allein ein großes Tier zu töten. Oft gelang es ihm auch nicht, aber dann blieben ihm immer noch die Fallen.

Wenn der Löwe nicht gewesen wäre, wäre er für immer allein geblieben. Zwei volle Tage hindurch war er einem Rentier gefolgt, das er selber verwundet hatte. Er hatte ihm gerade seinen Speer zwischen die Rippen stoßen wollen, als der Löwe beschloß, seinerseits Anspruch darauf zu erheben. Was danach geschehen war, wußte er nicht mehr genau. Er war erst in dieser Hütte aus Tierhäuten und Knochen wieder zu sich gekommen. Dagon hatte Tron erklärt, daß sie ihn nur deshalb gerettet hatten, weil er so mutig gegen den Löwen angegangen war, um seine Beute zu verteidigen. Die Männer bewunderten außerdem, daß er mutig und geschickt genug war, um ganz auf sich gestellt ein Rentier zu jagen. Ansonsten hätten sie ihn dem Löwen überlassen, weil er in ihr Territorium eingedrungen war. Die Bedeutung dieses Wortes blieb Tron, so wie viele andere, ein Rätsel.

Die Männer kamen von der Jagd zurück. Sofort stellten die Frauen ihr Geschnatter ein und bedienten sie mit Essen und Wasser. Eine Frau aber war Dagon zu langsam. Er hielt sie grob am Arm fest.

»Ich bin hungrig, Frau«, grollte er. »Denk daran, daß ich es bin, der dich ernährt. Wenn du nicht schneller machst, werden wir für dich nichts übriglassen.«

Die Frau sagte nichts und huschte davon, so schnell sie konnte. Tron sah, daß sie schon alt war. Das Gehen fiel ihr schwer.

Nun ging eine andere Frau, jung und geschmeidig, zu Dagon, und zu Trons großer Überraschung ließ sie sich neben dem mächtigen Anführer nieder und nahm sich etwas von seinem Essen. Anders als Tron erwartet hatte, sagte Dagon kein Wort dazu, sondern legte liebevoll den Arm um das Mädchen.

Schelmisch sah er zu Tron hinüber. »Diese hier sollst du haben, Tron, wenn du kräftig genug dazu bist. Du wirst viel Kraft brauchen, um mit ihr fertig zu werden. Sie ist ein Sproß meiner Lenden, und wenn sie ein Junge wäre, würde sie mir nachfolgen, denn sie hat das gleiche Feuer in sich. Aber sie ist kein Mann, und darum sollst du sie haben, weil du bereit bist, sogar mit dem Löwen zu kämpfen.«

Tron war verwirrt. Was konnte Dagon nur damit meinen, daß dieses Mädchen sein Sproß sei? Wie konnte ein Mann Leben geben? Er ließ sich seine Verwirrung nicht anmerken, und gab statt dessen eine schlichte Antwort. Er hatte festgestellt, daß ihn diese Leute für weise und stark hielten, wenn er nur wenig sagte, und außerdem konnte er auf diese Weise verbergen, was er alles nicht wußte.

»Ich danke dir, Dagon«, sagte er. »Das wäre gut.«

Es entging ihm nicht, daß die anderen Jäger zu der Neuigkeit, daß er das Mädchen Veeta bekommen sollte, nicht gerade besonders erfreute Gesichter machten. Einige funkelten ihn sogar ganz offen böse an. Das war wenigstens etwas, was er verstehen konnte, denn er hatte bereits zweimal erlebt, wie einem Mann eine Frau gegeben wurde. Jeder Mann, der allein ein großes Tier erlegt hatte, hatte Anrecht auf eine Frau, vorausgesetzt, daß eine zu vergeben war. Manche Männer hatten viele Frauen, andere nur eine oder gar keine. Man brauchte viel Mut und Geschick, um ein Tier allein zu töten.

Dagon oblag es, die Frauen zu vergeben. Er fragte den Mann, welche er haben wolle, und wenn er damit einverstanden war, wurde die Frau übergeben. Was sie selber wollte, zählte nicht. Tron erinnerte sich, daß ein Mädchen, das wohl kaum alt genug gewesen war für Akat, bitterlich geschluchzt hatte. Ein paar Frauen hatten sie zu trösten versucht, aber die Männer hatten sich über ihr Elend lustig gemacht und gemeint, daß sie die Freuden schon noch zu schätzen lernen würde, die ein Mann ihr schenken konnte.

»Vielleicht wirst du um diese meine Tochter kämpfen müssen!« rief Dagon, und betrachtete die verärgerten Gesichter der anderen Männer. Er schmunzelte und kniff die junge Frau flüchtig in die Wange.

Tron wurde immer verwirrter. Frauen hatten Töchter, aber doch nicht Männer. Er sagte nichts, sondern starrte nur den größten der anderen Männer unverwandt an, bis der die Augen niederschlug. Dagon sah wohlwollend zu.

»Nun geh, Veeta«, sagte er und knuffte sie noch einmal. »Du nimmst dir zuviel von meinem Fleisch. Jetzt geh und arbeite mit den anderen Frauen, wie es sich geziemt.«

»Ich will aber nicht«, schmollte Veeta, stand aber sofort gehorsam auf. Im Vorbeigehen warf sie Tron einen kurzen, unverhüllt lüsternen Blick zu, der ihn hart werden ließ vor Begierde. Er war bislang noch zu schwach gewesen, um ernsthaft an Akat zu denken, denn der Löwe hatte ihn schwer verwundet. Veeta hatte das geändert. Bald würde er sie besitzen, auch wenn er mit den andern Männern darum kämpfen mußte.

Der Gedanke erregte ihn. Wenn eine Frau einem Mann erst einmal übergeben worden war, mußte sie ihm in allen Dingen gehorchen, denn sie war dann sein Eigentum. Zunächst hatte dieser Gedanke Tron eher verwirrt, aber bald hatte er begriffen, was das bedeutete: Eine Frau gehörte einem Mann wie ein Speer oder ein Fell, und er konnte mit ihr machen, was immer er wollte. Besonders was Akat anging, mußte sie ihm gehorchen, und wenn sie sich weigerte, zu tun, was er verlangte, konnte er sie dazu zwingen.

Nach ihrem Blick zu urteilen, würde bei Veeta keine Gewalt nötig sein, und das enttäuschte Tron ein wenig. Es war immer zutiefst befriedigend für ihn, eine Frau gegen ihren Willen zu Akat zu zwingen. Noch erregender war es, sich an eine Frau heranzuschleichen und sie dann ganz überraschend zu nehmen. Auf seiner Wanderschaft hatte er das viele Male getan. Immer wenn er sich in der Nähe eines Stammes aufhielt, hatte er geduldig gewartet, bis eine der Frauen allein war. Dann war er von hinten angekrochen gekommen und hatte ihr die Hand auf den Mund gepreßt, damit man ihre Schreie nicht hörte, bevor er sie auf den Boden warf. Manche Frauen waren allerdings so entsetzt, daß sie gar nicht erst schrien, aber andere wehrten sich mit aller Kraft. Die mochte er am liebsten.

Vielleicht würde er auch eine der anderen Frauen aus Dagons Stamm notzüchtigen, wenn er erst wieder kräftiger war. Er hatte genug mitbekommen, um zu wissen, daß die Frauen zwar mit keinem Mann Akat haben sollten, als dem, dem sie an die Hand gegeben waren, daß Männer aber dennoch gerade dann bewundert wurden, wenn sie mit vielen Akat hatten. Wenn eine Frau dabei entdeckt wurde, bekam sie Schläge, ein Mann aber wurde selten bestraft, selbst wenn er die Frau eines anderen genommen und Gewalt angewendet hatte. Tron grinste in sich hinein. Es war ein komisches System, aber ihm kam es gerade recht.

Einige Tage später kam Dagon zu ihm und fragte, ob er kräftig genug war, um zu kämpfen. Tron sah, wie ihn die anderen Männer beobachteten, und stand auch schon bereit, den Speer in der Hand. Aber er sollte gar nicht gegen diese Männer kämpfen, sondern gegen die Männer eines anderen Stammes, die in eben der Gegend Rentiere erlegten, in der auch Dagon und seine Leute auf die Jagd gingen.

Das also war die Bedeutung von Territorium, dachte Tron, als er den Männern zuhörte, wie sie sich über die bevorstehende Schlacht unterhielten. Ein Teil des Landes ringsumher schien Dagons Stamm zu gehören, ebenso wie eine Frau ihrem Mann gehörte. Wenn andere dort zu jagen versuchten, mußten sie getötet werden.

Es war ein kurzer und wenig aufregender Kampf, weil die anderen sie entdeckten und die Flucht ergriffen. Dagon versenkte seinen Speer in der Brust eines Mannes, der verwundet worden war und nicht schnell genug laufen konnte, aber die übrigen entkamen. Eine Weile jagten sie ihnen noch hinterher, aber dann begann es zu schneien, und Dagon gab das Zeichen zur Umkehr.

Enttäuscht begannen die Männer aufzuschneiden und mit früheren Siegen zu prahlen. Tron hörte aufmerksam zu, weil er diese ihm ganz neuen Gedankengänge begreifen wollte. Soviel er verstand, plünderten sie die Lagerstätten der anderen, sobald sie genügend Männer des anderen Stammes umgebracht hatten. Manchmal töteten sie auch die Alten und alle übriggebliebenen Männer, nur die Frauen verschonten sie. Statt dessen zwangen sie sie zu Akat, und verschleppten sie dann in ihren eigenen Stamm. Dagon hatte immer Bedarf an neuen Frauen, um sie den Jägern zu geben.

Das Kämpfen gefiel Tron, und auch der Frauenraub. Aber am besten fand er doch diese Territoriumsidee. Er hatte stets geglaubt, daß das Land der Mutter gehörte und daß sie es ihnen allen gegeben hatte, damit sie es nach ihrem Bedarf nutzen konnten. Jetzt aber sah er, daß Männer das Land besaßen, nicht die Mutter. Und mit den Frauen war es das Gleiche. Dieser Gedanke erfreute sein Herz, und gleichzeitig nahm seine Verbitterung zu. In diesem Punkt hatten Menta und Zena und die anderen ihn also angelogen, so wie sie auch sonst nur Lügen erzählt hatten. Diese Mutter, von der sie immer in so glühenden Worten redeten, besaß gar keine Macht. Er hatte das schon immer vermutet, aber jetzt war es gewiß. Hier existierte sie nicht einmal. Das war das größte Rätsel für Tron. Wenn es keine Große Mutter gab, wie kam es dann, daß überall auf der Lichtung Junge herumsprangen? Wo kamen sie her, wenn es keine Mutter gab, die ihnen das Leben schenken konnte?

Vielleicht war der Gott, von dem sie redeten, ein Lebensspender. Aber das schien unmöglich. Wie konnte ein männlicher Gott Leben spenden? Nur Frauen konnten Junge gebären. Akat hatte etwas damit zu tun, das wußte er, weil er die Frauen belauscht hatte. Heute abend, beschloß Tron, würde er sich die Antwort darauf holen. Er würde Veeta einfordern und sich mit ihr paaren. Es würde ein Leichtes sein, sie zum Reden zu bringen.

Als es dunkel wurde, ergriff er Veeta beim Arm und wollte sie in seine Schlafhütte zerren. Sie aber gab sich nicht hin, wie er erwartet hatte, sondern schrie laut und rief nach Dagon.

»Dieser Fremde weiß nicht, wie er sich zu benehmen hat«, sagte sie wütend. »Er kann mich doch nicht einfach in seine Hütte zerren! Kein Mann kann eine Frau besitzen, bevor sie ihm gegeben worden ist. Außerdem bin ich deine Tochter und habe eine bessere Behandlung verdient!«

Dagon kam auf sie zu. »Wenn du kein Fremder wärest, würde ich dich für dein Verhalten töten«, brüllte er Tron an. »Ich, der Führer dieses Stammes, werde bestimmen, wann du Veeta haben darfst. Sie ist meine Tochter und besser als die anderen Frauen.«

»Ich kenne eure Wege nicht«, antwortete Tron mit betont freundlicher Stimme. »Sag mir, was ich tun muß. Ich würde Veeta gerne für mich beanspruchen, und du hast doch gesagt, daß ich sie haben kann.«

»Das ist wahr«, stimmte Dagon in versöhnlicherem Ton zu. »Nach der nächsten Jagd, wenn du erneut bewiesen hast, daß du ein großes Tier erlegen kannst, darfst du sie haben.«

Ungeduldig wartete Tron darauf, daß Dagon eine Jagd ankündigte. Er wäre viel lieber allein auf die Pirsch gegangen, aber Dagon sagte, daß jeder seine Beute unter den Augen der anderen machen mußte, damit niemand ein falsches Spiel treiben konnte – etwa, indem er den Kadaver eines Tieres vorlegte, das in Wirklichkeit von einem Raubtier gerissen worden war. Auch in dieser Hinsicht war das Wort des Anführers Gesetz. Tron ärgerte sich darüber. Er wollte derjenige sein, der die Entscheidungen traf. Er beschloß, daß es eines Tages auch so kommen würde.

Irgendwann verkündigte Dagon dann, daß die Zeit gekommen sei. Tron sah, wie ihn zwei der anderen mißtrauisch beobachteten, während er sich auf die Jagd vorbereitete, und auch Dagon fing ihren Blick auf.

»Diese beiden werden nicht gegen dich antreten«, erklärte er Tron in jovialem Ton, »es sind nämlich ihre Brüder. Solltest du ihr aber etwas zuleide tun, werden sie es nicht vergessen.«

Tron ging voran, ohne die Blicke zu beachten. Er würde ihnen schon zeigen, daß er, Tron, ein besserer Jäger war als jeder andere, Dagon eingeschlossen. Nur wenige Augenblikke, nachdem sie die Rentierherde erreichten, hatte er auch schon ein geeignetes Opfer ausgemacht. Es war ein altes Männchen mit mächtigem Geweih, das etwas abseits von den anderen graste. Tron dachte sich, daß er von Kämpfen mit anderen Männchen geschwächt sein mußte.

Er schlich sich an den alten Bullen heran, wobei er so leise atmete, daß ihn nicht einmal ein Tier hören konnte. Das überraschte Rentier sprang in die falsche Richtung davon, und Tron konnte es mit dem Wurfspeer in den Hals treffen. Es stolperte noch fort, aber Tron wußte, daß er ihm den Todesstoß versetzt hatte. Er würde es nicht lange verfolgen müssen. Als er das verwundete Tier einholte, schlug es wild mit Hufen und Geweih um sich. Tron wartete, bis die Stöße schwächer wurden, dann sprang er mutig hinzu und stieß ihm seinen kurzen Speer in die Brust. Einer der Hufe streifte ihn noch, aber ansonsten blieb er unverletzt.

»Dieser Tron ist wirklich ein guter Jäger«, sagte Dagon bewundernd. »Einem solchen Mann gebe ich meine Tochter gern.«

Als sie zu den Hütten zurückkehrten, verkündete er dem Stamm seinen Entschluß. »Tron, der Fremde, soll nun meine Tochter bekommen«, erklärte er.

»Laß keinen anderen Mann an sie heran«, gab er Tron mit auf den Weg, »damit sie deine Söhne gebiert und sie lernen können, zu jagen, wie du es tust.«

Er wandte sich an Veeta. »Es ist an der Zeit, daß du einen Mann bekommst, und dieser hier wird der richtige für dich sein. Gehorche ihm in allen Dingen. So lautet mein Befehl. Und nun nimm ihn mit in deine Hütte.«

Er wandte sich ab und rief nach Essen. Tron hätte auch gern etwas zu essen gehabt, denn der Kampf mit dem Rentier hatte ihn hungrig gemacht, aber er wagte nicht, sich Dagon zu widersetzen. Als er dann in Veetas Hütte trat, sah er, daß sie Speisen und Trank für ihn bereitet hatte. Sie hatte sogar Wasser, um ihn zu baden.

Sanft nahm sie ihm die Felle ab und rieb seinen Körper mit einem weichen, wassergetränkten Stück Leder. Sie überreichte ihm eine mit viel Geschick aus einem Rentiergeweih hergestellte Trinkschale und über dem Feuer gegarte zarte Fleischstücke.

»Ist alles nach deiner Zufriedenheit?« Veeta hatte den Schalk in den Augen, aber er sah auch, daß ihre Hände ein wenig zitterten. Vielleicht war Akat etwas Neues für sie. Tron fand das schwer vorstellbar, denn sie war allemal alt genug dazu, aber er nahm an, daß es in diesem Stamm durchaus möglich war.

Der Gedanke erregte ihn. Er zog sie zu sich heran und küßte erst ihre Lippen, dann ihre Brüste. Sie stöhnte und versuchte sich loszureißen. Aber er zog sie nur noch näher an sich, und ließ sie auch nicht los, als sie sich wieder wehrte. Es schien sie zu erregen, auch wenn sie sich eigentlich wehrte. Langsam zwang er sie auf den Höhlenboden. Dann sah er ihre Augen. Es waren die Augen einer Katze, die rollig ist, sich nach einem Begatter sehnt, aber trotzdem kämpfen will. Er drückte ihr die Arme beiderseits des Kopfes zu Boden und bestieg sie. Sie bäumte sich auf und versuchte, sich seinem Griff zu entwinden. Er aber zog eine ihrer Hände herunter und legte sie auf sein Glied. Es war hart wie Stein, und sie erschauerte. Dann führte er ihre Hand daran auf und ab und drückte ihr gleichzeitig mit den Knien die Beine auseinander.

Sie keuchte und gab dann ganz plötzlich allen Widerstand auf. Sie schlang die Arme um seinen Rücken und preßte ihn an sich und drängte ihm gierig den Unterleib entgegen. Tron drang in sie ein und fühlte, wie feucht und eng sie war. Die hier war gut, voller Feuer, genau wie eine andere, die er mal genommen hatte, vor langer Zeit, nur daß die sich damals erbittert gewehrt hatte …

Er schüttelte den Kopf, um die Erinnerung zu verscheuchen. Sie war schon so oft greifbar nahe gewesen, nur um dann doch wieder zu verschwinden. Er konnte das jetzt nicht gebrauchen.

Veetas Körper begann zu zittern, und sie schrie laut auf. Er sah in ihr verzerrtes Gesicht hinunter und lächelte. Er würde sie dazu bringen, alles zu tun, was er von ihr verlangte, genau wie Nevilar damals, weil er ihr diese Wonne verschaffen konnte. Aber diese hier war nicht so sanft und unterwürfig wie Nevilar. Sie war eine echte Kämpferin, und das gefiel ihm. Er stieß schnell und heftig zu. Sie öffnete weit ihre Augen – und den Mund, und dann stieß sie einen schrillen Lustschrei aus, der in schmerzliches Wimmern überging, als Tron noch tiefer in sie eindrang. Dieses Geräusch brachte seine Leidenschaft zum Kochen, und er ergoß sich explosionsartig in ihr.

Eine Weile verging, dann bewegte Veeta sich unter ihm. »Als Liebhaber bist du genauso wild wie beim Jagen«, sagte sie.

»Hast du dich schon oft gepaart?«

Sie schüttelte empört den Kopf. »Natürlich nicht. Ich habe auf den Mann gewartet, der der Vater meines Kindes werden soll.«

Tron horchte auf. Das war die Sache, die er wissen wollte, aber er wollte sich seine Ahnungslosigkeit nicht anmerken lassen.

»Erzähle mir davon«, sagte er vorsichtig und hoffte, daß sie dann weitersprechen würde.

»Nun«, sagte sie, »jeder weiß doch, daß der Mann der Frau während der Paarung die Kinder gibt. Wenn aber eine Frau mehrere Gefährten hat, weiß niemand mehr, welcher davon es war. Manche Frauen tun das. Aber ich nicht«, schloß sie tugendhaft. »Ich werde nur dein Kind bekommen, weil ich mich nicht mit einem anderen paaren werde.«

Tron antwortete nicht. Seine Gefühle und Gedanken waren in einen solchen Wirbel geraten, daß er kaum hörte, was sie sonst noch sagte. Aber das erste war hängengeblieben. Der Mann gab der Frau die Kinder. Er, Tron, spendete das Leben, nicht die Große Mutter. Wie hatten sie ihn an der Nase herumgeführt, sich über ihn lustig gemacht!

Er betrachtete Veeta. Er konnte mit ihr tun, was er wollte, und mit allen anderen Frauen auch, denn er gab Leben, nicht sie. Sie waren gar nicht besser, wie sie ihm immer eingeredet hatten. Ohne ihn waren sie nichts. Eine ungeheure Wut stieg in ihm auf, daß er so lange betrogen worden war. Nun, er würde sich schon schadlos halten. Er würde dafür sorgen, daß diese hier ein Kind von ihm bekam. Er würde sich mit ihr paaren, immer und immer wieder, bis sie sich nicht mehr rühren konnte. Dieser Gedanke erregte ihn mehr als irgend etwas je zuvor. Er fühlte, wie sein Glied wieder hart wurde, hart und lang und wütend.

Bevor Veeta noch etwas sagen konnte, warf Tron sie auf den Bauch und zog ihre Hinterbacken hoch, damit er von hinten in sie eindringen konnte. Diese Form von Akat war ihm am allerliebsten, weil die Tiere es auch so machten. Veeta röchelte überrascht, aber er war schon in ihr, bevor sie ihm ausweichen konnte. Er fuhr rein und raus, rein und raus, so fest er nur konnte, und weidete sich daran, daß sie sich nicht wehren, seinem brutalen Stoßen nicht widerstehen konnte, bei dem sie mit Gesicht und Brüsten in den Schmutz gedrückt wurde. Dann wurde der Druck übergroß, und er explodierte nach einem letzten tief ausholenden Stoß und sackte auf ihr zusammen.

Veeta zwängte sich unter ihm hervor. Er sah, daß sie vor Wut zitterte, und war überrascht. Vielleicht machten sie Akat hier nicht auf diese Weise. Nevilar hatte nie etwas dagegen gehabt. Sie schien es sogar zu genießen. Veeta aber war eindeutig böse. Aber schließlich gehörte sie ihm jetzt, und er konnte machen, was er wollte.

»Das ist wie bei den Tieren«, zischte Veeta. »Mit mir, der Tochter Dagons, kannst du das nicht machen. Vielleicht mit irgendeiner anderen Frau, die nicht von Stand ist – die kannst du vielleicht behandeln, als wäre sie nicht besser als ein Tier, aber mir darf kein Mann so etwas antun! Warte, bis meine Brüder davon erfahren! Und erst mein Vater!«

»Ich kann mit dir tun, was ich will«, antwortete Tron träge und schloß die Augen, damit er ihr zorniges Gesicht nicht sehen mußte.

Da hörte er ein raschelndes Geräusch und machte die Augen wieder auf. Veeta stand mit einem Stein in der Hand über ihm. Er griff nach ihrem Handgelenk, damit sie ihn nicht damit erschlagen konnte, und als er die Geste noch nicht zu Ende geführt hatte, sah er wieder das Erinnerungsbild. Aber diesmal entschlüpfte es ihm nicht wieder, sondern wurde vollkommen deutlich: Zena – es war Zena gewesen, die sich so wild gewehrt hatte. Er hatte sie im Ekali mit Gewalt genommen, um sich an ihr zu rächen, und dann hatte sie über ihm gestanden, genau wie jetzt Veeta.

Zena war es also, die ihn verwundet hatte. Der Gedanke, daß eine Frau einen solchen Schaden anrichten konnte, war erstaunlich. Aber da war noch eine andere Erkenntnis, eine Erkenntnis, die wuchs und größer wurde, bis schließlich sogar sein Haß auf Zena, sein Zorn darüber, daß Menta und die anderen schlimme Reden über ihn geführt hatten, ihm Lügen erzählt hatten, davor verblaßte. Jetzt beherrschte ihn nur mehr ein einziger Gedanke: Zena konnte sein Kind haben – sein Kind, nicht das ihre. Es gehörte ihm, und er wollte es haben.

Tron kümmerte sich nicht groß um Veetas zornigen Wortschwall, um die Drohungen, die sie ausstieß. Sie würde ihre Brüder holen, damit sie ihn verprügelten, kreischte sie, weil er sie mißbraucht habe, sie wie ein Tier behandelt habe. Sie war kein Tier. Sie war Veeta, die Tochter Dagons, und sie würde sich eine solche Behandlung nicht bieten lassen. Erst als sie von der Hütte fortlief und er draußen aufgeregte Stimmen hörte, wurde ihm klar, was sie gesagt hatte. Dann handelte er blitzschnell. Er stopfte etwas Fleisch in seinen Beutel, packte seine Felle und Speere und schlich lautlos zu dem Wäldchen jenseits der Lichtung. Niemand sah, wie er zwischen den Baumstämmen eintauchte. Inzwischen war es Nacht geworden, und die anderen saßen noch alle um das Feuer herum und beratschlagten, was sie unternehmen sollten.

»Tron muß dafür bestraft werden«, hörte er einen der Männer sagen. »Wer Dagons Tochter schändet, fordert die Vergeltung heraus.«

»Mit der größten Freude würde ich ihn umbringen«, versetzte ein anderer Mann. »Tron mag ein guter Jäger sein, aber in diesem Stamm hat er nichts verloren. Er gehört nicht zu uns.«

Diese Stimme gehörte einem von Veetas Brüdern, glaubte Tron. Einen Mann umzubringen, nur weil er auf diese Weise Akat hatte, kam ihm blödsinnig vor, und er konnte nicht glauben, daß der Mann das ernst meinte. Aber vielleicht galten für die Tochter eines Anführers andere Regeln. Vielleicht war es ihm nicht gestattet, sie wie andere Frauen zu behandeln. Oder vielleicht wollten sie keinen Fremden in ihrem Stamm haben und benutzten das als Vorwand, um ihn umzubringen. Nun gut, er hatte auch nicht die Absicht, bei diesen Leuten zu bleiben, und an Veeta lag ihm auch nichts, die würde doch nur für Ärger sorgen. Und unter Dagons Herrschaft zu stehen, hatte ihn sowieso von Tag zu Tag mehr irritiert.

Geräuschlos wie ein Tier glitt Tron zwischen den dunklen Bäumen hindurch. Er konnte sich nicht vorstellen, daß sie ihm lange nachjagen würden, aber er wollte sichergehen und seine Spuren verwischen. Er hatte nicht die Absicht, sich von jemandem umbringen zu lassen, jedenfalls nicht jetzt. Er hatte etwas zu tun, das weit wichtiger war. Er mußte Zena finden. Wenn sie sein Kind hatte, würde er es ihr wegnehmen. Es gehörte ihm, und er wollte es haben, denn schließlich verdankte es ihm sein Leben.

II

Das Kind Rofal schlug heftig nach seiner kleinen Schwester, als diese von einem Stein sprang und aus Versehen über ihn stolperte. Zena nahm seine Hand und legte sie fest zwischen ihre beiden Hände.

»Schau mich an, Rofal«, befahl sie. Zögernd erhob der Knabe seine Augen.

»Schlagen ist falsch«, sagte ihm Zena. »Die eigene Schwester zu schlagen, ist zweimal falsch. Du solltest dich um sie kümmern und sie nicht schlagen. Sie braucht deine Hilfe, wenn sie lernen soll, wie man gut springt.«

»Ich will ihr aber nicht helfen«, sagte der Junge trotzig und zog seine Hand weg.

Zena seufzte und ließ ihn gewähren. Daß dieses Kind etwas von Tron hatte, war von Anfang an unübersehbar gewesen. Zehn Sommer waren seit seiner Geburt gekommen und wieder gegangen, und noch immer schlug er andere Kinder. Nichts von dem, was sie sagte oder tat, schien zu helfen. Sie mußte es dennoch weiter versuchen. Es war ihr nicht gelungen, Tron beizubringen, wie man sich um andere kümmerte, aber Rofal wollte sie es unbedingt beibringen. Die Mutter war auf ihren Erfolg angewiesen.

Nur ein einziges Kind blieb von seinem Temperament verschont. Rofal schlug niemals Sarila, die Tochter von Nevilar und Gunor. Sie war ein schönes Kind, großgewachsen und schlank, und hatte lange Haare in der Farbe des Sonnenlichts. So jung er auch war, dieses Mädchen starrte Rofal oft mit Sehnsucht in den Augen an, und wenn ein anderes Kind ihr etwas antun wollte, eilte er zu ihrer Verteidigung. Sie schien sich auch für ihn zu interessieren und faßte oft nach seiner Hand. Dann stöhnte er vor Wonne, als sei er plötzlich mit der Welt einverstanden, und seine gewalttätige Natur war wie weggeblasen.

Zena merkte, daß dank seiner Gefühle für Sarila noch nicht alles verloren war. Er wußte, wie man sich eines anderen annahm. Wenn es ihr gelänge, daß er sich auch um die anderen in der gleichen Weise sorgte, dann würde im Lauf der Zeit bestimmt der von Tron stammende Teil bei ihm abnehmen.

Sie zog ihre Tochter an sich, um sie zu trösten. Das Kind blickte mit traurigen Augen zu ihrem Bruder, Augen, die für ihr Alter erstaunlich klug wirkten. Bereits im Säuglingsalter hatte sich dieser Blick der Weisheit gezeigt. Menta war er als erster aufgefallen. Als die Zeit für die Namensgebungszeremonie gekommen war, hatte sie in einiger Unsicherheit abwechselnd Zena und das Kind angeschaut, dann war ihr Blick auf Zena haftengeblieben.

»Wir werden das Kind Zena nennen, wie dich«, hatte sie verkündet, »denn ich fühle in ihr die Große Mutter.«

Auch Conar war in ihr, dachte Zena, wenn sie die dunklen Locken des Kindes betrachtete, den schlanken, biegsamen Körper, der so sehr an seinen erinnerte. Vielleicht lag es an der tiefen Liebe zwischen ihr und Conar, daß ihre Tochter so sichtbar der Großen Mutter angehörte.

Inzwischen wußte jeder im Stamm, daß sowohl Männer wie Frauen an der Erschaffung neuen Lebens beteiligt waren, denn Menta hatte kurz nach dem Gespräch, das sie und Lune mit Zena geführt hatten, eine Versammlung einberufen. Das Wissen ließ sich nicht mehr geheimhalten, hatte ihr die Göttin gesagt, denn der Zeitpunkt, an dem es alle ihre Geschöpfe wußten, näherte sich in großer Eile.

Einige waren überrascht, andere hatten es bereits erraten. Bakan hatte nur gelächelt, als Menta gesprochen hatte, und als Lune ihn nach dem Grund fragte, hatte er auf ihr helles Haar gezeigt, dann auf sein eigenes, auf ihre hellblauen Augen, die genau gleich waren.

»Ich weiß das bereits seit vielen Jahren«, erklärte er ihnen,

»aber ich schwieg, weil ich Angst hatte, daß manche Männer dann eine Frau für sich allein behalten wollen, damit kein anderer etwas von sich an ihre Jungen weitergeben kann. Dann würden wir nämlich vergessen, daß der Sinn von Akat Vergnügen ist und die Wahrung des Friedens innerhalb des Stammes.«

»Auch ich habe es gewußt«, bekannte Katli, »ich habe die Tiere beobachtet. Bei den Wölfen kann ich manchmal das Äußere eines bestimmten Rüden bei den Welpen sehen. Das ist der Rüde, den sich die Wölfin aussucht, die das Rudel führt. Die anderen Rüden akzeptieren ihre Entscheidung und bekämpfen einander nicht. Statt dessen helfen sie mit bei der Aufzucht der Jungen. Doch bei den Rentieren kämpfen die männlichen Tiere ununterbrochen um das Recht, sich mit den Weibchen zu paaren und sie zu behalten. Ich wußte, daß wir nicht so leben wollten, und deshalb habe ich nichts gesagt.«

»Soweit darf es nicht kommen, daß die Männer untereinander Kämpfe darum austragen, wer sich paaren darf«, fügte Krost mit seiner tiefen Stimme hinzu. »Akat muß so bleiben, wie es ist, daß die Frauen die Entscheidung treffen. Doch müssen die Frauen sogar noch vorsichtiger als bisher schon sein, daß sie jeden Mann annehmen, damit die anderen nicht unruhig werden. Sonst wird es selbst in einem so friedlichen Stamm wie diesem Ärger geben.«

»Am besten verhalten wir uns so, wie wir uns bisher immer verhalten haben, bis wir mehr Weisungen von der Großen Mutter bekommen«, stimmte Menta ihm zu. »Das Wissen selber ist nicht schlecht, hat sie zu mir gesagt, nur die Tatsache, daß manche Männer Mißbrauch damit treiben könnten, wie die Männer aus dem Norden, von denen Gunor berichtet hat.«

Gunor nickte. »Die Leute dort oben kennen die Große Mutter nicht«, erzählte er ihnen. »Die Männer glauben, sie seien die einzigen, die in den Frauen für neues Leben sorgen, und sie kämpfen miteinander, damit sie eine Frau für sich allein haben können. Sie behandeln die Frauen sehr grob, nötigen sie zum Akat und schlagen sie sogar manchmal. Das ist keine gute Art zu leben.«

Tron war ein solcher Mann, wie Zena plötzlich klar wurde. Wenn er wußte, daß mit Akat neues Leben erschaffen wurde, würde er mit den anderen Männern um das Recht der Paarung kämpfen. Er würde sich den Frauen sogar noch brutaler als bisher schon aufdrängen. Vielleicht würde er sogar auf die Idee kommen, daß die Jungen nicht der Großen Mutter, sondern ihm gehörten.

Vor ihren Augen erschien sein Gesicht, brutal und selbstzufrieden, wie damals, als er sie im Ekali angefallen hatte. Sie fuhr zusammen und wischte das Bild fort. Tron konnte ihnen jetzt nicht mehr weh tun. Seit er fort war, waren mehr als zehn volle Jahresumläufe vergangen. Wahrscheinlich war er weit fort, vielleicht sogar tot. Aber es gab viele wie ihn, wie Gunor gesagt hatte, Männer, die keine Ahnung von Liebe oder Mitgefühl hatten, die einen Gott verehrten, der ebenso brutal wie sie selber war und der die Männer noch dazu ermutigte, zu vergewaltigen und zu töten.

Bilder drängten sich in ihrem Kopf, so schnell und plötzlich, daß sie beinahe zu atmen aufhörte. Sie sah Männer, wilde Männer, die Frauen Gewalt antaten, sogar kleinen Mädchen, wieder und immer wieder. Sie hörten einfach nicht auf, auch wenn die Frauen vor Schmerzen schrien. Mit Schrecken sah Zena, wie der Bauch dieser Frauen von den Jungen anschwoll. Sie wurden vor ihren Augen immer größer, und schließlich brachte eine nach der anderen ein Kind zur Welt und wiegte es sanft im Arm. Doch kaum konnten die Kleinen laufen, packten die Männer sie und schleppten die schreienden Bündel fort, während die Mütter verzweifelt weinten. Sie hörte, wie die Männer Worte riefen, die sie nicht verstehen konnte, aber sie wußte gleichwohl, was sie bedeuteten.

»Meins!« schrien sie. »Das Kind gehört mir!«

Tränen strömten Zena übers Gesicht. Sie schüttelte heftig den Kopf, um diese Bilder loszuwerden. Sie waren unvorstellbar schrecklich, und sie wollte sie einfach nicht sehen.

Rofal sah sie neugierig an, sein Gesicht verzog sich besorgt. Zena breitete die Arme aus und zog ihn an sich, und dieses Mal schien das Kind nichts dagegen zu haben. Sie nahm auch die kleine Zena in den Arm. Das kleine runde

Gesicht des Kindes war von Mitleid ganz aufgedunsen. Sie hatte die Sorgen ihrer Mutter immer miterlebt, als wären es ihre eigenen. Als wären sie eins, sie und ihre Tochter.

Um der Kinder willen bemühte sich Zena, beruhigend zu lächeln. Es war nicht gut, daß sie ihre Bestürzung mitbekamen. Vielleicht sollte sie mit ihnen zu den Höhlen gehen, um sie abzulenken. Sie krochen so gern in den Tunneln herum, wobei sie sich natürlich immer dicht an sie hielten, damit sie sich in dem Labyrinth nicht verliefen. Sie selber würde in den Höhlen auch Ablenkung finden und die entsetzlichen Bilder aus ihrem Kopf vertreiben können.

»Habt ihr Lust, mit mir in die Höhlen zu gehen, um zu sehen, ob wir Conar und Lilan dort finden können?« fragte sie sie.

Die Kinder nickten eifrig, bei dieser Aussicht war alles Unglück vergessen. Zena ergriff ein paar Lampen und führte sie durch das Tunnellabyrinth zu der Höhle, in der Conar und Lilan malten. Gunor hatte ihr gezeigt, wie man Öllampen machte, man brauchte nur Tierfett mit einem Stück Moos in die Steinschalen zu tun, die ihr schon damals aufgefallen waren, als Pulot die große Wunde hatte. Diese Lampen brannten sehr langsam und hielten länger als ihre Fackeln. Mit ihrer Hilfe hatten sie viele der dunklen Gänge und Höhlen erforscht, die sich unter den schroffen Klippen dahinzogen.

Mit Hilfe dieser Lampen konnten Conar und Lilan selbst in den dunkelsten Höhlen noch malen. Die Zeichnungen, die Conar in der großen Wohnhöhle gemacht hatte, begannen schon wieder zu verblassen. Wenn die Wisente ewig leben sollten, wie er es versprochen hatte, mußte Conar ihre lebhaften Formen in solchen Höhlen zum Leben erwecken, die tief im Innern der Erde lagen und in denen weder Sonne noch Regen noch der Rauch vom Feuer ihre fließenden Umrisse wieder zerstören konnte. Bis zu diesen geschützten Stellen drang kaum Wasser von oben durch, und die Temperatur blieb immer gleich, selbst an den kältesten Tagen.

Zena sah zu, wie Conar und Lilan die Hände der Kinder an die Höhlenwand drückten und sie durch ein dünnes

Schilfrohr mit Farbe besprühten, so daß ein makelloser Händeabdruck entstand. Die Kinder liebten dieses Spiel und hätten am liebsten auch das letzte Eckchen mit Abdrücken bedeckt. Selbst Rofal war nun still und zufrieden, auch ohne daß sie sich um ihn kümmerte.

Zena nutzte ihre vorübergehende Freiheit, um sich eine Lampe zu nehmen und durch den schmalen Durchlaß zur nächsten Höhle zu kriechen. Dies war die Heimstatt der Mutter, und auch ein sehr kurzer Aufenthalt an diesem Ort würde ihr schon helfen, wieder Ruhe in ihr Herz einkehren zu lassen.

Sie und Conar hatten die hohe Halle schon bald nach der Ankunft des übrigen Stammes entdeckt, so als hätte die Mutter diese Entdeckung absichtlich bis dahin herausgezögert. Sobald sie aber eingetreten waren, hatte sie die Macht dieses herrlichen Raumes ebenso stark und unausweichlich erfaßt wie ein Blitz vom Himmel. Und als sie dann auch noch gesehen hatten, daß sie wie ein ebenmäßiger Steinkreis geformt war, hatten sie gewußt, daß Menta recht hatte. Die Mutter wartete im Vorgebirge nicht nur auf Zena. Hier, an diesem heiligen Ort, wartete sie auf sie alle.

Sie waren damals gleich losgelaufen, um die anderen zu holen. Zena lächelte in der Erinnerung. Krost und Tragar hatten Menta bis zu dem schmalen Durchlaß getragen, weil sie immer noch nur mühsam gehen konnte. Danach hatte Zena sie gestützt, war mit ihr durch den Tunnel gekrochen und hatte gesehen, wie der weisen Frau die Tränen aus den Augen strömten, als sie den Blick hob, um den wundersamen Raum genau zu betrachten. Ein solcher Gefühlsausbruch war bei Menta äußerst selten.

»Hier ist die Große Mutter zu Hause. An diesem Ort wurde sie geboren«, hatte sie mit vor Ehrfurcht zitternder Stimme gesagt. »Es ist eine große Ehre für uns, daß sie uns hierher führt.«

Sie zeigte auf einen kleineren Steinkreis an der einen Seite des höhlenartigen Raumes, der Zena bisher entgangen war.

»Die Mutter selber hat sie dorthin gelegt«, sagte Menta zu ihr, und Zena sah, daß sie recht hatte. Diese Steine waren zu groß, um von irgendeiner Frau oder einem Mann bewegt zu werden, aber es sah dennoch so aus, als wären sie absichtlich dorthin gelegt worden. Der flache, sandige Boden in der Mitte war gerade groß genug, um alle Mitglieder des Stammes aufzunehmen. Durch eine schmale Öffnung, hoch oben im Felsen auf der anderen Seite der Höhle, schien Licht auf die runde Fläche, wie zur Beruhigung, daß sie hier willkommen waren. Seine Strahlen glitzerten in einem kleinen Bach, der mitten durch die Höhle floß, und legten sich schimmernd auf die undurchsichtige Oberfläche eines tiefschwarzen Sees, der starr wie Glas auf der anderen Seite der Halle ruhte.

Die anderen kamen hinter Menta herein und senkten instinktiv die Köpfe, um sie dann zu der gewölbten Decke zu heben, wie sie es immer taten, wenn sie einen Steinkreis betraten. Dieser Kreis nun war besonders heilig, weil die Mutter selber ihn geschaffen hatte. An diesem Ort war sie die Göttin, voller Kraft und Energie, und gleichzeitig die Mutter mit ihrem grenzenlosen Mitleid. Sie traten voller Ehrfurcht vor sie hin.

Zena saß ganz still da und spürte den Geist der Mutter in sich einfließen und alle schrecklichen Bilder verlöschen, die sie zuvor so bestürzt hatten. Sie wußte, daß sie Wahrheit in sich trugen, aber hier in der Heimstatt der Mutter spürte sie nichts außer dem geheimnisvollen Rätsel ihrer Gegenwart. Schon immer war der Geist der Göttin an diesem Ort stärker gewesen als überall sonst, und jetzt hatte er sogar noch zugenommen. Hier in dem heiligen Steinkreis, den die Mutter für sie errichtet hatte, hielt Menta Versammlungen ab und zelebrierte die Geburts- und Todeszeremonien und die für die Tötung eines Tieres oder das Einsetzen des Regens. Im Lauf der Zeit, als immer wieder dieselben Rituale abgehalten wurden und sich die Stimmen erhoben und die Seelen sich den Wegen der Mutter öffneten, hatte die Macht dieses Ortes sich noch vermehrt, bis selbst das kleinste Kind seine Energie spüren konnte, die wie ein Pulsschlag den heiligen Felsen entströmte und bis in ihre Körper drang. Sie schien sie direkt mit der Göttin zu verbinden, während sie von ihr sprachen und auf ihre Stimme lauschten.

Zena seufzte. Es war wunderbar, daß sie diesen Ort gefunden hatten, der so vom Geist der Mutter erfüllt war, aber sie hatte noch immer nicht den freien Raum aus ihren Träumen entdeckt. Bestimmt führte einer der Gänge dorthin und auf die Klippe hinaus.

Da unterbrachen Stimmen Zenas Konzentration. Conar und Lilan riefen nach ihr, um ihr zu sagen, daß sie die Kinder mitnehmen würden, wenn sie nach draußen gingen, um Essen und Wasser zu holen. Zena war froh darüber. Es war gut, daß sie nun diese Möglichkeit bekam, mit der Mutter zu kommunizieren. Und es war auch gut, daß sie sich einmal wieder der Gegenwart der Mutter erfreuen durfte. Noch lange, nachdem sie entdeckt hatte, daß Tron an der Entstehung des Kindes in ihr beteiligt gewesen war, hatte sie nur noch das Gefühl gespürt, daß etwas nicht stimmte, und außerdem eine schreckliche Unruhe, die es ihr beinahe unmöglich gemacht hatte, auf die Mutter zu hören. Jetzt herrschte wieder Freude in ihrem Herzen, und Conar hatte ihr geholfen, sie zurückzugewinnen.

Es überlief sie warm, als sie wieder daran dachte. Eines Tages, als sie sich über das noch ungeborene Kind grämte, hatte Conar sie bei der Hand genommen und sie zu einer anderen verborgenen Stelle in der Erde gebracht, die gleich über der riesigen mit Tropfsteinen gefüllten Höhle lag, die sie damals als erstes entdeckt hatten.

Er hatte sie neben sich auf einen moosbedeckten Fleck gezogen und dann mit seinen sanften, liebevollen Händen all ihre unsicheren Gefühle und bösen Ahnungen aus ihrem Körper gezogen. Immer wieder hatte er sie gestreichelt, bis sie sich vor Leben und Freude überströmen fühlte. Sie waren so lange geblieben, daß die Steinlampen zu knistern begannen und schließlich verloschen, so daß sie sich ihren Rückweg durch die Tunnel in absoluter Finsternis suchen mußten. Aber inzwischen waren sie so viele Male durch die Gänge gelaufen und kannten sie so gut, daß sie über dieses Mißgeschick lachen konnten.

Zenas Körper überlief ein warmes Kribbeln bei dem Gedanken an dieses wunderbare Erlebnis. Akat in allen seinen

Formen war wirklich das höchste Geschenk der Mutter. Und an diesem Tag hatten sie alle Arten durchgespielt, die sie sich nur vorstellen konnten, außer vielleicht Akate. Aber wenn die Begierde auch fehlte, so war doch alles andere vorhanden. Zunächst hatte sie in Conars zärtlicher Umarmung vor allem Akatele gefühlt. Dann war dieses Gefühl langsam in die träge Sinnlichkeit von Akatelo übergegangen, dieses erotische Gefühl, das immer intensiver wurde, bis sie es schließlich kaum mehr aushalten konnten, genau wie die schwelende Glut eines Feuers, deren Rot immer intensiver wird, bis schließlich die Flammen aufsteigen. Später, nachdem sie sich ausgeruht hatten, waren die Empfindungen zu der reinen Ekstase von Akatelelo angestiegen, einem so spirituellen, so unendlich überwältigenden Akat, daß niemand, der es erlebt hatte, es je wieder vergessen konnte. Danach hatten sie sich wirklich eins mit der Mutter gefühlt. Und am Ende, als ihr gemeinsames Lachen durch die Dunkelheit klang, war auch noch das verspielte, kindlich verträumte Akate hinzugekommen.

Danach hatte sie wieder angefangen, richtig zu leben und der Mutter zu vertrauen, daß sie ihr den Weg zeigen würde. Zena wußte, daß Conar das möglich gemacht hatte, aber sie wußte auch, daß es Akat und besonders Akatelelo gewesen waren, die den Schmerz in ihrem Innern besiegt hatten, denn danach war die Mutter in sie eingedrungen und hatte die Freude dorthin gebracht, wo vorher Schmerz gewesen war.

Und diese Freude war immer noch da. Zena fühlte sie stark und warm tief in ihrem Bauch. Es war, als wäre die Mutter wieder in sie eingedrungen, während sie daran dachte, wie es mit Conar gewesen war. Nie zuvor hatte Zena ihre Gegenwart derart deutlich verspürt. Die Mutter, die Göttin, war in ihr und überall um sie her…

Zena erstarrte. Die Mutter wollte ihr etwas sagen. Bald würde sie sprechen, aber diesmal nicht von Gewalt. Sie wollte von Akat reden, nur daß es nicht wirklich Akat war, sondern mehr, etwas noch Größeres.

Das war es! Sie wollte mit ihr über das neue Leben reden, das durch Akat kommen konnte, wenn sie, die Große Mutter, es so wollte. Sie wollte, daß Zena hieran dachte und ihren Geist ganz auf das Wunder konzentrierte, das ihrem Stamm neues Leben brachte.

Zena ließ ihren Geist zur Ruhe kommen. Der Schöpfungsakt bestand aus vielen Stufen, alle gleichermaßen in sich vollkommen und genau. Zuerst drang der Mann durch den starken, engen Durchgang in die Frau ein, den sie zwischen ihren Beinen versteckt hielt. Wenn dabei ein Kind entstand, lebte es viele Monate geborgen im dunklen Leib der Mutter. Zena sah, wie es fröhlich dort in seinem wässrigen Heim herumschwamm und dem Klang des mütterlichen Herzschlags lauschte, aber nichts sah außer Dunkelheit. Sie sah es wachsen, mit jedem Tag wurde es größer, und es strampelte und boxte und versuchte, in dem engen Raum eine bequeme Lage zu finden. Noch ein Mond verging, und nun war das Kind so groß, daß es sich in dem engen Raum kaum mehr rühren konnte. Erst wenn der Kopf nach unten zeigte und gegen die Knochen der Mutter drückte, paßte es noch in dieses beengende Behältnis. Es drückte und schubste gegen diese harten Knochen, die ihm den Durchgang versperrten, als wüßte es, daß es irgendwann hinaus mußte.

Sie sah, wie das Kind sich abzumühen begann, bereit, der warmen, umfangenden Gebärmutter zu entfliehen und in die unbekannte Welt hinauszudrängen, die dort auf ihn wartete. Aber der Durchgang war eng, viel zu eng, der Kopf des Kindes wurde gepreßt und zusammengedrückt. Doch es drängte immer weiter voran, weil es drinnen jetzt nicht mehr geborgen war. Der Aufruhr nahm noch zu, als nun auch der Körper der Mutter ansetzte, die geliebte Last endlich auszutreiben. Krämpfe fuhren durch den gewölbten Bauch; die Mutter wand und verdrehte sich und stöhnte, jetzt wollte sie das Kind heraustreiben und in den Armen halten und fühlen, wie es warm und lebendig an ihrer Brust lag.

Schmerz waberte um die in den Wehen liegende Mutter, schoß in sie hinein und ließ sie aufschreien. Er drängte sich tief in ihren Bauch, bis in die Knochen und die Haut, die sich so sehr dehnen mußte, aber sie verbannte ihn aus ihrem Bewußtsein und drückte nur noch das Kind aus ihrem Körper.

Wenn sie nur einmal diesen Schmerz beachtete und in ihr Gedächtnis aufnahm, würde sie ewig darunter leiden. Sie war eine Frau, und die Große Mutter hatte ihr diese Aufgabe übertragen, diese schwere, überwältigende Aufgabe, ein Kind zur Welt zu bringen. Es war voller Gefahren, aber sie war eine Frau, und sie würde es tun. Und wenn alles gutging und ein kräftiges, gesundes Kind kam, würde sie eine Freude, eine tiefe Glückseligkeit verspüren, die sie auf keine andere Weise erlangen konnte. Es lag auch Macht in diesem gesegneten Schöpfungsakt, eine Macht, die nur eine Frau verstehen konnte. Frauen waren nach dem Bild der Mutter selber geformt, nur sie konnten neues Leben in ihren Körpern nähren, fühlen, wie ein Kind dort wuchs und sich durch die Geburt kämpfte, und wissen, daß es die Kraft der Mutter, aber auch ihre eigene war, die es dem Kind ermöglichte, zum erstenmal in seinem Leben die Augen zu öffnen und das Licht zu sehen.

Zena sah zu dem Licht auf, das in die Höhle hineinströmte. Es war wie ein Wink von oben, so wie das Licht einem neugeborenen Kind winken mag. Ihre Augen folgten dem glänzenden Strahl bis hin zu der Öffnung hoch oben in den Felsen, aus der es herunterschien. Kein Mitglied des Stammes war je dort gewesen, denn zu dieser Seite der Höhle führte der Weg nur durch den tiefen, schwarzen Teich. Und den wollten sie nicht berühren. Er war heilig, denn es war die Gebärmutter, die die Mutter selber in sich getragen hatte. Es erschien ihnen wie eine Vergewaltigung, seine dunkle Heiterkeit zu durchbrechen.

Das Licht schien genau auf die Mitte des Teiches. Zena sah wie verzaubert hinüber. Es schien auf seiner undurchdringlichen Oberfläche zu tanzen und leuchtete nicht hinein, sondern breitete sich in einem weiten, leuchtenden Kreis an der Oberfläche aus. Sie stand auf und ging näher heran, betört von dem dunstigen, tanzenden Licht und dem sanft glänzenden Wasser. Vielleicht wollte die Mutter ja doch, daß sie es berührte, dieses Fruchtwasser, und seiner fließenden Konsistenz nachspürte. Sie kniete nieder und legte ganz sanft die Hand auf die schwarzsamtene Oberfläche. Sie kräuselte sich, wo ihre Finger das Wasser berührten. Die kleinen Wellen strebten schimmernd auf die Mitte des Teiches zu, wo das Licht wartete.

Sie mußte dorthin, dorthin, wo das Licht war. Zena war sich jetzt ganz sicher. Die Mutter wollte, daß sie den heiligen Leib betrat, aus dem sie selber einst gekommen war, sie wollte, daß Zena die Macht und die Freude dieser Geburt spürte, die die Mutter vor so langer Zeit zu ihnen gebracht hatte.

Vorsichtig setzte sie einen Fuß in das schwarze Wasser. Es war weich und warm und roch schwach nach etwas Vertrautem, das sie aber nicht benennen konnte. Dann setzte sie den anderen Fuß neben den ersten. Diesmal bewegten sich die kleinen Wellen ein wenig weiter und rollten müßig der anderen Seite des Teiches entgegen, dorthin, wo die Helligkeit durch einen schmalen Spalt von der Außenwelt hereindrang. Das war ein Zeichen. Dort lag die Antwort, nach der sie gesucht hatte, auf der anderen Seite des Teiches, von wo das Licht kam.

Sie machte noch einen Schritt und dann noch einen. Langsam wurde das Wasser um sie her tiefer. Sie spürte keine Angst, nur eine Art Ekstase. Das dunkle Wasser schien sie zu umfangen, als hätte es auf sie gewartet. Sie lächelte. Dieses weiche und behagliche Gefühl gefiel ihr. Jetzt erkannte sie auch den Geruch. Es war der Geruch ihres eigenen Körpers, der Säfte, die ihr entströmten, wenn sie im Akat einen Mann umschlang.

Der Teich war ebensosehr eine Schöpfung der Mutter wie der Schoß, dem die Mutter entsprungen war. Plötzlich wußte sie es. Die Mutter hatte sich selber geboren, weil sie alles war, das existierte. Sie hatte das dunkle Wasser geschaffen und sich gleichzeitig von ihm ernährt, und sie hatte den heiligen Raum erschaffen, der ihre Heimstatt war. Sie hatte alles gemacht, was sie kannten. Himmel und Erde und alles, was dazwischenlag, während sie gleichzeitig diesen ihr Leben verdankte. Jetzt mußte sie, Zena, diese Geburt durchleben. Wie ein Kind, das zu groß geworden ist für den Leib der Mutter, mußte sie sich durch das dunkle Wasser hindurchkämpfen und sich ihren Weg nach draußen zum Licht suchen. Die Mutter würde durch das Licht sprechen, und sie mußte dorthin gehen, um ihre Stimme zu hören.

Sanft schwappte das Wasser um ihren Bauch und ihre Brüste. Sie ging weiter. Plötzlich war kein Boden mehr unter ihren Füßen. Einen Moment lang dachte sie daran zurück, wie sie damals den Fluß überquert hatte, und die Angst fuhr ihr in die Glieder. Aber dann fühlte sie, wie das Wasser sie trug, als sei sie nicht schwerer als ein Blatt, das sich auf seine Oberfläche gelegt hatte. Sie ließ sich schweben und wartete. Langsam trug sie das Wasser in die Mitte des Teiches. Das Licht überflutete ihr Gesicht, so daß sie zwinkern mußte wegen der Helligkeit. Es schien sie zu prüfen, zu fragen, ob sie bereit war. Und dann war es verschwunden.

Plötzlich geriet alles um sie her in Aufruhr. Ein seltsames Grollen tönte aus den Tiefen des Teiches zu ihr herauf, das Wasser bäumte sich auf und schubste sie grob erst in eine Richtung, dann in die andere, und schäumte und wogte und merkte nichts von ihrer Gegenwart. Sie war ihm hilflos ausgeliefert. Jetzt wurde sie zusammengepreßt, daß Kopf und Glieder unter dem Druck schmerzten. Langsam und unaufhaltsam zog sich der Teich immer fester um sie zusammen. Jetzt schien er nicht mehr aus Wasser zu bestehen, sondern war dicht wie der Fels.

Sie atmete tief ein, als das felsenschwere Wasser sie nach unten zog und ihren Körper herumwirbelte, bis sie mit dem Kopf nach unten in dem Teich schwebte. Und sie sank tiefer und tiefer und tiefer.

Um sie her nichts als Dunkelheit, weiche, schwarze Dunkelheit. Sie benahm ihr den Atem, aber dann schien sie sich nach und nach darin auszudehnen, bis sie so groß und allumfassend war wie die Dunkelheit selbst. Ein winziger Lichtpunkt erschien inmitten der Schwärze und breitete sich langsam aus, bis der ganze Teich von starkem, glühenden Licht erfüllt war. Es drang in ihren Körper ein, es erfüllte die Höhle. Es schien die ganze Erde auszufüllen.

Und dann wußte sie. Sie wußte alles, was je gewußt worden war, alles, was die, die vor ihr gekommen waren, jemals gedacht hatten, und was jene denken würden, die nach ihr kamen. Alles war hier in diesem tiefen Teich, der gleichzeitig Licht war und Dunkelheit, Wasser und Stein, der sie sanft umfangen hielt und in seine Tiefen trug. Dieser geheiligte Ort war der Leib der Mutter, ihre Schöpfung und mehr als das, so wie die Mutter mehr war als das Leben. Der Teich war die Weisheit, ein riesiges, tiefes, bodenloses Gefäß des Wissens, wie die Mutter selbst.

Sie sah die Erde, die Wasser, den Mond und die Sterne und die Sonne, die herrliche Sonne, wie sie alle ihre Kreise zogen. Sie waren eins und doch getrennt; gemeinsam bewegten sie sich in einem unendlichen Rhythmus, der die Tage und Nächte bestimmte, den Sturm und die Zeiten der Ruhe. Jedes Blatt, das vom Baum fiel, jeder hohe Baum und jedes winzige Insekt, jedes hungrige Tier war mit der Sonne, dem Mond und dem Wasser verbunden. Jeder Stern am Himmel und jeder Regentropfen, der die Erde netzte, kannten einander genau, denn sie waren eins. Selbst Gegensätze waren eins: Mann und Frau, Licht und Dunkel, Flüssiges und Festes, die Ruhe und der Sturm: alles war eins, denn es war alles nichts als Bewegung, eine unendliche Bewegung, die auch dann absolut reglos war, wenn sie sich bäumte und tanzte und brauste.

Diese Weisheit drang durch Augen, Ohren und Haut in Zena ein, und sie nahm sie liebevoll in ihren Körper, ihr Herz und ihre Seele auf. Jetzt gehörte sie ihr, sie war ein Bestandteil ihres Seins, und sie wußte, daß sie sie niemals wieder verlassen würde. Sie war vielschichtig und geheimnisvoll und unendlich einfach in ihrer Einheit. Chaos. Alles war Chaos, selbst wenn es so geordnet ablief wie die Bahnen der Sonne. Es war vollkommen; alles war vollkommen.

So plötzlich, wie es sie erfaßt hatte, gab das Wasser Zena wieder frei. In einer gewaltigen, rauschenden Bewegung drängte es sie nach oben, und sie fühlte, wie sie über den ganzen Teich hinweggeschleudert wurde, und fürchtete, sie würde sich auf den Felsen an der anderen Seite den Kopf aufschlagen. Sie streckte die Hände nach vorn, um den Schwung abzufangen. Sie fühlten den Stein und hielten sich daran fest, als das Wasser sie vorsichtig auf einem Felsbrocken absetzte.

Wieder strömte Licht in die Höhle, und das Wasser lag dunkel und reglos da, als wäre nichts geschehen.

Zena atmete tief und beruhigend durch. Jetzt war das Licht genau über ihr. Sie war beinahe angekommen.

Langsam zog sie sich die steil aufeinandergeschichteten Felsen hoch, bis sie die schmale Öffnung erreicht hatte, die in die Außenwelt hinausführte. Sie ging hindurch und wagte kaum, hinauszusehen. Und dann konnte sie gar nichts sehen, weil das Sonnenlicht sie blendete und sie die Augen schließen mußte. Als sie sie aber wieder öffnete, ließ der vertraute Anblick sie erstaunt aufkeuchen. Vor ihr lag die offene Fläche hoch auf den Klippen, der Ort, an dem etwas auf sie wartete. Endlich hatte die Mutter ihr den Weg gezeigt.

26. Kapitel

Pulot kam mit einem aufgeregten Glitzern in den Augen auf die Lichtung gerannt. Sie hatte etwas ganz Besonderes für die Kinder entdeckt, die sich sofort aufgeregt schnatternd um sie scharten.

Pulot war längst erwachsen, hatte ihre eigenen Jungen, aber sie spielte immer noch gern wie ein Kind und konnte selber die Kinder stundenlang unterhalten. Sie brachte eine große Entlastung für sie, dachte Zena bei sich, sie war verantwortungsbewußt und fürsorglich, dabei von mitreißender Begeisterung.

Ein breites Grinsen stand auf Pulots erhitztem Gesicht. Sie stand still und kämpfte gegen ihre Lachlust an. Als sie endlich wieder ernst war, führte sie ein dünnes Schilfrohr an die Lippen und blies. Ein dünner, noch stark gepusteter Ton entstand. Sie blies heftiger, und jetzt ertönte ein stärkerer Ton. Die Kinder klatschten, sprangen auf und ab und bettelten darum, als nächste dranzukommen.

Die enthusiastische Reaktion freute Pulot so, daß sie begann, auf der Lichtung herumzustolzieren und dabei ihre Flöte zu blasen. Sie bemerkte nicht, daß Menta sich zutiefst erschrak, aber Zena sah es und begann zu grübeln. Warum sollte sich Menta wegen Pulots neuestem Spiel derart entsetzen?

Lune erhob sich und setzte sich zu Menta. Auch in ihrem Gesicht stand Angst, wie Zena sehen konnte. Und dann fiel es ihr wieder ein: Es war die Vision, Mentas Vision vor so langer Zeit. Sie hatte es fast schon vergessen. In dieser Vision kamen Leute vor, Leute wie sie, die um ein Feuer herumsaßen, und einer von ihnen blies auf einem Schilfrohr und brachte einen ganz ähnlichen Klang hervor wie Pulot. Und dann waren Schreie zu hören gewesen …

Natürlich folgte aus der Tatsache, daß Pulot etwas Neues zur Unterhaltung der Kinder eingefallen war, nicht unbedingt, daß sich Mentas Vision bewahrheiten würde. In all den Jahren, seit Tron verschwunden war, hatte es keine Gewalttätigkeit mehr gegeben. Zena hatte sich selber immer wieder an den Auftrag erinnern müssen, mit dem die Mutter sie betraut hatte – die Wiederkehr der Gewalt zu verhindern. Es war gar nicht so einfach, das zu bewerkstelligen, wenn es weit und breit niemanden gab, der ihnen etwas zuleide tun wollte.

Lune sprach Zenas Gedanken laut aus. »Das Schilfrohr bedeutet noch nicht, daß deine Vision in Erfüllung gehen wird«, versicherte sie Menta. »Es ist doch nicht dasselbe. Der Klang, den du gehört hast, war wunderschön. Ich kann mich erinnern, daß du es so gesagt hast. Dieser Klang hier war nicht schön.«

Das war allerdings wahr, dachte Zena, die zugleich erleichtert war, weil sich das schrille Pfeifen verlor, während Pulot die Kinder hügelabwärts in die Sümpfe führte, wo sie das Schilfrohr gefunden hatte. Bald aber kehrten sie zurück, und jedes hatte ein Rohr für sich allein. Bald hallte die gesamte Lichtung wider von schrillen, unharmonischen Tönen. Zena scheuchte sie beiseite und ging zu Menta und Lune hinüber.

»Ich habe auch nichts von Mentas Vision gesehen, als ich auf den Klippen war«, sagte sie zu ihnen, wobei sie die anderen ebenso wie sich selber zu beruhigen suchte. Die Angst in ihren Gesichtern überraschte sie und zwang sie, sich mit dem unbehaglichen Gefühl auseinanderzusetzen, das sie in jüngster Zeit gequält hatte. Das Gefühl war aber derart verschwommen, daß es ihr die meiste Zeit gelang, es zu ignorieren, doch vollständig vertreiben ließ es sich nicht.

»Die Mutter zeigt mir dort die unterschiedlichsten Dinge, aber von Gewalt hat sie nicht gesprochen«, fügte sie beinah trotzig hinzu. »Statt dessen spricht sie von der Erde und ihren Geschöpfen, vom Himmel, von der Sonne und vom Mond. Sie zeigt mir, wie sie miteinander zusammenhängen und wie feingesponnen das Gewebe ihrer Schöpfung ist.«

Sie hatte Menta und Lune und auch den anderen davon berichtet, wie sie den offenen Raum entdeckt hatte. Außer ihr hatte keiner je versucht, dorthin zu gelangen. Die einen fürchteten sich vor dem schwarzen Wasser, andere waren der Meinung, daß die Mutter einzig Zena dafür ausersehen habe, in ihren heiligen Schoß einzudringen. Und vielleicht hatten sie recht, dachte diese, denn inzwischen schien sie der Teich willkommen zu heißen. Er hatte sie kein weiteres Mal mit seiner dunklen Macht bedrängt. Statt dessen wurde sie nun von einer kaum wahrnehmbaren Strömung über das glitzernde Wasser auf die andere Seite hinübergetragen, um von dort aus die steilen Felsen zu erklimmen, bis hinauf zu der Öffnung, die zum Licht führte.

»Die Weisheit der Kreise«, sagte Menta, die dabei vorsichtig lächelte, »die hast du entdeckt, Zena. So habe ich es genannt, denn die Gedanken der Mutter können von überallher kommen, aus dem, was längst vergangen ist, aus dem, was jeden Tag geschieht, selbst von dem, was noch nie war. Die Kreise sind wie ein einziger Kreis ohne Anfang und ohne Ende, aber immer erweitert sich der Kreis, während all das geschieht – das ganze Wissen, das von der Mutter in unseren Körper und unseren Geist fließt, sammelt sich in dem tiefen, schwarzen Teich der Weisheit. Dort liegt es, still und dunkel, und wartet darauf, daß wir uns um Begreifen bemühen. Du kannst wieder und wieder hingehen, aber es wird immer noch mehr geben, das man wissen kann.«

»Du bist jetzt eine Weise, Zena«, fügte sie feierlich hinzu. »Die Göttin hat dich zur weisen Frau gemacht, indem sie dir den Weg in den offenen Raum gewiesen hat, deine Kyrie, wo du ihre Visionen empfängst. Es muß dies immer ein erhabener Ort sein, damit der Schmerz oder die Gewalt, die in den Offenbarungen der Mutter enthalten sind, die Erde nicht erreichen und statt dessen im Himmel aufgehen.«

Zena seufzte. »Die Visionen können schmerzhaft sein«, sagte sie traurig. »Eine hat die Mutter bereits geschickt, aber das war schon, ehe ich den offenen Raum entdeckte. In dieser Vision raubten die Männer die Kinder aus den Händen der Mütter und schleppten sie fort. Alle Gesichter zeigten Schmerz, und ich wußte einfach nicht, wie ich helfen sollte.«

»Du hilfst schon damit, daß du siehst, was die Mutter dir zeigt«, erwiderte Menta. »Eine weise Frau hilft ihrem Stamm und den Nachfahren, indem sie sich den Visionen öffnet und den Schmerz in sich aufnimmt. Nur so kann sie hoffen, daß sie das zu ändern vermag, was geschehen wird.«

»Ich bin froh, daß du jetzt die Weise bist«, fuhr sie fort, »denn ich kann nicht mehr wie du zu einer Kyrie gehen, um die Visionen entgegenzunehmen und auf die Weisheit der Kreise zu lauschen. Mein Geist ist noch stark, aber mein Körper wird allmählich schwach, und nicht einmal Lunes Heilkräfte, mit den deinen vereint, können mich wieder gesundmachen.«

Die Stimme der alten Frau hatte einen schwermütigen Klang, und ein Schauder der Angst lief Zena über den Rükken. Vielleicht lag es an Mentas Gesundheitszustand, daß sie dieses Gefühl hatte, irgend etwas sei falsch. Wie sollten sie denn ohne Mentas Leitung weitermachen?

Als ahnte sie Zenas Befürchtungen, faßte Lune nach der Hand ihrer Schwester und hielt sie fest. »Du bist vielleicht nicht mehr so gut auf den Beinen, Menta«, erklärte sie bestimmt, »doch als Heilerin kann ich dir nur versichern, daß noch viele Jahreszeiten vergehen werden, ehe du wieder zur Mutter zurückkehrst.«

Zena lächelte, Lunes Bemerkung vermochte sie zu beruhigen. Menta war weit stärker, als sie wirkte. Ihr Unbehagen hielt sich dennoch und wurde sogar noch stärker, als der Frühling in den Sommer überging. Die Angst in ihrem Herzen zu verschließen, während die Erde so fruchtbar war und die Gesichter um sie herum so ruhig, kam Zena nicht richtig vor, und sie schalt oft mit sich selber, weil es ihr nicht gelang, sich am Überfluß der Mutter zu erfreuen, an dieser Zeit der Hochgefühle. Die Luft war lind und duftgeschwängert, auf den Hügeln wuchsen wilde Blumen; Beeren und Früchte rundeten sich und wurden reif, doch das alles durchdringende Gefühl, daß etwas nicht stimmte, verschwand einfach nicht.

Zum Teil war Rofal daran schuld, wie sie zugeben mußte. Und das war erstaunlich, denn Rofal befand sich stärker im Einklang mit sich selber, als er es je gewesen war. Inzwischen waren vierzehn Sommer seit seiner Geburt vergangen, und es gab nur mehr wenige Zeichen jener gewalttätigen Natur, die seine ersten Jahre so belastet hatten. Für einen Teil seiner Veränderung war Akat verantwortlich, erkannte Zena. Rofal verschwand häufig mit Sarila, der Tochter von Nevilar und Gunor, und Zena war sich sicher, daß sie sich paarten. Sie fragte nicht danach; ihre privaten Unternehmungen gingen sie nichts an, doch mußte sie innerlich lächeln und freute sich für beide.

Dennoch war Akat nicht der einzige Grund für Rofals inneren Frieden. Der andere Grund war die Entdeckung, die Pulot gemacht hatte: Die Rohre, mit denen sich Pfeifgeräusche erzeugen ließen. Wider Erwarten hatte Rofal vom ersten Augenblick an, als er sie gehört hatte, an ihnen Geschmack gefunden. Er verbrachte Stunden damit, Löcher in die Schilfrohre zu schneiden, um unterschiedliche Töne hervorzubringen, dann blies er hinein, und jedesmal zeigte sein Gesicht einen Ausdruck völliger Hingabe. Die Klänge, die er erzeugte, waren wunderschön, so schön, daß jeder bezaubert dasaß, während er spielte. Und eben deshalb machte sie sich Sorgen.

Während die Tage verstrichen, steigerte sich ihr Unbehagen allmählich zu der Gewißheit, daß etwas Fürchterliches bevorstand. Sie vermochte kaum mehr zu essen oder zu schlafen. Auch Menta und Lune spürten es, aber sie sprachen nicht darüber. Es blieb ihnen nichts anderes übrig, als abzuwarten.

Immer wieder ging Zena zur Kyrie, wollte eine Botschaft von der Göttin, doch alles, was sie erreichte, war dieses Gefühl, daß etwas im argen lag, ähnlich dem Gefühl damals, als sie Rofal in sich trug, nur viel stärker diesmal und viel schneidender. Es fühlte sich an wie eine Wunde in ihrem Bauch, so als sei Rofal aus ihr herausgerissen worden statt auf normalem Wege auf die Welt zu kommen.

Als sich der Überfall ereignete, war sie nicht überrascht, dennoch verwandelte der Schrecken ihr Herz zu Stein. Auch daß die Ereignisse sich fast genauso entwickelten, wie Menta sie vorhergesehen hatte, vermochte sie nicht zu überraschen. Sie und Menta und Lune und ein paar andere saßen eines

Abends um das Feuer herum und lauschten Rofal, der auf dem Schilfrohr blies. Die meisten befanden sich noch unten im Tal, um Nahrung zu holen, denn in diesen ersten Sommertagen hielt sich die Sonne lange über dem Horizont. Rofals wunderschöne Klänge trieben in der stillen Luft und beruhigten all jene, die zuhörten.

Plötzlich zerriß ein anderer Ton die Luft. Ein dünner, hoher Schrei erhob sich, und dann hörte man ein Weinen, unterdrücktes, angsterfülltes Weinen. Sarila stürmte in den Feuerkreis und lief schluchzend zu ihrer Mutter. Ihre langen Haare in der Farbe des Sonnenlichts waren voller Schmutz und Zweige. Blut lief ihr vom Gesicht und von den Beinen.

Nevilar nahm sie in die Arme. Dabei dämmerte ihr allmählich die Erkenntnis, daß sie vor langer Zeit von einem ähnlichen Vorfall gehört hatte: Eine junge Frau, großgewachsen und zart, war in den Feuerkreis gestürmt und hatte aus tiefstem Herzen geweint.

»Nein«, flüsterte sie, »nein, es darf nicht wahr sein.«

Rofal sprang auf die Füße. Alle Farbe war aus seinem Gesicht gewichen. Jemand hatte Sarila weh getan, Sarila, an der ihm mehr als an irgend jemandem sonst lag. Warum war er nicht bei ihr gewesen, um sie zu beschützen?

»Was ist geschehen, Sarila? Wer hat dir das angetan?« Er lief zu ihr, versuchte ihr in die Augen zu schauen, doch sie verbarg ihr Gesicht an der Brust der Mutter.

»Nein«, schrie sie. »Niemand darf mich anrühren, auch du nicht. Er hat mir angst gemacht, und ich kann es nicht ertragen.«

Zena versuchte ruhig zu sprechen, auch wenn ihr das Herz bis zum Halse schlug. »Du mußt es uns erzählen, Sarila, sonst können wir dir nicht helfen.« Sie wußte bereits, was Sarila sagen würde, aber sie mußte sicher sein.

Sarila schauderte. »Ich befand mich in der Nähe des Pfades, der zum Ekali führt«, kam es stoßweise aus ihr heraus, »als hinter mir ein Mann, ein Fremder, auftauchte und mich zu Boden drückte. Er tat mir Gewalt an, und ich konnte mich nicht losmachen. Er schnitt mir mit seiner Feuersteinklinge ins Gesicht ...«

Ihre Stimme versagte, als sie wieder schluchzen mußte. Zena und Nevilar tauschten Blicke, dasselbe Entsetzen spiegelte sich darin.

»Dafür werde ich ihn umbringen!« So hell und jugendlich sie noch war, Rofals Stimme zitterte vor Zorn.

Zena wandte sich heftig um, weil sie die Veränderung so erschreckte, die plötzlich über ihren Sohn gekommen war. Die Heiterkeit, die sein Gesicht noch einen Augenblick zuvor bestimmt hatte, war restlos verflogen. Bitterer, bedenkenloser Zorn zeichnete sich jetzt dort ab, und dabei sah er doch noch so jung aus, selber so unfaßbar verletzlich und ohne alle Erfahrung. Auf der Oberlippe, die sich den ganzen Sommer lang so anmutig auf sein Schilfrohr gelegt hatte, zeigten sich erste weiche Haare, doch sein jugendlicher Körper wirkte noch zart, er hatte sich noch nicht zu seiner vollen Kraft entwickelt. Seine süßen Lippen waren jetzt verkniffen und bitter, der Körper starr vor Wut.

»Ich werde ihn dafür umbringen«, wiederholte Rofal, und in seine Stimme stahl sich eine tödliche Sicherheit. Er lief fort, dorthin, von wo Sarila aus den Bäumen aufgetaucht war.

»Nein!« schrie Zena. »Dort wirst du nicht allein hingehen. Wir müssen erst die anderen Männer finden.« Doch Rofal war nicht aufzuhalten.

Lune faßte nach dem Schilfrohr, auf dem Rofal gespielt hatte, und blies mit aller Kraft hinein. Ein langer, schriller Pfeifton stieg auf.

»Vielleicht hören es die anderen«, erläuterte sie ihren Versuch. Sie lief hinauf auf den Hügel, von dem aus man das Tal überblicken konnte, und blies und blies immer weiter, lange, unharmonische Alarmsignale.

Ihre Taktik erwies sich als wirkungsvoll, denn innerhalb weniger Augenblicke polterten die anderen hügelan zu der Lichtung. Gunor kam als erster an. Auf seinem Gesicht standen düstere Ahnungen. Dicht hinter ihm folgten Conar und Krost, dann Katli und Pulot. Der übrige Stamm stolperte hinterher.

»Sucht die anderen Frauen, vor allem die jungen«, wies Zena Katli und Pulot an. »Jemand hat Sarila überfallen.«

»Lauft Rofal nach«, sagte sie zu den Männern. »Rofal darf diesem Mann auf keinen Fall allein gegenübertreten.«

Sie begriffen sofort. Jeder wußte, wie hingebungsvoll Rofal Sarila liebte und daß er alles tun würde, um sie vor Angriffen zu beschützen.

Die Männer waren bis tief in die Nacht und auch den größten Teil des folgenden Tages auf der Suche. Rofal bestand darauf, sie zu begleiten, aber Zena bat Conar und Gunor, sich in seiner Nähe zu halten, damit er den Eindringling nicht allein stellte. Doch der Mann hatte sich sehr gut versteckt, und sie konnten keine Spur von ihm entdecken. Vielleicht hatte er ja, so versicherten sie sich gegenseitig, die Gegend schon wieder verlassen, aus Angst, daß man ihn entdecken könne. Zena hoffte, daß das der Wahrheit entsprach, doch im Grunde ihres Herzens wußte sie genau, daß es sich anders verhielt.

»Was können wir denn machen?« fragte sie Menta, weil sie nicht wollte, daß die Qual so weiterging.

Menta überlegte. Zu Zenas Überraschung schien Menta jetzt, wo die Vision eingetreten war, stärker und entschlossener zu werden. Zena hatte damit gerechnet, daß sie völlig verzweifelt war.

»Vielleicht können wir meine Vision für uns arbeiten lassen«, antwortete sie, »statt daß wir hier sitzen und es diesem Mann erlauben, uns angst zu machen. Während ihr alle nach ihm gesucht habt, haben Lune und ich einen Plan entworfen.«

Sie rief Nevilar und Pulot zu sich. »Erinnerst du dich«, fragte sie Nevilar, »wie in meiner Vision als nächstes zwei Frauen überfallen wurden?«

Nevilar nickte. »Du wirst die eine sein«, sagte Menta zu ihr, »und Pulot die andere. Wir wollen diesem Mann eine Falle stellen, deshalb werden wir zwei Frauen allein lassen, um herauszufinden, ob er kommt – doch die Männer werden sich in der Nähe versteckt halten, um ihn dann zu fangen. Seid ihr bereit, uns dabei zu helfen, diesem Mann eine Falle zu stellen, der Sarila geschändet hat?«

»Ich bin mit Begeisterung dabei«, sagte Nevilar entschlossen. Sie überlegte einen Augenblick. »Ich mache es gern, solange Gunor ganz in der Nähe ist«, fügte sie hinzu, und jetzt zitterte ihre Stimme doch ein bißchen. »Er ist der stärkste von allen, und ich bedeute ihm besonders viel.«

Auch Pulot wollte unbedingt mitmachen. Lune schilderte ihr Mentas Vision und womit sie rechneten. Die Vorstellung, daß sie überfallen werden könnte, beunruhigte Pulot nicht groß.

»Wenn dieser Mann mich vergewaltigen will, wird er sein blaues Wunder erleben«, erklärte sie mit blitzenden Augen. Trotz ihrer Angst hätte Zena beinahe gelacht. Pulot war beinahe so breit wie hoch und konnte es mit jedem Mann aufnehmen.

Am nächsten Tag begaben sich Nevilar und Pulot auf den Pfad, den Sarila eingeschlagen hatte, als sie überfallen wurde. Pulot schnatterte fröhlich mit ihrer nasalen Stimme vor sich hin, aber dabei registrierten ihre Augen jede kleinste Regung im Gebüsch. Nevilar sah man die Angst an, aber auch die Entschlossenheit.

Als sie einen Hohlweg erreichten, der von Sträuchern eingeschlossen war, die über und über voll Beeren hingen, bedeutete ihr Pulot, daß sie stehenbleiben sollte. Für einen Mann, der sich aus dem Gebüsch auf sie stürzen wollte, war der Platz gut gewählt, und in der Nähe befand sich eine dichte Baumgruppe, in der sich Gunor und die anderen Männer verbergen konnten. Die beiden Frauen blieben dort, während die Sonne langsam zur Mitte des Himmels emporstieg. Sie pflückten die saftigen roten Beeren und füllten damit ihre Körbe. Nevilar versuchte ein paar zu essen, doch war sie so nervös, daß ihr selbst das Schlucken schwerfiel.

Gerade als sie sich bückte, um eine Beere aufzulesen, die auf den Boden gefallen war, tauchte der Mann hinter ihr auf. Er bewegte sich so leise, daß nicht einmal Pulot ihn kommen hörte. Er preßte die Hand auf Nevilars Mund und warf sie zu Boden. Brutal drückte er ihr Gesicht auf die Erde, zog ihr die Arme auf den Rücken und begann sie mit einer Ranke zu fesseln.

In diesem Augenblick entdeckte ihn Pulot. Sie sprang ihm ins Kreuz und zerkratzte ihm die Haut mit ihren Nägeln wie eine wütende Katze. Überrascht drehte er sich um, und Nevilar gelang es, sich seinem Griff zu entziehen.

Ein Schrei der Überraschung drang ihr über die Lippen. »Tron! Du bist Tron!«

Verblüfft hielt Pulot inne. Vielleicht war das jemand, den Nevilar kannte, und nicht der Mann, der Sarila überfallen hatte. Warum aber hatte er dann Nevilar zu Boden gestoßen? Sie nahm ihre Knufferei wieder auf, doch Tron schob sie mit einem mächtigen Hieb beiseite. Pulot kauerte sich zu Boden und wollte ihn eben erneut anspringen, als Gunor von den Bäumen heruntergeschossen kam und sich auf Tron stürzte. Er riß den fremden Mann von Nevilar weg und schlug ihm mit eisenharter Faust ins Gesicht. Knurrend holte Tron mit seinem Feuersteinmesser aus und brachte Gunor einen gewaltigen Riß am Arm bei. Gunor verschlug es den Atem, überrascht ging er in die Knie.

Jetzt erschienen die anderen Männer auf dem Plan. Das Messer drohend vor sich ausgestreckt, trat Tron den Rückzug zu den Bäumen an. Seine Augen waren fest auf die sich nähernden Männer geheftet, und deshalb bemerkte er die schmale Gestalt nicht, die sich von hinten auf ihn stürzte. Zena aber sah sie, und sie keuchte entsetzt auf. Es war Rofal.

»Du hast Sarila geschändet, und ich werde dich dafür töten«, schrie Rofal und stürzte sich dabei mit einem zugespitzten Stein auf Tron.

Jetzt herrschte allgemeine Verwirrung. Jeder stürzte zu dem kämpfenden Paar. Auch Zena lief hin, Grausen im Herzen. Rofal hatte hier nichts verloren; sie hatten ihn nicht in ihren Plan eingeweiht, damit er nicht auf die Idee käme, seinen Schwur zu erfüllen. Und jetzt war dieser Mann Tron!

Rofal stieß wie ein Wilder zu. Zena konnte die Wut in seinem Gesicht erkennen, dann als Reaktion die Wut Trons. Tron würde ihn töten, das Kind töten, das von ihm stammte! Schon hatte er Rofal den Stein aus der Hand geschlagen, jetzt griff er mit seinen großen, erbarmungslosen Pranken nach Rofals Kehle.

»Er ist dein Sohn!« schrie sie. »Er ist dein Sohn!«

Beim Klang ihrer Stimme wirbelte Tron herum, und im selben Augenblick angelte Rofal sich den scharfen Stein wieder und stieß ihn tief in die Brust des großen Mannes. Tron schrie auf und sank zu Boden.

Gunor packte Rofal mit seinem heilen Arm und schleuderte ihn Pulot in die Arme. Rofal stand unter Schock. Er zitterte vor Entsetzen über seine Tat. Pulot umklammerte ihn mit beiden Armen, damit er sich nicht von ihr losreißen konnte, aber auch zum Trost.

Zena beugte sich zu Tron hinunter. Seine Augen standen weit offen, doch sie begannen sich bereits zu verschleiern. Er starrte ihr ins Gesicht.

»Er gehört mir!« sagte er heiser. »Mir, weil ich ihm Leben gegeben habe. Ich bin gekommen, um ihn dir wegzunehmen. Ich werde ihn dir wegnehmen …«

Aber Zena wußte, daß es nicht dazu kommen würde. Tron tropfte Blut aus den Mundwinkeln, und seine Haut war schon ganz wächsern. Diesmal würde er sich nicht wieder erholen.

Sie rief nach Wasser und einem kalten Umschlag für die Stirn. Zumindest konnten sie ihm das Sterben erleichtern. Sie begann ihm von dem Sohn zu erzählen, den er nie kennengelernt hatte. Wenn er Rofal gekannt hätte, wäre er vielleicht ein sanfterer Mensch geworden und nicht mehr so gewalttätig, weil er dann miterlebt hätte, wie hilflos ein kleines Kind war und daß selbst ein männliches Kind manchmal Hilfe brauchte. Vielleicht wäre es so gewesen. Sie wollte es gern glauben, denn als Tron nun noch einmal zu ihr aufsah, war alles Herausfordernde aus seinem Blick gewichen. Er machte ein verstörtes Gesicht, als könne er etwas nicht begreifen.

»Er hat mich getötet«, sagte er so leise, daß nur Zena es hören konnte. »Ich wollte ihn doch mit mir nehmen, ihm beibringen, wie man jagt und wie man …«

Seine Stimme verebbte. Er gab einen tiefen Seufzer von sich, der von einer Stelle in seinem Innern zu kommen schien, die er genausowenig gekannt hatte wie seinen Sohn. Zena hielt den großen, struppigen Kopf in ihren Armen und sah zu, wie ihre Tränen auf seine schmutzverkrusteten Wangen fielen. Früher hatte er so brutal ausgesehen. Jetzt wirkte er nur noch leer und verloren.

II

Sie beerdigten Tron mit großer Sorgfalt, ganz so, als wollten sie ihn für die frühere Vernachlässigung entschädigen. Zena wusch selber seinen Körper und rieb ihm die Glieder mit Lavendel und anderen lindernden Kräutern ein, damit er seine Reise zur Mutter in Frieden antreten möge. Die anderen brachten duftende Blumen herbei, die sie über seine massige Gestalt breiteten. Nun bedeckten Blüten die schlimmen Narben, die Hornstöße und Hufschläge auf seinem Körper hinterlassen hatten. Tron hatte viele Tiere erlegt, aber seine Opfer hatten ihre Spuren hinterlassen.

Als sie ihn tief in die Erde der Mutter gebettet hatten, gingen sie zu dem Steinkreis, um an ihn zurückzudenken und ihn der Göttin anzuempfehlen, wie sie es immer taten, wenn jemand gestorben war. Jeder bemühte sich, etwas Gutes zu finden, das sich über Tron sagen ließ, damit die Mutter ihn wieder an ihr Herz nahm und sein Wesen änderte und so die Gewalt, die sein ganzes Leben beherrscht hatte, mit ihm sterben konnte.

»Bei der Jagd war Tron mutiger als alle anderen«, sagte Krost. »Wenn ich oder irgendein anderer von einem Tier angegriffen wurde, kam er uns ohne zu zögern zur Hilfe. Einmal hat er Bakan vor einem heranstürmenden Wisent gerettet, indem er ihm seinen Speer in die Rippen stieß.«

Die anderen schwiegen einen Moment und dachten an Bakan, der schon vor ein paar Jahren zur Mutter zurückgekehrt war. Er war der älteste und angesehenste Mann im Stamm gewesen, und seine bedächtige und geduldige Art fehlte ihnen sehr.

»Vielleicht hätten wir öfter mit Tron darüber sprechen sollen, wie sehr wir sein Jagdgeschick bewundert haben«, sagte

Zena schließlich. »Vielleicht wäre er dann besser mit sich zurechtgekommen.«

»Ich glaube, Tron hat nie verstanden, warum ihn niemand mochte«, sagte Conar leise. »Er wollte unsere Zuneigung gewinnen, indem er uns zeigte, daß er stark war und ein guter Jäger. Aber statt dessen bekamen wir nur Angst vor ihm und sind von ihm abgerückt, statt auf ihn zuzugehen.«

»Aber er hat auch gern anderen weh getan«, sagte Lune. »Ich konnte es seinem Gesicht ansehen. Nur weil er tot ist, müssen wir ihn nicht besser machen, als er war. Aber wir müssen zu verstehen versuchen, warum er sich so verhalten hat.«

»Es ist wahr, daß Tron anderen gern weh tat«, stimmte Nevilar zu und legte beschützend den Arm um Sarila. »Vielleicht hat er das gelernt, als ich ihm gestattet habe, mich zu verletzen.«

»Diesen Wunsch hatte er auch schon vorher«, sagte Menta darauf. »Das war von Anfang an ein Teil von ihm. Du mußt dir nicht die Schuld dafür geben. Zena kann auch nichts dafür, daß sie ihn nicht ändern konnte. Das Böse hatte sich in ihm festgesetzt, lange bevor sie damit begann. Nicht einmal die Große Mutter konnte das wieder in Ordnung bringen.«

»Vielleicht ist er ja schon mit diesem Bösen in sich geboren worden, so wie manche Tiere von Geburt an den Drang verspüren, ihre Artgenossen zu töten«, bemerkte Katli. Sie wollte noch etwas sagen, machte dann den Mund aber wieder fest zu. Ihr gegenüber saß Rofal mit hängendem Kopf, und in seiner Gegenwart wollte sie nicht von ihrer Überzeugung sprechen, daß Tiere, denen der Drang zu töten angeboren war, diesen Drang manchmal an die Jungen weitergaben, die sie mit in die Welt setzten.

»Diese brutalen Menschen im Norden, von denen Gunor uns erzählt hat, können doch nicht alle mit dem Drang geboren sein, anderen Schmerz zuzufügen«, widersprach Tragar. »Wenigstens einige von ihnen lernen es erst später.«

»Vielleicht ist es einigen angeboren, und andere lernen es im Laufe des Lebens«, antwortete Zena. »Man kann sich leicht vorstellen, wie so etwas in einem Stamm entsteht, in dem die Kämpfer besonders bewundert werden. Wer soll dann den Kindern beibringen, daß es falsch ist, andere zu verletzen?«

Die andern nickten und dachten an Rofal. Zena hatte immer darauf geachtet, daß er jedesmal, wenn er sich mit einem anderen Kind prügelte, von einem der Erwachsenen beiseite genommen wurde, der dann mit ihm darüber sprach, wie wichtig Freundlichkeit und Zuwendung für ein gutes Zusammenleben sind. Zuerst hatten sie geglaubt, es brächte gar nichts, weil Rofal immer nur ein störrisches Gesicht dazu gemacht hatte, aber irgendwann hatte er sich doch geändert. Er war immer seltener gewalttätig geworden, bis er dann Tron angegriffen hatte, und das konnten sie in diesem Fall gut verstehen.

Inzwischen war nichts Gewalttätiges mehr an ihm. Er saß schlaff und wie erloschen da und war so mit sich beschäftigt, daß Zena sich fragte, ob er wohl je wieder sprechen würde. Sie behielt ihn sorgsam im Auge, für den Fall, daß er sich selber verbannen wollte, wie sie es vor so vielen Jahren getan hatte. Aber sie traute ihm die Kraft dafür eigentlich nicht zu. Man konnte beinahe den Eindruck haben, als hätte er vollzogen, wozu er geboren worden war, und nun habe ihn alle Lebenskraft verlassen.

War vielleicht das der Weg der Mutter? Vielleicht waren die, die einer Frau Akat aufzwangen, dazu verdammt, von Hand eben der Kinder zu sterben, deren Leben aus ihrer Gewalttätigkeit entstanden war.

Traurig dachte sie, daß es nicht vorbei war. Es würde noch mehr Gewalt geben. Sie spürte es in den Knochen und im Bauch, auch ohne Mentas Vision. Als Tron gestorben war, hatte sie dieses Gefühl, daß irgend etwas im argen lag, dennoch nicht verlassen, sondern war nur ein wenig schwächer geworden.

Es nahm weiter ab, als die Jahreszeiten vergingen, ohne daß sie irgendwelche Anzeichen der gefürchteten Gewalt hätte erkennen können, aber ganz verließ es sie nie. Dann, Tron war schon fast fünf Jahre tot, nahmen ihre Ängste wieder zu. Eines Tages kam eine weißhaarige Frau, die zwei kleine Kinder trug, zu ihnen auf die Lichtung gestolpert. Im Schlepptau hatte sie einen ganzen Haufen hungriger Kinder. Ihr Stamm war von fremden Männern überfallen worden, erzählte sie. Sie hatten die Männer und die Alten getötet und die Frauen verschleppt. Sie selber war mit den Kindern im Wald gewesen und hatte nur deshalb entkommen können. Sie waren viele Tage hindurch gewandert und hatten nach einem anderen Stamm gesucht, bei dem sie leben konnten.

Zena nahm sie gern auf; aber das Herz wurde ihr schwer von dem Gehörten. Sie wußte, daß dies erst der Anfang war. Es würden weitere Mörderbanden kommen und immer mehr, genau wie Mentas Vision es vorausgesagt hatte.

Gunor wußte, wer sie waren. »Das sind die schrecklichen Jäger aus dem Norden, die so viele aus meinem Stamm getötet haben«, warnte er Zena. »Ich erkenne ihr Vorgehen wieder. Sie töten, ohne sich etwas dabei zu denken, und verschonen nur die Frauen, die sie für ihre Jäger haben wollen.«

»Sie kommen wegen der Kälte«, fügte Katli hinzu. »Die Tiere, die sie jagen, ziehen fort, und sie folgen ihnen. Gunor und ich haben es gesehen, als wir zur Jagd im Norden waren.«

Sie hatte recht. Langsam und unerbittlich hatte die Kälte ihre Finger immer weiter nach ihnen ausgestreckt. Dicke Schichten ewigen Eises bedeckten die ehemalige Tundra. Ganze Landstriche, die früher einmal bewaldet gewesen waren, hatten sich in kahle Schneefelder verwandelt, über die der Wind hinwegging und wo nichts wuchs als ein paar geduckte Büsche. Die Luft wurde immer schneidender, das Eis dicker, und die großen Wisent- und Rentierherden zogen langsam nach Süden auf der Suche nach Nahrung. Mit ihnen kamen die Stämme, die von ihrem Fleisch lebten, die schrecklichen Jäger, die Gunor vor so vielen Jahren gekannt hatte. Sie waren auf der Suche nach fruchtbaren Tälern, wo es jagdbares Wild gab, warme Höhlen für die langen Winter und Frauen für ihre Jäger. Die Heimstatt unter den schroffen Felsen, die Zena und Conar vor so langer Zeit entdeckt hatten, entsprach genau ihren Wünschen.

Zena kochte vor Wut, als sie daran dachte, daß diese Wilden, die nichts von der Göttin wußten, womöglich die Stätte der Mutter entweihen würden, den heiligen Kreis, den diese selbst erschaffen hatte. Sie schwor, ihnen den Zugang solange sie nur konnte zu verwehren.

Doch ihre Wut verflüchtigte sich ebensoschnell, wie sie gekommen war. Gegen solche Männer konnten sie die Höhlen nicht verteidigen. Sie waren genauso brutal, wie Menta sie in ihrer Vision gesehen hatte, alles junge Männer, manche kaum mehr als Jungen, denn die Jäger schickten die Jungen voraus, damit sie neue Heimstätten für ihre Stämme ausfindig machten. Auf sich selbst gestellt und ohne eine feste Hand, waren diese Jungen dann sogar noch gnadenloser als die Männer, die sie erzeugt hatten. Für sie war das Töten nicht mehr als ein Spiel und Akat nur eine Möglichkeit, andere zu verletzen.

Zena kam zu dem Schluß, daß sie sich vor ihnen verstekken mußten, wenn sie schon nicht gegen sie ankämpfen konnten. Die Mutter hatte ihnen die Höhlen gegeben, und sie würden dieses Geschenk gut nutzen. Eines Tages würden sie vielleicht einmal fortziehen müssen, aber jetzt war sie noch lange nicht bereit aufzugeben.

»Wir müssen Vorbereitungen treffen für den Fall, daß die Männer hierher kommen«, sagte sie zu den anderen. »Es ist unmöglich, sie im Kampf zu besiegen, aber die Mutter hat uns die Höhlen gegeben, damit wir uns darin verstecken können. Dort werden wir sicher sein. Aber wir müssen lernen, unbemerkt ein und aus zu gehen und im Dunkeln durch die Gänge zu finden, damit sie uns nicht folgen können.«

Sie tarnten den Felsspalt, durch den man zu den Höhlen gelangte, mit Felssteinen und Gestrüpp, damit ihn keiner entdecken konnte, der nicht Bescheid wußte. Viele Wochen hindurch übten sie, ungesehen zwischen den Bäumen hindurch zu den Gängen zu flitzen und lautlos durch die dunklen, gewundenen Tunnel zu gleiten, bis sie in die Halle der Mutter kamen, wo sie endlich wieder sehen konnten. Bald kannte selbst das kleinste Kind den Weg. Danach legten sie einen Nahrungsvorrat an und bewahrten dort auch Felle und Werkzeug für den Notfall auf.

Conar wurde ihr Kundschafter. Manchmal schlich er den marodierenden Banden wochenlang nach – den Messermännern, wie sie sie nannten, weil sie lange, scharfe Flintsteine hatten. Jedesmal, wenn er fortging, machte Zena Höllenqualen durch aus Angst, daß er getötet werden könnte. Aber Conar bewegte sich wie ein Tier, nie wurde er gesehen, und er kam immer wieder zurück.

»Die Messermänner gehen nach Norden, um den Winter bei ihren Stämmen zu verbringen«, berichtete er zufrieden, als er nach seinem letzten Erkundungszug zu ihnen in die Halle der Mutter kam. »Es wird jetzt keine Überfälle mehr geben.«

»Wenn der Schnee schmilzt, kommen sie zurück«, erwiderte Zena bitter. »Und dann geht das Morden von neuem an.«

Da baute sich die junge Zena vor ihrer Mutter auf. »Warum müssen denn diese Männer töten?« fragte sie ganz entgeistert. »Die Mutter hat doch genug Nahrung und Höhlen für alle. Dafür brauchen die Männer doch nicht zu töten.«

Zenas Gesicht legte sich in kummervolle Falten, als sie versuchte, die richtigen Worte zu finden, um ihrer Tochter zu antworten. Es erschien ihr wie ein Sakrileg, mit einem so unschuldigen Kind über Gewalt zu reden. Seit die kleine Zena geboren worden war, waren erst sechs Jahre vergangen, und bis die Messermänner aus dem Norden gekommen waren, hatte sie nur Frieden und Freundlichkeit kennengelernt.

Erwartungsvoll sah das Kind zu ihr hoch. Es wirkte ernst und über ihre Jahre hinaus weise. Zena schöpfte neuen Mut. Diese Tochter war ein Kind der Großen Mutter, ganz wie Menta gesagt hatte. Sie hatte schon Visionen gehabt, als sie noch kaum sprechen konnte, und wenn sie die kommenden Jahre überlebte, mußte sie es verstehen.

»Vielleicht töten sie, weil sie die Gewalt auf ähnliche Weise lieben gelernt haben, wie wir die Große Mutter lieben«, setzte sie zögernd an. »Ich weiß, das hört sich unmöglich an, aber wenn Menschen die Göttin vergessen, kann es doch dazu kommen. Weißt du, mein Kind, einige von uns tragen eine Fähigkeit zu furchtbarer Gewalt in sich, die nur von der Mutter selbst oder den weisen Frauen im Zaum gehalten werden kann. Besonders junge Männer können dieser Neigung verfallen. Sie haben eine Flüssigkeit in sich, die sie so werden läßt. Wenn solche Menschen einen Gott anbeten, der sie zur Gewalt ermutigt, glauben sie irgendwann, daß sie im Recht sind. Dann aber ist alles verloren, denn Kinder, die nie wahre Zuwendung erfahren haben, können als Erwachsene selber furchtbar brutal sein. Das sieht man an den Messermännern.«

Zena ging auf die Knie und sah ihrer Tochter tief in die Augen. »Merke dir gut, was ich dir sage, mein Kind, denn eines Tages wirst du meinen Platz einnehmen. Es ist die heilige Pflicht all jener, die den Namen Zena tragen, daß sie der Göttin dienen und die anderen lehren, nach ihrem Willen zu leben.«

Die junge Zena nickte. »Ich werde es nicht vergessen«, versprach sie.

»Das wirst du bestimmt nicht«, antwortete Zena und nahm sie fest in den Arm. »Wenn du erst älter bist, werde ich dich mit zur Kyrie nehmen, damit die Göttin selbst deine Lehrmeisterin sein kann. Aber nun muß ich selber dorthin, denn ich will erfahren, ob wir noch etwas anderes tun können, um die kommende Gewalt zu verhindern.«

Langsam stand sie auf und ging auf den Felsabsatz zu, wo sie ihre große Statue der Göttin aufbewahrten. Conar und Lilan hatten sie aus Stein geformt, damit ihr weder die Zeit noch die Witterung etwas anhaben konnten.

Nun sprach Zena sie direkt an: »Große Göttin, die Messermänner haben so viele Schmerzen über andere gebracht. Wenn wir ihnen nicht Einhalt gebieten, werden sie unendliches Leid über uns alle bringen. Große Mutter, du hast mir die Aufgabe übertragen, die Gewalt zu verhindern, die uns zu überrollen droht. Zeige mir nun, wie ich das vollbringen kann.«

Erwartungsvoll senkte Zena den Kopf. Sie spürte, wie die Gegenwart der Mutter sie warm umhüllte. Auch die anderen fühlten sie und blieben ganz still sitzen. Lange Zeit war in der

Höhle kein Laut zu hören. Nur ein Säugling schrie, und seine Mutter legte ihn schnell an die Brust. Wieder senkte sich die Stille über sie herab.

Da fiel Zena ein Lichtstrahl in die Augen. Sie blickte auf und sah, daß die Sonne der steinernen Göttin direkt ins Gesicht schien, so daß sie zum Leben zu erwachen schien. Das war das Zeichen. Ganz ohne Zweifel. Die Göttin wartete auf sie an der Stelle, wo man ins Offene sah, ganz wie schon früher einmal.

Gebannt sahen die anderen zu, als Zena zum Teich trat und ihren Fuß in das dunkle Wasser setzte. Es schien sich um sie zusammenzuziehen, während sie langsam auf die andere Seite getragen wurde, dann setzte es sie an den Felsen ab. Sie kletterte daran hinauf, immer höher, bis sie nicht mehr zu sehen war. Die anderen stießen wie aus einem Munde einen tiefen Seufzer aus, einen Seufzer der Hoffnung.

III

Vor Zenas Augen öffnete sich die unendliche, herrliche Weite. Einen Augenblick lang hielt sie sich haltsuchend an der Öffnung fest, die auf den Steinkreis hinausführte. Dann trat sie hinaus und ließ die Blicke über die unendliche Weite der mütterlichen Erde gleiten. Sie sah die Höhle, in der sie lebten, die aus dieser Höhe nicht viel mehr war als ein dunkles Loch, und das Tal, durch das der Wisent sie zu Conar getragen hatte. Jetzt waren die Herden wieder da, und die zottigen Körper bewegten sich als kleine schwarze Punkte vor dem saftigen Grün des Tales. Dahinter lagen die Berge, deren schneebedeckte Gipfel hell in der Sonne glitzerten. Manchmal dachte Zena, sie könne von ihrer Kyrie aus bis ans Ende der Welt sehen, denn irgendwann war in der Ferne nur noch Raum, so als hätte das Land dem Nichts Platz gemacht.

An diesem Ort konnte ihr nicht das mindeste geschehen. Der halbmondförmige Felsvorsprung, auf dem sie stand, schmiegte sich zur einen Seite hin in die Felswand, unter dem restlichen Raum fiel der Berg in kahlen, überhängenden Klippen in die Tiefe ab, die unmöglich jemand erklimmen konnte. Auch über ihr ragten unbezwingbare Gipfel steil in die Höhe, soweit das Auge reichte. Die Bergziegen allerdings kamen bis hierher. Ihre Hufe schienen selbst am steilsten Felshang Halt zu finden. Zena streckte die Hand nach der Bergziege aus, die eben auf sie zugeklappert kam. Sie war weiß wie Schnee und hatte elegant geschwungene Hörner. Sie stupste sie sanft damit an und beschnüffelte dann ihre Hand. Schon viele Male war das Tier zu ihrer Begrüßung erschienen, wenn sie hier oben auf dem Felsvorsprung stand. Sie freute sich über sein Kommen, denn es schien ihr, als schaue sie aus seinen schwarzen Augen die Weisheit der Mutter an. Sie waren wie der Teich, bodenlos und undurchsichtig. Als sie so in sie hineinblickte, entfalteten sich vor ihr neue Visionen.

Noch bevor sie bereit war und Körper und Seele gestählt hatte, kamen die Gesichte auf sie eingestürzt. Diesmal entwickelten sie sich nicht langsam, sondern türmten sich alle auf einmal zu einem wirren, wildbewegten Haufen von Bildern. Sie sah eine Ameise über den Waldboden flitzen und fühlte sich schrumpfen, und mit dem kleinen Körper verschmelzen, bis sie selber die Ameise war. Da stieß ein Vogel vom Himmel herunter und nahm die Ameise in seinen scharfen Schnabel. Es ging so schnell, daß sie keinerlei Angst verspürte. Es gab einen Augenblick markerschütternden Schmerzes, der auch schon wieder vorüber war, bevor sie ihn noch richtig registriert hatte, dann breitete sich ein seltsames Gefühl des Friedens aus. Nun war sie ein Teil des Vogels, und als sie so auf einem Ast hockte, ging ein Schatten über sie hin. Klauen gruben sich in ihr Fleisch, und wieder kam der kurze Schmerz und danach der Friede.

Nun wechselten sich die Bilder schneller und immer schneller ab. Sie fühlte sich groß werden, machte sich lang und galoppierte über die Ebene hinweg und schlug dabei vor lauter Daseinsfreude mit den Hufen aus. Dann kam der Löwe, und sie rannte und rannte, und fühlte trotzdem bald die Krallen und die reißenden Zähne, dann wieder den

Frieden, und die Erkenntnis ließ ihren Körper erzittern. Sie alle waren eins, die Ameise und der Vogel, das Beutetier und sein Jäger. Sie alle bildeten einen Kreis, den endlosen Kreis des Lebens, den die Mutter geschaffen hatte.

Die Tiere verwandelten sich wieder zu einzelnen, unterscheidbaren Wesen. Zena sah sie jetzt in einem riesigen, kreisförmigen Netz, gewoben aus zahllosen Fäden. Es leuchtete in den Farben des Regenbogens und war so schön, daß ihr bei seinem Anblick Tränen in die Augen schossen. Tiere grasten und liefen darin hin und her, Vögel flogen, Insekten krabbelten; es gab Bäume und Pflanzen und Fische, und durch die Auen und Wälder spazierten langsam Menschen. Von oben fiel Sonnenlicht auf das Netz, dann Mondlicht, und die strahlenden Fäden wurden blaß. Doch dann begannen sich Wolken zu bilden, sie wurden groß und schwarz und bedrohlich. Ein Sturm rüttelte an dem Netz, und Zena fürchtete, es könne in den heftigen Böen und dem blindmachenden Regen zerreißen, denn die Fäden wirkten so dünn wie im Altweibersommer. Doch wie bei den echten Spinnwebfäden erwies sich das Netz als stärker, als es aussah. Es dehnte sich und schwankte und dehnte sich weiter, aber es zerriß doch nicht.

Eine Hand wurde sichtbar, die Hand eines Mannes. Die Hand wurde zur Faust. Zena stockte der Atem, denn die Faust bewegte sich geradewegs in die Mitte des Netzes.

Die Faust schlug zu, und durch die Luft hallte ein dumpfer Ton. Das Netz wölbte sich in weitem Bogen nach hinten, es gab immer weiter nach, um dann ganz allmählich wieder seine ursprüngliche Form anzunehmen. Ein einziger Faden war gerissen, wie Zena sehen konnte, doch die anderen waren heil geblieben, so daß sie erbittert aufatmete. Doch noch einmal rang sie vor Schreck nach Luft, denn die Faust hatte noch nicht genug, sie schlug wieder und wieder zu, und bald hingen zu allen Seiten des strahlenden Netzes einzelne Fäden herab. Sie waren voller Blut und Fell und Federn und verstümmelter Leiber. Zena zuckte vor dem Anblick zurück.

»Das ist der Unterschied«, hörte sie die Göttin sagen, und ihre Stimme schien von überallher zu kommen. Sie war in der Luft, in den Felsen, unten in den Bäumen, in Zenas

Körper. Die Stimme schwoll an und wurde wieder leise, schwoll an und ab, an und ab. Manchmal hörte sie sich für Zenas Ohren an wie der Winterwind, der heulend um die klagenden Felsen stürmt; dann wieder war sie so leise wie die gewisperten Töne, die ein Nebelstreif auf Gras und Laub hervorbringt.

»Es hat nichts mit Gewalt zu tun, wenn man sich die Nahrung nimmt, die man braucht«, begann die Göttin, »denn es entspricht dem Weg der Mutter. Doch wer ohne Grund tötet, dem kann nicht vergeben werden. Nur damit läßt sich das Netz in Fetzen reißen, das schöne, lebendige Netz meiner Schöpfung. Die Erde, das Wasser, die Himmel können sich immer von neuem reinigen und sich erneuern, doch wenn die gerissenen Wunden zu groß sind, wird auch das Netz der miteinander verknüpften Leben sterben, so wie alles sterben muß. Nicht einmal ich, die Göttin und Mutter, kann es dann wieder heil machen.

Das wollte ich dir verkünden. Du und ihr alle, die ihr nach den Regeln der Mutter lebt, müßt die Wächter meiner Welt werden. Vor langer, langer Zeit kannten alle die Mutter, doch nun haben viele sie vergessen. Ihre Zahl wächst; bald werden sie sich über die Erde ausbreiten, und mit ihnen wird kommen die Gewalt, unvorstellbare Gewalt. Keine Kraft wird sie aufhalten können, auch keine scharfen Messer, denn ihre Gewalttätigkeit wird sich nicht nur gegen andere, sondern gegen das Netz des Lebens selber richten. So wie sie glauben, daß sie, und nicht die Mutter, in den Frauen das neue Leben erschaffen, werden sie auch glauben, daß ihnen das Land gehört und alles, was darauf lebt, und daß sie mit den Geschöpfen der Mutter, mit der gesamten Schöpfung, machen können, was sie wollen.«

Die Stimme verklang. Zena drückte sich gegen die Erde, sie hatte Angst und fühlte sich ungeborgen, ausgeliefert. Sie wollte nicht noch mehr hören. Doch die Stimme kam wieder, leise, aber eindringlich, und Zena spürte, wie ihr Körper von der Wucht der Gedanken erbebte, die ihr offenbart wurden.

»Es wird kommen eine Zeit des Ungleichgewichts, die Dunkelheit wird das Licht auslöschen, die Starken werden die Schwachen drangsalieren, die Männer werden über die Frauen herrschen, sie werden sie zu Akat nötigen und sie Junge bekommen lassen, die zu ernähren sie nicht in der Lage sind. In allem, was ich erschaffen habe, herrscht Gleichgewicht, zwischen Stärke und Schwäche, zwischen Jäger und Beute, zwischen dem Männlichen und dem Weiblichen, zwischen der Entstehung neuen Lebens und den Quellen zur Ernährung dieses neuen Lebens, zwischen der Freude der Geburt und der Befreiung im Tod. Doch wenn die Wege der Mutter verlorengehen, wird auch das Gleichgewicht verlorengehen. Das Ungleichgewicht wird so schrecklich sein, daß die Erde nicht mehr in der Lage sein wird, sich selber zu erneuern, sondern in ihren eigenen Untergang taumelt. Ihr alle, denen ich das Leben geschenkt habe, werdet in einem Chaos gefangen sein, das ihr selber angerichtet habt.«

Zena weinte inzwischen, und die Stimme schien milder gestimmt. Sie beruhigte sie wie das Murmeln eines Flusses oder das Flügelschwirren einer Libelle. Während sie weiter lauschte, schwand ein kleiner Teil ihrer Qual, denn sie merkte, daß trotz der Gewalt noch Hoffnung bestand.

»Alles, was ich dir gezeigt habe, wird sich so begeben«, verkündete ihr die Göttin, »dennoch kannst du vieles tun, um dich darauf vorzubereiten. Du kannst die Gewalttätigkeit nicht verhindern, aber du kannst helfen, die Welt der Mutter zu bewahren. Hör jetzt genau zu, wenn ich dir sage, wie das geschehen kann.«

»Schon einmal habe ich dich gebeten, die Regeln der Mutter, die Regeln von Liebe und Mitgefühl, zu lehren, Lehrmeisterin zu sein für einen, der die Gewalt in seinem Herzen trug. Jetzt ist deine Aufgabe ungleich schwerer: Du mußt die Regeln der Mutter in der kommenden Zeit der Prüfungen bewahren. Wenn sich die Gewalt immer mehr über die Erde ausbreitet, wirst du nicht mehr offen von der Mutter sprechen können, denn der Name der Göttin wird verboten sein. Bald wird die Weisheit der Kreise nichts weiter als eine ferne Erinnerung sein, und niemand wird mehr wissen, daß ich es war, die Göttin, die den Frauen Akat geschenkt hat, und daß mein Volk einmal in Frieden lebte. Du aber wirst dich daran erinnern; im Tode noch wirst du dich daran erinnern. Das ist deine heilige Pflicht, die heilige Pflicht aller, die nach dir kommen und den Namen Zena tragen: meine Geheimnisse und meine Lehren so fest in eurem Herzen zu bewahren, daß nicht einmal der Tod sie euch entreißen kann.

Es wird eine lange, schwere Pflicht sein, und keiner wird es euch verübeln, wenn ihr, du und jene, die dir nachfolgen, daran scheitern. Jahr um Jahr, auch wenn ihr gemieden und verfolgt und getötet werdet, müßt ihr das Wissen von der Mutter auf die Tochter weitergeben, immer und immer wieder. Manchmal werdet ihr nicht einmal mehr wissen, daß die Göttin, die ihr verehrt, Mutter genannt wird. Ihr werdet nur noch wissen, daß tief in euch eine starke, glühende Liebe für etwas verborgen liegt, das ihr nicht benennen könnt, und daß es falsch ist, das Land und das Wasser zu verderben oder es denen fortzunehmen, die schwach sind, oder mitanzusehen, wie die einen verhungern, während die anderen prassen. Ihr werdet für euren Glauben, für eure mutigen Taten erneut verfolgt werden, aber ganz gleich wie schmerzvoll die Folter sein wird und wie groß die Qual, allein sein zu müssen, ausgestoßen aus der menschlichen Gemeinschaft oder dazu verurteilt, niemals mehr das Tageslicht zu erblicken, ihr werdet wissen, daß ihr nicht anders handeln könnt.«

Zena kauerte am Boden, die Angst lastete schwer auf ihrem Körper. Doch die Göttin ließ nicht nach, und die Worte strömten unerbittlich weiter.

»Das ist noch nicht alles. Es nützt wenig, die Wege der Mutter zu bewahren, wenn gleichzeitig ihre Erde zerstört wird. Deshalb habe ich dich nicht nur zu einer Heilerin, sondern auch zu einer weisen Frau gemacht, denn du kannst nicht bloß die Wunden heilen, sondern auch das Land. Jede einzelne Frau mit dem Namen Zena wird eine Heilerin sein. Du wirst deine Tochter lehren, sie wird jene lehren, die nach ihr kommt, diese wird es wiederum weitergeben, so daß das Heilen weitergeht, auch wenn die Erde verwüstet und ausgeplündert wird. Deine ganze Kraft, all die Tapferkeit und alles Leben, das du besitzt, wird nötig sein, um das Gift aus den fürchterlichen schwärenden Wunden zu ziehen, die voller eitriger Reste tief in der Erde und im Wasser liegen; den Schmerz aus den tiefen Einschnitten zu holen, die die Täler gewaltsam durchziehen, die Wälder und die Hügel. Und danach müßt ihr das Gift und den Schmerz in euren Körper aufnehmen und schließlich in die Weiten des Himmels schleudern.

Und auch dann ist eure Aufgabe noch nicht vollendet. So wie die Heilerin ihre Kraft dem geben muß, den sie heilt, so mußt auch du die Weisheit der Mutter, die Weisheit der Kreise, an die Erde zurückgeben. Du mußt die klaffenden Wunden schließen, die bläulichen Narben, die zurückbleiben, und zwar mit der Liebe, die ihr in eurem Herzen tragt, mit den Regeln der Zuwendung, den Regeln der Mutter. Auch wenn es nur wenige merken werden, die Weisheit, die Fürsorge, die Mitmenschlichkeit, sie werden wachsen und sich ausbreiten, bis sie eines Tages stark genug sind, um hervorzutreten. Es wird dann Menschen geben, die sich daran erinnern, daß wir einst in Harmonie mit der Erde und ihren Geschöpfen lebten, und sie werden die Stimme erheben. Manche werden sich ihnen widersetzen, andere werden nicht zuhören wollen. Doch wieder andere werden die Botschaft vernehmen, werden tief in ihrem Herzen wissen, daß jene, die die Erde bewahren wollen, auch die Wahrheit sprechen. Ihre Zahl wird größer werden, und allmählich, ganz allmählich wird das Netz des Lebens wiederhergestellt werden.«

Stille trat ein, eine lange, tiefe Stille, die sich wie ein Tuch um Zena zu legen schien, um den Aufruhr in ihrem Herzen zu besänftigen. Und als die Göttin wieder sprach, war ihre Stimme sanft und liebevoll.

»Du bist es, Zena, mit dir beginnt die Heilung.« Für Zena waren die Worte, als berührten sie die Finger einer alten Frau zärtlich an der Schläfe. Eine Hand schien sie aufzuheben, und sie stand und breitete die Arme zum Himmel.

Wieder sprach die Göttin, und jetzt war ihre Stimme mächtig wie der Donner und getragen von Autorität. Zena sog die Worte ein, nahm sie auf in ihr ganzes Selbst, um sie nie mehr zu vergessen.

»Jetzt aber geh, und berichte denen, die auf dich warten, daß ich gesprochen habe. Verliere den Mut nicht. Die Mutter wird noch viele Jahre bei dir sein. Und wenn die Zeit der Gewalt vorüber ist, wird sie in das Bewußtsein aller Menschen zurückkehren. Weil du und alle, die da deinen Namen tragen, sie sicher in ihrem Herzen bewahrt haben, wird die Welt der Göttin, der Mutter allen Lebens, eines Tages wiedergeboren werden.«

27. Kapitel

Etwas Bedrohliches lag in der Luft. Zena spürte es, konnte es fast riechen wie etwas, das körperlich greifbar war. Vier Jahre waren vergangen, seit die Göttin sie gewarnt hatte, und in jedem Sommer kamen die Eindringlinge bei ihren Raubzügen näher. Diesmal mußten sie schon sehr nahe sein.

Ihre Augen blickten unruhig auf der Lichtung umher. Alle waren da, nur Conar fehlte.

Plötzlich sprang er von einem Baum herab. »In die Tunnel! Schnell!« Die Dringlichkeit in seiner Stimme war unmißverständlich.

Die anderen reagierten sofort. Ihre Bewegungen waren schnell und präzise, denn sie hatten das schon oft gemacht. Jeder Erwachsene nahm ein Kind, packte ein weiteres an der Hand und hastete so zu den Tunneln. Einer nach dem anderen schoben sie sich durch den engen Eingang und strebten der Halle der Mutter zu. Dort würden sie sicher sein, für den Augenblick jedenfalls.

Bisher waren den Männern die Tunnel nicht aufgefallen, doch eines Tages würden sie sie entdecken, wie Zena erbittert überlegte. Ehe es soweit kam, mußte sie die junge Zena fortschaffen. Ihre Tochter war die nächste Wächterin des heiligen Wissens, und sie mußte in Sicherheit gebracht werden.

Das helle Geräusch von aufschlagenden Kieseln erschreckte sie zu Tode. War es denn möglich, daß die Männer dieses Mal den Eingang zum Tunnel entdeckt hatten?

Sie lauschte angespannt, schreckensbang. Aber mehr war nicht zu hören. Vielleicht waren in der angrenzenden Kammer ein paar kleinere Steine herabgefallen.

Lange Zeit saß die Gruppe in vollkommenem Schweigen da. Selbst die Kinder wußten, daß sie auf keinen Fall Lärm machen durften. Nach einiger Zeit gab ihnen Zena ein paar Beeren, damit ihnen das Warten weniger schwerfiel. Inzwischen hatten sie in der Kammer einen Vorrat von Nahrungsmitteln und Wasser für Fälle wie diesen. Als sie schließlich an dem Licht, das von hoch oben durch eine Öffnung fiel, merkten, daß viele Stunden vergangen waren, erhob sich Conar.

»Ich werde einmal nachsehen, ob sie weg sind«, flüsterte er. Zena nickte und beobachtete, wie er stumm wie ein Schatten davonglitt. Die ihr wohlbekannte Qual machte ihr das Herz schwer, doch war es dieses Mal noch schlimmer, weil sie wußte, daß die Männer sich in der Nähe befanden. Sie versteckten sich vielleicht im Wald oder hinter den Felsen und würden Conar womöglich bemerken, wenn er gerade aus dem Tunnel hervorkam.

Die junge Zena faßte nach der Hand der Mutter. Ihr schmales Gesicht zeigte tiefe Besorgnis. Auch sie litt, wenn Conar fortging. Zena preßte die Handfläche des Kindes an ihre Wange und versuchte sie mit einem Lächeln aufzumuntern.

»Beschütze Conar für uns, große Göttin«, betete sie insgeheim. »Beschütze ihn, denn wir lieben ihn und wir brauchen ihn, damit er uns warnen kann.«

Die Qualen ließen nicht nach. Sie verschwanden nicht eher, als bis Conar zurückkehrte; das wußte sie aus Erfahrung. Um sich abzulenken, dachte sie an jene, die bereits fortgegangen waren, um nach einer neuen Heimat an einem Ort zu suchen, wo die Gewalttätigkeit noch nicht eingebrochen war. Zena hatte sie ostwärts ausgeschickt, immer nach Osten, der Sonne entgegen, denn diesen Weg hatte ihr die Göttin gewiesen.

Lilan, die inzwischen selbst eine weise Frau war, hatte die Gruppe angeführt. Nevilar und Gunor waren mit ihr gegangen, hatten Rofal und Sarila und ihren winzigen Säugling mitgenommen, und noch viele andere aus dem Stamm. Selbst Katli war fort, denn Zena hatte sie davon überzeugt, daß jemand, der sich so gut mit Tieren auskannte, auf einer solchen Reise gebraucht wurde. Sich von ihnen zu trennen, war ihr sehr schwer gefallen, doch Zena war sich sicher, daß sie eines Tages alle wieder vereint sein würden.

Vielleicht hätten Conar und sie und die junge Zena ebenfalls gehen sollen, dachte Zena, als sie in das angsterfüllte Gesicht ihrer Tochter blickte. Doch war sie der Meinung gewesen, daß die kleine Zena nur hier, nur an dem Ort, wo die Große Mutter erstanden war, alles lernen könne, um in den kommenden Jahren für die Göttin zu sprechen. Auch hatte sie sich nicht vorstellen können, Menta und Lune zu verlassen. In den vergangenen Jahren waren beide alt und gebrechlich geworden. Vor allem Menta war für die Reise zu schwach gewesen, und Zena wußte, daß Lune ihre Schwester niemals im Stich lassen würde – und deshalb war sie geblieben.

Sie blickte auf die frisch aufgeworfene Erde auf der einen Seite des Steinkreises. Menta und Lune lagen jetzt dort, waren Seite an Seite in der Halle der Mutter bestattet, wie sie es gewünscht hatten.

»Wenn wir zur Mutter zurückkehren, mußt du uns hier beisetzen«, hatten sie gesagt. »Das ist ein guter Ort, denn ein Teil von uns wird immer hier sein, im heiligen Kreis, den die Große Mutter selber gebaut hat.«

Sie waren beide innerhalb weniger Tage gestorben, im Tod wie im Leben miteinander verbunden. Eine Krankheit, die viele Stammesmitglieder befiel, hatte Menta als erste dahingerafft. Lune schien danach alle Kraft zu verlieren und folgte ihr. Zena hatte ihnen Kräuter angeboten und überlegt, wie sie sie heilen könnte, doch sie hatten es abgelehnt. »Die Zeit ist für uns gekommen, zur Großen Mutter zurückzukehren«, hatten sie beide gesagt. »Sie wartet auf uns.«

Wieder befiel sie Traurigkeit, wenn sie daran dachte, doch Zena wußte auch, daß dies ein Zeichen der Göttin sein konnte, daß die Zeit reif war, von hier fortzugehen.

Plötzlich stand Conar neben ihr. Erleichterung erfüllte sie, und sie zog ihn an sich. Er drückte sich an sie, und sie spürte, wie heftig sein Herz gegen ihre Brust schlug.

»Sie sind fort«, sagte er sanft zu ihr. Ein Aufatmen war in der Kammer zu hören, als sich die anderen entspannten. Ein paar Kinder begannen sich zu unterhalten, aber sie waren leise, weil sie nicht wußten, ob sie schon wieder unbesorgt reden durften. Sie wußten bereits, was Gefahr bedeutete, dachte Zena traurig, denn es waren Kinder, die sie in die

Höhlen gebracht hatte, nachdem ihre Stämme überfallen worden waren. Sie hatten mitansehen müssen, wie die Männer, die sie liebten, abgeschlachtet wurden, hatten gesehen, wie ihre Mütter und Schwestern vergewaltigt und verschleppt wurden. Auch aus diesem Grund war sie froh, daß sie hiergeblieben war. Wenigstens war es ihr gelungen, ein paar von den Kindern zu retten, indem sie sie hierher brachte.

Die junge Zena kam, um Conar zu begrüßen, und er beugte sich zu ihr hinunter, um sie in die Arme zu schließen. Inzwischen waren zehn Jahre seit ihrer Geburt vergangen, aber sie war immer noch zierlich genug, daß man sie auf den Arm nehmen konnte. Aber Zena wußte, daß sie gleichzeitig stark war, stark an Körper und Geist.

Conar sah Zena über den Kopf des Kindes hinweg an, dann kehrten seine Augen zum Kind zurück und wanderten wieder zu Zena. Sie verstand seine unausgesprochene Warnung. Die junge Zena hierzubehalten war nicht mehr sicher. Sie mußte sich beeilen und ihre Ausbildung abschließen.

»Ich brauche nur noch einen Tag, einen einzigen Tag«, sagte sie zu Conar mit angstvollen Augen. »Weißt du, ob die Männer zurückkehren werden?«

»Sie folgen heute abend dem Wisent«, erwiderte Conar, »und auch morgen. Aber dann kommen sie zurück. Ich verstehe inzwischen viele ihrer Wörter, und ich hörte sie von Höhlen sprechen. Es kann sein, daß sie diesen Ort kennen.« Der warnende Blick seiner Augen kehrte wieder.

»Morgen bin ich fertig«, versprach Zena. »Sobald ich die kleine Zena mitgenommen habe, damit wir gemeinsam der Göttin die Ehre erweisen, werden wir fortgehen.«

Conar nickte und schlüpfte durch den Tunnel, um seine Wache wieder aufzunehmen. Zena sandte ein weiteres Stoßgebet für seine Sicherheit aus, dann führte sie ihre Tochter in eine ruhige Ecke der Höhle.

»Morgen«, sagte sie und versuchte ihrer Stimme einen festen Klang zu geben, »morgen müssen wir fort, zu den anderen Höhlen, von denen Conar gesprochen hat. Es ist hier nicht mehr sicher genug.«

Drei Tagesreisen weiter im Osten hatte Conar eine kleinere Gruppe von Höhlen entdeckt. Dort wollten sie zunächst hin; dann, wenn sie sicher sein konnten, daß die Gefahr vorüber war, wollten sie die Suche nach Lilan und ihrer Gruppe aufnehmen.

»Ich möchte hierbleiben.« Das Gesicht der jungen Zena zeigte Trotz.

»Das ist unmöglich«, erwiderte Zena traurig. »Die Männer mit den Messern kommen immer näher. Eines Tages finden sie womöglich den Eingang zu den Höhlen, und dann werden wir vielleicht alle umgebracht.«

»Aber wer wird die Heimstatt der Großen Mutter beschützen, wenn wir fort sind?«

»Wir müssen uns darauf verlassen, daß die Göttin sie selber beschützen wird«, erwiderte Zena.

Das Gesicht der kleinen Zena war jetzt eine Maske der Trauer, als sie diese Worte begriff.

»Pulot und Taggart und Lipa sind bereits in den anderen Höhlen und warten auf uns«, sagte Zena sanft. »Sie sind vorausgezogen, um den Weg zu sichern, falls wir nachkommen müssen.«

Taggart und Lipa waren Pulots ältester Sohn und ihre Tochter. Sie gehörten zu den Leuten, die Zena ausgesucht hatte, damit sie die junge Zena auf ihrer Reise beschützten. Beide waren stark und kannten keine Furcht und hatten das Kind in ihr Herz geschlossen. Sie würden, wenn es sein mußte, auch ihr Leben für sie hingeben.

Die Miene der Kleinen hellte sich bei der Aussicht auf, drei der ihr liebsten Menschen wiederzusehen, verdüsterte sich aber sogleich wieder, als ihr einfiel, was mit der Reise verbunden war.

»Du mußt jetzt essen und trinken«, fuhr Zena fort, »denn auf uns wartet eine besondere Aufgabe, eine Aufgabe, die vielleicht mehrere Stunden in Anspruch nimmt. Sobald du soweit bist, werden wir zusammen zur Kyrie gehen. Nur wenn du die Leben all jener, die vor dir Zena hießen, durchlebst, kannst du die verbleibenden Aufgaben in der Zeit, die noch übrig ist, in dich aufnehmen. Die Göttin wird sie dir in ihren Visionen überbringen.«

»Ich werde bei dir bleiben«, fügte sie hinzu, als sie in den Augen ihrer Tochter Furcht aufglimmen sah, oder vielleicht war es auch Ehrfurcht.

Als sie gegessen hatten, führte sie ihre Tochter an den tiefen, schwarzen Teich und hielt sie fest, als das Wasser sie umfing. Das Kind drückte sich an sie, gab aber keinen Laut von sich, als die kaum wahrnehmbare Strömung sie sanft an die Steine auf der anderen Seite der Kammer spülte. Kein Wirbel, kein Strudel behelligte sie, wie es der Fall gewesen war, als Zena zum erstenmal in den Teich eintauchte. Zena war dankbar dafür. Das Kind mußte so schon genug ertragen, und dabei war sie doch noch so jung.

Ein Schmerz schnitt ihr durch die Brust, als sie die Klippen über den steilen Weg erstiegen. Nicht daß ihr die Luft zum Atmen weggeblieben wäre oder Angst diesen Schmerz verursacht hätte, es war nur das Wissen, daß sie nie wieder diese Felsen mit ihrer geliebten Tochter ersteigen würde, die sich ganz fest an ihre Hand klammerte. Sie hatte sich schon oft vorgestellt, wie sie ihre Tochter mit hierher bringen würde, wie sie mit ihr dasitzen und auf ihre Gedanken lauschen und zusehen würde, wie sie mit der Weisheit der Mutter wuchs. Aber dazu würde es jetzt nicht mehr kommen.

Zena blieb einen Augenblick stehen, um Kraft zu schöpfen. Die kleine Zena auszubilden und für ihre Sicherheit zu sorgen war ungeheuer wichtig, und sie wollte sich nicht durch Trauer von dieser Absicht abhalten lassen. Selbst wenn sie alle umkommen sollten, wenn auch sie starb, würde die kleine Zena das heilige Wissen bewahren, und die Wege der Mutter würden nicht verlorengehen.

Sie erreichten die freie Stelle hoch oben in den Klippen. Zena führte ihre Tochter auf den Vorsprung hinaus und blieb dann mit erhobenen Armen stehen, um die Göttin zu grüßen. Die junge Zena beobachtete sie schweigend und ohne sich zu rühren.

»Große Göttin, ich bringe dir meine Tochter, der es bestimmt ist, dir zu dienen, weil auch sie den Namen Zena trägt. Stehe ihr bei, wenn sie deine Wege erlernt; wandele du in ihr auf ihrem Weg durch das Leben. Schenke ihr dein

Wissen, deine Weisheit; leite sie im Herzen und im Geiste, wenn sie in den kommenden Jahren unser Volk anführen wird. Heilige Mutter, wir kommen heute, dich um deine Stärke zu bitten.«

Zena wartete, bis sie die Göttin tief und unverwechselbar in sich spürte, bevor sie sich umwandte, um zu ihrer Tochter zu sprechen. Die junge Zena hörte aufmerksam zu, denn sie wußte, daß sie das, was sie an diesem Tag am heiligen Ort lernte, niemals vergessen durfte.

»Viele Jahre hindurch, länger als irgend jemand zurückdenken kann«, sagte Zena, »haben wir miteinander und mit dem Leben um uns herum in Harmonie gelebt. Das lag daran, daß wir den Wegen der Großen Mutter gefolgt sind, den Wegen des Friedens und der gegenseitigen Fürsorge. In jedem Stamm gab es eine weise Frau, die ihre Tochter oder die Tochter ihrer Schwester die Wege der Großen Mutter lehrte. Später gab auch diese ihr Wissen weiter. Und so war es seit jeher bis zum heutigen Tage.

Manche dieser weisen Frauen trugen den Namen Zena, genau wie wir. Wir sind es, denen die Große Mutter die schwersten Prüfungen auferlegt. Die erste Zena lebte vor langer Zeit, das Gedächtnis unseres Volkes reicht nicht so weit zurück. Und dennoch war ihre Liebe zu ihren Gefährten und ihr Leid über deren Hunger oder Schmerz nicht anders, als wir es fühlen. Die nächste Zena konnte mit ihrem Geist mehr sehen als irgend jemand sonst, sie veränderte unsere Welt in vielerlei Weise. Durch sie erfuhren alle von der Großen Mutter, so daß sie in Frieden leben konnten.

Die nach ihr kam, bin ich selbst, und von meiner Geschichte weißt du schon einiges. Jetzt aber mußt du alles erfahren; du sollst in mein Herz und meinen Geist reisen und auch in die Herzen und Seelen der anderen, die den Namen Zena getragen haben, denn wir sind verschieden und doch eins. Hier, wo wir wartend auf den Klippen stehen, wird dir die Göttin durch ihre Visionen zeigen, wie wir gelebt haben. Du wirst unsere Freude fühlen und unser Leid, du wirst unsere Gedanken kennen, unsere Angst und unser Staunen, du wirst sehen und hören, was wir gesehen und gehört haben, bis du eins mit uns geworden bist. Nur so kannst du das Schicksal, das dir von der Göttin auferlegt wurde, erfüllen: in der kommenden Zeit der Prüfung die Wege der Mutter lebendig zu erhalten.

Nun komm mit mir, Kind; komm mit mir, um die Göttin zu begrüßen, denn sie ruft uns zu sich. Nimm ihre Weisheit in deinen Geist auf, ihre Stärke in deinen Körper, ihre Liebe in dein Herz. Fühle sie tief in dir, während sie dich dorthin zurückträgt, wo alles begann, zu der, die als erste den Namen Zena trug. Sie wird deine Lehrmeisterin sein, so wie wir alle. Lasse unsere Lebenswege, unser Wissen und unsere Visionen in dich einfließen, alles, was wir erfahren haben, bis wir ein Teil von dir geworden sind und ein Teil all der Zenas, die noch kommen werden, damit die Wege der Mutter niemals in Vergessenheit geraten.«

Stunden vergingen, Stunden, die Tage und Monate umfaßten, schließlich unzählige Jahre. Die Sonne verschwand in einer Explosion aus Orange und Rot, und die Dunkelheit kroch über das Land, wurde so schwarz wie der Teich drunten. Erst als der Mond hoch am nächtlichen Himmel stand, sank die junge Zena zu Boden. Zärtlich trug Zena sie über die steilen Felsen hinab, durch den tiefen Teich und in den Kreis der Steine zurück. Dort schlief das Kind viele Stunden lang. Als sie dann wieder die Augen öffnete, wußte Zena, daß ihre Tochter den Auftrag erfüllt hatte. Die Visionen gehörten jetzt ihr und würden niemals vergessen werden. Wenn die Zeit dafür reif war, würde sie sie an die nächste Zena weitergeben; diese an die nächste und so weiter und immer weiter. Auf diese Weise würde die Göttin weiterleben.

II

Die riesige Halle war bis auf einen schwachen Schimmer des frühen Morgenlichts, der hoch oben durch eine Öffnung in den Klippen hereinfiel, vollkommen dunkel. Zena saß teilnahmslos im Kreis der Steine, der Körper angespannt vor

Schmerz. Daß sie diese Heimstatt verlassen mußte, in der sie so lange gelebt hatte, ging beinahe über ihre Kräfte.

»Wir gehen jetzt.« In dem gewölbten Raum war ihre Stimme kaum wahrzunehmen, doch die anderen hörten sie. Einer nach dem anderen trat vor, kniete vor der Göttin nieder, dann traten sie durch die engen Gänge nach draußen vor die Höhle.

Als auch der letzte verschwunden war, erhob sich Zena und stellte sich vor das Bild der Göttin.

»Große Mutter«, betete sie, »wir sind unendlich traurig darüber, daß wir die heilige Halle, in der du wohnst, nicht mehr bewachen können. Bewahre sie für uns, damit wir die Hoffnung hegen können, eines Tages hierher zurückzukehren. Schütze mich und Conar, die junge Zena, die dir eines Tages dienen wird, und alle, die mit uns kommen, während wir nach einer neuen Heimat suchen, wo wir nach deinen Regeln leben können. Große Mutter, wir gehen jetzt, wir verlassen jetzt den Ort, an dem du geboren wurdest. Wir wollen ihn immer in unserem Herzen bewahren.«

Langsam wandte sie sich ab. Conar kam und nahm sie bei der Hand. Die kleine Zena ging voran, ihre kleine Gestalt aufgerichtet und entschlossen. Sie bückten sich, um durch den engen Durchlaß zu gelangen, der aus der Halle der Mutter führte, und standen in dem Raum, den Conar und Lilan ausgemalt hatten. Der Wisent und das Rentier und all die anderen Tiere blickten auf sie herunter, als wollten auch sie sich verabschieden. Sie gingen weiter durch die gewundenen Tunnel und erreichten den herrlichen Raum mit den hängenden Zapfen und den riesenhaften aufrechten Säulen. Die Formationen schimmerten sanft im schwachen Licht von Conars Fackel. Die Wände der Höhlen bedrängten sie, wie sie es schon getan hatten, als Conar und Zena die Höhlen zum erstenmal betreten hatten. Plötzlich standen sie schon im Freien.

Die Sonne hatte die Berge noch nicht überwunden, doch ein dünner Lichtstrahl hinter dem Horizont schob sich sanft zwischen zwei niedrige Hügel im Osten. Für Zena war es, als würde ihnen hier der Weg gezeigt, den sie gehen mußten.

Zum letztenmal schaute sie auf den Felsvorsprung auf den Klippen hinauf, wo sie so oft mit der Göttin gesprochen hatte. Die Bergziege stand dort hoch aufgerichtet, und ihre Silhouette zeichnete sich gegen den Himmel ab. Zena erhob zum Gruß die Hand, dann wandte sie sich ab und schritt in das Licht.

NACHBEMERKUNG DER AUTORIN

Zu Teil I: Die erste Zena war ein später *homo habilis* oder ein früher *homo erectus,* Vorläufer des heutigen Menschen, die vor ungefähr einer Million Jahren lebten. Ihr Gehirnvolumen betrug etwa 900 Kubikzentimeter. (Das menschliche Gehirn mißt zwischen 1000 bis 1400 Kubikzentimeter.) Sie waren bereits menschenähnlich, besaßen aber wahrscheinlich kein besonders ausgeprägtes Sprachvermögen.

Topes Tod in einer plötzlichen Überschwemmung geht auf ›Lucy‹ zurück, ein bemerkenswert vollständiges versteinertes Skelett eines noch früheren vormenschlichen Typs. Von Lucy nehmen einige Anthropologen an, daß sie auf eben diese Weise zu Tode kam. Die Szene, in der Zena buchstäblich in die Fußstapfen Daks tritt, wurde durch eine Entdekkung der Anthropologin Mary Leakey inspiriert: Sie fand frühmenschliche Fußabdrücke, bei denen ein kleinerer Mensch aus unerforschlichen Gründen in den Abdrücken eines größeren und schwereren Gefährten gegangen war.

Inspiriert hat mich auch die Entdeckung eines zwei Millionen Jahre alten Steinkreises in der Olduvai-Schlucht in Afrika. Der Raum innerhalb der Steine war offenkundig genutzt worden, doch enthielt er nur wenig von den Knochen und Steinen, die man normalerweise mit genutzten Anlagen verbindet. Es handelt sich womöglich um den ersten Steinkreis, den unsere Vorfahren für ausschließlich spirituelle oder rituelle Zwecke angelegt haben.

Unter Primaten ist Kindesmord weit verbreitet; womöglich gab es ihn auch bei unseren Vorfahren. Die Männchen beschützen gewöhnlich die Jungen, die ihnen von den Weibchen in der Horde geboren werden, töten aber oft die Jungen fremder Weibchen, Weibchen, mit denen sie sich nicht gepaart haben. Das Weibchen wird dann sexuell empfänglich, so daß das Männchen sich mit ihr paaren kann, um seine Gene weiterzugeben. Aus diesem Grund, und weil das Paaren mit bestimmten Belohnungen verbunden ist, achten weibliche Primaten darauf, daß sie sich mit allen Männchen in der Horde paaren. Ich bin der Überzeugung, daß unsere frühen Vorfahren ein ähnliches Paarungsverhalten zeigten. Vor allem für die Weibchen zahlte sich Monogamie nicht aus.

Zu Teil II: Die zweite Zena gehörte zu einem Stamm, der zwischen dem späten *homo erectus,* der einen Gehirninhalt von etwa 1100 Kubikzentimetern besaß, und dem *homo sapiens* stand. Dieser Übergang fand vor ungefähr einer halben Million Jahren statt und führte nicht bloß zu einer Vergrößerung, sondern auch zu einer umfassenden Umstrukturierung des Gehirns. Vor allem die vorderen Schläfenlappen wurden größer und damit auch die Bereiche für Sprache und Erkenntnis. Die Stirn wurde höher und gewölbter. Während dieser Zeit war die Geburt mit Sicherheit sehr schwierig. Bei aufrechtgehenden Tieren läßt sich der Knochengürtel des Beckens nicht über einen bestimmten Punkt hinaus dehnen, es sei denn, das Tier begnügte sich mit einem Watscheln – und das wäre in einer Welt voller schneller und schlauer Räuber eine gefährlich langsame Gangart gewesen. Die natürliche Auswahl sorgte schließlich für die Lösung: die Geburt wurde beschleunigt. Menschenkinder wurden früher in ihrem Entwicklungsprozeß geboren und lebten viele Monate außerhalb des Schoßes, ehe sie in ein Stadium gelangten, das bei anderen Primaten charakteristisch für den Zeitpunkt der Geburt ist. Der Schädel wurde leichter und verkleinerte sich ein wenig, es entstanden die Fontanellen, Stellen im Schädel, wo die Knochen noch nicht zusammengewachsen sind, damit sich der Kopf während der Geburt zusammenpressen ließ. Doch ehe diese Anpassung erreicht war, müssen viele Frauen während der Geburt gestorben sein. Sie versuchten Kinder auf die Welt zu bringen, die länger als üblich im Schoß verblieben waren, um den Entwicklungsstand zu erreichen, den sie für die Geburt brauchten. Besonders der Kopf war dann zu groß, um den Geburtskanal zu passieren, und viele Säuglinge, die zum vorgesehenen Zeitpunkt geboren wurden, müssen gestorben sein, weil sie nicht weit genug entwickelt waren, um außerhalb des Mutterleibs zu überleben.

Zena selber war ein *homo sapiens,* die zur Welt kam, ehe dieses Gleichgewicht erreicht war. Ihr Gehirninhalt war wahrscheinlich größer als der der heutigen Menschen, und man könnte sie als ein frühes Genie betrachten. Zena war auch noch in anderer Hinsicht ungewöhnlich: Sie war die erste Frau, die es fertigbrachte, wieder empfänglich zu werden, ehe das vorangegangene Kind noch entwöhnt war. Wie andere Primaten und manche Jäger-Sammler-Frauen von heute brachten die Frauen damals nur alle vier bis fünf Jahre ein Kind zur Welt. Vor vielleicht zehntausend Jahren setzte sich wegen des vermehrten Körperfetts und der nachlassenden Mobilität in der gesamten Bevölkerung die Fähigkeit zu einer höheren Geburtenfrequenz durch, was zu tiefgreifenden Folgen für die menschliche Fruchtbarkeit führte.

Die Großen, denen Zena und ihr Stamm begegnen, sind ein Überrest eines vormenschlichen Typs namens *australopithecus bosei,* ein großes, alles fressendes Geschöpf, das schließlich ausstarb.

Die Wilden waren eine andere übriggebliebene Populationsgruppe namens *australopithecus africanus,* die ebenfalls ausstarb.

Zu Teil III: Die dritte Zena war ein *homo sapiens* (in dieser Phase oft als Cro-Magnon-Mensch bezeichnet) und lebte vor etwa 50 000 bis 35 000 Jahren. Sie und ihre Stammesgefährten wären von uns Heutigen nicht zu unterscheiden gewesen. Die wunderbaren Höhlenmalereien in Frankreich und Spanien stammen von Künstlern des Cro-Magnon-Typus.

Gunor und sein Stamm waren Neandertaler derselben Zeit. Ich habe sie als blond und hellhäutig beschrieben, statt als dunkel, wie sie im allgemeinen abgebildet werden, und zwar deshalb, weil sie im Norden lebten, wo wegen ihrer Fähigkeit, die Sonne besser aufzunehmen, eine helle Haut vorherrschte. Neandertaler waren kurz und gedrungen und außerordentlich stark. Die Wissenschaft nimmt an, daß sie intelligent waren und sprechen konnten, obwohl sie mit bestimmten Vokalen wahrscheinlich Schwierigkeiten hatten. Es ist eines der größten Rätsel der Evolution, warum die Neandertaler vor etwa 30 000 Jahren von der Bildfläche verschwanden. Möglicherweise sind sie keineswegs vom *homo sapiens* ausgerottet worden, wie oft behauptet wird, sondern deshalb ausgestorben, weil ihre Körper sich anders als beim *homo sapiens* nicht an die Vergrößerung des Gehirns anpaßten. Die Schädel der Neandertaler waren größer und schwerer als unsere heute; wenn sie immer größer wurden, ohne daß sich lebensrettende Veränderungen einstellten wie frühere Geburt und Fontanellen, ist es nicht ausgeschlossen, daß es irgendwann beinahe unmöglich wurde, ein Kind zu gebären.

Die Figur, die Lett für Kalar meißeln sollte, war das erste Exemplar der großbrüstigen, breithüftigen Venusfiguren, wie sie in großer Zahl auf europäischen Ausgrabungsstätten gefunden wurden. Sie hatten nicht etwa einen pornographischen Sinn, wie gelegentlich behauptet wird, sondern dienten spirituellen Zwecken. Durch sie dankte man der Göttin oder bat um ihren Beistand.

Auch Conars Bilder des Wisents, der Zena rettete, waren die ersten von vielen wunderbaren Höhlenmalereien, die in Frankreich und Spanien entdeckt wurden. Niemand weiß, was der Anlaß für diese Bilder war, obwohl man weithin annimmt, daß sie mit der Jagd im Zusammenhang standen. Ich dagegen bin überzeugt, daß sie Geschenke an die Mutter waren, mit denen Dank und Bewunderung für den unermeßlichen Reichtum ihrer Schöpfung zum Ausdruck gebracht werden sollten. Für diese Theorie spricht zum Beispiel die Tatsache, daß die am meisten gejagten Tiere kaum je auf diesen Bildern zu finden sind, ebenso wie ihre Standorte tief unter der Erde, fern von den Wohnhöhlen in speziellen Kammern, wo sie vor Unwettern und Temperaturschwankungen geschützt waren. Diese Geschenke an die Göttin sollten die Zeiten überdauern. Nicht selten finden sich auch Handabdrücke an den Felswänden. Ich glaube, daß sie aus keinem tieferen Sinn dort angebracht wurden, sondern vielmehr aus

Spaß, um die Kinder zu zerstreuen, während ihre Eltern malten.

Die fürchterlichen Jäger aus dem Norden basieren auf prähistorischen Funden, die darauf hinweisen, daß in gewissen Abständen ganze Banden von Eindringlingen aus dem Norden kamen und die friedliebenden Anbeter der Göttin im südlichen Europa überfielen. Diese Überfälle, die sich über Tausende von Jahren wiederholten, führten schließlich zum Untergang der Göttin. Uns beschäftigt heute die Frage, warum diese Jäger aus dem Norden ganz im Gegensatz zu den Völkern, die die Göttin verehrten, so gewalttätig waren. Zena und ihre Leute verstanden instinktiv, was die Wissenschaft inzwischen bestätigt: Menschen, die in ihrer Kindheit herumgestoßen und mißbraucht werden, entwickeln sich meistens zu brutalen Erwachsenen, und nur intensivste therapeutische Betreuung kann den Schaden wiedergutmachen. Wissenschaftlich gesprochen, ist der Schaden Realität – wiederholter Mißbrauch führt zu Veränderungen der Gehirnströme zweier Neurotransmitter, die unsere Aggressionen kontrollieren. Zenas Leute glaubten, was auch durch vergleichende Studien und unsere alltäglichen Erfahrungen heute bestätigt wird: Kinder, die in einer gewaltbetonten Umgebung aufwachsen, neigen ihrerseits zu Gewalttätigkeit, dabei sind junge Männer am meisten gefährdet. Außerdem glaubten sie, daß es immer wieder auch einzelne Menschen gibt, die die Gewalt von Anfang an in sich tragen und kein Mitgefühl kennen. Diese Menschen sind unverbesserlich, und Tron war einer von ihnen.